Lena Klassen

DER KUSS DES WANDLERS

Lena Klassen

Der Kuss des Wandlers

Eisermann Verlag

Der Kuss des Wandlers

Taschenbuchausgabe 1. Auflage 11/2017

Printed in Poland 2017
Umschlaggestaltung: Jaqueline Kropmanns
Satz: André Piotrowski
Korrektur: Marie Weißdorn

http://www.Eisermann-Verlag.de
ISBN: 978-3-96173-056-8

Teil I

Die Verlorenen aus Wint Alamar

1
Wenn die Welt zerbricht

Die vier Männer tragen lange Mäntel aus schillernder Schlangenhaut. Ihre Haare flattern im Wind, der unzählige weiße, blutverschmierte Federn aufwirbelt. Zu den Füßen von Chris, dem Frontman von *Serpent War*, liegen die zerbrochenen Teile einer Geige inmitten einer Blutlache.

Wenn ich die Augen schließe, kann ich mir vorstellen, wie ich zwischen den vier Musikern stehe, vor dem dunklen Hintergrund mit den drohend zusammengeballten Wolken. Ich posiere zwischen Phil und Zac, meine honigfarben lackierte Geige im Arm, aus deren Schalllöchern Daunen rieseln. Auf dem Bild ist mein Haar flammend rot, ohne die weiße Strähne und die braunen Flecken, und so wie Schlagzeuger Tom habe ich statt eines Schlangenmantels Flügel, die weit über meine Schultern hinausragen. Ich lächle den Betrachter an, und im nächsten Moment öffne ich die Hand. Die Geige fällt auf den Boden und zerbricht.

* * *

Früher wäre mir das nicht passiert.

Als ich die Augen öffnete, hing immer noch das Poster an der Wand, das mir seit Jahren Mut gab, doch es gelang mir nicht mehr, mich in meiner Fantasie selbst zwischen die Rockstars zu stellen. Nicht meine Geige war längst zerbrochen, sondern mein Traum.

Mit einem wunden Lächeln betrachtete ich das goldbraune Instrument in meiner Hand. Es war Zeit, sich mit der Wahrheit abzufinden: Ich war nicht gut genug. Obwohl ich bei einem der weltbesten Geiger Unterricht nahm, war ich weder das Wunderkind, das meine Eltern in mir sehen wollten, noch hatte ich die reelle Chance, Mitglied meiner Lieblingsband zu werden. Schon eine geraume Weile hatte ich darüber nachgedacht, ob ich nicht ganz mit dem Spielen aufhören sollte, bevor die Erwartungen wuchsen und die unausweichliche Enttäuschung meiner Eltern noch größer ausfiel.

Ich hatte die Entscheidung immer vor mir hergeschoben, denn ich spielte gerne – nur eben nicht gut genug.

Es war Zeit, sich das einzugestehen. Und obwohl ich eigentlich stolz auf mich sein sollte, weil ich endlich erwachsen genug war, um die Wahrheit anzuerkennen, fühlte es sich an wie eine Kapitulation.

Mein Herz klopfte, als ich die Geige in den mit Samt ausgeschlagenen Koffer bettete. Sie war viel zu wertvoll für meine mäßigen Künste. Ich wusste es, Professor Mercier wusste es, jeder, der mir zuhörte und auch nur ein bisschen von Musik verstand, wusste es. Meinen Eltern die Augen zu öffnen, würde mich trotzdem viel Energie kosten, und ich bereitete mich innerlich auf einen lautstarken und tränenreichen Streit vor.

Noch ein letzter Blick auf meine Idole, bevor ich die Zimmertür öffnete. Chris, der auf dem Plakat seine blutende Geige in den Staub trat, konnte spielen wie der Teufel selbst, obwohl er keine klassische Ausbildung besaß. Der Schuppenmantel lag auf seinen Schultern wie eine zweite Haut, und das höhnische Lächeln in seinem Gesicht schien zu fragen: Glaubst du wirklich, dass ich Tauben und Geigen zerstöre?

»Ja«, sagte ich leise. »Das traue ich dir zu. So wie du meinen Glauben an mich selbst zerstört hast. Ich kann mich niemals mit dir messen.«

Ich streckte die Hand aus und riss das Poster von der Wand. Die Nadeln, mit denen ich es festgesteckt hatte, fetzten Löcher in die Tapete, aber das war mir gleich. Es war an der Zeit, ein neues Kapitel anzufangen. Ich war sechzehn und nicht mehr Mamas und Papas Wunderkind. Nun musste ich ihnen das nur noch beibringen.

Das zerknüllte Poster in der Hand, trat ich auf den Flur hinaus und horchte. Seltsam still kam es mir im Haus vor. Zu still. Wenn ich übte, lief das Radio nicht und Papa hörte auf zu singen, damit er und Mama keinen Ton verpassten. Meine Geige und diese andächtige Stille, sie waren wie siamesische Zwillinge.

Schluss damit.

»Seid ihr da?«, fragte ich laut.

»Bist du schon fertig mit Üben, Kiara?« Meine Mutter hob die Augenbrauen, als ich ins Esszimmer kam, wo sie und Papa Tee tranken. Es duftete verräterisch gut; auf dem Tisch thronte ein Schokoladenkuchen, den noch niemand angeschnitten hatte. Mir schwante Übles, und für einen Moment vergaß ich meine Mission, sie vom Ende meines Wunderkinddaseins zu unterrichten.

»Ist was passiert? Hat das Theater keinen Bedarf mehr an Kulissenbauern?«

Zu oft schon hatte mein Vater versucht, uns mit seinen Koch- und Backkünsten darüber hinwegzutrösten, dass er wieder einmal seinen Job verloren hatte.

»Bei mir läuft alles rund, keine Sorge«, meinte Papa gut gelaunt.

»Das war nicht mal eine Stunde«, sagte meine Mutter zu mir, sah dabei jedoch auf die Uhr. »Warum kommst du schon runter?«

»Kiara hat einen siebten Sinn dafür, dass etwas im Busch ist.« Er grinste mich an.

»Ihr überlegt euch gerade, mich abzumelden, stimmt's?«

Deshalb der Kuchen. Deshalb die Vorfreude in ihren Gesichtern. Vielleicht wussten sie doch in ihrem tiefsten Inneren, dass auch zehn weitere Unterrichtsjahre bei Professor Mercier kein Genie zutage fördern würden.

»Witzig.« Meine Mutter lachte.

Was konnte es sonst sein? »Hast du dir wieder einen Papagei gekauft, Papa?«

»Oh, aber nein. Das geht doch nicht.«

Papa hatte sich bereits mehrfach einen Krummschnabel zugelegt, doch mein Geigenspiel machte es unmöglich, die Vögel zu behalten. Ob Graupapagei oder Amazone, Nymphensittich oder Zwergara – sobald ich mit meiner Musik begann, verwandelte sich der friedlich in seinem Käfig hüpfende Vogel in ein kreischendes, tobendes Etwas.

»Ich hab's!«, rief ich aus, als sei mir diese Idee eben erst gekommen. »Ich hör mit dem Unterricht auf und du bekommst deinen Papagei.«

Meine Mutter seufzte. »Wir verzichten gerne auf unsere Hobbys, wenn du dein Talent entwickeln kannst. Es geht um deine Zukunft, Kiara.«

Müssen Eltern sich denn immer für ihre Kinder aufopfern? Können sie nicht ein kleines bisschen selbstsüchtiger sein? Es machte mir ein schlechtes Gewissen, dass sie so viel Geld ausgaben und auf ihre eigenen Interessen verzichteten, nur damit ich mich regelmäßig bei einem freundlichen, bebrillten Herrn im grauen Anzug ausheulen konnte. Etienne Mercier war nicht nur mein Geigenlehrer, sondern mein Freund und Sorgenonkel, und es würde mir schwerfallen, ihn nicht mehr regelmäßig zu besuchen. Aber an mich war sein Unterricht leider verschwendet.

»Meine Zukunft?« Ich versuchte zu lachen. »Ich spiele gerne, aber es ist nur ein Hobby, so wie …« Ich brach ab, als meine Mutter aufstand und einen Briefumschlag auf den Tisch legte.

»Was ist das?«

Natürlich erkannte ich sofort Merciers elegante Handschrift auf dem Kuvert. Seit wann schrieb er meinen Eltern Briefe? Hatte er ihnen mitgeteilt, dass ich letztendlich doch nur eine große Enttäuschung war und die erhoffte Verwandlung in ein Musikgenie einfach nicht eintreten wollte?

Nein, dann hätte es keinen Schokoladenkuchen gegeben. Und keine lächelnden Eltern, die darauf warteten, dass ich den Brief öffnete.

»Lies. Und dann sag noch mal, dass es nicht um deine Zukunft geht.«

Ich legte das Papierknäuel, das vor Kurzem noch meinem Traum von Weltklassemusik ein Gesicht gegeben hatte, unauffällig auf den leeren Stuhl neben mir, und griff nach dem Schreiben des Professors.

Eigentlich hätte da stehen sollen:

Sehr geehrte Frau Wieland, sehr geehrter Herr Wieland,

zu meinem Bedauern muss ich Ihnen mitteilen, dass Ihre Tochter Kiara die hohen Erwartungen, die ich in sie gesetzt habe, nicht erfüllt hat …

Doch leider hatte er mir etwas ganz anderes geschickt. »Wie bitte?« Ich runzelte die Stirn. »Ist das ein Scherz?«

»Eine Einladung.« Meine Mutter strahlte bis über beide Ohren. »Zur Sommerakademie! Daran dürfen nur die begabtesten Jugendlichen teilnehmen.«

»Die Sommerakademie in Prag«, wiederholte mein Vater mit leuchtenden Augen. Kein Wunder – endlich trat ich in seine Fußstapfen. »Die besten Nachwuchstalente aus ganz Europa kommen dorthin! Junge Maler, Dichter, Musiker, Schauspieler … Das wird die Erfahrung deines Lebens, Kiara!«

Ich wollte seiner Freude nur ungern einen Dämpfer verpassen, schließlich wusste ich, wie sehr jener Sommer in Prag ihn in seiner Jugendzeit geprägt hatte. Aus diesem Grund brachte ich es nicht über mich, meine wahren Gedanken auszusprechen.

»Äh, schön.«

Wie konnte Professor Mercier mir das bloß antun? Er wusste, wie es um mich stand. Ich war der festen Überzeugung, dass er meinen Eltern nur deshalb vorschwindelte, ich wäre begabt, damit ich ihn weiterhin besuchen konnte. Sobald ich den Unterricht aufgab, würden wir uns nicht mehr sehen. Und wer würde mich dann trösten, meine Sorgen anhören und mir gute Ratschläge geben?

»Du glaubst, das ist ein Scherz«, sagte Papa, der viel zu gut in meinem Gesicht las. »Aber das ist es nicht. Auch wenn du an dir zweifelst, Kiara, andere tun das nicht. Du musst durchhalten! Professor Mercier glaubt an dein außergewöhnliches Talent. Und er muss es schließlich wissen, oder nicht? Er ist der Experte. Seine Schüler gewinnen am laufenden Band Preise und Stipendien. Warum sollte er sich mit dir abgeben, wenn du gänzlich unbegabt wärst?«

Genau das war die Frage – warum sollte sich ein brillanter Musiker von Weltrang mit einer mittelmäßigen Schülerin herumschlagen? Warum, wenn er nicht an eine Gabe glaubte, die sich erst noch zeigen musste? Dummerweise hatte ich einen Verdacht, der auf etwas ganz anderes hinauslief: Mercier widmete mir seine kostbare Zeit, weil wir mittlerweile Freunde waren. Mit ihm konnte ich über alles reden – nun ja, über fast alles. Manchmal vergaß er sogar, sich anzuhören, was ich geübt hatte, und gab mir am Schluss einfach ein neues Stück auf. Es kam vor, dass er mir etwas in Mathe erklärte, oder er ließ sich das Gedicht vortragen, an dem ich gerade feilte. Als ich mich mit meiner besten Freundin Franziska gestritten hatte, wollte er unbedingt wissen, warum ich geweint hatte, und hielt mir einen halbstündigen Vortrag über den Mut, die Wahrheit zu sagen. Irgendwie hatte mich das so getröstet, dass ich am nächsten Tag zu Franzi hingehen und ihr meine Sicht erklären konnte.

Ich vertraute ihm Dinge an, über die ich mit meinen Eltern nie gesprochen hätte: Von Kevin, der mich in der Siebten mit Papierfliegern bombardiert hatte, auf denen geheime Botschaften standen, die dann dummerweise die ganze Klasse las. Von Tobias aus meiner Parallelklasse, den ich während der achten und neunten Klasse für den attraktivsten Jungen der ganzen Schule gehalten hatte, der mich aber gar nicht bemerkte. Oder wir amüsierten uns darüber, dass neuerdings der sommersprossige Lukas aus der Zwölf ständig versuchte, mir kleine Geschenke zuzustecken.

Mit denselben kleinen Geschichten fütterte ich auch Franzis Neugier, da sie unglaublich gerne über mein nicht vorhandenes Liebesleben sprach. Dabei war sie sofort eifersüchtig, sobald ein Junge versuchte, mit mir zu flirten statt mit ihr, oder sie lästerte gnadenlos über das Objekt meiner heimlichen Leidenschaft.

Mein Vater interessierte sich sehr für alles, was mit Liebe zu tun hatte, aber auch nur die kleinste Andeutung inspirierte ihn dazu, stundenlang Liebeslieder zu schmettern, und das war mir auf die Dauer zu anstrengend. Meine Mutter hingegen würde die Brauen hochziehen und etwas über »hüpfende Hormone« murmeln. Für sie bestanden Teenager aus nichts anderem als Hormonen und einer gehörigen Prise Schwachsinn.

Professor Mercier war der perfekte Zuhörer. Insgeheim nannte ich ihn einen »Seelenkünstler«. Wenn er mir etwas auf der Geige vorspielte, wollte ich lachen und weinen und wünschte mir, dass er nie wieder aufhörte. Doch wenn er mit mir sprach, berührten seine Worte meine Seele genauso wie seine Musik. Er wusste von meinen verborgenen Gefühlen, bevor ich sie selbst eingeordnet hatte. Mercier war wie ein Großvater für mich, der nicht nur meine

Hände zum Spiel anleitete, sondern auch mein Herz, denn, wie er immer sagte, es gibt keine erhebende Musik ohne eine tiefe Seele.

Manchmal hatte ich das Gefühl, dass in mir mehr Sehnsucht war, als man in ein Gespräch packen konnte, und sie richtete sich auf zu viele Dinge, für die ich kaum Worte hatte. Sie war wie ein Bild aus vielen Farben, und eine davon war die Musik.

Daher war ich dankbar, dass wir ein Thema stets ausklammerten, und das war mein hübsch anzuhörendes, nettes Geigenspiel für den Hausgebrauch. Er war ein Profi und ich war kein Wunderkind, aber ich hatte das Gefühl, dass es ihn persönlich verletzen würde, wenn ich es aussprach.

»Prag wird Auswirkungen auf dein ganzes weiteres Leben haben«, versicherte mein Vater. »Ihr werdet euch mit eurer Kunst gegenseitig beflügeln.«

Vielleicht konnte ich in der Akademie so tun, als wäre ich eine Dichterin oder Schauspielerin. Solange ich meine Geige nicht vorzeigen musste, konnte es sogar ein schöner Sommer werden.

»Die Musiker üben zusammen mehrere Stücke ein.« Papa war so in Erinnerungen versunken, dass ihm meine mangelnde Begeisterung nicht auffiel. »Das Abschlusskonzert ist der Höhepunkt des Ganzen! Und die Freundschaften, die dort entstehen, halten oft ein Leben lang.«

»Können wir uns das denn überhaupt leisten?«

»Du bekommst ein Stipendium.« Triumphierend wedelte Mama mit dem zweiten Blatt Papier, das ich mir noch gar nicht angesehen hatte. »Sechs Wochen Prag, und wir müssen keinen Cent bezahlen!«

Es ist nicht fair, wenn Eltern einen so anschauen. So, als wäre man ihr größtes Glück. So, als hätte man gerade alle ihre Träume erfüllt. So, als wäre man tatsächlich das Wunderkind, das sie sich immer gewünscht haben.

* * *

Von der Haltestelle zu Professor Merciers Wohnung brauchte ich zehn Minuten durch die Reihenhaussiedlung. Ausgerechnet jetzt begann es zu tröpfeln und die vorher so unschuldig wirkenden

Wolken verdichteten sich zu einem drohenden Dunkelgrau. Ich beschleunigte meine Schritte und scheuchte eine Elster auf, als ich über eine Pfütze sprang und das Wasser hoch aufspritzte. Der hübsche Vogel, der gut in mein schwarz-weiß eingerichtetes Zimmer gepasst hätte, rettete sich laut schimpfend in ein Gebüsch.

Da der Regen stärker wurde, begann ich zu laufen. Ein seltsames Unbehagen befiel mich; mir war, als würde ich beobachtet. Ich drehte mich um, aber da war niemand, jedenfalls niemand, der mich verfolgte. Eine ältere Frau, die zwei prall gefüllte Plastiktüten trug, ging mitten auf der Straße. Wahrscheinlich fürchtete sie, auf den unebenen Gehwegplatten zu stürzen. Ein junger Mann auf einem Fahrrad kurvte um sie herum und strampelte mit gesenktem Kopf an mir vorbei. Auch er schien mich gar nicht zu beachten.

Es war helllichter Tag, ein zwar ziemlich verregneter Nachmittag, aber es gab wirklich keinen Grund, sich zu fürchten. Meine Geige war wertvoll, aber keine Stradivari, also musste ich mir eigentlich keine Sorgen machen. Doch das komische Gefühl blieb. Die freundlichen Reihenhäuser mit ihren kleinen Vorgärten kamen mir sonst auf nette Weise spießig vor, heute hatte ich keinen Blick dafür.

Aus zehn Minuten wurde eine gefühlte Stunde, die ich brauchte, um das dreistöckige Stadthaus zu erreichen, das sich hinter einer ordentlich gestutzten Wacholderhecke verbarg. Normalerweise klingelte ich und wartete, bis der Professor den Türöffner drückte und das vertraute Summen ertönte, doch diesmal stand die Tür weit offen. Die Nachbarin aus dem Erdgeschoss nickte mir freundlich zu. »Mal wieder fiedeln, Kiara?«

»Was sein muss, muss sein«, antwortete ich und huschte mit ihr zusammen in den Flur. Angespannt warf ich einen Blick über die Schulter, aber natürlich war da kein vermummter Verfolger, der sich hinter mir ins Haus drängen wollte.

Trotzdem hetzte ich so schnell in den dritten Stock wie nie zuvor. Ich flog förmlich das Treppenhaus hinauf. Die Wohnungstür war wie immer unverschlossen, damit die Schüler, die zu früh dran waren, im Wohnzimmer auf den Beginn ihrer eigenen Stunde warten konnten – und sich damit quälen durften, begabten Wunderkindern zuzuhören.

Aus diesem Grund vermied ich es normalerweise, zu früh zu kommen, doch zum Glück hörte ich heute keinen anderen Schüler. Vielleicht war Lars, der sonst immer vor mir Unterricht hatte, krank? Ich klopfte an die Tür des Musikzimmers, aber alles blieb still. War der Professor gar nicht zu Hause, hatte er mich womöglich vergessen? An einem anderen Tag hätte ich mich in einen der bequemen Sessel gesetzt und einfach gewartet, aber dazu war ich heute zu nervös. Behutsam drückte ich die Klinke hinunter und spähte ins Musikzimmer, wo das Klavier, aufgeschlagen wie ein Buch, zu warten schien. Der Schemel war verwaist. Durch die geöffnete Balkontür fuhr ein Windstoß und eine Bewegung im Zimmer ließ mich zusammenfahren.

»Entschuldigung, ich hab Sie gar nicht …«, begann ich, dann wurde mir auch schon bewusst, dass ich nicht zu Professor Mercier sprach, der in einer Ecke stand, sondern zu einem Kleiderständer, an dem sein grauer Anzug hing. Sogar seine schwarzen Schuhe standen auf dem Parkett. Von Mercier selbst jedoch keine Spur. Gerade wollte ich die Tür wieder schließen, als eine Elster auf dem Balkongitter landete, hinter den kleinen Kunststofftisch sprang und dann als Mann wieder zum Vorschein kam. Als ein offenbar nackter Professor Mercier!

Zum Glück verbargen der Tisch und die unzähligen Blumentöpfe darauf alles unterhalb seines Bauchnabels. Er strich sich das zerzauste graue Haar glatt, doch da wich ich schon zurück, bis ich mit den Kniekehlen an meinen Polstersessel stieß. Mit klopfendem Herzen ließ ich mich hineinfallen und wunderte mich darüber, dass sich sonst nichts verändert hatte. Die Welt ging nicht mit einem Paukenschlag unter. Ich starrte auf meine Hände. Ganz offensichtlich war ich immer noch ich selbst, und ich war wirklich hier. Es musste ein Traum sein, aber es fühlte sich nicht so an. Und wenn es keiner war … wie konnte ich die Realität dazu bringen, sich wieder real anzufühlen?

»Kiara? Wollen wir anfangen?« Professor Mercier lugte um die Ecke. Er war vollständig angezogen und nichts wies darauf hin, dass er eben noch eine Elster gewesen war. Er war immer noch der gleiche Mann, den ich seit ungefähr zehn Jahren einmal in der Woche besuchte. Der freundliche Herr im grauen Anzug, ein großer, hagerer Sechzigjähriger mit eckiger Brille, dessen schlanke Hände den Musiker verrieten. Seine Finger trommelten gegen den Türrahmen.

»Ist mit dir alles in Ordnung?«

Immer noch brachte ich kein Wort heraus. Jetzt erst bemerkte ich, dass ich die Notentasche hatte fallen lassen. Sie lag genau vor seinen Füßen, die, wie mir auffiel, in denselben schwarzen Schuhen steckten, die vorhin noch unter dem Garderobenhaken auf ihren Einsatz gewartet hatten.

Eine Halluzination, das war die Lösung! Mit der Wirklichkeit und mit Professor Mercier war alles in Ordnung – ich selbst war das Problem! Mein Verstand versuchte mich mit dieser genialen Erklärung zu beruhigen. Schließlich glaubte ich nicht einmal selbst, dass mein Geigenlehrer draußen als Elster herumflog, wenn er nicht gerade Unterricht gab.

»Kiara?« Er bückte sich, um die Noten aufzuheben. Als er das Lehrbuch, das halb aus der Tasche gerutscht war, wieder zurückschob, entdeckte er darunter den Brief, die Einladung zur Sommerakademie. Ein kleines Lächeln stahl sich auf seine Lippen. »Ah«, meinte er, »ist es das, was dich so aufregt?«

»Nein«, sagte ich, während mein Sprachzentrum noch darum kämpfte, einen vernünftigen Satz zusammenzustellen. Ich ignorierte die Bemühungen meines Gehirns und begann an ihm vorbei alles hervorzusprudeln, was mir auf der Zunge lag. »Es ist … ach, eigentlich ist nichts. Ich komme damit klar, dass Vögel sich in Musiklehrer verwandeln, danke der Nachfrage.«

Professor Mercier stutzte. »Du hast mich also gesehen. Geht es dir gut? Möchtest du ein Glas Wasser?«

»Mir geht es hervorragend«, krächzte ich. »Und Ihnen?«

»Mir? Wieso? Verwandeln ist weder anstrengend noch gefährlich.«

Professor Mercier ging nach nebenan in die Küche. Ich konnte hören, wie er zischend eine Wasserflasche öffnete, wie das Wasser in ein Glas plätscherte, und zum ersten Mal, seit ich ihn kannte, hatte ich das Gefühl, dass er mir auswich. Aber wie gut kannte ich ihn denn schon? Bisher hatte ich schließlich keine Ahnung davon gehabt, dass er ... Es fiel mir immer noch schwer, es zu denken.

Er kann sich in eine Elster verwandeln.

Das ist verrückt. Das ist eine Halluzination.

Ist es nicht. Du hast es selbst gesehen.

»Bitte schön, dein Wasser.« Er setzte sich mir gegenüber aufs Sofa. »Nun, Kiara, das ist ja eine schöne Bescherung. Ich hatte eigentlich nicht vor, dass du es so unvermittelt und unvorbereitet erfährst.« Er seufzte. »Andererseits ist mir bis jetzt nicht eingefallen, wie ich es dir schonend beibringen könnte.«

»Sie wollten mich also ... einweihen?«

»Natürlich«, sagte er ernst. »Du solltest es auf jeden Fall erfahren, bevor du nach Prag gehst.«

Dankbar ergriff ich die Gelegenheit, das Thema zu wechseln. »Das ist auch noch so eine Sache, die ich mit Ihnen besprechen muss. Diese Akademie für Hochbegabte ... da habe ich nichts verloren, und das wissen Sie so gut wie ich.«

Mercier musterte mich eine Weile. »Da bin ich anderer Meinung.«

»Ich werde mich unsterblich blamieren!«

Er lehnte sich zurück und lächelte. »Es geht in Prag nicht um Musik, also mach dir keine Sorgen, Kiara.«

»Worum geht es dann?«

Ein spitzbübisches Lächeln glitt über seine Züge. »Ist dir jemals aufgefallen, in welcher Sprache wir miteinander reden?«

»Wie meinen Sie das?«

»Wie wir sprechen, hört sich das für dich deutsch an?«

»Nun, Sie sprechen mit französischem Akzent, aber ...«

»Kiara«, sagte er, »was meinst du wohl, warum ich mich ständig mit dir unterhalte, anstatt mir dein Geigenspiel anzuhören? Wir reden in unserer wahren Muttersprache, du und ich. Auch jetzt.«

Jetzt war er völlig übergeschnappt.

»Das würde ich doch merken!«

»Ist es nicht so, dass dir am Anfang mein Akzent auffällt und dann nicht mehr? Dass du manchmal das Gefühl hast, dass du ebenfalls einen leichten Akzent hast, der nach ein paar Sätzen verschwindet? Sag irgendein Wort.«

»Geige.«

»Und jetzt wiederhole es – auf Deutsch.«

»Geige«, sagte ich noch mal. Und plötzlich dämmerte es mir. Beim ersten Mal hatte ich andere Silben ausgesprochen. Sie waren so natürlich, so selbstverständlich über meine Lippen gekommen, dass ich es nicht einmal gemerkt hatte.

Die Erkenntnis überwältigte mich. Ich suchte nach Wörtern und fand eine ganze Sprache. Es war, als hätte mir jemand im Schlaf eine Fremdsprache ins Gehirn gepflanzt – nur dass es sich nicht wie eine Fremdsprache anfühlte und anhörte. Es war so nah bei mir wie Atmen oder Weinen. Hastig wischte ich mir eine Träne aus dem Augenwinkel. *Kein Grund zum Heulen*, sagte ich mir und merkte gleichzeitig, dass ich das nicht auf Deutsch gedacht hatte, sondern in dieser anderen Sprache, die mir so leicht und flüssig über die Lippen ging. Diese Sprache, in der ich dachte. In der ich vielleicht schon immer gedacht hatte.

»Wir sind keine Menschen«, sagte Professor Mercier leise. »Keine echten Menschen.«

Jetzt konnte ich die Tränen nicht mehr zurückhalten. Es war ein Gefühl, als hätte ich mir das Knie aufgeschlagen oder etwas gebrochen – ein Schmerz, der mich zugleich betäubte und aufwühlte.

»Was sind wir?«, flüsterte ich. Und auf einmal wusste ich, warum ich weinte. Dies war ein Abschied. Wenn ich durch diese Tür ging, würde es die Kiara, die mit ihrem Geigenkoffer und ihren Noten und der Einladung nach Prag hier hereingestolpert war, nicht mehr geben. »Außerirdische?«

Er lachte leise. »In gewisser Weise – ja. Obwohl wir nicht von einem anderen Planeten kommen. Nur aus einem anderen Land, zu dem es von hier aus keinen Zugang gibt. Es ist ein Land, in das niemand reisen kann. Du kannst uns durchaus als Ausländer betrachten, auch wenn wir schon seit unzähligen Generationen hier leben. Obwohl wir uns mit den Einheimischen vermischt haben. Obwohl es viele von uns gibt, die nicht wissen, was sie sind. Wir nennen sie die *Getriebenen*, denn sie werden immer mit dem Gefühl leben müssen, dass ihnen etwas fehlt.«

»So wie ich.« Immer noch gab es die Möglichkeit, dass er plötzlich aufspringen und rufen würde: Reingefallen! Alles nur ein Scherz!

Aber ich spürte mittlerweile sehr deutlich, dass die Worte, die über meine Lippen kamen, nicht deutsch waren. Und ich hatte die Elster gesehen. Wenn das alles ein Scherz sein sollte, dann hatte sich jemand unglaublich viel Mühe damit gemacht. Und mein Herz wusste es bereits, wusste, dass alles, was der Professor sagte, der Wahrheit entsprach.

»Nein, nicht wie du. Die Getriebenen verstehen kein Alamarisch. Sie sind wie Menschen, die ihr Gedächtnis verloren haben; ihre wahre Herkunft wird immer ihr blinder Fleck sein.«

»Aus welchem Land kommen wir denn?«

»Wint Alamar«, sagte er, und als er es aussprach, war es mir, als wäre da schon immer eine Stimme in mir gewesen, die flüsterte: *Wint Alamar. Vergiss nicht. Wint Alamar.* Als wäre ich mit diesem Namen auf meiner Stirn geboren, als würde ich ihn wie eine Tätowierung auf der Haut tragen.

»Wint Alamar«, wiederholte ich. Es schmeckte wie eine unbekannte Speise auf meiner Zunge, zugleich fremdartig und süß, verlockend und beängstigend. Er hatte recht: In dieses Land konnte man nicht reisen. Und doch kam es irgendwie näher, als ich »Wint Alamar« sagte, so als sei diese Silben ein Zauberspruch, der es anlockte wie ein scheues Tier.

Der Professor beobachtete mich genau. »Du nimmst es gut auf. Besser, als ich befürchtet habe. Aber vielleicht habe ich auch genau das von dir erwartet. Willst du noch mehr wissen oder reicht es dir für heute?«

Natürlich wollte ich alles wissen. Am besten sofort. Aber als ich meine Hand nach dem Wasserglas ausstreckte, zitterte sie so sehr, dass ich es nicht festhalten konnte. Ich gab auf und lehnte mich in den Sessel zurück.

»Ich denke, das genügt für heute«, murmelte Professor Mercier fürsorglich, doch in seinen Augen lag ein Brennen, eine Anspannung, vielleicht sogar Gier – und auf einmal fürchtete ich mich vor dem, was ich noch alles erfahren sollte. »Gut gemacht, mein Mädchen. Aber du solltest jetzt nach Hause gehen.«

»Und meine Eltern?«, fragte ich. Auf einmal kam es mir unmöglich vor, heimzukommen und so zu tun, als wäre nichts. »Wissen sie es?«

»Nein«, antwortete er. »Aber einer von ihnen muss natürlich ebenfalls aus Wint Alamar stammen. Sonst hättest du diese Gene nicht geerbt.«

Warum überraschte mich das so? Hatte ich etwa gedacht, dass ich irgendwie aus diesem fremden Land Wint Alamar herausgefallen und auf ihrer Türschwelle gelandet war?

»Mein Vater.«

»Wieso kommst du gerade auf ihn?«

»Er war auch in Prag«, sagte ich. »Es hat etwas mit dieser Akademie zu tun, oder?«

»Ja«, gab Professor Mercier zu. »Aber jetzt frag nicht weiter. Das nächste Mal erfährst du mehr. Ich rate dir nur, zu Hause nichts davon zu erzählen.«

Ich starrte ihn an, und er seufzte.

»Nun lass gut sein. Bis nächsten Dienstag.« Er öffnete die Wohnungstür.

»Eine Frage habe ich noch«, sagte ich, bevor ich mich ins Treppenhaus schieben ließ. Merkwürdig, sonst hatte er es nie so eilig, mich loszuwerden. »Kann ich … kann ich das auch?«

»Was?«

»Mich in eine Elster verwandeln.«

»Das solltest du nicht einmal versuchen«, meinte er sofort. »Du hast ja keine Ahnung.«

Damit schloss er die Tür zwischen uns, und ich stand im Flur.

Erst im Erdgeschoss fiel mir ein, dass ich meine Geige in seiner Wohnung gelassen hatte. Heute war wirklich nicht mein Tag. Ich kehrte wieder um, doch vor Merciers Tür zögerte ich. Schließlich hatte er mich ziemlich deutlich hinausgeworfen. Vielleicht konnte ich mich unbemerkt hineinschleichen, mir meine Sachen schnappen und wieder verschwinden? Behutsam drückte ich die

Klinke hinunter und schob die Tür leise auf. Auf Zehenspitzen schlich ich zum Sessel, neben dem immer noch mein Geigenkasten lag. Da hörte ich hinter der geschlossenen Tür des Musikzimmers Stimmen.

Wie seltsam. Einem weiteren Schüler hätte ich doch im Treppenhaus begegnen müssen? Nein, die zweite Stimme, tief und knarrend, gehörte unzweifelhaft einem Erwachsenen.

»Du hast gesagt, sie würde so weit sein.«

»Das ist sie auch«, beteuerte Professor Mercier. »Ich halte es für das Beste, behutsam vorzugehen. Diese Entscheidung solltest du schon mir überlassen. Ich kenne sie seit Jahren.«

Zwei Stimmen. Ich schluckte, als ich mir darüber klar wurde, was das bedeutete. Noch jemand musste über den Balkon gekommen sein. Es gab noch andere, die sich in Vögel verwandeln konnten, und einer davon war hier.

»Recht hübsch, aber eine graue Maus. Sie sieht nicht aus, als hätte sie die innere Stärke für den Auftrag.«

Ich hatte gewusst, dass mich nicht nur die Elster beobachtet hatte, sondern noch jemand. Wer war es gewesen? Einer der Spatzen? Die Amsel?

»Ich habe gesagt, sie wird vorbereitet sein.«

»Ich halte es trotzdem für das Beste, wenn wir ihr nichts von Nicolas sagen. Sie ist so naiv, sie könnte ihn verraten. Ich behaupte ja nicht, dass es absichtlich wäre.«

Professor Mercier schnaubte böse.

»Worum geht es eigentlich?«, fragte der Fremde. Zu seiner Art zu sprechen hätte ein süffisantes Lächeln gepasst. »Um unseren Krieg oder um deinen Ruhm? Ich werde jedenfalls nicht zulassen, dass deine kleine Schülerin alles verdirbt. Das ist unsere Chance, die erste seit Jahrhunderten!«

»Ich weiß, ich weiß«, stimmte Professor Mercier säuerlich zu. »Aber sie wird es nicht verderben. Sie ist eine wahre Tochter der Schlange.«

Ich hielt inne, den Geigenkasten in beiden Händen, als das Gespräch nebenan stockte. Dann lachte der Fremde leise, und mich überlief es kalt.

»Das ist deine Meinung, Etienne. Aber ich warte lieber ab, ob sie sich bewährt.«

»Es würde ihrer Sicherheit dienen, wenn sie wüsste, an wen sie sich wenden kann«, entgegnete mein Geigenlehrer. »Im Notfall. Es kann immer einen Notfall geben.«

»Du weißt nicht, wie gut sie ist. Du kannst es nicht wissen. Und auf deine Hoffnungen hin werde ich nicht Nicolas' Sicherheit gefährden. Es genügt, wenn er weiß, wer sie ist. Er kann ein Auge auf sie haben – obwohl bereits das ihn unzumutbar gefährden könnte.«

»Dir geht es immer nur um Nicolas«, knurrte der Professor.

»Natürlich«, gab die Stimme zurück. »Und für dich sollte dasselbe gelten. Du kannst unseren Plan jetzt nicht mehr ändern, dafür ist es zu spät.«

»Ich hatte nicht vor, ihn zu ändern.«

»Gut. Gut, das zu hören, Etienne. Dann steht dem neuen Zeitalter nichts mehr im Wege.« Wieder lachte der fremde Besucher.

Ich stahl mich zur Tür und rannte mit klopfendem Herzen nach unten. Erst als ich schon auf der Straße war, fiel mir ein, dass ich zwar die Geige, nicht aber die Noten mitgenommen hatte. Aber nichts auf der Welt würde mich dazu bringen, noch einmal umzukehren.

2
Vom Fliegen und Brennen

Es war das gleiche Gefühl, wie wenn man nach einem langen Urlaub nach Hause kommt. Für eine kurze Zeit sah ich alles mit den Augen einer Fremden. Schon der Geruch im Hausflur – nach feuchtem Stein, Schuhen und Brot – drang mit ungewohnter Intensität auf mich ein. Merkwürdige Geräusche irritierten mein Gehör; ich musste erst um die Ecke lugen, um festzustellen, dass mein Vater in der Küche Brötchen schnitt. Nie zuvor war mir aufgefallen, wie laut sich das anhörte. Das Messer schabte, mahlte, knirschte. Krümel rieselten auf das Wachstuch wie feiner Regen.

»Ich hab Brötchen aufgebacken«, sagte er, ohne aufzublicken. »Mama dreht eine kurze Runde um den Block, hast du sie getroffen?«

»Nein«, antwortete ich.

Mein Vater beugte sich über den Küchentisch. Sein Haar war tiefschwarz, bis auf ein paar vorwitzige graue Strähnen, über die er sich oft lauthals ärgerte. Meine Mutter lachte bloß darüber, sie meinte, je mehr er sich darüber aufregte, umso mehr graue Haare würde er bekommen. Für sein Alter trug er es eigentlich etwas zu lang. Ich betrachtete ihn von der Seite und überlegte, ob er wohl aussah wie ein typischer Einwohner von Wint Alamar. Bisher hatte ich sein Aussehen und seine Eigenarten darauf zurückgeführt, dass er in Rumänien aufgewachsen war. Bei der Hochzeit hatte er den Nachnamen meiner Mutter angenommen, und da er akzentfrei Deutsch sprach, konnte man leicht vergessen, woher er stammte.

»Papa«, sagte ich, und bevor ich mir im Klaren darüber war, was ich tat, fügte ich hinzu: »Hast du jemals versucht zu fliegen?« Die Sprache von Wint Alamar floss so leicht über meine Lippen, als hätten wir uns schon immer darin unterhalten. Aber der Unterschied war mir sehr wohl bewusst. Und auch, wie gespannt ich auf seine Reaktion wartete.

»Du stellst Fragen«, meinte er lachend und zwinkerte mich durch seine wirren Ponysträhnen hindurch an.

Mir stockte der Atem. Merkte er denn gar nicht, dass er mir auf Alamarisch antwortete, in der Sprache, die unser Geburtsrecht war?

»Wohin willst du fliegen?«

»Nach Prag vielleicht? Erzähl mir von Prag.«

Mein Vater ordnete die Brötchenhälften im Korb an und holte die Butter aus dem Kühlschrank.

»Das Haus war magisch.« Er benutzte ein Wort, das viel mehr beinhaltete. Es rief in mir Vorstellungen hervor, die etwas vom Geschmack vergessener Träume in sich trugen, vage und halb verschwommen. »Wir haben außerhalb der Stadt gewohnt, in einem richtigen Schloss. Es war riesig, man konnte sich darin verlaufen. Aber ich habe gesehen, dass die Akademie diesmal woanders stattfindet, die Adresse ist nicht dieselbe. Daher sollte ich dir wohl besser nicht den Mund wässrig machen. Sonst bist du enttäuscht, wenn ihr viel einfacher untergebracht seid.«

»Ich werde schon nicht enttäuscht sein«, versprach ich. »Erzähl weiter.«

»Es war eine wunderbare, intensive Zeit. Sie hat mein Leben geprägt. Ich hoffe für dich, dass es dir genauso geht. Wenn so viele Gleichgesinnte zusammenkommen …«

Ich hörte, wie die Tür aufging, dann hallten die Schritte meiner Mutter im Hausflur. Ihre Walkingjacke raschelte beim Ausziehen. »Adrian? Kiara? Ihr habt doch nicht auf mich gewartet?«

»Doch, Schatz!«, rief mein Vater. Ohne zu stocken wechselte er zurück ins Deutsche. Als hätten wir nie in einer anderen, fremdartigen Sprache miteinander geredet. Zu gerne hätte ich ihn gefragt, ob er über uns Bescheid wusste. Über mich. Über Professor Mercier. Und über das, was wirklich in Prag vor sich ging.

* * *

Es war, als wäre ich bei mir selbst zu Besuch. Alles fühlte sich fremd an. Mein Blick wanderte über die großformatigen *Serpent-War*-Poster an den Wänden, das Zebrasofa, die schwarz-weiß gemusterte Bettdecke und blieb am Notenständer hängen. Meine Geige lag noch unten auf der Treppe, ihr Platz war leer.

Vielleicht würde ich mich irgendwann an den Gedanken gewöhnen. Vielleicht würde es sich irgendwann normal anfühlen zu wissen, dass ich kein richtiger Mensch war. Noch war das eine Tatsache, die ich irgendwie in mich integrieren musste, so als hätte ich erfahren, dass ich Krebs hatte und bald sterben würde.

»Und Papa auch«, flüsterte ich und überlegte, ob mich das trösten konnte. Ja, es war durchaus hilfreich zu wissen, dass ich nicht völlig allein damit war. Auch wenn ich Papa nicht fragen konnte, wie er damit klarkam. Er wusste nichts davon. Womöglich war es ein Segen, nichts zu wissen.

Ich ließ mich auf mein Zebrasofa fallen und schloss die Augen. Sofort sah ich wieder die Elster vor mir, die auf dem Balkongeländer landete, die Flügel ausstreckte und hinuntersprang.

Ich versuchte mir vorzustellen, dass meine Arme Flügel waren. Dass meine Nase in einen spitzen harten Schnabel auslief. Dann schlug ich – leider nur in Gedanken – mit den Flügeln und hob ab …

Vermutlich war ich die einzige Sechzehnjährige auf der Welt, die sich ernsthaft fragte, warum sie nicht mit den Armen wedeln und fliegen konnte. Warum sie sich nicht in einen Vogel verwandelte.

Vielleicht …? Mein Zimmer lag unter dem Dach, das Bett direkt unter der Dachschräge. Ich hatte nur ein Dachfenster, aus dem ich gerade so hinausschauen konnte, wenn ich mich auf die Zehenspitzen stellte. Um dort hinauszuklettern, musste ich meinen Schreibtisch von der Wand wegrücken, direkt unters Fenster. Vorher schob ich mein kleines Tischchen, das zwischen Bett und Couch Platz hatte, beiseite; die Töpfe der fleischfressenden Pflanzen, die ich unter dem Fenster zog, fielen dabei fast um. Nun den Schreibtisch hierherzerren. Und hinaufsteigen.

Zuerst sah ich nur das Dach mit seinen roten Ziegeln und die Spitze vom Birnbaum, aber wenn ich mich weit vorbeugte, konnte ich sogar Mamas Jasminstrauch erkennen, der neben der Terrasse wuchs und dessen Duft den Garten erfüllte.

Unsere Terrasse war mit rötlichen Steinen gepflastert. Trotzdem würde mein Blut, wenn ich dort unten aufschlug, einen unschönen dunklen Kontrast bilden. Vorsichtshalber verabschiedete ich mich von dem Gedanken, aus dem Fenster zu springen, um dabei fliegen zu lernen. Es war wohl doch sinnvoller, die umgekehrte Reihenfolge beizubehalten: erst fliegen können und dann springen.

Ich kletterte wieder zurück, wobei ich auf meinem Aufsatzheft ausrutschte und dummerweise meinen Stuhl umwarf.

»Kiara?« Meine Mutter steckte den Kopf ins Zimmer. »Was machst du da bloß?«

»Das ist, äh, Yoga.«

»Fall nicht wieder um, ja? Ich wollte dir nur sagen, dass ich dich morgen nicht wecken kann, ich muss schon um fünf raus.«

Ein Glück. Ich hatte schon Angst gehabt, sie wollte mir ein ernstes Gespräch aufdrücken. Marlene Wieland liebte ernste Gespräche über meine Zukunft. Vor allem belehrte sie mich gern darüber, wie wichtig es war, sich gehörig anzustrengen. Sie hatte schon immer Angst gehabt, ich würde wie mein Vater werden. Er war unglaublich begabt, aber er brachte es einfach nicht fertig, etwas daraus zu machen. Es wäre ihr lieber gewesen, er hätte nicht so viel Talent für alles Mögliche und stattdessen etwas mehr Ehrgeiz. Mir dagegen fehlte leider beides. Ich hatte keine besonderen Talente. Ich war nicht schlecht und stand in den meisten Fächern auf Zwei oder Drei, aber ich ragte nirgends heraus und es gab auch kein Gebiet, das mich mehr interessiert hätte als die anderen. So gerne ich auch Geige spielte, ich war nicht verrückt danach. Neben Chris auf der Bühne zu stehen war nie ein realistischer Traum gewesen. Es gab nichts, wofür ich mich mit Herz und Seele eingesetzt hätte, wofür ich brannte. Bis jetzt.

Seit ich gesehen hatte, wie mein Geigenlehrer auf dem Balkon gelandet war, wusste ich, was ich wollte. Ich wollte das können, was er konnte. Ich wollte *fliegen.*

»Und mit dir ist wirklich alles in Ordnung? Oder machst du dir Sorgen wegen Prag?«

»Nein, alles klar. Ich freu mich schon drauf. Nacht, Mama.«

Als Vertriebsleiterin einer großen Firma war meine Mutter sowieso nicht oft zu Hause. Ich war es gewohnt, selbständig zu sein und mich um solche Dinge wie die Wäsche zu kümmern.

Als sie die Tür wieder geschlossen hatte, ließ ich mich vorsichtig aufs Sofa sinken. Der blaue Fleck, den ich mir bei meiner Aktion geholt hatte, schwoll spürbar an. Aus dem Fenster springen! Ich verdiente wirklich nichts Besseres.

Warum hatte ich meiner Mutter nicht einfach die Wahrheit gesagt? *Ich versuche zu fliegen. Ich will herausfinden, wie ich mich in einen Vogel verwandeln kann. Ach, übrigens, liebste Mama, dein schöner Adrian ist kein richtiger Mensch und ich auch nicht. Macht dir das was aus?*

Ächzend schob ich den Schreibtisch zurück an die Wand, rückte mein Tischchen wieder unter das Dachfenster und stellte meine Pflanzen mit dem richtigen Abstand zueinander wieder hin.

* * *

»Was ist eigentlich los mit dir?« Franzi musterte mich kopfschüttelnd. Sie verfolgte mich schon seit Tagen über den Pausenhof. Leider war ich zu einem vernünftigen Gespräch nicht in der Lage. In meinem Kopf passierte einfach zu viel. Ich wollte nur über das nachdenken, was Professor Mercier mir erzählt hatte, und dabei in Ruhe gelassen werden. Aber jemand wie Franziska konnte das natürlich nicht akzeptieren. Dumm von mir zu glauben, ich könnte irgendetwas vor ihr geheim halten.

»Ich denke nach.«

»Ach nein. Und worüber? Mensch, Kiara, jetzt sei doch nicht so. Wir sind Freundinnen, weißt du noch?«, drängte Franzi. »Für immer und ewig. Wir haben geschworen, dass wir ehrlich zueinander sind.«

»Okay, du hast es nicht anders gewollt.« Ich grinste sie an. »Ich werde dir jetzt etwas erzählen und du wirst mich nicht unterbrechen.«

»Versprochen.«

»Vor vielen tausend Jahren ging ein junger Prinz mitsamt seinem Gefolge auf die Jagd, in einem Land namens Wint Alamar. Sie ritten durch einen Wald, der sich endlos in alle Richtungen erstreckte. Ein Wald, in dem die Bäume so alt waren wie die Welt selbst.«

»Äh, was hat das ...?«

»Du wolltest mich nicht unterbrechen, schon vergessen?«

»Ach ja. Tschuldigung.«

»Sie ritten tagelang durch diesen Wald, immer der Beute nach. Es war ein kostbarer bunter Vogel, den man nur einmal in seinem Leben zu Gesicht bekam. Der Prinz wollte ihn fangen und in sein Schloss bringen, aber er entwischte ihnen immer wieder. Doch irgendwann merkten sie, dass sie nicht mehr die Jäger waren, sondern die Beute. Etwas war hinter ihnen her, etwas Großes, Dunkles. Gefahr lag in der Luft, ihre Nackenhaare stellten sich auf, ein Frösteln lief über ihre Haut. Es war, als hätte der Tod selbst sich auf ihre Spur gesetzt. Er ging ihnen mit langsamen Schritten nach und war doch schneller als ihre Pferde, und je schneller sie ritten, umso näher kam er ihnen. Sie gerieten in Panik, sie stürmten drauflos, ohne auf die Richtung zu achten, und dann befanden sie sich plötzlich in einem anderen Wald. Die Bäume waren kleiner und jünger, und die Luft roch anders. Es dauerte eine ganze Weile, bis sie herausfanden, dass sie nicht nur in einem anderen Wald gelandet waren, sondern in einem anderen Land. Schlimmer noch, in einer anderen Welt. Und es gab keinen Rückweg nach Wint Alamar. Falls es einen gab, fanden sie ihn nicht. Sie mussten hierbleiben, in der Fremde. Sie und alle ihre Nachkommen.«

Ich wartete auf eine Reaktion, aber Franzi hob nur die Brauen. Offensichtlich wartete sie auf etwas.

»Und?«, fragte ich neugierig.

»Was, und? Das war's?«

»Nicht vollständig natürlich. In tausenden von Jahren passierte natürlich jede Menge. Aber so fing es an.«

Ihre Stirn kräuselte sich. Sie schien zu überlegen, ob ich sie auf den Arm nahm. Doch dann lächelte sie.

»Du denkst dir ein Märchen aus? Du schreibst eine Geschichte? Darum musst du doch wirklich kein Geheimnis machen, Kiri. Ich hab auch schon mal versucht, ein Gedicht zu schreiben.« Sie zuckte mit den Achseln. »Es ist leider nichts geworden. Da war ich in Stefan verschossen, und nachher hab ich's vernichtet.«

Ich hätte genauso reagiert, wenn ich nicht selbst miterlebt hätte, wie die Elster sich verwandelt hatte. Und wenn die fremde Sprache nicht gewesen wäre, die mir in Fleisch und Blut übergegangen war. Trotzdem hatte ich gehofft, sie würde mir glauben.

Das wünsche ich mir, dachte ich plötzlich. *Genau das. Ich brauche jemanden, mit dem ich über diese unglaubliche Geschichte reden kann, jemanden, der weiß, dass sie stimmt. Den ich nicht überzeugen muss.*

»Ich fahre übrigens im Sommer nach Prag«, sagte ich.

»Aha.« Franzis Gesichtsausdruck teilte mir deutlich mit, dass sie dachte: Was wird das jetzt schon wieder?

»Ich sollte diese Geschichte noch besser ausarbeiten.«

»Klar, das solltest du. Und das muss in Prag passieren?«

Ich konnte ihr nicht einmal verdenken, dass sie mich für leicht übergeschnappt hielt.

»Der stolze Prinz weigerte sich, sich den Herrschern dieser Welt zu unterwerfen. Er ignorierte die Gesetze, er zahlte keine Steuern, und die Leute im Umland erzählten sich schaurige Geschichten über die Fremden, die sich in Tiere verwandelten. Nichts Besonderes, wenn man aus Wint Alamar kommt ... Aber bald rückten Bewaffnete an, und obwohl die Neuankömmlinge sich durchaus wehren konnten, gingen sie dazu über, ihre Fähigkeiten nur noch im Geheimen zu praktizieren. Um nicht verfolgt zu werden und unauffällig leben zu können, verteilten sie sich in den Dörfern und Städten und führten ein Leben im Verborgenen. Allerdings hörten sie niemals damit auf, ihrem eigenen König zu huldigen.«

Franzi starrte bereits quer über den Schulhof. »Hast du schon etwas davon aufgeschrieben? Das solltest du, damit du es nicht vergisst. Du kannst es mir ja zu lesen geben. Hast du schon gehört, was Malte zu Sarah gesagt hat?«

Nun, da sie herausgefunden hatte, dass meine Schweigsamkeit keine spannendere Ursache hatte als die, dass ich über meinen Fantasien brütete, wollte sie zur Normalität übergehen. Sie liebte die Normalität über alles. Und nun das – Fliegen! Wint Alamar! Der

Abgrund zwischen uns wurde immer tiefer, das Ausmaß meiner Andersartigkeit immer größer. Bald würden wir uns gar nichts mehr zu sagen haben.

Doch noch tat der Gedanke daran, meine beste Freundin aufzugeben, zu weh. Daher lächelte ich und hörte mir an, wer was zu wem gesagt hatte. Ich lachte sogar, als sie Frau Niehaus, unsere meistgehasste Lehrerin, gekonnt imitierte. Aber meine Gedanken waren bei einem Volk, das in dieser Wirklichkeit gestrandet war und seine Kräfte verstecken musste, um nicht als Zauberer oder Dämonen verfolgt und vernichtet zu werden. Sie kamen aus Wint Alamar. Sie waren die Wandler.

Und ich gehörte dazu.

* * *

Auch an diesem Dienstag würde ich ein Puzzlestück erhalten. Der Professor hatte versprochen, mir in den verbliebenen Wochen bis zu den Sommerferien jedes Mal, wenn ich zum Unterricht erschien, etwas Wissenswertes mitteilen. Beim letzten Mal, als er mir die märchenhafte Geschichte vom Prinzen und der gestrandeten Jagdgesellschaft erzählt hatte, war er mir traurig vorgekommen. Seine Stimme war immer leiser geworden, so als bereitete es ihm Schwierigkeiten, diese Dinge auszusprechen. Es schien mir nicht der richtige Zeitpunkt zu sein, um die Frage zu stellen, die mir auf der Zunge brannte: Wie viele von uns wurden ermordet? Sind wir ein vom Aussterben bedrohtes Volk?

»Nun, Kiara? Wie war deine Woche?«

Ich hatte natürlich wieder versucht, mich zu verwandeln. Erfolglos. Mit dem Ergebnis, dass ich angefangen hatte, an meinem Verstand zu zweifeln und an Professor Merciers Verstand gleich mit.

»Fragen Sie lieber nicht.«

Er musterte mich aufmerksam. »Die Sache nimmt dich ziemlich mit, wie? Vielleicht sollte ich lieber aufhören.«

»Womit aufhören? Mir einzureden, ich würde zu einem Volk gehören, das auf diesem Planeten eigentlich nichts zu suchen hat?«

Der Professor seufzte. »Die jungen Leute, die nach Prag kommen, haben keine Ahnung, was sie erwartet. Sie werden erst dort mit der Wahrheit konfrontiert. In der Akademie werden ihre Zweifel und Fragen aufgefangen. Es könnte Misstrauen erwecken, wenn du allzu abgeklärt dort auftauchst.«

»Abgeklärt?« Ich verzog das Gesicht. »Unwahrscheinlich. Außerdem möchte ich das alles lieber von Ihnen erfahren als von Lehrern, die ich nicht kenne.«

»Trotzdem«, murmelte er. »Wir müssen vorsichtig sein. Sie werden merken, wenn deine Überraschung nur gespielt ist.«

»Warum ist es denn schlimm, wenn ich schon Bescheid weiß?«

»Was auch immer geschieht«, sagte er, »erwähne nie meinen Namen. Sag keinem, ich wiederhole: *keinem*, dass du mich kennst.«

»Die sind hinter Ihnen her, stimmt's?«

Seine Augen hinter den Brillengläsern waren so grau, dass sie fast farblos wirkten.

»Ein Geier käme hier sowieso nicht rein«, versuchte ich ihn aufzumuntern. »Und ein Krähenschwarm ... nun, das wäre wirklich gruselig. Aber wir Wandler halten doch zusammen, hoffe ich. Tun das nicht alle Völker im Exil?«

»Du hast ja keine Ahnung«, sagte er leise. »Wie könntest du auch.«

Ich wartete. Da er sich nicht rührte, packte ich schon mal den Bogen aus und strich damit über das Kolophonium, ein Ritual, das sich gut für schweigsame Momente eignete.

»Die Nachkommen des Prinzen haben sich zerstritten. Es waren zwei Brüder«, sagte er schließlich. »Zwei Prinzen. Anfangs waren sie ein Herz und eine Seele. Sie waren mächtiger als jeder vor ihnen und jeder nach ihnen. Während die Fähigkeit zur Verwandlung sich bei ihren Untertanen auf ein oder zwei Tiere eingependelt hatte, gab es für sie keine Grenzen. Sie konnten sich in jedes Tier verwandeln, das sie wollten. Zu diesem Zeitpunkt beschloss der eine von ihnen, dass wir uns nicht länger verstecken sollten. Dass es keinen Grund dafür gab, gejagt zu werden, nur weil manche sich in Wölfe verwandelten und andere in Raben. Wir sind keine Zauberer, keine bösen Magier, wir sind einfach nur anders. Der jüngere, heißblütige Prinz war es leid, seine Fähigkeiten zu verstecken. Er beschloss, dass wir den Menschen den Krieg erklären sollten, denn sie würden uns niemals sein lassen, was wir sind.« Professor Mercier suchte meinen Blick. »Verstehst du, Kiara, was das bedeutet hätte? Niemand wäre mehr sicher gewesen. Es wäre so leicht gewesen, die Mächtigen auszuschalten und sich an ihre Stelle zu setzen. Was hätten Leibwachen und Türsteher einem König genützt, wenn jederzeit ein giftiger Skorpion durch sein Fenster kriechen konnte? Wie hätte ein Bauer sich wehren sollen, wenn Stiere die Dörfer niedertrampelten, Raubtiere die Wälder unsicher machten, wenn für jeden Mord an einem von uns hunderte und tausende der Menschen bluten würden? Ein schwarzer Skorpion, ja, das war seine Lieblingsgestalt. So nannte man ihn, den wahnsinnigen Prinzen: den Skorpionkönig. Und die Wandler hörten ihm zu. Nach Jahrhunderten der Verfolgung bot er unserem Volk Hoffnung. Er bot uns Rache, Blutgier, Macht, ein Gemetzel ohne Ende.«

»Dazu kam es nicht«, vermutete ich.

»Doch, aber nicht in dem Ausmaß, wie der Skorpionkönig es geplant hatte. Denn sein Bruder wandte sich gegen ihn. Sein älterer Bruder, der ihm so nah war wie niemand sonst ... und der kein Blut an seinen Händen haben wollte, der lieber im Verborgenen lebte, als die Menschheit in die Knechtschaft zu zwingen. Den Schlangenkönig nannte man ihn, denn als Schlange besuchte er die Häuser der Menschen und belauschte ihre Geheimnisse, die er zum Wohle unseres Volks nutzen wollte. Er stellte sich dem Skorpion in den Weg und beanspruchte die Herrschaft über die Wandler für sich. Die Schlange wollte die Vernunft regieren lassen, nicht den Wahnsinn. Güte statt Rache. Frieden statt endlosem Krieg. Dafür gab er sein Leben.«

»Der Skorpionkönig hat ihn getötet?«, fragte ich erschrocken.

»Sie haben sich gegenseitig getötet, Schlange und Skorpion ... in einem Kampf, wie es ihn nie zuvor gab und nie wieder geben wird. Und so wurde über das Schicksal unseres Volks und der Menschen entschieden, an einem einzigen Tag, und dort ist ein Teil von uns gestorben, mit unseren beiden Königen.« Er seufzte und wandte den Blick ab.

»Wie lange ist das her?«, fragte ich vorsichtig, denn Mercier wirkte wie jemand, der gerade einen seiner Angehörigen verloren hatte.

»Zweieinhalbtausend Jahre«, antwortete der Professor. »Seitdem leben wir nicht nur im Exil, nicht nur im Verborgenen, sondern auch geteilt in zwei Clans, die jeder ihrem toten König huldigen. Die völlig unterschiedliche Ziele verfolgen. Du kannst dir denken, dass die Mitglieder des Schlangenclans versuchen, friedlich unter den Menschen zu leben. Falls sie in Erscheinung treten, dann um dieses Miteinander zu bereichern. Unzählige Künstler und Wissenschaftler gehörten und gehören zum Schlangenclan. Ich gehöre zum Schlangenclan.« Er machte eine Pause. »Du gehörst zum Schlangenclan.«

Nach seiner langen Rede überraschte mich das nicht wirklich. »Und die anderen?«

»Ihnen blieb keine andere Wahl, als im Verborgenen zu bleiben. Aus dem Untergrund an der Vernichtung der Menschen zu arbeiten. Irgendwann, so glauben sie, wird ein neuer Skorpionkönig geboren. Unter seiner Herrschaft wird der Clan der Skorpione das Antlitz dieser Welt verändern. Dann werden alle Menschen erfahren, dass es uns gibt und wozu wir fähig sind.«

Ich versuchte mir vorzustellen, was das bedeuten würde. Es gelang mir nicht. Eine Welt, in der alle Menschen wussten, dass es Wandler gab? Eine Welt, in der die Wandler so mächtig waren, dass ihnen niemand etwas anhaben konnte?

»Aber es wird keinen neuen Skorpionkönig geben ... oder?«

»Sie suchen ihn schon seit Langem. In den Jahrhunderten ging die Kenntnis über die Abstammungslinie des Skorpions verloren – wie übrigens auch über die Linie der Schlange. Doch die Anzeichen mehren sich, dass die Nachforschungen Erfolg hatten. Es gibt Nachkommen des Skorpions. Und irgendwann wird einer dieser Nachkommen Fähigkeiten offenbaren, die ihn als den mächtigsten aller Wandler ausweisen. Sobald er gekrönt wird, wird er zu seiner Machtfülle gelangen. Das, liebe Kiara, ist etwas, das niemals geschehen darf.«

»Besser nicht«, stimmte ich ihm zu. Mir graute bei dem Gedanken an ein Wesen, das aussah wie ein Mensch und dabei die

Vernichtung der Menschheit plante. Bei den heutigen Waffen und Möglichkeiten war dieses Vorhaben bestimmt umsetzbar. Ich dachte an winzige Insekten, die sich auf den Körpern von Wissenschaftlern oder Geheimdienstlern in verborgene Labors und Waffenarsenale schmuggelten und dort Chaos anrichteten. Bevor ich anfing, mir Katastrophen auszumalen, kehrte ich lieber zum Boden der Tatsachen zurück.

»Aber sie werden ihn doch nicht finden, oder?«

»Sie werden«, sagte er leise. »Bald sogar. Vielleicht in ein paar Jahren. Vielleicht schon in diesem Sommer. Wenn sie alle vielversprechenden Kandidaten zusammenrufen und begutachten – in Prag.«

»Die Sommerakademie?« Das konnte doch nicht wahr sein! »Aber warum bin ich dann eingeladen? Sie werden den Nachkommen des Skorpionkönigs doch bestimmt in ihrem eigenen Clan suchen?«

Er nickte ernst. »Genau aus diesem Grund brauchen wir jemanden von unserer Seite dort. Es ist mir gelungen, deinen Namen auf ihre Liste zu setzen. Man wird dich einlassen, denn es gibt nur wenige ausgeklügelte Möglichkeiten, einen Skorpion von einer Schlange zu unterscheiden. Wir alle sind Wandler.« Ich ahnte schon, was er als Nächstes sagen würde. »Nur Jugendliche werden nach Prag eingeladen. Wenn ich könnte, wäre ich selbst gegangen oder hätte jemanden geschickt, der genau weiß, worauf er sich einlässt. Aber diese Wahl haben wir nicht. Wir haben nur dich, Kiara.«

»Ich soll also dabei sein, wenn sie den Skorpionkönig finden? Und dann?« Hatte ich mich jemals auf diese sechs Wochen in Tschechien gefreut?

»Keine Sorge. Alles andere ist unsere Angelegenheit. Wir müssen nur wissen, wer es ist. Bevor sie ihn krönen. Bevor er seine Macht erlangt. Du musst ganz gewiss nichts Gefährliches tun, Kiara. Nur seinen Namen herausfinden, und dann übernehmen wir.«

Ich schluckte. »Wir? Wer ist *wir*?«

»Es gibt verschiedene Gruppen von Wandlern, und einige davon haben eine besondere Verantwortung für das Wohlergehen des Clans.«

»Dann sind Sie ein Nachkomme des Schlangenkönigs?«, rief ich aufgeregt.

»Oh nein, nein, da hast du mich falsch verstanden. Ich bin lediglich ein Ratgeber. Wir kümmern uns um die Verwaltung des Clans.«

Abwartend sah ich ihn an. Da war doch bestimmt noch mehr.

»Du musst alles genau wissen, wie?« Mercier seufzte. »In unserem Clan sprechen wir von fünf Kasten. Ganz oben in der Königskaste stehen natürlich die seltenen Abkömmlinge der Könige. Dann kommen die Nachfahren des Ratgebers aus Wint Alamar – wir übernehmen entweder administrative Aufgaben oder begeben uns auf die Suche nach den Stammbäumen unseres Clans. Außerdem gibt es die Kriegerkaste, aufgesplittert in fünf Ränge. Das sind die wichtigsten Kasten. Darunter steht die Volkskaste – die Gebundenen, wie wir sie nennen, da sie an eine bestimmte Verwandlung gebunden sind. Und als Letztes die Außenkaste, die armen Seelen, die keinen Zugriff auf ihr Wandlererbe haben.«

»Die Getriebenen«, murmelte ich, und er nickte erfreut, weil ich mir das gemerkt hatte.

»Die Skorpione haben andere Begriffe, aber die Einteilung ist dieselbe. Wir haben sie immer im Auge behalten. Wir, die Ratgeber und die Krieger.«

»Ah ja«, meinte ich. »Ich kann mir ungefähr vorstellen, was es bedeutet, wenn die Krieger übernehmen.«

Ich würde also in die Sommerakademie des Skorpionclans geschleust werden. Ich würde den Namen des zukünftigen Königs erfahren und an meinen eigenen Clan weitergeben. Und dann würden ihn meine Leute aus dem Verkehr ziehen, bevor er gefährlich werden konnte. *Gar kein Problem*, dachte ich, aber meine innere Stimme klang gar nicht fröhlich.

Sie würden ihn nicht umbringen, oder?

Doch ich stellte eine andere Frage. »Er wird in meinem Alter sein?«

Professor Mercier nickte. »Die Eingeladenen sind alle zwischen vierzehn und fünfundzwanzig.«

»Und wenn man mich entdeckt? Ich bin nicht besonders gut darin, Spionin zu sein. Ehrlich gesagt weiß ich gar nicht, ob ich das überhaupt kann.«

»Man wird dich nicht entdecken«, versprach er. »Vergiss nicht, Wandler sind keine Zauberer. Wir können nicht Gedanken lesen. Wir schauen nicht in Kristallkugeln. Wir beeinflussen keine Menschen mit unserem Willen. Wir können uns nur verwandeln, nicht mehr und nicht weniger.«

»Kann ich mir das Ganze noch mal überlegen?«

»Kein Problem – wenn du im Gegensatz dazu bereit bist, dir einen mehrstündigen Vortrag darüber anzuhören, was der Skorpionclan alles vorhat, sobald ihre Fürsten den König gefunden haben.«

»Das ist gemein«, flüsterte ich mutlos. Ich merkte auf einmal, dass ich immer noch den Bogen und das Stück Kolophonium in den Händen hielt. Behutsam legte ich beides zurück in den Koffer.

»Sei nicht traurig, Kiara. Du kannst das. Ich hätte dich nie für diese Aufgabe ausgesucht, wenn ich nicht der festen Überzeugung wäre, dass du das Herz und die Nerven dafür hast.«

»Es wäre besser für diese Welt, wenn es gar keine Wandler gäbe, oder? Dann würde es auch niemals einen neuen Skorpionkönig geben.«

»Eine Welt ohne Wandler«, murmelte der Professor. »Wie schrecklich. Und wer soll dann all die Träume träumen, die wir aus Wint Alamar mitgebracht haben?«

Er holte seine eigene Geige aus dem Musikzimmer und begann zu spielen. So süß und intensiv, so wehmütig und leidenschaftlich, dass ich zuhörte, ohne mich zu rühren. Wie eingefroren saß ich auf dem Wartesessel und lauschte der Musik, und ich dachte: *Das ist es, was die Wandler dieser Welt geben. Die Sehnsucht, fliegen zu können.*

3
Die Akademie

Auf dem Bronzeschild, über der eingravierten Abbildung eines kleinen Skorpions, stand in schönen geschwungenen Buchstaben: *Palais des Scorpions – Internationale Akademie zur Förderung der schönen Künste.*

Vier Schrauben hielten es an der hohen Backsteinmauer fest. Das schmiedeeiserne Tor stand offen und gab den Blick auf einen breiten gewundenen Weg frei, der zu einer riesigen Villa führte. Eher noch zu einem Schloss. Einem wunderschönen Barockschloss mit zwei Türmen an beiden Seiten und einer grünlich schillernden Kuppel über dem Mittelteil des Gebäudes. Ich hatte seit meiner Ankunft gestern bereits eine Reihe Prager Sehenswürdigkeiten bewundern dürfen, aber dieses Palais schien mir das schönste der ganzen Stadt zu sein.

Eigentlich hatte ich nicht erwartet, dass sie es wagten, »Skorpion« auf ihre Tafel zu schreiben. Und dass ihr Hauptsitz öffentlich zugänglich war. Diese Straße war zwar ruhig, aber wenn ich mich umdrehte, konnte ich durch die Häuserschlucht die nächste große Straße sehen, wo der Verkehr vorbeirauschte.

Ich zögerte. Der Gang durch dieses Tor hindurch hatte etwas Endgültiges, obwohl Professor Mercier mir versichert hatte, dass ich jederzeit aussteigen könnte. »Es ist beileibe nicht so, als würdest du eine Haftstrafe antreten. Wenn es dir dort überhaupt nicht gefällt, kannst du wieder nach Hause fahren. Die Skorpione haben kein Interesse daran, sich mit widerwilligen Teenagern herumzuschlagen. Fahr hin. Vergiss deinen Auftrag. Hab Spaß. Ich werde mich mit dir in Verbindung setzen, auch wenn ich dir jetzt noch nicht sagen kann, wie und wann das geschehen wird.«

Hab Spaß? Wenn ich diese Akademie betrachtete, konnte ich mir kaum vorstellen, dass dort irgendetwas anderes als grausame Folter stattfinden würde. Noch konnte ich umkehren und mit meinen Eltern, die ein paar Tage in der Stadt verbringen wollten, nach Hause fahren. Sie hatten es sich nicht nehmen lassen, mich herzubringen und die Gelegenheit zu nutzen, sich Prag anzuschauen.

Professor Mercier war entsetzt gewesen, als er davon erfahren hatte. »Um Gottes willen! Dein Vater ist eine Schlange. Die Skorpione dürfen ihn nicht in der Nähe der Akademie antreffen!«

»Das ist auch etwas, was ich nicht verstehe«, sagte ich. »Wenn er eine Schlange ist, wieso war er dann schon einmal in Prag? Oder habt ihr ihn auch als Spion losgeschickt?«

Professor Mercier zog erst die Brauen hoch, doch dann lächelte er – als hätte er befürchtet, ich würde etwas anderes wissen wollen.

»Wir haben ebenfalls einen Sitz in Prag«, teilte er mir mit. »Unserem Clan gehört ein Schloss, das außerhalb liegt, auf dem Land. Dorthin laden wir unsere jungen, unwissenden Wandler ein.«

»Genau wie die Skorpione.«

»Ja, aber unser Ziel ist ein anderes. Wir suchen keinen König, der die Weltherrschaft übernehmen soll, sondern fördern ihre weltlichen Gaben, wie wir dazu sagen. Ihre Musik, ihre Malerei, was auch immer, damit sie eine Bereicherung für ihr Umfeld sein können. Und wir klären sie über ihre Herkunft auf.«

»Meinen Vater habt ihr nicht aufgeklärt.«

»Kiara«, meinte der Professor milde lächelnd, »dein Vater ist ein Getriebener, einer von denen, die nicht einmal Alamarisch verstehen. Die fünfte Kaste wird nicht eingeweiht, wer dazugehört, wird sich nie verwandeln können. Deshalb darfst du es ihm auch nie erzählen, hörst du? Er würde dich für verrückt halten, und selbst wenn du ihn dazu bringen könntest, dir zu glauben, wäre es grausam, weil er nie sein Erbe antreten kann. Hast du das verstanden?«

»Ja«, sagte ich. Ich verkniff mir die Frage, wie es dann sein konnte, dass ich mich mit meinem Vater auf Alamarisch unterhalten hatte.

»Auch wenn er nur ein Getriebener ist, er ist eine waschechte Schlange, und die Skorpione dürfen ihn auf keinen Fall sehen. Du musst deine Eltern dazu überreden, dich mit der Bahn fahren zu lassen. Notfalls bringe ich dich hin.«

Aber Eltern können stur sein. Verdammt stur. Meine Mutter freute sich so auf den Ausflug, dass rein gar nichts sie umstimmen konnte. Da konnte ich noch so viel darüber jammern, wie peinlich ich es fand, von den Eltern an der Tür abgeliefert zu werden.

»Dann fährst du eben allein zu dieser Akademie«, schlug sie vor. »Und wir machen eine Stadtrundfahrt. Ja, Adrian?«

»Gerne, Marla.« Mein Vater nannte sie immer nur »Marla«, obwohl sie »Marlene« hieß.

Und nun war ich also hier – und zögerte. Sobald ich das Palais der Skorpione betrat, gab es kein Zurück.

* * *

Während ich vor dem Tor herumlungerte – die Geige auf dem Rücken, die Reisetasche hatte ich auf meinem Fuß abgestellt, damit ich bemerkte, falls sich jemand daran vergriff –, saßen meine Eltern im Bus und ließen sich von einer Stadtführerin mit schriller Stimme die Sehenswürdigkeiten erklären. Ich hasste solche Rundfahrten. Bestimmt würde meine Mutter mir verzeihen, wenn ich sie anrief und anflehte, ihre Tour zu unterbrechen und mich zu retten, bevor ich die verbrecherische Laufbahn einer Wandler-Agentin einschlug.

»Ich kann das nicht«, flüsterte ich. »Ich bin keine Spionin.«

Meine Güte, vom Geigenwunderkind zum Spitzel einer außerweltlichen Spezies befördert. Wie absurd sich das anhörte!

Zwei blonde Mädchen stiegen aus einem Taxi, stellten sich neben mich und lasen das Schild. Die eine lachte laut. Ich konnte nicht verstehen, was sie miteinander redeten – Dänisch? Schwedisch? – und als sie eine Frage an mich richteten, zuckte ich nur die Achseln. Sie hätten es ja auch mit Englisch versuchen können, aber dazu ließen sie sich nicht herab. Möglicherweise waren sie auch zu schön, um mit jemandem wie mir zu reden.

Abschätzig musterten sie mich und meine Geige. Sie selbst hatten Celli dabei. Vielleicht lag es ja daran und sie fühlten sich als etwas Besseres, weil sie größere Instrumente spielten. Ich hätte ein Klavier mitbringen sollen.

Missmutig sah ich ihnen dabei zu, wie sie auf das Palais zustöckelten, und hatte weniger Lust denn je, die nächsten sechs Wochen hier zu verbringen.

»Need some help?« Jemand bückte sich nach meiner Tasche, unter der mein Fuß langsam gefühllos wurde, und hob sie mühelos hoch.

Jemand. Ein Lächeln, so herzlich und freundlich und offen, als würden wir uns seit Jahren kennen. Er war groß, mindestens eins fünfundachtzig, und hatte die breiten Schultern eines Sportlers. Sein Haar war blond und passte perfekt zu den strahlend blauen Augen.

Ein Mann? Ein Gott? Mir wurden die Knie weich. Und dabei hatte ich noch nie in meinem ganzen Leben einen Mann gesehen und gedacht: *Sieht der göttlich aus ...*

Noch nie, ehrlich.

»Äh, thanks.«

Mit wackeligen Beinen ging ich neben ihm auf den Eingang zu. Hoffentlich dachte er nicht, dass ich seinetwegen so verwirrt war, denn das war definitiv nicht der Fall. Ich hatte genug Dinge, die mir zu schaffen machten, und zittrige Knie wegen eines blonden Mannes gehörten nicht dazu. Ich wünschte mich zurück zu meinen Eltern ins Hotel. Ich verspürte keine Lust darauf, mit hochnäsigen Schnepfen sechs Wochen unter einem Dach zu verbringen. Dass ich am liebsten überhaupt nichts mehr von Schlangen und Skorpionen und sonstigen Viechern hören mochte, sondern mein normales Leben zurückwollte, konnte er ebenfalls nicht ahnen.

»Hi, I'm Alec.« Sein amerikanischer Akzent verriet, woher er kam. Mein Herumgestotter verriet nur, wie nervös ich war. Warum machte es mir überhaupt etwas aus, was er über mich denken könnte? Vielleicht sollte ich einfach freundlich sein.

»Oh, that is, äh, wonderful.« Hatte ich jemals Englisch gelernt? Mir fiel kein einziges Wort mehr ein. Ich war nicht einmal in der Lage, mich vorzustellen.

Er grinste mich breit an. Er strahlte. Noch nie hatte mich jemand so angestrahlt. Natürlich wusste ich jetzt schon, dass das nichts zu bedeuten hatte, dass er einfach ein freundlicher Mensch war. Außerdem musste es einen Haken geben. Er war einfach zu schön, um wahr zu sein. Sportlich war er garantiert auch. Wenigstens hatte er kein Musikinstrument dabei – unter welchem Vorwand hatten sie ihn wohl hergelockt? Nach einem Maler sah er jedenfalls nicht aus. Bestimmt war er strohdoof. Niemand konnte so aussehen und auch noch intelligent sein. Es wäre zutiefst ungerecht.

Verdammt, ich konnte nicht aufhören, ihn anzustarren.

Alec nahm die Stufen zur Eingangshalle mit einer Leichtigkeit, die mir leider völlig abging. Es musste an der trockenen Luft liegen, dem Smog, der Hitze, die die Stadt wie eine Glocke einhüllte, aber ich keuchte schon nach zehn Stufen. Verstohlen beobachtete ich meinen Begleiter, der mit der Eleganz einer Antilope nach oben schwebte.

Sobald wir die schattige Halle betraten, mussten meine Augen sich erst an die neuen Lichtverhältnisse gewöhnen. Dann nahm ich den Marmorboden wahr, die stuckverzierte Decke, die sich hoch über uns wölbte. Die Stimmen, die bei unserem Eintreten schlagartig verstummt waren, begannen wieder zu raunen.

In der Mitte der Halle saß eine Frau mit Pagenkopf und Brille. Auf dem schlichten Holztisch, der aussah, als hätte man ihn gerade schnell aus einem Klassenzimmer geholt, stapelten sich Formulare. Die Frau drückte gerade der größeren der beiden Blondinen ein paar Zettel und einen Stift in die Hand.

»Haben Sie ein Handy dabei? Um die volle Konzentration aller Schüler zu gewährleisten, sammeln wir alle elektronischen Geräte ein. Außerdem gibt es hier im Palais sowieso keinen Empfang.«

Mit einem säuerlichen Zähnefletschen trennte sich die Blondine von ihrem Telefon. »War das alles?«

»Hier ist Ihr Schlüssel. Mithilfe des Lageplans sollten Sie Ihr Zimmer problemlos finden.«

Das Mädchen nahm alles entgegen, schaute dann ratlos auf den Cellokoffer, den sie auf den Boden gelegt hatte, und versuchte umständlich, die Papiere in ihre Tasche zu stopfen.

Die Empfangsdame seufzte und wandte sich der zweiten Blonden zu. »Ihr Name, bitte?«

Die schöne Skandinavierin murmelte etwas Unverständliches.

»Ihr Name. Können Sie mich verstehen? Können Sie mir sagen, woher Sie kommen und welche Kunstrichtung Sie ausüben?«

Das Mädchen hob nur hilflos die Hände.

Erst da begriff ich. Die Frau am Tisch sprach unsere Sprache, die Sprache der Wandler. Dies war nicht nur einfach eine Formalität, sondern ein Test. Würden sie das Mädchen jetzt nach Hause schicken?

Aber die Frau setzte ein professionelles Lächeln auf. »Do you speak English?« Sie wiederholte alles auf Englisch und gab der jungen Norwegerin – ich hörte ihre Antworten mit – ein paar zusammengeheftete Bögen.

Dann wandte sich die Empfangsdame an Alec. Das kühle Lächeln entglitt ihr. Anscheinend erlagen alle seiner Wirkung, ausnahmslos. Wie es wohl war, wenn man mühelos alle Frauen im Umkreis zum Schmachten bringen konnte?

»Du warst vor mir da.« Er nickte mir zu. Ohne irgendein Zeichen von Irritation wechselte er die Sprache – hatte er es überhaupt gemerkt?

Die Empfangsdame nickte anerkennend, riss ihre Augen mit Gewalt von ihm los und wandte sich mir zu.

»Ihr Name? Woher kommen Sie? Ihre Kunst?«

»Kiara Wieland«, antwortete ich. »Aus Heidelberg in Deutschland. Ich spiele Geige. Nun ja«, setzte ich in einem Anflug von Lockerheit hinzu, »ich versuche es jedenfalls.«

»Vermutlich werden Sie hier nicht viel zum Geigespielen kommen«, sagte die Frau, während sie meinen Namen auf der Liste abhakte und mir die passenden Papiere heraussuchte. »Ihr Schlüssel, bitte schön. Haben Sie ein Handy? Ja, danke. Und nun zu Ihnen. Sie sind ...?«

»Alec Hudson.«

Eine Weile stand ich noch da, wandte dem Tisch den Rücken zu und blätterte mich möglichst unauffällig durch die Formulare, ohne einen einzigen Satz zu lesen. Ich wollte kein Wort verpassen. Die magische Sprache von Wint Alamar klang aus seinem Mund unvergleichlich und ließ ihn noch anziehender wirken. Nicht so lässig amerikanisch, sondern … erwachsener. Verheißungsvoller. Irgendwie männlicher.

Ich konnte mich keinen Meter fortbewegen. Aber ich musste mich dazu überwinden.

»Kiara!«

»Ja?« Ich drehte mich rasch zu ihm um.

»Willst du deine Tasche nicht mitnehmen?«

»Ach ja.« Ich wurde rot. Warum, um Himmels willen, wurde ich ausgerechnet jetzt rot? »Danke schön fürs Tragen.«

Ich packte die Griffe und stolperte blindlings durch die Halle.

* * *

Irgendwie fand ich die Tür. Vielleicht, weil sie nicht zu übersehen war – groß und breit, eine zweiflügelige Schwingtür, hinter der ich auf die beiden Norwegerinnen traf. Weit waren sie noch nicht gekommen. Oder hatten sie auf mich gewartet?

Die Erste streckte mir die Hand entgegen. »Hilde. Freut mich, dich kennenzulernen.«

»Kiara«, sagte ich. »Habt ihr euch schon den Lageplan angesehen?«

Hinter den beiden führte eine große Treppe im Halbkreis in die oberen Stockwerke. Ich versuchte, den Plan aus den Formularen herauszufischen und ließ dabei meinen Schlüssel fallen. Wie in einem Hotel hatte er einen kleinen Anhänger mit der Nummer des Zimmers. »4130. Dann bin ich wohl im vierten Stock untergebracht. Viel Spaß beim Schleppen. Flötisten sind hier klar im Vorteil. Wie gut, dass ich nur Geige spiele.«

»Kennst du ihn?« Hilde hatte anscheinend keinerlei Interesse, sich mit mir über Zimmernummern und Blockflöten zu unterhalten.

Ich tat, als würde ich ihre Frage nicht verstehen. »Wen?«

»Den blonden Amerikaner. Seid ihr befreundet?«

»Ach, den. Alec. Nein, wir kennen uns noch nicht lange.« Wahrheitsliebend, wie ich nun mal war, fügte ich hinzu: »Eigentlich haben wir uns erst vorhin am Tor kennengelernt.«

»Dann hast du nicht auf ihn gewartet? Wir dachten schon …

Immerhin hat er deine Tasche getragen.« Erleichterung machte sich auf ihren Zügen breit. Was hatten sie sich ausgemalt – dass ich Alecs Freundin war, die am Tor herumgestanden hatte, bis er endlich eintraf? Nicht, dass ich nicht mit Freuden stundenlang auf ihn gewartet hätte.

»Er wollte einfach nur nett sein«, erklärte ich, als wäre ich die Expertin für Alec Hudson, das Wunder von Prag.

Hilde stieß ihre Freundin an. »Hey, und wir haben sechs Wochen Zeit. Anne? Anne!«

Anne verstand natürlich kein Wort von unserem Gespräch. Irritiert schaute sie von Hilde zu mir, seufzte laut und nachdrücklich und begann, ihr Gepäck die Stufen hochzuschleppen.

Hilde schüttelte den Kopf. »Warte! – Was hat sie denn bloß?«

Ich durfte jetzt nicht die Eingeweihte herauskehren und ihr erklären, dass wir so selbstverständlich in unsere Muttersprache gefallen waren, wie es alle Wandler tun, sobald man ihnen die Gelegenheit dazu gibt. Die anderen würden sich schon noch daran gewöhnen, ohne dass ich ihnen dabei half.

»Das wird schon wieder«, meinte ich lahm. »In welchen Stock müsst ihr?«

Hilde zeigte mir ihren Schlüssel. 4130.

»Wir kommen auf dasselbe Zimmer«, stellte ich fest. »Anscheinend stecken sie einfach alle zusammen, die gleichzeitig ankommen.«

Die Norwegerin lachte. »Schön wär's. Mit Alec in unserem Zimmer könnte ich mich arrangieren.« Sie warf einen Blick zurück zur Tür der Halle. »Wenn er so freundlich ist, könnte er mir wenigstens das Cello hochtragen.«

Aber Alec tauchte leider nicht auf. Stattdessen strömte eine Gruppe schwatzender Französinnen ins Treppenhaus, die, wie ich aus ihren Gesprächen erfuhr, einander im Bus kennengelernt hatten. Ein ganzer Bus Wandler aus Frankreich! Sie schnatterten in der Sprache von Wint Alamar, als hätten sie nie etwas anderes getan.

»Was sind denn das für welche?«, meinte ein Mädchen. Ihr schien gar nicht in den Sinn zu kommen, dass wir sie verstehen könnten. »Ich hoffe, es gibt hier auch vernünftige Leute.«

»Die Blonde sieht aus wie eine Barbiepuppe. Ob ihr das wohl schon jemand gesagt hat?«

»Und die Kleine – was soll das denn für eine Haarfarbe sein? Ich wusste gar nicht, dass es so was gibt auf dieser Welt.«

»Es gibt vieles, was du noch nicht weißt, Schätzchen.«

Aus dem Stockwerk über uns hörten wir sie weiterlästern, dann wurden ihre Schritte leiser.

Hilde verdrehte die Augen. »Das kann ja heiter werden«, murmelte sie. »Ich dachte, das hier wäre so eine Art Eliteschule. Mit dem Niveau habe ich ehrlich gesagt nicht gerechnet. Barbiepuppe, also wirklich. Kann man nicht blond und groß sein, ohne gleich diskriminiert zu werden?«

»Du siehst nicht wie eine Barbie aus. Wirklich nicht. Höchstens ein bisschen.«

»Und du bist gar nicht so klein. Das wirkt nur im Kontrast zu mir so.« Hilde grinste, und auf einmal fand ich es gar nicht mehr so schlimm, dass wir auf dasselbe Zimmer kommen würden. »Und was deine Haarfarbe angeht – du hast versucht, sie zu färben, stimmt's?«

»Nein. Die sind echt. Ich hab sie schon mal gefärbt, aber dadurch sah es nur noch schlimmer aus. Ich muss mich halt damit abfinden, dass ich nicht nur eine Haarfarbe habe, sondern mehrere.«

Hilde begutachtete meinen Kopf mit Kennermiene. »Wenn man weiß, dass das kein Versehen ist, sondern so sein muss, sieht es eigentlich ganz gut aus. Die Hauptfarbe, dieses Rötliche, das ist schön, wirklich ... und dazu die schwarzen und braunen Tupfer. Das erinnert mich an irgendein Tier, aber ich komm jetzt nicht drauf.«

Die weiße Ponysträhne, mein Markenzeichen, hatte sie dabei noch gar nicht erwähnt. »Ich hätte eine Mütze aufsetzen sollen, ich weiß. Das mach ich meistens.« Etwas an ihren Worten traf mich jedoch mehr, als ich mir anmerken ließ. Ein Tier ... Es war, als hätte die Verwandlung, für die ich bestimmt war, bereits begonnen, ohne mein Zutun. Vielleicht würde ich kein Vogel sein, sondern ein Tier mit weichem, scheckigem Fell.

* * *

Im vierten Stock erwarteten uns gleich mehrere Überraschungen. Zunächst einmal gab es kein Zimmer 130; wie wir aus den Rufen der auf dem Flur herumrennenden Französinnen erfuhren, war die vermeintliche Null auf den Schlüsselanhängern in Wahrheit ein O und bedeutete Ostflügel. Die Tür von Zimmer 13 stand offen. Es war so groß, dass ich zunächst glaubte, wir wären in einem Gruppenraum gelandet. Man musste suchen, bis man in der grandiosen Leere die Betten gefunden hatte. Es waren drei. Auf der weißen Bettdecke am Fenster machte es sich nicht etwa Anne gemütlich, sondern eine mollige Rothaarige.

»Ach«, sagte sie nur, als sie uns erblickte.

»Ich dachte, ich würde mit Anne auf ein Zimmer kommen«, meinte Hilde verhalten und blieb auf der Schwelle stehen. »Vielleicht frag ich nach, ob das nicht doch geht. Sie wird sonst total beleidigt sein.«

Ich konnte mir schon denken, nach welchen Kriterien die Empfangsdame uns eingeteilt hatte. Diejenigen, die des Alamarischen nicht mächtig waren, wurden bestimmt zusammen auf einem anderen Stockwerk eingepfercht.

»Stell doch erst mal deine Sachen ab«, schlug ich vor. »Ich glaube nicht, dass sie uns tauschen lassen, solange noch nicht mal alle Schüler angekommen sind. Welches Bett willst du?«

Alle drei Betten waren aus massivem dunklem Holz und besaßen vier lange Pfosten, jedes wurde von einem andersfarbigen Stoffhimmel überspannt. Hilde zeigte auf das goldene Himmelbett an der rechten Seite. »Das passt zu mir. Ich bin halt eine Prinzessin.« Sie grinste. »Und ich hatte schon befürchtet, dass sie uns in eine miefige Jugendherberge stecken.«

Das Bett, das noch übrig war, wirkte wie ein seidenes Kästchen. Die Vorhänge waren von einem solch dunklen Blau, dass sie schwarz wie die Nacht wirkten, und die Bezüge von Kissen und Decke schimmerten in einem etwas helleren, wunderschönen Pfauenblau. In diesem Moment beschloss ich, dass meine Schwarz-Weiß-Phase beendet war.

Hilde lag schon im Bett und streckte sich lang aus. Obwohl sie so groß war – fast so groß wie Alec – stieß sie nicht mit den Füßen ans Bettende. »Und ich dachte, im Mittelalter wären die Leute klein gewesen.« Sie lachte leise.

Ich zog die Schuhe aus und versank in den Kissen. »Ich glaub nicht, dass die Sachen aus dem Mittelalter sind. Dazu riecht die Bettwäsche zu frisch.«

Die Rothaarige, deren weißes Bett zwischen unserem vor dem Fenster stand, schien es zu stören, dass wir uns unterhielten. »Könnt ihr nicht Rücksicht nehmen?«, fauchte sie. »Ich versuche zu schlafen! Manche von uns haben eine lange Reise hinter sich.«

»Woher kommst du denn?«, fragte ich betont höflich. Besser, wir stellten uns gleich gut, sonst würden die sechs Wochen verdammt lang werden.

»Aus den Niederlanden. Ich bin hundemüde.«

»Hast du auch einen Namen?«, erkundigte Hilde sich. »Und falls ja, hast du ihn mitgebracht?«

»Nila«, sagte das Mädchen mürrisch. Über besonders viel Humor schien sie nicht zu verfügen.

»Welches Instrument spielst du?«

»Gar keins. Muss man das hier, oder was?«

»Wofür hast du dann die Einladung bekommen?«, fragte Hilde geduldig weiter.

»Ich singe. Sonst noch Fragen?«

Mist. Sie hatten mich zu den Musikalischen gesteckt, dabei hatte ich gehofft, wenigstens auf eine Bildhauerin oder eine hoffnungsvolle Jungautorin zu treffen.

»Wow«, murmelte Hilde. »Eine Sängerin.« Die Akustik in diesem Schlafsaal war fantastisch, sogar ihr Flüstern war in meiner Ecke zu verstehen. »Hey, wir können ja ein Ensemble bilden. Du singst, ich spiele Cello und Kiara verzaubert uns mit ihrer Geige.«

Ich hoffte nur, dass es niemals dazu kam. Die anderen waren bestimmt echte Musik-Wunderkinder, im Gegensatz zu mir. Zugleich erinnerte ich mich wieder daran, was der eigentliche Grund meines Hierseins war. Herauszufinden, wer der zukünftige Skorpionkönig werden sollte. Ich sollte freundlich und nichtsahnend tun und war dabei gefährlich und giftig wie eine Schlange. Ich würde schuld sein am Tod eines Menschen.

Übertreib nicht, befahl ich mir. *Von Tod hat Mercier nichts gesagt. Mach es nicht dramatischer, als es ist.* Tatsache war, dass ich keine Ahnung hatte, was mit dem Jugendlichen geschehen würde, der sich als Anwärter auf den Thron entpuppte.

Siedend heiß fiel mir eine furchtbare Möglichkeit ein. *Oh Gott, mach, dass es nicht Alec ist! Jeder andere, aber nicht Alec!*

Es war unklug, meine Tasche auszupacken und meine Klamotten in diesen riesigen bemalten Schrank zu legen. Dass ich mich über das große Badezimmer und die Badewanne mit den Löwenfüßen freute – gut, das war wohl verzeihlich. Aber dass ich mein Zahnputzzeug vor den Spiegel stellte und mir eine Handtuchfarbe aussuchte, war dumm. Unterirdisch dumm! Denn eigentlich sollte ich Hals über Kopf fliehen. Meine Sachen zusammenraffen, meine Eltern anrufen und machen, dass ich fortkam.

Was würde ich tun, wenn es Alec war? Oder Hilde? Um Nila war es mir im Moment noch nicht allzu schade, aber hieß das, dass ich sie ohne mit der Wimper zu zucken ausliefern konnte? Professor Mercier hatte sich in mir getäuscht. Ich war keine Spionin. Keine Verräterin. Ich konnte niemanden ans Messer liefern.

Nicht Alec. Oh bitte, nicht Alec!

Er würde es sein, das wusste ich schon jetzt. Wer sonst? Zugegeben, ich hatte erst drei Kandidaten kennengelernt, außer Alec bloß noch Hilde und Nila. Anne schied schon mal aus, weil sie kein Alamarisch verstand. Wie viele Jugendliche würden den Sommer hier verbringen – hundert? Und trotzdem hatte ich das Gefühl, dass ich nicht lange suchen musste. Ich hatte den Skorpionkönig auf Anhieb gefunden. Weil ich Alec zum König wählen würde, wenn man mich fragte. Weil er bewirkte, dass mir nur beim Gedanken an ihn die Knie weich wurden. Und außerdem hatte er sich um mein Gepäck gekümmert.

Ich musste von hier verschwinden.

Doch statt aufzuspringen und mich auf den Weg zu machen, blieb ich wie angekettet auf meiner dunkelblauen Decke sitzen. Der Stoff war dünn und kühl und glatt; ich zweifelte nicht daran, dass es Seide war. Man würde uns hier nach Strich und Faden verwöhnen. Was es wohl zum Abendessen geben würde? Ein fünfgängiges Menü? Mit

Sicherheit keinen billigen Studentenfraß. Mein Magen meldete sich bereits voller Vorfreude. Was für Genüsse mich hier erwarteten! Das konnte ich mir nicht entgehen lassen. Mein Gott, wie war ich bestechlich. *Schäm dich, Kiara! Würdest du für ein Löffelchen Kaviar deine Seele verkaufen und Alec ans Messer liefern?*

Wenn ich Glück hatte, würden die Skorpione ihren bösen König nicht finden. Nicht in diesem Sommer. Und falls doch, würde es nicht ausgerechnet Alec sein. Nein, er hatte garantiert irgendeinen Fehler, den man auf den ersten Blick nicht bemerkte. Etwas, das den Leuten, die hier das Sagen hatten, unangenehm auffallen würde. Denen hatte er ja nicht die Tür aufgehalten.

Der Professor hatte mir, wie mir bewusst wurde, nicht verraten, wie der Skorpionkönig ausgewählt oder festgestellt wurde. Wahrscheinlich war den Schlangen ihre Methode nicht bekannt, sonst wäre es meinem Clan und seinem ausgefeilten Spionagenetz sicher möglich gewesen, den zukünftigen König im Vorfeld auszuschalten – wie auch immer. Vielleicht konnte man die unheilvolle Macht, die er in sich trug, irgendwie aus ihm herausoperieren.

König Alec. König Alexander, das klang besser.

Nein, nicht mein König. Mein Feind.

Verflixt, warum gab es überhaupt zwei verfeindete Clans? Warum musste ich unbedingt hier unter den Skorpionen den schönsten Mann der Welt treffen? Den einzigen Mann, der je meine Tasche getragen hatte?

Ich konnte nicht fort.

Nein, ich würde hierbleiben, bis ich mir ganz sicher war, dass es nicht Alec war. Dann konnte ich immer noch die Flucht ergreifen.

»Bist du noch bei Trost?« Nila, die aufmerksam verfolgte, wie Hilde auspackte, unterbrach meinen Gedankengang. »Ist es das, wonach es aussieht?«

Ich blickte hoch und sah gerade noch, wie Hilde etwas in ihrem Schrank verstaute, das verdächtig nach einer Waffe aussah.

»Mein Jagdgewehr«, erklärte Hilde gelassen.

»Du bringst ein Gewehr mit in die Schule? Wo gibt es denn so was?«

»Regt euch ab, ich hab eine Genehmigung. Ich soll vorführen, was ich kann. Sie wollen mit mir üben.«

»Aber … aber was hat das mit Musik zu tun?«

»Offensichtlich wird in dieser Akademie etwas mehr gefördert als nur Musikalität«, verkündete Hilde und blitzte uns herausfordernd an.

Wie recht sie hatte. Und wie äußerst passend. Eine Spionin und eine Jägerin, zusammen in einem Zimmer. Ich hoffte nur, dass die schöne Hilde niemals mit ihrem Gewehr auf mich anlegen würde.

4
Schlangen und Panther

Es gab keinen Kaviar zum Abendessen. Und wir kamen zu spät, weil Hilde unbedingt vorher noch versuchen wollte, Anne zu finden. Dabei landeten wir im dritten Stock West und liefen einem schwarzhaarigen Jungen in die Arme, der uns grimmig anstarrte, als hätten wir ein Verbrechen begangen. Ein Kapitalverbrechen, mindestens.

»Tschuldigung«, hauchte Hilde. »Ich wusste nicht, dass hier keine weiblichen Wesen Zutritt haben.«

Sie verschwendete ihren Charme an den Falschen. Der Junge bedachte uns mit einem feindseligen Blick und ging an uns vorbei, ohne ein einziges Wort zu sagen.

»Macht nichts. Der hätte uns sowieso nicht sagen können, wo Anne ist«, meinte ich.

»Wer weiß?« Hilde lachte auf einmal. »Aber nein, das war bestimmt nicht Annes Typ.« Sie drehte sich um und schaute ihm nach, als er in Richtung Treppenhaus verschwand. »Unheimlich, nicht? Der war so bleich wie ein Vampir.«

»Deine Phantasie geht mit dir durch«, entgegnete ich würdevoll. »Lass uns den Speisesaal suchen, bevor alles weggefuttert ist. Dort finden wir bestimmt auch deine verloren gegangene Hälfte.«

»Ich hab meinen Lageplan vergessen. Aber der kleine Vampir weiß bestimmt, wo es langgeht. He, warte!«

Ich hatte nicht vor, dem merkwürdigen Jungen nachzulaufen, aber Hilde bestand darauf, dass wir uns an seine Fersen hefteten, und als uns die ersten Küchengerüche entgegenwehten, nickte sie zufrieden. »Wir sind richtig.«

»Siehst du Anne schon?«

Falls ihre Freundin sich in diesem riesigen Saal aufhielt, konnte ich sie jedenfalls nicht entdecken. Allerdings war für jeden unübersehbar, wer bereits eingetroffen war.

Alec.

Da er größer war als die meisten, konnte ich ihn trotz der Menschentraube, die ihn umgab, am Buffet ausmachen. Die kichernden Mädchen, die sich in seine Nähe drängten, hatten zwar Teller in den Händen, sich aber noch nichts aufgeladen. Mindestens zwei Dutzend Jungen fragten ihn über die Köpfe der anderen hinweg über verschiedene Sportarten aus. Alec antwortete ihnen lachend, als würde er sie seit Jahren kennen. Mitsamt seinen Fans zog er an Hilde und mir vorbei. Ich wappnete mich, um Hallo zu sagen, aber Alec nahm mich gar nicht wahr. Ein paar Jungen hatten einen freien Tisch gesichtet und ergriffen lautstark Besitz davon. »Hierher, Alec! Hier ist noch was frei!«

Weg war er. Ich schluckte.

»Unser kleiner Vampir sieht aus, als wollte er jemanden beißen«, meinte Hilde fröhlich.

Mit finsterem Gesicht ließ der Junge aus dem dritten Stock Alec und seine Jüngerschar vorbeiziehen. Ein verächtliches Lächeln kräuselte seine Lippen. Erst als alle aus dem Weg waren, ging er selbst zum Buffet. Wahrscheinlich, um sich Tintenfische und Frösche auf den Teller zu laden.

»Der ist bloß neidisch«, meinte ich. »Nicht jedem ist es gegeben, ein Palais wie dieses im Sturm zu erobern.«

»Ach ja«, seufzte Hilde. »Nicht nur eine Festung. Mindestens hundert. Um genau zu sein, einhundertacht.«

Wobei sie, wie ich nach einem kurzen Blick in die Runde feststellte, so ungefähr alle anwesenden Mädchen meinte. Ich schätzte, dass in diesem Saal ungefähr dreihundert Schüler die Bekanntschaft mit tschechischem Essen machten, davon war etwa ein Drittel weiblich.

»Sag bloß, du hast alle gezählt. Bist du ein Genie?«

Hilde lächelte bescheiden. »Ich hab bloß die Liste am Empfang gesehen. Da waren Männlein und Weiblein hübsch durchnummeriert. – Hey, da ist ja Anne!«

Die Norwegerinnen begrüßten einander mit einem Wortschwall. Ich verstand nur Bahnhof und beschloss, die beiden allein zu lassen und mich stattdessen dem verlockenden Nahrungsmittelangebot zuzuwenden.

Zu meiner Enttäuschung gab es keinen Kaviar. Eine große Tafel verriet mir, dass es sich um einen »tschechischen Abend« handelte. Kleine Schildchen vor den unterschiedlichen Töpfen sollten einem wohl die Qual der Wahl erleichtern, mir jedoch schwirrte davon nur umso mehr der Kopf. Kartoffelsuppe, Knoblauchsuppe, Dillsuppe? Und Fleisch! Berge von Fleisch! Es gab jede Menge Soßen zur Auswahl. Doch auch die Vegetarier würden nicht verhungern, sondern konnten sich an den Beilagen gütlich tun. Kartoffeln in allen möglichen Variationen, Semmelknödel, Reis ... Hauptsache deftig.

Ich konnte mich nicht entscheiden. Je länger ich alles besah, umso weniger Appetit hatte ich. Mit einer Tasse merkwürdig riechendem Kräutertee in der einen Hand – es gab nichts anderes zu trinken hier, nicht einmal Wasser – und einer Scheibe Weißbrot in der anderen suchte ich mir einen Platz an einem der langen Tische. Das Stimmengewirr verschmolz in meinem Kopf zu einem einzigen lauten Rauschen. Durch die Wogen hindurch sah ich Alecs blonden Haarschopf leuchten, eine Insel in der Brandung. Mir war, als würde ich ertrinken.

Um nicht darüber nachzugrübeln, warum ich hier war, konzentrierte ich mich auf den leicht bitteren Tee und versuchte, die verschiedenen Aromen zu identifizieren. Pfefferminze mit Pfeffer?

»Ganz schön viel los hier, was?« Nila setzte sich mir gegenüber. Im Zimmer war sie mir abweisend vorgekommen, doch nun schien sie sich darüber zu freuen, wenigstens ein bekanntes Gesicht zu sehen.

Auf dem Stuhl rechts neben mir nahm ein schlaksiger Junge mit einem Ziegenbärtchen Platz und grinste mich verlegen an. »Hallo. Ich bin Steven.«

»Das ist Kiara.« Bevor ich auch nur ein Wort sagen konnte, hatte Nila mich vorgestellt. »Ich bin gespannt, wie es weitergeht. Ich hoffe, sie teilen uns in Gruppen ein, die Sinn machen. Musiker zu Musiker und so weiter. Aber man weiß ja nie, das könnte ja auch irgend so ein interdisziplinäres Ding werden. Sänger inspirieren

Bildhauer oder Maler setzen Gedichte um.« Trotz ihrer Sorgen schaufelte sie das Essen in einer beunruhigenden Geschwindigkeit in sich hinein. »Bist du etwa schon fertig?«

»Ich kann noch nichts essen«, bekannte ich. »Das geht mir immer so, wenn ich in eine neue Umgebung komme. Nachts werde ich vor Hunger sterben, aber im Moment kriege ich einfach nichts runter.«

»Dann solltest du dir was auf Vorrat einstecken.«

»Gute Idee«, sagte der Junge namens Steven. »Ich bekomme auch immer spät abends Hunger. Wir könnten uns die Taschen mit Fleisch und Soße füllen. Ich wohne in der fünften Etage, und ihr?«

»Im Notfall habe ich noch Schokolade auf dem Zimmer«, verriet Nila. »Vierter Stock Ost.«

»Ihr seid zusammen untergebracht?« Steven seufzte wehmütig. »Ich hab ein Einzelzimmer. Das werden die langweiligsten Ferien, die ich je hatte.«

»Komm doch zu uns«, schlug Nila vor und klimperte mit den Augen.

Ich nahm mir die Freiheit, den Burschen näher zu betrachten. Wenn sie ihn in ein Einzelzimmer gesteckt hatten, hatten sie vielleicht etwas Besonderes mit ihm vor. Ob er ein Anwärter auf den Titel des Skorpionkönigs war? Ich versuchte, ihn mir mit einer Krone auf dem Kopf vorzustellen und verschluckte mich an meinem Tee.

Nila klopfte mir aufmunternd auf den Rücken, während ich knallrot anlief. Ich hoffte nur, dass Alec nicht ausgerechnet jetzt zu uns herübersah. Wenn er denn überhaupt auf die Idee kam, nach einem Mädchen mit undefinierbarer Haarfarbe Ausschau zu halten.

»Geht's wieder?« Steven lachte leise in sich hinein. Wenn er so weitermachte, würde ich ihn ohne mit der Wimper zu zucken an die Schlangen ausliefern. »Bis gleich, Mädels.«

»Schade«, murmelte Nila. »Der war irgendwie süß. Musstest du ihm unbedingt mit deinem Husten den Appetit verderben?«

Doch da kehrte Steven schon mit einem Riesenschälchen Eis zurück, das er mir hinschob. »Bitte schön. Eis rutscht immer.«

Und Nilas Miene wurde noch finsterer.

Was für ein Tag! Der eine Junge trug mir die Tasche, der nächste brachte mir Eis. »Wie aufmerksam.« Vielleicht würde ich ihn doch nicht verraten. »Ein echter Gentleman! Wetten, dass du aus England kommst? Aus einem abgehobenen Internat für adlige Söhne?«

Eine milde Röte überzog Stevens Wangen. »Sind wir hier auf dem internationalen Treffen der Hellseher? Oder war es bloß mein Akzent?« Er runzelte die Stirn. »Wie kommt es überhaupt, dass ihr genauso sprecht wie ich?«

Sein britischer Upperclass-Akzent verschwand im melodischen Singsang der Sprache von Wint Alamar. Zum ersten Mal fiel meinen Tischgenossen auf, dass wir uns weder in Englisch noch in einer anderen europäischen Sprache unterhielten.

»Da muss was im Tee sein«, sagte Nila und nahm noch einen kräftigen Schluck. »Abgesehen davon, Kiara ist Geigerin.«

»Tatsächlich?« Der junge Lord wirkte nicht ausreichend schockiert, deshalb fügte meine Zimmergenossin hinzu: »Und ihre Mama und ihr Papa haben sie hergebracht.«

Ich fuhr hoch. »Woher weißt du das?«

Sie genoss mein Erstaunen. »Du bist überhaupt nicht müde. Also nehme ich an, bist du gestern schon hier in Prag angekommen. Ich hab das Shampoofläschchen vom Hotel im Badezimmer gesehen. Unwahrscheinlich, dass du ganz alleine in einem Vier-Sterne-Laden übernachtest.«

Ich starrte sie immer noch an.

»Anscheinend haben wir noch mehr Hellseher unter uns«, stellte Steven amüsiert fest. »Da muss man ja aufpassen, was man sagt.«

»Am besten gestehst du gleich alles«, sagte ich.

Dabei war mir alles andere als zum Scherzen zumute. Eine so scharfe Beobachterin wie Nila war mir unheimlich. Schließlich war ich diejenige, die hier etwas zu verbergen hatte.

»Ähem, hallo.« Ein lautes Pochen unterbrach unser Gespräch. Offenbar klopfte jemand gegen ein Mikrophon. Derjenige war ausdauernd, das musste man ihm lassen. »Hallo? Hallo!«

Trotzdem dauerte es eine Weile, bis der Bienenschwarm verstummte. Alle Blicke richteten sich auf einen gut aussehenden Mann um die dreißig, der auf einem kleinen Podest an der Stirnseite des Speisesaals stand.

»Herzlich willkommen in der Internationalen Akademie für die schönen Künste!«

Er wartete, bis der Applaus verklungen war.

»Mein Name ist Jaroslav, ich bin der verantwortliche Leiter der diesjährigen Sommerakademie. Ich hoffe, Sie hatten eine gute Anreise. Um so viel wie möglich aus diesen wenigen Wochen, die uns zur Verfügung stehen, herauszuholen, werden wir Sie in Gruppen einteilen. Jeder Einzelne von Ihnen ist aufgrund einer speziellen Fähigkeit hier. Diejenigen von Ihnen, die diese Fremdsprache, die ich im Moment benutze, verstehen, werden sich in einer Stunde am hinteren Ausgang treffen.« Er wedelte mit der Hand in eine Richtung. »An der Terrasse. Sie werden es schon finden.« Nun wechselte er ins Englische und wiederholte noch einmal die allgemeine Begrüßung. »Diejenigen, die mich erst ab jetzt verstehen können, versammeln sich bitte in einer Stunde hier im Speisesaal, wo Sie in Gruppen eingeteilt werden. Danke schön für Ihre Aufmerksamkeit.«

Steven machte ein ratloses Gesicht. »Ich kapier das jetzt nicht wirklich«, meinte er. »Hat er eben zweimal dasselbe gesagt? War das nicht beide Male Englisch?«

»Nein, war es nicht«, sagte Nila nachdenklich. »Das ist wirklich komisch. Es kam mir vorhin schon seltsam vor, wie flüssig wir uns unterhalten können. Mein Englisch ist eigentlich ziemlich schlecht. Mir fallen sonst nie die Vokabeln ein, die ich brauche.«

»Wie auch immer«, meinte ich, »jedenfalls haben wir schon den ersten Teil seiner Rede verstanden, also gehören wir wohl zur Terrassengruppe.«

Steven wirkte immer noch äußerst verwirrt, als er seinen Stuhl zurückschob. »Außer Englisch kann ich nur Latein. Das war aber nicht Lateinisch, oder? Ich meine, das wäre mir doch aufgefallen?«

»Sehr merkwürdig«, stimmte ich ihm zu. »Bis später dann!«

Er stolperte davon, völlig durcheinander.

Nilas hübsches rundes Gesicht lag immer noch in Falten. »Das werden die uns noch erklären müssen.« Es klang wie eine Drohung.

»Darauf bin ich schon gespannt.« Das war ich in der Tat. Wie würden die Skorpione es angehen, an die dreihundert Teenagern zu eröffnen, dass sie keine richtigen Menschen waren?

* * *

Dreihundert waren es denn doch nicht, die sich auf der großen Terrasse einfanden. Wie ein Balkon ragte sie in einen tiefen, klaren Teich hinein, in dem Seerosen blühten. Eine schmale Brücke führte über das Wasser in den überraschend großen, parkähnlichen Garten. Trotzdem erinnerte das Rauschen des Stadtlärms daran, dass wir uns mitten im Herzen einer Großstadt befanden.

»Ungefähr ein Drittel«, verkündete Hilde, nachdem sie sich umgesehen hatte. »Anne ist nicht dabei, schade.«

Das hätte ich ihr schon vorher sagen können. Ich versuchte Steven in der Menge zu finden, aber stattdessen zog ein anderer Junge die Aufmerksamkeit auf sich. Alec hatte sich auf die niedrige Steinmauer gesetzt, die die Terrasse einfasste, und schleuderte irgendetwas ins Wasser, wobei ihn eine Horde pubertierender Halbstarker tatkräftig unterstützte.

»Was werfen die denn da?«, fragte Hilde. »Das sind Tonstücke, oder?«

»Und da liegt Erde. Das gibt's doch nicht, sie zerschlagen die Blumentöpfe!«

»He, ihr Deppen!« Hilde mischte sich sofort ein. »Wollt ihr euch gleich am ersten Tag unbeliebt machen?«

Alec wandte ihr das Gesicht zu und lächelte sie an. »Und ich dachte, du wärst eine Schülerin hier, so wie wir. Haben sie dich etwa schon zur Aufsichtsperson befördert?«

Die anderen Jungen lachten schallend, und ich wäre am liebsten im Boden versunken.

Hilde dagegen machte der Angriff nichts aus. »Ich befördere dich gleich sonst wohin, wenn du nicht damit aufhörst!«

Alec grinste zerknirscht. Er hatte bezaubernde Grübchen. »Der Kübel war schon kaputt. Ehrlich. Den hätte sowieso niemand mehr geklebt. Bitte, Frau Lehrerin, nicht böse sein.«

Sie machte auf dem Absatz kehrt und kam zu mir zurück, ein triumphierendes Funkeln in den Augen. »Er hat mich bemerkt!«

»Er hält dich für eine oberschlaue Streberin.«

»Egal. Besser, er bemerkt mich jetzt gleich am Anfang, bevor er sich anderweitig umgesehen hat.«

Ich kam nicht mehr dazu, ihr zu antworten, denn nun kamen die echten Lehrer auf die Terrasse. Jaroslav, der attraktive Mann mit dem Stoppelschnitt, der uns im Speisesaal begrüßt hatte, war wie angekündigt mit von der Partie, außerdem eine elegante dunkelhaarige Frau in den Vierzigern, die trotz der Hitze einen langen Mantel trug. Sie stellte sich als Olga vor.

»Keine Fragen. Folgt uns einfach.«

»Oh nein, das wird eine Botanikstunde«, murmelte Hilde, als wir in einer langen Reihe über die schmale Brücke marschierten und gleich darauf ein Glashaus zwischen den Bäumen sichtbar wurde – ein überdimensionales Gewächshaus, in dem Palmen und andere tropische Pflanzen wuchsen. Schlinggewächse rankten die eisernen Streben hoch, in einer hohen dunkelgrünen Pflanze erkannte ich eine Strahlenaralie, wie ich sie schon einmal in meinem Zimmer gehabt hatte, das dort war eine Bananenstaude, und da endeten meine Kenntnisse der Botanik auch schon.

»Wir befinden uns hier in der Orangerie unserer Akademie«, erklärte Jaroslav. »Wir nutzen den Garten, um eine andere Atmosphäre zu schaffen. Eine Atmosphäre, die uns auf das Abenteuerliche, Unwirkliche vorbereitet. Das hier ist ein Dschungel – aber das ist nichts gegen den Dschungel in uns selbst. Olga.«

Die Dunkelhaarige öffnete den obersten Knopf ihres Mantels, am Ausschnitt wurde weiße Haut sichtbar. Ein paar Jungs pfiffen. Ungerührt knöpfte Olga weiter, bis der Mantel nur noch vom Gürtel zusammengehalten wurde. Dann streifte sie ihre Schuhe ab. Sie sagte kein Wort, lächelte nur schief. In dem Moment, in dem ihr der schwere Stoff von den Schultern glitt, verschwand sie.

Vor uns lauerte ein schwarzer Panther.

Aufschreiend wichen die Vordersten zurück. Die weiter hinten Stehenden hatten noch nicht mitbekommen, was geschehen war, wurden aber von der hastigen Flucht der anderen mitgerissen.

»Ein Panther! Hilfe!« Und dann erschallte ein zweiter Schrei: »Die Türen sind zu!«

»Schlagt das Glas ein!«

»Womit?«

Ich rührte mich nicht von der Stelle. Anders als die Übrigen wusste ich, dass keine Gefahr drohte.

Über dem Mantel, der ausgebreitet am Boden lag, drehte sich der Panther um seine eigene Achse, ein Bild selbstvergessener Schönheit. Er schien unberührt von der Furcht, die er hervorrief. Auch Jaroslavs Blicke ruhten voller Bewunderung auf dem geschmeidigen Tier. Dann hob er plötzlich den Kopf und schaute mir direkt in die Augen.

Es war zu spät, jetzt noch Entsetzen zu heucheln. Möglichst ruhig wandte ich meinen Blick von ihm fort, zurück auf die Pantherin.

Jemand kreischte. Etwas krachte gegen die Glasscheiben, ein dumpfer Schlag ertönte, aber die Scheiben hielten. Das Raubtier, das die ganze Aufregung verursacht hatte, fauchte laut und zeigte dabei eine Reihe beeindruckender Zähne, dann duckte es sich und sprang über die Schüler hinweg, bis zu den Jungen, die gegen die Tür kämpften. Alec drehte sich zu der Bestie um, während die anderen rücklings davonstolperten, um sich im künstlichen Dschungel zu verstecken.

Mutig war er, das musste man ihm lassen. Er versuchte nicht einmal zu fliehen, stattdessen zog er die Aufmerksamkeit der Raubkatze auf sich, bevor sie den jüngeren Kindern nachsetzen konnte.

»Hey! Hey, hier bin ich!«

Die Pantherin schnellte zu ihm herum.

Alec streckte die Hände aus. Er hatte keine Waffe, nichts, um sich zu verteidigen. »Ganz ruhig«, sagte er beschwörend.

Die schwarze Katze fauchte und tappte auf ihn zu. Er rührte sich keinen Zentimeter von der Stelle.

»Jaroslav? Olga?« Er hob die Stimme kaum merklich.

Das Raubtier stand nun so dicht vor ihm, dass es ihm seinen Atem ins Gesicht blies, und bleckte die Zähne.

Alec schluckte und bewegte sich nicht. »Ich tu dir schon nichts«, sagte er sanft. »Er ist doch bestimmt zahm, oder?«

Jaroslav, den Mantel über dem Arm, lächelte seidig.

»Zahm? Oh, beleidigen Sie Olga nicht. Halten Sie sie nicht für ungefährlich, das möchte ich Ihnen allen raten. Aber solange Sie ihr keinen Grund geben, Sie anzugreifen – zum Beispiel indem Sie unsere schöne Orangerie beschädigen –, wird sie Ihnen nichts tun.«

Er trat zwischen die Bäume und hielt den Mantel, als wollte er einer Frau helfen, hineinzuschlüpfen. Der Panther ließ Alec stehen und huschte zu Jaroslav, und gleich darauf wurden Olgas dunkler Haarschopf und ihre bloßen Füße sichtbar. Sie knöpfte den Mantel zu und drehte sich wieder um. Ihre Augen glitzerten vor Vergnügen.

»Du bist ein mutiger junger Mann«, sagte sie zu Alec. »Gratuliere. Im vergangenen Sommer sind die Typen mit der größten Klappe sofort ohnmächtig geworden.«

»Ihr könnt wieder rauskommen«, rief Jaroslav, der offensichtlich ebenfalls seinen Spaß gehabt hatte. »Wo auch immer ihr euch verkrochen habt.«

»Die Gefahr ist vorbei«, rief Alec und fügte etwas leiser hinzu: »Denke ich jedenfalls.« Nachdenklich betrachtete er unsere außergewöhnliche Lehrerin.

»So, nun aber rasch.« Jaroslav klatschte in die Hände, um die Schüler zur Eile anzutreiben. Zögerlich kamen sie aus dem künstlichen Dschungel hervor.

»Ist er weg?«

»Wo ist er hin?«

»War er zahm?«

»So viele Fragen auf einmal.« Unser Lehrer schüttelte den Kopf. »Und so wenig Antworten. Im Grunde haben wir nur eine einzige Antwort für euch. Nur ein Wort. Merkt es euch. Steht damit auf und geht damit zu Bett. Tragt es in euren Herzen, lasst es euch in Fleisch und Blut übergehen. Denn das ist es, was wir sind, das ist es, was ihr seid, jeder von euch: Wandler.«

»Wandler«, wiederholte Olga. Ihre Stimme war tief und melodisch; keine andere hätte so gut zu einer Frau gepasst, die sich in einen schwarzen Panther verwandeln konnte. Aber sie troff vor Spott und das ärgerte mich. Professor Mercier war verständnisvoll gewesen. Er hatte Mitgefühl empfunden, mit mir und den Ängsten, die seine Enthüllungen in mir hervorriefen. Alles, was er mir mitteilen musste, hatte er mir als Freund gesagt, und Rücksicht auf meine Verwirrung genommen. Aber diese beiden, die man den jungen Wandlern aus dem Skorpionclan vorgesetzt hatte, waren aus ganz anderem Holz geschnitzt. Ich entschied, dass ich sie nicht mochte, schlimmer noch, dass ich sie verabscheute. Es war ein Gefühl, das mich von Kopf bis Fuß durchzuckte und gegen das ich nichts ausrichten konnte. Ich hoffte nur, dass der Hass nicht allzu sichtbar aus meinen Augen strahlte.

Feinde.

Bisher waren sie meine Feinde gewesen, weil ich alles geglaubt hatte, was der Professor mir erzählt hatte. Weil der Schlangenclan für ein friedliches Miteinander stand und der Skorpionclan von Krieg und Zerstörung träumte. Doch erst jetzt wusste ich, dass Mercier recht gehabt hatte. Mir war, als wäre ich dem Bösen in seiner reinsten Form begegnet. Es war nichts Schlimmes passiert, aber wenn schon die Lehrer, die für so viele junge Menschen verantwortlich waren, die Angst und das Entsetzen von Schülern auskosteten, wie stand es dann erst um die sogenannten Fürsten?

»Wandler«, wiederholte Olga. »Sagt es. Schmeckt das Wort auf eurer Zunge. Sagt es laut: Wir sind Wandler.«

Die Jugendlichen sahen sich betreten an. Niemand war bereit, etwas dermaßen Unsinniges zu wiederholen. Wieder einmal ergriff Alec die Initiative. »Wir sind ... Wandler?« Er machte eine Frage daraus.

»Jeder von uns hat es im Blut. Jeder von uns stammt von einem Volk ab, das vor Jahrtausenden aus einer anderen Welt hier strandete – aus Wint Alamar. Dies ist die Sprache, die unser Herz schon kannte, als sie unserer Zunge noch fremd war.«

Auch wenn mir das alles nicht neu war, lauschte ich aufmerksam. Ich war gespannt darauf, ob sie den Konflikt zwischen Skorpion und Schlange aus ihrer Sicht verfälscht darstellten. Doch heute kam das Thema der beiden verfeindeten Clans noch gar nicht zur Sprache. Unsere beiden Lehrer konzentrierten sich darauf, ungefähr hundert junge Leute davon zu überzeugen, dass Menschen sich in Tiere verwandeln konnten. Dass *wir* das konnten.

In einem Punkt ähnelte ihr Vortrag sehr stark dem von Professor Mercier: Sie warnten eindringlich davor, es ohne Anleitung zu versuchen.

»Die erste Verwandlung«, erklärte Jaroslav, »bedarf sorgfältiger Vorbereitung. Die meisten von euch werden in der Lage sein, sich in genau ein Tier zu verwandeln. Es schlummert in euch, und ihr müsst es unbedingt vor eurer ersten Verwandlung erkennen. Einfach irgendein Wesen zu wählen, das euch attraktiv erscheint, würde in einer Katastrophe enden. Ein Tier ruht auf dem Grund eurer Seele. Ein Tier wartet in euren Träumen. Ein Tier wird euch glücklicher machen, als ihr es euch überhaupt vorstellen könnt. Hört ihr die Wölfe heulen? Hört ihr die Raben krächzen? Ich erwähne nur diese beiden, da sie besonders häufig vorkommen. Doch möglicherweise tragt ihr das Exemplar einer seltenen Spezies in euch – einen Wanderfalken oder einen Berggorilla. Denkt darüber nach, wenn ihr jetzt in eure Zimmer geht. Nehmt die Sache nicht auf die leichte Schulter. Wer sich in etwas verwandelt, nur um zu glänzen oder vor anderen etwas darzustellen – wer den Panther wählt, obwohl er mit einer Hauskatze besser beraten wäre –, wird zugleich das Unglück wählen.«

Olga nickte uns allen zu. »Und Sie sind gut beraten, Ihren übrigen Kommilitonen nichts davon zu erzählen. Sie würden es doch nicht verstehen.«

Die meisten schwiegen betreten, als wir aus dem Gewächshaus in den Park traten. Vor uns lag die Fassade des Palais im Sonnenlicht. Auf einmal kam mir das Ganze unwirklicher vor als ein Traum.

Hilde fand sich neben mir ein. »Das war ...« Aber sie verstummte, bevor sie ein passendes Wort für diese ungewöhnliche Unterrichtsstunde gefunden hatte.

Hinter uns machten die Jungen ihrer Aufregung Luft.

»Du bist ein Warzenschwein. Das kann man sehen, da brauchst du dich gar nicht zu verwandeln.«

»Ha, das hättest du wohl gerne, du Affe. Als Jaroslav den Gorilla erwähnt hat, dachte er bestimmt an dich.«

Hilde drehte sich um. »Könnt ihr nicht einfach die Klappe halten?«

»Klarer Fall von Fauchschabe«, stellte einer der Jungen fest. Er sah aus, als wäre er erst zwölf.

Hilde zog mich vom Weg auf den kurz gemähten Rasen. »Glaubst du das alles? Ich meine, so etwas kann man doch gar nicht glauben, oder? Ich frage mich nur, wie sie das mit dem Panther gemacht haben. Sie müssen ihn irgendwo versteckt haben. Schließlich war keiner von uns vorher im Gewächshaus. Wenn man das richtig plant, kann man das bestimmt hinkriegen, dass es aussieht, als würde jemand sich verwandeln. Für einen guten Zauberkünstler ist das sicherlich ein Klacks.«

Am liebsten hätte ich ihr zugestimmt. »Und wie erklärst du dir, dass wir alle dieselbe Sprache sprechen? Das war doch von Anfang an merkwürdig.«

»Keine Ahnung. Massenhypnose? Ach, lass uns einfach von was anderem reden. Mir reicht es.«

Oben in unserem Zimmer holte Hilde ihr Cello aus dem Kasten.

»Und wenn einer von euch auch nur das Wort *Wandler* erwähnt, schreie ich«, sagte sie, bevor sie anfing zu spielen. »Ist das klar?«

»Glasklar«, sagte ich.

Nila vergrub ihren Kopf im Kissen und tat, als schliefe sie. Und ich stand am Fenster und sah hinaus auf die Stadt, die nicht zur Ruhe kam.

5
Die Kreise der Wandler

Jaroslav malte einen großen Kreis auf die Pflastersteine.

»Wir sind die Nachfahren der Verirrten aus der magischen Welt namens Wint Alamar, von der ich euch bereits erzählt habe. Wir alle befinden uns innerhalb dieses Kreises.« Er drückte einem blonden Mädchen, das erschrocken vor ihm zurückwich, die Kreide in die Hand. »Wie heißt du?«

»Susan«, stammelte sie.

»Nun, Susan, keine Angst. Mal noch einen Kreis in den ersten. Ein gutes Stück kleiner, bitte.«

Sie tat es, während wir anderen schweigend zusahen.

»Der äußerste Kreis«, sagte unser Lehrer. »Hier befinden sich die Nachfahren jener legendären Jagdgesellschaft, in denen das Erbe so gut wie verschüttet ist. Ein kleiner Rest ist vorhanden, aber diese Alamarer haben die Fähigkeit verloren, unsere Sprache zu sprechen. Sie werden sich niemals verwandeln. Aber unterschätzt sie nicht. Es sind trotz allem unsere Brüder und Schwestern. Trotz ihrer Unzulänglichkeiten wird diese Gruppe nie völlig in der normalen Menschheit aufgehen. Wir nennen sie die *Begnadeten.*«

Ich war überrascht. Das mussten die Getriebenen sein, von denen Mercier mir erzählt hatte, zu denen er auch meinen Vater rechnete. Begnadet zu sein, klang so viel positiver.

Steven meldete sich. »Worin besteht denn dann der Unterschied zu den Menschen, wenn die Begnadeten sich nicht verwandeln können? Sind sie nicht eher gestraft?«

»Auch wenn sie über keine magischen Fähigkeiten verfügen, sind sie immer noch Alamarer – Wandler ohne Verwandlung. Doch selbst sie haben ein, zwei besondere Talente, die man allerdings genauso gut als Fluch bezeichnen könnte. Das eine ist die Gabe, besonders bunt und lebhaft zu träumen. Das andere ist das Gefühl, fremd zu sein.« Er blickte ernst in die Runde. »Fremd. Immer und überall fremd. In ihrem Blut liegt die Sehnsucht, das zu sein, was wir sind. Sie gehören nicht zu dieser Welt und sie wissen es, auch wenn sie nie eingeweiht werden. Im äußeren Kreis, meine Lieben, finden wir die Außenseiter der Gesellschaft. Die Sonderlinge. Die Leute, denen es nie gelingt, sich irgendwo heimisch zu fühlen. Sie werden nie zu uns in den inneren Kreis stoßen, aber sie werden sich auch nie als Teil der Menschheit fühlen. Ein bedauerliches Schicksal … für jeden, der nicht auf seine Träume hört. Wem das gelingt, der wird in sich eine Energie finden, die ihn zu besonderen Leistungen anspornt. Im äußeren Kreis wachsen Künstler heran. Mathematiker. Pianisten. Maler. Ich will nicht behaupten, alle bedeutenden Leistungen der Menschheit seien in Wirklichkeit von degenerierten Alamarern erbracht worden, aber teilweise trifft das durchaus zu. Wer überall fremd ist, muss sich zumindest ein Gebiet erarbeiten, in dem er zu Hause sein kann. Oder er geht jämmerlich zugrunde.«

Wieder meldete sich Steven. »Dann sind die anderen hier in der Akademie solche aus dem äußeren Kreis? Ich meine, die nicht mit im Gewächshaus waren?«

»Sie haben es erfasst.« Jaroslav nickte. »Natürlich sind auch die Begnadeten nicht umsonst hergekommen. Sie werden das tun, was ihr alle erwartet habt – Musik, Drama, Malen, Debattieren. Was Hochbegabte nun mal so tun.« Sein Lächeln fiel ein klein wenig zu verächtlich aus. Dabei hatte mir seine Rede durchaus gefallen und ich war fast geneigt, ihm seine Schadenfreude von gestern Abend zu verzeihen.

Jaroslav stellte sich vor die zweite Linie. »Jetzt kommt ein breiter Ring, der die meisten von euch erfassen wird. Ungefähr achtzig Prozent gehören in den breiten inneren Kreis, in dem sich die *Glücklichen* tummeln. Ihr seid echte Wandler. Wir werden euch helfen, euer Geburtsrecht auszuüben; ihr werdet euch nie so allein und fremd fühlen wie die Begnadeten. Ein neuer Kreis, wenn ich bitten darf.«

Die Schülerin kniete sich wieder hin, um eine Handbreit von der anderen Kreidelinie entfernt eine zweite zu ziehen, doch Jaroslav schüttelte den Kopf. »Nicht so nah an der ersten. Viel weiter zur Mitte hin. Hier.«

Vor unseren Augen entstand ein Kreis, der höchstens vier Meter im Durchmesser maß.

»Was befindet sich wohl hier in der Mitte?«

Susan wagte es, sich zu äußern, obwohl sie dabei rot anlief. »Die Nachkommen des ... Prinzen?«

»So weit sind wir noch nicht.« Mit raschen Schritten drängte Olga sich durch die herumstehenden Schüler und trat in den neuen Kreis. »Ihr glaubt doch nicht, dass der Prinz außer dem üblichen Gefolge nicht noch ein paar besondere Leute dabei hatte?«

»Leibwächter«, schlug jemand vor.

»Exakt. Dies hier«, Olga nahm dem Mädchen die Kreide ab und malte damit über die Steine, »nennen wir den Ring der Wächter. Die sogenannten *Wächter* verfügen über ein paar weitere Fähigkeiten. Sie sind die geborenen Kämpfer – und sie sind nicht dermaßen eingeschränkt wie die Glücklichen, was ihre Verwandlung angeht. Damit meine ich, dass sie nicht das verborgene Tier in sich finden müssen. Sie können sich ein Tier wählen, das ihnen nützlich erscheint. Das ihnen dabei hilft, ihre Aufgabe zu erfüllen – nämlich den Schutz des Königs. Ein Tier. Möglicherweise auch zwei. Es gibt Wächter, denen sogar drei Gestalten zur Verfügung stehen.«

Sie bückte sich und zog einen neuen Kreis. »Dann gibt es die *Diener.* Sie stehen dem König sogar noch ein Stück näher. In den vergangenen Jahrhunderten hat der Kreis der Diener vor allem eine Aufgabe versehen: das Aufspüren von Stammbäumen, um lückenlos die Nachkommenschaft des Prinzen nachzuweisen. Ein Diener, der niemanden hat, dem er dienen könnte, ist nutzlos.«

»Dann kann man sich nicht aussuchen, wohin man gehören will? Man wird in einen bestimmten Kreis hineingeboren?«, fragte Alec.

»So ist es«, bestätigte Olga. »Niemand kann sein Erbe abschütteln oder etwas beanspruchen, das nicht in ihm steckt. Verleugnen – ja, sicher, das geht immer. Im äußeren Ring bei den Begnadeten finden sich die Nachkommen von Wächtern, Dienern und sogar Prinzen. Fähigkeiten gehen verloren über die Jahrtausende.«

»Aber manchmal«, fügte Jaroslav hinzu, »manchmal treten sie

verstärkt auf. Manchmal wecken sie Hoffnung. Einmal in tausend Jahren wird ein Wächter geboren, der alle Erwartungen übertrifft. Oder ein Diener, der mit dem Instinkt eines Spürhundes die verlorenen Prinzen und Prinzessinnen auf der ganzen Welt findet und herbringt. Wir sind im Besitz eurer Stammbäume. Bei einigen von euch sind wir in der Lage, eure Herkunft ein oder sogar zwei Jahrtausende zurückzuverfolgen! Lasst euch das mal auf der Zunge zergehen. Wir wissen mehr über euch als ihr selbst. Mit den neuesten Methoden der Gentechnik können wir mittlerweile nachprüfen, ob unsere Forscher falschen Informationen aufgesessen sind. Nicht jedes Dokument hält, was es verspricht. Wer zum Kreis der Wächter gehört, ist heutzutage im Labor nachprüfbar. Wer einen der wenigen Diener unter seinen Ahnen hat, weist ebenso bestimmte genetische Merkmale auf.«

Wir warteten. Uns allen war klar, dass er über eine Gruppe noch gar nichts gesagt hatte.

Jaroslav bückte sich und malte einen weiteren Kreis um seine Füße. »Die Glücklichen. Die Wächter. Die Diener. Und die *königliche Familie.* Einige Jahrhunderte lang mussten wir mit der Befürchtung leben, dass die Linie des gestrandeten Prinzen ausgestorben sein könnte. Doch Nachforschungen im vergangenen Jahrhundert haben uns wieder auf die Spur gebracht. Seine Erben sind über die ganze Welt verstreut. Und genauso wie bei den Wächtern und Dienern können wir heute eindeutig feststellen, wer dazugehört und wer nicht. Ein paar von euch sind über einen gemeinsamen Ahnherrn verwandt, meine Lieben. Betrachtet euch als entfernte Cousins und Cousinen.«

Er grinste, und die Schüler warfen den anderen in ihrer Nähe argwöhnische Blicke zu.

»Wandler. Wächter. Diener. Prinzen und Prinzessinnen – wir nennen sie manchmal *Könige*, aufgrund ihrer Herkunft. Aber nur ein wahrer König.« Er legte die Kreide in den Mittelpunkt. »Ein König für uns alle. Ein König über uns allen.«

Spürten die anderen es auch? Ein inneres Brennen, ein erwartungsvolles Zittern, als würde er gleich auf einen von uns zeigen und ausrufen: Du bist es!

Ich warf einen kurzen Blick zu Alec hinüber. Er stand da, ein klein wenig vornübergebeugt, als wartete er auf ein Kommando, um sich in irgendeinen dieser Kreise zu stellen.

Jaroslav lächelte unverbindlich und die Spannung löste sich wieder auf. »Bisher ist es uns leider noch nicht gelungen, den König unter den Prinzen zu finden. Vielleicht diesen Sommer, wer weiß? Doch nun brennt ihr sicherlich darauf zu erfahren, welches Erbe in euch schlummert. Eure Stammbäume geben uns zwar Auskunft, aber um sicherzugehen und keine falschen Hoffnungen zu wecken, bitten wir euch um eine kleine Blutprobe. Die Liste, wer wann an der Reihe ist, hängt im Eingangssaal aus.«

Er nickte uns zu. Ich hatte noch gar nicht richtig begriffen, dass diese Unterrichtsstunde zu Ende war, als er sich zwischen uns hindurchschlängelte und durch die Terrassentür in den Speisesaal verschwand. In der plötzlichen Stille hörte man deutlich, dass im ersten Stock Musikinstrumente gestimmt wurden. Von irgendwo hinter der Mauer erklang Sirenengeheul.

Neben mir seufzte Hilde. »Na toll. Erst sind wir Tiere, dann Wächter und Prinzessinnen. Was fällt denen als Nächstes ein? Wir sind in einer Irrenanstalt gelandet, Kiara. Fragt sich nur, ob die zwei Oberlehrer hier Wärter sind oder selbst Insassen.«

Ich konnte ihr nicht antworten. Zu sehr war ich mit der Frage beschäftigt, wie ich den Bluttest vermeiden konnte. An so etwas hatte Professor Mercier bestimmt nicht gedacht, als er mir eine Einladung zugeschanzt hatte. Wenn ich nur ein Handy gehabt hätte!

* * *

Im Foyer stellte ich fest, dass wir in alphabetischer Reihenfolge vorgeladen wurden. Mein W im Nachnamen brachte mir Glück – ich war erst am frühen Abend an der Reihe.

»Eine Galgenfrist«, murmelte ich.

Hilde hängte sich bei mir ein. »Na, was machen wir so lange? Ich heiße Torvic und bin erst viel später dran. Wollen wir uns im Garten sonnen?«

»Mach ruhig. Ich wollte eigentlich in die Stadt.« Einen Moment lang befürchtete ich, sie würde sagen, dass das nicht erlaubt sei. Die großen Eingangstüren wirkten wie ein Tor zu einer anderen Welt – würden diese Leute uns jemals hinaus in die gewohnte Realität lassen? Würden sie riskieren, dass etwaige Spione dem Test entkamen? Ich fragte mich, was mein Schlangenkollege jetzt tun würde. Nicolas. Schließlich hatte ich nicht vergessen, dass Mercier und der Unbekannte, mit dem er sich heimlich ausgetauscht hatte, noch einen zweiten Spitzel hergeschickt hatten. Bestimmt hatte Nicolas mehr Ahnung von diesen Dingen als ich, vielleicht hatte er sogar einen Plan. Wenn ich nur wüsste, wo er steckte.

»In die Stadt?«, fragte Hilde begierig. »Was dagegen, wenn ich mitkomme?«

Ich zögerte nur kurz, dann nickte ich. Irgendwie würde es mir schon gelingen, mich ohne sie in eine Telefonzelle zu verdrücken. Auf keinen Fall wollte ich den Eindruck erwecken, ich hätte etwas zu verheimlichen.

»Ich hole nur meine Kamera. Wartest du?«

Um mir die Zeit zu vertreiben, studierte ich die Namensliste im Foyer. Zu meiner Enttäuschung fand ich keinen Nicolas, weder als Vor- noch als Nachname. Entweder war ich doch die einzige Spionin, oder er hatte unter einer falschen Identität eingecheckt. Meine Hoffnung, er könnte mir einen Tipp geben, was ich wegen der Blutuntersuchung tun sollte, hatte sich damit zerschlagen. Entweder er gab sich mir zu erkennen, oder das war's.

Am liebsten hätte ich gleich meine Sachen geholt. Doch obwohl das Palais nicht bewacht zu werden schien, hatte ich Angst, dass jemand mich aufhalten würde, wenn ich mitsamt Tasche und Geigenkoffer durch die Tür marschierte.

»Da bin ich.« Hilde hakte sich bei mir unter und zog mich zum Ausgang. Sie warf einen Blick über die Schulter und kicherte. »Dreh dich nicht um. Da ist er wieder.«

»Wer?«

»Der bleiche Knabe mit dem bösen Blick. Er hat sich wohl nicht getraut, sich die Liste anzugucken, solange du davorstandest. Der Arme! Vielleicht sollte er längst in der Arztpraxis sein und die warten schon auf ihn!«

Ich zeigte ihr nicht, wie erleichtert ich war, dass mich nicht einer der Lehrer beobachtet hatte. Diese Spionagegeschichte war wirklich nichts für meine schwachen Nerven. Ob wohl schon jemand Verdacht geschöpft hatte, dass ich nicht war, wer ich vorgab zu sein?

»So«, meinte Hilde munter. »Wo wollen wir hin? Gibt es in der Nähe einen Laden, wo man günstig essen kann?«

»Keine Ahnung. Ich bin das erste Mal in Prag.«

Wir schlenderten die Straße hinunter, bewunderten das Nationalmuseum von außen, denn wir hatten nicht vor, unsere Zeit mit Museumsbesuchen zu verschwenden, und erreichten wenig später die Fußgängerzone. Obwohl ich aus einer Stadt kam, die nicht gerade hässlich war, überwältigte mich doch die Schönheit der alten Bauwerke.

»Siehst du irgendwo eine Telefonzelle? Ich würde gerne meinen Eltern Bescheid sagen, dass es mir gut geht.«

»Ich überlege auch schon die ganze Zeit, ob ich zu Hause anrufen soll. Aber eher um mitzuteilen, dass es mir schlecht geht. Ich bin mir nicht sicher, wie lange ich es unter diesen Irren aushalte.«

»Dann würdest du lieber zu den Begnadeten gehören?«, fragte ich. »Zu denen, die sich nicht verwandeln können und die immer fremd sein werden in dieser Welt?«

»Ich war noch nie Außenseiterin«, meinte Hilde gelassen. »Und das werde ich mit Sicherheit auch nie werden, egal was die einem hier einreden wollen. Willst du auch ein Eis? Mist, ich hab noch kein Geld getauscht.«

»Ich schon.« Es hatte seine Vorteile, wenn man früher anreiste.

Sie wollte nur eine Kugel, weil sie auf ihre Figur achtete. Ich gönnte mir drei.

Hilde hob leicht die Augenbrauen.

»Ich nehme nicht zu«, erklärte ich ihr. »Ganz gleich, was ich esse.«

»Beneidenswert«, stöhnte sie. »Falls das eine magische Eigenschaft aus Dingenskirchen ist, hätte ich die auch gerne abgekriegt. Kennst du die Kerle da? Der eine Typ winkt schon die ganze Zeit.«

Unter den Parkbäumen hockten junge Leute, von denen einige

mit den Armen wedelten. Die meisten Gesichter waren mir fremd, aber ich erkannte auch ein paar aus dem Speisesaal wieder. Steven war dabei und noch ein paar Jungs. Der Engländer lächelte uns hoffnungsvoll zu.

»Willst du dich zu denen setzen?«

»Ach«, meinte ich. »Muss nicht sein. Unter dem Baum dort ist auch noch was frei.«

Neben uns saß ein japanisches Pärchen und fotografierte die Fassaden. Auf der anderen Seite der Bank saßen junge Männer, vermutlich Tschechen oder Russen, die sich in Pose warfen und versuchten, unsere Aufmerksamkeit auf sich zu ziehen.

»Ich glaube, die reden über uns«, sagte Hilde.

»Sie starren dich an«, sagte ich. »Das bist du gewöhnt, wetten?«

Hilde leckte an ihrem Eis. »Im Moment komme ich mir eher vor wie ein Monster.«

Sie sah absolut nicht aus wie ein Ungeheuer, und das wusste sie auch.

Das Eis besänftigte meine Nerven, aber ich brauchte immer noch eine Telefonzelle. »Wenn ich bloß mein Handy wiederhätte!«

»Ich kann immer noch nicht fassen, dass diese Alien-Pauker uns alles abgenommen haben«, stöhnte Hilde. »Wenn ich das geahnt hätte, wäre ich gar nicht hergekommen. Oh nein. Wenn man vom Teufel spricht ...«

»Nun, verbringen die jungen Damen einen schönen Nachmittag? Wie ich sehe, habt ihr den Wenzelsplatz ganz von selbst gefunden, dabei wollte ich euch noch erklären, wie man hierherkommt.«

»Oh, Herr Jaroslav, wie nett.« Dass Hilde dabei die Augen verdrehte, bekam zum Glück nur ich mit.

Ohne dass wir ihn dazu aufgefordert hatten, setzte sich unser neuer Lehrer zu uns. Den Japanern wurde es zu eng; sie standen auf und schlenderten weiter. Jaroslav lächelte selbstgefällig. »Ist euer Arzttermin schon vorbei? Alles gut überstanden?«

»W und T sind erst später dran. Aber muss das wirklich sein? Ein Gentest!« Hilde machte ihrem Ärger Luft. »Ich habe überhaupt keine Lust auf so einen Quatsch. Wer weiß, was ihr damit anstellt, durchgeknallt, wie ihr seid.«

Ich sog erschrocken die Luft ein, aber Jaroslav lachte nur.

»Es ist normal, wenn man am Anfang zweifelt. Völlig normal. Sie gehören zu denen, die es relativ gefasst aufnehmen, Fräulein Wieland«, wandte er sich plötzlich an mich.

»Mich halten viele für ruhig. Dabei haben Sie keine Ahnung davon, wie es in meinem Inneren aussieht.«

»Touché. Natürlich habe ich keine Ahnung, was Sie wirklich denken.« Er beugte sich vor. »Verraten Sie es mir?«

»Ich denke über das nach, was Sie uns nicht gesagt haben«, antwortete ich. »Wie steht es mit dem Prinzenkreis? Welche Fähigkeiten haben die Nachkommen des Königs? Darüber haben Sie kein Wort verloren. Sie haben angedeutet, einer von uns könnte der König der Wandler sein. Aber wie kann man das feststellen, nach so vielen Jahrhunderten? Was sind die Kriterien?«

Er lächelte überhaupt gerne, dieser Jaroslav. »Da denkt jemand mit. Das gefällt mir. Eine gute Frage, die ihre Berechtigung hat. Die Frage nach der Macht.«

»Ich habe nicht …«

»Natürlich. Es geht immer um Macht. Wer ist der mächtigste Wandler? Was würde es für uns alle bedeuten, ihn zu finden? Wir haben uns in den letzten Jahrhunderten daran gewöhnt, kein Oberhaupt zu haben. Die innersten Kreise sind straff organisiert, aber die Entscheidungen der Fürsten oder der ranghöchsten Wächter werden regelmäßig angefochten. Es gibt immer welche, die querschießen. In unserer demokratisch geprägten Gesellschaft wird es manch einem nicht leichtfallen, sich einem absoluten Monarchen zu unterwerfen.«

»Warum suchen Sie ihn dann?« Hilde betrachtete ihre Fingernägel, aber es war offensichtlich, dass sie genau zuhörte.

Jaroslav zögerte. Wahrscheinlich überlegte er, wie viel er uns naseweisen Gören anvertrauen durfte.

»Weil es ihn gibt«, sagte er schließlich. »Und weil er so mächtig sein wird, dass niemand sich seinem Willen widersetzen kann.«

»Irre«, murmelte Hilde kopfschüttelnd. »Völlig irre, die ganze Bande.«

Ich war durchaus geneigt, ihr zuzustimmen.

»Ein Abkömmling des Königs«, sagte Jaroslav leise, »muss zeigen, was in ihm steckt. Er ist für alle ein Überraschungspaket, am meisten vielleicht für sich selbst. Es gibt Prinzen, die nicht zu einer einzigen Verwandlung fähig sind und im äußeren Kreis verlorengehen. Manchmal werden sie von besonders großem Ehrgeiz getrieben, von starken, wilden Träumen verfolgt, aber weil sie niemals zu ihrer Bestimmung finden, enden sie nicht als begnadete Künstler, sondern als jämmerliche Existenzen in der Gosse. Wir hatten hier einmal einen jungen Mann, der sich in mehrere Vogelarten verwandeln konnte. Und einen, dessen Spezialität schwarze Tiere waren. Andere erreichen das Niveau eines Wächters oder eines Dieners: eine, zwei, drei Verwandlungen. Es gab eine Prinzessin, die es auf fünf brachte. Manche hielten sie für die Königin, aber ...« Er schüttelte bedauernd den Kopf. »Sie war es nicht. Es gab immer jemand anders, der in irgendeiner Hinsicht besser war. Vielversprechender. Mächtiger. Es ist niemals ein Wandler aus dem Königskreis aufgetreten, der den ganzen Clan dazu gezwungen hätte, ihn anzuerkennen.«

»Kommt es auf die Anzahl der Verwandlungen an?«, fragte Hilde skeptisch. »Das bedeutet gleichzeitig mehr Macht?« Sie fixierte Jaroslav mit ihrem stechenden Blick, der alles Barbiehafte verloren hatte. »Wen interessiert es, ob jemand außer einem Panther vielleicht noch ein Kranich und eine Küchenschabe werden kann? Und zum Nachtisch ein Kanarienvogel? Das ist dermaßen absurd!«

Jaroslav hielt den Blick auf mich gerichtet. »Sie verstehen es, Fräulein Wieland, nicht wahr?«

»Ja«, meinte ich leise. »Wer all das könnte, kann tun, was er will. Als Kranich weite Strecken fliegen. Als Kakerlake käme man überall hinein. Und als Panther hätte man die Macht über Leben und Tod. Mit diesen drei Verwandlungen – Vogel, Insekt, Raubtier – wäre man ein unschlagbarer Spion. Ein Attentäter. Jemand, vor dem sich alle anderen in Acht nehmen müssten.«

»Sie hat es begriffen«, sagte er zu Hilde gewandt und lächelte freundlich.

Ein Wächter konnte sich dermaßen praktische Kombinationen aussuchen. Aber es ging hier nicht um den effektivsten Wächter.

»Was müsste ein König können, um einen begabten Wächter zu übertreffen?«

Das musste die Antwort sein. Dann wusste ich, wonach ich Ausschau halten musste.

Aber Jaroslav schüttelte nur den Kopf. »Das«, meinte er leise, »ist die Frage.«

»Und was können Sie?«, platzte ich heraus.

»Wer hat gesagt, ich sei ein Prinz?« Er musterte mich verwundert. In seinen Augen glomm Vorsicht auf. Was machte mich so sicher, dass er von seinem eigenen Kreis sprach? Das Mitgefühl, das er für uns Schüler gestern nicht hatte aufbringen können? Die leise Verbitterung in jedem seiner Worte?

»Sind Sie etwa keiner?« Ich versuchte, betont lässig zu tun.

Jaroslav gab nichts preis, er lächelte bloß. Und nachdem wir unser Eis aufgegessen hatten, sagte er: »Jetzt wird es aber Zeit.« Er winkte die übrigen Akademieschüler zu sich und führte uns alle zurück zum Palais. Da Jaroslav uns begleitete, hatte ich keine Chance, in eine Telefonzelle zu entwischen, einen Passanten zu bitten, ob ich sein Handy benutzen durfte, oder einfach Hals über Kopf davonzurennen.

Ich fühlte mich wie jemand, der von bewaffneten Söldnern zu einem besonders üblen Zahnarzttermin begleitet wurde.

»Wie lange dauert es eigentlich, bis die Ergebnisse da sind?«, wollte Hilde wissen.

Dieser Frage wich Jaroslav wenigstens nicht aus. »Drei bis vier Tage, bis wir alle durchhaben. Schätzungsweise.«

Innerhalb dieser Zeit musste es mir gelingen, den Professor zu erreichen. Ich musste von hier fort, bevor die Experten schwarz auf weiß sehen konnten, dass ich zu keinem ihrer Kreise gehörte. Oder – der Gedanke gab mir Hoffnung – unterschieden sich die Kasten der Schlangen genetisch nicht von den Kreisen des Skorpionclans? Würde ich etwa, wenn ich zum Beispiel zum Schlangen-Fußvolk der Gebundenen gehörte, bei den Skorpionen einfach als jemand auftauchen, der zum breiten inneren Kreis der Glücklichen gehörte? Immerhin hatte Mercier gesagt, dass es nicht so leicht war, eine Schlange von einem Skorpion zu unterscheiden.

Trotzdem hatte ich feuchte Hände, als ich ins Wartezimmer gerufen wurde, und unter dem strengen Blick des grauhaarigen Arztes fühlte ich mich schon jetzt entlarvt.

* * *

Ich hatte gehofft, dass sie uns in den kommenden Tagen in Ruhe lassen würden, bis es amtlich war, wer zu welchem Kreis gehörte. Stattdessen starteten unsere engagierten Pädagogen ohne Umschweife das volle Programm.

Sport. Ich hasste Sport.

Als ich zum dritten Mal das Feld umrundet hatte – natürlich hatten sie auch einen Sportplatz in ihrem Park – und an dem Punkt angelangt war, wo ich glaubte, mich übergeben zu müssen, erlaubte Olga mir gnädig, mich auszuruhen.

Sie musterte mich mit unverhohlener Verachtung. »Wie wollen Sie jemals die Muskeln eines fremdartigen Körpers beherrschen, wenn Sie Ihre eigenen nicht unter Kontrolle haben?«

Heute trug sie keinen Mantel, sondern eine kurze Sporthose und ein Tanktop. Sie sah aus wie eine Spitzensportlerin, die ihr ganzes Leben lang nichts anderes getan hatte als zu trainieren.

Meine Beine zitterten, während ich von der Bank aus zusah, wie die anderen weiterliefen. Nila war die Letzte, vermutlich würde sie ebenfalls bald aufgeben. Hilde dagegen hielt sich sehr gut, sie war weit vorne und überholte bereits einige der schwächeren Jungen.

Wer an der Spitze war? Nun, das war keine Überraschung. Alec flog dahin, als hätte er ein unsichtbares Rennpferd unter sich.

»Was wird das? Warum sind Sie nicht bei den anderen?«

Ich hob den Kopf, aber Olga hatte nicht mit mir gesprochen.

Der schwarzhaarige Junge mit dem grimmigen Blick war aufgetaucht. Er hatte entgegen der Anweisung nichts Sportliches angezogen, sondern trug trotz der Hitze lange Stoffhosen und ein kurzärmliges weißes Hemd.

»Ich bin hier, um Musik zu machen. Nicht, um Sport zu treiben.« Er bekam kaum die Zähne auseinander, seine Stimme klang wütend und gepresst.

»Es ist mir völlig egal, warum Sie hier sind«, fauchte Olga. »Tun Sie einfach, was man Ihnen sagt. Los, in die Sportklamotten.«

Der Junge schaute sie unter seinen langen dunklen Wimpern hervor an und wandte sich dann wortlos ab. Er setzte sich auf die Zuschauerbank, die ich in Beschlag genommen hatte, allerdings am anderen Ende. Zum Glück war es eine sehr lange Bank.

»Das gibt's doch nicht!«, schrie Olga. Ich hätte mich nicht gewundert, wenn sie sich unvermittelt in einen Panther verwandelt hätte und ihm an die Kehle gegangen wäre. »Kleiner, du gehst dich jetzt auf der Stelle umziehen und läufst mit den anderen mit!«

Ich fand sie ziemlich einschüchternd, als sie sich vor ihm aufbaute. Die anderen Läufer starrten natürlich schon alle besorgt zu uns herüber; keiner von uns hatte vergessen, in was sie sich verwandeln konnte.

Den blassen Jungen ließ die Pantherfrau völlig unbeeindruckt. »Ich habe nicht die Absicht«, sagte er ruhig. »Ich werde zusehen.«

Olga explodierte. Sie packte ihn am Kragen und zerrte ihn hoch. »Dann – läufst – du – eben – so!«

Sie hatte ihn Kleiner genannt, aber jetzt, da er gezwungenermaßen auf den Füßen stand, konnte ich sehen, dass er genauso groß war wie Olga, vielleicht sogar ein paar Zentimeter größer. Ihre Gesichter berührten einander fast. Jeden Moment konnte sie ihre Krallen ausfahren, ihn mit ihrem Raubtiergebiss zerfleischen.

»Und wie«, fragte er leise, »wollen Sie mich dazu zwingen?« Beinahe sanft löste er ihre Hände von seinem Hemd und setzte sich wieder auf die Bank.

Abrupt drehte Olga sich um und marschierte über die Rasenfläche davon. Sie stieß einen schrillen Pfiff aus und begann, den Läufern Anweisungen zuzubrüllen. Alle bemühten sich, ihr zu gehorchen.

»Schluss mit Faulenzen! Los, los! Hören Sie schlecht, Fräulein Wieland?«

Einen wundervollen Moment lang hatte ich die Möglichkeit, mir ein Beispiel an dem aufmüpfigen Nichtsportler zu nehmen und einfach sitzen zu bleiben. Stattdessen rappelte ich mich mühsam hoch und trottete mit wackeligen Knien auf die Bahn. Gleich darauf zogen die Läufer an mir vorbei, allen voran Alec, der ohne irgendwelche Anzeichen von Müdigkeit dahinschwebte. Ich richtete meinen verschwommenen Blick auf ihn und machte mich an die Verfolgung.

6
Wir und die Feinde

Auch in den nächsten Tagen gelang es mir nicht, die Akademie zu verlassen. Von frühmorgens bis spätnachmittags wurden wir durch die Gegend gehetzt. Am Abend hielten Olga und Jaroslav uns dann Vorträge über die Geschichte der Wandler, über die Skorpione und ihre prominentesten Mitglieder im Laufe der Zeit – und über die Schlangen. Zunächst glaubte ich, sie wollten meinen Clan gar nicht erwähnen, denn Jaroslav erzählte immer nur von einem König der Wandler, als hätte es nie einen zweiten gegeben. Einmal kam ganz kurz am Rande eine Splittergruppe vor, die die Frechheit besaß, den Skorpionkönig nicht anzuerkennen. Doch unsere Lehrer bereiteten uns nur auf die Wahrheit vor – auf ihre Wahrheit. Nachdem alle Schüler auf den Clan eingeschworen waren und ihre Augen zu leuchten begannen, sobald unsere Lehrer von der glorreichen Vergangenheit erzählten, bekamen wir zu hören, wer die Feinde waren.

»Dies ist nicht unsere Welt«, sagte Jaroslav. »Aber sie könnte es sein. Sie könnte es werden und wirklich uns gehören. Kein Verstecken mehr, kein Leben im Untergrund, im Verborgenen. Erstaunlicherweise sind nicht die Menschen unsere wahren Gegner. Sie wissen es nicht besser; für sie ist es natürlich, sich zu fürchten, wenn sie dem Unbekannten begegnen. Jeder von euch hat gelernt, wie ein Mensch zu denken, daher habt ihr euch alle erschreckt, als ihr am ersten Abend Olgas Verwandlung miterlebt habt. Inzwischen habt ihr euch an den Gedanken gewöhnt, er hat seinen Schrecken verloren. Nun ist es für euch, als hättet ihr es schon immer geahnt. Selbst die Menschen könnten sich daran gewöhnen, dass es Wesen wie uns gibt. Sie könnten lernen, diese Welt mit uns zu teilen, und statt unsere Fähigkeiten verborgen zu halten, könnten wir das ausleben, was wir sind.«

Er wartete, bis ein paar Jugendliche zustimmend nickten, und sprach dann weiter. »All das wäre möglich, wenn unsere wahren Feinde nicht wären. Unsere Feinde, die jeden Wandler, der seine Gestalt in der Menschenwelt offenbart, aufspüren und töten. Sie halten sich für unsere Wächter, für die noblen Beschützer der Menschen.« Jaroslav blickte in die Runde. »Was glaubt ihr, wovon ich spreche? Von Menschen, die unser Geheimnis kennen und sich als Wandlerjäger aufspielen? Weit gefehlt. Von Wandlern rede ich, von unseren Vettern und Cousinen, vom heimtückischen Clan der Schlangen. Die Schlangen nennen sie sich, nach ihrem eigenen König, der seinen Bruder verriet. Nehmt euch in Acht!« Sein Gesicht war ernst, aber in seinen Augen glühte der Hass.

Mir wurde schlecht von all den Lügen, und ich konnte nur hoffen, dass man mir meine Gefühle nicht anmerkte.

»Keine Schlange wird euch jemals als das akzeptieren, was ihr seid: als stolze Wandler, die ein Anrecht darauf haben, ihre angeborenen Fähigkeiten auszuleben. In ihrer Angst versuchen sie auch uns in den Staub zu drücken, in dem sie selbst herumkriechen. Daher warten wir seit Jahrhunderten sehnlichst auf unseren König, auf die Zeit, in der wir wieder erstarken und uns zu unserer wahren Bestimmung aufschwingen. Doch ich verrate euch eins. Die Schlangen warten ebenso darauf, vielleicht genauso brennend wie wir, mit dem einen Ziel: ihn zu töten.«

Ein Raunen der Empörung ging durch die Reihen.

»Niemals«, flüsterte Hilde neben mir, »niemals würde ich das zulassen. Nur über meine Leiche.«

Hilde. Hilde mit dem Gewehr im Schrank. Ein Gefühl von Eiseskälte flutete durch meinen Körper.

Ich musste hier weg. Aber wie?

In dieser Nacht blieb es mir erspart, von Alec zu träumen. Als ich mich gegen Mitternacht ermattet in meinem Bett ausstreckte, um nicht vor Ablauf der nächsten sechs Stunden wieder aufzustehen, spürte ich etwas Hartes unter meinem Kopfkissen.

Verwundert hob ich es an und entdeckte ein Handy.

Sofort war ich hellwach.

Kam es von Professor Mercier? Hatte Nicolas es in mein Zimmer geschmuggelt? Entweder das, oder es war eine Falle.

Nila schnarchte bereits, Hilde ließ sich im Badezimmer Zeit. Meine Finger wollten schon die ersten Ziffern von Professor Merciers Nummer eingeben, als ich innehielt. Und wenn Nila nur so tat, als ob sie schlief?

So leise wie möglich stieg ich aus dem Bett. Ich hatte ein langes T-Shirt an, das zur Not auch als kurzes Sommerkleid durchging. Trotzdem streifte ich mir noch eine Strickjacke über und fühlte mich damit beinahe vorzeigbar. Jetzt musste ich nur noch mein Kissen so unter der Decke arrangieren, dass es aussah, als würde ich schlafen. Hilde hatte bisher noch nie versucht, mich zu wecken, wenn sie als Letzte aus dem Bad gekommen war, daher konnte ich darauf hoffen, dass sie nicht gerade heute Nacht damit anfangen würde.

Auf Zehenspitzen tappte ich zur Tür.

Erst draußen im Flur auf den kalten Fliesen fiel mir auf, dass ich keine Schuhe anhatte, doch bevor ich zurück ins Zimmer gehen konnte, hörte ich die Badtür knarren. Daher ging ich rasch weiter. Falls ich jemanden traf, konnte ich vielleicht so tun, als ob ich schlafwandelte.

Das Licht in den Fluren war ausgeschaltet und hinter den Türen war alles still. Nach dem harten Sportprogramm lagen alle wie tot in ihren Betten.

Ich huschte zur Treppe. Die Dame, die uns am Tag der Ankunft begrüßt hatte – mittlerweile wusste ich, dass sie Viola hieß –, hatte uns damit getröstet, dass es hier keinen Empfang gab. Doch im Garten würde es bestimmt möglich sein zu telefonieren.

Ohne jemandem zu begegnen, erreichte ich das Erdgeschoss. Im Foyer glühte gedämpftes Licht. Lautlos öffnete ich die Tür zum Speisesaal. Gespenstisch leer lag der Raum vor mir, die Pflanzen beugten sich wie eifrige Kellner zu den Tischen, die schon für den nächsten Morgen mit Besteck und Tassen gedeckt waren. Silbrig glitzerten die Löffel im Lichtschein, der durch die weit geöffneten Terrassentüren hereinfiel. Die Stadt warf ihren Glanz in den

Himmel. Die laue Nachtluft wehte den Duft des Gartens herein, nach trockenem Gras und sonnigen Steinziegeln. In den Seerosen quakte ein einsamer Frosch.

Ich zögerte, da ich nicht wusste, ob sich derjenige, der die Türen offen gelassen hatte, im Haus oder im Garten aufhielt. Weder Jaroslav noch Olga wollte ich im Nachthemd und barfuß in die Arme laufen.

Vorsichtig näherte ich mich der Terrasse. Im Schatten hinter den Statuen und Pflanzenkübeln hätte sich jemand verbergen können. Statt langsam daran vorbeizuschleichen, nahm ich mein Herz in die Hand und rannte – über das Pflaster, über die weiß schimmernden Kreidekreise hinweg und über die schmale Brücke, bis meine Füße den Kiesweg berührten. Niemand hatte gerufen, niemand hatte versucht, mich aufzuhalten. Ich wartete, bis sich mein Puls beruhigt hatte, und blickte mich um. Rechts von mir lag die Orangerie, links waren die Sportanlagen. Dorthin wandte ich mich, weil ich hoffte, im Schutz der Baumgruppe, die den Sportplatz vom Park abgrenzte, ungestört telefonieren zu können.

Als der Vibrationsalarm losging, war ich so verdattert, dass ich das Handy beinahe hätte fallen lassen. Mit ein paar Sprüngen überquerte ich die freie Rasenfläche und kauerte mich zwischen einen hohen Baum und ein Gebüsch. Dann erst drückte ich die Taste und fragte vorsichtig: »Ja?«

»Bist du es? Kannst du frei reden?« Der Anrufer sprach weder seinen noch meinen Namen aus, aber ich erkannte sofort die Stimme meines Geigenlehrers.

»Professor! Ich muss dringend mit Ihnen ...«

Er unterbrach mich. »Kiara! Endlich. Gut, deine Stimme zu hören. Läuft alles nach Plan?«

»Sie haben uns Blut abgenommen, und jeden Tag können die Ergebnisse kommen. Wie schlimm ist das für uns?«

»Ein Bluttest?« Er klang alarmiert. »Das ist neu. Sie wollen offenbar ganz sichergehen. Das heißt, dass sie ernsthaft damit rechnen, in diesem Jahr ihren König zu finden.«

»Können sie damit feststellen, zu welchem Clan ich gehöre? Soll ich versuchen, die Akademie zu verlassen?«

»Ganz ruhig, Kiara. Wir werden das regeln. Verlass dich auf uns.«

»Ihr werdet meine Testergebnisse fälschen?«

Mercier lachte leise. »Je weniger du weißt, desto besser.«

»Können Sie mir wenigstens sagen, zu welchem Kreis ich gehöre?«

»Zur Kaste der Gebundenen. Das heißt, man wird dich in den Kreis der Glücklichen einordnen. Ein Tier, eine Verwandlung, wie die meisten. Du wirst nicht sonderlich auffallen und kannst dich weiterhin ...«

Ein Knacken im Unterholz ließ mich zusammenfahren. Ich erschrak so, dass ich das Handy in weitem Bogen von mir schleuderte. Meine Güte, was war ich für eine dämliche Agentin! Doch bevor ich nach meinem Telefon suchen konnte, hörte ich erneut ein lautes Knacken. Stocksteif blieb ich stehen und lauschte.

Jemand ging durch das Wäldchen. Eine, nein, zwei Personen, ein Mann und eine Frau. Sie unterhielten sich leise. Nur Bruchstücke drangen an mein Ohr.

»... am vielversprechendsten, das können Sie nicht leugnen.«

»Ist das Ihr Ernst? Dass ich nicht lache.«

»Mir scheint, Sie übersehen das Offensichtliche. Es geht hier nicht um Sympathie und Antipathie, es geht um viel mehr.« Das klang nach Olga.

Und der andere – nein, Jaroslav war es nicht. Als die beiden die freie Rasenfläche erreicht hatten, erkannte ich die kleine, behäbige Gestalt des Arztes, der den Test durchgeführt hatte. Sein Name war Dr. Wesley.

Nachdem sie aus meinem Blickfeld verschwunden waren, wartete ich noch eine geraume Weile, bevor ich es wagte, unter den Bäumen nach dem Handy zu tasten. Wenn ich wenigstens eine Taschenlampe gehabt hätte!

Dann fiel mir etwas anderes ein. Wenn Olga und Dr. Wesley in die Akademie zurückkehrten und die Terrassentür abschlossen – wie sollte ich dann zurück in mein Zimmer gelangen?

Dieses Problem schien mir jetzt das Dringendste zu sein. Das Handy würde ich morgen bei Tageslicht suchen, wenn man uns hierher zum Sport trieb. Bestimmt würde mir etwas einfallen, um mich kurz in die Büsche verdrücken zu können. Jetzt jedoch musste ich rasch zurück in mein Bett.

Auf dem Weg zur Terrasse kam es mir vor, als würde ich für alle weithin sichtbar über die Wiese rennen. Das Schlimmste war der Weg über die Brücke. Doch mit Erleichterung stellte ich fest, dass ich wenigstens in einer Hinsicht Glück gehabt hatte – ich war vor Olga und dem Doktor angekommen. Die Türen standen immer noch weit offen.

* * *

Hundemüde durchquerte ich den Saal und schlüpfte in den Gang, der zum Foyer führte. Das Treppenhaus war zum Greifen nahe, und ich sah mich schon friedlich in meinem Bett schlummern, als ich Schritte hörte.

Sofort huschte ich zurück in den Speisesaal. Doch hier konnte ich auch nicht bleiben. Olga und ihr Begleiter waren schon auf der Terrasse, wie ihr leises Gemurmel verriet. Panisch wandte ich mich der zweiten Tür zu, die aus dem Saal herausführte, und stand zu meiner Überraschung vor dem Treppenhaus. Mit meiner Orientierung stand es offenbar nicht zum Besten. Hastig machte ich mich an den Aufstieg in den vierten Stock. Ich eilte durch den Gang, an unzähligen Türen vorbei. An diese Biegung konnte ich mich nicht erinnern. Und war hier schon immer eine Nische gewesen? Mir war, als würde ich im Kreis gehen. Schlimmer noch, ich befand mich auf einem völlig fremden Flur. Links hätten die Fenster liegen sollen, durch die man die Stadt sah, rechts die Zimmer der Mädchen. Stattdessen blickte ich auf den Park hinaus. In der Orangerie brannte Licht.

Meinen Lageplan hatte ich nicht dabei, und er war auch nur hilfreich, um den Weg von den Zimmern zum Speisesaal zu finden. Alle anderen Bereiche der Akademie waren geheimnistuerisch ausgespart worden.

Ich nahm an, dass ich ein zweites Treppenhaus erwischt hatte und mich nun im Westflügel befand. Hier gab es keine Schlafräume, soviel ich wusste. Wenn ich Pech hatte, waren auf diesem Stockwerk die Lehrer untergebracht und ich hatte die einzigartige Gelegenheit, mich so unbeliebt zu machen, dass man mich aus der Akademie hinauswarf. Dann brauchten Professor Merciers Freunde sich nicht einmal mehr die Mühe zu machen, meine Testergebnisse zu fälschen.

Mir wurde bewusst, dass alles still war. Ich war allein. In einem riesigen, uralten Haus, in dem nicht alle schliefen.

Keine Panik, Kiara. Du musst nur die Treppe wiederfinden, in den Speisesaal zurück und dann das richtige Treppenhaus nehmen.

Doch das war einfacher gesagt als getan. Ich hatte kein Licht, und obwohl es nicht völlig dunkel war, trugen die dunklen Türöffnungen und Abzweigungen nicht zu meinem Wohlbefinden bei. Dann war mir, als hörte ich Musik, leise wie in einem Traum.

Ich folgte ihr durch die Gänge. Vielleicht war einer der Musiklehrer, die sich um die Begnadeten kümmerten, noch wach und würde mir eine Wegbeschreibung geben können.

Die Musik wurde lauter. Wie eine Schlafwandlerin dem Ruf des Mondes folgte ich der traumhaften Melodie, während die Musik im Gemäuer zu vibrieren schien. Ich bog um eine Ecke, stieß auf eine Wendeltreppe, die zwei Stockwerke nach unten führte, und erspähte einen schwachen Lichtschein.

Es gab kein Geländer, keine Warnung, nichts. Plötzlich brach der Boden ab, und vor mir gähnte ein Abgrund, der mehrere Stockwerke hinunterreichte. Von dort unten kam die Musik. Jemand spielte Klavier, ein Lehrer oder ein echtes Wunderkind. Wer auch immer es war, war ein Meister. Seine Musik hatte mich hergelockt und fing mich mühelos ein. Ich vergaß meine Angst, in dieser Nacht nicht mehr zurück ins Zimmer zu finden. Ich vergaß die Schlangen und die Skorpione und die Gefahr, ich vergaß mich selbst. Alle Unsicherheit, alle Zweifel und Sorgen fielen von mir ab. Es gab nur noch diese Klänge, und einen kostbaren Moment lang war ich mit mir im Reinen und es genügte, auf der Welt zu sein. Stundenlang hätte ich lauschen können, aber in mir erwachte eine meiner penetrantesten Eigenschaften – die Neugier. Ich wollte unbedingt wissen, wer da spielte. Von hier aus konnte ich nur den Boden des Raumes tief unter mir erkennen, ein Stück Mauer aus groben Steinen und, halb von einem Vorsprung verborgen, eine Ecke des Klaviers, auf dem eine brennende Kerze stand. Wenn ich mich hinkniete, die Hände an der Bruchkante, und mich ein wenig nach vorne lehnte, konnte ich einen Blick auf den Spieler erhaschen. Ich sah einen Rücken, ein helles Hemd, schwarze Strähnen ... und verlor das Gleichgewicht. Im nächsten Moment rasten mir die Steine entgegen und aus meiner Kehle quoll ein Schrei. Ich konnte nicht einmal mehr denken, dass dies das Ende war, so schnell ging alles.

Dann gab es einen Ruck, starke Arme umfassten mich, und ich schaute in das Gesicht eines Bären.

* * *

Von allen Vorkommnissen dieser Nacht war dies das Absurdeste. Ich lag in den Pranken eines Bären. Im Rücken spürte ich seine Krallen. Sein Fell war dicht und weich und von einem satten Schwarzbraun. Heißer Atem blies mir ins Gesicht. Ich war so perplex, dass ich den Rest meines Schreis verschluckte. Eine ganze Weile hielten wir beide still, der Bär und ich. Auch er schien sich über diese seltsame Situation zu wundern. Mir kam die Frage in den Sinn, was für eine Art Bär er wohl war, denn er war riesig. Ein zwei Meter großer Grizzly, mindestens. Doch seit wann spielten Grizzlys Klavier? Dann fiel mir auf, dass der Bär keine Anstalten machte, mich wieder abzusetzen.

»Danke«, sagte ich.

Und der Bär erwachte aus seiner Überraschung und setzte mich behutsam auf den Boden.

Ich strich mein Nachthemd glatt und warf einen Blick in den dunklen Schacht, der nach oben führte. Kaum zu glauben, dass ich eben kopfüber aus einer solchen Höhe heruntergestürzt war. Ich konnte mir nicht einmal erklären, wie es dazu gekommen war. Hatte ich mich zu weit hinuntergebeugt? Ich versuchte mich daran zu erinnern, aber da war nur Leere. Nur der Augenblick des Schreckens, das Gefühl des Fallens. Ich schwankte, schnappte nach Luft und hielt mich unwillkürlich am Pelz des riesigen Raubtieres fest.

»Sie können sich jetzt wieder zurückverwandeln«, sagte ich. »Ich weiß Bescheid, ich bin in Jaroslavs Schülergruppe.«

Der Bär fixierte mich mit seinen runden Augen, dann ließ er sich auf alle viere nieder und wich zurück, als sei ich plötzlich diejenige von uns, die gefährlich war. Es wirkte verstörend menschlich, als er stumm den Kopf schüttelte.

Mein Blick fiel auf die Kleiderfetzen vor dem Klavier. Der Pianist musste meinen Schrei gehört haben, war aufgesprungen und hatte sich im Bruchteil einer Sekunde verwandelt, gerade noch rechtzeitig, um mich aufzufangen. Einen Menschen, der dasselbe versucht hätte, hätte ich wohl gnadenlos zerquetscht.

Fallen. Fallen, Schreien, da kommen die Steine auf mich zu ... Ich schloss kurz die Augen, um mich zu sammeln, bevor das Entsetzen mich überrollte.

Dann wusste ich wieder, was ich als Letztes gesehen hatte. Einen Rücken. Ein helles Hemd. Schwarzes Haar.

Ich bückte mich und hob einen der Stoffstreifen auf.

»Ich weiß, wer du bist. Du bist der Junge, der auf dem Sportplatz mit mir auf der Bank gesessen hat. Der Musik machen wollte, statt zu laufen.«

Der Bär seufzte. Dann trottete er zum Klavier und versteckte sich dahinter. Im nächsten Moment tauchte genau die Person auf, die ich erwartet hatte – der blasse Junge mit dem grimmigen Blick, zur Abwechslung mit bloßem Oberkörper. Diesmal machte er jedoch keine böse Miene, als wollte er alles und jeden hassen, sondern schaute mich offen und fast ein wenig neugierig an.

»Ist von meinen Klamotten noch etwas übrig, das ich anziehen könnte?«

Ich hob die Fetzen hoch und reichte sie ihm über das Klavier hinweg, wobei ich darauf achtete, sie nicht über die Kerzenflammen zu ziehen. »Falls du damit noch was anfangen kannst?«

Er betrachtete die Überreste seiner Sachen. »Es macht dir hoffentlich nichts aus, wenn ich hier hinter dem Klavier stehen bleibe?«

»Gar nicht. Willst du vielleicht meine Strickjacke haben?«

»Behalte sie.«

Das war bestimmt besser so. Es wäre mir doch unangenehm gewesen, nur im T-Shirt vor ihm zu stehen, auch wenn man es für ein kurzes Sommerkleid halten konnte. Dass er splitterfasernackt mit mir in einem Raum war, darüber dachte ich lieber nicht nach.

Fallen. Schreien. Fallen.

Mir wurde schwindlig, vorsichtshalber nahm ich auf dem Hocker Platz.

»Geht es?«, fragte er besorgt.

»Bleib bloß, wo du bist.«

Er grinste. »Zu Befehl. Ich hoffe, dass war kein Selbstmordversuch, den ich vereitelt habe?«

»Ganz bestimmt nicht.«

»Ein Mordanschlag?« Er hob die Brauen.

»Nichts anderes als meine eigene Tollpatschigkeit. Nicht gerade die ideale Methode, um fliegen zu lernen.« Ich streckte die Hand aus. »Kiara.«

»Ich weiß.« Er lächelte, und in seinen dunklen Augen lag ein Funkeln. Die Kerzen malten ein bizarres Muster auf seine Wangen. »Jacques.«

»Du hast dich verwandelt«, sagte ich.

»Sieht so aus.« Er lächelte spöttisch.

»Sie haben uns doch noch gar nicht gezeigt, wie es geht. Wir sollen es nicht mal versuchen!«

Er zuckte die Achseln.

Natürlich, wie dumm von mir. Er hatte bereits bewiesen, dass er sich nicht darum scherte, was die Lehrer von uns verlangten.

Es wäre unhöflich gewesen, ihn weiter auszufragen, obwohl er mir gerade eben das Leben gerettet hatte. »Nun, dann, äh ... muss ich los. Wo geht es denn hier raus?«

»Dort.« Er zeigte auf eine Tür, die mit der Mauer zu verschmelzen schien.

»Du kannst mir nicht zufällig erklären, wie ich wieder in den Ostflügel komme?«

»Ich könnte schon«, sagte er langsam.

»Muss ich betteln?«

»Dann verlange ich auch etwas. Erzähl es keinem. Kein Wort zu irgendjemandem, auch nicht im Vertrauen zu deiner Freundin, dieser Hilde.«

»Dass du dich in einen Bären verwandeln kannst? Keine Sorge, ich schweige wie ein Grab.«

»Versprichst du es?«

»Wie könnte ich meinem Lebensretter einen Wunsch abschlagen? Ich verspreche es.«

»Gut.« Er nickte, sein Gesicht entspannte sich etwas. »Ohne Hilfe findest du dein Stockwerk nie. Ich bringe dich zu deinem Zimmer.«

Ich wollte gerade fragen, ob er nicht doch meine Jacke haben wollte, als er verschwand. Im selben Augenblick strich etwas Kleines, Dunkles an meinem Gesicht vorbei. Eine Fledermaus. Zum Glück hatte ich mich noch nie vor Fledermäusen gefürchtet.

»Auch gut«, murmelte ich und folgte dem fliegenden Schatten durch das Labyrinth der Akademie.

7

Einer von uns

Ich fiel.

Fiel.

Der Steinboden stürzte mir entgegen, ich wirbelte durch einen dunklen Schacht.

Eine Kerze brannte, ein Lied lockte, ich fiel.

Und erwachte mit einem Schrei.

In meinem Bett, auf dem dunkelblauen seidenen Laken, und nicht zerschmettert auf dem Steinboden. Nicht in den kuscheligen Armen eines Bären.

»Du willst doch nicht das Frühstück verpassen?« Hilde stand wie eine drohende Rachegöttin über mir. Aber sie lächelte, und sie war unbewaffnet.

»Guten Morgen, Murmeltier!« Nila sang, während sie das Bett machte. Genau wie mein Vater, der auch immerzu singen musste. Ich fühlte mich nahezu heimisch.

»Verschwindet einfach und lasst mich weiterschlafen.«

»Keine Chance, Miss Nachtschwärmer.« Hilde hatte kein Mitleid mit mir. »Wag es nicht, die Augen zuzumachen. Du stehst jetzt auf. Sofort!«

»Du brauchst mich nicht anzubrüllen.« Ich setzte mich auf. Dann wurde mir schlagartig bewusst, was sie gerade gesagt hatte. »Nachtschwärmer?«

Hilde setzte sich neben mich und senkte die Stimme. »Wo bist du gewesen, Kiara?«

»Warum sollte ich irgendwo gewesen sein?«

»Das frage ich mich auch.«

Das war kein freundschaftliches Gespräch mehr, sondern ein Verhör.

»Du meinst, weil ich nicht im Bett war, als du aus dem Bad

gekommen bist? Du hast es so lange besetzt, dass ich auf die Toilette im Flur gegangen bin. Und dann hab ich mich verlaufen.« Ich zuckte die Achseln. »Zufrieden?«

»Verlaufen«, wiederholte Hilde. Sie starrte mich an, als könnte sie mit einem Blick die Wahrheit aus mir herausbrennen. »Du warst nicht bei … Alec?«

»Bei Alec?« Ich war ehrlich überrascht. »Wie kommst du denn darauf?«

Sie musterte mich und schüttelte dann den Kopf. »Ich werde nicht schlau aus dir, Kiara.«

»Dito«, gab ich zurück. »Wie kommst du bloß auf die Idee, ich würde mich nachts heimlich mit Jungs treffen?« Ich bemühte mich, meine Erleichterung zu verbergen. Solange sie mir nichts Schlimmeres vorwarf, sollte es mir recht sein. Bevor sie weiterbohren konnte, ging ich zum Gegenangriff über. »Du bist in ihn verknallt, stimmt's?«

»Und du auch«, sagte sie. »Also mach mir nichts vor.«

Sie sah aus wie eine Göttin. Schön, blond, nordisch – und dann machte ein Kissen, das an ihrem Kopf abprallte, diesen Eindruck ganz und gar zunichte. Hilde fiel von der Bettkante, und ich brach in Gelächter aus.

»Schluss!«, rief Nila und warf ein zweites Kissen, diesmal nach mir. »Ins Bad mit dir, Kiara, und du lässt sie endlich in Ruhe, Hilde. Das ist ja nicht zum Aushalten! Müsst ihr euch um die Jungs streiten? Sind nicht genug für alle da? Oh mein Gott, ich fasse es nicht!«

Wütend warf Hilde das Kissen zurück, und ich rettete mich ins Badezimmer.

* * *

Bis wir im Speisesaal angekommen waren, redete Hilde kein Wort mit mir. Nila hingegen war sauer auf mich, weil wir zu spät dran waren.

»Wir bekommen todsicher Ärger.« Ihre Stimme bebte vor Zorn. »Die schätzen es gar nicht, wenn man nicht pünktlich ist.«

Der Speisesaal, heute Nacht noch ein düsterer, unheimlicher Ort, brummte jetzt vor Leben. Es duftete leider nicht nach Kaffee, sondern wieder nach dem gewöhnungsbedürftigen Kräutertee, und das Buffet war bereits merklich geplündert. Wenigstens waren noch Brötchen übrig.

Hilde sah sich suchend um und zuckte zusammen. »Er schaut dich an«, zischte sie. »Glaubst du, ich merke nicht, was da zwischen euch läuft?«

Alec unterhielt sich angeregt mit seinem Fanclub. Allein der Anblick seines blonden Haarschopfs ließ mein Herz schneller schlagen. Hilde täuschte sich jedoch. Er schaute überhaupt nicht in meine Richtung.

»Du wirst rot«, stellte sie voller Genugtuung fest.

In diesem Moment blickte Alec hoch; es fühlte sich an wie eine körperliche Berührung. Seine Augen waren herrlich blau. Es war, als hätte mich ein Blitzstrahl getroffen, und eine Hitzewelle durchzuckte mich von Kopf bis Fuß.

Alec wandte sich wieder seinen Freunden zu, als wäre nichts geschehen, und ich stand immer noch wie vom Donner gerührt da.

»Seid ihr ein Paar?«, wollte Hilde wissen. »Was ist heute Nacht passiert?«

»Du verstehst das ganz falsch«, sagte ich. »Ich glaube, er hat dich angeschaut, Barbie.«

Hilde trug ihr Tablett zu einem Tisch, der bereits wieder abgeräumt war. Traurig schüttelte sie den Kopf. »Hast du jemals in den Spiegel geschaut, Kiara?«

»Wenn ich mir die Zähne putze.«

Sie ballte die Fäuste und stieß ein gedämpftes Geheul aus. »Hör auf, so bescheiden zu tun! Du bist hier die einzige Konkurrenz für mich!«

»Ach nein!« Nila knallte wütend ihren Teller neben unseren. »Hör auf, ihr den Kopf zu verdrehen, Hilde. Kiara weiß nicht, wie sie aussieht. Das gibt es. Und das macht sie so viel charmanter als dich.« Wild rührte sie mit einem kleinen Löffel in ihrem Joghurt herum.

»Oh, wie nett«, blaffte Hilde.

»Sag endlich, wo du in dieser Nacht warst, Kiara, damit hier wieder Frieden herrscht«, befahl Nila.

»Ich hab mich im Palais verlaufen. Großes Ehrenwort. Versucht ihr mal, im Dunkeln und ohne Lageplan ein bestimmtes Zimmer zu finden.« Ich hielt Nilas forschendem Blick stand, schließlich war das die reine Wahrheit.

»Und wie hast du wieder zurückgefunden?«

Tja, da lag der Hase im Pfeffer.

Ich konnte im Brustton der Ehrlichkeit verkünden, dass ich mich verirrt hatte. Aber dass ich von selbst wieder zurückgefunden hatte?

»Ich hab Jaroslav getroffen.« Jeder Lehrer würde den Weg kennen, das war glaubhaft. »Das war ziemlich peinlich, und ich wollte es euch eigentlich nicht sagen. So, nun wisst ihr's. Darf ich jetzt endlich essen?«

»Jaroslav wandert also nachts auf den Fluren herum und bringt verirrte Schülerinnen ins Bett?« Hilde verschluckte sich und begann zu husten.

Ich zuckte die Achseln. »Sagt es nicht weiter, ja?«

»Esst«, befahl Nila. »Bestimmt hetzt Olga uns gleich wieder zehn Runden.«

Da irrte sie sich. Die jungen Wandler kamen zwar wie in den letzten Tagen auf dem Sportplatz zusammen, aber Olga war gar nicht dabei. Neben Jaroslav stand ein älterer Herr mit Glatze, Stirnacker und Brille. Unser Lehrer stellte ihn uns als Mr. Jackson aus Kanada vor. Seine Stimme klang ehrfürchtig; anscheinend war dieser kleine Herr ein wirklich großes Tier.

Der Kanadier musterte uns durch die kreisrunden Brillengläser hindurch. »Eine große Gruppe dieses Jahr«, sagte er so leise, dass er kaum zu verstehen war. Dabei zog er eine Papierrolle aus seiner Tasche und schlug sie sacht gegen seine Hand. »Das gibt Hoffnung. Wer weiß ...«

Wir mussten alle näher rücken, um ihn zu verstehen, als er ohne weitere Vorrede das Papier glattstrich und Namen vorzulesen begann. Es waren so viele, dass man sich unmöglich alle merken konnte. Ich spitzte die Ohren, um auf jeden Fall mitzubekommen, wenn ich aufgerufen wurde, aber er kam zum Ende der Rolle, und mein Name war nicht dabei gewesen.

Der kleine alte Mann nickte zufrieden. »Alle, die auf meiner Liste stehen – ihr seid die Glücklichen. Wir werden euch in den nächsten Tagen dabei helfen, eure Bestimmung zu finden und zu entfalten. Zu diesem Zweck haben wir in der Orangerie eine große Anzahl verschiedener Tiere zur Verfügung. Seht sie euch an. Redet mit ihnen. Ihr werdet sehr viel Zeit dort verbringen, bis auch der Letzte sein Schicksal erkannt hat.«

Jaroslav winkte. »Alle, die eben vorgelesen wurden, bitte folgt mir jetzt.«

Da stimmte doch was nicht. Das war die Gruppe, zu der ich gehörte! Wer auch immer meine Testergebnisse fälschen sollte, hatte wohl gehörig Mist gebaut, und nun hatte ich ein Problem.

Als die Glücklichen abgezogen waren, merkte ich, wie wenige übrig geblieben waren. Es wäre weitaus einfacher gewesen, die Namen dieses kleinen Haufens vorzulesen und alle, die nicht genannt worden waren, wegzuschicken.

Aber vielleicht empfand Mr. Jackson auch ein besonderes Vergnügen dabei, Personen aufzulisten. Zufrieden ließ er seinen Blick über uns wandern, nickte Alec zu und lächelte. »Wir sind uns schon begegnet. Ah, und euch werde ich ebenfalls kennenlernen. Ich bin schon sehr gespannt. Wächter. Diener. Könige. *Der* König? Wir werden sehen. Da ist ein Gefühl, ein Gespür in mir, das mich nur selten getäuscht hat. Und dieses Jahr empfinde ich eine besondere Erwartung, ja, man könnte es beinahe schon Gewissheit nennen. Nun, es macht mich begierig auf euch. Auf den einen von euch, auf den es ankommt. Dieser Sommer, ja, dieser Sommer hat es in sich.«

Ich schluckte unwillkürlich, als er mich ansah, und atmete erleichtert auf, als sein Blick sich auf den Nächsten richtete. Unter diesen kühlen, hellen Augen fühlte ich mich merkwürdig unwohl. Ob es den anderen wohl ebenso ging? Allerdings hatten meine Mitschüler auch nicht so viel zu verbergen wie ich. Und sie waren nicht gerade eben falsch eingeordnet worden, so wie ich. Ich gehörte zu denen, die in Richtung Orangerie abgezogen waren, um das in ihnen wohnende Tier zu entdecken!

»Könige«, flüsterte der Alte so leise, dass man die Ohren spitzen musste, um ihn zu verstehen. »Diener. Wächter. Wer ist was? Das fragt ihr euch, nicht wahr? Wir haben eure Abstammung geprüft. Doch was nützt einem die richtige Herkunft, wenn das Herz nicht am rechten Fleck sitzt? Eure Herzen müsst ihr selber prüfen.«

Hilde und Nila neben mir nickten ehrfürchtig. Ich erkannte den Engländer mit dem Ziegenbärtchen ... wie hieß er noch gleich? Ach ja, Steven. Und am Rand der Zuhörer stand ein anderer Junge, mit dem mich mittlerweile ein ungewöhnliches Abenteuer verband. Jacques – Klavierspieler, Bär und Fledermaus. Er wirkte ernst und verschlossen.

»Prüft euer Herz. Eure Loyalität. Findet eure Bestimmung«, fuhr Mr. Jackson fort. »Ich könnte euch sagen, was wir über euch herausgefunden haben – doch würdet ihr uns das glauben, wenn ihr nicht selbst an eure Grenzen stoßt? Wenn ihr nicht selbst euer Schicksal erkundet und das findet, was ihr seid und was schon seit eurer Geburt auf euch wartet? Wächter. Diener. Prinz oder Prinzessin. Ein König? Kein König? Ich werde euch jetzt etwas mitteilen, das euch wie eine Prophezeiung vorkommen wird. Doch es ist alles andere als Hellseherei. Ich spreche aus Erfahrung – und ja, vielleicht trübt auch die Hoffnung eines alten Narren meine Sicht auf die Dinge.«

Er hatte unsere Aufmerksamkeit. Es war so still, dass mir war, als könnten alle meinen Herzschlag hören.

»Am Ende dieses Sommers«, sagte der alte Mann, »werdet ihr alle wissen, was ihr seid. Einer von euch wird diesen Sommer nicht überleben. Und einen werden wir zum König über unser Volk krönen. Einen von euch.« Wieder musterte er jeden Einzelnen, schien jeden von uns zu prüfen und zu bewerten. »So wird es kommen, wenn mich meine Hoffnung nicht trügt.«

»Entschuldigung.« Hildes Hand ruckte in die Höhe. »Wie meinen Sie das, dass jemand diesen Sommer nicht überleben wird?«

Wir waren nur noch zu zehnt. Keine ganz guten Aussichten.

Mr. Jackson lächelte Hilde an. »Einer von euch ist nicht, was er vorgibt zu sein. Einer von euch spielt falsch.« Sein Lächeln wirkte so gütig, als würde er seinen Lieblingsenkel ermahnen, nicht so wild zu sein. »Einen von euch, meine Liebe, werden wir töten.«

Zum Glück war ich nicht die Einzige, die bleich wurde.

»Das kann nicht Ihr Ernst sein«, widersprach Hilde stur. »Unsere Eltern haben uns herkommen lassen, damit wir Musik machen, nicht damit wir herumkommandiert oder gar hingerichtet werden! Unter diesen Umständen habe ich kein Interesse mehr daran, hierzubleiben.« Sie schaute zu uns anderen herüber. »Ihr etwa?«

Mr. Jackson betrachtete sie mit offenkundigem Wohlwollen. »Natürlich steht es jedem frei, die Akademie zu verlassen«, sagte er. »Jederzeit. Dies ist kein Gefängnis. Seht euch Prag an. Fahrt nach Hause, wenn ihr keine Lust mehr habt. Aber ich bitte euch zu bedenken – einer von euch, und da sind wir uns sicher, gehört nicht hierher. Wir haben euch bisher noch relativ wenig über die Feinde unseres Clans erzählt. Das werden wir demnächst nachholen. Vielleicht begreift ihr dann, warum wir mit solcher Härte durchgreifen müssen. Wir werden nicht zulassen, dass jemand uns unterwandert. Wir werden nicht zusehen, wenn ein Abgesandter unserer Feinde das Kostbarste gefährdet, das wir in unserer Mitte haben – den König. Seid ihr Wächter? Dann wisst ihr, wen ihr beschützen müsst. Seid ihr Diener? Dann wisst ihr, wem ihr zu dienen habt. Seid ihr Wandler? Dann wisst ihr, gegen wen ihr zu kämpfen habt. Einer unter euch ist der Feind. Ja, fahrt nur nach Hause, wenn ihr Angst habt. Wir brauchen keine feigen Wächter und keine unwilligen Diener. Wir brauchen niemanden, der nicht das Herz hat, der Gefahr entgegenzutreten.«

Ich wartete darauf, dass er mit dem Finger auf mich zeigte: Da ist sie. Kiara von den Schlangen.

Aber er sagte es nicht. Und ich wagte nicht zu atmen, während ich vorsichtig in die Runde spähte.

Alec war wütend, Steven ballte die Fäuste. Jacques, immer noch am Rand, sah aus wie ein Gespenst. Hilde, der ich für ihren Mut über alles dankbar war, senkte den Kopf. Nila kam mir auf einmal größer vor, sie streckte sich und schien auf den alten Mann losgehen zu wollen. Die übrigen vier Schüler, drei Jungen und ein Mädchen, sahen dermaßen perplex aus, dass ich zu einem anderen Zeitpunkt darüber gelacht hätte.

»Alec«, sagte Mr. Jackson und sah dem Angesprochenen in die Augen. »Raoul. Steven. Dmitrij. Björn. Jacques.« Er musste keine Namen ablesen, er wusste genau, wer wir waren. »Hilde. Nila. Kiara. Susan.« Er nickte uns zu.

Meine Kehle war so trocken, dass ich kein Wort herausgebracht hätte, aber er erwartete offenbar auch nicht, dass wir unsere Meinung kundtaten. »Einer von euch wird sich als etwas Besonderes erweisen. Einer von euch ist derjenige, auf den die Wandler seit Jahrhunderten warten, derjenige, in dem das Erbe des Königs in seiner ganzen Fülle zum Vorschein kommt. Ich erwarte von euch, dass ihr dieser Hoffnung eine Chance gebt. Dass ihr demjenigen, in dem sich alle unsere Erwartungen übertreffen, die Möglichkeit gebt, zu seiner vollen Stärke zu gelangen. Bringt den Feind zur Strecke, damit der König in einem von euch geboren werden kann.«

Ich sah die anderen nicken, aber ich war zu gelähmt, um mich zu bewegen.

»Wir finden dich.« Mr. Jackson richtete sich an niemand Bestimmtes, aber jedes seiner Worte traf mich mitten ins Herz. »Es ist zu spät zur Flucht. Wohin du auch gehst, wir finden dich.«

Dann straffte er sich und wirkte plötzlich wie ein völlig anderer Mensch. »An die Arbeit, Kinder«, sagte er laut und deutlich. »Heute erfahrt ihr einige grundlegende Dinge, die ihr für eure erste Verwandlung benötigt – damit es nicht die letzte wird.«

* * *

Der nächste Vortrag rauschte an mir vorbei wie ein Raumschiff mit Warp-Antrieb. Wir saßen auf der langen Bank am Sportplatz, hörten dem alten Herrn zu – oder, wie in meinem Fall, heuchelten Interesse – und wurden dann endlich in die Mittagspause entlassen.

Ich ließ mich zurückfallen, indem ich so tat, als müsste ich meinen Schuh zubinden, dann folgte ich den anderen, bog rasch zum Wäldchen ab und suchte den Boden hastig nach dem Handy ab.

»Kiara?« Hildes laute Stimme.

Ich steckte das Telefon schnell ein, sprang zwischen den Büschen hervor und spürte plötzlich einen scharfen Schmerz am Oberschenkel. Vor Schreck schrie ich auf, dann erblickte ich die Biene, die noch in der Haut stak und die mich beim Hindurchzwängen durch die Zweige erwischt haben musste.

»Scheiße!« Es tat so weh, dass ich mich ins Gras fallen ließ und mein Bein umklammerte.

»Was ist passiert?« Alec stieß Hilde beiseite und kniete sich neben mich, das Gesicht verzerrt vor Sorge.

»Es ist nichts.« Die allgemeine Aufmerksamkeit war mir nicht nur peinlich, das war auch das Letzte, was ich gebrauchen konnte. »Mich hat bloß eine Biene gestochen, nichts weiter.«

Vor uns versammelten sich die anderen, von meinem Aufschrei angelockt, und starrten neugierig auf die Szene – die Jungs auf mein Bein, die Mädchen auf Alec.

»Sie ist noch dran.« Alec zupfte das Insekt ab, dann zog er behutsam den Stachel heraus. Ich spürte keinen Schmerz, zu intensiv war das Gefühl seiner großen Hand an meiner Wade.

»Das hätte ich auch selbst ...«, begann ich, doch er unterbrach mich.

»Pass auf dich auf, Kiara.«

Sein Gesicht war so nah vor meinem, dass ich für einen Moment vergaß, wer wir beide waren – ich eine Schlange und er ein feindlicher Skorpionwandler. Ich verlor mich in diesen blauen Augen ...

Alec versank jedenfalls nicht in meinen. Er wandte sich um und rief den anderen zu: »Keine Panik. Bloß ein Stich. Und ich dachte schon«, er lachte leise, »dass der Spion sich die erste potentielle Königin vorgenommen hat.«

Er ließ mich los, ohne mir einen weiteren Blick zu schenken, und stand auf. Die anderen ließen ihn durch und folgten ihm zurück zum Palais.

Ich blieb sitzen und rieb Spucke auf die pochende Einstichstelle, bis alle sich entfernt hatten. Auch Hilde, die wütend schnaubte. Dann streckte ich mich rücklings im Gras aus und stöhnte laut. Ich biss mir auf die Lippen, um nicht laut loszuheulen. Nicht, weil es so wehtat, sondern wegen eines Paars allzu blauer Augen.

Und ich war die Verräterin.

Trotz allem konnte ich nicht wirklich daran glauben, dass jemand sterben würde. Selbst dann nicht, als Professor Merciers besorgte Stimme aus dem Handy dröhnte.

»Geht es dir gut? Hat dich jemand in Verdacht?«

Ich erzählte ihm von Mr. Jackson und seiner visionären Rede. Dabei versuchte ich, das Ganze nicht unnötig zu dramatisieren.

»Das ist fantastisch«, murmelte Mercier.

»Ach ja?« Ich konnte mich nicht daran erinnern, irgendetwas Gutes erwähnt zu haben.

»Sie wissen noch nicht, wer der Spion ist, sonst würden sie keine Sekunde zögern. Dann wärst du schon nicht mehr am Leben, meine Liebe. Sie würden niemals riskieren, dass jemand ihren König gefährdet.«

»Aber die haben mich in den falschen Kreis eingeordnet! Ich dachte, ich bin eine Glückliche und würde hier nicht auffallen? Jetzt gehöre ich zu den zehn Schülern, auf die sie ganz besonders achten werden!«

»Wenn sie tatsächlich wüssten, wer du bist, dann hättest du die Nacht nicht überlebt«, sagte der Professor.

Ich überlegte kurz, ob ich ihm von meinem Sturz erzählen sollte, entschied mich dann aber dagegen. Dass meine eigene Tollpatschigkeit gefährlicher war als unsere Gegner, war mir dann doch zu peinlich.

»Hinter deiner fehlerhaften Einordnung muss etwas anderes stecken. Vielleicht handelt es sich ja tatsächlich um ein Versehen ohne böse Absicht. Ich werde dem nachgehen. In der Zwischenzeit verhältst du dich einfach unauffällig und wartest ab. Kriegst du das hin?«

»Dann soll ich einfach hierbleiben und weitermachen?«

»Wir haben ein Auge auf dich, Kiara. Sobald es eng wird, holen wir dich da raus. Wenn du jetzt gehst, würden sie ahnen, dass mit dir was nicht stimmt, und wir müssten dich verstecken. Du bist unter deinem richtigen Namen hier und sie haben deine Heimatadresse, nach Hause könntest du so schnell nicht mehr. Solange dein Leben nicht in Gefahr ist, solltest du bis zum Ende der Ferien durchhalten. Achte auf alles, was dir auffällt. Vielleicht ist dein Auftrag ja doch noch nicht verloren und du kommst dem König auf die Spur, bevor sie es tun. Viel Glück.«

Die Verbindung war beendet. Ich steckte das Handy in die Tasche, rappelte mich auf und humpelte auf das Palais zu.

8
Wut und Verwandlung

Alecs treuer Fanclub hatte sich reduziert. Statt mit den üblichen Halbstarken saß er am Abendbrotstisch mit den anderen Auserwählten zusammen. Nur Jacques fehlte, was mich nicht sonderlich überraschte.

»Da bist du ja«, meinte Nila. »Es wurden eben interessante Vorschläge gemacht, die erklären sollten, wieso du so lange brauchst. Aber da du dich nicht in ein Vögelchen verwandelt hast und davongeschwirrt bist, können wir das ja abhaken.«

»Ihr habt über mich geredet? Nett.«

»Du bist es doch gewöhnt, dass sich immer alles bloß um dich dreht«, sagte Hilde giftig.

»Ruhig, Mädels«, meinte Steven besänftigend.

Ich hatte mich neben Hilde setzen wollen, jetzt nahm ich lieber den freien Stuhl zwischen Steven und Alec. Sie hatten mir doch tatsächlich den Platz neben Alec freigelassen.

»Also, dann machen wir es so, oder nicht?«, sagte ein langer blonder Junge. Ich kannte ihn vom Sehen; er hatte sich vorher schon in Alecs Nähe herumgetrieben. Nun war er bestimmt ganz aus dem Häuschen, weil er wie sein Idol zu einem der inneren Kreise gehörte.

»Würdet ihr mich bitte einweihen?«, fragte ich.

Hilde biss die Zähne zusammen.

»Wir halten zusammen«, sagte Alec an ihrer Stelle. »Wir werden nicht anfangen, uns fertigzumachen. Um gegenseitige Verdächtigungen auszuschließen, haben wir beschlossen, gewisse Vorsichtsmaßnahmen zu ergreifen. Keiner von uns sollte sich allein irgendwohin begeben, vor allem nicht außerhalb der Akademie. Macht eure Ausflüge zu zweit oder zu dritt. Dann kann auch niemand beschuldigt werden, dass er sich mit Informanten oder sonst wem trifft.«

»Wie in einem Spionagefilm.« Der blonde Junge verdrehte die Augen.

»Hast du eine bessere Idee, Björn?«, fuhr Hilde ihn an. »Wenn unsere Lehrer uns im Dunkeln tappen lassen, müssen wir eben das Beste draus machen. Wir passen aufeinander auf. Und auf unseren König, wer auch immer das ist.«

»Falls einer von uns das ist«, verbesserte Björn.

Ich hätte nicht erwartet, dass Alecs Anhängerschaft daran zweifeln würde, dass wir den perfekten Herrscher bereits gefunden hatten.

»Wie auch immer.« Hilde war nicht in Stimmung für Diskussionen. »Haben alle das kapiert? Keine Alleingänge. Außerdem sollten wir festlegen, wer mit wem unterwegs ist.«

»Das finde ich übertrieben«, meinte Susan und rümpfte ihr Stupsnäschen.

»Im Gegenteil, es ist notwendig«, erwiderte Hilde. »Wenn wir wissen, wer zu wem gehört, kennen wir auch den Schuldigen, wenn wir plötzlich eine Leiche im Flur liegen haben.«

Susans Kinnlade klappte herunter.

»Ha«, meinte Steven und quetschte ein unsicheres Lachen heraus. »Findest du das witzig?«

»Eher nicht.« Sie starrte ihn herausfordernd an.

»Mal ganz langsam.« Alec wedelte beschwichtigend mit den Händen. »Ich halte es durchaus für sinnvoll, wenn jeder von uns das Palais nur in Begleitung verlässt. Ich bin gerne bereit, eine Liste zu führen, wer mit wem draußen ist. Andererseits wäre es zu viel verlangt, wenn wir als aneinandergeschmiedete Paare durch die Akademie schlurfen. Außerdem«, er hob leicht die Brauen, »müssten wir dann zu dritt sein, damit es immer einen Zeugen gibt. Wenn eine Leiche auf dem Flur liegt, wüsstest du nie, ob der Spion jemanden getötet hat, den er für den König hält, oder ob der König sich gegen einen Angriff gewehrt hat. Am Ende lyncht ihr den Falschen.« Er wandte sich direkt an Hilde. »Kannst du damit leben? Draußen mindestens zu zweit. Hier drinnen könnt ihr euch gerne zusammenschließen, aber wir sollten das nicht zur eisernen Regel machen.«

Hilde erwiderte seinen Blick einige Sekunden lang, dann nickte sie. »Na schön. Sehen wir, ob es funktioniert. Wir sollten auch diesem blassen Typen Bescheid sagen. Wie heißt er doch noch?«

»Du meinst Jacques Delon«, sagte ein braunhaariger Junge, der bisher schweigend am Tisch gesessen hatte. »Wir sind zusammen mit dem Bus aus Frankreich gekommen.«

»Du bist Raoul, stimmt's?«, fragte Hilde. »Dann hol ihn doch bitte her. Da hinten sitzt er, an dem Tisch dort an der Säule.«

Ich blickte über meine Schulter, um nichts zu verpassen. Es kam mir äußerst unwahrscheinlich vor, dass Jacques sich einfach so holen ließ. Tatsächlich blickte er genervt auf, als sein Landsmann ihn ansprach, dann lächelte er und widmete sich wieder seinem Teller.

Raoul fasste ihn an der Schulter. »Du kommst jetzt! Wir haben was zu besprechen.«

Jacques ließ sich nicht beirren und aß seelenruhig weiter.

»Das gibt's doch nicht!« Wutentbrannt sprang Hilde auf. »Wir haben etwas Wichtiges verabredet! Könntest du dich mal dazu bequemen, an unseren Tisch zu kommen und dir das anzuhören?«

Jacques ignorierte sie.

Damit war er bei Hilde an die Falsche geraten. »Ich rede mit dir! Schau mich gefälligst an, wenn ich mit dir spreche!«

Jetzt hob Jacques den Kopf und starrte ihr mit abgrundtief schwarzen Augen kurz ins Gesicht, dann zuckte er die Achseln und schob sich den nächsten Bissen in den Mund.

»Punkt eins!«, schrie Hilde. »Wir halten zusammen. Punkt zwei: Wir gehen nur zu zweit oder zu dritt in die Stadt und niemals allein. Alec wird eine Liste führen. Punkt drei: Nach Möglichkeit bewegen wir uns auch in der Akademie nicht allein. Das soll«, sie warf einen Blick zurück zu Alec, »keine eiserne Regel sein, aber es dürfte klar sein, dass der Spion darauf aus ist, ungestört und unbeobachtet zu agieren.«

»Ach, das ist also klar?«, fragte Jacques mit einer Spur von Interesse.

Mittlerweile hatten auch alle anderen an den Nebentischen aufgehört zu reden und beobachteten die Szene gespannt. Außer mir ahnte vermutlich niemand, was der wahre Grund für Hildes Wut war. Alec, der keine Ahnung hatte, was seine barmherzige Tat an meinem Bienenstich in der blonden Norwegerin ausgelöst hatte, murmelte gerade: »Das muss ja wohl nicht sein«, und stand auf, während Hilde wie eine rasende Furie auf Jacques einschrie. »Bist du so dumm oder tust du nur so? Ist dir eigentlich klar, worum es hier geht? Macht es Spaß, den kleinen Rebellen zu spielen, he, macht es Spaß? Hör mir einmal zu, du kleiner Klugscheißer, wenn du meinst, du könntest hier querschießen ...«

»Hilde.« Alec legte ihr besänftigend die Hände auf die Schultern.

Sie schüttelte ihn ab, ohne sich umzudrehen. »Du wirst dich an die Regeln halten, ist das klar? Ich sagte, ist das klar? Zwing mich nicht dazu, mich noch ein einziges Mal zu wiederholen. Höre ich jetzt ein Ja? Na los!«

»Hilde«, versuchte Alec noch einmal, sie zu beruhigen. »Ich übernehme jetzt. Setz dich hin.«

Jacques war fertig mit seinem Essen und stand auf. Sämtliche Zuschauer hielten den Atem an, als er den Mund öffnete.

»Beschließt für euch, was ihr wollt«, sagte er betont gleichgültig, »aber lasst mich damit in Ruhe.«

Er schob sich zwischen Raoul, Hilde und Alec durch und hielt, ohne die gaffenden Jugendlichen zu beachten, auf den Ausgang zu.

Hilde starrte ihm ungläubig nach. Dann stieß sie ein Wutgebrüll aus, das auch die Schüler in den hintersten Winkeln des Speisesaals fast von ihren Stühlen warf, und verwandelte sich in einen riesigen rotbraunen Tiger.

Ich wollte schreien, aber ich schaute nur mit offenem Mund zu. Es waren die anderen, die schrien, überall im großen Saal. Von einem Augenblick zum anderen verwandelte sich der Raum in ein Tollhaus. Jacques drehte sich um und sah den Tiger auf sich zurennen. Ich hatte keine Angst um ihn, schließlich konnte er sich in einen Bären verwandeln. Jeden Moment würden die beiden gewaltigen Raubtiere aufeinanderprallen und unter Gebrüll damit beginnen, sich zu zerfleischen. Doch Jacques verwandelte sich nicht. Er warf sich einfach zu Boden, schlitterte unter dem Tisch hindurch und rappelte sich dahinter wieder auf. Der Tiger setzte zum Sprung an und flog über die Tafel und die Schüler, die hastig die Köpfe einzogen.

»Hilde! Nicht!« Alec war einer der wenigen, die nicht einfach nur zusahen. Er versuchte die Tigerin einzuholen und sprang nicht viel weniger elegant als sie über die Tischreihen.

Jacques hechtete bereits zum nächsten Tisch, um sich erneut hinzuwerfen, während seine krallenbewehrte Verfolgerin nicht von ihm abließ.

»Hilde! Stopp!« Alec versuchte vergeblich, sie aufzuhalten.

Dann hatte Jacques das aufgebaute Buffet erreicht und verschwand unter den tief herabhängenden Tischdecken. Die Tigerin sprang, streckte ihren gewaltigen Körper und riss die auf einem Podest platzierten Kerzenständer herunter. Jacques rollte sich wieder aus seinem Versteck hervor, während das Untier bereits hinter dem Buffet gelandet war und sich in einem Haufen von Tischdecken, brennenden Kerzen und Tellern wälzte.

Ohne sich umzusehen spazierte er gelassen zum Ausgang.

»Weg da! Ruhe! Jeder bleibt auf seinem Platz!« Olga stürzte in den Saal, scheuchte Alec mit einer Handbewegung zur Seite und verschwand ebenfalls hinter dem verunglückten Buffettisch. Wenig später kam sie wieder zum Vorschein.

»Alles in Ordnung«, sagte sie laut und deutlich. »Und jetzt raus hier. Räumt den Saal, wird's bald? Jeder hoch in sein Zimmer. Aber dalli.«

Wir gehorchten ohne zu zögern.

»Mannomann«, murmelte Steven, der neben mir herspazierte.

Im Flur sah ich mich nach Jacques um, aber der hatte sich längst aus dem Staub gemacht.

»Wär das nicht auch was für mich?« Steven zwirbelte an seinem Bärtchen. »Tiger! Darüber kommt nur noch Dinosaurier.«

Ich würdigte ihn keiner Antwort.

»Was denn?« Steven hob die Hände.

Neben mir seufzte Nila laut. »Jungs.«

* * *

Später kam Hilde, in einen Bademantel gehüllt, ihre zerrissenen Kleider trug sie über dem Arm. Sie mied unsere Blicke und verschwand im Bad. Hinter ihr betrat Olga unser Zimmer.

»Bleibt bei ihr«, befahl sie schroff. »Passt auf sie auf. In einer halben Stunde erwarte ich euch unten im Speisesaal zum Aufräumen.«

»Das ist nicht fair. Wir haben überhaupt nichts ...«

»Alle zehn«, wiederholte Olga und schloss die Zimmertür mit Nachdruck hinter sich.

»... gemacht«, beendete Nila ihren Satz. »Ich wette, dieser Mistkerl wird nicht kommen.«

»Wer, Jacques?«

»Der räumt nicht auf, wetten? Hoffentlich schicken sie ihn nach Hause.«

»Sie können ihn nicht nach Hause schicken«, sagte ich. »Vielleicht ist er der König.«

»Haha. Selten so gelacht.«

Ich wollte nicht an Jacques denken. An Jacques, wie er einfach davonschlenderte, als wäre nichts geschehen. Ich war so wütend auf ihn, dass ich kaum denken konnte. Vielleicht so wütend wie Hilde, in der Sekunde, als sie ein Tiger geworden war. Wenn Wut es einem leichter machte, sich zu verwandeln, hätte ich mich auf der Stelle verwandeln müssen. Mindestens in einen Tyrannosaurus Rex – zu Stevens Entzücken.

»Auch wenn du hier die Geigerin bist, diesem Jacques werde ich noch die Meinung geigen«, verkündete Nila und sprach mir aus der Seele.

* * *

Hildes düsteres, verschlossenes Gesicht war nichts gegen Olgas Stirnrunzeln, als sie uns im Speisesaal zählte und auf neun kam.

»Na gut«, murmelte sie zwischen den Zähnen hindurch, »dann eben nicht, Monsieur Delon.«

Wir fegten die Scherben zusammen. Sämtliche Tische mussten wir abräumen, da diesmal alle Schüler fortgeschickt worden waren, bevor sie ihre Teller selbst zu den Servierwagen gebracht hatten. Olga ließ uns den Fußboden schrubben und verbot uns dabei zu reden. Sie hätte uns wahrscheinlich auch noch die verkohlte Tischdecke flicken lassen, wenn nicht Jaroslav hereingekommen wäre.

»Du lässt den König putzen?«, fragte er gut gelaunt.

»Von diesen Knalltüten ist keiner unser König!«, fuhr sie ihn an.

»Sei nicht so hart, Olga. Immerhin wissen wir jetzt, dass wir eine äußerst talentierte Schülerin unter uns haben.«

»Niemand«, rief sie außer sich, »verwandelt sich im Speisesaal. Ist das klar? Niemand verwandelt sich, wenn Leute aus dem äußeren Kreis dabei sind! Habt ihr überhaupt eine Ahnung, was hier los war? Fast alle haben den Tiger gesehen! An die zweihundert Begnadete, die von nichts wissen! Glauben Sie, es macht Spaß, hysterischen Kindern – und später auch noch ihren Eltern – zu erklären, warum in dieser Akademie wilde Tiere frei herumlaufen und wehrlose Schüler über Tische und Bänke hetzen?«

»Für die meisten war es das Abenteuer ihres Lebens«, meinte Jaroslav fröhlich. »Davon werden sie noch ihren Enkeln erzählen. Die paar Memmen, die sich jetzt von ihren Eltern abholen lassen, vergessen wir einfach.«

Olga stieß einen Wutschrei aus. »Niemand verwandelt sich, wenn ich es nicht erlaube!«

Jaroslav zwinkerte uns zu. »Verschwindet lieber, solange sie abgelenkt ist«, rief er, legte den Arm um Olgas Schultern und führte seine Kollegin aus dem Saal.

Alec lehnte den Wischmopp gegen die Wand und reckte seine Schultern. »Ich geh in die Stadt«, sagte er. »Wer kommt mit?«

Die Jungen hoben die Hände.

»Gerne«, meinte Susan.

Hilde senkte den Kopf und ging zur Tür. Nila und ich trotteten ihr pflichtschuldigst nach.

* * *

»Ich will auch in die Stadt.« Nila blickte aus dem Fenster auf die Dächer Prags. »Komm, Hilde. Es hat keinen Zweck, Trübsal zu blasen. Niemand macht dir Vorwürfe, niemand ist dir böse, es gibt wirklich keinen Grund, so zu tun, als wären wir deine Feinde.«

Hilde schwieg. Sie hatte sich auf ihr Bett gesetzt, die Arme um die Knie geschlungen und den Kopf darüber gesenkt.

Nila warf mir einen hilfesuchenden Blick zu. Wohl oder übel musste ich übernehmen, obwohl ich diejenige war, auf die Hilde sauer war.

»Wir werden dich nicht alleine lassen. Olga hat uns befohlen, auf dich aufzupassen, und das werden wir tun. Wenn du hierbleibst, müssen wir auch hierbleiben.«

»Und nachdem wir deinetwegen schon zwei Stunden aufräumen mussten, wäre es echt unfair, wenn wir jetzt auch noch ...«

»Schon gut!« Hilde fuhr hoch, als hätten wir sie schwer beleidigt. »Ist ja gut! Dann gehen wir eben. Macht euch nicht ins Hemd.«

Sie sprang aus dem Bett und war schon an der Tür, bevor wir blinzeln konnten.

»Äh, ganz so schnell muss es ja nicht sein, ich wollte mir noch kurz was anderes anziehen«, meinte Nila.

»Ich warte draußen auf euch.« Weg war sie.

Nila und ich wechselten Blicke. »Wie war das mit nicht alleine lassen?«

»Ich gehe ihr nach«, sagte ich. »Ich bin schon fertig. Wir treffen uns gleich unten.«

Auf dem Flur war nichts mehr von Hilde zu sehen, doch im Treppenhaus hörte ich Stimmen. Ich trat näher ans Geländer und erkannte ein Stockwerk unter mir zwei Mitschüler auf der Treppe. Hilde und – Alec.

»Du musst zugeben, das kommt jetzt etwas überraschend«, sagte sie gerade.

Er zuckte die Achseln. »Dann sehen wir uns gleich.«

»Und was ist mit Kiara? Ich hab mitgekriegt, wie du sie angehimmelt hast. Herrgott, ich bin nicht blöd. Du stehst auf sie.«

Vielleicht hätte ich mich jetzt bemerkbar machen müssen. Aber ich konnte mich nicht rühren. Und deshalb musste ich mit anhören, wie er sagte: »Sie ist ja ganz süß. Aber du – du bist eine Tigerin.«

Er lachte leise. »Bei ihr würde vermutlich ein Häschen herauskommen.«

Hilde stimmte in sein Lachen ein. »Okay, dann bis später.«

Er eilte die Treppe hinunter, und Hilde ging ihm langsamer nach.

Ich sank auf eine der Stufen.

Dort saß ich noch, als Nila kam.

»He, was ist los? Weinst du?«

»Mein Bein tat auf einmal wieder so weh. Ich bin Hilde einfach nicht schnell genug hinterhergekommen.«

»Willst du wirklich mit in die Stadt? Du könntest ja auch hierbleiben. Ach nein, falls du die Spionin bist, könntest du irgendetwas Dummes anstellen. Komm lieber mit.«

»Diese idiotische Spionagegeschichte. Wahrscheinlich ist da gar nichts dran.« Mühsam rappelte ich mich auf. Der Stich hatte eine dicke Beule gebildet und war bei jedem Schritt zu spüren.

»Warte kurz, Kiara«, sagte Nila, bevor wir das Erdgeschoss erreichten. »Kann ich dich um etwas bitten?«

»Ja?«

»Ich hab mich mit Steven verabredet. Wir wollten uns in der Stadt treffen. Es macht dir doch nichts aus, wenn du dann allein auf Hilde aufpasst?«

»Nein, das macht mir nichts aus.« Irgendwie brachte ich ein Grinsen zustande. »Also du und der englische Lord? Ah, deshalb habt ihr so lange gebraucht, um hinten die Tische abzuwischen.«

»Er ist der Sohn eines Earls.« Sie lächelte triumphierend. »Und er ist so süß.«

Süß. Ich konnte dieses Wort nicht ausstehen, seitdem ich es aus Alecs Mund gehört hatte.

»Da seid ihr ja endlich.« Hilde erwartete uns im Foyer. Sie machte ein betont düsteres Gesicht, aber die Freude strahlte aus ihren Augen. Lange konnte sie die Fassade der schlechten Laune auch nicht aufrechthalten, bald begann sie wieder zu reden, auch mit mir, hakte sich bei mir unter und plapperte die ganze Zeit.

»In den Laden muss ich unbedingt – und in den auch – und da gibt es Rabatt – und da ...«

»Alles in Ordnung bei dir?«, fragte Nila kopfschüttelnd.

»Wenn ich schon hier bin, will ich auch ordentlich shoppen.«

Ich hielt Hilde nicht für eine oberflächliche Tussi, die außer Kleidern nichts im Kopf hatte. Keinen Augenblick hatte ich vergessen, dass sie eine Waffe im Schrank aufbewahrte.

»Sie versucht zu vergessen, wer sie ist«, flüsterte ich Nila zu.

»Na, hoffentlich komme ich besser mit dem Tier klar, in das ich mich verwandeln werde.« Die rothaarige Niederländerin schüttelte den Kopf, aber dann blieb sie selbst vor einem Schaufenster stehen und riss die Augen auf. »Ein Schokoladenmuseum! Da muss ich unbedingt rein!«

Ich war schon mit meinen Eltern auf dem Altstädter Ring gewesen, aber nur kurz. Nun konnte ich mich in Ruhe umschauen. Und als Erstes fiel mein Blick auf einen steinernen Kopf an einer Hauswand. Gebannt blieb ich stehen.

Medusa.

Ein Kopf voller Schlangen. Und ein Gesicht, mitleiderregend traurig. Es gab keinen Grund, warum mich ihre Traurigkeit so hätte anrühren sollen, aber sie tat es. Denn ich war die Schlange und ich würde einen meiner Freunde verraten müssen. Wenn ich Glück hatte, war keiner von ihnen der König, und der Kelch würde an mir vorübergehen – aber war das wichtig? Ich war hier, um Verrat zu üben.

Alles erinnerte mich daran, wer ich war. In der Altstadt wimmelte es vor Schlangen. Nicht nur Medusa. Da waren die Bänke auf der Rückseite des Rathauses, wo die Touristen saßen und über den Platz hinweg die bizarren schwarzen Türme der Teynkirche betrachten konnten. Bänke aus Holz – doch die beiden Metallfiguren an jeder Seite waren unzweifelhaft Schlangen. Überall, wohin ich auch schaute, blickten mich die Wappentiere meines Clans an.

»Gleich schlägt die volle Stunde!« Nila zog mich vor die große Rathausuhr. Hier hatte sich schon eine große Menschenmenge versammelt und wartete gespannt auf die nächste volle Stunde. Auf einmal begann das Skelett an dem Glockenstrang zu ziehen und die Glocke zu läuten. Die Gesichter der Apostel blickten durch die oberen Fensteröffnungen. Doch mich ließ dieses Schauspiel kalt, denn ich hatte oberhalb der Uhr erneut etwas entdeckt, das mich an mein Verräterdasein erinnerte. Die Figuren sahen aus wie Schlangen in Blau und Gold, aber ihre Flügel bewiesen, dass es Drachen waren. Ihre zornigen Reptilienmäuler waren weit aufgerissen.

Giftig. Gefährlich. *Und du bist es auch …*

Ich schüttelte mich. Auf einmal wollte ich nur noch allein sein.

»Ich geh mal in die Kirche dort«, sagte Nila.

Die Kathedrale kam mir bekannt vor. »Das ist Sankt Niklas. Die habe ich schon mit meinen Eltern besichtigt. Echt schön. Kommst du, Hilde?«

Nila warf mir einen vernichtenden Blick zu. Ich verstand. Offenbar hatten wir den Treffpunkt erreicht, den sie mit Steven vereinbart hatte. Irgendwie musste ich Hilde unauffällig vorbeischleusen.

»Ach. Ich hatte vergessen, dass du beten willst.«

»Ja«, sagte Nila hastig. »Beten. In aller Ruhe.«

»Gib's zu«, meinte Hilde lachend. »Du bist die Spionin und triffst dich dort mit deinem Informanten vom Schlangenclan.«

»Mit Gott? Darüber macht man keine Witze«, sagte Nila würdevoll.

Hilde öffnete den Mund, vielleicht um an die von ihr und Alec aufgestellten Regeln zu erinnern, besann sich dann aber eines Besseren. »Na, meinetwegen. Lass uns gehen, Kiara.«

Sie war auffällig schweigsam, während wir zurück auf den großen Platz schlenderten und die Pferdekutschen betrachteten.

»Du, Kiara, ich glaube …«

»Ja?« Ich hatte nicht vor, es ihr leichter zu machen. Schande über mich, aber ich brachte es nicht über mich, zu ihr zu sagen: Na los, lauf schon, er wartet bestimmt schon auf dich.

Alec.

Da saß er, neben dem Denkmal des Reformators Jan Hus, und blätterte in einem Reiseführer. Ich wollte so tun, als ob ich ihn nicht gesehen hätte, aber Hilde sagte: »Es macht dir doch nichts aus? Zu dritt wäre es einfach nur blöd.«

»Klar«, meinte ich. »Kein Problem.«

Alec schaute hoch, bemerkte uns und lächelte. Sein Lächeln galt eindeutig nicht mir.

»Bis später«, sagte Hilde, da rannte ich schon davon.

Die pochenden Schmerzen in meinem geschwollenen Bein zwangen mich wenig später dazu, wieder langsamer zu werden. So viel also zu den Anti-Spion-Regeln. Scheiße! Ich wischte mir eine Träne aus den Augenwinkeln und hielt nach einem Platz Ausschau, wo ich mich hinsetzen konnte. Alleine. Und dann würde ich nach Herzenslust mit Professor Mercier telefonieren und ihm jedes Detail verraten, das ich wusste. Das hatten sie davon. Ich stolperte weiter. Blindlings.

Schwarzes Haar. Ein helles Hemd. Ein Junge, der an einem eckigen Tischchen saß und ganz gelassen den Sonnenschein genoss.

Professor Mercier war vergessen. Ich humpelte auf das *Café Oriental* zu und ließ mich auf einen der geflochtenen Stühle sinken.

»Hallo, Kiara«, sagte Jacques.

Ich war so wütend, dass ich kaum sprechen konnte. Wenn er nicht gewesen wäre, dann hätte Hilde sich nicht in einen Tiger verwandelt. Sie wäre nicht für Alec interessant geworden. Und er hätte nicht gesagt, dass sie eine Tigerin war und ich bloß ein Hase.

»Fandest du das lustig?«, fuhr ich ihn an. »Um Gottes willen, wie konntest du!«

»Was habe ich denn verbrochen?« Jacques schob mir seinen überdimensionalen Eisbecher hin. »Möchtest du?«

Ich hatte nicht vor, mir mit Jacques ein Eis zu teilen.

»Hilde hätte dich umbringen können! Warum hast du dich nicht verwandelt?«

»Ach, das meinst du.« Genüsslich leckte er den Löffel ab.

Das machte mich noch wütender. Alles an ihm brachte mich in Rage.

Ich riss ihm den Löffel aus der Hand. »Lass das! War das für dich ein Spiel? Und wenn sie dich zerfetzt hätte? Warum bist du weggerannt?«

»Das wäre dir wirklich lieber gewesen? Ein Schaukampf, Bär gegen Tiger? Blut, das in Strömen fließt, und Gebrüll und zerfetztes Fleisch? So hätte ich dich gar nicht eingeschätzt.«

»Ja, wenn man so aussieht wie ein liebes Häschen, schätzen einen eben alle falsch ein.« Ich fletschte die Zähne, aber aus mir wurde kein Ungeheuer, das die Leute auf der Promenade in die Flucht schlug. »Du hättest auch als Fledermaus davonfliegen können.«

»Ich bin geflohen, reicht das nicht?« Ein amüsiertes Lächeln zog über sein Gesicht. »Macht es dir Kummer, dass ich dabei eine schlechte Figur abgegeben habe? Wäre dir lieber gewesen, wenn ich wie ein Superheld davongeflattert wäre und deine Freundin alt ausgesehen hätte?«

»Nein, ich ...«

»Du hast dich für mich geschämt. Du leidest mit, wenn ich mich blamiere. Das«, er grinste breit, »nehme ich als Kompliment.«

»Nein, ich habe nicht ...« Mir fiel nichts dazu ein. Ich gab ihm den Löffel zurück.

»Und du siehst nicht wie ein liebes Häschen aus«, fügte er hinzu. »Wie kommst du nur auf so etwas? Weißt du, wie du aussiehst?«

Viel schlimmer konnte es nicht mehr werden. »Na, da bin ich ja gespannt.«

»Wie ein Engel«, sagte Jacques leise.

»Na toll, danke schön!«

»Oh, versteh mich nicht falsch. Nicht wie ein Engel mit Pausbacken und goldenen Löckchen. Sondern wie eine leuchtende Gestalt aus einer anderen Realität, mit einem flammenden Schwert in der Hand.«

Einen Moment war ich sprachlos. Dann versuchte ich zu lachen und schüttelte den Kopf. »Jacques, du bist ein Idiot.«

»Ich bin ein Glückspilz. Sonst würdest du nicht hier mit mir zusammen Eis essen.«

»Das lässt sich ändern.«

Ich war schon aufgestanden, als er sagte: »Mein Geheimnis gegen deins.«

»Was?« Ich ließ mich wieder zurücksinken. »Von was für Geheimnissen sprichst du?«

»Ich werde dir verraten, warum ich mich nicht verwandelt habe.«

»Vielleicht interessiert mich das die Bohne.«

Er beugte sich vor und dämpfte die Stimme. »Sie schon. Sie führen Buch darüber. Wer sich in was verwandeln kann. Sie machen sich Notizen, über jeden von uns.«

»Tun Lehrer das nicht immer?« Trotzdem überlief es mich kalt.

»Um uns am Ende ein Zeugnis auszustellen? Du bist ein Wächter, du ein Diener, du ein unfähiger Königsanwärter? Möchtest du nicht wissen, was sie über dich aufgeschrieben haben?«

»Das weißt du? Woher?«

»Vielleicht bin ich ja der Spion.« Er lächelte herausfordernd.

Ich wartete auf die Auskunft, die er mir versprochen hatte. »Und?«

»Nichts«, sagte er schließlich. »Sie haben nichts über dich aufgeschrieben. Über dich gibt es nichts zu sagen. Über Alec haben sie zehn Seiten voll. Bei den anderen listen sie auf, wer sich schon verwandeln kann. Ein Tier, vielleicht zwei? Auf mehr als zwei bringt es noch niemand.«

»Die anderen haben sich schon verwandelt?«, fragte ich entsetzt. »Wann? Warum habe ich nichts davon mitbekommen?«

»Wir sind Wandler. Heimlichkeit ist unsere Natur.«

Ich brauchte irgendetwas, um meine Nerven zu beruhigen, und nahm ihm wieder den Löffel ab. Das Eis schmolz kühl in meinem Mund. Ich versuchte mich daran zu erinnern, wann die anderen die Gelegenheit zum Verwandeln gehabt haben könnten.

»Beim Bluttest? Dort war jeder von uns allein, nur der Arzt war dabei. Aber er hat mich nicht dazu aufgefordert, etwas vorzuführen.« Ich schaufelte das Eis in mich hinein, bis ich wieder klar denken konnte. »Du lügst. Die anderen haben sich noch nicht verwandelt. Sie hätten davon erzählt. Steven hätte damit angegeben.«

Jacques nickte. »Was ist dein Geheimnis, Kiara? Du denkst schnell. Du durchschaust die anderen – sagen wir, die meisten. Du bist unzufrieden. Aber du lässt alles mit dir machen. Du begnügst dich mit dem Posten der stillen Beobachterin. Das passt gar nicht zu dir.«

»Woher willst ausgerechnet du wissen, was zu mir passt?« Es ärgerte mich, dass er versuchte, mich zu analysieren. Abgesehen davon war es gefährlich. »Vielleicht bin ich schon immer der stille Typ gewesen, der sich seine Gedanken macht. Nicht jeder mag den kindischen Rebellen spielen, so wie du.«

»Diese Listen führen sie wirklich.«

»Na und? Sie wollen schließlich herausfinden, ob einer von uns zum König taugt. Hm. Du hast die Listen tatsächlich gesehen? Wie kommt man da ran? Reine Neugier.«

»Natürlich.«

»Neugier ist mein zweiter Vorname.«

»Ich weiß.« Er seufzte.

»Was soll das denn jetzt wieder heißen?«

Er schüttelte den Kopf und lachte in sich hinein. »Kiara? Lässt du mir noch was übrig?«

»Oh, Verzeihung.« Ich schob den Eisbecher zu ihm hin, als er plötzlich aufstand, sich über den Tisch beugte und mich küsste.

Seine Lippen waren weich. Und klebrig. An seiner Haut haftete der Duft von Sahne und Eis, von Kirschen und Schokoladensoße.

Und ich konnte absolut nichts fühlen.

Es war nicht das, was ich erwartet hatte. Mein erster Kuss, so hatte ich mir immer vorgestellt, würde wundervoll sein. Schmetterlinge im Bauch. Ein Kribbeln von Kopf bis Fuß, das Herz voller Liebe. Der schönste Tag meines Lebens. Stattdessen fühlte ich einfach nur den leichten Druck von Lippen auf Lippen. Es war nicht unangenehm. Aber es unterschied sich auch nicht großartig von einem Händeschütteln.

Jacques ließ sich wieder zurück auf seinen Kunststoffstuhl fallen. »Schade«, murmelte er, aber er grinste reichlich unverschämt.

»Schade?« Etwas zu spät fiel mir ein, dass ich den richtigen Zeitpunkt verpasst hatte, ihn zu ohrfeigen. Er hatte mich geküsst, ohne mich zu fragen. Er hatte mir diesen Kuss gestohlen. Er hatte mir das Erlebnis meines ersten Kusses verdorben. Das war unverzeihlich. Ich versuchte, so viel Wut in mir zusammenzukratzen, dass ich ihn anbrüllen und empört davonrauschen konnte, aber stattdessen lehnte ich mich zurück, als wenn gar nichts gewesen wäre. Ich hatte keine Schmetterlinge im Bauch. Aber auch keine Wut mehr. Wie merkwürdig, dachte ich, wenn man so wenig fühlt wie ein Stein. Trotzdem kränkte mich seine abschließende Bemerkung. »Wieso schade?«

»Ich hatte für ein paar Sekunden vergessen, dass du auch zu Alecs Fanclub gehörst«, sagte Jacques.

»Ich gehöre ...?« Wieder bot er mir die perfekte Gelegenheit, wütend zu werden, aber ich griff nicht zu. Nicht einmal dazu war ich in der Lage. Hilde hätte vermutlich die Tigerin herausgekehrt. Oder ihm zumindest einen Kinnhaken verpasst. Aber ich saß einfach nur da wie ein verschrecktes Kaninchen. Alec hatte recht gehabt. Alles, in was ich mich verwandeln konnte, war etwas Kleines, Ängstliches, das sich nicht rühren konnte.

Jacques stand auf.

Na toll, dachte ich. *Erst küsst er mich, dann beleidigt er mich, und jetzt macht er sich aus dem Staub. Der krönende Abschluss wäre, wenn er mich auch noch auf der Rechnung sitzen lässt.*

Aber nicht einmal jetzt konnte ich aufbegehren. Trübsinnig starrte ich vor mich hin, während er ohne ein Wort davonging.

»Warst du schon auf der Karlsbrücke?« Jacques ließ sein Portemonnaie in der Hosentasche verschwinden. Offenbar hatte er gerade den Eisbecher bezahlt.

»Ja, mit meinen Eltern.«

»Gehen wir trotzdem zusammen dort hin?«

»Meinetwegen.«

Ich humpelte neben ihm her und überlegte, was ich tun würde, wenn er noch mal versuchen würde, mich zu küssen. Aber er machte keinerlei Anstalten dazu. Er nahm nicht einmal meine Hand. Mich ärgerte zwar sowieso fast alles, was er sagte, aber das ärgerte mich komischerweise am meisten.

9
Der Versuch, sich zu finden

Alec sah mich an – mit einem Blick, der sich wie ein Stromschlag anfühlte. Seine blauen Augen wirkten wie Laserstrahlen in einem Science-Fiction-Film. Sie ließen mich zusammendampfen, sodass ich immer kleiner wurde, bis ich schließlich als Kaninchen zu seinen Füßen hockte.

Sieh an, Kiara, *sagte der Alec in meinem Traum,* jetzt wissen wir endlich alle, was du bist.

Ich floh in panischem Schrecken. Meine kräftigen, pelzigen Füße stießen sich ab und wirbelten mich in die Luft, und während ich davonflog, erklang dazu melancholische Filmmusik. Sogar das Gelächter im Hintergrund passte dazu.

Ich öffnete die Augen, aber die Musik brach nicht ab. Hilde spielte Cello, Nila sang. Sie verhaspelte sich, und die beiden begannen von vorne.

»Na, Murmeltier«, sagte Nila, die merkte, dass ich wach war.

Die Wirklichkeit war nicht viel besser als der Traum. So wie Hilde strahlte, musste das Date mit Alec ihre Erwartungen übertroffen haben. Auch Nila war besser gelaunt, als ich sie je erlebt hatte. Bestimmt hatten sie sich geküsst, Nila und Steven. Hilde und Alec. Sie hatten einen romantischen Nachmittag verbracht, vielleicht den schönsten ihres Lebens. Kein Wunder, dass sie mich bemitleideten. Am liebsten wäre ich aufgesprungen und hätte gerufen: Ha, ich bin auch geküsst worden, dass ihr's nur wisst! Ich bin auch mit einem Jungen durch die Stadt gegangen, wir haben uns unterhalten und gelacht, wir haben einem Geiger auf der Karlsbrücke zugehört und einem Porträtzeichner über die Schulter geschaut. Jacques hat solche Grimassen geschnitten, dass die arme Touristin, die sich hat malen lassen, immerzu grinsen musste, und dann haben wir ins Wasser gespuckt, und dann ...

Ich hätte ihnen so viel erzählen können, aber ich hatte nicht vor, ihnen einen Grund zu liefern, sich totzulachen. Ich vergrub meine Nase im Kissen und versuchte zu sterben, aber es war zwecklos.

* * *

Sie hatten Zelte auf dem Sportplatz aufgebaut. Olga und Mr. Jackson warteten schon auf uns.

»So«, sagte Olga. »Heute wird es ernst. Ich wollte Sie eigentlich langsamer vorbereiten, aber nach den gestrigen Vorkommnissen haben meine Kollegen und ich beschlossen, dass Sie so schnell wie möglich lernen müssen, Ihre Gestalt zu beherrschen.« Sie blickte einem nach dem anderen ins Gesicht. »Anders als Ihre glücklichen Kameraden vom breiten Kreis können Sie frei wählen, welche Verwandlungen Ihnen sinnvoll erscheinen. Wir sind hier, um Sie dabei zu beraten. Letztendlich muss jede Gestalt zu Ihrem Wesen passen, sonst wird es Ihnen unmöglich, sie lange aufrechtzuerhalten.« Sie nickte Mr. Jackson zu.

Wieder sprach er so leise, dass wir dicht an ihn heranrücken mussten.

»Sie wissen noch nicht, welchen Rang Sie unter den Wandlern bekleiden. Königskreis, Wächter, Diener – irgendetwas davon wird Ihre Berufung sein. Aber ob Sie eine Verwandlung in sich tragen, zwei oder gar drei, müssen Sie selbst herausfinden. Deshalb wählen Sie vorsichtig. Vielleicht ist Tiger das Einzige, was Sie jemals können werden«, wandte er sich an Hilde, »und dabei wäre es weitaus praktischer, wenn Sie als Spatz die Pläne Ihrer Konkurrentinnen um einen Job belauschen könnten – oder um einen Mann.« Ein paar Schüler lachten verhalten. »Besprechen Sie Ihre Wahl mit uns, in Ihrem eigenen Interesse. Wir haben diese Zelte für Sie aufgebaut, denn wie Sie bereits wissen, machen unsere Kleider die Verwandlung nicht mit.«

Nila meldete sich. »Aber *wie* macht man es? Das kann ich mir immer noch nicht recht vorstellen.«

Mr. Jackson deutete auf Hilde. »Können Sie erklären, wie Sie es gemacht haben?«

Hilde zuckte die Achseln. »Keine Ahnung. Es ist einfach irgendwie passiert.«

Der alte Mann nickte. »Letztendlich kann man dafür keine Anweisung erteilen. Wir haben keine Gebrauchsanweisung für Sie. Es liegt Ihnen im Blut. Es ist ein Sinn, mit dem Sie geboren wurden. So wie Ihnen niemand beibringen musste, zu hören, zu riechen, zu sehen, so werden Sie sich verwandeln. Mit derselben Selbstverständlichkeit.«

»Trotzdem sind noch ein paar Warnungen angebracht«, fügte Olga hinzu. »Es gibt einen guten Grund, warum Mr. Jackson diese Gabe nicht mit dem Laufenlernen vergleicht. Kinder laufen nicht sofort los, sie straucheln, fallen und versuchen es wieder. Das ist beim Verwandeln nicht möglich. Eine verfehlte Verwandlung hat keine blauen Flecken zur Folge, sondern ist fatal, im schlimmsten Fall tödlich. Sie müssen Ihrer selbst sehr sicher sein, um eine andere Gestalt anzunehmen, sonst finden Sie nie wieder zurück. Wenn Sie sich in ein Tier verwandeln, werden Sie vollständig, durch und durch bis in Ihre genetische Struktur, dieses Tier. Sie übernehmen sein Verhaltensprogramm, ohne dass man es Ihnen erklären müsste. Seine Instinkte. Seine Körpersprache. Seine Sinne. In dieser verwirrenden Welt aus Empfindungen sein eigenes Bewusstsein zu bewahren ist eine Kunst für sich. Schließlich wollen Sie nicht für den Rest Ihres Lebens bellend oder miauend herumlaufen. Zurückzukehren ins Menschsein ist eine Aufgabe, bei der Ihnen niemand helfen kann. Wir sind keine Zauberer. Wenn jemand von Ihnen in seiner anderen Existenz steckenbleibt, ist er verloren.«

Das klang nicht gerade ermutigend. Die grimmigen Blicke, die Olga uns zuwarf, sollten wohl auch eher abschreckend wirken.

»Suchen Sie sich ein Zelt aus. Machen Sie sich Gedanken. Verwandeln Sie sich nicht, bevor wir nicht mit jedem geredet haben. Wie gesagt, Sie können nicht wissen, wie viele Verwandlungen Ihnen zur Verfügung stehen. Sie sind zu zehnt. Bei acht oder neun von Ihnen wird es bei einer Verwandlung bleiben, einer oder zwei haben möglicherweise eine zweite Gestalt. Wächter oder Diener der dritten Stufe sind sehr selten, und trotzdem hoffen fast alle, dass sie dazugehören. Dabei gibt es weltweit keine hundert Wandler, die das können. Rechnen Sie sich selbst aus, wie groß die Chance ist, dass gerade Sie darunter sind. Gibt es ein Problem?«

Sie fixierte Jacques mit einem herausfordernden Blick, obwohl er überhaupt nichts gesagt hatte. Ich vermutete, dass er sie einfach anschweigen würde, aber zu meiner Überraschung würdigte er unsere Lehrerin einer Gegenfrage.

»Ist es eigentlich noch zeitgemäß, das Leben eines Werwolfs zu führen?«

Olga schnaubte wütend.

»Die meisten Wölfe finden sich unter den Glücklichen. Es ist ihre natürliche zweite Gestalt, und das hat mit *zeitgemäß* herzlich wenig zu tun«, meinte Mr. Jackson freundlich.

»Wenn Sie sich zu einem Wolf berufen fühlen, nur zu.« Olga hatte ihre Strategie geändert und versuchte, den alten Herrn an Freundlichkeit noch zu übertreffen, aber die Wut in ihrer Stimme war nicht zu überhören.

Schon stellte der sonst so schweigsame Jacques die nächste Frage. »Sollten wir nicht lieber alle Skorpione werden? Als Zeichen der Ergebenheit?«

»Um Gottes willen!«, schnappte Olga. »Auf keinen Fall!«

Jetzt hob auch Dmitrij die Hand. »Wir sind der Skorpionclan. Kann dann nicht jeder von uns sich in einen Skorpion verwandeln, quasi als Grundgestalt? Und die Leute vom anderen Clan in Schlangen?«

»Haben Sie es ihnen nicht erklärt?«, fragte Mr. Jackson streng.

Olga wand sich vor Verlegenheit. »Ich hielt es nicht für nötig. Ich dachte, die natürliche Ehrfurcht vor unserem König …«

»Hören Sie mir gut zu«, sagte Mr. Jackson. »Niemand, absolut niemand versucht, sich in einen Skorpion zu verwandeln, ist das klar? Diese Gestalt ist ausschließlich unserem König vorbehalten. Wir nennen uns nach ihm, wir beugen unser Haupt vor ihm – aber wir imitieren ihn nicht! Wir vermeiden alles, was auch nur entfernt an einen Skorpion erinnert. Das heißt auch, keine Spinnen. Gar nichts, was acht Beine hat.« Er lachte leise. »Das hat seine Vorteile. Wenn Sie eine Spinne totschlagen, können Sie sich ziemlich sicher sein, dass es kein Clanbruder war.« Sofort wurde er wieder ernst.

»Jeder, den wir dabei erwischen, wird aus dem Clan ausgestoßen. Genauso wie jeder, der dem Schlangenkönig Ehre erweist und sich in eine Schlange verwandelt. Nicht einmal die Schlangen selbst tun das. Eine solche Verwandlung wird von ihnen genauso unerbittlich geahndet wie von uns.«

Wir schwiegen betroffen.

Olga klatschte laut in die Hände. »Und jetzt ab in Ihre Zelte, na los. Fangen Sie an.« Ich hörte noch, wie sie Jacques beiseite nahm. »Ist Ihnen eigentlich klar, wozu Sie die anderen hier anstiften wollten? Sind Sie sich dessen bewusst?«

Ihr Ärger schien den jungen Franzosen nicht zu beeindrucken. »Wer könnte so etwas verbieten, wenn nicht der Skorpionkönig selbst?«

»Ach, verschwinden Sie. Und Sie, was glotzen Sie noch? An die Arbeit!«

Das galt mir. Ich fühlte mich merkwürdig ratlos, als ich in eins der Zelte auf der linken Seite trat. Es war erfreulich groß, man konnte aufrecht darin stehen und sich hinter einem Paravent umziehen. Der Eingang wurde von einer losen Plane bedeckt, die auch ein Tier mühelos anheben konnte. Auf einem kleinen Gartentisch lag eine Mappe, die Tierfotos enthielt. Lustlos blätterte ich darin. Sollte ich mir etwa wie in einem Versandhauskatalog eine Gestalt aussuchen?

Ich musste die Verbindung zu dem Tier spüren, aber ich konnte überhaupt nichts empfinden. Mir war nur bewusst, wie absurd mir die ganze Situation vorkam. Absurd und unwirklich und irgendwie albern. Vielleicht hätte ich bei den Vorträgen der vergangenen Abende besser zuhören sollen.

Ein schrilles Pfeifen ließ mich aufhorchen. Vorsichtig spähte ich durch die Plane, um zu sehen, ob die anderen neun draußen vielleicht schon als Tiger und Wölfe umherspazierten. Doch ich erblickte nur Jacques, der draußen vor seinem Zelt saß und auf einem Grashalm blies. Er hob den Blick, entdeckte mich und grinste. Ich erwiderte sein Lächeln und zog mich wieder zurück. Sehr unwahrscheinlich, dass Jacques unseren Lehrern den Bären oder die Fledermaus vorführte. Es passte zu ihm, dass er wieder einmal die Mitarbeit verweigerte.

Ich dagegen bemühte mich stets, alles richtig zu machen. Schon mein ganzes Leben als angebliches Geigenwunderkind hatte ich versucht, die Erwartungen anderer zu erfüllen. Mehr noch, sie zu übertreffen. Ich wollte die Beste sein und alle in Erstaunen versetzen. Warum sonst hatte ich mich auf diese gefährliche Mission eingelassen? Und schon wieder reichte mein Talent nicht aus.

Ich war kein Wunderkind.

Und ich konnte mich nicht verwandeln.

Daher wandte ich mich ab, kehrte ins Zelt zurück und machte mich wieder an die Arbeit.

Während ich frustriert vor den Tierfotos hockte, kam Olga zu mir ins Zelt.

»Nun, Fräulein Wieland? Wie sieht es aus? Haben Sie sich schon Gedanken gemacht?«

»Äh, ja«, stotterte ich. »Vielleicht ein Vogel?«

»Welchen Vogel?«, fragte sie ungeduldig nach. »Man kann sich nicht einfach in einen Vogel verwandeln. Man muss schon genau wissen, wie er aussehen soll. Verstehen Sie, man muss ein Gefühl für das Tier haben, das man verkörpern will. Man muss sich vorstellen können, wie es sich anfühlt, seine Gestalt zu besitzen. Wie sich die Krallen bewegen, die Muskeln unter dem Fell oder unter den Federn, wie man den Kopf bewegen wird, auf welcher Höhe man die Augen hat. Alle diese Dinge. Sehen Sie sich die Bilder an.«

»Das habe ich schon.«

»Dann tun Sie es noch mal. Tun Sie es immer wieder. Sie werden Ihr Schicksal finden, Fräulein Wieland, da bin ich mir sicher.«

Ich nickte ergeben. »Wenn Sie meinen.«

Als sie gegangen war, blätterte ich noch einmal durch das Album. Es waren nicht viele Vögel darin enthalten. Ein Adler, ein Schwan, ein Rabe. Auf den meisten Fotos waren wunderschöne Tiere, mit denen man Eindruck schinden konnte: Panther und Leoparden, Wölfe, Wildkatzen und kräftige große Hunde mit klugen Augen. Einen Fuchs sah ich mir länger an, irgendwie gefiel er mir. Ungefähr fünf Minuten lang versuchte ich, ein rötliches Fell auf meiner Haut wachsen zu lassen. Dann fiel mir ein, dass eine Fuchsgestalt mir überhaupt nichts brachte. Was hatte ich davon, wenn ich mich ab und zu in ein flauschiges kleines Raubtier verwandelte?

Schon halb verzweifelt blickte ich durch die Klappe nach draußen. Als ansehnlicher Tiger marschierte Hilde durch den Gang zwischen den Zeltreihen. Wie Alec wohl reagieren würde, wenn ich mich auch in eine gigantische Raubkatze verwandelte? Würde er mich dann ebenfalls in ein nettes Restaurant einladen? Den Tiger versuchte ich vielleicht zwei Minuten, ohne Ergebnis.

»Fräulein Wieland! Noch nichts?« Olga kam nachsehen, wie weit ich war. »Sie haben sich ja noch nicht mal ausgezogen.«

Das stimmte. Offensichtlich hatte ich nicht wirklich damit gerechnet, dass ich tatsächlich ein Riesenviech wurde, das seine Klamotten sprengte.

»Ich glaube, ich bin noch nicht so weit.«

Sie seufzte. »Na gut, man kann es nicht erzwingen. Wir machen jetzt eine Pause. Nach dem Mittagessen geht es weiter.«

»Was können denn die anderen?«, fragte ich kläglich.

»Setzen Sie sich nicht unter Druck.« Olga vermied eine klare Antwort, was kein gutes Zeichen sein konnte.

Jacques' Prophezeiung schien wahr zu werden. Alle konnten sich verwandeln. Alle, außer mir.

* * *

Auf dem Weg zu unserer nächsten Mahlzeit redeten meine Mitschüler aufgeregt durcheinander.

»Es war so ...« Steven riss die Arme in die Höhe. »Oh Wahnsinn!«

Nila lachte ihn an. »Du spinnst, hat dir das schon mal jemand gesagt?«

»Was seid ihr gewesen?«, fragte Björn.

»Er ist als Büffel herumgerannt.« Nila verdrehte die Augen. »Habt ihr nicht gespürt, wie die Erde von seinen Schritten erschüttert wurde? Ich konnte ihn gut beobachten, während ich über die Zelte geflogen bin.«

»Als Schwan«, seufzte Steven. »Das passt so gut zu dir.«

Ich wäre nie darauf gekommen, die mollige, rothaarige Nila als

Schwan zu sehen, aber wenn dies ihr heimlicher Traum gewesen war – bitte schön.

Hilde, die mit Alec vor mir ging, wandte sich um. »Und was bist du, Kiara?«

»Äh, ich …« Ich spürte, wie ich rot wurde. Verflixt. Gerade jetzt, wo Alec herschaute. Vermutlich gerade deshalb. Ich hätte ihn so gerne beeindruckt. »Ich habe mich noch nicht entschieden.«

»Ich habe wahrscheinlich zwei Gestalten! Aber Olga hat gesagt, ich sollte noch nicht versuchen, etwas anderes zu werden. Erst muss ich das Verwandeln in den Tiger und wieder zurück üben.«

Hilde tat etwas zu wichtig, fand ich. So toll war es nun auch wieder nicht, eine gestreifte Großkatze mit Mundgeruch zu sein.

»Sag's ihr, Alec. Was du bist.«

»Ach, lass doch.« Er wandte sich verlegen ab. Falls dieses heimliche Lächeln auf seinem Gesicht denn Verlegenheit war. Die blonden Haare fielen ihm über die Stirn, als er den Kopf schüttelte. Auf einmal wusste ich genau, was er war.

»Ein Löwe«, platzte ich heraus.

»Du hast ihn gesehen?« Hilde blitzte mich empört an. »Du hast uns andere beobachtet, anstatt zu versuchen, dich zu verwandeln?«

Auf einmal starrten mich alle an.

»Was soll man auch von einer Spionin erwarten, die nachts durch die Gänge schleicht und wer weiß was tut«, giftete Nila.

»Ich bin keine Spionin! Ich hab euch doch gesagt, ich hatte mich verirrt.«

»Fragen wir einfach Jaroslav.«

Ich wünschte mir, ich hätte mich unsichtbar machen können. Oder davonfliegen. Oder mich in die Erde eingraben. Unwillkürlich sah ich mich nach Jacques um – als hätte er mir helfen können! –, doch er glänzte durch Abwesenheit. Wie immer.

Nila schlug geradewegs den Weg zum Lehrerzimmer ein. Wie ein Sträfling auf seinem letzten Gang zum elektrischen Stuhl folgte ich ihr. Die übrigen aus unserer Gruppe kamen alle mit. Ich hörte sie hinter mir flüstern, schon streiften mich die ersten misstrauischen Blicke.

Ja!, hätte ich am liebsten gerufen. *Ja, ich bin es!*

Sobald Jaroslav mich auffliegen ließ, war die Bombe geplatzt. Was dann passieren würde, wagte ich mir nicht vorzustellen.

Vielleicht war er gar nicht im Lehrerzimmer, und ich hatte noch eine Galgenfrist. Konnte ich nicht wenigstens einmal Glück haben? Doch da kam er uns schon entgegen. Fragend hob er die Brauen, denn in diesem Korridor hatten wir eigentlich nichts zu suchen.

»Stimmt etwas nicht?«

»Nur ein kleiner Verdacht«, säuselte Nila, »den Sie sofort ausräumen können. Trifft es zu, dass Sie Kiara neulich nachts getroffen und zurück zu unserem Zimmer begleitet haben?«

Jaroslav musterte erst sie und dann mich. Die Frage schien ihn zu überraschen. »Das war ... vor zwei oder drei Nächten«, überlegte er. »Warum? Ist das wichtig?«

»Nicht wirklich. Bitte entschuldigen Sie.« Nila drehte sich abrupt um und stolzierte davon. Steven eilte ihr nach.

Susan wirkte peinlich berührt. Die Jungs grinsten verlegen und verkrümelten sich. Alec war so anständig, mir aufmunternd auf die Schulter zu klopfen. »Mach dir nichts draus. Wir sind alle etwas nervös.«

Hilde zog ihn hastig weiter.

Schließlich standen nur noch Jaroslav und ich auf dem Flur. Er schien auf etwas zu warten, daher sagte ich: »Äh, danke. Das war sehr nett.«

Er fragte mich nicht, was ich nachts auf den Gängen zu suchen gehabt hatte. »Reden wir nicht mehr davon«, meinte er nur und wandte sich ab.

Jetzt war ich ihm auch noch etwas schuldig. Und das Schlimmste: Nun wusste auch einer der Lehrer, dass ich mich nachts im Palais herumgetrieben hatte. Wenn Nila mich nicht mehr verdächtigte, schön und gut – aber war ich wirklich besser dran, wenn Jaroslav diesen Part übernahm?

* * *

Im Speisesaal zögerte ich, mich zu den anderen zu setzen, obwohl mir Steven und Björn zulächelten. Ich war immer noch sauer, obwohl mir klar war, dass ich gar kein Recht dazu hatte. Schließlich war ich wirklich die Spionin, die sie suchten, und Nila ließ sich nicht so leicht etwas vormachen.

»Kiara, hierher!« Nila winkte mir zu. »Tut mir leid, ehrlich. Wir wollten alle zusammenhalten, weißt du noch? Und dann mache ich so etwas … Ich hab mich einfach geärgert, weil du mich so abfällig angeschaut hast, als Steven erzählte, dass ich ein Schwan bin.«

Das war alles? Aus verletzter Eitelkeit wollte sie mich fertigmachen?

»Du wirst dich hoffentlich nicht in eine beleidigte Leberwurst verwandeln?«

Ich musste lachen, und damit war diese Angelegenheit erledigt. Für Nila jedenfalls. Ich machte mir jedoch immer noch Sorgen darüber, was Jaroslav mit der Information über mein nächtliches Herumwandeln anfangen würde.

Beim Essen beobachtete ich die Auserwählten am Tisch. Wächter. Diener. Vielleicht sogar jemand mit dem Blut des Skorpionkönigs in sich. Wie unschuldig sie alle waren! Keiner ahnte, wozu ihr Clan fähig war und wohin ihr König sie führen würde. Ich beneidete sie um ihren Optimismus, um ihre unerschütterliche Selbstsicherheit. Keiner von ihnen zweifelte daran, dass er sich verwandeln konnte, sobald er sich ein Tier ausgesucht hatte.

»Du bist ja so still«, sagte Nila. »Trägst du mir das immer noch nach? Oder machst du dir Sorgen, weil du noch kein Tier hast?«

»Wie hast du es bloß fertiggebracht, dich zu entscheiden? Es ist für immer.«

»Schon, aber mach es dir doch nicht so kompliziert. Es gibt keine perfekte Gestalt, die alles abdeckt, was du jemals tun wolltest.«

Auf einmal begriff ich das Problem. Ich gehörte zu den Glücklichen, und für mich gab es nur ein Tier, das mich glücklich machen konnte. Ich konnte die Wahl nicht treffen, weil ich keine Wahl hatte. Ich war in der falschen Gruppe und bekam Anweisungen, die gar nicht für jemanden wie mich gedacht waren. Für die Wandler außerhalb der Wächter/Diener/Prinzen-Kreise galt: Sie mussten das eine, das einzige Tier finden, das in ihnen angelegt war.

Was Jaroslav den Glücklichen beibrachte, war lebensnotwendig für mich, aber wie hätte ich ihn fragen können, was ich tun sollte, nachdem ich mich sowieso schon verdächtig gemacht hatte?

»Gibt es hier eigentlich eine Bibliothek?«, überlegte ich. »Mit den Tierfotos im Zelt komme ich nicht weiter. Ich hätte gerne ein paar Bildbände, Lexika, Nachschlagewerke, Computer. Du weißt schon.«

»Die Bibliothek habe ich schon am ersten Tag entdeckt. Computer haben sie allerdings nicht. Die Wandler sind ganz schön altmodisch.«

Anscheinend war an ihr eine Spionin verloren gegangen, viel mehr als an mir. Ich war so darum bemüht, nicht aufzufallen, dass ich mich gar nicht getraut hatte, das Palais genauer zu erkunden. Vielleicht war sie sogar die zweite Agentin der Schlangen. Nila – vielleicht eine Abkürzung von Nikola? War Nicolas am Ende ein Mädchen? Sie hatte offenbar ein Talent dafür, Sachen herauszufinden, und ihre Beschuldigungen hatten möglicherweise nur dazu gedient, von sich selbst abzulenken.

»Zeigst du mir den Weg?« Dort würde es hoffentlich Bücher darüber geben, wie ein Mitglied des Kreises der Glücklichen seine Tiergestalt fand. Vielleicht war ich ja doch noch nicht ganz verloren. »Es wäre mir lieb, wenn die anderen das nicht mitbekommen.«

»Sicher.« Sie nickte verständnisvoll. »Mir wäre das auch peinlich. Ich bring dich hin, gleich nach dem Essen.«

Die Bibliothek befand sich im Erdgeschoss, aber alleine hätte ich trotzdem nicht hingefunden. Wir mussten eine steile Treppe erklimmen und nach zwei Abbiegungen wieder eine andere Treppe hinuntersteigen, einen großen Saal voller Gemälde durchqueren, dann ging es durch einen weiteren Flur, und schließlich standen wir vor einer mächtigen Eichenholztür.

»Hier ist es«, flüsterte Nila. »Bis später dann.«

Als ich die Tür öffnete, hatte ich dabei das starke Gefühl, etwas Verbotenes zu tun. Wir hatten keine Lektüreliste bekommen, und Olga hatte es nicht für nötig gehalten, uns auf diese Bibliothek hinzuweisen.

Dabei war sie ein echtes Schmuckstück mit deckenhohen Regalen, in denen sich tausende alter Bücher aneinanderdrängten.

Ein dicker Teppich dämpfte meine Schritte. Durch die Sprossenfenster konnte ich in den sonnigen Garten hinaussehen, doch hier herrschte ein gelbliches Zwielicht.

Wahllos zog ich einen ledereingefassten Band heraus. Die Seiten waren vergilbt und brüchig, der Text handschriftlich. Wie alt mochte dieses Buch sein? Ich stellte es zurück und sah mich nach einem Verzeichnis um. Irgendwie musste der gewaltige Buchbestand doch katalogisiert sein. Auf einem Stehpult an der Stirnseite eines Regals lag eine dicke Mappe. Doch als ich gerade danach greifen wollte, hörte ich Stimmen vor der Tür.

»Lassen Sie uns hier reingehen, da können wir ungestört reden.«

Ich wählte das nächstbeste Versteck und schlüpfte hinter einen der altmodischen Ohrensessel, die in der Nähe des Fensters standen. Keinen Augenblick zu früh, schon betraten die Leute die Bibliothek und hielten, den Stimmen und dem Rascheln ihrer Kleider nach zu urteilen, genau auf die Sitzgruppe zu, hinter der ich mich verbarg.

Ich verzichtete darauf, um die Lehne herumzuspähen, sondern duckte mich, so tief ich konnte, und hielt den Atem an. Der Sessel knarrte.

»Sie haben die Akten gelesen?« Das war Jaroslav.

»Ich halte es nicht für den richtigen Zeitpunkt, jetzt schon Prognosen abzugeben.« Olgas Stimme klang feindselig, aber bemüht höflich.

»Ich denke auch, wir sollten ihnen noch etwas Zeit geben«, meinte auch Jaroslav. »Die Unterlagen legen gewisse Schlüsse nahe, das gebe ich zu, aber …«

Das leise Hüsteln konnte nur von Mr. Jackson stammen. »Das sehe ich anders«, sagte er. »Die Zeit rennt uns davon. Bald sind die sechs Wochen um. Solange wir nicht wissen, wer der König ist, können wir ihn nicht effektiv schützen und spielen unseren Feinden in die Hände. Ihnen ist doch wohl klar, dass sie alles in ihrer Macht Stehende tun werden, um ihn zu beseitigen, bevor er selbst erkennt, was er vermag. Gehen wir doch die Kandidaten durch, meine Liebe. Würden Sie mit den Wächtern beginnen?«

Papier knisterte.

»Die Wächter entwickeln sich vielversprechend«, sagte Olga. »Ich denke, wir können davon ausgehen, dass wir zumindest einige Stufe-zwei-Wächter dabeihaben. Raoul agiert noch sehr zurückhaltend, aber er und Björn haben großartige Reflexe. Ich erwarte noch große Leistungen von ihnen. Die junge Dame, die so vielversprechend gestartet ist, könnte sogar Rang drei erreichen. Warten wir's ab.«

»Die Diener«, übernahm Jaroslav, »zeigen noch nicht den richtigen Biss, aber Nila könnte ich mir auf einer unserer Universitäten vorstellen.« Er knisterte sich durch seinen Stapel. »Das Mädchen erscheint mir besonders vielversprechend, bei dem Jungen bin ich mir noch nicht sicher.«

»Der Königskreis«, verlangte Mr. Jackson. »Irgendwelche Fortschritte?«

»Alec hat sich heute in einen prächtigen Löwen verwandelt.« Olga lachte nervös. »Und Steven in einen Büffel. Sie fangen nicht mit Kleinigkeiten an, diese jungen Männer.«

»Und unsere Sorgenkinder?«

»Da tut sich leider immer noch nichts. Das Mädchen ist ein hoffnungsloser Fall. Schüchtern und so … verdruckst, irgendwie. Wenn da nicht bald ein Durchbruch erfolgt, weiß ich auch nicht. Und dieser Junge … fragen Sie lieber nicht.«

»Ich frage aber«, beharrte Mr. Jackson.

»Ich weiß es nicht. Ich habe keine Ahnung, ob er nicht will oder ob er nicht kann.«

Eine lange Pause erfolgte. Papier raschelte. Vielleicht studierte Mr. Jackson irgendwelche Notizen, denn er sagte: »Diese Gene, das ist nahezu unglaublich. Aber die Familie war schon immer extrem, um es milde auszudrücken. Ich würde fast blind darauf tippen, dass wir unseren König gefunden haben.«

»Sein Selbstbewusstsein ist manchmal etwas schwer zu ertragen«, sagte Jaroslav.

»Selbstbewusstsein?«, warf Olga ein. »Eher Arroganz, die zum Himmel stinkt. Gebe Gott, dass ich niemals …«

»Schweigen Sie!«, donnerte Mr. Jackson, der bei Bedarf auf eine außerordentliche Lautstärke zurückgreifen konnte. »Der König ist der König. Die stärkste Gabe wird herrschen! Zwingen Sie die Schüler zu zeigen, was in ihnen steckt. Sie sollten selbst am besten wissen, dass sich das Talent der Königskinder mitunter nur mühsam entfaltet. Fordern Sie sie heraus. Prüfen Sie sie auf Herz und Nieren. Wir waren noch nie so nah dran.«

»Aber ...«

»Diese jungen Leute wollen sich nicht verwandeln? Zwingen Sie sie. Wir haben keine Zeit, haben Sie das endlich begriffen? Stoßen Sie die Widerspenstigen ins Feuer, dann werden wir sehen, wer aus welchem Eisen geschmiedet ist und wer nichts als ein Papierflieger ist.«

»Und wenn nicht?«, fragte Jaroslav leise. »Wir alle kennen die Zahlen. Nahezu achtzig Prozent des Königskreises sind völlig unfähig und landen bei den Begnadeten.«

»Dann haben wir wenigstens Gewissheit. Der König wird sich wehren, und wer es nicht kann, auf den können wir verzichten. Machen Sie endlich Ihre Arbeit.«

Schuhe quietschten. Eine Tür schlug zu.

Olga seufzte vernehmlich. »Eine schöne Bescherung.«

»In der Tat«, stimmte Jaroslav ihr zu.

Ich rührte mich nicht von der Stelle. Auch als sie längst den Raum verlassen hatten, verharrte ich noch eine ganze Weile völlig bewegungslos. Nach der Angst zu schließen, die mich von Kopf bis Fuß in ihrem Griff hatte, taugte ich tatsächlich nur zum Kaninchen. Wie gelähmt hockte ich hinter dem Sessel und versuchte mich selbst zu beruhigen. Sie hatten doch bestimmt nicht wörtlich gemeint, dass sie uns durchs Feuer gehen lassen wollten?

Die Lust zum Lesen war mir gründlich vergangen.

* * *

Ich war zu spät dran, um mir im Wald ein ruhiges Plätzchen zum Telefonieren zu suchen. In der Hoffnung, eine Konfrontation mit Olga zu vermeiden, rannte ich zu meinem Zelt. Ein prächtiger dunkelroter Fuchs lief mir vor die Füße und brachte mich zum Stolpern.

»Nila?«, fragte ich überrascht. »Bist du es wirklich?« Diesmal würde ich bestimmt nichts Negatives denken oder sagen. »Wow, das ist genial!«

Olga erschien im Gang zwischen den Zelten. »Da sind Sie ja endlich, Fräulein Wieland! Gerade Sie sollten es etwas weniger lässig angehen. Kümmern Sie sich um Ihre eigene Gestalt!«

»Ja«, sagte ich brav und schlüpfte ins Zelt, doch statt mich auszuziehen und in einen Hasen zu verwandeln, zog ich das Handy hervor und wählte den Professor an.

Ich musste hier weg. Oder er sollte mir wenigstens erklären, wie ich zu meiner Gestalt fand.

Ausgerechnet jetzt ging er nicht dran!

»Fräulein Wieland?«

Vor Schreck hätte ich fast das Handy fallen lassen. Möglichst unauffällig schob ich es in meine Hosentasche.

»Haben Sie sich endlich für etwas entschieden?«, fragte Olga. Ich konnte ihren Blick nicht deuten. Ärger? Bedauern?

»Wenn es so einfach ist«, meinte ich, »warum verwandeln wir uns dann nicht alle aus Versehen?«

Olga starrte mich an, als hätte ich etwas Unanständiges gesagt. »Niemand hat behauptet, es wäre einfach«, sagte sie steif.

»Warum passiert es dann nicht draußen in der normalen Welt, wenn wir zu Hause sind?«

»Weil niemand auf die Idee kommt, sich ernsthaft in etwas anderes verwandeln zu wollen.«

Ich dachte an mein Experiment, als ich auf dem Stuhl gestanden und »Elster« versucht hatte.

»Kinder schon.«

»Unser Erbe erwacht irgendwann in der Pubertät. In diesem Alter spielt keiner mehr, er wäre ein Hund oder ein Pferd.«

»Und wenn doch? Würde man sich dann verwandeln?«

Unwillig schüttelte Olga den Kopf. »Ernsthaft! Man kann es nur ernsthaft versuchen, wenn man weiß, dass es passieren wird. Niemand verwandelt sich im Spiel.« Sie musterte mich scharf und fügte hinzu: »Ist das für Sie vielleicht ein Spiel?«

»Bestimmt nicht. Aber wie kann es reichen, sich vorzustellen, wer man sein möchte? Dann hätte ich mich doch schon längst verwandeln müssen.«

»Hätten Sie«, bestätigte Olga.

10
Diese Stunden mit dir

Am späten Nachmittag verkündete Hilde, sie wolle in die Stadt. »Sonst fällt mir die Decke auf den Kopf. Wer kommt mit?«

»Ich, ähm, bin schon verabredet«, meinte Nila. »Du nicht?« Man konnte ihre Freude darüber heraushören, dass ihre Verabredung fest war und Hilde sich anscheinend nicht ganz sicher war, ob sie sich mit Alec treffen würde.

Mit Alec, dachte ich seufzend. *Tja, mit wem denn sonst.*

Hilde nahm mich beiseite. »Könnten wir es wieder so machen, dass wir zusammen losgehen und uns dann trennen? Wir werden in ein indisches Restaurant gehen.«

»Ihr habt ein richtiges Date?«

»Nun ja, es klang fast so.«

»Gut, ich komme mit.«

Gab es etwas Schlimmeres als eine Tour durch die Stadt, bei der ich wieder einmal überflüssig war? Andererseits war es die perfekte Gelegenheit, um sich aus dem Staub zu machen. Ich wusste zwar noch nicht genau, wohin ich fliehen wollte – zum Bahnhof? Zum Flughafen? In irgendein Hotel? –, aber dass ich es tun würde, nahm ich mir fest vor.

Dafür, dass sie selbst die Regel Keiner-geht-ohne-Begleitung-irgendwohin erfunden hatte, verhielt Hilde sich ziemlich ungezwungen. *Vielleicht*, dachte ich auf einmal, *ist nicht Nila, sondern Hilde die zweite Spionin.* Am Ende machte sie sich an Alec heran, weil sie denselben Verdacht hatte wie ich – dass er der Skorpionkönig sein könnte.

»Anne ist heute abgereist«, sagte sie. »Sie hat gesehen, wie ich zum Tiger geworden bin. Ich hab noch versucht, mit ihr zu reden, aber es hatte keinen Zweck.« Sie seufzte. »Olga hat gesagt, dass die Schlangen früher alle Wandler umgebracht haben, die normalen

Menschen ihre Gestalt zeigen. Ich hätte Glück, dass sie sich damit im Moment zurückhalten.«

Mich schauderte. Was für Geschichten verbreitete Olga bloß über meinen Clan? »Anne ist aber kein normaler Mensch«, erinnerte ich. »Sie ist auch eine Wandlerin, genau wie wir, nur aus dem äußeren Kreis.«

»Tja, wem nützt das? Weder ihr noch uns. Oh, schau.« Hilde war vor einem Juweliergeschäft stehen geblieben und zeigte auf einen handgroßen Bernstein, in dem ein schwarzer Skorpion eingeschlossen war. »Ob der wohl echt ist?«

»Ihm fehlt ein Bein«, sagte ich.

Hilde verzog das Gesicht. »Eigentlich ist es ja auch egal, ob er echt ist. Jedenfalls wäre es ein tolles Geschenk. Was meinst du, würde Alec sich darüber freuen?«

Mein Herz füllte sich mit dumpfer Bitterkeit, und ich wünschte mir, dass sie beim Inder vergeblich auf ihn wartete.

»Bis später dann, Kiara. Du bist eine tolle Freundin.«

Irgendwie brachte ich ein Lächeln zustande, als sie in einer malerischen Altstadtgasse verschwand.

* * *

Vor der Rathausuhr blieb ich eine Weile stehen, betrachtete die blauen Drachen und fühlte mich so allein und verloren wie nie zuvor. Der warme Geruch der Kutschpferde tröstete mich ein wenig. Für Tiere war die Welt so einfach – nein, kein guter Gedankengang. Jede Bank ruhte auf zwei Schlangen, und ich wollte nicht schon wieder über die beiden Clans nachdenken. Also schaute ich stur geradeaus. Genau vor mir lag die Kirche Sankt Niklas. Und auf den Stufen davor saß Alec.

Egal welche Körperhaltung er einnahm, er sah immer aus wie ein Gott. Die Hände lässig über dem einen Knie gefaltet, das andere Bein gestreckt – wenn ich so dagesessen hätte, hätten die Leute bestimmt gedacht, mir würde etwas wehtun. Falls mich überhaupt jemand wahrnahm. Bei Alec hingegen hielt man unwillkürlich nach einem Fotografen Ausschau, der ihn für ein Modemagazin ablichtete. Er wirkte, als säße er nicht auf den Stufen vor einer Kirche, sondern als wäre dieses Gebäude ein Schloss in seinem Privatbesitz, und er war der Prinz, dem die Diener gleich sein edles Ross bringen würden.

Am liebsten hätte ich mich auf einer der Schlangenbänke niedergelassen und mir statt der Aussicht auf die mittelalterlichen Häuser den Ausblick auf diesen jungen Kerl gegönnt. Aber er hatte mich gesehen. Und nicht nur das – er sprang sofort auf und kam auf mich zu, als hätte er nur auf mich gewartet.

Mir schlug das Herz bis zum Hals. »Hi, Alec«, brachte ich irgendwie heraus. »Was machst du denn hier?«

Diese unglaublich blauen Augen. Verträumt. Oder schien mir das nur so, weil ich davon träumte?

»Kiara ...«, begann er, doch ich ließ ihn nicht ausreden. Ich wusste selbst nicht, was in mich gefahren war. Das Blut stieg mir ins Gesicht, mir war, als würden alle meine Nerven und Gefühle sich in einem heillosen Durcheinander verknäulen. »Hilde sucht dich«, sprudelte ich heraus, »sie ist dort hinten in der Gasse, wo es zum Inder geht. Ich dachte, sie ist dort mit dir verabredet?«

»Ich weiß noch nicht, ob ich hingehe«, sagte Alec. »Kiara ...«

Wieder fiel ich ihm ins Wort. Ich konnte ihm nicht zuhören. Ich konnte nicht riskieren, dass er irgendetwas sagte, was ich gar nicht hören wollte. *Hilde ist eine Tigerin, und du, Kiara, du würdest höchstens ein Häschen sein ...* Und ich benahm mich tatsächlich wie ein Hase. Ich konnte weder seine melodische Stimme ertragen noch dieses vollkommene Gesicht, nicht so nah vor mir, und erst recht nicht diese blauen Augen.

»Ich muss jetzt ganz schnell weiter, da ist so eine Führung ...« Ich ließ den halben Satz in der Luft hängen und rannte los. Drehte mich nicht um, um zu sehen, ob er mir nachschaute oder gar nachkam.

Alec hatte mit mir reden wollen! Es hatte fast so ausgesehen, als hätte er auf mich gewartet. Auf mich, nicht auf Hilde, und dafür würde sie mich hassen. Sie betrachtete ihn ja bereits als ihr Eigentum.

Ich verachtete mich selbst, für jeden Schritt, den ich von ihm forthumpelte. *Er steht auf dich ...* Wer hatte das gesagt? Hilde oder Nila? Ich hatte es vergessen. Der Satz hämmerte in meinem Kopf, während ich um die Ecke bog und mich durch die Menschenmenge drängte. Erst nach ein paar Metern merkte ich, dass einer der Passanten nicht nur zufällig neben mir ging.

»Jacques!«, rief ich ärgerlich. »Verfolgst du mich?«

Da war er wieder, in seinem hellen, kurzärmligen Hemd, der altmodischen Stoffhose und den abgetretenen Schuhen. Mit den unmöglichen schwarzen Haaren, hinter denen er seine finsteren Augen versteckte, und dem halb gelangweilten, halb bösartigen Lächeln.

»Du läufst vor Alec davon?« Jacques wirkte äußerst amüsiert. »Er hat dich doch nicht beleidigt? Oder gar belästigt? Ich muss nicht hingehen und ihn zum Zweikampf auffordern?«

»Was machst du hier?«, fragte ich zurück.

»Hier?« Er wies auf das Haus, an dem wir gerade vorbeigingen. »Hier ist Kafka geboren.«

Ich nutzte die Gelegenheit, um vom Thema Alec abzulenken. »Kafka? Interessant. Warst du drin?«

»Mir reicht der Blick von außen. Ich hab nur so herumgestanden.«

»Du stehst vor Kafkas Geburtshaus herum?«

»Und du läufst vor Alec davon?«

Was geht dich das denn an?, wollte ich ihn brüsk anfahren, aber dann dachte ich daran, dass wir schon einmal miteinander durch die Stadt gewandert waren. Anscheinend hielt er mich für eine Art Freundin. Vielleicht war ich das sogar, musste ich widerwillig zugeben. Mit ihm konnte ich mich wenigstens stundenlang unterhalten, während ich es nicht ausgehalten hatte, auch nur fünf Minuten lang mit Alec zu reden.

»Ich hatte es einfach eilig.«

Sein wissendes Grinsen verriet, dass er mir das nicht glaubte. »Komm, gehen wir.«

»Wohin?«

»Wirst du schon sehen.«

»Du musst einfach immer geheimnisvoll tun. Ist das so etwas

wie eine Macke von dir? Sagst du jemals anderen Leuten, was du vorhast und warum?«

Er war ein komischer Typ, aber in seiner Gegenwart wurde ich nicht rot, ich begann weder zu stottern noch Unsinn zu reden.

»Selten«, sagte Jacques. »Das Warum behalte ich lieber für mich.«

»Warum?«, entfuhr es mir.

Er lachte nur.

»Macht es dir solchen Spaß, undurchschaubar zu sein?«

Jacques grinste mich an. »Du versuchst also, mich zu durchschauen? Interessant.«

»Neugier ist mein zweiter Vorname«, erinnerte ich ihn.

»Die geborene Spionin, wie?«

»Wenn ich das wäre, ich meine, dieser Spion, ich würde garantiert herausbekommen, was ich will. Wohin gehen wir eigentlich?«

Er lachte. »Dafür, dass du es so eilig hast, ist es dir ziemlich egal, wie? Ich will dir was zeigen.«

Mir war alles recht, was mich weiter von Alec wegbrachte. »Nun, wie ist das mit dir und Kafka? Erzähl. Hast du was von ihm gelesen?«

»Alles«, gab Jacques fast widerwillig zu.

»Ich konnte mich nie dazu überwinden«, sagte ich und ärgerte mich über mich selbst, weil ich mir so ungebildet vorkam, und ärgerte mich darüber, dass ich mich ärgerte, denn warum sollte es Jacques etwas angehen, was ich gelesen hatte und was nicht?

»Hier«, sagte er.

»Hier was?«

»Das jüdische Viertel, Josefsstadt. Ich dachte, wir könnten uns den alten Friedhof ansehen.«

»Du willst mir einen Friedhof zeigen?«

Alec ging mit Hilde in ein indisches Restaurant. Ich ging mit Jacques auf einen Friedhof. Vielleicht war er ja doch ein Vampir, wie Hilde vermutet hatte.

»Nicht irgendeinen.« Jacques wies auf die Mauer, über der Grabsteine zu sehen waren – mehrere Meter über der Höhe der Straße. »Dieser ist etwas ganz Besonderes. Da ist das Tor. Geschlossen, Mist. Wir sind zu spät.«

Ich versuchte, etwas durch die Gitterstäbe zu erkennen. »Ganz schön viele Grabsteine. Sie stehen unglaublich dicht nebeneinander.«

»Nach jüdischem Recht darf keine Grabstätte je aufgelöst werden. Sie haben einfach mehrere Schichten übereinander angelegt.«

Wir gingen an der Mauer entlang, durch die leider nicht das Geringste zu sehen war. Die schmalen Ritzen zwischen der Oberkante der Mauer und den gewölbten Verzierungen darauf waren für mich unerreichbar.

Jacques hatte meine Blicke bemerkt. »Ich kann dich hochheben. Dann müsstest du durch die Lücken schauen können.«

Ich zögerte nur kurz. »Räuberleiter?«

»Noch einfacher. Wenn du erlaubst.« Er umfasste meine Beine und stemmte mich in die Höhe. »Siehst du was?«

Ich spähte durch die Mauer und sah auf ein Feld von Grabsteinen. Dicht an dicht, kleine, große, abgerundete, eckige ... Da waren keine ordentlich abgemessenen Grabstätten, wie ich erwartet hatte, sondern ein wüstes Durcheinander von Steinen.

Jacques ließ mich wieder herunter. »Und?«

»Es kommt mir komisch vor, über die Mauer zu schauen. Als würde man etwas Verbotenes tun. Es ist irgendwie unehrerbietig.«

»Man kann den Friedhof besichtigen, also ist Gucken erlaubt. Wusstest du, dass Rabbi Löw hier begraben liegt? Der mit dem Golem.«

»Mit dem was?« Wie beschämend wenig ich wusste.

»Ein jüdischer Rabbi. Er schuf ein Monster aus Lehm, damit es die Juden beschützte. Aber natürlich ging einiges schief.«

»Du kennst dich gut aus in Prag.«

»Eigentlich nicht. Ich war ...« Er brach ab.

»Du warst schon mal hier?«

»Ich hab mir die Akademie angesehen, als ich die Einladung erhalten habe. Nur um zu entscheiden, ob ich herkommen sollte.«

»Dann muss es dir ja gefallen haben.« Jetzt wusste ich wenigstens, warum er sich in dem Labyrinth der Gänge und Säle so gut zurechtfand.

»Nein, die Akademie hat mir nicht gefallen«, sagte er. »Oh, das Palais schon, wer könnte das abstreiten. Aber was hier so vor sich geht … Eigentlich wollte ich nicht herkommen. Es war die Stadt. Ich hatte noch zu wenig von der Stadt gesehen. Ich dachte, es wäre ein Ort, der sich gut eignet.«

»Wofür?«

»Ein guter Ort für ein Grab«, sagte Jacques leise und wechselte sofort das Thema. »Ein schöner Friedhof. Hier ist eine Tür, wie praktisch, mit einem Fenster.«

Ganz ohne Schwierigkeiten konnte man einen Blick auf den Friedhof werfen. Auf die Grabsteine, die wie unzählige schiefe Zähne im Maul eines Ungeheuers in die Höhe ragten. Ich war beeindruckt und verspürte den Anflug von Ehrfurcht, der mich immer auf Friedhöfen überkam. Ich hoffte bloß, Jacques meinte nicht, Prag wäre ein guter Ort für sein eigenes Grab.

»Du wusstest das, oder?«, fragte ich. »Dass man hier einfach so reinschauen kann!« Bei Jacques konnte ich niemals sicher sein, was geplant war und was Zufall. »Du hättest mich dort hinten gar nicht hochheben müssen!«

»Du bist gar nicht so schwer.« Er grinste.

»Und du bist …«

»Ich wusste es nicht, ja? Außerdem hast du heute sogar mehr an als neulich.«

Ich wollte lieber nicht daran erinnert werden, dass er mich im Arm gehalten hatte, mit nichts als einem Nachthemd und einer Strickjacke am Leib.

»Da warst du ein Bär, das ist was anderes.«

Das große Gebäude, dem wir uns näherten, war eine willkommene Ablenkung. Die Löwenfiguren vor dem Eingang erinnerten mich allerdings wieder an Alec. So majestätisch und gewaltig sahen sie aus, vollkommen und gleichzeitig gefährlich.

»Niedliche Katzen«, sagte Jacques trocken. »Bestimmt willst du sie dir aus der Nähe ansehen.«

»Klar«, meinte ich munter. Es gefiel mir durchaus, ihm mal einen kleinen Dämpfer zu verpassen. »Dort drüben können wir über die Straße.«

Wir waren am Moldau-Ufer angelangt. Die steinernen Löwen bewachten die Philharmonie, wie ich auf einem großen Plakat lesen konnte.

»Jetzt denkst du wieder an Alec«, meinte Jacques.

»Gar nicht.«

»Oh doch. Man sieht es an deiner Stirn.«

»Du spinnst. Ich versuche bloß, mich an den Namen von diesem Gebäude hier zu erinnern ... Rudolfinum. So heißt es.« Endlich wusste ich auch mal etwas.

»Dieser Löwe wäre ein schöner Alec«, sagte Jacques finster. »Und der da erst recht. Das Schönste an ihnen ist, dass sie versteinert sind.«

Ich lachte über seine saure Miene. »Hier gibt es bestimmt tolle Konzerte. Ach ja, du schaust dir die Dinge lieber nur von außen an.«

Ich blickte an der Fassade hoch, wo weitere Löwenköpfe prangten.

»Alec«, formten Jacques' Lippen.

Ich protestierte. »Gar nicht!«

»Oh doch. Abgeschlagene Löwenköpfe. Das gefällt sogar mir.«

»Es ist nicht wahr, dass ich bei jedem Löwen an Alec denke!«

»Nein? Wer täte das nicht?«

Wir wanderten an der breiten Vorderseite des Rudolfinums vorbei, wo eine gigantische Treppe von einem langen roten Teppich zerteilt wurde. Tatsächlich musste das nächste Konzert bald beginnen, denn schwarz gewandete Damen und Herren in eleganten Kleidern strömten auf die Treppe zu. Einige achteten genau darauf, am untersten Ende des roten Teppichs die Stufen zu betreten, als dürften sie keinen einzigen Schritt darauf verpassen.

»Würdest du gerne da rein?«, fragte Jacques. »Mit all den Herrschaften?«

»Ich würde mich unwohl fühlen«, meinte ich. »In ärmellosem T-Shirt und Bermudas.« Aber klar, es hatte schon etwas. So angezogen zu sein und den roten Teppich emporzuschreiten – diese Leute hier wussten genau, wie bedeutend sie waren. Das sah man ihren Gesichtern an.

»Komm.« Jacques merkte wohl, dass ich genug hatte von den Reichen und Schönen und zog mich weiter. Auf der dem Ufer zugewandten Seite der Philharmonie entdeckten wir zwei weitere Statuen. Sphinxe.

»Die passen sehr gut zu den Löwen«, bemerkte Jacques. »Vielleicht wäre das eine passende Verwandlung für dich?«

Die Gesichter der beiden Figuren waren schön. Nicht so traurig wie die Medusa vom Altstädter Ring, obwohl ich sofort an sie denken musste. Die Frauenköpfe lächelten mild, ihre Löwenkörper streckten sich unter einem angedeuteten Sattel. Sie hatten auffällige runde Brüste, die selbst in Stein gemeißelt sehr nackt aussahen.

»Das hättest du wohl gerne«, knurrte ich.

Jacques lachte. »Das ist Mythologie. Da ist alles erlaubt.«

»Ich werde keine Sphinx, darauf kannst du Gift nehmen.«

Wir setzten uns auf eine Bank, von der aus man einen grandiosen Blick auf die Moldau und das jenseitige Ufer hatte. Die Burganlage erhob sich aus dem Gewirr von Häusern, und über allem ragte wie ein kleiner Eiffelturm der Petrinturm aus dem bewaldeten Laurenziberg.

»Das scheint alles ganz nah zu sein«, meinte Jacques. »Wenn man fliegen könnte.«

»Mir tun schon die Füße weh«, klagte ich. »Fliegen wäre eine gute Idee.«

Er sah mich von der Seite her an. »Wirst du dir einen Vogel aussuchen?«

»Das hätte ich schon längst getan, wenn ich könnte. Aber es geht nicht.«

»Was für ein Vogel wärst du denn gerne?«

Ein paar Spatzen hüpften hoffnungsvoll vor unseren Füßen herum. In meiner Tasche fand ich einen zerdrückten Müsliriegel und streute ihnen ein paar Krümel hin. Seltsamerweise machte es mich überhaupt nicht nervös, dass Jacques mich immer noch ungeniert musterte. »Spatz? Nein, bestimmt nicht. Ein Adler? Wärst du gerne ein Adler?«

»Nein«, sagte ich, ohne lange darüber nachzudenken. Bestimmt war ich kein Adler.

Aber ich wollte fliegen. Ich wollte die Arme ausbreiten und mir vorstellen, dass es Schwingen waren. Und dann über den Fluss schweben, über die überfüllten Brücken, über die Dächer …

»Wollen wir weiter?«

»Muss das sein?«, stöhnte ich. »Ich kann kaum noch auftreten.«

Aber er hatte kein Mitleid mit mir. »Die Aussicht von dort drüben ist phänomenal. Und ich will unbedingt noch in die Goldene Gasse.«

Ich rappelte mich auf und bewegte die Zehen in meinen Sandalen. »Was gibt es denn da zu sehen? Noch mehr Gräber?«

»Nein, keine Gräber. Das soll sich echt lohnen.«

So etwas in der Art hatte ich heute schon einmal gehört. Seufzend ergab ich mich in mein Schicksal.

* * *

Über die Moldau zu kommen war nicht das Problem. Auch ohne Flügel. Die Brücke war mit der überfüllten Karlsbrücke nicht zu vergleichen; nur ein paar Radfahrer und einige wenige Fußgänger wählten diesen Weg. Dafür waren die Radfahrer hier so schnell, dass man immer wieder zur Seite springen musste, um sein Leben zu retten. Jacques grinste in sich hinein, als er mich wieder einmal am Arm packte und wegzog.

»Dir macht das wohl Spaß?«

»Wir können nicht riskieren, dass ein Radfahrer unseretwegen stürzt.«

»Nein, das können wir wohl nicht.«

Ich beugte mich über das Geländer und schaute ins Wasser. »Warum sind eigentlich alle Touristen drüben auf der Karlsbrücke? Hier fließt dasselbe Wasser durch.«

»Wegen der Statuen? Und vergiss nicht die Maler. Wer will schon darauf verzichten, eine unvergleichliche Karikatur von sich zeichnen zu lassen?«

»Ich wette, es ist der Leierkastenmann. Aber die Künstler könnten ja auch herkommen. Oder sich aufteilen, damit es drüben nicht so voll ist. So beeindruckend sind die Statuen nun auch wieder nicht.«

»Nein«, sagte Jacques und einen Moment lang fühlte ich seinen intensiven Blick wie eine körperliche Berührung. Es war ein merkwürdiges Gefühl, zu ahnen, dass irgendetwas an mir ihn vielleicht beeindruckte.

»Da geht es hinauf.«

»Im Ernst? Deine Goldene Gasse ist da oben?«

Meine Beine wurden merklich schwerer. Das Kopfsteinpflaster war rau; wenn man nicht ständig auf den Boden schaute, konnte man leicht stolpern. »Ich hab die falschen Schuhe an.«

»Wieso? Sie sehen recht bequem aus.«

»Sie sind nicht bequem. Sie sind schön.«

»Ach so. Soll ich dich ziehen?« Er streckte mir die Hand entgegen. Es machte mir nichts aus, danach zu greifen. Nicht einmal meine Vermutung, dass es ihm mehr bedeuten könnte als mir, konnte mich daran hindern. Es war so einfach, mit Jacques unterwegs zu sein, sich mit ihm zu unterhalten. Nicht einmal seine Anspielungen auf meine Vernarrtheit in Alec störten mich wirklich.

Seine Hand war warm und fest. Wir stiegen an einer Mauer entlang nach oben und betraten durch einen Torbogen eine mittelalterlich anmutende Gasse, die in der zunehmenden Dämmerung düster und romantisch wirkte. Jacques zögerte, kramte in seiner Hosentasche nach einem zerknitterten Zettel und las sich eine knappe Wegbeschreibung durch.

»Ich habe keine Lust, mit Reiseführer und Karte unterwegs zu sein«, erklärte er. »Bevor ich losziehe, mache ich mir Notizen, was ich sehen will.«

Ich wartete, bis er den Zettel wieder weggesteckt hatte, und griff nach seiner Hand. An seiner Seite zu gehen fühlte sich einfach richtig an, auch wenn es gar nichts zu bedeuten hatte.

Eine Handvoll Touristen war ebenfalls zu dieser späten Stunde unterwegs; die Dunkelheit senkte sich bereits über die Häuser. Durch ein offenstehendes Tor führte Jacques mich in eine überraschend niedliche Gasse. Das ganze Burgviertel war malerisch, aber diese Häuschen setzten dem Ganzen noch die Krone auf. Sie waren so klein, wie für Kinder gemacht.

»Golden ist es nicht«, stellte ich fest. »Eher goldig.«

Jacques blieb vor einem hellblauen Häuschen stehen. »Die Nummer zweiundzwanzig. Rate mal, wer hier gewohnt hat.«

Ich sah den Namen an der Wand stehen, auf einem schmalen Schild, daher war es nicht schwer, die Frage zu beantworten. »Franz Kafka. War er ein Zwerg?«

Hand in Hand standen wir vor dem Haus, in dem der berühmte Schriftsteller gewohnt hatte. Die Touristen fotografierten sich gegenseitig vor der niedrigen Tür. Blitzlichter erhellten die dunkle Gasse.

Obwohl die Sonne schon untergegangen war, gaben die aufgeheizten Steine noch Wärme ab. Unsere Arme berührten sich und ich merkte, wie mir ein Schauer über den ganzen Körper rann. Man hätte uns für die absoluten Kafka-Fans halten können, da wir unbeweglich vor seinem Haus standen, als hätten wir endlich einen anbetungswürdigen Ort gefunden.

Ich wusste, sobald wir uns bewegten, würde der Zauber verfliegen.

Dann seufzte Jacques leise und verschränkte seine Finger mit meinen.

Das Gold zerbrach nicht.

»Tja«, sagte er leise. »Das ist also Kafkas Haus.«

»Ich sollte was von ihm lesen«, sagte ich. »Unbedingt. Gleich morgen fange ich damit an.«

»Ich hab ein Buch dabei, oben im Palais«, sagte Jacques. »Ich kann es dir ausleihen. Da sind alle seine Erzählungen drin.«

»In welcher Sprache?«

»Französisch.« Er lächelte entschuldigend.

»Da muss ich passen. Mein Französisch ist noch schlechter als mein Englisch.«

»Ich wünschte, ich könnte ihn im Original lesen. Ich hab damit angefangen, Deutsch zu lernen, aber sehr weit bin ich noch nicht damit gekommen.«

»Sag mal etwas!« Ich wollte unbedingt ein paar deutsche Sätze mit französischem Akzent von ihm hören.

Doch Jacques schüttelte den Kopf, zum ersten Mal wirkte er

verlegen. »Lass uns lieber beim Alamarischen bleiben. Ich blamier mich nicht gerne.«

»Sagt der gefährliche Bär, der sich unter dem Tisch versteckt hat?«

Er zuckte nur mit den Schultern.

Wir gingen langsam weiter und betrachteten die anderen kleinen Häuser, dann stiegen wir eine Treppe hinunter und standen vor einem Turm, hinter dessen verschlossener Gittertür Folterinstrumente zu erahnen waren. Zur anderen Seite hin öffnete sich der Blick über Prag und seine vielen Lichter. Vor der Mauer küsste sich ein Pärchen. Die langen schwarzen Haare der jungen Frau flatterten im Wind.

»Bestimmt halten uns die anderen auch für ein Paar«, flüsterte ich.

Jacques' Hand lockerte sich sofort. »Ich bin nicht Alec«, sagte er schroff. »Das ist mir schon klar. Aber ich kann dir helfen, Kiara. Wenn du ihn wirklich willst, kann ich dafür sorgen, dass du ihn bekommst.«

»Du traust dir ganz schön viel zu, weißt du das?«

Sein Lachen klang traurig. »Ich könnte mich zum Beispiel in einen Bären verwandeln und Hilde umbringen. Du brauchst es nur zu sagen.«

Mir hatte noch nie jemand angeboten, für mich zu kämpfen. Zum ersten Mal fiel mir auf, dass Jacques ein schönes Gesicht hatte. Dabei war er überhaupt nicht mein Typ. Alec schon. Alec war mein Prinz. Alec war wie ein Traum, der unverhofft in Erfüllung gegangen war, als wäre er extra für mich geschaffen worden. Das Aussehen, die Stimme, der Charakter – er war perfekt. Diese Freundlichkeit und zugleich diese Stärke, die niemand ignorieren konnte. Wenn ich an Alec dachte, dann kam es mir vor, als hätte ich dem lieben Gott eine Liste vorgelegt mit allen Eigenschaften, die ich mir von meinem Traummann wünschte, und Gott hatte dafür gesorgt, dass vor einundzwanzig Jahren ein Kind geboren worden war, das zu diesem Prachtexemplar heranwachsen würde.

Vielleicht sollte ich Jacques doch darum bitten, Hilde aus dem Weg zu räumen.

»Gehen wir zurück«, sagte er.

»Den großen Dom, den will ich auch noch sehen«, meinte ich schnell. »Wenn wir schon hier sind.«

Vielleicht übertrieb ich es ein bisschen mit meiner Hilfsbedürftigkeit, als wir die Stufen zur Goldenen Gasse wieder hinaufstiegen und weiter durch die Anlage schlenderten. Ich tat ein paar Mal, als würde ich stolpern und klammerte mich an seine Hand. Unsere Arme schienen bis zu den Schultern miteinander verwachsen zu sein. Das war der Vorteil ärmelloser T-Shirts, auch wenn man damit nicht in die Philharmonie gehen konnte.

»Wow«, entfuhr es mir, als der riesige Veitsdom vor uns sichtbar wurde. »Das ist ...«

Mir fiel kein passendes Wort ein. Während das Kafka-Haus niedlich gewesen war, verschlug einem dieser Anblick den Atem. Vor dieser gewaltigen Kirche, die im Scheinwerferlicht geradezu unwirklich aussah, fühlte ich mich klein und unbedeutend.

»Was für hässliche Wasserspeier.« Jacques zeigte mit dem freien Arm nach oben. Zum Glück versuchte er nicht, Abstand zwischen uns zu bringen, aber die Magie der Goldenen Gasse wirkte nicht mehr. Er hielt meine Hand, aber in Gedanken schien er weit fort.

Wir waren vor einer Statue stehen geblieben, die mir gar nicht aufgefallen wäre, so zog mich der Dom in seinen Bann.

»Der Drachentöter«, sagte Jacques und lächelte wieder. »Ist er nicht wunderschön?«

Ein Reiter. Ein Speer. Ein sich windender Drache, der einer Schlange ähnelte.

»Ja«, sagte ich, »das ist er.« Ich weigerte mich, über den Verrat der Schlange nachzudenken, über meinen Verrat.

Jacques' Lächeln verwandelte sein Gesicht. Alles Schwierige wurde unwichtig. Ich fürchtete mich nicht mehr vor Olga und Mr. Jackson und davor, mein inneres Tier nicht zu finden. Eine seltsame tranceartige Müdigkeit überkam mich, während ich an Jacques' Seite durch Prag wanderte wie durch einen Traum, in einer warmen Nacht voller Wunder.

Von den verschiedenen Burghöfen bekam ich nicht mehr viel mit. Jacques' Hand, meine Hand. Sein Arm, mein Arm. Haut an Haut.

Wieder eine Mauer und der Blick über die ganze Stadt und den Fluss und abertausend Lichter. Ein besonders helles Licht zog am Himmel vorbei.

»Eine Sternschnuppe«, sagte Jacques. »Wünsch dir was.«

Es gab nichts, was ich mir wünschte. Der Augenblick war vollkommen. Ich beneidete nicht einmal mehr Hilde im indischen Restaurant. Was Alec tat und mit wem, war mir gleich. Ich war hier, ganz hier, von den Zehen bis zu den Haarspitzen.

»Und für den Fall, dass du es nicht gemerkt hast, es war ein Flugzeug und keine Sternschnuppe«, sagte Jacques.

»Natürlich hab ich das gemerkt!« Ich knuffte ihn in den Oberarm.

Und während ich auf die Stadt hinuntersah, stellte ich beinahe erstaunt fest, dass mir nichts wehtat. Weder die Füße noch mein Herz.

* * *

Wir trennten uns am Nationalmuseum. Jacques hatte sich auf den Rand des großen Brunnens gesetzt und seine Hand ins Wasser getaucht. Ich wollte mich zu ihm setzen und das Gleiche tun, und vielleicht würden unsere Hände sich unter Wasser berühren, und er würde mir in die Augen sehen.

Mich küssen.

Was würde ich tun, wenn er es wieder tat? Ihn entsetzt anstarren, ihn schlagen, ihm sagen, dass die Freundschaft zwischen uns etwas ganz Besonderes war – und er sie nicht gefährden durfte?

Doch der schlaksige Junge mit dem blassen Gesicht und der unvorteilhaften Frisur zerstörte den Augenblick, indem er sagte: »Du solltest zurück in die Akademie gehen.« Das wirre schwarze Haar fiel ihm ins Gesicht und verbarg seine Augen. Ich hatte keine Ahnung, was er dachte oder fühlte.

»Und du?«

»Geh ruhig vor«, sagte er.

Die Straße schien mir zu dieser Stunde nicht gerade sicher für ein Mädchen. »Allein?«

Sein dunkler Blick ruhte auf mir. Es fühlte sich beinahe an wie eine Umarmung.

»Falls dir jemand dumm kommt – ich bin ganz in der Nähe«, versprach er. »Ich denke nur, man muss uns nicht unbedingt zusammen sehen.«

Ich wusste nicht, wie ich das, was zwischen uns war, nennen sollte. Aber auf keinen Fall wollte ich, dass die anderen darüber herzogen.

Schlimmer war, dass Professor Mercier erfahren könnte, dass ich mit einem Skorpionjungen um Mitternacht nach Hause gekommen war. Obwohl ich ihm glaubhaft versichern würde, dass nichts zwischen uns war – nichts, was meine Aufgabe beeinträchtigen könnte.

»Geh ruhig«, sagte Jacques leise.

Ich nickte. »Gute Nacht.«

Ich war schon einige Schritte gegangen, als er mich noch einmal zurückrief. »Kiara?«

»Ja?« Ich wandte mich um.

Er saß immer noch auf dem Brunnenrand. »Ich gehe morgen Kafkas Grab besuchen. Kommst du mit?«

»Du bist komplett verrückt«, sagte ich. »Jetzt auch noch Kafkas Grab!«

»Du bist also dabei?«

»Klar bin ich dabei.« Was dachte er denn?

»Dann treffen wir uns am neuen jüdischen Friedhof. Nach dem Mittagessen, um zwei?«

»Bis dann«, sagte ich, als würden wir uns erst am nächsten Tag um zwei wiedersehen und nicht Stunden vorher in Olgas Unterricht.

Ich freute mich schon darauf.

Wie spät es war, wurde mir erst bewusst, als ich das Tor zum Palais vor mir sah und mich fragte, was ich tun sollte, wenn es abgeschlossen war. Klingeln? Das würde Ärger geben. Die Schüler, die noch nicht volljährig waren, mussten um zehn Uhr im Gebäude sein, ausnahmslos, das hatte Olga uns mehrere Male eingeschärft.

Obwohl Freitagabend war. Eine Schande, dass ich noch nicht achtzehn war.

Mir wurde mulmig, als ich die Hand ans Gitter legte. Hinter den meisten Fenstern war es bereits dunkel. Jacques konnte als Fledermaus über die Mauer fliegen, doch ich musste leider auf die altmodische Weise ins Palais gelangen.

Vorsichtig bewegte ich die Klinke, stellte erleichtert fest, dass das Tor offen war, und schlüpfte hindurch. Doch bevor ich die erleuchtete Empfangshalle erreicht hatte, knarrte das Scharnier hinter mir zum zweiten Mal und Tuscheln und leises Gelächter erklang.

»Kiara? Was machst du denn hier draußen?« Nila und Steven stiegen gemeinsam die Stufen zum Eingang hoch.

»Habt ihr einen Schlüssel?«, fragte ich.

»Wir hatten schon gehofft, du hättest einen. Da müssen wir wohl klingeln.« Steven grinste entschuldigend. Er lächelte sogar noch, als die pagenköpfige Viola hinter der Glasscheibe sichtbar wurde.

Die Wandlerin musterte uns aus zusammengekniffenen Augen. »Wisst ihr, wie spät es ist?«

»Wir sind nicht mal die Letzten«, sagte Nila.

Hilde und Alec erreichten gerade das Tor. Sie gingen nebeneinander, ohne Händchen zu halten oder sich zu berühren, und mein Herz fragte: Na und? Wen interessiert es?

Alec lächelte mir zu. »Hallo, Kiara! Hast du es noch zu deiner Stadtführung geschafft?«

Ich hatte ganz vergessen, dass ich vor ihm davongelaufen war. War ich wirklich so überwältigt gewesen, dass ich die Flucht ergriffen hatte? Das musste eine andere Kiara gewesen sein. Dieser neuen Kiara war es ein Rätsel, was ich an ihm gefunden hatte. Alec war immer noch berückend gut aussehend. Das hinreißend schöne Lächeln, das er mir schenkte, hätte mir noch vor ein paar Stunden Glückshormone durch den Körper gejagt. Alles Mögliche hätte ich in dieses Lächeln hineininterpretiert. Jetzt jedoch sah ich, wie es gemeint war: nett. Er war einfach ein liebenswürdiger Mensch, unser Alec. Höflich. Freundlich. Das strahlende Gegenstück zu dem finsteren jungen Typen, mit dem ich den Nachmittag verbracht hatte.

»Meine Führung? Äh – ja. Ja, es war ganz gut. Hat sich auf jeden Fall gelohnt.«

»Wo warst du denn?«, fragte Hilde.

»Ich hatte eine ganz besondere Art von Stadtführung«, sagte ich. »Eine Kafka-Tour. Solltet ihr auch einmal ausprobieren.«

Wie selbstsicher und locker ich sein konnte, ganz ohne zu stottern, ohne jedes Zeichen von Verlegenheit, auch das war mir neu.

Viola unterbrach uns. »Wie alt seid ihr Nachtschwärmer überhaupt?«, fragte sie missbilligend.

»Neunzehn«, antwortete Steven. »Ich muss wirklich nicht mehr um acht ins Bett.« Er schob die Tür weiter auf und zwang die Pförtnerin damit einen Schritt zur Seite. »Vielen Dank auch.«

»Und ihr?« Zum Glück hatte Viola unsere Anmeldebögen nicht auswendig gelernt. Dann hätte ich ein Problem gehabt.

»Einundzwanzig«, meinte Alec. »Das ist doch wohl alt genug.«

»Achtzehn«, verriet Hilde.

»Neunzehn«, trumpfte Nila auf.

Ich eilte an ihrer Seite zum Treppenhaus, bevor auch ich antworten musste. Aufatmend begannen wir alle zu lachen.

»Also wirklich, Kiara«, sagte Steven, »treibst du dich allein in einer fremden Stadt herum, um diese Uhrzeit? Du bist erst siebzehn, oder?«

»Sechzehn«, musste ich zugeben. »Sechzehneinhalb.«

»Wart ihr denn nicht zusammen unterwegs?«, fragte Nila, während wir keuchend zu unserem Stockwerk hochstiegen. »Du und Hilde?«

»Doch, waren wir«, schwindelte ich. »Fast die ganze Zeit.«

»Aber eben nicht die ganze«, meinte Hilde kichernd.

»Gute Nacht, Mädels!« Alec und Steven verschwanden im dritten Stock, während wir die Stufen in den vierten erklommen.

»Jetzt kannst du es mir ruhig verraten.« Nila hakte sich vertraulich bei Hilde unter. »Wie ist Alec so? Hat es gefunkt?«

Hildes Augen leuchteten. Ich fand sie atemberaubend schön. »Vielleicht«, sagte sie geheimnisvoll, und dann lachte sie auf einmal triumphierend. »Ich glaube, er hat Interesse.«

»Erzähl! Ich muss alles wissen!«

Natürlich spitzte ich die Ohren. Hilde hatte Alec tatsächlich beim Inder getroffen, sie hatten gegessen und stundenlang geredet.

»Das könnte etwas werden«, schloss Hilde, und sofort hatte ich Alec vor Augen, wie er auf den Stufen der Kathedrale saß und nicht besonders glücklich aussah.

»Habt ihr euch geküsst?«, fragte ich neugierig. Ich wartete auf den Schmerz, während ich nachforschte, wie weit diese Beziehung sich schon entwickelt hatte. Aber ich konnte kein Unglück in mir finden. Nicht einmal Triumph, als Hilde zugeben musste, dass Alec keine Anstalten gemacht hatte, sie zu küssen.

»Er wahrt Abstand«, sagte sie. »Noch. Er ist keiner von denen, die sofort alles auf einmal erwarten. Das mag ich an ihm. Alec ist ein Gentleman.«

»Gar nichts?«, bohrte ich. »Kein Händchenhalten?«

Hilde schüttelte über mich den Kopf. »Wir sind nicht mehr im Kindergarten, Süße.«

Nila lachte leise. »Steven hat mir einen Anhänger geschenkt. Total schön. Wollt ihr ihn sehen? Es ist ein Fuchs.«

»Dein Lord Dingsda ist wohl geizig, wie? Wo bleiben die echten Diamanten?«

»Lord Fox. Er heißt Fox.«

»Ach was«, meinte Hilde. »Er heißt Fox und schenkt dir einen Fuchs?«

»Ja, er war ganz aus dem Häuschen, weil ich mich in einen Fuchs verwandelt habe. Tja, so sind wir irgendwie beide Füchse, er vom Namen her und ich von der Gestalt. Ist das nicht perfekt? Schicksal. Glaubt mir, Mädels, das ist Schicksal.«

Ich bewunderte den glitzernden Kristall pflichtschuldigst, aber eigentlich wollte ich endlich ins Bett und darüber nachdenken, was heute alles passiert war. Alec und Hilde fassten einander nicht an. Noch nicht. Sie redeten nur miteinander und aßen in feinen Restaurants. Nila bekam Geschenke von Steven, aber sein »Gute Nacht« im Treppenhaus hatte alles andere als zärtlich geklungen.

Das half mir nicht weiter. Ich brauchte jemanden, der mir versicherte, dass es völlig normal war, wenn ein Junge und ein Mädchen, die nichts als Freunde waren, Hand in Hand durch die Stadt wanderten, durch eine Stadt voller holpriger Pflastersteine. Das hatte nichts mit Verliebtheit zu tun.

Ich konnte nicht in Jacques verliebt sein, das war völlig unmöglich. Ich hatte nicht wirklich gehofft, dass er mich küsste, oder? Ich hätte ja nicht einmal sagen können, ob er gut aussah. Zwischendurch war es mir so vorgekommen, aber so genau hatte ich ihn mir gar nicht angesehen. Alec hätte nur meine Haut streifen müssen und ich wäre tausend Tode gestorben, Jacques war einfach nur ein Freund. Gerade weil Jacques überhaupt keine Gefahr für mein Herz darstellte, konnte ich so zwanglos mit ihm umgehen.

So, dachte ich, während ich mich ins Kissen kuschelte, *das wäre geklärt.*

11
Das höchste Glück

»Ich will mich ja verwandeln«, beteuerte ich.

Olga blickte streng auf mich herunter. Sie hatte mich dazu gezwungen, die Mappe mit den Tierfotos durchzublättern, und erwartete nun meine Entscheidung.

»Verdammt noch mal, dann nehmen Sie irgendwas, irgendeine Gestalt, egal welche!«, rief sie aus. »Nur tun Sie es endlich! Ich will sehen, dass Sie es können, Kiara!« Ungeduldig schlug sie eine Seite auf. »Das. Wenn Sie sich nicht entscheiden können, tu ich es. Nehmen Sie den hier.«

Auf dem Foto starrte mich ein Jaguar an. Ich starrte zurück.

»Es ist aber praktischer, ein kleines Tier zu sein«, meinte ich. »Was soll ich als Jaguar machen? Voraussichtlich habe ich nur eine Verwandlung, und dann kann ich gar nichts anderes mehr werden. Ich würde lieber fliegen.«

»Um Gottes willen, dann suchen Sie sich endlich einen Vogel aus!«

Draußen vor dem Zelt donnerte der Stier vorbei. Soviel ich wusste, hatte Steven nichts anderes hinbekommen, während Dmitrij, der sich noch vor ein paar Tagen gefreut hatte, dass er ein Frettchen sein konnte, nun als Dogge draußen umhertollte. Raoul war ein Wolf. Wenn ich den Kopf aus dem Zelt steckte, konnte ich die beiden beobachten, wie sie Fangen spielten. Im Moment erlaubte Olga mir leider nicht, den Blick irgendwo anders hinzuwenden als auf das Tischchen und die Tierfotos.

»Eine Taube. Nehmen Sie eine Taube, damit sind Sie unauffällig und können sich in jeder Stadt frei bewegen. Eine Taube ist gut.«

»Ich mag keine Tauben«, sagte ich. »Die machen nur überall hin.«

»Und Sie machen mich wahnsinnig!«, stöhnte sie. »Sie versuchen jetzt sofort, eine Taube zu werden, ist das klar?«

»Na gut«, seufzte ich.

»Ich bin draußen. Wenn Sie sich verwandelt haben, will ich Sie sehen. Bald ist Mittag, und Sie wollen doch nicht, dass ich Sie bis heute Abend üben lasse?«

Dann würde ich das Treffen mit Jacques am Friedhof verpassen. Das ging natürlich auf keinen Fall.

Ich sah mir die Taube näher an. Eigentlich war sie ganz nett anzusehen. Tauben gurrten so schön und beim Gehen wackelten sie mit dem Kopf.

Flugschweine, sagte meine Mutter immer abfällig.

Ich verscheuchte den Gedanken daran. *Denk positiv. Tauben haben einen guten Orientierungssinn. Sie können weite Strecken fliegen. Und du könntest wirklich überall hin, ohne aufzufallen. Du könntest auf einer Laterne sitzen und den Leuten auf den Kopf kacken.*

Halbherzig versuchte ich, mich in eine Taube zu verwandeln. Viertelherzig. Achtelherzig? Ich fand Tauben blöd, und basta.

Als ich mich endlich aus dem Zelt heraustraute, schwebte eine große Eule haarscharf über meinen Kopf hinweg.

»Ich weiß, dass du das bist, Hilde!«, rief ich.

Die Eule verschwand in einem der Zelte. Dann war nur noch ein zierliches braunes Pferd zu sehen, das anmutig über den zerwühlten Rasen tänzelte. Ich erkannte Susan sofort, woran auch immer.

»Hübsch«, sagte ich zu ihr, »ehrlich. Das könnte mir auch gefallen.« Aber ich wollte fliegen. Fliegen, fliegen, nur fliegen und nichts sonst!

Das Pferd wieherte fröhlich. Und da – nein, das konnte nicht wahr sein. Ein Elch mit einem riesigen Geweih?

»Björn, das ist wohl nicht dein Ernst, oder?«

Der Elch schien zu grinsen. Susan stupste ihn an und forderte ihn zu einem Galopp über den Rasen auf. Es musste unglaublich großen Spaß machen, sich zu verwandeln. Ich fühlte mich so ausgeschlossen wie nie zuvor.

Bald zogen sich die anderen wieder um und machten sich auf

den Weg zum Speisesaal. Ich hielt nach Jacques Ausschau; er war nirgends zu sehen. Dafür rauschte Olga in mein Blickfeld.

»Tut mir leid.« Ich musste meinen zerknirschten Gesichtsausdruck nicht spielen. Es war mir äußerst unangenehm, so eine schlechte Schülerin zu sein. »Ich muss doch nicht bis zum Abend hierbleiben und üben?«

Sie musterte mich streng, nicht einmal mehr zu einem aufmunternden Lächeln fähig.

»Nein«, sagte sie. »Das hat wirklich keinen Zweck.«

Erleichtert eilte ich davon. Aber ich spürte, dass sie mir nachsah, und es war wie der Blick eines Panthers auf der Jagd.

* * *

Das Friedhofstor war geschlossen. Ich wunderte mich eine Weile, bis mir auffiel, dass die Öffnungszeiten direkt dahinter an einer Hauswand angeschlagen waren.

»Da bin ich«, rief Jacques schon von Weitem. Obwohl es schwül war, trug er das Gleiche wie sonst.

»Es ist zu«, sagte ich. »Heute ist Samstag. Da haben jüdische Friedhöfe geschlossen.«

Wir standen eine Weile vor dem Tor und bemitleideten uns.

»Steht so etwas nicht in deinem Reiseführer?«, fragte ich.

»Das muss ich übersehen haben.« Jacques machte ein enttäuschtes Gesicht. »Schade. Also keine rührende Friedhofsszene mit Tränen und so.«

»Hast du Grabgeschenke dabei?« Ich wies auf seinen Rucksack.

Er verzog den Mund. »Wir können an der Mauer entlangschlendern und dann hebe ich dich wieder hoch, damit du rübergucken kannst.«

»Au ja«, sagte ich.

An dieser belebten Straße würde das noch unpassender sein als beim Alten Friedhof. Aber es schien unser Schicksal zu sein, vor verschlossenen Türen zu stehen. Besonders viel machte es mir eigentlich nicht aus, dass wir Kafkas Grabstätte nun nicht sehen würden.

»Da!«, rief ich. »Da hinten, da ist es offen!«

Wir betraten den Friedhof – nur um festzustellen, dass er wie ein ganz normaler Friedhof aussah. Hier gab es keine durcheinandergewürfelten Steine mit hebräischer Inschrift.

»Dann sehen wir uns eben den an«, beschloss ich. »Es sei denn, du willst über die Mauer dort hinten fliegen.«

Jacques war die Unzufriedenheit immer noch anzumerken, aber er lächelte. »Keine Sorge, ich fliege nicht davon. Eigentlich finde ich alle Friedhöfe cool, auch ganz gewöhnliche.«

»So gewöhnlich ist der gar nicht.« Ich wies auf die Fächer für die Urnen, wo hinter den gläsernen Türchen die Asche der Verstorbenen mit Plastikblumen, Ostereiern und sonstigem Glitzerkram geschmückt worden war. Die Buntheit dieser winzigen Grabstätten war alles andere als schlicht und ergreifend.

»Mit Foto«, sagte ich. »Da weiß man doch gleich, wer drinsteckt.«

»Auf den richtigen Grabsteinen auch«, stellte Jacques fest. »Nicht auf allen, aber auf vielen.«

Wir wanderten zwischen den Gräbern umher, lasen die Namen und sahen uns die auf den Steinen eingravierten Bilder an.

»Schon wieder eine Rodina«, sagte ich. »Das muss ein besonders beliebter Name sein. Klingt hübsch.«

»Schau mal.« Jacques blieb vor einem aufwändig gestalteten Grab stehen. »Das waren Adlige. Was steht da?«

»Das ist deutsch. Da liegt eine Gräfin oder so. *Ihres Gatten höchstes Glück, ihren Kindern stets die beste Mutter.* Das ist ja fürchterlich!«, regte ich mich auf.

»Wieso? Ist es schlimm, wenn sie etwas Nettes über die Toten auf die Grabsteine schreiben?«

»Ihres Gatten höchstes Glück, also wirklich.« Ich las vor, was über den werten Angetrauten zu vermelden war. »Verdienstkreuz blabla und so weiter. Er hat in der Armee Karriere gemacht. Und sie hat zu Hause die Kinder gehütet. Wieso steht da nicht, dass er *ihr* höchstes Glück war und ein guter Vater und so? Stattdessen gibt er mit seinen Orden an.« Irgendwie ärgerte mich dieser Grabstein ganz gewaltig. »Und die Frau sitzt zu Hause und wartet auf ihn. Na toll. Sie war eine Gräfin, sie hätte doch wenigstens etwas für die Armen tun können. Oder komponieren. Oder Gedichte schreiben. Irgendwas Sinnvolles.«

Ich warf Jacques einen Seitenblick zu. Er stand da, in die Betrachtung des Steins versunken.

»Auch wenn es vielleicht nur gelogen ist«, meinte er schließlich, »gibt es, glaube ich, nichts Schöneres, als jemandes höchstes Glück zu sein.«

»Das müsste dann aber auch für ihn gelten«, fand ich.

»Ja«, sagte Jacques. »Für sie beide – das wäre dann vollkommenes Glück.«

Mir gefiel nicht, in welche Richtung dieses Gespräch ging. »Lass uns weitergehen.« Ich nahm seine Hand und zog ihn weiter. »Da, schon wieder eine Rodina. Ich glaube, ich heule gleich. Alle Rodinas sterben und landen hier.«

»Nein«, widersprach Jacques, der die Namen auf dem Stein studierte. »Da liegt gar keine, die so heißt. Die haben alle andere Vornamen.«

»Das ist ja merkwürdig. Warum steht das denn dann überall? Da – und dort auch. Und hier. Das ist ja eine richtige Rodina-Plage.«

»Ich schätze, das heißt Familie«, vermutete Jacques. »Es sind alles Familiengräber.«

Wahrscheinlich sollte man auf einem Friedhof nicht so lachen. Zum Glück war außer uns kaum jemand hier, und die wenigen alten Frauen, die wir bisher getroffen hatten, hatten sich zu weiter entfernten Grabstätten verzogen. »Und ich war so traurig über die vielen Rodinas!«

Wir mussten so lachen, dass wir nicht weitergehen konnten. Schließlich setzten wir uns auf eine Bank und warteten, bis wir uns wieder beruhigt hatten.

»Hast du den Engel gesehen?« Jacques zeigte auf eine Figur, die sich über einen Grabstein beugte. Der Engel hatte das Gesicht eines jungen Mädchens und große, ausladende Flügel.

»Der gefällt mir.« Doch ohne es zu wollen dachte ich wieder an Medusa und ihre versteinerten Tränen. Und auch ich fühlte die Traurigkeit wieder über mich kommen. Ich durfte gar nicht mit

Jacques zusammen sein, ich durfte mich nicht mit ihm anfreunden. Wenn er wüsste, wer ich war, würde er mich hassen. Wie konnte man solche Geheimnisse haben und trotzdem dieses Gefühl von Vertrautheit empfinden, so als wäre alles unwichtig? Alles, was zwischen uns stand?

Es mussten die Gräber sein. Dieser Geruch von Tod und Vergänglichkeit, der bewirkte, dass ich auf einmal nur noch weinen wollte.

Sterben musste jeder, aber nicht jeder war ein Verräter. Was, wenn Jacques der Skorpionkönig war? Ich hatte nicht vergessen, was Mr. Jackson über die herausragenden Gene eines der Schüler gesagt hatte. Da musste er von Jacques gesprochen haben. Was sollte ich tun, wenn Mercier von mir erwartete, ihn zu verraten? Stattdessen meinen eigenen Clan hintergehen? Denn ich würde keinen meiner Freunde ans Messer liefern, das wusste ich jetzt schon.

Jacques kramte in seinem Rucksack und reichte mir ein Taschentuch. »Musst du immer auf Friedhöfen weinen?«, erkundigte er sich.

»Franz ist tot«, heulte ich in das Taschentuch.

»Was für ein Franz?«

»Franz Kafka. Deswegen sind wir doch hier.«

Wir mussten beide wieder lachen. Jacques strich mir das Haar aus der Stirn und küsste mich ganz sanft auf die Schläfe. Ich hielt still und wagte nicht, mich zu bewegen. Wie eine Statue aus zwei Figuren verharrten wir. Ich fühlte seinen warmen Atem über meinen Augen und schloss die Lider, um seine Gegenwart noch intensiver zu spüren, sein Gesicht so nah an meinem. Sein Atem ging schneller, und an meiner Schulter fühlte ich, wie sich sein Brustkorb hob und senkte. Ich wünschte mir so sehr, ihn zu küssen, dass mir fast übel wurde vor Verlangen.

»Komm, wir fahren zurück in die Altstadt«, sagte Jacques.

»Wir werden die anderen treffen.«

»Die wollten ins Kino, soviel ich mitbekommen habe. Eis essen. Was auch immer normale Leute so tun.« Er grinste verschwörerisch.

»Wir sind also keine normalen Leute?«

»Du jedenfalls nicht«, sagte er leise. »Du bist … speziell.«

In seiner Stimme lag so viel Wärme, dass mir ein Schauer über den Rücken rann. Eingehend betrachtete ich den nächstgelegenen Grabstein, auf dem das kleine rote Grablicht umgefallen war.

»Komm.« Er streckte mir die Hand entgegen, und natürlich nahm ich sie.

* * *

Mir taten schon wieder die Füße weh. Statt zu fahren, waren wir zu Fuß losmarschiert, Hand in Hand. Von der Umgebung nahm ich nicht viel wahr; nur dass wir wieder in der Altstadt angelangt waren, fiel mir irgendwann auf. Diesmal war mein Humpeln echt.

»Ich glaube, ich hab eine Blase am Fuß.«

»Zeig her.« Jacques schob mich auf eine Bank – natürlich eine Schlangenbank, wie ich sofort bemerkte – und zog mir die Sandale aus.

»Der andere Fuß.«

»Der hier?«

»So viele Füße habe ich ja nun auch wieder nicht.«

Es kitzelte, als er meine geschundene Haut untersuchte.

»Du hast nicht zufällig ein Pflaster in deinem Rucksack?«

»Eine Wasserflasche. Soll ich dir Wasser über den Fuß gießen?«

»Nein danke.« Heute brachte mich alles, was er sagte, zum Lachen, auch wenn es gar nicht witzig war. Aber ich war in Kicherstimmung. Aufgedreht. Aufgeregt. Ich hätte jetzt Lust zum Tanzen gehabt, aber Jacques sah nicht aus, als würde er gerne tanzen oder es überhaupt können.

»Einen Strand«, sagte er. »Das brauchst du jetzt. Am Strand sitzen, im Sand, die Sonne im Gesicht …«

»Wir sind in Prag«, erinnerte ich ihn.

»Das macht nichts. Ich hab einen Strand für dich. Aber ein kleines Stück musst du schon noch laufen. Schaffst du das?«

Ich sagte, dass ich mir durchaus vorstellen könnte, es zu schaffen.

Sicherheitshalber hakte ich mich bei ihm unter, um meinen lädierten Fuß zu entlasten.

»Nein«, sagte er. »So. Deinen Arm hier herum, und meinen hier.«

Mit seinem Arm um meiner Schulter und meinem um seine Hüfte waren wir uns noch näher als sonst. Meinen Füßen half es, meine Gefühle waren jedoch wie ein ganzes Knäuel aus Verwirrung, ein Durcheinander wie die Schlangen auf Medusas Kopf, zischend und säuselnd.

Was passierte hier eigentlich? *Er ist nicht ... Jacques ist nicht ...* Die Gedanken ließen sich nicht zu Ende denken, blieben an seinem Namen hängen. Jacques. Wie das Schlagen einer Uhr, wie das Hämmern meines Herzens.

Jacques, Jacques, Jacques ...

»Warte, hier sind wir schon.« Er blieb vor einem Schild stehen.

»Ein Bootsverleih? Du willst Boot fahren?« Ich verdrehte die Augen. »Ich werde schnell seekrank, musst du wissen.«

»Nicht auf der Moldau.« Ohne auf meine Einwände zu hören, mietete Jacques ein kleines Ruderboot für eine Stunde. Während er mir hineinhalf, schüttelte er belustigt den Kopf. »Fußkrank. Seekrank. Was hast du denn noch alles?«

»Ich leide unter einer Verwandlungslähmung«, sagte ich. »Das kommt vor, aber ansteckend ist es nicht, glaube ich.«

»Wer weiß. Wenn du dich übergeben musst, dann bitte ins Wasser, nicht ins Boot.«

Ich streckte ihm die Zunge heraus.

Er ergriff die Ruder und tauchte sie in die Wellen. Das Ufer glitt an uns vorbei. Ein paar Enten beäugten uns misstrauisch.

Jacques lehnte sich zurück. »So. Jetzt frag.«

»Was soll ich fragen?«

»Was du über Alec wissen willst. Deshalb bist du doch hier. Damit du ein paar Dinge über ihn erfährst, die nur ich wissen kann.«

»Wer sagt, dass ich etwas über Alec wissen will?«

Eine leichte Brise wehte Jacques die Haare aus der Stirn. »Man muss dich nur ansehen, wenn er in der Nähe ist. Deine Augen. Und deine Stimme. Und wie süß du rot werden kannst.«

Natürlich wurde ich auf der Stelle rot wie ein Feuerlöscher. Verlegen beugte ich mich über den Bootsrand und tauchte die Hand ins Wasser. »Du kannst also Fragen über Alec beantworten?

Es hatte bisher nicht den Anschein, als wärt ihr zwei dicke Freunde.«

»Das sind wir auch nicht. Aber immerhin teilen wir uns ein Zimmer.«

Überrascht sah ich hoch. »Das wusste ich gar nicht.«

»Was interessiert dich? Ob er schnarcht? Nein, er schnarcht nicht. Das wäre also schon mal geklärt.«

»Woher willst du das wissen? Wenn du nachts durch die Räume schleichst, bekommst du doch gar nichts mit.«

»Ich schleiche nicht ständig herum.«

»Das glaube ich dir sogar«, meinte ich. »Dass du nicht *schleichst.*«

»Dann trampele ich also nachts durch das Palais, deiner Meinung nach?« Er lächelte wieder und hob die Augenbrauen. Erstaunlich, wie viel er lächelte. Ganz anders als in der Akademie, wo er ständig so düster dreinblickte, als hätte er einen verdorbenen Magen.

»Fliegen?«, schlug ich vor.

Sein Lächeln wurde breiter. »Ich versichere dir, dass ich nicht ständig durch das Palais fliege. Weder nachts noch tagsüber.«

Die Sonne brannte ihm ins Gesicht, während er ruderte, winzige Schweißtröpfchen bildeten sich auf seiner Stirn. Mein Herz schlug unwillkürlich etwas schneller. Nicht das erste Mal heute.

Ganz ruhig, befahl ich mir. *Du bist an diesem verrückten Franzosen nicht im Geringsten interessiert. Er ist der Typ Junge, mit dem man sich gut unterhalten kann, nicht derjenige, der einen bis in die Träume verfolgt. Ein Kumpel. Einer, der sich nichts darauf einbildet, wenn man Zeit mit ihm verbringt. Sonst würde er nicht davon ausgehen, dass du von ihm etwas über seinen Zimmergenossen erfahren willst.*

»Du brauchst mir nichts über Alec zu erzählen«, sagte ich. »Er ist Hildes Freund.«

»Ach ja? Davon weiß er allerdings noch gar nichts.«

»Egal. Das wird er früh genug erfahren.«

Auf der anderen Seite des Flusses hätten wir nicht landen können, dort ragte eine Steinmauer in die Höhe, hinter der die Häuser der Altstadt im Sonnenlicht glänzten. Jacques lenkte das Boot zu einem Ufer voller Gras und Bäume. Es war eine Insel. Eine winzige Insel mit einem ebenso winzigen Park, der aus einer kleinen Wiese und ein paar Bäumen bestand. Und es gab einen Strand. Einen winzigen Strand, kaum mehr als ein paar Quadratmeter Sand.

»Ein Strand!«

»Sag ich doch.« Jacques stieg aus dem Boot, zog es an Land und half mir beim Aussteigen. »Bitte schön. Jetzt kannst du deine Füße ausruhen.«

Eine Möwe starrte uns fassungslos an, als wir es uns auf ihrem Privatstrand bequem machten. Von hier aus sah man die Karlsbrücke, den bewaldeten Hügel und die Burg. Ich hatte genug von Sehenswürdigkeiten, also schloss ich die Augen, ließ mich nach hinten fallen und spürte die warmen Strahlen auf meinem Gesicht.

»Alec liebt die Sonne«, sagte Jacques leise. »Im Gegensatz zu mir.« Er saß neben mir und ließ Sand durch seine Finger rinnen.

»Und was liebst du?«, fragte ich. »Die Nacht?«

»Die Dämmerung. Den Herbst. Friedhöfe.« Bitterkeit mischte sich in sein Lachen, und auf einmal kam er mir viel älter vor als ich.

»Fledermäuse und Friedhöfe? Erzähl doch keinen Unsinn.« Ich hatte sein Gesicht gesehen, vorhin im Boot, diesen Ausdruck seligen Friedens. Wem spielte er hier eigentlich etwas vor?

»Glaub, was du willst.« Das kam eine Spur zu schroff.

»Muss man sich denn entscheiden?«, wollte ich wissen. »Man kann doch beides lieben, die Sonne und die Nacht. Gestern Abend war es schön, als der Mond aufgegangen ist. Und heute baden wir an einem Strand. Warum sollte ich mich entscheiden müssen?«

»Manchmal kann man nicht beides lieben«, murmelte er, und ich fragte mich, ob er nicht vielleicht von etwas ganz anderem sprach.

Meinte er etwa sich und Alec? Augen, blau wie der Himmel im Sommer. Ein Wesen, strahlend wie immerwährende Ferien. Das war Alec. Und er? Ich war mir nicht einmal sicher, welche Farbe Jacques' Augen hatten, da er sie ständig hinter seinen Ponyfransen versteckte. Nur, dass sie dunkel waren. Braun vermutlich. So genau hatte ich noch gar nicht hingesehen.

»Kennst du die Band *Serpent War*?«, fragte ich. »Den Song über die Nacht, der es bis in die Charts geschafft hat?«

»Alec hört nichts anderes. Da haben wir ja schon mal eure erste Gemeinsamkeit.«

»Und du? Hat er dich damit angesteckt?« Ich wollte nicht über Alec reden. Ich wollte auch nicht an Alec denken. Ich war hier und nirgendwo sonst.

»Nein«, antwortete Jacques. »Ich höre selten Musik. Wenn, dann spiele ich selbst. Aber erzähl doch. Ein Lied über die Nacht?«

»Und über das Fallen.«

»Ah«, sagte er nur, als hätte dieses eine Wort ihm schon alles mitgeteilt.

Eine Weile saßen wir schweigend zusammen. Die Wellen plätscherten leise gegen das Ufer. Die einsame Möwe stapfte missmutig durch das seichte Wasser und wartete darauf, dass wir verschwanden.

Auf einmal hatte ich Durst.

»Du hast nicht zufällig einen Picknickkorb dabei?«

»Eine Flasche Wasser und ein paar Kekse.«

»Ich wusste doch, du bist der Retter in der Not.«

Wie konnte ihn ein harmloser kleiner Scherz dermaßen verlegen machen? Jacques senkte den Kopf und die Haare fielen ihm wieder ins Gesicht. Ich beobachtete seinen Mund, der sich kräuselte, als wüsste er nicht so recht, welcher Gesichtsausdruck der passende wäre. Er war wie ein Außerirdischer, der Mensch spielt.

»Sehr witzig«, sagte er viel zu spät.

Er öffnete die Packung Kekse und wir teilten sie gerecht auf. Die Schokolade war geschmolzen und klebte am Innenpapier fest. Wenn man nichts übriglassen wollte, musste man sie ablecken. Natürlich bekam ich davon noch mehr Durst.

»Wasser für Verdurstende.« Er reichte mir die Flasche. »Und du hast da was im Gesicht. Schokolade vermutlich.«

»Kannst ja probieren.«

Jacques merkte nicht, dass das ein Angebot war. Ein ziemlich offensichtliches, wie ich fand. Aber auch diesmal bekam ich keinen Kuss. Er überraschte mich damit, dass er seine Finger an der Wasserflasche anfeuchtete, die Hand ausstreckte und mir die Schokolade von den Lippen rieb. Die Zärtlichkeit dieser Geste traf mich wie ein Schock. Meine Nerven brannten auf, als hätte mich ein Blitz getroffen. Ich wünschte mir, dass seine Hände über meine Haut wanderten, dass seine Lippen meine berührten.

Oh Gott, ich wünschte mir noch viel mehr.

Wie gelähmt hielt ich still und wartete ab, was er sonst noch tun würde, doch Jacques wandte sich ab und starrte auf das Boot.

»Wir müssen zurück«, sagte er rau. »Die Stunde ist gleich um.«

12
Die Nacht in dir

Jacques ruderte zurück zum Anleger und vermied es dabei, mich anzusehen. Vielleicht war er ja genauso durcheinander wie ich.

Aber ich konnte jetzt nicht mehr damit aufhören, ihn anzustarren. Deshalb achtete ich auch nicht auf meine Füße, als wir aus dem Boot stiegen, und Jacques riss mich heftig zurück, bevor ich ins Wasser fallen konnte. Sein Griff war fest, beinahe zu fest. Er hielt mich im Arm, und zum ersten Mal wagte ich es, ihm wirklich in die Augen zu schauen.

Sie waren nicht braun, sondern schwarz, und sie schienen so tief zu sein wie Brunnenschächte. Nachtschwarz. Für einen Moment war mir, als würde ich in diese Tiefe hineinfallen, in diese Nacht, und stürzen, wie ich schon einmal gestürzt war, als er mich aufgefangen hatte. Ich fiel auf ihn zu, und es war das pure Glück. Gleichzeitig durchfuhr mich ein Schauder, denn es war, als würde ich in meinen Tod fallen. Ich war verloren. Ich erkannte es mit erschreckender Klarheit. Ganz und gar verloren. Alles, was ich je zuvor gefühlt hatte, war harmlos gegen die Wucht dieser Gefühle, die mich hier überkamen, die so fremd und neu waren, dass ich sie nicht benennen konnte. Ich wusste nur, dass ich etwas gefunden hatte, das einmalig war, und dass ich es gleichzeitig fürchtete und mich davon angezogen fühlte. Ich wollte es erkunden und erforschen, ich wollte wegrennen und darauf zulaufen, ich wollte Jacques von mir stoßen und ganz fest umarmen. Es war, als wäre mein Herz aufgerissen worden und lag offen und bloß in mir, völlig schutzlos, und ich wusste nicht, was mit mir geschah und geschehen würde und wie ich mich retten konnte. Liebe konnte das nicht sein, oder? Liebe war süß und romantisch, Rosen und Sonnenaufgänge und Küsse im Dunkeln. Nichts davon wollte ich, weder Blumen noch geflüsterte Schwüre. Dazu hatte ich viel zu große Angst. Und trotzdem hätte ich ihn auf der Stelle geheiratet, um zu verhindern, dass er wegging und mich zurückließ. Ich war noch nicht fertig mit ihm, noch lange nicht.

Ich schwankte und Jacques fing mich auf. »Bist du wirklich seekrank?«, fragte er lachend, während der Boden unter meinen Füßen sich zu bewegen schien. »Von der kurzen Strecke?«

»Das ist nur mein Kreislauf.« Es überraschte mich, dass ich überhaupt sprechen konnte. Ich war nicht die Einzige, die zu lange mit Anstarren zubrachte. Jacques betrachtete ungeniert mein Gesicht. Mir fiel auf, dass er mich immer noch festhielt. Den Blick in seine schwarzen Augen hätte ich nicht viel länger ausgehalten. Mir wurde nur immer schwindliger davon. Zum Glück war er gnädig und ließ seinen Blick zu meinen Lippen wandern.

»Wirst du mich jetzt küssen?«, fragte ich leichthin, obwohl mir eine Hitzewelle durch den Körper jagte. Meine Kehle war wie ausgetrocknet, und ich *wollte*, dass er mich küsste. Doch stattdessen löste er seine Arme von mir und gab mich frei.

»Komm«, sagte er. »Wahrscheinlich brauchst du nur etwas zu essen, dann geht es dir wieder besser. Etwas mehr als ein paar Kekse mit geschmolzener Schokolade. Hast du in der Akademie nichts zu Mittag gehabt?«

»Ich hatte keinen Hunger«, sagte ich, was durchaus stimmte. Ich hatte eigentlich nur die ganze Zeit an unser Treffen am Friedhof gedacht und höchstens ein paar Löffel Suppe heruntergekriegt.

»Ich schätze, in dieser großen Stadt müsste es etwas Essbares geben, was meinst du? Suchen wir uns ein nettes Restaurant. Einfach nur, weil wir Hunger haben. Mach dir keine Sorgen, das ist selbstverständlich kein Date.«

»Selbstverständlich nicht.«

»Also, wo gehen wir hin?«

»Gab es nicht ein Restaurant auf der Insel?«

»Dann gehen wir zurück auf die Insel.«

Man brauchte gar kein Boot. Man musste nur über die Brücke gehen und die Stufen hinuntersteigen. Es war nicht zu verfehlen.

Jacques studierte die Speisekarte, die draußen hing, und seufzte. »Ich hab schon lange keine Bank mehr überfallen. Das würde dieses Problem jedenfalls lösen. Aber ich weiß nicht, ob ich es schaffe, bevor du verhungert bist oder ohnmächtig wirst oder so.«

»Du würdest eine Bank überfallen? Als Bär? Sie hätten bestimmt Schwierigkeiten mit dem Fahndungsfoto.«

»Wir wollen die arme Polizei besser nicht in den Wahnsinn treiben. Obwohl es lustig werden könnte.«

»Du kannst aber nicht sprechen, wenn du ein Bär bist. Wie willst du dann sagen: Los, Geld her?« Ich imitierte den grimmigen Bären am Bankschalter.

Jacques lachte mit, aber seine Augen waren dunkel. Warum waren sie so dunkel? Wie Schächte. Wie Räume, in denen Schwerelosigkeit herrschte, oben im Weltall – man verlor den Boden unter den Füßen und begann zu schweben. Haltlos, wie ein Blatt, das vom Herbstwind herumgewirbelt wurde. Vielleicht wäre es besser gewesen, ich hätte ihm nie in die Augen gesehen. Sie übten eine Anziehungskraft auf mich aus, der ich zwischendurch immer wieder nachgeben musste.

»Was?«, fragte Jacques, als ich ihm wieder einmal einen heimlichen Blick zuwarf.

»Ich hätte mit Steven ausgehen sollen«, sagte ich, denn ich konnte ihm ja schlecht sagen, was ich mir wünschte. Dass er mir das Gesicht zuwandte und mich ansah, so lange, bis ich hinter das Geheimnis dieser Augen gekommen war. Ob sie wohl kalt waren, eisig wie der Weltraum? *Er ist kein Mensch*, dachte ich auf einmal. *Kein richtiger Mensch.*

Aber das war ich auch nicht. Wir waren beide Wandler. Merkwürdig, dass mir das ausgerechnet jetzt wieder einfiel. Die meiste Zeit versuchte ich, nicht darüber nachzudenken.

»Mit Steven?«, knurrte Jacques.

»Der hätte kein Problem mit diesem Restaurant, der ist wenigstens reich. Magst du ihn nicht?«

»Geht so.« Finster verzog er das Gesicht. Merkte er nicht, dass ich ihn bloß ein bisschen provozierte? Er sollte mich ansehen, so wie vorhin am Bootssteg. Ob ich es aushalten würde? Auf einmal fiel mir ein, wie Jacques Olga dazu gebracht hatte, ihn beim Sport in Ruhe zu lassen. Sie hatten sich gegenübergestanden, und er hatte sie angeschaut … und hatte sie irgendwie, mit irgendetwas erschreckt. Ob er mit seinem dunklen Blick Leute beeinflussen konnte? Hatte er mich dazu gezwungen, mich in seiner Nähe wohlzufühlen? War ich deshalb mit ihm hier, statt in einem Zug nach Hause zu sitzen? Wie hatte ich vergessen können, dass ich eigentlich fliehen wollte, bevor man mich enttarnte?

»Nun ja, das ist keine besondere Überraschung«, sagte ich, »dass du Steven nicht magst. Du scheinst nicht besonders viele Leute zu mögen.«

Jacques senkte den Kopf, und die Haare fielen ihm wieder übers Gesicht.

»Kannst du Laserstrahlen daraus abschießen?«

»Was?« Er schaute mich überrascht an.

»Aus deinen Augen. Du versteckst sie immer.«

»Laserstrahlen?« Da war es wieder, dieses amüsierte, wissende Lächeln, kindliche Freude in seinem Gesicht. Er lachte laut los. »Andere würden einfach zugeben, dass ihnen meine Frisur nicht gefällt.«

»Mir ist egal, was für Haare jemand hat. Ich kann es ja auch nicht leiden, wenn jemand über meine Haarfarbe herzieht.«

Jacques kramte in seinem Portemonnaie, das nur Münzen enthielt. »Entweder die Bank muss dran glauben, oder wir teilen uns dieses Wasser.« Er holte eine Flasche aus seinem Rucksack. »Besser als nichts.«

Wir schlenderten durch den kleinen Park und setzten uns auf eine der Bänke unter den alten Kastanienbäumen. Stundenlang hätte ich so sitzen und auf die Moldau hinaussehen können. Wir tranken abwechselnd; es fühlte sich an, als würden wir Blutsbrüderschaft schließen. Mir war nicht bewusst gewesen, wie intim es sein kann, sich eine Trinkflasche zu teilen. Wenn er mich schon nicht küsste. Ich fühlte einen dumpfen Schmerz in der Brust. Nein, er würde mich nicht küssen. Wahrscheinlich sah er in mir bloß eine Freundin, so wie ich versucht hatte, in ihm nichts als einen guten Freund zu sehen. Wie auch immer diese Geschichte ausging, sie konnte nicht gut enden. Er, ein Skorpion. Ich, eine Schlange. Hier saßen wir, zusammen, aber mir war, als hätte das böse Ende längst begonnen.

Die Dunkelheit, die meine Seele zerschnitt wie ein Dolch aus Nacht. Und wenn ich mich verwandelte, würde es Medusa sein, versteinert und traurig.

Jacques kramte wieder im Rucksack und zog ein Buch hervor. »Hast du Lust auf Kafka?«

Ich starb, in mir drinnen, in meinem Herzen und in meiner Seele, weil ich hier mit Jacques zusammen war und wusste, dass ich mich eigentlich von ihm verabschieden sollte. Dass ich fliehen musste, so schnell ich nur konnte, zu meinem eigenen Clan, bevor – ja, bevor was? Professor Mercier würde nie erlauben, dass ich mit einem Skorpion befreundet war.

Es sei denn ... Es gab doch noch den zweiten Spion. Und wenn es Jacques war? Wenn wir unsere Arbeit tun würden und dann gemeinsam zu unserem Clan zurückkehrten?

Jacques blätterte in dem Buch, ohne zu ahnen, welche Sorgen mich quälten. »Ich lese dir meine Lieblingsgeschichte vor. Wenn ich darf.«

»Auf Französisch?«

Er hob nur die Brauen und begann. Übersetzte, ohne zu stocken. Trotzdem wirkte es, als würde er mir eine Geschichte erzählen, frei, mit seinen eigenen Worten. Die Geschichte eines Mannes, der eines Morgens aufwachte und feststellte, dass er sich in einen riesigen Käfer verwandelt hatte.

»Er war ein Wandler?«, fragte ich aufgeregt.

»Wer, der Mann in der Geschichte? Gregor Samsa?«

»Nein, Kafka. Kafka war einer von uns?«

»Ich weiß nicht«, meinte Jacques. »Darüber habe ich auch schon viel nachgedacht. Vielleicht ... nun, vielleicht war er ein Begnadeter und konnte sich nicht verwandeln. Oder, noch schlimmer, er war aus dem breiten inneren Kreis, eigentlich ein Glücklicher, aber der Clan hat ihn nicht aufgespürt und eingeweiht, niemand hat ihm geholfen, seine andere Gestalt zu finden. Vielleicht hat er geahnt, dass es möglich sein muss, vielleicht hat er davon geträumt ... aber es ist nicht geschehen. Und seine Welt ist dunkel geblieben.«

»Dann ist es wohl keine lustige Geschichte, obwohl sie eigentlich recht witzig anfängt.«

»Nein«, sagte Jacques leise. »Es ist keine lustige Geschichte.«

Er las sie mir weiter vor. Am Anfang war es schon komisch. Ich lachte, als die Mutter sich vor Schreck auf den Tisch setzte und den Kaffee vergoss, oder als der Kerl aus dem Büro in Panik floh. Aber ich hörte auf zu lachen, als der Vater den Käfer mit einem Stock zurück ins Zimmer trieb. Als Gregor eingesperrt wurde und nur seine Schwester hereinkam, um ihn zu füttern. Als die Familie, im Entsetzen vereint, um den Esstisch saß und flüsterte, während der Käfer in seinem Zimmer hockte.

»Warum hat er sich nicht zurückverwandelt? Warum hat Kafka nicht geschrieben, dass er sich zurückverwandelt?« Ich war empört, eigentlich wollte ich gar nichts mehr hören. Wie konnte man sich so etwas ausdenken – und keinen Ausweg schaffen? »Das ist mir zu schrecklich.«

»Verwandlungen sind schrecklich«, sagte Jacques. »Kafka hat das gewusst.«

»Aber ... nein!«, protestierte ich. »Sie sind nicht schrecklich.« Es war das, was ich wollte, was mir im Blut lag. Mein Schicksal. So wie Jacques mein Schicksal war, untrennbar mit mir verbunden, so auch diese Fähigkeit, die ich nicht finden konnte und die doch da sein musste und nach der ich mich sehnte. Ich wollte fliegen. Sie musste irgendwo in mir sein, die Gestalt des Vogels. Keine Taube. Nein, bestimmt nicht. Keine Ente und keine Möwe. Etwas anderes ...

»Hast du je eine Verwandlung gesehen, die nicht schrecklich war?«, fragte Jacques. »Olga als Panther, Hilde als Tiger, ich ...« Er sprach es nicht aus.

»Du hast mich gerettet«, erinnerte ich. »Ich habe mich vor dem Bären nicht gefürchtet.«

»Ein riesiges, hässliches, stinkendes Raubtier.«

»Nein.«

»Doch!«

»Und ich mag Fledermäuse.«

Jacques seufzte und klappte das Buch zu.

»Wie, schon zu Ende? Ich will hören, wie es weitergeht.«

»Es ist eine düstere Geschichte.«

»Na und? Los, lies weiter!« Ich boxte ihn in die Seite.

»Mein Mund ist trocken.« Er trank den letzten Schluck Wasser aus der Flasche. »Wir brauchen mehr davon, sonst kann ich nicht lesen.«

»Wir könnten rüber auf die Kleinseite.« Ich hatte immer noch ein bisschen Angst, den anderen in der Altstadt zu begegnen. »Und dann suchen wir uns ein nettes Plätzchen, wo wir ungestört sind.«

»Stell dir vor, wie es wäre, wenn man sich verwandeln kann, wo und wann man will«, sagte Jacques, während wir wieder in die Gassen des mittelalterlichen Prags eintauchten. »Wenn es für die Menschen ganz normal wäre, wenn das geschieht.«

»Schwer vorstellbar«, meinte ich.

»Wäre das eine bessere Welt?«

Ich dachte über die Frage nach. »Es wäre jedenfalls eine Welt, in der alle auf der Hut wären. Wenigstens würde sich niemand trauen, ein Tier zu misshandeln. Die Mücke, die man erschlagen will, könnte sich in einen Leoparden verwandeln. Das wäre ... schlecht«, schloss ich.

»Ja«, murmelte er. »Das wäre schlecht. Aber das ist genau das, was der Clan will.«

Der Clan, sagte er. Als wäre es nicht unser Clan, nicht unsere Familie, die von einer veränderten Wirklichkeit träumte. Ich blinzelte ihn von der Seite her an. War am Ende wirklich Jacques der zweite Spion, die andere Schlange? War er Nicolas? Wollte er mir das zu verstehen geben, damit ich mich endlich entspannen konnte?

»Du bist mit unseren Zielen nicht einverstanden?« Ich war gespannt, ob er noch mehr von seinen wahren Gedanken preisgeben würde.

»Ich bin mit so gut wie gar nichts einverstanden. Ich dachte, das merkt man.«

»Ja, das merkt man durchaus.«

»Lass uns da einkaufen.«

Wir betraten einen kleinen Laden und stockten unsere Vorräte auf. Getränke. Kekse, Baguette. Doch im Moment war mir völlig gleich, was es zu essen gab.

»Du bist also kein richtiger Skorpion?«, fragte ich, sobald wir wieder draußen waren.

»Skorpione, Schlangen … wen interessiert das? Wen kümmert so ein unsinniger Krieg zwischen Leuten, die eigentlich alle dasselbe wollen?«

»Jaroslav hat uns nicht den Eindruck vermittelt, dass die Schlangen dasselbe wollen«, wandte ich ein.

»Kreise. Kasten. Es ist alles dasselbe unter unterschiedlichen Namen. Hierarchien. Macht. Verachtung der Mächtigen für die Leute da unten.« Jacques verzog den Mund. Seine Abscheu war so groß, dass sie sein Gesicht wieder in die finstere, mürrische Maske des Außenseiters verwandelte. »Glaubst du wirklich, die Skorpione suchen einen König, damit bessere Zeiten anbrechen? Die Fürsten brauchen keinen Tyrannen über sich. Sie benötigen lediglich eine Legitimation für ihre eigene Macht.« Er nahm einen kräftigen Schluck aus der soeben gekauften Wasserflasche.

»Du meinst, sie wollen ihn nur benutzen?«

Er reichte mir die Flasche. Für Außenstehende musste es aussehen, als ob wir uns zusammen betranken und dabei tiefschürfende Gedanken teilten. Aber niemand beobachtete uns, niemand interessierte sich für diesen Jungen und dieses Mädchen, die zusammen durch die alten Gassen schlenderten. Niemand ahnte, dass sie nicht ganz menschlich waren und überdies Feinde.

»Glaubst du, die Fürsten treten ihm freiwillig ihre Autorität ab? Wenn auch nur jemand daran kratzt, werden sie nervös. Und dann sollen sie vor einem König auf die Knie fallen und ihm gehorchen, bloß weil er eine besondere Abstammungslinie vorweisen kann? Weil er ein paar Verwandlungen mehr hat als andere? Vor so einem sollen sie kuschen, die hohen Herren, vor einem von uns – einem Teenager?«

»Aber warum machen sie dann so ein Tamtam darum?«, fragte ich zurück. »Sie müssten den König ja nicht suchen, wenn sie ihn gar nicht finden wollen.«

»Aber diese Suche ist die einzige Berechtigung für ihre Macht«, sagte Jacques. »Dafür, dass die sogenannten Diener Steuern von den reichen Wandlern erheben, um ihre Stammbaum-Forschungen zu finanzieren – und ihren luxuriösen Lebensstil. Die Suche nach dem

König ist ihre Besessenheit, ihr einziges Ziel. Wenn das wegfiele, gäbe es nichts, was die Wandler zusammenhält.«

»Und was hält die Schlangen zusammen?«, fragte ich. »Die suchen schließlich nicht. Die bemühen sich, ihre besonderen Talente zu entfalten und den Menschen zu helfen mit ihren Gaben, ihren Künsten …«

Sein leises Lachen unterbrach mich.

»Was ist daran so lustig?«

»Die Schlangen suchen keinen König? Natürlich tun sie das. Genauso fanatisch wie die Skorpione.«

»Woher weißt du das?«

»Weil ich die Augen offen halte. Weil ich mich umsehe und mir meine eigene Meinung bilde, abseits von dem, was unsere Lehrer uns erzählen – diese Lehrer, die man sehr sorgfältig für uns ausgewählt hat. Was interessiert mich deren Geschwätz? Wirklich interessant wird es, wenn man in den oberen Ebenen zuhört. Wenn man beobachtet, wie die Fürsten kleine Geheimnisse austauschen. Wenn man zusieht, wie sie essen. Wie sie ihre Villen einrichten. Wie …« Er brach ab, denn er hatte bereits zu viel verraten. Jacques war ein Spion. Er hatte seine Fähigkeiten genutzt, um so viel wie möglich herauszufinden – bevor er hergekommen war. Das erklärte auch, warum er sich verwandeln konnte, bevor wir es überhaupt gelernt hatten. Er war natürlich vorbereitet gewesen.

Es sei denn, diese Sätze waren nur dafür gedacht, mir mein eigenes Geheimnis zu entlocken. Mich dazu zu bringen zuzugeben, dass ich auf der Seite der Schlangen stand.

»Und wenn er wirklich auftaucht, der Skorpionkönig?«, überlegte ich, um meine Verwirrung zu überspielen. »Wenn er den Clan dazu bringt, ihm zuzuhören und ihm zu gehorchen statt den Fürsten? Dann haben sie ein Problem.«

Was, wenn die Schlangen den Skorpionkönig töteten – und den Fürsten damit in die Hände spielten? Wenn wir den einzigen Wandler beseitigten, der die Macht hatte, den Fürsten zu schaden?

»So ist es«, sagte Jacques.

Vielleicht wirkte ich an einem ungeheuren Fehler mit? Angenommen, Alec war der König. Alec, der so freundlich und gütig war und der mit Sicherheit nicht so leicht dazu zu bewegen sein würde, den Kampf gegen die Menschen aufzunehmen. Der vielleicht sogar versuchen würde, die verfeindeten Clans wieder zusammenzuführen. Würden die Obersten der Skorpione es nicht überaus begrüßenswert finden, wenn er aus dem Weg geräumt wurde?

Ob Professor Mercier überhaupt so weit gedacht hatte? Natürlich konnte es auch anders kommen. Wenn ein böser König an die Macht gelangte, der den Krieg weiter anstachelte, der zu einer echten Gefahr für die Menschen werden konnte – würde ich mir dann jemals verzeihen können, dass ich das zugelassen hatte?

Ein König. Eine Persönlichkeit, die alles zum Guten oder zum Schlechten wenden konnte. Ich hatte nie zuvor darüber nachgedacht, wie wichtig der Charakter eines Monarchen war. Eine solche Fülle an Macht hatte ich automatisch für schlecht gehalten. Aber ein König wie Alec, wenn er seine guten Eigenschaften behielt … konnte das nicht die Welt zum Positiven hin verändern?

»Sie werden versuchen, ihn umzubringen, wenn er sich nicht von ihnen lenken lässt.«

Wieder nickte Jacques. »Kluges Mädchen. Aber ob er wohl so leicht umzubringen ist?«

»Sie müssten es tun, bevor er weiß, was er kann.«

Genau das, was die Schlangen vorhatten. Wurde der Skorpionkönig also von beiden Seiten gejagt, aus ganz unterschiedlichen Motiven? Alle hatten Angst vor ihm. Alle, seine Feinde genauso wie seine zukünftigen Untertanen. Eigentlich konnte er einem leidtun.

»Es wäre geschickt, alle diejenigen, die infrage kommen, zusammenzurufen und denjenigen, der die größte Gefahr darstellt, herauszufiltern.« Genau das, was hier in der Akademie geschah. Mir kam noch ein anderer Gedanke. »Vielleicht ist das früher bereits passiert? Dass sie Könige gefunden haben, echte Könige, und sie ausgelöscht haben, bevor irgendjemand davon erfuhr? In diesen vielen Jahrhunderten soll wirklich niemand dabei gewesen sein, der würdig genug gewesen wäre, um ihn zu krönen? Das ist eigentlich kaum zu glauben.«

Die Sonne kam mir nicht mehr ganz so strahlend vor. Auf einmal hatte sich der Himmel verdunkelt und es war kühler geworden. Ich fröstelte. »Warum nehmen sie nicht einfach irgendwen? Jemanden, der keine großen Fähigkeiten hat und den sie manipulieren können?«

»Dann müssten sie aufhören zu suchen«, sagte Jacques leise. »Nach dem wahren König, der sie alle vernichten kann.«

Mir wurde noch kälter. »Meinst du, er wird so stark sein? So stark, dass er gegen sie alle antreten kann, gegen sämtliche Fürsten und Wächter? Gegen den ganzen Clan?« Ich versuchte mir vorzustellen, welche Art von Verwandlung das ermöglichen könnte. »Als was denn?«

Jacques zuckte die Achseln. »Weiß ich es? Das ist alles nur Spekulation. Macht kann auch anders ausgeübt werden – wenn man genug Geld hat und genug Handlanger, die alles für einen tun. Diktatoren haben es normalerweise gar nicht nötig, selbst zu kämpfen.«

»Ich habe ein Gespräch belauscht«, sagte ich mit einem unverbindlichen Lächeln. »Du und ich, wir gehören zu den Favoriten. Keine Ahnung warum, ich habe ja noch gar nichts zustande gebracht. Aber wenn sie wüssten, was du kannst ... glaubst du, dein Leben könnte in Gefahr sein?«

Jacques wirkte nicht wirklich überrascht. »Nicht nur meins. Warum wohl erzähle ich dir das alles, Kiara? Du musst vorsichtig sein.«

Ich konnte mir vorstellen, dass die Fürsten alles tun würden, wirklich alles, um nicht so einen König wie Jacques zu bekommen.

Jacques als Skorpionkönig? Eine ziemlich ungewohnte Vorstellung. Jacques im Mittelpunkt, Jacques, zu dem alle aufsahen, ohne dass er sich hinter seinen Haaren versteckte?

»Ich meine das ernst«, sagte er leise. »Für diese Leute gelten keine von Menschen gemachten Gesetze. Sie sind völlig skrupellos.«

»Ich werde aufpassen«, versprach ich. Wie auch immer ich das anstellen sollte.

Jacques sah mich an. Während ich vorgab, es nicht zu merken, und einen gemalten Löwen auf einer Hausfassade betrachtete. Sein Blick verursachte ein Kribbeln auf meiner Haut.

Ich wandte den Kopf und sah ihm in die Augen, obwohl ich mir doch vorgenommen hatte, das nicht mehr zu tun.

Und wieder war es, als würde ich versinken. Schwarz. So schwarz wie die Nacht, wie der endlose Raum hinter den Sternen. Es war, als würde man in einen Brunnen stürzen, in einen Schacht, der keinen Grund hatte, der so tief hinunterreichte, dass man fiel und fiel und nicht aufhören konnte zu fallen. Nein, da war keine Kälte. Kein Eis und kein luftleerer Raum, in dem man erstickte. Da war Feuer, das einem entgegenschlug. Ein Brand wie ein unterirdischer Vulkan, glühend, der Mittelpunkt der Erde. Ein Feuer, das alles verschlang. Ich sah eine Urgewalt, die eindeutig nicht von dieser Welt war, eine Macht, die in diesem Abgrund wohnte ... etwas, das man nicht beschreiben konnte, weil nichts Vergleichbares existierte.

»Du bist es«, flüsterte ich, völlig im Bann seiner schwarzen Augen. »Du bist der Skorpionkönig.« Er war nicht der zweite Spion, die Schlange, die auf meiner Seite war. Jacques war der Feind, den zu finden ich hergekommen war – der Wandler mit der Macht, die Erde zu versklaven.

»So, meinst du?« Er brach den Bann, indem er sich abwandte. Es beruhigte mich, dass auch Jacques gerötete Wangen bekommen konnte.

»Eindeutig«, sagte ich. »Du gehörst nicht in diese Welt.«

Er starrte auf seine Hände. Diese Pianistenhände, mit denen er so schnell und kräftig zupacken konnte.

»Ich weiß«, sagte er leise. »Ich habe noch nie in diese Welt gehört ... so wie wir alle. Wir sind Wandler.«

»Aber du bist *der* Wandler.«

»Weil ich noch weniger in diese Welt gehöre als ihr anderen? Ich war immer ein Außenseiter, solange ich zurückdenken kann. Aber verpass mir deswegen nicht gleich eine Krone.« Er grinste und schüttelte den Kopf. »Als was soll ich die Fürsten angreifen, was meinst du? Vielleicht als Fledermaus? Das könnte sie zu Tode erschrecken. Wenn sie sich nicht stattdessen totlachen.«

Er log recht überzeugend, aber ich hatte seine Augen gesehen. Er konnte mir nichts mehr vormachen. Ich war einer Macht begegnet, von der ich nichts geahnt hatte. Nun wusste ich, was die

Oberen beider Clans fürchteten. Glaubten sie wirklich, sie könnten dieser Macht etwas entgegensetzen? Glaubten sie, sie könnten ihr irgendwie *zuvorkommen*? Sie war schon da.

»Schau mich an«, sagte ich.

Ich wollte es noch einmal erleben – und sicher sein, dass ich mir nichts eingebildet hatte. Ein Blick in diese Tiefen war wie eine Fahrt mit der Achterbahn, und ich war einer jener Freizeitparkbesucher, die nicht aussteigen wollten, sondern eine Runde nach der anderen fuhren, bis sie nicht mehr geradeaus gehen konnten. Hatte ich nicht endlich genug gesehen?

»Schau mich an, Jacques.«

Ich streckte die Hand aus und berührte sein Gesicht, legte die Finger an seine Wange. Seine Haut war warm. Er nahm meine Hand in seine und küsste meine Fingerspitzen. Die Berührung seiner Lippen durchfuhr mich wie ein Stromschlag. Ich wollte meine Arme um ihn schlingen und ihn nicht mehr loslassen, aber ich tat es nicht, denn ich wusste, wenn ich ihn küsste, würde ich nicht mehr aufhören können. Und dabei liebte ich ihn doch nicht mal, ich war nur fasziniert von ihm. Ich wollte in seinen Geheimnissen blättern wie in einem Buch, ich wollte seine Haut fühlen, ihn erkunden, ich wollte dort hingehen, wo er hinging.

Bist du noch bei Trost, Kiara? Nur weil dieser Junge dir ein Rätsel ist, willst du dir Mercier zum Feind machen und dein altes Leben aufgeben? Du bist ja verrückt.

Meine Gedanken waren schwer, aber unsere Worte tanzten darüber hinweg, leicht wie Schmetterlinge.

»Tun dir nicht die Füße weh? Du jammerst ja gar nicht.«

»Jammern?«, fragte ich empört. »Ich und jammern?«

Wir wanderten durch die schwüle Sommerluft wie durch einen Tunnel, unter den Wolken, die sich irgendwo über uns sammelten. Es war wie in einem Dschungel, wo ein einziger Pfad durchs Dickicht führte. Augen glitzerten im Dunkeln. Panther, Jaguare, Skorpione und Schlangen. Aber wir gingen mitten hindurch, ohne uns vor den Gefahren zu fürchten.

Fast ohne es zu merken hatten wir die Nerudagasse erklommen. Rechts von uns befand sich der Hradschin, die Prager Burg, links eine Mauer, über die wir auf die bewaldeten Hänge unter dem Petrinturm blickten. Wiesen, mit Obstbäumen bestanden, sogar Weinstöcke. Durch das intensive Grün schnitten schmale Wege.

»Komm«, sagte Jacques entschieden, »da auf der Wiese ist ein guter Platz.«

In seinem Rucksack befand sich sogar eine Picknickdecke. Es tat gut, die Sandalen auszuziehen und sich auszustrecken.

»Du darfst die Augen nicht zumachen, wenn ich vorlese. Sonst denke ich, du bist eingeschlafen.«

Ich hatte auch nicht vor, die Augen zu schließen. Ich wollte ihn ansehen, während er vorlas.

Gregors Familie wurde immer gemeiner zu dem Käfer. Ihre Abscheu vor ihm war so groß, dass sie seinen Anblick nicht ertrugen. Es war kaum auszuhalten. Ich hätte nicht sagen können, warum mich diese Erzählung so mitnahm – war es nicht nur eine Geschichte? Warum litt ich so mit diesem unglücklichen Gregor? Er hatte sich verwandelt, ohne zu wissen, was geschah. Ohne es rückgängig machen zu können. Und sofort vergaßen alle, was er für sie getan hatte. Dass er sich für sie aufgeopfert hatte, zählte nicht mehr. Nur, dass er ein Monstrum war. Auf der anderen Seite war es trotz allem komisch. Ich wusste nicht, ob ich lachen oder weinen sollte. Ich konnte es kaum ertragen, hier zu sein, mit Jacques auf der Picknickdecke, im Schatten eines Birnbaums voller Früchte. Es war zu viel: Der Blick auf die Stadt und die Kirchtürme und die Moldau, während die Luft vor Hitze flimmerte, seine Stimme, die alles in mir zum Schwingen brachte, als wäre ich eine Geige, auf deren Saiten er spielte – das alles überwältigte mich.

Ich schloss die Augen und blendete alles aus, bis auf die Stimme. Sie war nicht laut. Vielleicht war sie ein wenig zu tief für einen Jungen meines Alters. Es war, als hörte ich einem Mann zu, einem fremden Mann, der sich, ohne dass ich es gemerkt hatte, an mich herangeschlichen und einen Teil von mir gestohlen hatte, und der mir doch schon so vertraut war, als würden wir uns seit Jahren kennen.

»Du bist ja doch eingeschlafen«, beschwerte Jacques sich. »Mach sofort die Augen auf.«

Ich hielt die Lider geschlossen. Spürte die Decke unter mir, das Gras kitzelte meine Füße, die schwüle Luft war zum Schneiden dick, ein Element, das sich wie Wasser anfühlte. Ich war mir sicher, dass es mich tragen würde, wenn ich Schwimmbewegungen machte. Zu fliegen. Ich konnte mir genau vorstellen, wie es sich anfühlte. Mit den Armen die Masse nach unten drücken, sich abstoßen, sich erheben, höher …

Als ich die Augen öffnete, war sein Gesicht kaum eine Handbreit über meinem, die langen Haare streiften meine Wange. Das Geräusch, das ich ausstieß, klang wie ein Schrei oder wie ein Wimmern. Es kam aus meiner Kehle, bevor ich es zurückhalten konnte. Jacques ließ sich sofort neben mich auf den Rücken fallen, sodass wir beide nebeneinander auf der Decke lagen und in den Birnbaum starrten. Mir wurde bewusst, wie dunkel es geworden war. Im gleichen Moment begann es wie aus Kübeln zu gießen.

Wir sprangen beide auf. Der Baum bot nur ein paar Sekunden lang Schutz. Schon prasselten die Tropfen auf uns herab. Ich sah zum Burgviertel hinauf, das mir jetzt unendlich weit weg vorkam. Bis wir dort waren, würden wir bis auf die Haut durchnässt sein.

Jacques stopfte das Buch und die Kekse in seinen Rucksack und drehte die Picknickdecke mit Schwung um, sodass die beschichtete Seite nach oben zeigte.

»Komm, hier runter!«

Ich kroch zu ihm unter die Decke, die er wie ein kleines Zelt über uns hielt. Dort hockten wir und starrten in den strömenden Regen hinaus, der uns die Sicht nahm. Mit einem Schlag hatte sich die ganze Welt verwandelt. Donner grollte. Ich zuckte zusammen. Gewitter hatte ich schon immer gehasst.

»Wir sind auf einem Hügel«, sagte ich. »Unter Bäumen. Das ist nicht so günstig, oder?«

Jacques schien das Unwetter nichts auszumachen. »Wenn, dann schlägt es oben in den Turm ein, nicht hier.«

»Aber die Bäume?«

»Es sind nur kleine Bäume. Außerdem schlägt der Blitz nie in Birnbäume ein.«

»Ach ja?« Das war doch glatt gelogen. Unter der Decke war es zu dunkel, um sein Gesicht richtig erkennen zu können, aber bestimmt hatte er wieder sein unverschämtes Grinsen aufgesetzt.

»Oder waren es Apfelbäume?«

Ich stieß ihn in die Seite. »Du!«

Er boxte zurück. Ganz leicht nur, aber weil ich nicht darauf gefasst gewesen war und etwas wackelig auf den Zehenspitzen im Gras hockte, fiel ich um und riss die Decke mit mir.

»He, was machst du denn?«

Wir kämpften um die Picknickdecke, und es dauerte eine Weile, bis wir uns wieder friedlich unter unserem schützenden Dach sortiert hatten. Sehr viel nützte es nicht mehr. Meine Bermudas waren längst durchweicht und die Haare klebten mir am Kopf.

Jacques lachte in sich hinein. »Ist dir schon aufgefallen, dass wir ständig Pech haben?«

»Dass die Friedhöfe immer geschlossen sind, könnte man auch als gutes Omen deuten.«

»Und ein Gewitter statt eines gemütlichen Picknicks?«

»Aber es ist doch richtig gemütlich«, versicherte ich ihm. »Es ist perfekt.«

»Das nennst du perfekt? Die anderen sitzen wahrscheinlich in einem schicken Café und lassen sich von Steven einen ausgeben.«

Ich stellte mir vor, wie es wäre, in der Gruppe mit den anderen zu sitzen. Nilas Lachen. Hildes Modelgesicht. Alec. Ja, auch Alec würde dabei sein.

»Das kommt davon, wenn man mit einem Außenseiter rumhängt«, sagte Jacques düster.

»Ich bin aber hier. Und ich hatte die Wahl, oder nicht?« Er durfte diesen wunderschönen Tag nicht verderben. Es machte mir nichts aus, dass es regnete. Nicht einmal das Gewitter machte mir mehr etwas aus. Ich kroch unter der Decke hervor und stellte mich in den Regen. Er war warm, erstaunlich warm, und die Tropfen, die auf mich herunterprasselten, fühlten sich an wie eine Massagedusche. Ich warf die Arme in die Luft. »Ha! Und ob das perfekt ist!«

Jacques' dunkler Blick ruhte auf mir. Ich konnte es in meinem Rücken fühlen. Diese Glut war fähig, den Regen zu verdampfen und den Hügel in einen Vulkan zu verwandeln. Doch als ich mich zu ihm umdrehte, stand nur ein Junge vor mir, durchnässt wie ein begossener Pudel. Ich trat auf ihn zu, streckte die Hand nach ihm aus und strich ihm die nassen Haarsträhnen aus dem Gesicht.

Die Tropfen liefen ihm über die Haut. Ich beobachtete, wie sie über seine Stirn rannen, sich in den leicht gebogenen schwarzen Brauen sammelten, dann den Weg über seine Nase fanden, und darunter waren seine Lippen, deren kirschsüße Weichheit ich bereits einmal gefühlt hatte, zu einem schmalen Strich zusammengepresst. Ich wünschte mir, ich könnte der Regen sein.

Jacques?, wollte ich fragen. *Was ist los?* Aber ich schwieg, und er wandte den Blick von mir ab und mit ihm die Glut, die mich wärmte, und sah auf die Stadt hinunter.

»Wir sollten zurückgehen.«

»Ich würde das Ende der Geschichte noch gerne hören«, sagte ich.

»Bei dem Wetter kann ich nicht lesen. Das Buch wird nass«, meinte er schroff.

Nebeneinander wie zwei Fremde standen wir im Regen. Prag lag hinter einem grauen Schleier. Selbst die Geräusche waren gedämpft. Nur das Prasseln der Tropfen auf den Blättern der Birnbäume und die Windstöße, die durch die Äste fuhren, kamen mir real vor. Ich schloss die Augen und fühlte das Wasser über mein Gesicht rinnen.

13
Wenn wir fallen

»Hat er dich geküsst?«

Ich hatte mich schon zum Schlafen ins Bett gelegt, aber diese Frage ließ mich wieder hellwach werden. Dabei war ich gar nicht gemeint. Natürlich nicht.

»Nein«, sagte Hilde unzufrieden. »Und bei dir? Dein Lord Fox?«

»Na ja«, meinte Nila langsam, ohne eine richtige Antwort zu geben.

»Ein bisschen also, oder wie?«

»Er hat mir wieder Schmuck gekauft. Aber nicht diesen Kristallkram, den Susan sammelt. Richtigen Schmuck.«

»Er mag dich. Ha, ich hab's doch gewusst!« Hilde warf ein Kissen nach Nila. »Angelt die Kleine sich den Millionär! Was sagst du dazu, Kiara? Hat unser Schwan den Hauptgewinn verdient?«

»Steven ist der Hauptgewinn?«, fragte ich ungläubig.

»Er ist süß und er ist reich!«, rief Nila. »Was willst du denn noch?«

»Er ist nicht so süß wie Alec«, trumpfte Hilde auf. »Bei Weitem nicht.«

»Oh doch, ist er!«

»Mädels«, sagte ich, »das ist Geschmackssache. Über so etwas kann man nicht streiten.«

»Kann man nicht?«, rief Hilde. »Alec ist ... Er bringt ein Mädchen dazu, an Gott zu glauben, nicht wahr?« Sie kicherte. »Steven ist einfach nur reich. Wenn man einen Geldschrank will statt eines Mannes, kann man auch mit ihm zufrieden sein.«

»Du bist so gemein!« Nila war den Tränen nahe.

»Für irgendein Mädchen auf dieser Welt«, sagte ich besänftigend, »ist jeder dieser Jungs ein Hauptgewinn.«

»Jeder?« Jetzt lachten sie beide.

»Denkst du an Björn? Der ist bloß guter Durchschnitt«, fand Nila. »Allerdings ist sein Vater Geschäftsmann, das gibt ein paar Bonuspunkte.«

»Aber kein Hauptgewinn«, beharrte Hilde. »Und Dmitrij ist zu albern. Ein Trostpreis, höchstens.«

»Wenn Dmitrij ein Trostpreis ist, dann ist Raoul eine Niete«, legte Nila nach.

Wie konnten sie so unglaublich gehässig sein?

»Raoul«, überlegte Hilde, »hm. Der ist nicht albern, dafür ist er langweilig. Kleiner Gewinn, aber nichts Besonderes. Diese Art Preis, wo man überlegt, ob man noch ein paar Lose kaufen soll, um was Besseres zu bekommen.«

Und ihr hatte ich Alec gegönnt? Jemandem wie ihr?

»Ihr seid so …«, begann ich.

»Du hast Jacques vergessen«, erinnerte Nila.

»Jacques?«, fragte Hilde. »Wer ist Jacques?« Sie schlug sich gegen die Stirn. »Nein, den habe ich nicht vergessen. Den gibt es nicht an der Losbude. Den kann man sich höchstens aus dem Mülleimer fischen.«

Wenn ein Tiger in mir gewohnt hätte, hätte er nun seine Krallen ausgefahren. »Nimm das zurück!«

»Was?«, fragte Hilde verwundert.

»Sag bloß nichts über Jacques! Wenn er die Haare aus dem Gesicht hat, sieht er sogar ziemlich gut aus.«

Sie starrten mich erstaunt an.

»Ich wusste gar nicht, dass unsere liebe Kiara so sarkastisch sein kann«, meinte Nila.

Es hatte keinen Zweck, Jacques verteidigen zu wollen. Sie nahmen ihn nicht ernst, und sie würden auch mich nicht ernst nehmen, wenn ich etwas zu seinen Gunsten vorbrachte.

»Der Kerl ist ein Ladenhüter«, erklärte Hilde. »So was sehe ich auf den ersten Blick.«

Ich versuchte es ein letztes Mal. »Ich hab ihn vorhin in der Stadt gesehen, Hand in Hand mit einem Mädchen.«

»Was?« Sie prusteten los. »Das muss eine Fata Morgana gewesen sein.« Sie kriegten sich gar nicht wieder ein, bis Hilde schließlich streng sagte: »So, jetzt ist aber Schluss. Jetzt wird geschlafen.«

Dann wechselten sie einen Blick, der nicht für mich bestimmt war. Ein Blick, der ganz klar besagte, dass in dieser Nacht etwas passieren würde.

Jacques hatte mich gewarnt. Also setzte ich mich auf, trödelte ausgiebig herum und begann, mir die Fußnägel zu lackieren.

»Bist du gar nicht müde, Kiara?«, fragte Hilde.

»Eher nicht«, sagte ich. »Sich nicht zu verwandeln ist nicht besonders anstrengend.«

»Ich gehe ins Bad.« Hilde verschwand, nachdem sie Nila mit einer deutlichen Kopfbewegung zu verstehen gegeben hatte, dass diese ihr folgen sollte.

Nila wartete eine kurze Zeit, dann klopfte sie an die Badtür. »Darf ich reinkommen? Ich hab vergessen, mir die Zähne zu putzen.«

»Klar.«

Sobald sie die Tür hinter sich geschlossen hatten, sprang ich auf und floh aus dem Zimmer.

Im Flur brannte noch Licht. Ich wandte mich unwillkürlich nach links, in Richtung Treppenhaus, dann fiel mir ein, dass sie mich dort wahrscheinlich zuerst suchen würden, und lief nach rechts. Kaum war ich um die Ecke gebogen, als ich hinter mir ihre Stimmen hörte.

»Kiara! Wo willst du hin?« Gelächter.

Panik ergriff mich. Ich stolperte vorwärts, einen endlos langen Gang entlang. Als ich mich kurz umdrehte, sah ich Hilde etwa zwanzig Meter hinter mir stehen. Sie trug nicht mehr ihren Pyjama, sondern hatte sich eine Decke um den Leib gewickelt. Zu meiner Erleichterung machte sie keinerlei Anstalten, mir nachzurennen. Sie rief auch nicht nach mir. Stattdessen – und hier schlug meine Hoffnung in Entsetzen um – verwandelte sie sich in einen riesigen Tiger.

Keuchend rannte ich weiter. Wieder bog ich um eine Ecke, vor mir lag eine Treppe, die hinunterführte. Ich wollte gerade die erste Stufe betreten, als jemand mich zurückriss und eine Hand über meinen Mund legte. Ich wurde mit einer solchen Kraft weggezerrt, dass ich vor Überraschung vergaß, mich zu wehren.

Vor mir schloss sich eine dunkle Tür und sperrte das grelle Flurlicht aus. Warmer Atem streifte meine Stirn, die Wärme eines fremden Körpers füllte die winzige Kammer. Mein Herz schlug rasend schnell, und doch fühlte ich mich sicher.

Durch eine schmale Ritze konnte ich sehen, wie Hilde um die Ecke kam. Die Tigerin geriet auf dem glatten Fußboden ins Rutschen und schlitterte einige Meter. Dann reckte sie den mächtigen Kopf nach vorne und spähte ins Treppenhaus.

»Wo ist sie hin?« Nila kam atemlos angerannt. »Runter oder rauf?«

Der Tiger knurrte und sprang die Stufen hinauf, während das rothaarige Mädchen laut seufzte und sich an den Abstieg machte.

Die Hand vor meinem Mund löste sich, doch der Arm meines Retters hielt mich immer noch umfasst.

»Leise«, flüsterte seine Stimme dicht an meinem Ohr.

Ich nickte. Ich hatte bestimmt nicht vorgehabt, schreiend auf den Flur hinauszustürzen.

Er streckte die Hand aus und berührte die Tür vor uns, die lautlos aufschwang. Als ich mich zu Jacques umwandte, war ich nicht im Mindesten überrascht, dass er es war. Seine Hand hatte sich warm angefühlt, der Geruch vertraut. Mir war, als würde ich seine Gegenwart erkennen, immer und überall. Etwas anderes überraschte mich. Wir hatten uns nicht in einem Wandschrank versteckt, wie ich angenommen hatte, sondern hinter einem mannshohen Gemälde, das Jacques wieder vor die Nische schwenkte. Er musste dieses Gebäude besser kennen als irgendjemand sonst. Nun begriff ich auch, warum Hilde und Nila uns nicht gefunden hatten.

Sein Blick glitt amüsiert an meinem Aufzug entlang. »Rennst du immer im Nachthemd durch die Gegend?«

»Das ist ein kurzes Sommerkleid.«

Er grinste. »Ach so.«

»Du bist auch nicht immer vollständig angezogen, wenn ich dich treffe«, schlug ich zurück.

Er grinste noch etwas mehr. »Komm.«

Ich eilte neben ihm her, an jeder Menge Türen und dunkler Winkel vorbei, bis wir schließlich wieder vor meinem Zimmer anlangten.

»Und hier bin ich sicher? Irgendwann kommen sie zurück. Was wollen die überhaupt von mir?«

Jacques sah sich rasch um und winkte mich zum Bad.

»Ist das dein Ernst?«, fragte ich, als er hinter uns abschloss.

»Schnell«, sagte er hastig, »sie werden dich überall suchen. Hast du wirklich keine Ahnung, was sie vorhaben?«

»Wollen sie mich irgendwie dazu zwingen, mich zu verwandeln?«

Jacques nickte. Sein bleiches Gesicht wirkte noch grimmiger als sonst.

»Wie wollen sie das anstellen? Indem Hilde mir als Tiger Angst einjagt, damit ich mich wehre und selbst ein wildes Tier werde?«

»Du willst doch fliegen, oder? Alle in unserer Gruppe wissen davon.«

»Aber wie ...«

»Sagt dir der Prager Fenstersturz etwas?«

»Fenstersturz?« Mein Vater hatte etwas erzählt, wie ich mich undeutlich erinnerte. »Da wurden irgendwann im Mittelalter ein paar Ratsherren aus dem Fenster geworfen oder so. Von einer wütenden Menschenmenge.«

»Olga hat den Mädels geraten, sich mit diesem Thema zu beschäftigen. Ich hab's gehört.«

»Du meinst, sie werden mich aus dem Fenster werfen?« Ich schluckte. »Das ist doch ein Scherz, hoffe ich.«

»Ich fürchte, nein. Das ist der Plan.«

»Und was mache ich dann hier? Sie werden mich finden! Ich muss mich verstecken!«

»Das wäre unklug«, meinte Jacques. »Denn dann versuchen sie es morgen wieder. Und übermorgen. So lange, bis du entweder tot bist oder dich verwandelt hast. Die Anweisung kommt von allerhöchster Stelle.«

»Aber ich gehöre gar nicht zum Königskreis!«, platzte ich heraus.

»Das ist ein Versehen. Ich kann mich nicht verwandeln – nicht so!« Ich atmete tief durch, um meiner Panik Herr zu werden. »Ich muss hier weg, raus aus der Akademie. Du hilfst mir doch?«

»Wenn du jetzt verschwindest«, sagte Jacques leise, »werden sie dich für den Spion halten.«

»Ich bin der Spion.«

»Das ist nicht witzig.«

»Habe ich etwa gelacht? Ich habe nicht die Absicht, mich aus dem Fenster werfen zu lassen, egal, wofür die mich halten oder nicht halten! Ich muss hier raus!«

Jacques betrachtete mich nachdenklich. »Du hast das Talent, dich zu verwandeln. Ich kann so etwas spüren. Außerdem neigst du tatsächlich dazu, dich aus großer Höhe herabzustürzen.«

»Daran willst du mich jetzt erinnern? Das war ein Unfall!«

»Es ist ein Hinweis. Manchmal will das Tier mit Gewalt heraus, doch wenn du es nicht lässt, stirbst du.«

»Ach, wie schön!« Ich war jetzt ernsthaft wütend. »Hilfst du mir nun oder nicht?«

»Wäre ich sonst hier?«

»Worauf warten wir dann noch!«

Ich sprang vom Klodeckel hoch, auf dem ich gesessen hatte, aber Jacques legte mir die Hände auf die Schultern und drückte mich wieder hinunter.

»Hör mir gut zu, Kiara. Lauf jetzt nicht weg. Sie werden ganz besonders gut darauf achten, dass du ihnen nicht durchs Tor entwischst. Erst musst du sie davon überzeugen, dass du vertrauenswürdig bist – indem du sie genau das machen lässt, was sie vorhaben.«

Ich schnappte nach Luft. »Was?«

»Sie wollen dich aus dem Fenster werfen. Es ist ihnen egal, aus welchem. Hauptsache, es ist so hoch, dass du gezwungen bist, ein Vogel oder ein Schmetterling oder sonst was zu werden. Aber dir darf das nicht egal sein. Du musst aus einem Fenster springen, das über dem Teich liegt.«

Mir schwindelte. »Aber ...«

»Kiara! Bist du da?« Jemand rüttelte an der Tür. »Kiara. Wir wissen, dass du da drin bist!« Nilas Stimme. Und Hildes. »Jetzt komm schon, mach auf, das war doch nur ein Scherz!«

»Ich mache ganz bestimmt nicht auf!«, rief ich.

Jacques flüsterte mir ins Ohr. »Vertrau mir. Halt einfach die Luft an, wenn du ins Wasser stürzt. Ich werde da sein.«

»Kiara!« Stevens Stimme. »Es wäre sehr schade, wenn ich die Tür aufbrechen müsste, oder?«

Aus dem Zimmer war ein Geräusch zu hören, als würde ein wilder Stier mit den Hufen scharren.

»Einen Moment noch!« Ich sah mich nach einer Waffe um. Im Badezimmer gab es nichts, womit ich mich verteidigen konnte, wenn man von elektrischen Zahnbürsten und Haarspray absah. Vermutlich würde es einen ausgewachsenen Büffel nicht beeindrucken, wenn ich ihm Veilchendeodorant in die Augen sprühte. Selbst wenn es ihn vorübergehend blendete, war da immer noch der Tiger.

»Mach auf!«, befahl Nila. »Dir wird nichts passieren, Kiara. Das ist doch nur zu deinem Besten.«

Als ich mich zu Jacques umblickte, hatte er sich in Luft aufgelöst. Nur seine Kleider lagen in einem Haufen auf dem Fußboden. Eine kleine Fledermaus krabbelte aus der Hemdöffnung. Ich nahm sie hoch, setzte sie auf den Schrank, stopfte Jacques' Sachen in mein Schrankfach, betätigte die Spülung und legte die Hand an den Schlüssel.

Vertrau mir. Ich werde da sein.

Ich hielt mich an diesen Worten fest. Sie waren meine einzige Verteidigung, mein Anker, mein Rettungsseil. Noch einmal tief durchatmen. Dann öffnete ich die Tür und sah mich meinen Freunden gegenüber. Oder meinen Feinden. Heute Nacht lief es auf dasselbe hinaus.

Sie trugen Bademäntel, was praktisch war, wenn man sich verwandeln wollte. Steven lächelte entschuldigend. Raoul, Dmitrij und Björn saßen vor dem Fenster und taten dort irgendetwas, was ich von hier aus nicht erkennen konnte. Nila und Hilde hatten wenigstens den Anstand, nicht ganz so gehässig zu grinsen, wie ich erwartet hatte. Susan saß mit rot geweinten Augen auf meinem Bett.

Schlagartig wurde mir klar, dass dies das falsche Fenster war. Es ging hinaus auf die Stadt, auf den Vorplatz. Wenn ich in die Tiefe stürzte, würde ich auf den Pflastersteinen aufschlagen und nicht im Teich.

»Was wird das, eine Mitternachtsparty?«, fragte ich. »Ich hab noch eine Packung Kekse unter meinem Bett. Ihr habt hoffentlich Getränke mitgebracht?«

»Kiara«, sagte Hilde leise, »das ist kein Spiel. Wir wollen dir helfen, wir alle. Olga hat gesagt, dass manche ihre erste Verwandlung nur unter größtem Stress erleben können.«

»Ihr wollt mir also helfen.« Meine Stimme troff vor Sarkasmus, während ich fieberhaft überlegte, wie ich in ein Zimmer auf der anderen Hausseite gelangen konnte, bevor sie mich packten und umbrachten. »Wie überaus freundlich von euch.«

»Das ist nicht böse gemeint. Du weißt, dass wir Freundinnen sind.«

»Vielleicht möchte ich aber nicht, dass man mir hilft«, sagte ich. »Vielleicht brauche ich einfach ein bisschen Zeit.«

»Olga hat uns verraten, dass du dir vor allem die Vogelbilder angesehen hast. Du könntest ein Adler sein, Kiara. Oder ein Schwan, so wie ich!«, rief Nila. »Aber du wirst es nie wissen, wenn du es nicht wagst.«

Susan wischte sich über die Augen, stand auf und trat näher. »Vögel lernen das Fliegen, indem man sie aus dem Nest schubst. Jemand muss es tun.«

Zu einem anderen Zeitpunkt hätte ich meine Verwunderung darüber geäußert, dass die sanfte Susan so skrupellos vernünftig argumentierte. Doch gerade jetzt schoben die Jungs Nilas Bett zur Seite, damit man besser ans Fenster herankam.

Steven streckte die Hand aus und berührte meine Schulter. Mein Herz schlug mir bis zum Hals, aber ich bemühte mich um ein Lächeln.

»Nicht so schnell.« Ich wich ein paar Schritte zurück. »Und wenn es nicht funktioniert? Habt ihr euch das auch überlegt?«

»Es wird klappen«, versicherte Hilde. »Olga hat gesagt, alle Lehrer sehen das Potential in dir. Sogar Mr. Jackson. Du hast ganz außergewöhnliche Gene. Eigentlich sollen wir das ja noch nicht wissen, aber du gehörst wahrscheinlich zum Königskreis. Du könntest unsere Königin sein, Kiara! Willst du nicht endlich herausfinden, was du kannst?«

Ich war versucht, ihnen zu sagen, dass sie sich irrten. Dass ich keineswegs zum Königskreis gehörte, sondern zu den Glücklichen, die nur eine einzige Verwandlung in sich trugen, die ihnen zudem angeboren war. Ich konnte mir überhaupt nicht aussuchen, in was ich mich verwandeln wollte, und es war äußerst zweifelhaft, dass mir das richtige Tier im Moment meines Sturzes in den Sinn kam. Als ich in Jacques' Bärenarme gefallen war, hatte das auch nicht funktioniert.

Aber ich konnte nicht mit offenen Karten spielen. Ihnen zu verraten, dass mit meinem Gentest etwas nicht stimmte, hätte ihnen nur einen anderen Grund gegeben, mich aus dem Fenster zu werfen.

Vertrau mir. Ich werde da sein.

Jacques hatte mir versprochen, dass ich heute nicht sterben würde.

»Manche Königskinder verwandeln sich überhaupt nicht«, sagte ich. »Das hat Jaroslav uns mal erzählt, weißt du noch, Hilde? Vielleicht kann ich es und vielleicht nicht, und möglicherweise habe ich nur eine einzige Verwandlung. Es zieht mich zu den Greifvögeln hin, das stimmt.« In diesem Moment, als ich es aussprach, wusste ich, warum es mit der Elster nicht geklappt hatte. Es würde keine Elster sein. Weder ein Rabenvogel noch ein Schwan. Wenn, dann ein Greifvogel. »Aber ich habe mich auch intensiv mit ... Ottern beschäftigt.«

»Ottern?«, fragte Nila und runzelte die Stirn. »Du meinst, Schlangen? So wie eine Kreuzotter?«

Das fehlte noch, dass sie mich für eine Schlange hielten. »Weißt du nicht, was Otter sind? Fischotter. Diese niedlichen kleinen braunen Viecher, die auf dem Rücken treiben und dabei rohen Fisch essen. Sehr, äh, possierlich.«

»Du würdest lieber ein Fischotter sein wollen statt ein Adler?«, fragte Hilde ungläubig.

»Im innersten Kreis kann man sich aussuchen, was man sein will«, erinnerte Susan. »Welchen Sinn hat es, ein Otter sein zu wollen?«

Ein Wassertier, das etwas mehr hermachte, war mir auf die Schnelle nicht eingefallen. Ob ihnen eine Robbe besser gefallen hätte? Ein Walross? Oder ein Delfin?

»Wir können es uns aussuchen«, bestätigte ich, »aber Olga hat uns auch den Rat gegeben, dass wir unserem Herzen folgen sollen. Und mein Herz sagt nun mal Fischotter.«

»Ach, werft sie endlich aus dem Fenster!«, rief Björn munter. »Dann haben wir unseren Adler und alle können schlafen gehen.«

»Von wegen!«, rief Dmitrij. »Dann steigt erst die Mitternachtsparty! Los, Kiara, zeig es uns! Gib uns einen Grund zum Feiern!« Er kam auf mich zu, packte mein Handgelenk und wollte mich zum Fenster ziehen. Kühle Nachtluft wehte mir daraus entgegen.

»Nein!« Susan sprang in den Weg und streckte abwehrend die Hände aus. »Nein, nein, nein! Was, wenn sie kein Vogel wird? Wenn es doch der Otter ist?«

»Dummerchen, sie kann sich verwandeln, in was sie will!«

»Aber ein Wandler des Königskreises nicht«, sagte Hilde auf einmal. Ihre Stimme hatte sich verändert und klang nachdenklich und besorgt. »Was Kiara sagt, stimmt. Jaroslav hat es uns im Vertrauen verraten. Für Könige ist es schwieriger. Sie sind nicht so frei in ihren Entscheidungen wie Wächter und Diener. Es gab mal einen Prinzen, der nur schwarze Tiere konnte.«

»Wann hat Jaroslav das denn erzählt?«

»Als wir Eis essen waren.« Hilde schüttelte ungeduldig den Kopf. »Vielleicht kann Kiara sich wirklich nicht aussuchen, was sie wird.«

»Vogel oder Fischotter?« Nila runzelte wieder die Stirn.

»Dann werfen wir sie doch einfach aus unserem Fenster«, schlug Dmitrij vor. »Darunter ist der Burggraben.«

»Einen Sprung in den Teich kann man überleben, auch ohne Verwandlung. Aber sie wird sich nicht verwandeln, wenn die Gefahr nicht echt ist.«

Sie diskutierten noch eine Weile. Mit gesenktem Kopf wartete ich auf ihr Urteil. Susan meinte, wir sollten Olga fragen. Dmitrij und Björn wollten mich aus ihrem Zimmer stürzen. Raoul hielt sich aus allem heraus und hörte bloß zu. Steven wollte mir gar nicht die Möglichkeit offenlassen, ein Fischotter zu werden, sondern mich dazu zwingen, einen stolzen Vogel zu wählen. Nila und Hilde trugen alle Informationen zusammen, die sie über den Königskreis wussten, und wollten mir die Wahl lassen – zwischen zwei Todesarten.

»Wir fesseln sie«, schlug Nila vor. »Wenn der Vogel in ihr steckt, wird sie beim Sturz zum Vogel. Die Stricke sollten sie nicht allzu sehr behindern, selbst ein Adler müsste sich da rauswinden können. Wenn sie ein Otter ist, muss sie es im Wasser werden. Sonst würde sie ertrinken.«

Sie sprachen über meinen Tod, als sei das alles nur ein Spiel. Und ich war gezwungen, mitzuspielen.

Wie eine Gefangene führten sie mich schließlich durch die Gänge. Mittlerweile war überall das Licht abgeschaltet. Im Treppenhaus leuchtete Björn mit einer Taschenlampe die Stufen aus, sodass wir ohne Unfälle in den fünften Stock gelangten.

»Hereinspaziert. Unser Zimmer mit Aussicht.« Dmitrij öffnete die Tür.

Der Blick über den Park war atemberaubend. Hinter dem Wäldchen funkelten die Lichter der Stadt.

»Wer trennt sich vom Gürtel seines Bademantels?«, fragte Steven.

»Ha«, meinte Hilde, »das hättet ihr wohl gern.«

Björns und Dmitrij verschwanden im Bad, um sich umzuziehen, und kamen in normalen Sachen wieder, die weichen Gürtel in den ausgestreckten Händen. Unwillkürlich wich ich zurück.

»Haltet ihr das wirklich für eine gute Idee?«

»Du wirst nicht sterben«, sagte Hilde. »Du wirst uns dankbar sein.«

»Hände nach hinten«, befahl Nila.

Ich hatte nicht gewusst, welche Willensanstrengung nötig ist, um sich fesseln zu lassen, ohne Widerstand zu leisten. Und ich hatte nicht gewusst, zu welchem Hass ich fähig war. Als Nila mir die Hände hinter dem Rücken zusammenschnürte und Hilde meine Füße an den Knöcheln umwickelte, hasste ich sie mit einer solchen Intensität, dass mir fast schwarz vor Augen wurde.

Dmitrij und Björn packten mich an den Armen und zogen mich zum Fenster.

In diesem Moment öffnete sich die Tür.

»Was tut ihr da?«, rief Alec. Er stürzte ins Zimmer. »Nein! Lasst sie sofort los. Nein! Nein!«

Sein Schrei gellte lauter als meiner, als die Jungen mich über die Brüstung kippten und kopfüber nach unten fallen ließen.

14
Weil du da bist

Ich fiel.

Die Zeit zog sich in die Länge, Sekunden dehnten sich zu Stunden. Die Welt bestand nur noch aus spiegelnden Lichtern und Schatten, das Universum zersplitterte in vier Elemente – mein Schrei, meine Wut, die Angst und der Hass. Eine schwarze Fläche, die aus dickem, dunklem Glas zu bestehen schien, raste mir entgegen. Ich tauchte ein, bevor ich auch nur daran denken konnte, die Luft anzuhalten, und der Aufprall traf mich mit brutaler Wucht. Einige fürchterliche Sekunden lang schwebte ich durch undurchdringliche Finsternis, durch eine lichtlose, luftlose Glaskugel, in der es kein Oben und kein Unten gab. Ich war gefesselt, unmöglich, Arme und Beine zu bewegen und nach oben zu schwimmen. Ich wusste nicht einmal, wo oben war. Ich zappelte wild, versuchte mich zu befreien, Panik überflutete mich, ich konnte nicht atmen, alles war dunkel, überall war Tod und Entsetzen.

Ich würde sterben.

Jetzt! Ich würde jetzt sterben!

Irgendwie schaffte ich es, nicht zu schreien, den Mund nicht aufzureißen und Wasser zu schlucken. Die Dunkelheit breitete sich in mir aus, wollte mich zwingen, einzuatmen, der Schmerz spannte sich in meiner Brust auf wie ein Schirm … und im nächsten Moment zog etwas an mir und ich durchbrach die Wasseroberfläche. Ich schnappte nach Luft, schluchzte, hustete, japste, zappelte, weinte.

»Ganz ruhig«, flüsterte Jacques mir ins Ohr. »Ich halte dich.«

Von oben hörte ich gedämpfte Rufe. »Kiara? Kiara, lebst du noch?«

Jacques schwamm mit mir an den Rand des Teichs. »Lehn deinen Kopf an meine Schulter. Ich halt dich über Wasser. Ich muss nur diesen Knoten aufmachen.«

Seine Finger waren schnell und geschickt. Sobald meine Arme befreit waren, legte er meine Hände auf den Rand der Mauer, die den Teich einfasste, und schob mich hoch, bis ich mich über die Kante ziehen konnte. Mein ganzer Körper zitterte, ich hatte überhaupt keine Kraft. Da flatterte er schon klein und dunkel an mir vorbei und verwandelte sich im nächsten Moment wieder in einen Menschen. »Schnell, deine Füße.«

Die Rufe von oben wurden lauter. »Kiara? Scheiße, sie meldet sich nicht.« Etwas Großes, Weißes schwebte an der Mauer herab. Jacques zerrte mich hoch und hinter ein Gebüsch, während der Schwan über die Wasseroberfläche glitt. Der Vogel tauchte den Schnabel ein und fischte den Frotteegürtel, mit dem meine Hände gefesselt gewesen waren, aus dem Wasser.

Ich hörte Jubel aus dem fünften Stock, als der Schwan seine Beute nach oben trug. »Sie hat es geschafft! Wir wussten es!«

Schlotternd hockte ich mit Jacques hinter dem Strauch. Meine Nerven lagen blank.

»Warte noch«, flüsterte er und legte den Arm um meine Schulter. Seine Haut war kalt und nass. »Sie könnten uns sonst sehen.«

Dann erschien eine Gestalt auf der Terrasse und beugte sich über das Geländer zum Teich. »Kiara?«

Es war Alec. Ich spannte unwillkürlich die Muskeln an, und Jacques' Griff um meine Schulter wurde fester, als fürchtete er, ich könnte gleich losstürmen.

»Kiara?« Alec rannte über die Brücke und umrundete eine Blumenrabatte. Jetzt war er keine zwei Meter von uns entfernt. Er kniete sich am Ufer hin und spähte über die stille Wasseroberfläche. »Kiara!«

Hildes blondes Haar wehte aus dem Fenster, als sie sich weit über die Brüstung lehnte. »Alec, jetzt komm schon. Ihr ist nichts passiert.«

Er hatte den zweiten Gürtel gefunden und hielt ihn eine Weile fest in der Hand. Langsam stand er auf und sah sich um.

»Alec!«, befahl Hilde. »Sie lebt. Wenn sie sauer ist, lass sie.«

Er stand reglos da und horchte. Mir war, als müsste mein wilder Herzschlag mich verraten. Mein Atem, der immer noch keuchend ging. Wasser brannte mir in der Kehle, und ich musste einen quälenden Hustenreiz unterdrücken.

Alec schlang den triefenden Gürtel um sein Handgelenk, blickte sich noch einmal um und kehrte dann wieder über die Brücke ins Palais zurück.

* * *

Jacques wartete ein paar Minuten, bevor er sich aufrichtete. »Jetzt«, flüsterte er. Er war nackt, hell schimmerte sein Körper in der Nacht. Er reichte mir die Hand, aber meine Beine zitterten so sehr, dass ich sie nicht kontrollieren konnte. Jacques zögerte kurz, dann hob er mich einfach hoch. Bevor ich mich noch wundern konnte, wie er mich tragen wollte – er war ein schlaksiger Junge, kein Muskelpaket wie Alec –, verwandelte er sich in den Bären. Gebückt trottete er über die Wiese, die uns vom Wäldchen trennte, brach durchs Unterholz und setzte mich schließlich auf einer kleinen Lichtung ab. Hier verwandelte er sich zurück.

Ich fror so entsetzlich, dass mir die Zähne klapperten.

»Hier, nimm das.« Er schloss meine klammen Finger um etwas, das sich wie ein Handtuch anfühlte. »Zieh dich aus und trockne dich ab.«

»Ich soll …?«

»Es ist dunkel, und ich werde nicht hinschauen«, meinte Jacques ungeduldig. »Ich habe dir etwas Trockenes zum Anziehen mitgebracht. Bitte beeile dich, wir müssen die Zeit nutzen, die wir noch haben.« Er drückte mir etwas in die Hand. Dann sah ich undeutlich, wie er mir den Rücken zuwandte und von irgendwoher eins seiner hellen Hemden hervorzauberte, als würde er in der Dunkelheit eine Schublade öffnen.

Anscheinend hatte er an alles gedacht und die Sachen an diesem Platz für uns bereitgelegt, während mich die anderen ins fünfte Stockwerk gebracht hatten. Wie hatte er als kleine Fledermaus ein ganzes Kleiderpaket tragen können?

»Wofür brauchen wir Zeit?« Ich brachte die Worte nur mit größter Anstrengung heraus.

Während ich das nasse Nachthemd von meiner Haut schälte, mit dem Handtuch über meine Haut wischte und ungeschickt die Ärmelöffnungen meines Shirts suchte, sprach er schon weiter.

»Die anderen glauben, du hättest dich verwandelt. Das war der Zweck der Aktion, wie du dich hoffentlich erinnerst. Damit dürfte dein Leben vorerst sicher sein, aber du musst ihnen so schnell wie möglich zeigen, dass du es tatsächlich kannst. Also musst du üben und sie morgen überraschen.«

»Üben nützt bei mir nichts.«

»Du gehörst zu den Glücklichen, hast du vorhin gesagt. War das dein Ernst?«

Ich gab mich damit völlig in seine Hand. Aber er hatte mir schon zum zweiten Mal das Leben gerettet. Wenn ich ihm nicht vertrauen konnte, wem dann? »Ja, ich bin falsch eingeordnet worden.«

»Ich werde dich jetzt nicht fragen, woher du das weißt. Aber falls es stimmt, musst du es ganz anders angehen, wenn du dich verwandeln willst. Bist du fertig?«

»Einen Moment noch ... Was ist das hier? Du hast doch wohl nicht in meiner Unterwäsche gewühlt?«

Auch bei dieser spärlichen Beleuchtung erkannte ich meine Sachen sehr wohl. Er hatte mir meinen rosa Schlüpfer mit den Blümchen mitgebracht. Ausgerechnet!

»Ich dachte, das wäre dir lieber, als wenn du gar keine anhast.«

»Dann hättest du mir ja auch einen BH mitbringen können.«

»Entschuldigung, aber ich hatte es ein bisschen eilig! Ich musste warten, bis ihr alle aus dem Zimmer wart, die Sachen in den Garten bringen und zurück sein, bevor sie dich aus dem Fenster geworfen haben. Wie lange hättest du in dem Teich auf mich warten wollen?«

Ich wollte nicht weinen. Es gab eigentlich auch keinen Grund dazu. Trotzdem konnte ich nicht verhindern, dass mir die Tränen über die Wangen liefen. Ich wandte mich ab. In meinem Körper war immer noch das Gefühl, aus großer Höhe zu fallen.

Und ich wünschte mir verzweifelt, ich könnte fliegen.

»Reiß dich zusammen«, sagte Jacques unerbittlich. »Du musst noch heute Nacht deine Gestalt finden, oder sie werden morgen wieder versuchen, dich zum Verwandeln zu zwingen.«

»Ich weiß nicht, wie!«

Er nahm meine Hand in seine. Seine Haut war bereits wieder warm und trocken, während ich nicht aufhören konnte zu frieren. »Dann komm.«

»Wohin gehen wir?«

»Zur Orangerie. Sie halten dort die häufigsten Tiere für den Kreis der Glücklichen, schon vergessen?«

Das Glashaus wirkte dunkel und still, und mir war gar nicht wohl, als Jacques an der Tür rüttelte. »Abgeschlossen. Warte, das haben wir gleich.«

»Das mit dem Banküberfall war wohl ernst gemeint, wie? Du kannst Schlösser knacken?«

»Auf jeden Fall kann ich Schlüssel ausborgen und nachmachen lassen.«

»Du bist nicht ganz dicht.«

»Ich sorge nur vor. Wir sind in der Akademie der Skorpione, und ich traue niemandem in diesem Laden.«

»Warum hilfst du mir dann?«

»Weil ich sonst nichts zu tun habe«, antwortete Jacques ärgerlich. »Und weil du die Einzige bist, die ständig gerettet werden muss. Reicht das?«

Er schob die Glastür auf, und sofort empfing uns der berauschende Duft des Dschungels. Es roch feucht, nach Erde und Laub und sehr intensiv nach Raubkatze. Ich hörte die tierischen Gefangenen scharren und quieken. Pfoten raschelten auf Stroh. Es war so finster unter den hohen Pflanzen, dass ich nicht die Hand vor Augen sah.

Meine Fußsohlen klebten an der Schwelle fest. »Ich geh da nicht rein.«

»Sie lassen die Tiere nicht im Glashaus herumschleichen. Jedes sitzt in einem Käfig. Es ist sicher.« Er nahm meine Hand fest in seine, als fürchtete er, ich könnte davonlaufen, und tastete sich vorwärts. Blätter streiften mein Gesicht. Dann leuchtete ein kleiner runder Schein direkt vor unseren Füßen auf.

»Warum sagst du nicht gleich, dass du eine Taschenlampe dabeihast?«, fuhr ich ihn an.

Jacques grinste und hob die Schultern. »Vielleicht macht es mir einfach Spaß, mit dir durch die Dunkelheit zu schleichen.«

»Gib's zu. Du willst bloß meine Hand halten.«

Es war ein Schuss ins Blaue, aber er ließ mich sofort los und ging zwischen den Käfigen hindurch, ohne auf mich zu warten.

Hinter den Gittern hockten die unterschiedlichsten Tiere. Der Lichtstrahl glitt an Leoparden und Affen vorbei. Eine Katze fauchte uns an. Ein kleines Wesen mit riesigen Augen sprang erschrocken zurück. Ein Windhund stellte die Ohren auf und flehte stumm um Freilassung. Dann hörte ich Flattern und die sanfte Berührung von Federn an Metallstäben.

»Fischotter gibt es hier nicht«, sagte Jacques trocken.

Die meisten Vögel hatten geschlafen und blinzelten nun verwirrt ins Licht. Da waren Krähen und kleine Meisen, Tauben und Spatzen und sogar ein Paradiesvogel. In einem großen Käfig saß ein Adler auf der Stange und machte einen verdrossenen Eindruck.

»Lektion eins: Du musst sie dir ansehen. Du musst ein Gefühl entwickeln für das Wesen des Vogels oder des Tieres. Es muss sein, als hättest du ihm in die Seele geblickt und es in deine. Bevor du die Verbindung zu der Gestalt in dir selbst finden kannst, musst du die Verbindung zu deinem Spiegelbild eingehen. Du kannst nur das werden, was du liebst.«

Ich fragte Jacques nicht, woher er das wusste. Wenn er tatsächlich der König der Wandler war, woran ich längst nicht mehr zweifelte, wusste er wahrscheinlich besser über alle Möglichkeiten der Verwandlung Bescheid als irgendjemand sonst.

Die schläfrigen Vögel rissen sich nicht darum, mir ihre Seele zu zeigen. Einige hatten den Kopf unter den Flügel gesteckt und schliefen weiter, als wäre nichts. Ein aufgeschreckter Kanarienvogel flatterte so wild gegen die Stäbe, dass ich fürchtete, er könnte sich die Schwingen oder seine zarten Füßchen brechen. Der Adler beäugte mich misstrauisch. Ich blieb eine Weile vor seinem Käfig stehen und wartete darauf, dass etwas geschah, aber in meinem Inneren wusste ich, dass es keinen Zweck hatte.

Jacques hob die Hand und berührte mein Haar. Nachdenklich sah er mich an.

»Wenn du mich küssen möchtest«, sagte ich und mein Herz begann schmerzhaft zu hämmern, »dann nur zu.«

»Alecs Fanclub. Keine Sorge, das respektiere ich.« Er sah an mir vorbei auf den Adler. »Würdest du anders über deinen Schwarm denken, wenn er heute mitgemacht hätte? Ich meine, wenn er dabei gewesen wäre, als sie dich ... «

»Ich weiß schon, was du meinst«, unterbrach ich ihn hastig. Ich wollte nie wieder einen Satz hören, in dem »aus dem Fenster werfen« vorkam. »Aber er war nicht dabei. Er hat übrigens versucht, es zu verhindern, falls du das nicht mitbekommen hast. Wenn er etwas früher ins Zimmer gekommen wäre, hättest du mich gar nicht retten müssen.« Ich verstrickte mich in den Sätzen. Statt Jacques klarzumachen, dass Alec mir nichts bedeutete, fing ich an, ihn zu verteidigen.

»Vergiss ihn einfach, ja? Wenn du mich küssen möchtest ...«

Jacques schien mich vergessen zu haben. Er starrte den Adler an, und der Adler starrte unbehaglich zurück.

»Ich erwarte keine Belohnung, wenn ich dich rette«, sagte Jacques schließlich. Er riss seinen schwarzen Blick von dem großen Vogel los, dem man die Erleichterung förmlich ansah, und richtete ihn auf mich. Seine Augen waren wie schwarze Löcher in seinem Gesicht, und ich traute mich nicht, ihn noch einmal um einen Kuss zu bitten. Noch einmal abgewiesen zu werden würde ich nicht ertragen können.

»Ich frage mich, ob das ein Hinweis ist.«

»Was?«

»Dein Haar natürlich. Du hast eine sehr ungewöhnliche Haarfarbe.«

»Ah, es ist dir also aufgefallen. Wie scharfsichtig.«

Jacques schüttelte den Kopf und knurrte etwas. Seine Laune konnte nicht viel besser sein als meine. »Komm mit.« Er streckte schon die Hand nach meiner aus, überlegte es sich dann anders und schritt die Käfigreihe weiter ab. »Was hältst du davon?«

Es war ein Turmfalke. Er war klein, kaum faustgroß, mit einem hellen Kopf und einem rötlich gemusterten Gefieder, das tatsächlich eine gewisse Ähnlichkeit mit meinem Haar hatte.

Mein Herz schlug schneller. Es war derselbe Falke wie auf dem Foto in meinem Zelt, aber es war etwas völlig anderes, ihn leibhaftig vor sich zu haben. Seine kleinen scharfen Augen beobachteten mich. Unruhig bewegte er sich auf seiner Stange hin und her.

Ich versuchte, ihn zu sehen. Sein Wesen. Seine Seele. Sein Innerstes, das ich auch in mir finden würde – oder nicht. Den Wunsch, die gewaltigen Schwingen auszubreiten, unter mir den Wind zu spüren, über mir die flimmernde Sonne ...

Neben mir hörte ich Jacques leise atmen. »Und?«

»Nein«, sagte ich. »Nein, aber ganz nah dran. Er ist zu klein. Ich bin ein größerer Vogel.«

»Hast du die dort hinten gesehen, den Habicht und den Sperber?«

»Nein. Das heißt ja, ich hab sie gesehen, aber es sind nicht die Richtigen.«

Jacques verdrehte die Augen.

»Ja, tut mir leid, dass ich so wählerisch bin«, schnaubte ich.

»Mir tut es leid. Wenn du zu den Glücklichen gehörst, bist du nicht wählerisch, du hast einfach keine Wahl. Obwohl ... Würde es dich sehr ärgern, wenn ich dir gestehe, dass ich Zweifel daran habe, in welchem Kreis du eigentlich bist? Und das ist mehr als seltsam, denn normalerweise habe ich ein gutes Gespür dafür.«

»Wie meinst du das denn?« Ich hoffte nur, er sah mir nicht an, wie nervös mich diese Bemerkung machte. Wie ertappt ich mich fühlte.

Seine Augen waren so schwarz wie Kohlen und sein Blick hatte eine Intensität, als wollte er mich verbrennen.

»Wer auch immer du bist, Kiara«, sagte er leise. »Wir finden es heraus.«

15
Schlaflos

Hilde und Nila schliefen noch nicht. Obwohl es draußen schon wieder hell wurde, waren auch die Jungen noch in unserem Zimmer, saßen auf den Betten herum – auch auf meinem Bett! – und krümelten aufs Kissen. Sie hatten meine Kekse gefunden, Nila hatte ebenfalls ihre Vorräte geopfert, sodass ein Sammelsurium von Chipstüten, Schokoladenpapier und Flaschen den Fußboden bedeckte. Jemand hatte sogar geraucht; meine in dieser Hinsicht sehr empfindliche Nase merkte das sofort.

»Kiara!« Björn hob seine Flasche und prostete mir zu. »Auferstanden von den Toten!«

»Cheers!« Susans glänzende Augen und rote Wangen verrieten, dass sie mehr getrunken hatte, als ihr guttat. Ihr Kopf lehnte an Raouls Schulter.

»Was bist du?«, rief Nila. »Los, verrate es uns. Was bist du geworden?«

Der Hass stieg wieder in mir hoch, so heftig, dass mir übel wurde. Das waren meine Mörder. Sie hätten mich ohne mit der Wimper zu zucken umgebracht.

Aber das wäre nicht passiert, wenn du nicht eine falsche Identität vortäuschen würdest, sagte eine Stimme in mir, die Stimme der Vernunft. Sie hatte keine Chance gegen den Hass.

»Raus hier!« Meine Stimme hörte sich für mich selbst fremd an, so leise und heiser wie das Zischen einer Schlange.

Gehorsam wälzte Björn seine Beine über die Bettkante. »Kommt, Kumpels. Ihr habt es gehört. Die Lady sagt, die Party ist zu Ende.«

Dmitrij seufzte. »Na schön. Gute Nacht.« Er deutete eine Verbeugung an. Steven gab Nila einen Kuss auf die Wange. Raoul warf Susan einen bedauernden Blick zu. Sie torkelte über die Schokolade, rutschte auf einem Haufen Papier aus und stolperte den anderen nach.

»Schau mich nicht so an, Kiara«, sagte Nila.

Dabei tat ich das gar nicht. Ich vermied sogar krampfhaft, ihr ins Gesicht zu blicken, denn ich wusste nicht, was ich dann tun würde. Ihr an die Gurgel gehen? Dem schönen Schwan den Hals umdrehen?

»Wir haben es gut gemeint. Du wirst uns noch dankbar sein. Hilde, sag doch auch mal was.«

Die schöne Norwegerin saß auf ihrem Bett und schien in düstere Gedanken versunken. Fast so wie damals, als sie noch geglaubt hatte, Alec wäre in mich verliebt. »Und, was bist du?«, fragte sie mürrisch.

»Ein Falke.«

Es war mir egal, dass sie eine Tigerin war. Ich war bereit, mit bloßen Händen auf sie loszugehen, ohne Waffen, ohne Verwandlung, nur sie und ich.

»Na, Glückwunsch.« Nila lächelte, doch ich senkte die Lider, damit sie nicht die Wut in meinen Augen erkannte.

Meine sogenannten Freunde hatten genau das erreicht, was sie sich vorgenommen hatten. Sie hatten es geschafft, mich dazu zu zwingen, mich zu verwandeln. Den Vogel hatte ich nicht hinbekommen, doch dafür wusste ich jetzt genau, was ich war: eine von der anderen Seite. Ein Feind in ihrer Mitte. Eine Schlange unter Skorpionen.

Bereit, den gesamten verdammten Clan zu vernichten.

* * *

In den letzten Stunden dieser langen Nacht schlief ich nicht. Bilder wanderten durch meinen Geist, wie ein Film, eine endlose Abfolge von Eindrücken. Es schien eine Ewigkeit her zu sein, dass Jacques mich über die Moldau gerudert hatte, auf die kleine Insel, und mir Kafka vorgelesen hatte. Es war wie ein Blick in ein anderes Leben. Als würde ich über einem Dach schweben und durchs Fenster eine Fremde beobachten, die in einem fremden Haus lebte.

Ein Mädchen, das im Regen stand und weinen wollte, über einen Käfer, der nicht geliebt wurde, und über einen Jungen, der sie nicht küssen wollte. Ich sah zu, aber es waren nicht mehr meine Gefühle. Ich fühlte gar nichts. Mir war, als hätte ich die Emotionen eines ganzen Lebens an einem einzigen Tag und in einer einzigen Nacht verbraucht. Alle Liebe, die ich jemals würde empfinden können, allen Kummer und alle Enttäuschung, alle Angst. Es war nichts mehr übrig. Wie in einer gigantischen Explosion hatte ich alles verschwendet.

An diesem Morgen war ich nicht mehr dieselbe wie gestern. Ich war alt geworden. Keine sechzehn mehr – wie viele Jahre hatte mich diese Nacht gekostet? Zehn, zwanzig? Meine helle Haarsträhne schien auf meinem Kopf zu lodern, und ich hätte mich nicht gewundert, wenn alle meine Haare schlagartig weiß geworden wären.

Es war Zeit zu gehen.

Nila lachte mich nichtsahnend an. »Du wirst ihn uns zeigen, ja? Deinen Falken.«

Auch Olga würde sehen wollen, was ihr heimtückischer Plan ergeben hatte.

»Später«, sagte ich. »Geht ruhig vor, ich werde heute nicht frühstücken. Ich leg mich lieber für die halbe Stunde aufs Ohr.«

»Dann verschläfst du aber garantiert. Komm mit, ein Kaffee wird dir guttun.«

»Es gibt für die Schüler keinen Kaffee«, erinnerte ich sie. »Nur diesen lauwarmen Tee.«

»Bestimmt machen sie für dich eine Ausnahme.«

Ich schüttelte den Kopf. »Geht nur. Ich stelle mir einen Wecker. Ich will es auf gar keinen Fall vermasseln.«

Sobald meine Zimmergenossinnen mich allein gelassen hatten, holte ich das Handy aus seinem Versteck in meinem Wäschefach. Wie ich mir schon gedacht hatte, gab es auch hier im Gebäude Empfang. Bestimmt würde er noch besser sein, sobald ich das ganze Palais abgefackelt hatte.

Leider ging Professor Mercier nicht ans Telefon. Aber wenigstens hatte ich Empfang.

Also gut, Kiara. Denk nach. Wir befinden uns in Prag. Wo die verfeindeten Clans der Wandler ihre Hauptquartiere haben.

Das Schloss der Schlangen! Da musste ich hin!

Und es gab sogar jemanden, den ich nach der Adresse fragen konnte. Mit zitternden Fingern wählte ich die Nummer.

»Wieland. Ja?«

»Papa!« Ich blinzelte die Tränen weg. Wenn ich mein Leben retten wollte, musste ich stark sein. Zusammenbrechen konnte ich noch, wenn mir die Flucht gelungen war.

»Kiara? Was ist passiert, geht es dir gut? Du meldest dich ja gar nicht bei uns.«

Wir sprachen deutsch, was sich für meine Zunge seltsam fremd anfühlte.

»Doch, doch, alles in Ordnung. Hier ist nur so viel los. Ja, ich spiele Geige, die ganze Zeit, ich bin immerhin schon etwas besser geworden.« Es tat unendlich gut, seine Stimme zu hören. »Papa, du warst doch auch auf der Sommerakademie. Wo stand denn das Schloss, in dem ihr gewohnt habt, kannst du mir das verraten? Ich wollte mir das Gebäude gerne ansehen.«

Auf der anderen Seite der Leitung kramte mein Vater in seinen Erinnerungen. »Du musst aus der Stadt raus, in westlicher, nein, in nördlicher Richtung. Es sind 30 oder 40 Kilometer außerhalb. Wir hatten damals einen Kleinbus, der uns regelmäßig nach Prag gebracht hat.« Er beschrieb mir den Weg, soweit er sich daran erinnern konnte. »Hilft dir das weiter? Die Straße weiß ich nicht mehr. Dafür sehe ich das Schild mit der Hausnummer noch genau vor mir.«

»Danke, Papa. Grüß Mama von mir.« Ich hatte keine Ahnung, ob ich das Schloss der Schlangen mithilfe dieser vagen Angaben finden würde.

Die Flure waren wie ausgestorben; alle Schüler saßen im Speisesaal beim Frühstück. Es wurde nicht gerne gesehen, wenn jemand die Mahlzeiten ausließ, und nicht einmal Jacques drückte sich davor. Was in seinem Fall aber auch daran liegen konnte, dass er ständig Hunger hatte. Vermutlich verbrauchte man viel Energie, wenn man als Bär durch die Gegend stapfte. Oder wenn man flog, ein kleines Tier mit einem hämmernden Herzen …

Ich würde niemals fliegen. Ich würde immer nur abstürzen und darauf hoffen müssen, dass Jacques da war. Jacques, den ich nie wiedersehen würde.

Es war die andere Kiara, die ihn vermissen würde, jene andere Kiara, die so viel für ihn empfand, so viele widersprüchliche Gefühle, dass sie völlig durcheinander war. Ich dagegen konnte nichts empfinden. Nur ein leises Bedauern, weil ich nun nicht mehr herausfinden würde, ob ich ihn liebte, ihn hasste oder ihn einfach bloß durchschauen wollte. Ich ging, endgültig und für immer, und ließ alle meine Feinde zurück.

War da vielleicht doch noch ein klein wenig Gefühl in mir? In meiner Brust, eingesperrt in einen Käfig, wohnte das Mädchen von gestern, das gegen die Stäbe schlug und schrie und von mir verlangte, dass ich zu Jacques ging und ihm alles anvertraute. *Ich kann nicht fliegen*, würde ich zu ihm sagen. *Die anderen werden mich wieder und wieder aus dem Fenster werfen, und irgendwann wirst du nicht da sein, irgendwann kommst du zu spät. Irgendwann presst du die Lippen aufeinander und siehst hinaus in den Regen ...*

Vertrau mir. Ich werde da sein.

Aber wenn nicht? Was, wenn nicht?

Das Mädchen, das ich nicht mehr war, wollte nicht zulassen, dass ich ohne Abschied wegging. Sie wollte mich dazu zwingen, Jacques zu suchen. Sie wollte ihm ihr Herz ausschütten, sie wollte, dass ich ihn umarmte und mir endlich meinen Kuss abholte und mit ihm zusammen davonlief, denn würde er dasselbe nicht auch für mich tun?

Nein. Nein, sagte ich. Zu dieser anderen, die nicht fort wollte, die sich bis zum letzten Atemzug an Jacques klammerte. *Für ihn ist Prag vielleicht ein schöner Ort für ein Grab, aber nicht für mich. Ich gehe jetzt und rette mein Leben.*

Ich nahm keine Tasche mit. Alles Wichtige trug ich an meinem Körper, mein Portemonnaie und die Reisepapiere. Meine Geige zurückzulassen tat weh. Ich vermisste sie jetzt schon schmerzlich.

Während ich die Treppe hinunterstieg, spürte ich ungewohnten Muskelkater. Vielleicht hatte ich mir irgendetwas gezerrt, bei meinem Sturz oder dem vorhergegangenen Gerangel. Ein paar blaue Flecken hatte ich auch.

Denk nicht daran. Denk nicht daran, wie du fällst. Denk nicht daran, dass du sie alle umbringen möchtest. Dass du sie alle verraten willst. Dass du dir einen Krieg zwischen Schlangen und Skorpionen wünschst, wie es ihn noch nie gegeben hat. Du wirst jetzt deine eigene Haut retten und sonst gar nichts.

Da war schon das Foyer. Niemand hielt mich auf, als ich die große Flügeltür öffnete und nach draußen trat. Mir war, als würden mich tausend Augen dabei beobachten, wie ich die Stufen hinunterschritt. Ich bemühte mich, so zu tun, als hätte ich überhaupt keine Eile.

»Kiara? Fräulein Wieland?«

Und mein Herz rutschte so tief, dass es auf dem Boden zerschellte. Es hörte auf zu schlagen. Ich hörte auf zu atmen. Drehte mich um. »Ja?«

»Sie haben es geschafft?« Olga. Ausgerechnet Olga!

»Ja«, sagte ich und wunderte mich, dass ich sogar jetzt noch lügen konnte. *Lauf*, dachte ich. *Dreh dich um und lauf!*

Aber Olga war ein Panther. Wegrennen nützte gar nichts.

»Ich wollte noch ein bisschen allein sein«, sagte ich.

»Verstehe.« Sie lächelte. »Steven hat es mir gesagt. Ein Vogel?«

Ich nickte.

»Das habe ich mir gedacht. Mit der Zeit entwickelt man ein Gespür dafür, wer was sein könnte. Das beste Gespür haben natürlich die Diener. Für irgendetwas müssen sie ja gut sein.« Sie lachte wie über einen besonders gelungenen Scherz.

»Natürlich.«

»Ah, hier bist du, Olga!« Jaroslav wirkte ungewöhnlich abgehetzt. Nicht einmal die Krawatte hatte er richtig gebunden. »Mr. Jackson sucht nach dir.«

»Komme sofort.« Olga gehorchte unverzüglich.

Du auch, betete ich inständig, *verschwinde, bitte.*

Aber Jaroslav verschwand nicht. Stattdessen kam er auf mich zu. »Es ist also ein Vogel?«

»Sieht so aus.«

Er nickte. »Sehr gut. Kommen Sie, gehen wir ein Stück. Erzählen Sie mir davon.«

Er begleitete mich die Treppe hinunter und über den langen, langen Weg zum Tor. Ich hatte das Gefühl, dass der Weg kein Ende nahm, zumal wir schweigend nebeneinander hergingen. Jaroslav sagte kein Wort und mir fiel absolut nichts ein, was sich für eine unverbindliche Plauderei eignete.

»Was dagegen, wenn ich mich kurz in die Stadt absetze?«, fragte ich schließlich. »Ich brauche einen Kaffee, um richtig wach zu werden. Ach, und heute ist Sonntag, vielleicht sollte ich mal in die Kirche gehen.«

»Sie sind religiös?«

»Eigentlich nicht. Aber ich schätze, ich sollte mich für die schöne neue Gestalt bedanken. Oder spricht etwas dagegen? Haben wir Wandler eine eigene Religion, einen Glauben, den wir aus Wint Alamar mitgebracht haben?«

Jaroslav runzelte die Stirn, seine Augen wirkten plötzlich dunkler. »Nicht dass ich wüsste. Wenn wir einen Glauben an einen Gott hatten, haben wir ihn längst vergessen. Wir sind Fremde in dieser Welt. Wir sind keine Menschen, für uns ist niemand gestorben. Wenn wir wissen wollten, wie wir erlöst werden können, müssten wir zurück nach Wint Alamar.«

Er rüttelte kurz am Tor, fasste dann in seine Tasche und holte einen Schlüsselbund mit bemerkenswert vielen Schlüsseln heraus. Ich beobachtete, wie er den richtigen heraussuchte und aufschloss – und blinzelte irritiert.

Es konnte kein Zufall sein, dass mir seine Bewegungen so vertraut vorkamen.

»Jacques?«, fragte ich ungläubig.

Um die Mundwinkel des Lehrers zuckte ein Lächeln. »Und wenn ich es jetzt nicht gewesen wäre? Dann hättest du mich verraten!«

»Jacques.« Ich konnte es nicht fassen. »Du kannst dich in einen anderen Menschen verwandeln? Ich wusste gar nicht, dass das möglich ist!«

Er schloss das Tor hinter uns ab, und wir standen auf der Straße, im Herzen der Stadt.

»Du willst also abhauen?«

Und ich fragte mich, wie es ihm überhaupt gelungen war, mich auch nur ein paar Minuten lang zu täuschen. Diesen Blick kannte ich. Jaroslavs braune Augen waren zu hell dafür, zu harmlos. Dahinter entdeckte ich Jacques' finsteres, intensives Starren. Es wäre beängstigend gewesen, wenn ich nicht gewusst hätte, dass er mich mochte.

»Was glaubst du, was sie mit mir machen werden, wenn ich mich gleich weigere, ihnen den angeblichen Falken vorzuführen? Sie werfen mich vom Dach. Oder sie denken sich sonst etwas Schlimmes aus. Es wäre doch schade, wenn dein gestriger Einsatz sich nicht gelohnt hätte.«

Das Mädchen von gestern, das ich in mir eingesperrt hatte, rüttelte am Gitter und schrie. *Sag es ihm! Sag ihm, dass du nicht ohne ihn gehen kannst. Bitte ihn, mitzukommen. Geh nicht ohne ihn!*

»Kiara, wo willst du denn hin? Sie werden dich suchen. Diese Leute sind gefährlich, viel gefährlicher, als du dir überhaupt vorstellen kannst.«

»Vielleicht kann ich es mir ja vorstellen. Vielleicht muss ich gerade deshalb weg.«

Er ging schweigend neben mir her. Meine Hand streifte seine, aber er zuckte zurück, als hätte ihn die Berührung verbrannt.

»Wie viele Verwandlungen hast du?«, wollte ich wissen.

»Drei«, sagte er.

»Bär, Fledermaus und Jaroslav? Ich glaube dir kein Wort. Du bist kein Wächter der dritten Stufe.«

»Warum nicht? Immerhin gibt es weltweit an die hundert. Darf ich nicht einer davon sein?«

»Du bist kein Wächter. Und selbst wenn – welcher Idiot hat drei Verwandlungen und sucht sich Jaroslav aus? Nie im Leben.«

»Glaub doch, was du willst.«

Ich blieb stehen. Wenn ich Jacques nicht direkt zu den Schlangen führen wollte, war es jetzt an der Zeit, mich zu verabschieden. Ich war dem Feind sowieso schon viel zu nahe gekommen. So nahe, dass ich es kaum fertigbrachte, mich von ihm abzuwenden und fortzugehen.

»Danke«, sagte ich leise. »Dass du mich durchs Tor gebracht hast und überhaupt.«

Jacques streckte die linke Hand aus und berührte mein Haar. Ein Schauer lief mir über die Haut. Dann hatte er auf einmal ein kleines Taschenmesser in der Rechten und säbelte eine Strähne ab.

»Spinnst du?«, schrie ich ihn an. Ein paar Passanten sahen zu uns herüber, aber das war mir egal. »Was soll das denn?«

Er grinste – oh ja, das war Jacques' Grinsen, das gehörte keinem anderen – und führte die Haarsträhne an seine Lippen.

»Bist du ein Zauberer oder so was?«, fragte ich wütend. »Wozu brauchst du die?« Mir fiel nur eins ein, wofür man Haare benutzen konnte. »Nein. Oh nein, nicht. Tu mir das nicht an!«

»Was soll ich nicht tun?«, fragte er und tat erstaunt.

»Du schickst sie nicht ins Labor, oder? Für einen Gentest?«

Aber im Grunde war es sowieso egal. Wenn ich nicht wiederkam, würden sie meine Akte genauer durchforsten. Und dann würde ihnen auffallen, dass ich aufgrund gefälschter Dokumente eingeladen worden war. Bald würden alle wissen, dass ich zu den Schlangen gehörte.

»Ach, tu doch, was du willst!«

Ich drehte mich um und rannte durch die belebte Straße davon. Jacques kam mir nicht nach.

* * *

Ich brauchte den ganzen Vormittag, um das Schloss zu erreichen. Zuerst hatte ich den richtigen Bus finden müssen, der mich aus der Stadt hinausbrachte, in eine sanfte, hügelige Landschaft voller Wiesen und Getreidefelder. Mein Ziel war, wie ich feststellen musste, mehrere Kilometer von der Bushaltestelle entfernt. Ich hatte erwartet, dass ich nach zehn Minuten Fußmarsch darauf stoßen würde, aber nun ging ich schon über eine Stunde und da war nichts außer Wald und Wiesen. Der Verkehr wurde dünner. Nur selten fuhr jemand an mir vorbei. Zu allem Überfluss ging es auch noch bergauf. Einmal hielt ein Wagen neben mir und der Fahrer bot mir an, mich mitzunehmen, aber ich wagte nicht, zu einem Fremden ins

Auto zu steigen. Ich hätte nicht sagen können, was ich mehr fürchtete: an einen Kriminellen zu geraten oder dass die Skorpione mein Verschwinden bemerkt und mir jemanden hinterhergeschickt hatten, um mich abzufangen, bevor ich meinen eigenen Clan erreichen konnte.

Als ich schon fast befürchtete, dass mich mein Vater völlig in die Wüste geschickt hatte, fiel mir auf, dass der Wald zu meiner Rechten von einem hohen Zaun von der Straße abgegrenzt wurde. Danach dauerte es nicht mehr lange und ich stand vor einem schmiedeeisernen Tor, das den Blick auf einen gewundenen Waldweg freigab. Welche Art von Anwesen dahinter versteckt lag, war nicht zu erkennen. Es gab keine Hausnummer, keinen Namen, kein Schild. Da war nur das Tor, das fest an zwei gemauerten Säulen verankert war, eine Kamera, an der ein Lämpchen leuchtete, und ein dunkles Kästchen an der Mauer. Entschlossen drückte ich auf den Knopf der Sprechanlage. Mir war bewusst, dass das Auge der Kamera auf mich gerichtet war und jemand jede meiner Bewegungen verfolgte.

Trotzdem wirkte alles so ausgestorben und verlassen, dass ich schon befürchtete, die Schlangen hätten Prag verlassen. Falls jemand hier wohnte, waren es sicher bloß irgendwelche reichen Leute, die mich für eine Hausiererin halten würden.

Die Sprechanlage erwachte mit einem Rauschen zum Leben. Eine Frauenstimme fragte etwas auf Tschechisch.

Ich war hier falsch, falscher konnte ich gar nicht sein. »Ist schon gut, ich glaube, ich hab mich in der Straße geirrt.«

Kaum hatte ich den Satz beendet, ertönte ein leises Surren und das Tor schwang auf. Da erst wurde mir bewusst, dass ich Alamarisch gesprochen hatte. Eine Weile starrte ich voller Zweifel auf den asphaltierten Weg, der mitten in den Wald hineinführte. Und wenn auch dieses Anwesen mittlerweile den Skorpionen gehörte? Wenn ich meinen Feinden in die Arme lief?

Doch falls dem so war, hatte ich ihnen meinen Standort längst verraten. Ich musste es wagen.

Die Bäume spendeten erholsamen Schatten, den ich nach der langen Wanderung in der prallen Sonne sehr genoss. Es duftete nach Brombeeren, und einzelne Sonnenstrahlen stahlen sich zwischen den Zweigen hindurch und spannten ein flirrendes Lichtnetz über die Straße. Ich hatte kaum die erste Kurve erreicht, als ich Motorengeräusche näher kommen hörte. Gleich darauf bog ein Geländewagen älteren Datums um die Ecke und hielt vor mir an. Eine junge Frau mit kurzen blonden Haaren, vielleicht Anfang zwanzig, streckte den Kopf durch das Fenster und lächelte mich an.

»Es sind noch fast zwei Kilometer bis zum Eingang«, sagte sie freundlich. »Und es geht steil den Hügel hinauf. Steig ein, ich fahr dich hin.«

»Danke, das ist sehr nett.« Ich kletterte auf den Beifahrersitz. Die Fremde machte sofort einen sympathischen Eindruck auf mich, und zum ersten Mal, seit ich in der Bibliothek Mr. Jacksons mitleidlose Anweisungen belauscht hatte, entspannte ich mich ein wenig.

»Mein Name ist Lisa. Ich muss allerdings zugeben, dass ich nicht recht weiß, wer du bist«, sagte die junge Frau und schenkte mir einen neugierigen Blick, bevor sie zum Wenden ansetzte.

»Wir sind hier doch beim Schlangenclan?«

»In der Tat, das sind wir. Was eine seltsame Frage ist. Entweder bist du eine Schülerin der Sommerakademie, dann erübrigt sich die Frage, oder du dürftest gar keine Ahnung davon haben.«

Ich hätte mir denken können, dass nicht alle Schlangen in meine Spionagetätigkeit eingeweiht waren.

»Sagt Ihnen der Name Professor Mercier etwas?«

»Etienne Mercier?« Sie trat auf die Bremse. »Du kennst Mercier?«

»Ich versuche schon seit gestern, ihn zu erreichen. Können Sie irgendwie arrangieren, dass ich mit ihm sprechen kann?«

Lisa fuhr wieder an. »Das lässt sich gewiss einrichten – wenn *er* mit *dir* reden will.«

Das war wenigstens ein Anfang. »Das wird er. Sagen Sie ihm, Kiara Wieland hätte nach ihm gefragt.«

Sie lachte nervös. »Deinen Namen sollte ich vielleicht lieber nicht wissen. Aber danke, dass du ihn mir gesagt hast. Andererseits, jetzt bist du ja hier, also spielt es wohl sowieso keine Rolle.« Ihr Lächeln war so herzlich, dass mir ganz warm wurde.

So eine Lehrerin hätte ich gerne gehabt. Anstelle von Olga, die ihre Schülerinnen dazu angestiftet hatte, ein Mädchen aus dem fünften Stock zu stoßen. Leider war Lisa viel zu jung, um Lehrerin zu sein. Und viel zu hübsch.

»Da sind wir schon.«

Der Wagen rollte auf eine kiesbedeckte Auffahrt von herrschaftlichen Ausmaßen. Mein Vater hatte nicht übertrieben. Das Hauptquartier der Schlangen war ein Schloss. Mehr noch, es war eine gigantische Festung.

Lisa lächelte stolz, als sei sie alleine dafür verantwortlich. »Willkommen zu Hause, Kiara.«

Teil II

Die Flügel der Schlange

16
Das Schlangenschloss

Lisa stellte den Wagen vor den Stufen ab. Eine Treppe führte mit elegantem Schwung hinauf. Zwischen zwei runden Granitsäulen befand sich das Eingangsportal, dessen Türen mindestens vier Meter hoch waren. Zwei junge Männer in schwarzen Anzügen hielten sie für uns auf und grüßten Lisa höflich, während sie mich unauffällig musterten. Die Halle, die ich mit angehaltenem Atem betrat, war ganz in Weiß gehalten. Der Marmorboden glänzte so, dass es mich im ersten Moment blendete. Erst nach und nach nahm ich die vielen Pflanzen wahr, die das Foyer in eine Art Wintergarten verwandelten. Zwischen Palmen und Orangenbäumen in großen Kübeln ruhten Büsten auf hohen Sockeln und lebensgroße Statuen. Zwei prächtige Marmortreppen führten zu einer Empore hoch. Ich war gebührend beeindruckt. Dagegen war das Palais der Skorpione eine bescheidene Hütte.

»Du bist bestimmt müde«, meinte Lisa.

»Und hungrig und durstig.« Ihre freundliche Art machte es mir leicht, Bedürfnisse anzumelden.

»Magst du einfach mit in die Küche kommen und dir was aussuchen?«

»Gerne.« Ich folgte ihr durch eine Tür in einen Gang, der mit hellem Holz vertäfelt war, und bemühte mich, nicht allzu sehr über die Wandteppiche und die Bilder zu staunen. Der hier zur Schau gestellte Reichtum war überwältigend. Das also war der Stammsitz meines eigenen Clans.

Neben Lisa in ihrem schicken Businesskostüm kam ich mir vor wie eine Touristin bei einer Schlossführung. »Leben Sie hier allein?«, fragte ich.

»Abgesehen von ein paar hundert Schülern, einem Dutzend Lehrern und der Elite unserer kleinen Armee? Wir sind zwar im

Moment nicht vollständig besetzt, aber es sind immer genug Krieger da, um einen Angriff sofort abwehren zu können. Vor allem dann, wenn die Eminenzen tagen, ist dieses Schloss eine Festung.« Sie blinzelte verschwörerisch. »So, aber selbst Kriegerinnen müssen essen.«

Ich bin keine Kriegerin, wollte ich einwenden, unterließ es aber, als sie mich in die Küche führte, die so groß war wie ein Fußballfeld. An mehreren meterlangen Arbeitsflächen bot sie einem Heer von Köchen Platz, um für ein Großereignis zu kochen. Stimmen und Gerüche führten uns zu dem Bereich, in dem tatsächlich eine Mahlzeit vorbereitet wurde. Oder vorbereitet worden war – wie es aussah, war das Küchenteam längst fertig und entspannte sich bei einer Tasse Kaffee.

»Hat es nicht geschmeckt?« Ein Mann mit breiten Schultern und einem Kopf wie eine polierte Billardkugel hob die Augenbrauen. Um seine dicken Oberarme wanden sich zahlreiche tätowierte Schlangen.

»Das wäre vermutlich das erste Mal.« Lisa lachte. »Nein, diese junge Dame ist eben erst angekommen und hat das Mittagessen verpasst. Es ist doch bestimmt etwas übrig?«

Der Glatzkopf grinste erfreut. »Junge Schlangen müssen tüchtig essen, nicht wahr? Setz dich.«

Ein Wink genügte, und die fleißigen Helfer stellten eine Reihe Schüsseln vor mich hin.

»Du kommst zurecht, Kiara?«, fragte Lisa. »Ich schaue nach, ob ich jemanden von den Herrschaften erreichen kann.«

»Gehen Sie ruhig.« Das tiefe Loch in meinem Magen kam mir erst jetzt voll zu Bewusstsein. Die köstlichsten Gerüche stiegen aus den Schüsseln in meine Nase. Während ich meinen Teller mit Klößchen, einer Scheibe Braten und verschiedenen Salaten füllte, schwebte mein Verstand davon und nahm die Angst mit.

Als ich irgendwann wieder aufsah, merkte ich, dass Schlangenmann seine Gehilfen verscheucht hatte und mir nur noch als Einziger Gesellschaft leistete. Er wandte sich gerade von einer mächtigen Industriespülmaschine ab und stapfte wieder zurück zu mir. Seine

Art zu gehen ließ mich unwillkürlich an Türsteher und Leibwächter denken.

»Sind Sie aus dem Kreis der Wächter?«, fragte ich.

»Kreis? Wächter?« Er ließ sich mit einer geschmeidigen Bewegung auf den Stuhl auf der anderen Seite des Tisches gleiten. »So sprechen nur Skorpione. Bei uns heißt es *Kaste* und *Krieger*. Du musst auf deine Sprache achten, Mädchen.«

Ich biss mir auf die Lippen. Natürlich, der Professor hatte von Kasten gesprochen, nicht von Kreisen. Ich hatte mich viel zu sehr an die Sprechweise der Feinde gewöhnt, das konnte noch gefährlich werden.

»Ups«, sagte ich. »Danke für den Hinweis.«

Schlangenmann nickte nachdenklich und goss mir Mineralwasser ein. »Man zieht so seine Schlüsse«, murmelte er. »Wenn hier eine Schülerin auftaucht, die ich noch nie gesehen habe, und die gute Lisa vor Aufregung fast in Ohnmacht fällt ... Du bist also das Mädchen mit dem besonderen Draht zu Seiner Eminenz.«

»Eminenz?«

»Ein bisschen Sirup, für den besseren Geschmack?« Aus einem kleinen Fläschchen träufelte er ein paar dunkelgrüne Tropfen in mein Wasserglas. Sie fielen in Schlieren hinunter und nahmen eine smaragdgrüne Färbung an. Es duftete sanft nach Waldmeister.

»Eminenzen«, wiederholte er. »Bei den Skorpionen nennt man sie, glaube ich, Fürsten.«

Das Wasser schmeckte fürchterlich bitter. Ich wollte schon ausspucken, als meine Geschmacksnerven eine leichte Süße herausschmeckten, die sich auf meiner Zunge entfaltete. »Wow, das ist ... gut.«

Schlangenmann beobachtete, wie ich trank, verengte die Augen und lächelte auf einmal breit. »Dann schmeckt es dir? Ah, mein Schlangenmädchen, tut mir leid, aber ich musste sichergehen.«

»Wie meinen Sie das?«

Er betrachtete das kleine grüne Fläschchen in seiner Hand liebevoll. »Das ist Schlangengift.«

»Wie bitte?«, rief ich entsetzt.

»Keine Sorge.« Er tätschelte meine Hand. »Wenn es dir schaden würde, hättest du das gleich gemerkt. Dann würdest du hier nicht mehr sitzen, sondern dich bereits auf dem Boden winden. Aber einer Schlange kann Schlangengift nicht schaden. Nur den verdammten Skorpionen.« Er reichte mir seine gewaltige Pranke, auf der die Schlangen zu züngeln schienen. »Urs. Es ist mir eine Ehre.«

»Wenn ich ein Skorpion wäre, dann wäre ich jetzt tot?«

Ich war fassungslos darüber, wie nah ich dem Tod gewesen war, ohne es zu ahnen. In meiner Naivität hatte ich geglaubt, die Schlangen wären anders! Für beide Clans schien zu gelten, dass Mord nichts anderes als ein Spiel war und der Tod ein Ball, mit dem sie jonglierten.

»Und ich dachte, wir sind die Guten?«

Urs lachte dröhnend. »Schätzchen, man muss die Augen immer offen halten. Und nur deshalb bist du hier so sicher wie in Abrahams Schoß.« Sein Lachen verstummte abrupt. Er stand hastig auf und deutete eine Verbeugung an. »Eure Eminenz.«

Ich drehte mich um, in Erwartung eines Würdenträgers, der zu diesem Schloss passte. Doch es war bloß mein Geigenlehrer. Er sah sehr besorgt und müde aus und ein bisschen so, als sei er krank gewesen.

Erleichtert sprang ich auf, wobei ich beinahe meinen Stuhl umwarf. »Professor!«

Ich war so froh, ihn zu sehen, dass ich ihn umarmte. Das hatte ich noch nie getan – obwohl ich offen mit ihm reden konnte, hatte er niemals auch nur meine Hand berührt, es sei denn, er korrigierte meine Haltung beim Geigenspiel. Offenbar empfand Professor Mercier diese Umarmung als unangemessen, denn er räusperte sich und schob mich dann sanft, aber mit Nachdruck fort. Dabei wollte ich gerade erst anfangen, mich an seiner Schulter auszuweinen.

»Professor, ich bin …«

»Nicht hier«, unterbrach er mich. »Komm mit.« Er wandte sich um und durchquerte die Küche. Mir blieb nichts anderes übrig, als ihm zu folgen.

* * *

Mercier marschierte so schnell durch die Gänge, dass ich keine Zeit hatte, mich im Schloss umzusehen. Nur kurz konnte ich im Vorbeigehen einen Blick durch eine Glastür werfen, hinter der offenbar Unterricht stattfand.

»Da sitzen Jugendliche«, sagte ich und spürte den glühenden Stich des Neids. »Sie gehören zur Sommerakademie des Schlangenclans?«

»Kiara.« Mercier blieb seufzend stehen. »Dafür haben wir wirklich keine Zeit.«

»Läuft hier dasselbe Programm wie drüben ab? Inklusive Verwandlungslehrgang? Inklusive: ein Spion ist in eurer Mitte, seht zu, dass ihr ihn ertappt?«

»Wir geben jedem Schüler einen potentiell tödlichen Begrüßungstrank, der Letzteres unnötig macht.«

»Ihr tut *was*?«

»Nur eine Schlange betritt dieses Haus«, sagte der Professor. »Jeder Eindringling stirbt.«

»Da habe ich ja Glück, dass es bei den Skorpionen etwas lockerer zugeht.«

»Lass uns nicht hier auf dem Flur reden. Die Wände haben Ohren.« Mein Mentor öffnete eine Tür zu einem großen Zimmer mit hoher, stuckverzierter Decke. Die Wände waren in edlem Holz vertäfelt, doch es gab kaum Möbel, die den Raum wohnlich gemacht hätten oder hinter denen sich ein Lauscher verstecken konnte.

»Warum sollte uns das kümmern, wenn ihr doch so darauf achtgebt, dass kein Skorpion hier eindringt?«

»Es gibt Dinge, die auch nicht für jedes Ohr unseres Clans bestimmt sind.« Professor Mercier schloss die Tür behutsam und eilte dann ans Fenster, um in den Garten – oder Wald oder was immer sich hinter dem Schloss befand – hinauszusehen. Trotzdem schien ihn das nicht restlos zu beruhigen. »Bist du aufgeflogen?«, fragte er nervös.

»Geflogen? Wohl eher nicht. Meine Mitschüler haben mich gestern aus dem fünften Stock geworfen.«

»Ich weiß. Aber haben sie Verdacht geschöpft? Bist du deshalb hier?«

»Sie *wissen* das? Ich hab pausenlos versucht, Sie zu erreichen. Ich dachte, Sie sind in Deutschland, und dabei sind Sie hier in Prag!«

Er ging einfach über meine Empörung hinweg. »In was hast du dich verwandelt?« Dabei schaute er mich an, als würde sein Leben von der Antwort abhängen. Oder mein Leben. Oder unser beider Leben.

Ich hatte nicht vor ihm zu erzählen, wie Jacques mich gerettet hatte.

»Spielt das eine Rolle?«, wich ich aus. »Woher wussten Sie, was passiert ist? Haben Sie dort etwa noch einen Spion, der Ihnen Bericht erstattet?«

Ich wollte es aus seinem Mund hören. Dass ich niemals in Gefahr gewesen war. Dass Nicolas immer in der Nähe gewesen war, um mich zu beschützen. *Sagen Sie es*, flehte ich innerlich. *Sprechen Sie es aus. Dass ihr mich nie in die Höhle des Löwen geschickt hättet, wenn ihr euch nicht sicher gewesen wärt, dass ich einen Beschützer habe. Jemanden, der mich gewarnt hätte, wenn man mir dort einen Gifttrank verabreicht hätte. Jemanden, der mich aufgefangen hätte, wenn ich gefallen wäre.*

Es hatte so jemanden gegeben. Also warum fragte Mercier, in was ich mich verwandelt hatte? Er hätte auch das wissen müssen, wenn Jacques ihn über alles andere unterrichtet hatte.

Also war es nicht Jacques. Wie auch? Schließlich war ich mir ziemlich sicher, dass Jacques der Skorpionkönig war.

»Kiara, bitte beantworte einfach meine Frage.«

»In einen Falken«, antwortete ich. Es war die gleiche Antwort, die ich auch meinen Mitschülern aufgetischt hatte, und wie sie merkte er nicht, dass ich ihn belog.

»Gut. Weiß Gott, ich wäre gerne dabei gewesen, wenn du es das erste Mal schaffst. Doch nun rede. Warum bist du hier? Haben sie dich enttarnt?«

»Ich weiß nicht, ob sie es gemerkt haben, aber ...«

»Was?«, fuhr er mich an. »Warum bist du dann nicht dort, wo du hingehörst?«

»Haben Sie mir vorhin nicht zugehört? Meine Mitschüler haben mich ...«

Ich konnte den Satz nicht einmal zu Ende bringen. Ungeduldig winkte er ab. »Ja, das sagtest du bereits.« Er begann im Zimmer auf und ab zu wandern, während er überlegte. »Ich hätte dich sowieso bald herkommen lassen, Kiara. Du hast keine Ahnung, wie schwierig jetzt alles wird. Das Testergebnis müsste bald eintreffen, ich hab unserem Labor die Pistole an die Schläfe gesetzt, bildlich gesprochen natürlich ... Was?«

Er fuhr herum, als jemand ins Zimmer stürzte. Eine kleine Frau mit eisengrauem Haar, das sie zu einem strengen Knoten gebunden trug.

»Etienne!«, schrie sie den Professor an. »Wie kannst du das zulassen! Sie dürfte gar nicht hier sein!«

Professor Mercier hob abwehrend die Hände. »Ich bin gerade dabei, das zu klären, Ella. Panik hilft uns nicht weiter.«

Die Frau warf mir einen Blick zu, so voller Abscheu, dass ich zurückzuckte. »In unserer Akademie! Ist dir eigentlich klar, was das bedeutet!«

»Glaub mir, Ella, das ist es«, sagte er sehr ruhig. »Wir passen gut auf sie auf, bis das Ergebnis da ist.«

Sie packte ihn am Ellbogen und zog ihn zur Tür. »Mein Gott, komm endlich, Etienne. Ich habe nicht vor, das vor dem Kind zu erörtern.«

Er zuckte entschuldigend die Achseln, als er sich zur Tür mitschleifen ließ. »Tut mir leid, Kiara. Rühr dich nicht von der Stelle, ich bin gleich wieder da.«

Als sich die Tür hinter den beiden schloss, stand ich ratlos da. Aber eines wusste ich: Obwohl ich die kleine alte Frau noch nie zuvor gesehen hatte, kannte ich ihre Stimme. Sie war es, die mit dem Professor in seinem Musikzimmer gesprochen hatte. Ich hatte damals geglaubt, es sei ein Mann, denn ihre Stimme war außergewöhnlich tief und rau.

Schon die alte Kiara hatte gerne gelauscht. Wahrscheinlich hätte sie den direkten Befehl, im Zimmer zu bleiben, trotzdem respektiert und darauf gewartet, dass man sich um sie kümmerte in dieser fremden Umgebung und den verwirrenden Umständen.

Die neue Kiara, die genug davon hatte, alles hinzunehmen, dachte nicht daran, still abzuwarten, während eine Frau, die sich gerade offen als ihre Feindin gezeigt hatte, Mercier auf ihre Seite zog.

Ich drückte die Klinke hinunter und spähte auf den Flur hinaus. Er war leer und die vielen Türen, die davon abgingen, waren alle geschlossen. Doch die Stimmen waren laut genug, um mich vor ein bestimmtes Zimmer zu locken. Hinter einer mit Intarsien verzierten Holztür hörte ich die beiden erbittert streiten. Ungeniert legte ich das Ohr daran. Schließlich ging es um mein Schicksal.

* * *

»Ich wusste es nicht«, verteidigte sich Mercier. »Wie oft soll ich es dir noch sagen! Glaubst du, ich hätte diese Ehe arrangiert, wenn ich eine Ahnung gehabt hätte? Und wirf mir jetzt nicht vor, ich hätte nicht gut genug recherchiert. Du hattest genauso viel Zeit wie ich, um die Stammbäume zu überprüfen.«

»Es war dein Projekt. Etienne, man kann wohl erwarten, dass ein Sucher deines Ranges weiß, was er tut. Ein dermaßen ehrgeiziger Plan sollte gut durchdacht sein. Bevor man andere gefährdet. Nie«, sie senkte ihre Stimme zu einem so tiefen Grollen, dass es aus einem unterirdischen Gewölbe zu kommen schien, »nie lasse ich zu, dass dein Leichtsinn Nicolas' Leben in Gefahr bringt.«

»Du rührst sie nicht an. Wir warten den Test ab.«

»Das kann noch Tage dauern!«

»Ganz recht«, sagte er. »Tage, in denen Kiara drüben bei den Skorpionen in allergrößter Gefahr schweben würde. Falls sie dort auch nur den geringsten Verdacht hegen … falls sie ihre Abstammung noch mal überprüfen …«

»Nicolas würde es erfahren und uns rechtzeitig darüber informieren.«

»Nicolas konnte auch nicht verhindern, dass sie das Mädchen fast umgebracht hätten!«

»Du bist blind.« Die Stimme der Alten knarrte wie ein morscher Baum im Wind. »Blind und taub, wenn es um dieses Kind geht. Kannst du nicht sehen, was du da geschaffen hast? Sie ist der Feind, wie du es auch drehst und wendest. Sie wird ihrem Blut folgen.«

»Und dieses Blut führt sie zu den Schlangen.«

»Ha! Das ist das, was du dir wünschst, aber du kannst es nicht wissen. Begreif es endlich: Du wirst es niemals wissen!«

»Kiara gehört zu uns«, sagte der Professor leiser. »Ich kenne sie, als wäre sie meine eigene Tochter.«

»Niemand kennt einen anderen wirklich. Wir müssen handeln, bevor es zu spät ist.«

»Nicolas wird immer tun, was wir ihm sagen«, erwiderte Mercier kühl. »Wenn wir ihm befehlen, sie zu töten, wird er gehorchen. Wir haben Zeit, Ella. Ich lasse nicht zu, dass wir die Sache übereilen.«

»Nein!«, keifte die Alte. »Das Mädchen muss sterben, bevor es zu spät ist. Bevor sie ihr Potential entfaltet und ihn mit in den Abgrund reißt.«

»Wir wissen nicht einmal, ob sie überhaupt Potential hat.« Nach einer längeren Pause fügte er hinzu: »Du würdest sie vernichten, diese einzigartige Chance für den Clan? In diesem Jahr haben wir keinen Kandidaten, der auch nur annähernd infrage käme.«

»Das ist keine Chance, das ist eine Bombe. Du weißt nur nicht, welchen Draht du durchschneiden sollst. Gib sie auf, Etienne, bevor etwas Schreckliches geschieht. Hast du sie dir nicht einmal angesehen? Hast du es nicht *gesehen*? Bei deiner Erfahrung sollte ein Blick genügen.«

»Was ich sehe?« Seine Stimme kam mir mild und gleichzeitig brüchig vor, als würde zwischen seinen Zähnen weiches Holz splittern. »Ein Mädchen mit einem Gesicht wie eine Elfe, mit Haar wie Vogelfedern? Ein Falke, hat sie gesagt. Kein Raubtier. Keine Kämpferin. Ein Herz, kühn und frei, ein Vogel, der dem Wind gehört. Sie ist eine von uns, Ella. Daran halte ich fest, bis ich den Gegenbeweis in der Hand halte.«

Ich hatte genug gehört. Nein, nicht genug, zu viel. Ich hatte so viel gehört, dass mir schwindlig war von den Dingen, deren Bedeutung ich nur erahnen konnte. Professor Mercier kämpfte dort drinnen um mein Leben. Und ich hatte nicht die Absicht, darauf zu warten, wie dieser Kampf ausging.

So leise wie möglich lief ich den Flur hinunter und hatte doch das Gefühl, dass jeder meiner Schritte wie ein großes Hinweisschild schrie: Hier bin ich! Hier!

Ich erreichte eine Treppe und stürmte blindlings die Stufen hinunter, während eine Gruppe Jugendlicher an mir vorbei nach oben stieg. Ein paar neugierige Blicke trafen mich, aber niemand sprach mich an. Im Erdgeschoss eilte mir gleich als Erstes meine neue Bekannte entgegen.

»Kiara?« Lisas Lächeln war so herzlich wie bei unserer Begrüßung. Als hätte sie mich nicht zu einem Mann geführt, der mir Schlangengift zu trinken gegeben hatte. Und wer außer ihr hätte der feindseligen Ella verraten können, dass ich im Haus war? »Wo willst du hin?«

»Ich suche die Toiletten«, sagte ich.

»Ach. Die sind da drüben.«

Sie hörte nicht auf zu lächeln. Ich erwartete, dass sie mich begleitete, um auf mich aufzupassen, aber sie schien nichts von dem heftigen Streit zu ahnen. Oder sie wusste, dass es aus diesem Schloss kein Entkommen gab.

Vielleicht würde mein Fluchtversuch alle nur noch mehr gegen mich aufbringen. Trotzdem konnte ich nicht die Hände in den Schoß legen und warten, bis jemand anderes über mein Schicksal entschied.

Das Schloss besaß keinen Teich oder Graben, der eine Flucht aus dem Erdgeschoss unmöglich gemacht hätte. Ich öffnete das Klofenster, stieg auf den Spülkasten und kroch auf die Fensterbank. Die Blumenrabatte direkt unter dem Fenster sah weich aus. Keine Rosen drohten mit ihren Dornen.

Ich sprang, fiel auf die Knie und zerdrückte ein paar große rote Begonien.

Einen Moment verharrte ich und rechnete halb damit, dass mir ein Tiger hinterherspringen und mich unter seinem Gewicht begraben würde. Dass mir, während ich mich aufrappelte und in den Wald rannte, ein Adler folgen würde oder ein Leopard oder sonst ein Untier.

Doch ich erreichte unbehelligt den Zaun. Praktischerweise war der Draht an einigen Stellen zerrissen. Ich zerkratzte mir die Hände, als ich ihn so aufbog, dass ich hindurchsteigen konnte.

War das nicht ein bisschen zu einfach gewesen, wo doch die Elite der Schlangenkrieger dieses Schloss bewachte? Entweder die Wachen hatten die Anweisung, bei einem Ausbruch wegzuschauen, oder meine Flucht war tatsächlich unbemerkt geblieben. Unwahrscheinlich.

Wollte Mercier, dass ich zu den Skorpionen zurückkehrte und meine Tätigkeit als Spionin fortsetzte? Ein paar Tage lang, bis er Gewissheit hatte, worüber auch immer. Ich erlaubte mir nicht, darüber nachzudenken, während ich durch den Wald hetzte.

17
Du, ich

Diesmal hatte ich keine Hemmungen, per Anhalter zu fahren. Noch furchterregender als Ella konnte kein Autofahrer sein. Ich hatte Glück und geriet an einen freundlichen Tschechen, der seine Englischkenntnisse an mir erprobte. Das Licht verlor bereits seine gleißende Intensität, als ich am frühen Abend die Innenstadt erreichte. Es wurde sanfter, von einem milden, verwaschenen Gold, das wie ein Schleier über den Häusern hing. Jede Stunde, die ich trödelte, würde man mir im Palais vorhalten, und doch zögerte ich meine Rückkehr hinaus. Vielleicht kam ja noch eine Erleuchtung über mich, irgendein grandioser Einfall, was ich tun sollte.

Ich sehnte mich nach zu Hause, aber im Moment schien mir Heidelberg so weit weg, als läge es auf einem anderen Stern. Ich durfte meine Probleme nicht mit dort hinbringen. Wenn die Schlangen hinter mir her waren, weil sie in mir eine Bedrohung sahen, und die Skorpione, weil ich der Feind war, würde ich nur meine Eltern in Gefahr bringen. Dass ich den ganzen Tag über unentschuldigt fort gewesen war, würde meine Situation im Palais leider nicht verbessern. Damit hatte ich mich noch verdächtiger gemacht. Außerdem konnte ich ihnen immer noch keine Verwandlung liefern.

Trotzdem war bei den Skorpionen der einzige Ort, an dem ich vor Leuten wie Ella sicher war – es sei denn, sie gab dem ominösen Nicolas den Befehl, mich umzubringen. Ich konnte nicht anders, als das Streitgespräch zwischen dem Professor und der kleinen Alten immer wieder in Gedanken abzuspulen.

Was sah sie in mir? Was bedeutete es, dass ich meinem Blut folgen würde? Wie konnte ich Nicolas davon abhalten, mich zu töten? Lief ich ihm etwa direkt ins Messer?

Wenn irgendjemand mich beschützen konnte, war es Jacques. Also musste ich mir überlegen, wie ich mich unauffällig zurück in die Akademie schleichen und jeden Verdacht zerstreuen konnte.

Während ich müde und niedergeschlagen durch die Altstadt wanderte, fand ich mich auf der Karlsbrücke wieder. Das anrührende Spiel eines Geigers lockte mich in eine Traube von Zuhörern. Verborgen in der Menge, ließ ich die Musik meine Seele streicheln. Die Violine sang und weinte und jubelte und flüsterte. Sie tat all das, was meine eigene Geige nicht konnte, meine Geige, die so starr und leblos war wie mein Körper, der sich nicht verwandeln wollte.

Ich starrte über die Brüstung auf die dahinströmende Moldau und fragte mich, wie ich in diese Situation geraten war, zwischen die Fronten zweier verfeindeter Clans übernatürlicher Wesen und in ihre mörderischen Spiele verwickelt. Was, wenn ich in die Falle ging und an die Schlange unter den Skorpionen geriet?

Nicolas, hatte Mercier gesagt, *wird immer tun, was wir ihm sagen. Wenn wir ihm befehlen, sie zu töten, wird er gehorchen. Nicolas tut immer, was er tun muss.*

Es durfte nicht Jacques sein. Eiskalte Angst ließ mich innerlich zittern. *Jeder, nur er nicht!* Ich hatte den Gedanken schon tausendmal verworfen, und doch kehrte er immer wieder zurück. Jacques, der nicht als ahnungsloser Jugendlicher zur Sommerakademie gekommen war, sondern sich längst verwandeln konnte. Wer würde hinter einem mürrischen Teenager einen Krieger vermuten? Er stand mindestens auf Stufe drei, und wenn meine Vermutungen zutrafen, verbarg sich dahinter ein außergewöhnlich junger und fähiger Agent, im Konflikt mit seinem Auftrag. War es das gewesen, was ihn so verstört hatte, gestern im Regen – viele Jahre schien das her –, was ihn getroffen hatte wie ein Blitzschlag? Dass er dabei war, sich in mich zu verlieben und bereits ahnte, dass irgendwann der Befehl kommen würde, mich umzubringen? Hatte er mich deshalb kein zweites Mal geküsst und lieber Abstand gewahrt?

»Verdammt«, flüsterte ich. »Ach, Jacques …«

Du, der mich beschützt. Der meine Hand gehalten hat. Mit dem ich gelacht und geträumt habe. Du, der den König töten soll und dem ich dabei nicht in die Quere kommen darf. Bist du Nicolas?

Das tat am meisten weh. Ich konnte vielleicht versuchen, Hilde und Nila zu vergeben und so zu tun, als wäre nichts geschehen, aber dass sogar Jacques mich verraten hatte ... dass ich nichts als ein Auftrag für ihn war, für Nicolas ...

Jetzt blieb mir nicht einmal mehr die Hoffnung auf die andere Schlange. Wie hatte ich bloß so naiv sein können? Ich hatte nur herausfinden sollen, wer der König war, aber der zweite Spion hatte natürlich den Auftrag, den Auserwählten zu töten. Dafür hatten sie keinen harmlosen Schüler wie mich losgeschickt, sondern einen Killer.

War Jacques das – ein Mörder? War das sein Geheimnis, der Grund für die Nacht in seinen Augen? Ich hatte geglaubt, in ihm den Skorpionkönig erkannt zu haben, aber seine Launenhaftigkeit, seine Aufsässigkeit, seine außergewöhnlichen Fähigkeiten und der schwelende Zorn auf die Skorpionfürsten, das konnte auch ganz andere Ursachen haben. Und seit wann war ich eine Expertin für Wandler? Noch vor Kurzem hatte ich Alec für den König gehalten, weil er mir ideal für diese Rolle vorkam. Und dann, als mein Interesse sich Jacques zugewandt hatte, hatte ich sofort angenommen, dass er es war. Was war ich eigentlich für eine Spionin, wenn ich immer den Jungen, den ich am attraktivsten fand, für den gesuchten König hielt?

Unter mir floss das Wasser träge vorbei. Licht glitzerte auf den Wellen. Wenn es nur möglich gewesen wäre, sich genauso unauffällig aus dem Staub zu machen, mit der Strömung aus der Stadt zu schwimmen und alles hinter mir zu lassen ...

Aber ich würde nie irgendwo sicher sein, solange ich nicht wusste, warum mein eigener Clan meinen Tod wollte. Ich musste herausfinden, was Professor Mercier damit gemeint hatte, dass ich das Produkt einer Fehlplanung war. Jacques hatte mir eine Haarsträhne abgeschnitten – wenn ich nur gewusst hätte, in wessen Auftrag! Für den Gentest, auf dessen Ergebnis Professor Mercier so sehnsüchtig hoffte? Oder für eine zweite Überprüfung durch die Skorpionmeister, um herauszufinden, warum ich mich nicht verwandeln konnte?

Schlange oder Skorpion? Freund oder Feind? Ich musste damit aufhören, über Jacques nachzugrübeln, es brachte sowieso nichts.

Auch das hatte diese alte Hexe Ella gesagt: Niemand kann jemanden wirklich kennen ...

Fast ohne es zu merken, schlugen meine Füße den Weg zurück zur Akademie ein.

Ich hatte keine Lösung für mein Problem gefunden. Aber jemand hatte mir gesagt, Prag sei ein guter Ort zum Sterben.

* * *

An diesem Abend beneidete ich die Leute in der Fußgängerzone. Die Einheimischen und die Touristen mit ihren Fotoapparaten, die Bettler und Spendensammler, sogar die Diebe, die sich durch die Menge schlängelten. Dieser Sommerabend in Prag würde vielleicht mein letzter sein. Und trotzdem genoss ich die warmen Sonnenstrahlen auf meinem Gesicht.

Und blieb unwillkürlich stehen. Unter den Linden auf dem Wenzelsplatz saßen meine Freunde. Hildes blondes Haar flutete ihr golden glänzend über den Rücken. Neben ihr rangelten sich Nila und Steven um ein Eis. Alec war ebenfalls da, schön wie ein Prinz aus einem Märchen, aber er saß nicht neben Hilde, sondern unterhielt sich mit Steven. Raoul flirtete mit Susan. Björn und Dmitrij waren nicht zu sehen – doch, nun entdeckte ich sie unter einem anderen Baum, wo sie versuchten, mit zwei tschechischen Mädchen anzubandeln.

Der innerste Kreis. Alle, bis auf Jacques. Sogar ich war mit dabei.

Erstaunlicherweise erkannte ich mich nicht sofort, sondern wunderte mich über das Mädchen mit dem rötlichen Haar und der weißen Strähne. *Ein Mädchen mit einem Gesicht wie eine Elfe, mit Haar wie Vogelfedern* – dieser Satz kam mir in den Sinn, aber ich begriff es trotzdem nicht. Die Fremde, die zwischen meinen Mitschülern saß, träumte vor sich hin. Ihre zarten kleinen Hände drehten einen Becher Eiskaffee. Sie trank durch einen Strohhalm und hob den Kopf, als Steven etwas zu ihr sagte. Ein Lächeln glitt über ihr Gesicht. Es hatte etwas Strahlendes.

Oh Gott, sie ist wunderschön, war mein erster Gedanke. Der zweite verbesserte vehement: *Nicht sie. Ich.*

Dann packte mich das Entsetzen. Und die Wut. Es fehlte nicht viel, und ich wäre auf sie zumarschiert und hätte geschrien: Wie kannst du es wagen!

Aber ich beherrschte mich. Ich war vielleicht dumm genug, mich über mein eigenes Gesicht zu wundern, aber nicht so dumm, dass ich nicht nach dem Rettungsseil gegriffen hätte, das sich mir bot.

Unauffällig bleiben, befahl ich mir. *Ganz ruhig. Dreh dich um, bevor dich jemand sieht.* Und doch konnte ich nicht anders, als noch eine Weile zu beobachten, wie die andere Kiara mit dem Strohhalm in ihrem Becher rührte, mit einer Anmut, die ich bei mir selbst nie vermutet hätte. Wie sie lachte. Wie sie den Blick hob unter langen dunklen Wimpern. Und mich sah. Und erschrak, ein klein wenig schockiert, ein klein wenig amüsiert. Röte färbte ihre Wangen, als sie sich wieder dem Gespräch zuwandte.

Ich drehte mich um und schlenderte davon, in dem Bewusstsein, dass ich nur sehr knapp der Entdeckung entkommen war. Die Jungs waren zu sehr auf das ungewöhnliche Mädchen fixiert, um auf die Passanten zu achten. Jede Handbewegung, jeder Augenaufschlag, jedes kleine, geheimnisvolle Lächeln rettete mich davor, dass einer von ihnen hochsah und das Spiegelbild aus Fleisch und Blut bemerkte.

War ich wirklich so schön? Ich wusste es nicht. Ich wusste nur, dass ich einen Einblick erhalten hatte, der mir nicht zustand. Es war peinlich genug, von außen zu sehen, wie die Jungen mich anstarrten und um meine Aufmerksamkeit rangen. Doch am schlimmsten war der geradezu intime Einblick darin, wie Jacques mich sah. Diese Anmut, dieses Zauberhafte, diese unglaubliche Ausstrahlung – ich hatte keine Ahnung, ob ich wirklich so war. Daran zu glauben, wäre beängstigend gewesen. Das Mädchen unter den Linden war nicht für meine Augen bestimmt. Kein Wunder, dass er rot geworden war. Mir war, als hätte ich direkt in sein Herz geschaut, und das machte mir Angst.

Um zu verhindern, dass jemandem die Doppelgängerinnen auffielen, ging ich zurück in die Fußgängerzone. Nachdenklich starrte ich auf die Speisekarte eines Restaurants, das im ersten Stock lag.

Von dort oben würde ich einen guten Blick auf jeden haben, der sich dem Gebäude näherte.

Auf Englisch bat ich um Stift und Papier und schrieb den Namen des Restaurants auf. Dann bat ich einen jungen Kellner, den vielfach geknickten Zettel meiner Zwillingsschwester zu bringen, und beschrieb ihm, wo er sie finden könnte.

Er musterte mich – und das Trinkgeld – und versprach, ihr die Nachricht zu übermitteln.

Ich bestellte einen Salat und wartete. Während ich die Passanten durchs Fenster beobachtete, fühlte ich mich merkwürdig ruhig. Es war schon komisch: Je sicherer ich mich fühlte, je weiter die Todesgefahr in die Ferne rückte, umso wütender wurde ich auf Jacques. Und als ich ihn schließlich unten übers Pflaster gehen sah, leichtfüßig schwebend wie ein elfenhaftes Mädchen, das man am liebsten sofort in die Arme schließen wollte, war mein Ärger mittlerweile größer als meine Dankbarkeit.

Er kam nicht allein, aber damit hatte ich gerechnet. Alec, Dmitrij und Susan waren dabei. Ich legte das Geld für den Salat auf den Tisch, stand hastig auf und verschwand in der Damentoilette. Es gab nur eine einzige Kabine. Ich schloss nicht ab, sondern spähte durch den Türspalt.

Wenig später trat das unglaublich hübsche Mädchen in den Waschraum und stellte sich vor den Spiegel. Sie ordnete ihre Haare und beugte sich vor, bis ihre Nasenspitze das Glas berührte.

Ich öffnete die Kabinentür, und neben dem hellen Gesicht mit dem rötlichen Haar erschien ein zweites im Spiegel.

Ich hatte nicht erwartet, dass diese beiden Gesichter sich so ähneln würden.

»Du bist also wieder zurück.« Es war meine Stimme, trotzdem klang sie fremd, als würde man sich eine Aufnahme von sich selbst anhören.

»Wie kannst du es wagen!«, fuhr ich ihn an. Vielleicht, weil ich mir diesen Satz die ganze Zeit vorgesagt hatte, während ich auf Jacques gewartet hatte. Jetzt, als ich die Worte aussprach, kamen sie mir seltsam unpassend vor.

»Darüber reden wir später.« Die vollen, sanft geschwungenen

Lippen der anderen Kiara bewegten sich. Ihre Augen waren zweifarbig: grün mit einem helleren, karamellfarbenen Kreis um die Pupillen. »Wir haben keine Zeit. Deine Freunde glauben, dass du dich entweder als Spionin betätigst oder in diesem Lokal einen unbekannten Verehrer triffst.«

Dieses Lächeln! Es war mein Lächeln, mir gründlich abgeschaut. Doch ich kannte mein Gesicht, und auch wenn meine sogenannten Freunde keinen Unterschied merkten, ich schon. Hinter diesem Lächeln war ein zweites verborgen, wie eine doppelte Spiegelung. Und hinter den zweifarbigen Augen wohnte die Dunkelheit eines anderen Blicks, schwarz und brennend.

»Was hast du mit der Haarsträhne gemacht?«, fragte ich.

»Kiara?« Susans Stimme vor der Tür. »Bist du da drin?«

Wir öffneten beide den Mund, um zu antworten. Doch Jacques lächelte nur, und ich rief: »Ja, ich komme gleich!«

Dann verschwand mein Zwilling. Und aus meinen Kleidern kroch eine kleine Fledermaus.

»Nicht gucken«, flüsterte ich streng, und mir war, als würde sogar die Fledermaus dieses kleine wissende Lächeln beherrschen.

Er weiß sowieso alles. Er hat es nicht nur gesehen, sondern konnte es sogar anfassen. Alles ... oh mein Gott. Das war dermaßen peinlich und demütigend, dass die Wut wieder die Oberhand gewann. Ich schnappte mir meine Sachen und zog mich in der engen Kabine hastig um. Die verschwitzten Klamotten, die ich auf der Flucht getragen hatte, stopfte ich in meine Handtasche, die Jacques mitgebracht hatte. Ich wollte schon die Tür nach draußen öffnen, als mein Blick auf die schwarze Fledermaus fiel, die auf dem Waschbeckenrand hockte und die Zähne fletschte. Ich hatte nicht übel Lust, sie hier einzuschließen. Oder an die Wand zu klatschen.

Stattdessen öffnete ich die Tasche und ließ sie hineinschlüpfen.

Als ich aus dem Damenklo herausschoss, rannte ich die arme Susan fast über den Haufen.

»Kiara?« Sie spähte hinter mir in das winzige Örtchen und vergewisserte sich, dass sich dort niemand versteckt hatte.

An dem Tisch, an dem ich vorhin an meinem Salat geknabbert hatte, saßen die anderen jungen Wandler.

»Alles in Ordnung?«, fragte Alec besorgt.

Ich würde niemals den Blick vergessen, mit dem er die andere Kiara heimlich gemustert hatte. Nie, nie hätte Jacques mir das zeigen dürfen.

»Ja, natürlich«, sagte ich betont munter.

Sei nicht wie sie, beschwor ich mich selbst. *Lächle nicht so. Und streich dir nicht so das Haar zurück – hörst du mir nicht zu? Gerade jetzt tust du es!*

Ich konnte nicht anders, als so zu sein, wie ich war. Schon als meine Lippen sich verzogen, wusste ich, wie dieses Lächeln von außen aussehen würde. Rätselhaft. Geheimnisvoll. Wissend. Dabei hatte ich keine Geheimnisse, die wie dunkle Teiche in meinen Augen lagen ... Nun gut, hatte ich doch. Und dazu Jacques in meiner Handtasche.

Das war alles ein bisschen viel für ein Mädchen, das wie eine zarte Elfe aussah.

Mir wurde schwindlig davon, mich ständig gleichzeitig von innen und von außen wahrzunehmen. Meine Hände krallten sich in Alecs muskulösen Oberarm.

»Fall nicht um, Sweetheart.« Seine blauen Augen wirkten unglaublich lebendig. Falls noch mehr in ihnen lag, wollte ich es nicht sehen. Nicht jetzt.

»Kein geheimnisvoller Verehrer?«, fragte Steven. Er klang bereit, jeden Verehrer, ganz gleich ob geheimnisvoll oder nicht, auf die Hörner zu nehmen.

»Anscheinend nicht. Da muss ich dich leider enttäuschen.«

»Und wer schreibt dir geheimnisvolle Zettelchen?«, wollte Susan wissen.

Ich musste unbedingt verhindern, dass sie anfingen, den Kellner auszufragen. Er hätte ihnen berichten können, dass es zwei von meiner Sorte gab.

»Lasst uns zurückgehen.«

»Jetzt schon?« Dmitrij schüttelte den Kopf. »Wenn wir schon mal einen draufmachen dürfen ...«

Ich wollte mich in meinem Bett verkriechen und anfangen, alle Rätsel mit Gedankenkraft zu lösen. Oder noch besser: schlafen.

Einfach nur schlafen. Ich wollte gar nicht ausrechnen, wie viele Kilometer ich heute gelaufen war.

Die anderen kamen uns schon entgegen. Hildes Blick wanderte von mir zu Alec, und mir wurde bewusst, dass wir dicht nebeneinander gingen.

»Und? Hat sich das Abenteuer gelohnt?«

»Die Abenteuer fangen erst an«, meinte Dmitrij. »Wollen wir um die Häuser ziehen?«

Björn stieß ihn an. »Wenn du zu sehr über die Stränge schlägst, verlierst du noch die Kontrolle und verwandelst dich, so wie heute Morgen.«

Die andere Kiara hätte gewusst, in welcher Gestalt Dmitrij durch Prag geistern würde. Ich stellte lieber keine Frage, die meine Unwissenheit verriet.

»Leute, geht ohne mich. Ich bin einfach zu müde.«

»Keine Alleingänge, schon vergessen?«, erinnerte Hilde.

»Ich mag wirklich nicht mehr. Ich hab letzte Nacht überhaupt keinen Schlaf bekommen.« War es wirklich erst ein paar Stunden her, dass sie mich aus dem Fenster gestoßen hatten? Es kam mir vor, als sei dies mindestens vor einem halben Jahr gewesen.

»Du bist echt eine Spaßbremse«, schimpfte Nila. Aber ich konnte spüren, dass sie erleichtert war. »Wir hatten auch nicht mehr Schlaf als du. Du kannst nicht viel ab, wie?« Es machte ihr wohl Spaß, dass sie eine Schwäche bei mir entdeckt hatte. Sollte sie doch. Mir war das reichlich egal. Ich wollte jetzt nur unauffällig meine Fledermaus loswerden.

»Du gehst auf keinen Fall allein. Ich bringe dich in die Akademie.« Bevor irgendjemand protestieren konnte, fasste Alec mich am Ellbogen. »Wo finde ich euch nachher?«, fragte er die anderen.

»Kannst uns ja suchen.« Steven grinste.

Hilde sah zu verkniffen aus, um noch als Model durchzugehen. Es gelang ihr nur mühsam, sich zu einem halbwegs charmanten Lächeln durchzuringen, und auf einmal empfand ich Mitleid.

»Wie läuft es zwischen dir und Hilde?«, fragte ich Alec, während wir den Hügel zum Palais hochstiegen. Mir war bewusst, dass Jacques jedes Wort hörte.

»Sie ist nicht meine Freundin«, sagte Alec.

»Das glaubt sie aber.«

»Ich werde nicht …«, begann er, dann änderte er mitten im Satz seine Meinung und sagte leise: »Kiara, es ist besser, wenn man uns beide nicht zu oft zusammen sieht.«

Warum glaubte er überhaupt, ich würde Wert darauf legen, mit ihm Zeit zu verbringen? Hatte ich ihn anfangs dermaßen offensichtlich angeschmachtet? Seit heute wusste ich, was Blicke verraten konnten.

»Ich hatte keine Ahnung, dass sie das vorhatten. Gestern Nacht, meine ich. Ich hätte es nicht zugelassen.«

»Ich weiß«, sagte ich. »Danke.«

»Falls du den Eindruck hast, dass wieder etwas Ähnliches ansteht – sag rechtzeitig Bescheid, ja?«

Vertrau mir, ich werde da sein. So hatte Jacques es ausgedrückt. Und Jacques war da gewesen. Aber Alec nicht.

»Vielleicht.« Ich zögerte. »Ich denke, ich komme schon alleine klar. Trotzdem danke für das Angebot.«

Alec sagte nichts, aber ein rascher Blick zeigte mir, dass seine Augen umwölkt waren. Warum machte er sich nur solche Sorgen?

»Du glaubst, dass sie noch einen Überfall planen? Ich habe die Prüfung doch bestanden.«

»Du warst heute Morgen ein bildschöner Vogel«, sagte er.

Ich war …? Interessant, das zu erfahren. Jacques hatte wirklich nichts ausgelassen.

»Aber das wird nicht reichen, fürchte ich«, fuhr Alec fort. »Ich hab ein bisschen in unseren Akten geschnüffelt. Sie haben uns beide und noch ein paar andere in den Königskreis eingeordnet.« Er schien darauf zu warten, dass ich mich überrascht zeigte.

»Oh«, sagte ich lahm.

»Eine einzige Verwandlung? Von einer Königstochter erwarten sie mehr. Sie werden uns alle auf Herz und Nieren prüfen. Könige entfalten ihr Talent oft nur unter extremen Bedingungen.« Er zögerte. »Manche verwandeln sich, wenn ihr Leben bedroht ist. Andere, wenn jemand bedroht wird, den sie lieben. Wir müssen ihnen so schnell wie möglich zeigen, wo unsere Fähigkeiten liegen, oder …« Er musste den Satz nicht beenden.

»Aber du hast auch nur eine Verwandlung«, protestierte ich. »Warum trifft es immer mich?«

»Es wird uns alle treffen«, sagte er leise. »Wir müssen darauf vorbereitet sein.«

Wir hatten das Tor der Akademie erreicht. Alec blieb an der Mauer stehen und schaute mich an. »Ich wünschte …«

»Ja?«

Ein Schatten glitt über sein Gesicht. »Ruf mich, wenn du mich brauchst. Das meine ich ernst.«

Als ich das Palais der Skorpione betrat, hatte ich das dumpfe Gefühl, dass ich einen schweren Fehler beging.

* * *

Im Foyer traf ich Olga, die mir mit einem herzlichen Lächeln zunickte. »Schon zurück, Fräulein Wieland?«

Ich nickte nur. Meine Beine fühlten sich an wie Wackelpudding, während ich die Treppe in den vierten Stock hochwankte. Ich stieß die Zimmertür auf und warf mich aufs Bett. Sobald ich die Augen zumachte, würde ich schlafen.

»Da ist aber jemand mächtig besorgt um dich.«

Dummerweise hatte ich unterwegs vergessen, wen ich in meiner Tasche mit nach oben geschleppt hatte.

Ich hielt mir die Hände vors Gesicht.

Er lachte leise. »Du kannst ruhig hinsehen.«

Jacques saß am Fußende meines Bettes und hatte sich die Decke über die Hüfte gezogen.

»Ich muss mich wirklich erholen«, sagte ich. »Das war keine Einladung.«

»Aber Alecs Einladung nimmst du an? ›Oh, wende dich bloß an mich, wenn du Hilfe brauchst.‹ Sag mal, geht's noch?« Jacques verdrehte die Augen.

»Was hast du bloß ständig mit Alec? Er interessiert mich nicht.«

»Warum bist du wieder zurück? Haben sie dich rausgeworfen?«

»Sie?«

»Du wirst ja wohl wissen, wen ich meine.«

Ich versuchte die Wahrheit in seinem Gesicht zu lesen. War er nun der zweite Spion oder nicht? »Wem hast du meine Haare gegeben?«

»Niemandem.«

»Ach, hör doch auf! Wem hast du sie gegeben? Mr. Jackson? Oder den Schlangen?«

Jacques starrte mich an, als hätte ich ihn geschlagen, und wurde noch eine Spur bleicher als ohnehin schon.

»Das glaubst du von mir? Dass ich dich verrate?« Er wollte aufspringen, aber glücklicherweise fiel ihm rechtzeitig ein, dass er nichts anhatte, und er zog die Decke wieder höher.

Jede seiner Bewegungen traf mich bis ins Herz. Wie er das Gesicht abwandte. Den Kopf gegen die Wand lehnte und die Augen schloss. Ich wollte ihn so gerne berühren, meine Hand auf seinen Arm legen, über seine Wange streicheln. Würde sein Kinn rau sein oder glatt? Seine Haut warm oder kühl? Ich wollte den Schwung seiner Brauen nachmalen, mit den Fingerspitzen die Form seiner Lippen erkunden. Seine langen Wimpern waren rabenschwarz, Vogelschwingen am Rand der hellen Lider, die sich über dem schwarzen Abgrund seiner Pupillen wölbten.

Ich bin zu dir geflohen, wollte ich sagen. *Vor meinem eigenen Clan, vor allen meinen Feinden. Zu dir, Jacques.*

Doch gerade als ich meine Hand nach ihm ausstreckte, fiel mir ein, dass das vielleicht bloß ein Trick war, um mich zu manipulieren. Er spielte den Beleidigten, weil ich ihm nicht vertraute? Das war unfair, denn schließlich vertraute er mir auch nichts an.

»Bist du Nicolas?«

»Wer?« Er öffnete die Augen wieder. Wie dunkel sie waren. Nachtschwarz. Eine Fledermaus, ein Raubtier, ein Lügner.

»So schwierig ist die Frage doch wohl nicht. Bist du Nicolas oder nicht?«

»Nein.«

»Das war ja klar, dass du das sagst.«

Jacques' Gesicht kam mir wie eine Maske vor, starr und unbeweglich. Selbst wenn es um mein Leben gegangen wäre, hätte ich nicht sagen können, wer oder was er war. Eine Schlange? Ein Skorpion? Der Schützling der grässlichen Ella, die sogar Professor Mercier anschreien durfte und die meinen Tod wollte?

»Ich werde dein Leben nicht gefährden«, sagte ich, »egal, was geschieht.«

»Ich bin nicht Nicolas. Wer auch immer das ist.« Seine Augen verengten sich, und er lächelte wild. »Also trägt einer von uns einen falschen Namen?«

Und ich verfluchte den Tag, an dem ich geboren war. Wenn Jacques tatsächlich nicht Nicolas war, war er ein Skorpion. Und wusste jetzt mehr, als er wissen durfte. Ohne nachzudenken sprang ich auf und wich zurück. Es hätte sowieso keinen Zweck gehabt – wie sollte jemand wie ich gegen Jacques kämpfen? Oder ihm entkommen?

Die Bitterkeit, die seine Augen noch dunkler machte, zerriss mein Herz mitten entzwei. Ohne ein weiteres Wort schlang er sich die Decke um die Hüfte und schwang die Beine über die Bettkante. Aber ein nackter Junge, der sich eine dunkelblaue Seidendecke um den Leib gewickelt hat, kann einfach nicht würdevoll aus dem Raum marschieren.

Ich unterdrückte ein Kichern. Jacques warf mir einen tödlich beleidigten Blick zu, verhedderte sich mit den Füßen in der Decke, stolperte vorwärts, streckte die Hände aus, um sich abzufangen, und ließ dabei den glänzenden blauen Stoff los.

Die Decke glitt an seinen Hüften herab.

Jacques warf sich auf den Fußboden. »Merde!« Gleich darauf saß er da, drapierte den nachtdunklen Stoff kunstvoll um sich und unterdrückte ein Grinsen.

Dann verwandelte er sich in mich.

»Das ist nicht fair! Hör sofort auf damit!«

»Und ob das fair ist«, sagte die andere Kiara. Ihre grün-goldenen Augen funkelten.

»Guck nicht runter!«, schrie ich, als er den Kopf leicht senkte. »Ich verbiete es!«

Dann war er wieder Jacques. Und krümmte sich vor Lachen. »Du hättest dein Gesicht sehen sollen!«

»Und du auch«, sagte ich streng. »Mein Gesicht und nichts sonst.«

»Sorry.« Er lachte vor sich hin.

»Du bist der unverschämteste Kerl, dem ich je begegnet bin.«

Und er lachte immer noch.

Da fand ich auf einmal den Mut, es auszusprechen. »Mein Leben ist in Gefahr, und ich weiß nicht, warum.«

Jacques wurde schlagartig ernst. »Du weißt nicht, warum? Nach allem, was ich dir erzählt habe? Falls du nicht auf mich hören willst, hör wenigstens auf Alec. Sie werden die Könige herausfordern, bis sie ihr Potential zeigen oder untergehen.«

»Es ist nicht bloß das.«

»Kiara – sind die Schlangen hinter dir her? Bist du deshalb zurückgekommen?«

»Ich bin die Spionin, von der Mr. Jackson gesprochen hat.«

»Ich weiß.«

»Du weißt das?«

»Natürlich. Du selbst hast es mir gesagt.«

Ich grub in meinem Gehirn nach einer Situation, in der ich das gesagt haben könnte. »Das sollte ein Scherz sein!«

»Nein«, widersprach er. »Du bist eine Schlange, Kiara, und nach der gestrigen Nacht hast du dich entschieden, zu deinem eigenen Clan zu fliehen. Das kann ich so weit nachvollziehen. Was ist schiefgegangen?«

»Niemand hat mich gefragt, was ich herausgefunden habe.«

Jacques musterte mich nachdenklich. »Woraus du schließt, dass du niemals hergeschickt wurdest, um etwas herauszufinden. Du warst nur der Köder. Sie haben zwei Spione geschickt und von Anfang an vorgehabt, den einen zu opfern.«

Er formte mein wirres Unbehagen zu einem Satz, der endlich Sinn machte.

»Damit der andere die Aufgabe erfüllen kann«, murmelte ich. Und ich hatte Professor Mercier vertraut!

»Dieser andere – das ist Nicolas?«

Ich vergrub das Gesicht im Kissen. So fest ich konnte, biss ich die Zähne zusammen, aber das Schluchzen bahnte sich seinen Weg hinaus. Nach einer Weile fühlte ich Jacques' Hand auf meinem Rücken. Vorsichtig, als könnte er sich an mir verbrennen. Sanft streichelte er mein Haar, meine Schultern.

Die Anspannung fiel von mir ab, meine Tränen versiegten. Die Müdigkeit kam zu mir wie ein Gast mit schwarzen Koffern. Träume schwirrten wie Schmetterlinge durch meinen Geist, Gesichter, Worte, Bilder. Lisas Lächeln. Professor Mercier. Urs in der Küche. Der lange Weg durch den Wald. Und laufen, laufen, laufen ... Die Bilder wechselten sich ab in einer endlosen Schleife. Doch die ganze Zeit über spürte ich Jacques' Hand. Und irgendwann – aber vielleicht träumte ich das auch – sah ich durch meine Wimpern hindurch, wie seine helle Gestalt sich in der Dunkelheit des Zimmers über mich beugte. Seine Wange berührte meine, und seine Lippen streiften meine Stirn.

»Ich werde sterben«, flüsterte er in diesem Traum, in dem ich mich nicht bewegen und nicht sprechen konnte. »Aber du wirst leben. Ich verspreche es.« Ich wollte die Arme ausstrecken und ihn umarmen, ihn festhalten und an mich drücken. Ich wollte eine andere Art von Kuss, seinen Mund auf meinem, ich wollte ihn fühlen, ihn schmecken, aber in meinem Traum war ich nicht in der Lage, auch nur einen Finger zu rühren. Dann verschmolz er mit der Nacht, und das Gefühl des Verlusts, das mich streifte, war wie eine Spur aus Feuer durch mein ganzes Sein.

Wenig später hörte ich Klappern an der Tür und Getuschel. Hilde und Nila huschten ins Zimmer.

»Pst. Sie schläft.« Sie kicherten. Der Gestank von Rauch und Alkohol umgab sie wie eine Wolke.

Bleischwer hing der Traum über mir. Sie hätten mich packen und aus dem Fenster werfen können, aber heute ließen sie mich in Ruhe. Ich hörte nur das leise Rascheln ihrer Kleider und dann die Matratzen unter ihrem Gewicht knarren. Nila schnarchte fast sofort los. Hilde wälzte sich noch eine Weile unruhig hin und her. Und die Nacht wurde immer schwerer und dunkler.

* * *

Es war dieselbe Nacht. Immer noch dieselbe. Und doch hatte sich das Schwarz in Grau verwandelt. Wie Nebelschwaden waberte der Morgen durchs Zimmer.

Einen Moment überlegte ich, was mich geweckt haben könnte. Dann sah ich die helle Gestalt mit dem schwarzen Haar vor meinem Bett stehen.

Jacques war zurückgekommen.

Er legte mir den Finger an die Lippen. Das wäre nicht nötig gewesen. Ich verkniff es mir sogar, im Flüsterton zu fragen, was er wollte. Stattdessen kroch ich aus dem Bett und stellte fest, dass ich in Klamotten eingeschlafen war und mich daher praktischerweise nicht anziehen musste, um ihm hinaus auf den Flur zu folgen. Ich fühlte mich zerknittert und hätte mir gerne die Zähne geputzt, aber ich war hellwach.

»Was ist?«, flüsterte ich, sobald wir draußen standen.

Jacques war vollständig angezogen. Also war er nicht als Kakerlake durch den Türspalt gekrochen, sondern hatte irgendwie das Schloss geknackt. »Hast du dir einen Schlüssel nachmachen lassen – zu meiner Tür?«

»Ich hab den Generalschlüssel.« Im trüben Dämmerlicht wirkten seine Züge merkwürdig verschwommen. »Komm mit. Ich muss dir etwas zeigen.«

»Um diese Zeit?« Was für eine dumme Frage. Jacques wäre nicht Jacques gewesen, wenn er angefangen hätte, sich wie ein normaler Mensch zu benehmen.

Er führte mich durch die stillen Gänge. In diesem Licht kam mir alles unwirklich vor, das Palais wurde zu einem märchenhaften Schloss, durch das wir wie Gespenster schlichen, wie Wesen, die hier nicht hingehörten, die aus einer anderen Zeit hierher versetzt worden waren und nun nicht mehr zurückkonnten in ihre eigene Welt. Sehnte ich mich wirklich zurück in mein altes Leben, in dem ich nichts von den Wandlern geahnt hatte und von der Macht, die ein Mensch über seine Gestalt besitzen konnte – und über die Seele eines anderen?

»Vorsicht.« Jacques nahm meine Hand, als es steil eine Wendeltreppe hinunterging. Die Stufen waren ausgetreten und glatt geschliffen von den Jahrhunderten. Dann ging es wieder durch Fluchten von Räumen, manche möbliert mit dunklen Gegenständen, die im Vorbeigehen wie Schatten wirkten, die erst am Tag Konturen annehmen und ihre Funktion erfüllen würden. In manchen Räumen hingen große Gemälde an den Wänden und vornehme Gesichter blickten mir entgegen, fragend, als wüsste ich nicht selbst, wie fehl am Platz ich hier war. Andere Zimmer waren völlig leer, staubig und kühl, und ich stellte mir vor, dass man hier unliebsame Personen gefangen hielt zwischen den steinernen Mauern.

Wieder ging es eine Treppe hinunter. Ich hatte das Gefühl, dass wir seit Stunden durch das Palais wanderten, aber Jacques schien genau zu wissen, wo er hinwollte.

»Ist es noch weit?«, flüsterte ich. »Zum Frühstück würde ich gerne zurück sein.«

Es war mittlerweile schon so hell, dass ich sein Lächeln erkennen konnte. »Ich habe ein Geschenk für dich«, sagte er. »Und ich bin mir ziemlich sicher, dass du es lieber vor dem Frühstück haben willst.«

»Ach ja?« Was für eine Art von Geschenk konnte ich wohl von jemandem wie Jacques erwarten? Sicherlich keinen Kristallschmuck.

»Willst du mir das Ende der Geschichte vorlesen? Oder spielst du mir etwas auf dem Klavier vor?«

Er hob die Brauen. »Das würdest du dir wünschen?«

»Es war wunderschön. Ich liebe Klaviermusik.«

»Wir könnten ein Duett spielen«, schlug er vor. »Du mit deiner Geige und ich mit dem Klavier.«

»Klingt gut«, sagte ich, »nur dass ich gar nicht Geige spielen kann. Hast du es noch nicht gemerkt? Es ist immer dasselbe. Alle halten mich für ein Wunderkind, aber ich bin das Mädchen, das nichts kann.«

Er blieb stehen und musterte mich. »Oh, das glaube ich nicht.«

Hoffentlich reichte das Licht nicht aus, um ihm zu zeigen, wie rot ich wurde.

»Doch«, flüsterte ich. »Ich kann nicht gut genug Geige spielen, obwohl ich es seit Jahren versuche. Und nun bin ich hier und kann mich als Einzige nicht verwandeln.«

»Und eine tolle Spionin bist du auch nicht gerade«, spottete er amüsiert.

»Da irrst du dich aber«, protestierte ich. Wenigstens das musste er mir lassen. »Immerhin weiß ich, wer der Skorpionkönig ist.«

Sein Lächeln erstarb. »Und, wer ist es?«

»Du natürlich, wer sonst?«

Er schüttelte den Kopf. »Gestern noch hast du gedacht, dass ich Nicolas heiße und die zweite Schlange bin. Und jetzt beförderst du mich schon zum König?« Das Gespräch ging in eine Richtung, die ihm offensichtlich nicht gefiel. »Wenn du das glaubst, bist du nicht nur eine schlechte Spionin, sondern eine ziemlich dumme und außerdem lebensmüde. Dann wäre ich dein allerschlimmster Feind. Dann wäre ich derjenige, der die Macht hat, deinen Clan zu vernichten. Dann wäre ich derjenige, den sie auf die Welt loslassen werden, um die Menschheit unter die Herrschaft der Wandler zu zwingen.«

»Aber du wirst es nicht tun«, sagte ich. »Weil du nie tust, was man von dir erwartet. Und das mit dem ›dumm und lebensmüde‹ nimmst du gefälligst zurück.«

»Natürlich.« Er lächelte wieder. »Denn ich bin es ja nicht. Hör mit diesem wissenden Grinsen auf, klar?«

Ich salutierte. »Alles klar, Majestät.«

Jacques seufzte. Wir gingen weiter, aber ich merkte, wie aufgewühlt er war.

»Ich bin ein Wächter der vierten Stufe«, sagte er schließlich. »Ich weiß das, ich hab in den Akten geschnüffelt.«

»Gar nicht wahr. Ich hab diverse Gespräche belauscht, und du bist überhaupt kein Wächter. Du bist im Königskreis, genau wie Susan, Alec, Steven und ich.«

»Du hast gelauscht? Stimmt, das sagtest du.«

»Das gehört zu meinem Job.« Ich ärgerte mich jetzt wirklich über seine Sturheit. »Vierte Stufe, dass ich nicht lache! Du hast mindestens fünf Gestalten.«

»Fünf?«

»Bär, meine kleine Lieblingsfledermaus, Jaroslav, meine Wenigkeit und Falke. Du hast ihn den anderen gestern präsentiert, als ich weg war.«

»Mist, den hatte ich vergessen. Außerdem war es kein Falke.«

»Was war es dann?«

Er antwortete nicht. Stattdessen öffnete er eine weitere Tür und wir befanden uns in einem Saal, der bis auf einen Gegenstand völlig leer war. Mitten im Raum stand ein Käfig, über dem ein Tuch hing.

Wie angewurzelt blieb ich stehen. Auf einmal begann mein Herz heftig zu schlagen. Und als Jacques das Tuch herunterzog, wusste ich, was ich sehen würde.

Einen Vogel. Er war groß, viel größer als ein Falke, mindestens viermal so schwer. Er hatte gerade geschlafen, holte den Kopf aus dem Gefieder und schüttelte sich. Seine Federn waren rötlich braun mit einem schwarzen Muster, sein Kopf war weißgrau.

Es war dieselbe Farbe, die mein Haar hatte. Dies war der Vogel, den ich die ganze Zeit gesucht hatte, nach dem ich vielleicht schon mein ganzes Leben Ausschau hielt. »Er ist wunderschön«, flüsterte ich, während ich wie gebannt nähertrat.

»Sie«, verbesserte Jacques. »Ein stolzes Exemplar ihrer Gattung, nicht wahr?«

Ich kam noch ein paar Schritte näher. Der Vogel richtete seinen stechenden Blick auf mich. Er schien auf mich zu warten.

»Ein Milan«, sagte Jacques. »Ein Rotmilan.«

Er war so schön, dass ich es kaum fassen konnte. So edel und frei und wild und selbstbewusst … Mir war, als würde ich bis auf den Grund seines Seins schauen, dorthin, wo diese herrliche Existenz in sich ruhte. Ich wusste, wie es sich anfühlte, die Flügel auszubreiten, hochzuspringen und loszufliegen. Irgendetwas behinderte mich noch, doch ich schüttelte mich, kämpfte mich hindurch und war frei.

Etwas veränderte sich, mit dem Raum, mit mir, ich konnte es nicht benennen. Ich wollte etwas sagen, aber aus meiner Kehle kam ein Schrei, züngelnd wie eine Flamme. Ich flatterte gegen die Wand, streifte den jungen Mann mit dem dunklen Haar. Der Vogel im Käfig breitete aufgeregt die Flügel aus. Da war das Licht. Da war die Freiheit. Ich schoss darauf zu, bemerkte nur am Rande, wie Jacques eilig das Fenster öffnete, und flog hinauf in den Himmel.

18
Weil ich fliegen kann

Es war überwältigend. Das Palais wurde rasch kleiner, dafür wuchs die Stadt in alle Richtungen. Licht füllte die Luft. Wärme stieg von den Dächern und Straßen auf. Eine Strömung trug mich wie auf Händen in die Höhe, und ich konnte das Meer der Häuser bis an den Horizont sehen und dazwischen das glitzernde Band des Flusses. Keinen Moment fürchtete ich mich davor, abzustürzen. Ich war ein Vogel. Ich war der Milan, war es immer gewesen, ohne es zu wissen. Mit einem Schrei stürzte ich mich aus dem Aufwind. Die Luft fühlte sich klamm und dünn an und bot keinen Halt, dann breitete ich die Schwingen aus, und der Himmel trug mich wieder. Wie hatte ich nur leben können, ohne zu fliegen?

Ich verlor jedes Zeitgefühl. Gemeinsam mit der Sonne stieg ich empor, wohnte ich über den Dächern, war ich frei und lebendig. Ich wollte nie mehr damit aufhören, nie mehr herunterkommen auf den Boden.

Euphorisch vor Glück kreiste ich über der Innenstadt, umrundete die schwarzen Türme der Teynkirche, scheuchte die erschrockenen Tauben vor mir her. Irgendwann wurde mir bewusst, dass ich Hunger hatte, und mir fiel ein, dass es um halb acht Frühstück gab. Also machte ich mich auf den Rückweg. Ich flog über die roten Dächer, bis ich das grünliche Glitzern der Palaiskuppel entdeckte. Hände winkten hinter einer Fensterscheibe.

Nila machte mir auf. Schon von Weitem rief sie mir zu: »Du kriegst wohl nie genug, du verrückte Nudel, wie? Komm jetzt endlich!«

Das Landen musste ich noch üben. Ich wollte elegant auf der Fensterbank aufsetzen, schlitterte haarscharf daran vorbei und streifte mit dem Flügel einen Bettpfosten. Wie ein betrunkener Falter flatterte ich auf das Bett und kroch unter die Decke, wo ich ganz ohne Probleme in meine normale Gestalt zurückfand.

Die Decke um mich gewickelt, setzte ich mich auf. Am liebsten hätte ich geschrien, so laut ich konnte, aber ich begnügte mich mit einem bescheidenen »Wahnsinn!«

»Es ist toll, ich weiß«, seufzte Nila. »Aber wir müssen los, ich hab einen Mordshunger. Hilde ist noch im Bad. Wir werden alle zu spät kommen.«

Was störte mich das? Ich war ein Milan! Es war pures Glück.

»Hilde ist übrigens ziemlich sauer auf dich. Du solltest einen weiten Bogen um Alec machen, sonst wird sie dich irgendwann zerfleischen.«

»Ich bin überhaupt nicht an Alec interessiert.« Mein durcheinandergewirbeltes Gehirn versuchte sich daran zu erinnern, was Alec gestern alles zu mir gesagt hatte, aber vor meinem inneren Auge erschienen die Dächer der Stadt. Und Jacques. Immer nur Jacques.

Nila verdrehte die Augen. »Schätzchen, mir musst du nichts beweisen. Such dir einen eigenen Freund, und das möglichst schnell.«

Beinahe hätte ich ihr erzählt, dass ich das nicht konnte, weil ich Jacques nicht aus dem Kopf bekam und Jacques für mich nur als bester Freund infrage kam. Ich konnte nicht mit ihm zusammen sein, denn er regte mich auf, er machte mich wahnsinnig, er war einfach nicht mein Typ. Er war komisch. Und beängstigend. Und witzig. Und attraktiv.

Oh Gott, das Gedankenkarussell ging schon wieder los. Jacques tat mir nicht gut. Er verwirrte mich so sehr, dass es schmerzte, an ihn zu denken, dass es noch mehr schmerzte, an irgendetwas anderes zu denken.

Am Frühstückstisch hielt ich vergebens nach ihm Ausschau. Dafür erzählte Nila jedem, der es hören oder auch nicht hören wollte, dass ich schon frühmorgens durch die Gegend zu fliegen pflegte.

»Ich war ganz schön erschrocken, als du heute Morgen nicht im Bett warst. Mein erster Gedanke war, ich hätte verschlafen.«

Steven beugte sich über den Tisch, langte nach dem Pfefferstreuer und färbte seine Rühreier schwarz ein. »Nun fehlt nur noch einer. Vielleicht sollten wir heute den lieben Jacques mit Messern bewerfen und abwarten, in was er sich verwandelt.«

Nila kicherte und verschüttete fast ihren Tee. »Der Typ ist doch sowieso nie da, den haben Olga und Mr. Jackson längst abgeschrieben.«

»Vielleicht rücken die ja endlich damit raus, wer zu welcher Kaste gehört«, sagte ich, um auch etwas zum Gespräch beizutragen. Dabei fiel mir siedend heiß ein, dass ich »Kaste« statt »Kreis« gesagt hatte.

»Wie merkt man wohl, wann man seine letzte Gestalt verbraten hat?«, fragte Hilde. »Ich wär ja schon gerne eine Wächterin der dritten Stufe, aber wie soll ich das herausfinden?«

»Eine gute Frage.« Alec nippte an seinem Tee und verzog das Gesicht. Offenbar gehörte er zu denen, die einen guten Kaffee vermissten. »Ich schätze, man weiß Bescheid, wenn man eine neue Verwandlung versucht und es nicht klappt.«

»Und woher soll man wissen, ob es nicht an etwas anderem liegt? An irgendeiner Blockade?« Hilde stieß mich mit dem Ellbogen an, eine Geste, die wohl freundschaftlich aussehen sollte, dafür aber eine Spur zu hart ausfiel. »Es gibt Wandler mit Blockaden, wie wir alle wissen.«

»Die Könige haben Blockaden«, merkte Dmitrij an. »Die Wächter nicht.«

»Eine Königin haben wir dann ja schon mal gefunden«, sagte Alec und schenkte mir ein warmes Lächeln.

Ich wies ihn nicht darauf hin, dass es auch andere Ursachen für eine Verwandlungshemmung geben könnte – nämlich den falschen Unterricht.

»Bin ja gespannt, was wir noch alles von dir zu sehen kriegen, Kiara«, meinte Hilde spitz. »Das wird sicher aufregend. Bestimmt ist noch ein Fischotter drin, nicht?«

»Wer weiß.« Ich konzentrierte mich auf mein Brötchen, das mir auf einmal so trocken vorkam, dass es sich kaum hinunterschlucken ließ.

»Der innerste Kreis, in Eintracht versammelt.« Jaroslav breitete die Arme aus, als wollte er uns segnen. Die Dunkelheit hinter seinen Augen war verschwunden, ebenso das spöttische kleine Lächeln. Alles, was wichtig war, fehlte, und sein Gesicht kam mir merkwürdig leer vor.

»Seid ihr fertig? Heute treffen wir uns nicht draußen, sondern in der Bibliothek.«

»Ach, bei dem schönen Wetter sollen wir lesen?«, fragte Steven.

»Und bringt Respekt mit«, sagte Jaroslav. »Mr. Jackson wird da sein.«

Es überlief mich kalt. Vielleicht hatte der Alte herausgefunden, wer von uns nicht war, was er zu sein schien. In einem geschlossenen Raum konnte ich nicht davonfliegen, falls es brenzlig wurde.

Jaroslav sah auf seine Armbanduhr. »Er wollte euch um acht sehen. Jetzt ist es fünf vor. Und bitte keine Krümel im Gesicht.«

Nicht nur Steven wischte sich hastig den Mund ab. Seltsamerweise tuschelte und lachte keiner, als wir den Speisesaal verließen und uns auf den Weg in die Bibliothek machten. Offenbar war ich nicht die Einzige, die sich unbehaglich fühlte.

* * *

Zwischen den hohen Bücherregalen standen im Halbkreis zehn schlichte Holzstühle. Folgsam nahmen wir darauf Platz. Ein leises Hüsteln verriet uns, dass Mr. Jackson schon da war, obwohl ich ihn vorher gar nicht bemerkt hatte. Sein dunkler Anzug verschmolz fast mit der Umgebung.

»Guten Morgen!«, sagte Nila munter und schrumpfte zusammen, als er sie ignorierte.

Sein scharfer Blick wanderte über uns und blieb einen Moment an dem einzigen leeren Stuhl hängen.

»Wandler«, sagte er. »Ein König. Kreise. Viele Kreise. Innere Kreise, äußere Kreise. Wie Planeten, jeder auf seiner Umlaufbahn. Wer legt diese Bahn fest? Unsere Geburt? Unsere Gene? Wer entscheidet, ob unser Lebensinhalt darin besteht, nach etwas zu suchen, was wichtiger ist als alles andere – und das wir aller Wahrscheinlichkeit nach niemals finden werden? Sucher. Diener. Sehe ich aus, als wäre ich bereit, einem von euch zu dienen? Vor einem von euch die Knie zu beugen und ihm bedingungslose Gefolgschaft zu schwören? Vor einem halbstarken Burschen, einem albernen Mädchen? Sehe ich so aus?«

Er wartete auf eine Antwort.

»Das ist nur schwer vorstellbar«, meinte Alec schließlich.

»Und doch«, murmelte der Alte, »wäre das die Krönung meines Lebens, diesen einen unter euch zu finden, diesen einen, nach dem ich mein ganzes Leben lang suche. Den König. Oder die Königin, wer weiß? Sicher ist nur eins: In einigen von euch fließt das Blut des Skorpionkönigs. Es verbindet euch mit ihm durch zweieinhalbtausend Jahre. Es fließt durch eure Adern wie ätzendes Gift und trägt eine Kraft in sich, die lange geschlummert hat. Die sich räkelt und hin und wieder aufblitzt. Die sich – vielleicht – in einem von euch entfalten und aufblühen wird, die zu einem riesigen Baum heranwachsen könnte, der seinen Schatten über uns alle wirft. Einer von euch. Vielleicht. Vielleicht auch nicht.«

Wir waren mucksmäuschenstill. Deshalb war das Knarren der Tür umso lauter. Jacques spazierte in die Bibliothek, ohne sich wenigstens mit einem Lächeln oder Nicken für die Verspätung zu entschuldigen. Er setzte sich auf den freien Platz, verschränkte die Arme vor der Brust und lehnte sich zurück.

Mr. Jackson musterte ihn verärgert. »Du hältst es also nicht für nötig, pünktlich zu sein?«

Ich hielt den Atem an. Obwohl er uns nie als Fürst vorgestellt worden war, war ich mir ziemlich sicher, dass Jackson einer der Anführer des Skorpionclans war – und somit einer der Mächtigen, die Jacques verabscheute. Er würde keinen Hehl aus seiner Abneigung machen. Höfliche Verstellung lag ihm fern.

Jacques' Mundwinkel verzogen sich zu einem kaum sichtbaren Lächeln. »Nein, eher nicht«, sagte er freundlich.

»Dann halte ich es auch nicht für nötig, dass du an dieser Stunde teilnimmst. Du kannst gehen.«

Jacques blieb natürlich sitzen. Ich seufzte innerlich. Anderen schien es ähnlich zu gehen. Dmitrij, der auf dem Stuhl daneben saß, stieß Jacques auffordernd an. »Na los. Tu, was er sagt«, flüsterte er.

Es war so still, dass man auch den Flügelschlag einer Mücke gehört hätte.

Jacques' Gesicht war völlig leer, ohne irgendein Gefühl, ohne Trotz oder Verachtung. Es kam mir nicht vor, als machte es ihm überhaupt Spaß, den alten Herrn herauszufordern. Eigentlich hätte er es genauso gut lassen können, Mr. Jackson zu ärgern. Doch dann – und mir war, als müsste er sich geradezu dazu zwingen – zauberte er ein spöttisches Grinsen in sein Gesicht und sagte: »Fahren Sie ruhig fort, alter Mann. Ich bin ganz Ohr.«

»Ich habe gesagt, du sollst gehen«, wiederholte Mr. Jackson gepresst.

»Und – was tun Sie jetzt?«, fragte Jacques neugierig, ohne sich von der Stelle zu rühren.

Der Alte starrte ihn fassungslos an. Dann öffnete er den Mund, aber er hatte offenbar den Faden verloren, denn er stockte, räusperte sich und setzte erneut an.

»Wir wissen nicht, wie genau dieses gewaltige Erbe aussehen wird«, sagte er. »Es gibt Geschichten über den Skorpionkönig und seinen Gegenspieler, den Schlangenkönig, aber es sind nur Bruchstücke. Fragmente aus einer Zeit, die lange vergangen ist. Aus einer Zeit, in der Pyramiden gebaut wurden und primitive Völker noch in den Wäldern hausten und dazu neigten, jeden Wandler, der sich ihnen offenbarte, entweder anzubeten oder gnadenlos zu verfolgen. Was konnte der Skorpionkönig, was wir nicht können? Was würde ihn von einem Wächter der dritten Stufe unterscheiden – oder der fünften Stufe oder, wenn es das gäbe, der zehnten? Das ist eure Aufgabe, meine Kinder. In diesem Raum stehen tausende, nein, zehntausende von Büchern. Sucht die Geschichten über den König. Sucht die Splitter, die das Mosaik ergeben. Sucht die Bilder, die Licht auf eine Gestalt werfen, wie es sie nie wieder gegeben hat. Sucht. Forscht. Lest. Stellt Fragen. Begegnet außergewöhnlichen Wandlern im Lauf der Geschichte. Wandlern, die behaupteten, unser König zu sein, und die doch scheiterten. Was konnten sie, was zeichnete sie aus – und warum genügte es nicht, um dieser Erde eine neue Gestalt zu geben? Warum reichte es nicht, um unsere Träume zu erfüllen?«

Er machte eine Pause.

Björn hob die Hand. »Wir sollen alle diese Bücher lesen, Mr. Jackson? Im Ernst?«

»Fügt die Steinchen zusammen«, sagte der Alte, »auch wenn es kein vollständiges Bild ergibt. Unsere Gelehrten setzen sich seit Jahrhunderten damit auseinander, und gewiss könnt ihr nicht innerhalb weniger Tage etwas herausfinden, was nicht einmal die Besten unserer Forscher mit Sicherheit sagen können. Ich erwarte von euch, dass ihr ein paar mögliche Antworten findet. Das könnt ihr durchaus. Blättern, anlesen, Bilder sehen, euch Notizen machen, und, noch wichtiger, Gedanken. Woran kann man den König erkennen? Sagt es mir beim nächsten Mal.« Sein Lächeln wirkte gequält, als sein Blick den jungen Rebellen streifte. »Das wird Konsequenzen nach sich ziehen«, zischte er und verließ ohne ein weiteres Wort die Bibliothek.

»Also echt, Mann, Jacques«, stöhnte Björn. »Du bist ein Vollidiot.«

Bevor mir ein Scherz einfallen konnte, um die eisige Stimmung aufzulockern, war Jacques schon gegangen.

Hilde seufzte laut – das galt Jacques – und wandte sich dann unserer Aufgabe zu. »Bücher! Das ist eigentlich nicht das, worauf ich heute Lust habe.«

»Na, dann mal los«, sagte Alec. »Wollen wir einteilen, wer sich welche Regalwand vornimmt?«

»Müssen wir hier lesen?«, fragte Björn. »Oder können wir uns die Bücher mit aufs Zimmer nehmen?«

»In den Garten«, schlug ich vor, denn es zog mich nach draußen, in die Sonne. Die Bibliothek kam mir nach meinem morgendlichen Flug wie eine staubige Gruft vor.

»Vermutlich sind diese alten Dinger zu kostbar, um sie Sonnenlicht auszusetzen.« Hilde zog vorsichtig einen in Leder eingefassten Band aus dem Regal und schlug ihn auf. Das Papier war gelblich verblichen und das verschnörkelte Schriftbild wirkte, als stammte es aus einem Jahrhundert, in dem man die Buchstaben noch mit der Hand schrieb. Und dabei war es bestimmt noch nicht mal das älteste Buch.

»Die wirklich wertvollen Sachen lagern garantiert in irgendeinem Tresor. Da würden sie uns gar nicht ranlassen«, meinte Steven. »Wir sind Kinder, schon vergessen?«

Ich konnte es auch nicht leiden, wenn Mr. Jackson uns »meine Kinder« nannte, aber deshalb musste man es erst recht nicht ständig wiederholen.

Resigniert griff ich mir irgendein Buch und wandte mich zur Tür. »Ich gehe jedenfalls raus.« Wo ich, wie ich sehr hoffte, Jacques treffen würde.

* * *

Die heiße Vormittagssonne prallte auf die Terrasse, doch über dem Wäldchen zwischen Sportplatz und Orangerie zogen bereits die ersten Wolken auf. Der Teich spiegelte noch das vollkommene Blau des Himmels und die barocke Fassade des Palais. Aus dem ersten Stock, wo die Begnadeten übten, drang Musik; eine Geige setzte sich durch und schwang sich in schwindelerregende Höhen.

Das Buch, das ich aus der Bibliothek mitgenommen hatte, enthielt kaum Text, nur Bilder von gruseligen Halbwesen. Wölfe mit menschlichen Köpfen, Zentauren, Stierköpfe mit Menschenleibern, Wesen, halb Mensch, halb Vogel, in den absurdesten Kombinationen. Das war einfach nur lächerlich.

Ich setzte mich auf die Wiese und überlegte, ob es wohl sehr auffallen würde, wenn ich mich ins Wäldchen verdrückte und dort auf Jacques wartete. Am geschicktesten war es vielleicht, wenn ich eine Weile hier in der Sonne saß, so tat, als sei mir zu heiß – falls mich jemand aus den Fenstern beobachtete –, und mich dann in den Schatten verzog. Ein perfekter Plan, einer Meisterspionin würdig. Wenn nicht kurze Zeit, nachdem ich es mir im Gras gemütlich gemacht hatte, die anderen gekommen wären. Sie hatten Decken mitgebracht, Alec und Raoul trugen eine Kiste mit Büchern, Steven und Björn eine Getränkekiste.

»Eine super Idee!«, rief Hilde, als wäre sie eben darauf gekommen, sich hier niederzulassen. Zu meiner Erleichterung war sie wieder besser gelaunt, jedenfalls so lange, bis Alec mir über die Schulter schaute und anfing, die Bilder in dem Buch zu kommentieren.

»He, und das? Ein Käfer mit Frauenbeinen? Dieser Maler hat eine höchst unanständige Fantasie.«

»Lasst mich mal sehen.« Steven setzte sich dazu. »Im Ernst, das gefällt mir.« Er zeigte auf einen Stier, der einen Männeroberkörper aufgepflanzt hatte, auf dem wiederum ein Stierkopf thronte. »Ein Minotaurus, oder? Irgendwie kann ich mir nie merken, ob das ein Mann mit Stierkopf ist oder ein Stier mit Männerkopf.« Er seufzte. »Mythologie, Freunde, ist kompliziert.«

»Also, so was wie das hier habe ich noch nie in einem Buch oder einem Film gesehen«, meinte Alec.

»Ist ja schön und gut, dass Kiara so ein interessantes Buch gefunden hat.« Hildes Stimme klang schneidend, und sie warf mir einen bösen Blick zu. »Könnte mir trotzdem jemand helfen, die Decken auszubreiten?«

Björn sprang ihr zur Seite, dabei hatte sie wohl eher an jemand anders gedacht. Doch Alec war zu sehr von meinem Buch fasziniert, um es zu bemerken. Er stützte das Kinn auf meiner Schulter ab. »Der Typ kommt mir bekannt vor.«

»Das ist eine ägyptische Gottheit«, erklärte Steven. »Anubis, Mensch mit Schakalkopf.«

Ich hatte sie immer schön gefunden, die ägyptischen Götter. Anubis, der Schakal. Horus, der Falke, ja, den ganz besonders. Bastet, die Katze. Doch in einem Geschichtsbuch der Wandler, zwischen anderen grotesken Mischwesen, fand ich sie plötzlich nur noch unheimlich. Wenn man anfing, solche Gestalten für möglich zu halten …

»Sie sehen aus, als hätten sie es nicht geschafft, sich vollständig zurückzuverwandeln«, meinte ich schaudernd.

»Du glaubst, das sind Unfälle? Und dann haben die Menschen sie für Götter gehalten?«, fragte Nila entsetzt.

Sogar Hilde vergaß, dass sie eigentlich sauer auf mich war. »Kann denn das passieren? Dass man mitten in der Verwandlung steckenbleibt? Wie unappetitlich!«

»Ihr seht das völlig falsch«, protestierte Steven. »Das sind keine verunglückten Wandler. Sie haben einfach eine ganz besondere Fähigkeit!«

»Welche denn? Sich in ein Monster zu verwandeln?«, fragte Björn.

»Man kann sich nicht in Wesen verwandeln, die es nicht gibt«, protestierte Dmitrij.

»Aber wenn doch?« Stevens Augen leuchteten auf. »Wenn es das ist, was einen König ausmacht? Wenn es genau dieses Talent wäre – sich nicht in ein Tier zu verwandeln, sondern in einen Gott!«

»Einen ägyptischen Gott?« Hilde verzog das Gesicht.

»Genau«, sagte Steven. »Dann wären die früheren Götter königliche Wandler gewesen. Sie haben sich von den Menschen verehren lassen. Warum auch nicht? Sie waren ja tatsächlich keine Menschen, sondern mächtige Wesen aus Wint Alamar.«

»Wandler können sich nur in Tiere verwandeln, in nichts sonst.« Nila schnaubte ungeduldig. »Das ist doch alles Blödsinn. Das ist kein Geschichtsbuch, das sind Wandlermythen. Papier ist geduldig. Leute, ihr glaubt doch wohl nicht daran, dass diese Figuren echt waren!«

»Wer sagt das?« Ich drehte mich zu ihr um. »Dass wir uns nur in Tiere verwandeln können?«

Nila hob die Schultern, als wunderte sie sich über so viel Ahnungslosigkeit. »Alle. Hast du gestern nicht zugehört? Da hat doch schon mal jemand diese Frage gestellt ... Olga und Jaroslav sagen, es geht nicht.«

Wie musste Jacques sich gestern amüsiert haben, als unsere Lehrer das behaupteten, während er in meinem Körper dabeisaß!

»Es wäre unlogisch. Wir verwandeln uns in ein Tier und behalten unser Bewusstsein, und damit lenken wir den neuen Körper. Doch wie sollte man sich in einen Menschen verwandeln? Was ist dann mit dessen Bewusstsein?«

Ich schüttelte den Kopf. »Wenn man sich verwandelt, schlüpft man doch nicht in den Körper eines anderen Lebewesens. Man verändert nur seinen eigenen.«

Nila blieb stur. »Jaroslav hat uns gesagt, es geht nicht. Wandler können das nicht. Und wenn sie es könnten, dann würden sie es nicht tun.«

»Ach ja, und warum nicht?«, wollte Steven wissen.

Es irritierte Nila, dass er nicht auf ihrer Seite war. »Weil ... wir verändern unsere Zellen, richtig? Alle. Auch die des Gehirns. Im Grunde dürften wir gar keine Menschengedanken mehr denken können.«

»Ein Schwan hat ja auch einen sehr kleinen Kopf«, meinte Dmitrij.

»Ach, halt den Mund!« Nila riss mir das Buch aus den Händen und klappte es zu. »Ihr wisst doch mittlerweile alle, wie es ist! Wir sind das Tier – aber wir sind mehr. Wir bleiben wir selbst. Und trotzdem, trotzdem *weiß* ich, was ein Schwan tun würde. Wie er gründeln würde. Wie er über das Wasser läuft, um zu starten. Es ist alles da drin, in den Zellen, alle Instinkte, alles, was dazugehört. Wie willst du ein anderer Mensch sein und noch unterscheiden, was er ist und was du bist?«

»Es gibt kein *er*«, widersprach Steven. »Es gibt nur dich. Man verwandelt sich doch nicht in etwas, das irgendwo da draußen existiert. Man nimmt nur eine andere Form an. Als würde man sich umziehen. Zugegeben auf eine etwas extreme Art und Weise.«

»Braucht jemand eine Abkühlung?« Björn hatte eine Sprudelflasche ausgiebig geschüttelt und öffnete sie nun. Die Fontäne ergoss sich über Nilas Kopf. Sie kreischte laut, ließ das Buch fallen und stürzte sich auf Björn.

»Mensch, spinnt ihr?« Ich hatte auch etwas Sprudel abbekommen, aber mein erster Gedanke galt dem antiken Buch. Ich wickelte es in die Decke, damit der Großteil der Feuchtigkeit gleich aufgesogen wurde, und tupfte es dann behutsam ab.

Nila und Björn tollten immer noch über den Rasen. Dmitrij öffnete eine weitere Flasche. »Noch jemand?« Raoul und Susan saßen auf der Decke und flüsterten miteinander, sie hatten gar nichts mitbekommen. Das konnte Dmitrij sich natürlich nicht entgehen lassen. Susan kreischte los, als sie von der kalten Dusche getroffen wurde, und Raoul stürzte sich schimpfend auf seinen Freund. Nun sprang auch Alec auf und warf sich ins Getümmel.

»Wie die kleinen Kinder«, bemerkte Hilde streng.

Wenn es wenigstens nur Wasser gewesen wäre! Aber die klebrige Limonade fraß sich in den Einband und wellte die Seiten.

»Das muss ich abwaschen, so gut es geht«, sagte ich. »Da hilft alles nichts.«

Gerade jetzt wäre ich gerne hiergeblieben. Es war durchaus sehenswert, wie Alec mit kurzer Hose und ärmellosem Shirt über die Wiese rannte. Ich war nicht an ihm interessiert, aber man hat ja trotzdem Augen im Kopf und nichts gegen eine nette Aussicht. Außerdem versprühte Alec, was er auch tat, so eine erfrischende Unbekümmertheit und Lebensfreude, während Jacques – nun ja, Jacques war eben anders. Ich hätte ihn gerne mit dabei gehabt, neben mir auf der Decke. Wir hätten zusammen über diese Bilder lachen können. Wir hätten mitmachen können bei der Limoschlacht. Aber nein, Jacques musste natürlich um jeden Preis seinen Außenseiterstatus aufrechterhalten.

»Das merkt sowieso keiner«, meinte Hilde. Ich wusste im ersten Moment nicht, wovon sie sprach, aber sie meinte das Buch. »Stell es einfach wieder zurück, und bis die Herrschaften das nächste Mal auf die Idee kommen, es aus dem Regal zu ziehen, weiß keiner mehr, wer schuld sein könnte.«

»Schön wär's.« Obwohl mich die Illustrationen eher abgestoßen hatten, tat es mir nun aufrichtig leid um dieses Buch, das mit Sicherheit unendlich kostbar war.

* * *

Im Badezimmer feuchtete ich ein Handtuch an und tupfte den Buchrücken immer wieder und mit äußerster Vorsicht ab. Ich war so vertieft darin, dass ich vor Schreck aufschrie, als jemand mich ansprach.

»Was machst du da?«

Jacques lehnte mit verschränkten Armen am Türrahmen und beobachtete mich. Anders als die anderen Jungen hatte er seine

Kleidung nicht dem Wetter angepasst und trug wieder das kurzärmlige helle Hemd und die lange dunkle Stoffhose. Aus irgendeinem Grund ärgerte mich das.

»Ein Buch retten«, fauchte ich. »Es ist aus der Bibliothek, ich habe es mit nach draußen genommen und diese Idioten haben Limonade draufgekippt.«

Jacques beugte sich vor und schnupperte an den Seiten. »Lecker. Zitrone.«

Mir fiel ein, dass ich mich noch gar nicht bei ihm bedankt hatte. »Der Vogel, der Milan ... das war ...« Ich suchte nach dem richtigen Wort. »Überwältigend. Woher wusstest du das? Und woher hast du ihn?«

»Ich habe eine Greifvogelstation besucht und deine Haarprobe mit den Tieren dort verglichen.«

»Dazu hattest du mir die Strähne abgeschnitten?« Kein Wunder, dass ihn meine Anschuldigungen so getroffen hatten. »Jacques, das ist ... das ist so lieb von dir.« Ich wollte ihn umarmen, aber ich konnte mich nicht von der Stelle rühren, ganz wie in meinem Traum. Sein Gesicht wirkte düster und verschlossen, und auf einmal wusste ich nicht mehr, was ich fühlte. »Wann hast du das gemacht? Und wie?«

»Hast du einen Föhn? Wir sollten die Seiten so schnell wie möglich trocknen.« Er holte den Haartrockner aus dem Schränkchen und richtete den warmen Luftstrom auf die durchweichten Seiten.

»Ich habe den Vogel vorhin zurückgebracht. Habe ich etwas verpasst?« Jacques betrachtete das Bild, das er gerade trockenföhnte. Es stellte ein abstoßend hässliches, drachenartiges Wesen dar, nur die Hände, die in Brusthöhe aus den Rippen des Ungeheuers ragten, waren klein und erschreckend menschlich. Es sah aus, als wäre im Bauch des Monsters ein Mensch gefangen, der verzweifelt winkte.

»Wandler können sich gar nicht in Menschen verwandeln«, sagte ich. »Nach der Meinung unserer Lehrer.«

»Das stimmt.« Er sah mich nicht an, während er behutsam zwei verklebte Seiten voneinander trennte. »Du solltest lieber nicht widersprechen.«

»Was soll das denn jetzt bitte schön bedeuten?«

Er betrachtete eingehend das freigelegte Bild. »Es ist schwierig und gefährlich. Verwandlungen liegen uns im Blut, aber nicht diese. Sie haben da ganz recht.«

»Aber du kannst es doch!«

Endlich sah er mich an. Ich erschrak über die dunkle Wut in seinen Augen. »Das verrätst du niemandem!«

»Das hatte ich auch nicht vor. Meine Güte, wer redet denn ständig über Vertrauen? Du kannst zur Abwechslung auch einmal mir vertrauen. Ich spreche mit niemandem über dich. Du bist so geheim, dass manchmal alle zu vergessen scheinen, dass es dich überhaupt gibt! Falls du nicht gerade mit Absicht negativ auffällst.«

Er widmete sich wieder ganz dem Buch.

»Warum, Jacques?«, rief ich aus. »Willst du unbedingt, dass sie dich rauswerfen? Willst du wirklich alle und jeden gegen dich aufbringen? Können wir uns nicht in die Sonne setzen wie alle anderen auch?«

»Geh doch«, sagte er schroff. »Ich mach das hier zu Ende. Geh ruhig, ich halte dich nicht auf.«

»Aber ...«

»Es ist ganz natürlich, dass du dich in ihrer Gegenwart wohler fühlst als in meiner«, fügte er hinzu.

Das stimmte nun überhaupt nicht, aber wenn er so weitermachte, hatte er durchaus recht. Am liebsten hätte ich ihn gepackt und mitgeschleift. Ihn geschüttelt. Ihn gezwungen, mir zu verraten, was eigentlich los war.

»Warum tust du das?«

»Nun geh schon«, schnaubte er.

Sein wilder, zorniger Blick war wie ein Schlag in die Magengrube. Ich taumelte rückwärts und knallte die Badezimmertür hinter mir zu. Doch dann atmete ich tief durch. Nein, ich würde nicht gehen. Den Gefallen würde ich ihm nicht tun. Ihm einen Grund geben, um in irgendeinem Winkel zu schmollen. Stattdessen setzte ich mich auf mein Bett und wartete. Eine ganze Weile hörte ich das Rauschen und Summen des Föhns. Dann kam Jacques aus dem Bad, er trug das Buch vorsichtig wie ein kleines, verletztes Kind. Als er mich sah, stutzte er.

»Du bist ja immer noch da.«

Wenn er nur nett zu mir war, wenn ich Probleme hatte und in Lebensgefahr schwebte, dann würde ich ihm eben eine Gelegenheit geben, mich zu retten. Meine Begeisterung über den Milan hatte mich für eine Weile die Ereignisse bei den Schlangen vergessen lassen. Doch natürlich war das alles noch lange nicht ausgestanden.

»Wir werden geboren als das, was wir sind. Zu welchem Kreis wir gehören. Zu welchem Clan. So ist es doch?«

Er war auf der Hut. Ich hätte ihn niemals dazu auffordern dürfen, sich wie ein normaler Mensch zu verhalten. Jacques war weder ein gewöhnlicher Mensch noch ein gewöhnlicher Wandler.

»Ja«, sagte er.

»Ist das nicht ganz schön ungerecht? Wir werden nicht gefragt. Wir können uns nicht entscheiden, als was wir leben wollen. Wer wir sein wollen. Auf welcher Seite wir stehen.«

»Das hat mit Ungerechtigkeit nichts zu tun«, widersprach er mit unbeweglichem Gesicht. »Es ist alles in den Genen festgelegt.« Seine Anstrengung, eine gelangweilte Miene zu machen, überzeugte mich nicht. »Genauso gut könnte man sich über seine Hautfarbe oder seine Augenfarbe beschweren.«

»Jacques, wie konnte mein Gentest ergeben, dass ich zum Königskreis gehöre? Ich bin ein Milan. Ich konnte mich nicht für ein beliebiges Tier entscheiden, also bin ich eine Glückliche. Wieso bin ich falsch eingeordnet worden?«

Er zuckte die Achseln. »Das fragst du mich?«

»Du hast die Akten gelesen.«

»Habe ich das?«

»Jetzt tu doch nicht so. Ich muss wissen, ob sie mich absichtlich dafür eingeteilt haben, um mich in Gefahr zu bringen. Oder …«

»Oder was?«

Ich hörte wieder Ellas tiefe, knarrende Stimme, voller Zorn und – Angst. Nie würde ich das vergessen können.

»Jacques, als ich bei den Schlangen war … Ich wollte es dir gestern sagen, aber ich war zu müde. Es ging nicht nur darum, dass ich die unwichtige kleine Spionin bin, die sie nicht brauchen. Die eine

Frau dort sagte ... nun, sie hat angedeutet, ich sei ein Skorpion und eine Gefahr für die Schlangen.«

»Du bist ein Skorpion?« Jacques' Interesse war geweckt. Er legte das Buch auf ein Tischchen in der Nähe des Fensters und kam näher. »Du meinst, sie haben dich ausfindig gemacht, dir eingeredet, du wärst eine Schlange, und dich hierhergeschickt, um deine eigenen Leute zu verraten? Um deinen eigenen König zu vernichten?«

»Das wären die idealen Voraussetzungen für einen Spion, oder? Und die Erklärung dafür, warum ich beim Gentest nicht aufgefallen bin. Professor Mercier hat gesagt, er hätte meine Papiere gefälscht und würde dafür sorgen, dass auch die Laborergebnisse passend ausfallen, aber was ist, wenn er mich belogen hat? Wenn gar nichts gefälscht wurde? Wenn ich tatsächlich ein Skorpion bin und zu euch gehöre?«

»Man wird in seinen Clan hineingeboren«, sagte Jacques leise, »aber man kann kämpfen, wofür oder wogegen man will.«

»Es wäre also möglich? Dass ich auf diese Seite gehöre?«

Er nickte langsam.

»Aber es geht noch weiter«, sagte ich. »Das Schlimmste kommt noch. Ich bin eine Schlange, und daran gibt es überhaupt keinen Zweifel. Dieser verrückte Urs, den ich in der Küche getroffen habe, hat mir Schlangengift zu trinken gegeben.« Ich schaute Jacques fragend an. »Oder war das bloß inszeniert, um mich glauben zu lassen, dass ich eine Schlange bin? Ich meine, eigentlich muss Schlangengift doch ins Blut geraten, damit es wirkt, und nicht in den Magen? Und vielleicht war es auch gar keins und sie wollten mich nur reinlegen. Und stimmt es überhaupt, dass Schlangenwandler das Gift vertragen? Vielleicht haben sie sich das alles nur ausgedacht. Ich weiß überhaupt nicht mehr, was ich denken soll!«

Jacques wurde auffallend still, während er nachdachte. Er setzte sich neben mich aufs Bett und lehnte sich mit dem Rücken an die Wand. Dabei musterte er mich so intensiv, bis ich es nicht mehr aushielt und verlegen den Blick abwandte.

»Du machst Sachen«, murmelte er.

»Ich bin ja wohl die Letzte, die etwas dafür kann!«

Jacques seufzte und schloss die Augen. Das gab mir die seltene Gelegenheit, ihn eingehend zu betrachten. Ich kannte sein Gesicht so gut, dass ich paradoxerweise Schwierigkeiten gehabt hätte, es zu beschreiben. Das kantige Kinn, die Wangenknochen ... Ich fragte mich, wie er wohl aussehen würde, wenn er ein paar Jahre älter war. Während man Alec, wenn er ein Schauspieler gewesen wäre, wohl immer die Rolle des Helden angeboten hätte, wäre Jacques am Bösewicht hängengeblieben. Oder man hätte ihn einen melancholischen Künstler spielen lassen, der durch verregnete Straßen schlurfte.

Das kommt davon, wenn man zu viel Kafka liest.

»Wie alt bist du eigentlich?«, fragte ich.

Er öffnete die Augen. »Wie kommst du denn jetzt darauf?«

»Nur so.«

»Sechzehn.«

»Du wirkst älter. Wann hast du Geburtstag? Lass mich raten – im November?«

»Ende Oktober.«

»Bestimmt wie alle Skorpione.« Plötzlich überkam mich wieder die unbändige Lust, ihn zu küssen. Wenn er entspannt aussah und nicht wütend war, wenn er so lächelte wie jetzt, fand ich ihn viel attraktiver als Alec. Vermutlich war es Teil seiner Tarnung, sich so zu geben, als würde er nach nichts aussehen. Wieder wünschte ich mir, er wäre die zweite Schlange gewesen, der andere Spion. Jacques war alles andere als gehorsam. Er hätte sich garantiert geweigert, mich umzubringen.

»Wie hat es geschmeckt?«

»Was?«

»Das Gift. Oder das angebliche Gift.«

»Es roch wie Waldmeister. Und es war bitter. Und dann süß. Es wurde immer süßer.«

»Fandest du es widerwärtig?«

»Eigentlich nicht«, musste ich zugeben. »Am Anfang war es mir zu bitter, aber dann fand ich es richtig gut.«

»Alles klar. Dann bist du eine Schlange«, sagte er mit Nachdruck.

»Hm. Dann war der Test also echt? Woher weißt du das?«

»Warum fragst du mich überhaupt, wenn du nicht glaubst, dass ich das weiß?«

Einen Moment lang glaubte ich, er würde wieder wütend werden. Aber dann stellte er eine andere Frage. Es war die Frage, die ich mir auch schon seit Längerem stellte.

»Was ist mit deinen Eltern?«

»Mein Vater war auf der Schlangenakademie.«

»Welche Verwandlung? Welcher Kreis?«

»Kaste. Die Schlangen sagen Kaste dazu. Ehrlich, keine Ahnung. Ich glaube nicht, dass er sich in irgendetwas verwandeln kann. Oder – meinst du, er kann es, hat aber nie etwas gesagt?«

»Die wenigsten Wandler würden etwas über sich und den Clan verraten. Nicht mal ihren Kindern.«

In seine Augen trat etwas Dunkles. Mir war, als hätte ich einen Blick auf etwas erhascht, das finsterer war als alle seine anderen Geheimnisse.

»Haben deine Eltern es getan?«

Er antwortete nicht. »Dann ist deine Mutter der Skorpion.«

»Das kommt bestimmt nicht oft vor, dass ein Skorpion und eine Schlange heiraten, oder? Das klingt nach Romeo und Julia. Die Clans würden das nie dulden, schätze ich.«

»Nein«, sagte Jacques leise. »Mit Sicherheit nicht.«

»Ob meine Eltern es wissen? Aber sie haben sich so gefreut, dass ich hierher nach Prag gekommen bin. Beide. Als ob es gar nichts Besonderes wäre. Das heißt, etwas Besonderes schon, wegen der Musik und der Hochbegabung und der Ehre und so. Aber sie können nicht gewusst haben, dass ich in Gefahr geraten würde, weil ich ein Mischling bin. Dann hätten sie mich garantiert nicht hergeschickt. Im Gegenteil, sie hätten dafür gesorgt, dass ich weder den Schlangen noch den Skorpionen je unter die Augen komme.«

»Wenn dein Gentest in Ordnung ist, dann gehörst du tatsächlich zum Königskreis. Dann gehörst du zu zwei Kreisen. Zu den Glücklichen, deshalb der Milan. Dieses Erbe hat sich in erster Linie durchgesetzt, das beweist deine Haarfarbe. Aber wenn du auch noch Königsblut besitzt ... Da stellt sich die Frage, welches. Skorpion oder Schlange? Vielleicht hast du ja überhaupt kein königliches Potential, aber falls doch – was könntest du sein? Eine Skorpionkönigin? Eine Schlangenkönigin?«

Langsam lichtete sich der Nebel. Und mir wurde klar, warum der Professor und die giftige Alte so heftig gestritten hatten.

»Das ist der Test, auf den Professor Mercier wartet«, sagte ich. »Der Test, bis zu dessen Ergebnis er mich am Leben lassen will. Er weiß es nicht! Verstehst du? Er muss erwartet haben, dass ich bei den Glücklichen lande, und dann ist er aus allen Wolken gefallen, als sie mich hier in den innersten Kreis eingeordnet haben. Er hat alles geplant und völlig verbockt. Er hat *mich* geplant, Jacques. Eine Schlange, die von den Skorpionen aufgenommen wird. Man muss sie nicht tarnen oder irgendetwas fälschen, denn sie ist *auch* ein Skorpion. Ein harmloser Skorpion. Vielleicht mit einer einzigen Verwandlung, die keinen interessiert. Und zugleich eine Schlange mit geringen Fähigkeiten. Wenn sie scheitert, ist es nicht schlimm, auf sie zu verzichten. Mercier hat zu Ella gesagt, dass er das in die Wege geleitet hat. Das heißt, er wollte einen Mischling *züchten.*« Meine Zunge stolperte über dieses Wort, ich musste es fast mit Gewalt ausspucken. »Mit voller Absicht. Ich glaube, ich muss meine Eltern so einiges fragen.«

»Du solltest hinfahren und es herausfinden, bevor dein Professor das tut. Wenn du Skorpionkönigsblut in dir hast, wird er dich töten lassen, egal, ob du Fähigkeiten entwickeln kannst oder nicht. Er muss dich beseitigen, bevor du am Ende etwas wirst, das er nicht beherrschen kann.«

»Ella wollte nicht so lange warten. Sie wollte es sofort erledigen.« *Es*, sagte ich. Nicht: *mich.* Dann fühlte es sich nicht so an, als würde ich über meinen eigenen Tod sprechen.

»Was sitzen wir dann noch hier herum? Du musst sofort nach Hause!«

»Ich kann Olga und Jaroslav ja wohl schwer erklären, warum das nötig ist.«

»Wer spricht denn davon, dass du es irgendwem erklären sollst? Wir fliegen sofort los. Wenn wir Glück haben, fällt es niemandem auf, dass wir weg sind.«

»Bei dir fällt es vielleicht niemandem auf, bei mir schon. Könntest du nicht wieder hierbleiben und mich spielen?«

Jacques schüttelte den Kopf. »Wir werden nicht die Einzigen sein, die bei deinen Eltern aufkreuzen. Glaubst du, ich will, dass du einem Trupp Schlangenkrieger begegnest? Oder deinem ehrenwerten Herrn Professor?«

»Er ist bloß eine Elster.«

»Du weißt doch überhaupt nicht, welche Stufe er hat. Oder?«

Das stimmte auch wieder. »Bei den Schlangen ist er ein ganz hohes Tier, glaube ich. Eine Eminenz.«

Jacques stöhnte laut. »Gibt es noch mehr, was du mir verschwiegen hast? Etwas, das ich besser wissen sollte, wenn ich versuche, dein Leben zu retten?«

»Dass ich dir dankbar bin, zum Beispiel?« Der Tonfall war mir etwas missglückt. Es klang ironisch. Meine echten Gefühle weigerten sich, an die Oberfläche zu kommen und sich zu offenbaren. Vielleicht hatte irgendetwas in mir Angst davor, verloren zu sein. Ganz und gar. Mit Haut und Haaren. An diesen unglaublichen Jungen, der aufstand und gerade den unglaublichen Satz aussprach: »Okay, zieh dich aus.«

»Wie bitte? *So* dankbar bin ich dir nun auch wieder nicht.«

Jacques seufzte genervt. »Wir fliegen. Dir sollte klar sein, dass du deine Klamotten nicht mehr wegräumen kannst, wenn du dich verwandelt hast. Willst du sie in einem Haufen auf dem Boden zurücklassen? Das sieht nicht nur unordentlich aus, das weist auch jeden darauf hin, dass du weg bist.«

Ich versuchte, die Röte aus meinem Gesicht zu verscheuchen. Es war, als würde ich mit bloßen Händen ein Feuer löschen wollen.

»Ah ja. Wir fliegen. Hab schon verstanden. Was wirst du sein?«

»Auch ein Milan natürlich. Was denkst du denn, wie viele Verwandlungen mir noch zur Verfügung stehen? Außerdem hätte es keinen Sinn, schneller zu sein als du.«

»Du könntest also schneller sein als ich?« Diese arrogante Fledermaus. »Was macht dich da so sicher?«

Er grinste bloß. »Du solltest deinen Freundinnen noch einen Zettel schreiben, dass du zum Recherchieren in die Universität oder in ein Museum gegangen bist. Damit sie dich nicht vermissen.«

Die Idee war gut. Als ich den Stift weglegte und mich umdrehte, ertappte ich ihn dabei, wie er gerade seine Schuhe auszog.

»Äh, Jacques ... Wir müssen uns ja nicht gleichzeitig verwandeln, oder? Ich geh ins Badezimmer, und du fliegst schon mal raus. Dann komme ich nach.«

Ich wartete hinter der halb geschlossenen Tür. Hörte, wie er seine Kleider abstreifte. Wie er das Fenster halb öffnete. Dann das Rauschen von Schwingen.

Bevor ich mich verwandelte, überprüfte ich, ob er seine Sachen ordentlich weggeräumt hatte, und fand alles in meinem Kleiderschrank, säuberlich zwischen meine Hosen und Röcke geschichtet. Dabei stellte ich fest, dass er auch meine Klamotten, die ich heute Morgen neben dem Käfig hatte liegen lassen, wieder in meinen Schrank gelegt hatte.

Er kannte sich mittlerweile wirklich gut aus. In allen meinen Angelegenheiten. Jacques war mir so nah wie ein Doppelgänger im Spiegel, aber es ärgerte mich trotzdem.

Gott, war das Leben manchmal kompliziert.

Doch dann, als ich in den Sommertag sprang, war alles wieder leicht. Leicht wie die Luft, die mich trug. Und überwältigend schön wie der Anblick des zweiten Milans, der aus dem Himmel stürzte und sich zu mir gesellte. Er war kleiner als ich und ein wenig dunkler, und in seinen Augen war dieser Blick, an dem ich Jacques immer und überall und in allen seinen Verwandlungen erkennen würde.

19
Unsere Ewigkeit

Wir flogen. Und wir flogen schnell. Wenn ich mich mit meinem menschlichen Verstand im Körper eines Vogels wiedergefunden hätte, wäre ich völlig hilflos gewesen. Wie nutzte man den Wind aus? Wie segelte man? Wie behielt man die Orientierung? Die Gene, in die ich meine eigenen umgewandelt hatte, wussten das alles. Ich war kein Küken, das man aus dem Nest gestoßen hatte, sondern ein erwachsener Raubvogel, der mühelos auf dem Wind ritt.

Wir waren schneller als die Autos unter uns auf den Straßen, schneller als die wie Pfeile dahinschießenden Züge. Der Himmel gehörte uns und die ganze Welt. Ich fürchtete mich nicht. Ich vergaß sogar, aus welchem Grund wir es eilig hatten, vergaß, dass meine Eltern Feinde waren, und meine Wut auf Professor Mercier wehte davon.

Da ich nicht lachen konnte, schrie ich. Der andere Milan antwortete mit einem ähnlichen Schrei. Als Vogel war Jacques nicht in sich gekehrt und verschlossen und zornig, sondern genauso lebensfroh und wild und herrlich wie Alec. Auch ich war lebendig wie nie zuvor. Immer wieder ging ich in den Sturzflug über, aus purer Lust an der Geschwindigkeit. Dem Boden entgegenstürzen, so schnell, dass alle Nervenenden aufglühten, wie eine Mondrakete, die zurück in die Umlaufbahn der Erde eintauchte … fallen, fallen … und dann die Flügel ausbreiten. Sicher. Geschickt. Mit einer Selbstverständlichkeit, die Schauer des Entzückens durch meinen Körper jagte. Ich heilte das Entsetzen, den Albtraum der Stürze, bei denen ich beide Male in Jacques' Armen gelandet war, indem ich mich zu einem Pfeil zusammenfaltete und der Schwerkraft überließ – bis sich die Angst, die sich in mein Gedächtnis eingegraben hatte, in überschäumende Freude verwandelte.

Dies war meine Bestimmung.

Der andere Milan schrie. Er drehte sich um mich in einer endlosen Spirale, er war schneller als ich, gewandter, geschickter, und er erinnerte mich an unsere Mission.

Also folgte ich ihm wieder. Er wusste genau, wohin es ging, mit untrüglicher Sicherheit flog er nach Westen, bis eine Stadt die Landschaft befleckte und ein Fluss sie zerschnitt. Das waren meine Stadt und mein Fluss, auch wenn ich sie nicht aus dieser Perspektive kannte, und mir wurde bewusst, dass ich nicht einfach irgendwo landen und nach Hause gehen konnte. Nicht ohne einen Fetzen Stoff am Leib.

Verflixt.

Jacques war an diese Art von Problem gewöhnt. Er überließ mir die Führung, bis ich unser Haus gefunden hatte, und landete dann auf einem Kirschbaum, dessen Äste sich unter der Last des großen Vogels nach unten bogen. Ich setzte mich auf meine alte Schaukel. Meine Mutter würde nicht zu Hause sein um diese Zeit, mein Vater vermutlich schon. Professor Mercier war noch nicht eingetroffen, jedenfalls parkten keine fremden Autos vor dem Haus.

Das Dachfenster zu meinem Zimmer war leider geschlossen, nur das Küchenfenster war gekippt. Es würde schwierig werden, sich durch den schmalen Spalt zu zwängen, schien mir aber machbar.

Ich wandte den Kopf nach Jacques um, aber der Kirschbaum war leer, nur der Ast, auf dem er eben noch gesessen hatte, wippte auf und ab. Während ich noch überlegte, ob es nicht am einfachsten wäre, Menschengestalt anzunehmen, den Zweitschlüssel aus seinem Versteck im Blumenbeet zu holen und schnell im Haus zu verschwinden, in der Hoffnung, dass keiner der Nachbarn uns dabei sah, öffnete jemand das Dachfenster über unserem Badezimmer, und ein Paar dunkle Augen lugten über den Rand des Rahmens. Jacques winkte mir zu. Als ich heranflog, hielt er mir sogar den Arm hin, sodass ich darauf landen konnte.

Finster starrte er mich an, als hätte ich etwas verbrochen. Dieser Junge war mir ein Rätsel. Immerhin hatte er den Anstand besessen, sich ein Handtuch um die Hüften zu schlingen.

Als er behutsam die Badtür aufschob, hörte ich Radiomusik aus dem Erdgeschoss. Papa sang laut mit und klapperte dabei mit

Töpfen und Besteck. Jacques schlich am elterlichen Schlafzimmer vorbei und öffnete die Tür, gegen die ich mit dem Schnabel pochte. Aus der Perspektive eines Milans war mein Zimmer viel größer, als es mir normalerweise vorkam. Ich flatterte auf den Fußboden, scheuchte Jacques mit ausgebreiteten Flügeln in den Flur und hüpfte hinter die Tür. Sobald ich mich verwandelt hatte, drehte ich den Schlüssel herum.

Hastig wühlte ich in meinem Kleiderschrank und zog mich an, dann öffnete ich wieder. Jacques stand immer noch vor der Tür, nackt bis auf das Handtuch, und machte ein verdrossenes Gesicht.

»Jetzt komm schon herein.«

Während in mir noch das Glück über den unglaublichen Flug brannte, hellte sich seine düstere Miene nicht auf, auch nicht, als er sich in meinem Zimmer umschaute und sich schließlich auf mein Zebrasofa setzte. Eigentlich hätte ich mittlerweile daran gewöhnt sein müssen, ihn mit nacktem Oberkörper zu sehen, aber dieser Aspekt der Verwandlung irritierte mich nach wie vor.

»Wie hast du das gemacht? Wie bist du ins Haus gekommen?«

»Als Fledermaus, was sonst? Hast du zufällig was zum Anziehen für mich?«

»Erzähl mir nichts. Mein Vater ist in der Küche, eine Fledermaus hätte er gesehen. Was bist du gewesen, eine Stubenfliege?«

»Ich hab keine anderen Gestalten mehr übrig«, sagte Jacques und blickte sich unbehaglich um. »Was dagegen, wenn ich mich ein bisschen ausruhe, während du mit deinem Vater sprichst?«

Ich starrte ihn an. »Du willst dich hier oben verkriechen? Ich dachte …«

»Deine Eltern werden mich nicht zu sehen bekommen, Kiara.«

Ich hatte mich schon auf Papas verdutzte Miene gefreut, wenn ich in männlicher Begleitung vor der Tür stand. Schließlich hatte ich noch nie einen Freund gehabt, und auch wenn Jacques nicht mein richtiger Freund war, hätte ich ihn gerne mit meiner Familie bekanntgemacht. Ich hatte uns schon alle zusammen am Küchentisch gesehen, wo wir probieren würden, was mein Vater gekocht hatte – bestimmt ein neues Experiment –, und wo ich dann nebenbei ein paar Fragen einflechten würde, etwa so: Ach ja, Papa, und in was kannst du dich verwandeln? Fliegst du auch so gern wie ich?

»Das sind deine Geheimnisse«, sagte Jacques leise. »Du kannst es mir erzählen, wenn du willst. Später. Oder vielleicht auch lieber nicht ... Du weißt schon. Skorpion und Schlange. Wir sind Feinde.« Wieder fiel diese Düsternis über ihn, die ihn in einen Fremden verwandelte.

»Du sitzt in meinem Zimmer und hast nur ein Handtuch an und erzählst mir, wir sind Feinde? Du hast sie nicht mehr alle, Jacques. Ich gehe jetzt runter zu meinem Vater. Falls du dich doch dazu entschließt mitzukommen, such dir eine Gestalt aus, die groß genug ist. Ich werde nach Fliegen oder Wespen schlagen, wie ich es immer tue, und wir wollen doch nicht, dass ein Unglück passiert, nicht wahr?« Ich schaute in den kleinen Spiegel, der an meinem Kleiderschrank hing, und ordnete meine Haare. »Du könntest ein Papagei sein, das würde meinen Vater begeistern.«

»Ich werde bestimmt kein Papagei sein«, knurrte Jacques.

»Wie du willst.«

An der Tür warf ich ihm einen letzten Blick zu. Finster erwiderte er ihn.

Es schnürte mir das Herz zu, aber ich lachte.

Er hob fragend die Brauen. Oh, diese schwarzen Augen, diese Wimpern! Hatte er jemals in den Spiegel geschaut? Ahnte er, wie sehr ein Mädchen sich wünschen könnte, ihn zu küssen?

»Ich dachte nur gerade ... was mein Vater wohl dazu sagen würde, wenn er wüsste, dass ich einen nackten Jungen in meinem Bett verstecke?«

Bevor er antworten konnte, schlüpfte ich aus dem Zimmer und schlich auf leisen Sohlen die Treppe hinunter.

Mein Vater sang gerade inbrünstig einen Song von Prince mit, deshalb hörte er nicht, wie ich die Haustür hinter mir ins Schloss zog. Leider ging auch mein Klingeln im Lärm unter. Ich musste in die Rabatte steigen und gegen das Küchenfenster hämmern, um ihn auf mich aufmerksam zu machen.

Er erspähte mich durch die beschlagene Scheibe und seine Augen weiteten sich überrascht. »Kiara!«

Im nächsten Moment riss er schon die Tür auf. »Kind, was machst du denn hier? Das ist ja eine Überraschung! Haben sie dich rausgeworfen?«

»Mich? Ich bin doch immer so brav.« Ich genoss seine Umarmung. So lange war ich noch nie von zu Hause weg gewesen. »Nein, äh ... eine Bekannte von der Akademie musste kurz zurück nach Deutschland und da bin ich einfach mitgefahren. Sie hat mich hier abgesetzt und nimmt mich auf dem Rückweg wieder mit.« Mein Vater hatte es nicht verdient, dass ich ihn so schamlos anlog.

Er lächelte ahnungslos. »Du wurdest ohne Schuhe ausgesetzt? Mein armes Kind!«

»Ohne Schuhe? Oh.« Krampfhaft suchte ich nach einer Erklärung. »Es gab keine Klimaanlage im Auto, es war wie im Backofen. Ich hab sie ausgezogen und muss sie vergessen haben. Ich werde wohl ein paar Stunden ohne Schuhe überleben.«

Ich würde ihm bald alles sagen. Wenn ich ein paar Wahrheiten eingeholt hatte, die er mir bisher vorenthalten hatte.

Doch zunächst brauchte ich etwas zu trinken. Der Flug hatte mich unglaublich durstig gemacht. Papa sah mir fassungslos zu, wie ich ein Wasserglas nach dem anderen leerte.

»Du armes Kind! Als ich damals in der Sommerakademie war, haben wir alles bekommen, was wir brauchten.«

Dann ließ ich mich verwöhnen. Er hatte einen Kuchen gebacken, der im Ofen vor sich hinduftete, und die qualvolle Wartezeit überbrückte der beste Vater von allen mit dem Eis, das er gestern selbst aus Zucker, Sahne und frischen Himbeeren angerührt hatte.

»Nun?«, fragte Papa, während ich mich in atemberaubender Geschwindigkeit durch mein Eisschälchen arbeitete. »Was hat sich in Prag verändert, abgesehen vom Essen?«

»Vielleicht hattet ihr damals einen besseren Koch«, fing ich an. »Bei uns sorgen sie in erster Linie dafür, dass wir überleben.« Die eine Restemahlzeit, die ich im Schloss der Schlangen genossen hatte, war wesentlich besser gewesen als das üppige Buffet der Skorpione. »Gab es zu deiner Zeit schon einen Urs in der Küche? Breites Kreuz, tätowierte Arme? Der kocht wie kein Zweiter.«

»Tätowierte Arme? Nicht dass ich wüsste. Es ist an die zwanzig Jahre her, dass ich dort war, Mäuschen.«

Nachdenklich leckte ich meinen Löffel ab. »Wann kommt Mama nach Hause?«

Mein Vater riss erschrocken die Augen auf. »Himmel, das habe ich dir ja noch gar nicht gesagt! Sie hat eine Dienstreise und kommt erst irgendwann in der Nacht. Dafür hat sie aber morgen frei. Du bleibst doch so lange?«

»Hm. Dann müsste ich noch mal mit meiner Bekannten telefonieren.« Wenn ich erst morgen zurückkam, brauchte ich eine sehr gute Ausrede. Dass ich zum Recherchieren unterwegs gewesen war, würde mir niemand mehr glauben. Aber vielleicht würde ich von meinen Eltern etwas erfahren, das mir eine Rückkehr sowieso unmöglich machen würde.

»Papa?«

Mein Vater öffnete gerade die Backofentür und stach mit einem Holzstäbchen in die bräunliche Kruste des Kuchens. Dann zog er es heraus und betrachtete es mit gerunzelter Stirn. »Der Teig braucht wohl noch ein paar Minuten ... Ich bin übrigens im Theater rausgeflogen. Was sagtest du, Kiara?«

»Papa, damals in Prag ... In welche Kaste haben sie dich eingeteilt?«

Mein Vater lehnte sich gegen die Arbeitsplatte und musterte mich nachdenklich. Er war ein sehr gut aussehender Mann, dunkel, athletisch und irgendwie aristokratisch, eher ein Balletttänzer als ein Opernsänger, und trotz der schwarzen Haare ein ganz anderer Typ als Jacques. Seine lebhaften Bewegungen, die Musik und der Lärm, den er um sich verbreitete, täuschten darüber hinweg, wie traurig seine Augen waren. Zum ersten Mal in meinem Leben fragte ich mich, ob er glücklich war. Bisher hatte ich es einfach immer angenommen. Er sang beinahe ununterbrochen. Er kochte fantastisch. Er hielt es nie lange auf einer Arbeitsstelle aus, aber er gab nie auf und suchte sich ständig etwas Neues. Er liebte meine Mutter und mich über alles. Das spürte ich. Aber war er glücklich? Wie konnte er glücklich sein, wenn er ein Begnadeter aus dem äußeren Kreis war, der nie zu seinem

Geburtsrecht vordringen konnte, der seine Sehnsucht nach Verwandlung mit Musik zu betäuben versuchte? Vielleicht hatten die Schlangen recht damit, die verlorenen Wandler ohne Verwandlung »Getriebene« zu nennen. Sie würden niemals ihre Bestimmung finden. Was sie auch anfingen, sie würden immer scheitern.

Aber Papa verstand Alamarisch. Er war nicht verloren. Bloß, was war er dann?

Ich wechselte zu der vertrauten Melodie der magischen Worte, die sich auf meiner Zunge viel wohler fühlten als jede deutsche Silbe.

»Papa? Zu welcher Kaste gehörst du?«

»Kaste?«, wiederholte er in derselben Sprache.

»Sie haben euch doch damals in Gruppen eingeteilt, oder?«

»Ach, das meinst du. Kaste klingt so indisch. Ich war damals bei den Musikern. Ich habe den ganzen Sommer über gesungen ...« Er blickte gedankenverloren an mir vorbei, in eine Zeit, die sein ganzes Leben geprägt hatte.

»Haben sie euch nichts über die Wandler beigebracht?«

»Wandler.« Er kostete das Wort aus, und ich war mir sicher, dass er es nicht zum ersten Mal hörte. »Ich habe ein paar Dinge mitbekommen«, sagte er schließlich. »Sehr merkwürdige Dinge. Einige der Schüler haben gar nicht musiziert, sondern ... ich weiß auch nicht so recht, was sie getan haben.«

»Warum warst du nicht dabei? Warum warst du bei den Musikern?«

»Ich wollte singen«, antwortete er, in Erinnerungen versunken. »Einfach nur singen und nichts anderes, verstehst du? Ich wollte mich nicht mit irgendwelchen unheimlichen Merkwürdigkeiten beschäftigen. Ich war für die Musik dort hingegangen. Damals gab es für mich nichts anderes.« Dann drehte er sich plötzlich dem Backofen zu, schrie: »Mein Kuchen!« und öffnete hastig die Ofentür, aus der ein für meine Begriffe überaus angenehmer Duft quoll. »Er ist verbrannt!«

»Ist er nicht«, widersprach ich. »Bloß ein bisschen braun. Genauso muss er sein.«

Mein Vater holte die Backform heraus und stellte sie auf ein Gitter. »Oh mein Ku-hu-chen!«, sang er.

Er war völlig verrückt, aber mir wurde warm ums Herz und auf einmal stiegen mir Tränen in die Augen. »Du hast dich in die falsche Kaste einteilen lassen, weil du Musik machen wolltest, Papa? Du hast darauf verzichtet, zu erfahren, was dein ganzes Leben verändert hätte?«

»Ich bin nicht falsch eingeteilt worden«, protestierte er. »Ich wollte singen und das habe ich getan.«

»Du verstehst Alamarisch, Papa. Wie konntest du dich bloß zu den Getriebenen zählen lassen, wenn du die Sprache von Wint Alamar verstehst?«

»Die Sprache, ja«, meinte er leise. »Seit zwanzig Jahren habe ich sie nicht mehr gehört, bis jetzt. Das ist ... komisch und ein bisschen unheimlich. Hätte ich dich lieber nicht nach Prag gehen lassen sollen, Kiara?«

Ich schüttelte stumm den Kopf. Was war mein Vater, und wie sollte ich das herausfinden, wenn er es selbst nicht wusste? Professor Mercier musste geglaubt haben, dass sich der junge Adrian nicht verwandeln konnte. Das war offenkundig falsch, denn Papa gehörte mindestens zur Kaste der Gebundenen. Irgendwo gab es eine Gestalt, die seine Seele annehmen wollte, aber er würde sie nie finden. Er lebte das Leben eines Begnadeten, dabei war er ein Glücklicher, der niemals glücklich sein konnte.

Skorpiongedanken, schon wieder. So hieß es richtig: Er war ein Gebundener, der wie ein Getriebener lebte – oder gar ein verschollener Prinz. Eins von beidem musste er sein, sonst würde ich nicht in solchen Schwierigkeiten stecken.

»Kiara? Liebes?« Mein Vater legte mir die Hand auf die Schulter. »Was ist denn? Geht es dir nicht gut? Ist etwas vorgefallen, das ich wissen sollte?«

»Nein«, sagte ich und blinzelte die Tränen fort. »Es ist nur ... Es ist so schön, wieder zu Hause zu sein. Ich habe dich vermisst, Papa. Und Mama auch.«

Sollte ich ihm erzählen, wer er war und was er sein konnte? Dann hätte ich ihm auch verraten müssen, dass es zwei miteinander verfeindete Clans gab. Und dass er eine Frau geheiratet hatte, die er niemals hätte heiraten dürfen.

Mein Vater seufzte leise und strich mir übers Haar. »Du siehst müde aus, Kiara. Draußen ist so schönes Wetter, leg dich doch in den Garten. Ich habe eine Hängematte gekauft, die man zwischen den Kirschbaum und den Birnbaum hängen kann.« Er liebte es, mich oder meine Mutter mit irgendetwas zu überraschen. Und mein Herz wurde noch schwerer.

»Ja«, sagte ich, »gerne. Aber erst geh ich rauf in mein Zimmer und bin … bin einfach mal ein bisschen in meinem Zimmer.«

»Klar. Du hast es vermisst, richtig? Deine Blumen leben noch, falls dir das Sorgen macht.«

»Danke. Kann ich noch ein Schälchen Eis mitnehmen? Und …« Ich sah mich in der Küche um. »Und du hast frische Kirschen! Darf ich den Kuchen anschneiden?«

Mein Vater sah amüsiert zu, wie ich ein ganzes Tablett vollpackte. »Müssen wir dir Essenspakete schicken, oder willst du lieber gleich hierbleiben?«

Ich lachte. »So schlimm ist es auch wieder nicht. Nur eben nicht mit deiner Küche vergleichbar.«

Er schmunzelte gerührt. Und ich schleppte alles nach oben.

* * *

Jacques schlief. Sein schwarzer Schopf verschwand halb in meinem rosa geblümten Kissen. Nur die bloßen Schultern und ein Fuß ragten unter der ebenfalls rosa geblümten Bettdecke hervor. Ich hatte sie bestimmt nicht mehr benutzt, seit ich zwölf war. In meiner Schwarz-Weiß-Phase hatte ich alles Rosafarbene mit Verachtung gestraft.

Ich stellte das Tablett auf den Fußboden, setzte mich auf das Zebrasofa und betrachtete den Jungen, der in meinem Bett lag. Vor Kurzem hatte ich nicht gewusst, dass es ihn gab, und nun erholte er sich wie selbstverständlich in meiner geblümten Bettwäsche von einem mehrstündigen Flug, den wir als Milane zurückgelegt hatten.

Die Wirklichkeit war auch nicht mehr das, was sie einmal gewesen war.

Ich seufzte leise. Das selbstgemachte Himbeereis, das vermutlich beste der ganzen Welt, schmolz still vor sich hin, während ich zusah, wie Jacques schlief, das Gesicht so friedlich, als gäbe es keine Gefahr, keine Schlangen und Skorpione und Geheimnisse, die unser Leben zerstören konnten.

So müde ich war, ich weigerte mich, die Augen zu schließen, ich wollte ihn nur immerzu ansehen. Den Schwung seiner roten Lippen, das kantige Kinn. Sein schwarzes Haar auf den bleichen Wangen, das ich berühren wollte, so gerne berühren. Vorsichtig streckte ich die Hand aus, um ihn nicht zu wecken. Seine Haare fühlten sich so weich und glatt an wie Rabenfedern. Wie viele Tiere verbargen sich unter seiner Marmorhaut? Was lauerte noch in ihm – Bestien mit Fell und Reißzähnen, Tiere der Nacht, windschnelle Falken? Und, ich musste lächeln, elfenhafte Mädchen.

Er sah aus wie ein männliches Schneewittchen, mein schlafender Prinz, und ich wollte ihn wachküssen wie Dornröschen. Aber ich tat es nicht. Er war so erschöpft und so verletzlich, und ich wollte nicht wieder mit ihm streiten. Ich wollte einfach nur seine Gegenwart genießen.

Um zu verhindern, dass ich einschlief, stand ich auf und spähte aus dem Fenster in den Garten. Mein Vater befestigte gerade die neue Hängematte in den Bäumen. Gemütlich sah es aus, ich könnte mir ein Buch mitnehmen und dort lesen und mich einfach nur zu Hause fühlen.

Ich wollte mich ganz kurz auf die Bettkante setzen und Jacques Bescheid sagen, dass ich ihm Eis mitgebracht hatte ...

* * *

Ein Klopfen an der Tür ließ mich aus einem seltsam intensiven Traum hochfahren, in dem ich wie ein Vogel durch die Luft geflogen war, den Wolken so nah wie nie zuvor.

»Kiara?« Die Stimme meines Vaters hinter der Tür.

»Ich – ich bin wohl eingeschlafen. Ich komme gleich!«

Hinter mir bewegte sich jemand. Jacques blinzelte verschlafen. »Wie spät ist es denn?«, fragte er leise.

»Keine Ahnung.«

»Bin ich im Himmel gelandet? Du liegst mit mir im Bett.«

»Bilde dir bloß nichts darauf ein.«

Wenigstens war ich auf der Decke eingeschlafen und nicht darunter geschlüpft. Peinlich war es mir trotzdem. Hastig setzte ich die Füße auf den Boden und trat prompt auf das Tablett, das ich völlig vergessen hatte.

Das Scheppern und Klirren schreckte Jacques auf. Er lehnte sich über die Bettkante. »Ist das etwa Kuchen mit Erdbeersauce?«

»Das war mal Himbeereis. Jetzt sind es Flecken auf dem Teppich. Hoffentlich gehen die raus, sonst kriege ich Ärger.«

Seine Miene erhellte sich. »Die Krümel sehen jedenfalls noch essbar aus. Es macht mir nichts aus, einen Kuchen zu essen, der kurz Teppichkontakt hatte.«

»Ich muss jetzt runter. Mein Vater wäre bestimmt enttäuscht, wenn ich die ganze Zeit im Zimmer hocke.«

»Geh nur. Ich komm schon zurecht.« Er fuhr sich durch sein zerzaustes Haar und brachte seine Frisur noch mehr in Unordnung. »Wann fliegen wir zurück?«

»Meine Mutter kommt erst nachts nach Hause. Ich muss aber unbedingt mit ihr sprechen.«

»Du solltest in Prag anrufen.«

»Hm. Ich könnte im Sekretariat Bescheid sagen – aber was erzähle ich denen?«

»Du kannst wohl nicht so gut lügen, wie?«

»Doch, kann ich. Sonst wäre ich keine so gute Spionin.«

»Du und eine gute Spionin?« Er hob die Brauen.

Das musste ich mir wirklich nicht bieten lassen. »Du kannst auch nicht viel besser lügen. Ein Wächter der vierten Stufe. Jaja.«

»Na gut, möglicherweise ist es auch die fünfte.«

»Vielleicht ist es auch die zehnte oder die zwanzigste oder die hundertste?«

Er hielt seine Gesichtszüge unter Kontrolle. »Du spinnst. Es gibt niemanden, der so viele Gestalten hat.«

»Wie viele hast du denn?«

»Wolltest du nicht zu deinem Vater nach unten gehen?«

Er wich mir schon wieder aus!

»Kein Wandler würde sich so blödsinnige Gestalten wie Jaroslav oder mich aussuchen. Nicht, wenn er nicht sehr viel mehr Verwandlungen zur Verfügung hat.«

»Blödsinnig? Es ist alles andere als überflüssig, wenn man aussehen kann wie ein Lehrer. Was meinst du, wie ich an die Akten gekommen bin?«

»Hast du nicht einen Generalschlüssel, Herr Oberschnüffler? Jaroslav zu sein ist eine unglaubliche Verschwendung.«

»Nicht, wenn man sich selbst schützen muss«, sagte Jacques ernst. »Ich musste er sein, als Nila ausplappern wollte, dass du nachts nicht in deinem Zimmer gewesen bist. Ich konnte nicht riskieren, dass sie dich weiter ausfragen und du irgendwann erzählst, dass du mich getroffen hast.«

»Woher wusstest du überhaupt, dass Jaroslav meine Geschichte bestätigen sollte?«

Er antwortete nicht.

Ein böser Verdacht stieg in mir auf. »Du hast mich überwacht? Du warst da, als ich morgens Hilde und Nila erzählt habe, was ich angeblich gemacht habe?« Fassungslos starrte ich ihn an.

»Ich konnte nicht riskieren, dass du mich verrätst. Ich kannte dich noch zu wenig und musste sichergehen. Eure Zimmerdecke ist dunkel und ihr habt mich nicht bemerkt, weil ich eine Fledermaus war.«

»Falls *du* es nicht gemerkt hast, Jacques, wir sind Mädchen. Wir ziehen uns um in diesem Zimmer. Bist du ein Spanner? Oder überwachst du bloß mich?«

Wie weit würde er gehen, um seine Geheimnisse zu schützen?

Ich fragte mich, was dieser Fremde hier in meinem Zimmer tat, aber ich sagte nur: »Ich kann es nicht ausstehen, wenn du mich anlügst.«

»Niemand hat mehr Verwandlungen als fünf«, sagte er. »Das weißt du selbst. Wenn das nicht stimmt, dann lügen unsere Lehrer.«

»Ich geh jetzt nach unten.« Langsam verlor ich wirklich die

Geduld. »Wenn du mehr zu essen haben willst, kann ich dir noch was bringen.«

Ich wusste nichts von ihm. Nur, dass er ein Lügner war.

* * *

Natürlich fiel meinem Vater auf, dass ich zu wenig erzählte. Zu wenig von der Akademie und dafür umso mehr von der Stadt. Dass ich es vermied, vom Unterricht zu reden. Dass ich halbherzig behauptete, mein Geigenspiel hätte sich verbessert. Dass ich den Mund verzog, als er wissen wollte, mit wem ich auf einem Zimmer war und ob ich Freundinnen gefunden hatte.

Papa glaubte tatsächlich, dass es in Prag nur eine einzige Akademie der Wandler gab, die in eine andere Straße umgezogen war. Ich fand nur unzureichende Worte, um das Palais zu beschreiben. Die Traurigkeit, die mich in ihrem Griff hatte, ließ seine Scherze von mir abprallen, obwohl er sich alle Mühe gab, mich aufzumuntern.

Zwischendurch sah er mich lange an. »Wenn es dir nicht guttut, dort zu sein, Kiara ...«

Ich konnte nicht eine Lüge an die nächste reihen, ein Schweigen ans nächste. Nicht ihm gegenüber.

»Ich habe einen Jungen kennengelernt.«

»Oh, oh.« Er schüttelte besorgt den Kopf. »Was ist passiert?«

Ich wusste es ja selbst nicht. »Nichts. Ich habe keine Ahnung ... Ich weiß überhaupt nichts mehr.«

»Und das macht dir Angst.«

»Ja.«

Ich rührte in meinem Glas. Mein Vater hatte Eiskaffee für uns beide gemacht und mit einem Sahnehäubchen verziert, mit Schokostreuseln als i-Tüpfelchen. Manchmal wunderte ich mich, dass er so schlank war. Aber was wusste ich, wie viele Gestalten er in sich trug und ernährte? Welche Vögel oder Raubtiere in seiner Seele wohnten und dort gefangen waren, ohne Hoffnung auf Erlösung?

»Du bist noch so jung.«

»Das war ja klar, dass du das sagst.«

»Alle Väter fürchten sich vor dem ersten Freund ihrer Tochter. Bestimmt ist er nicht gut genug für dich. Er hat so etwas Schönes wie dich nicht verdient, und wenn er dafür verantwortlich ist, dass du unglücklich bist, drehe ich ihm höchstpersönlich den Hals um.«

»Er kann ja nichts dafür, dass ich unglücklich bin.«

»Oh Gott. Meine Tochter ist verliebt!«

»Ich weiß nicht mal, ob ich verliebt bin. Ich hoffe nicht. Wie erkennt man das überhaupt?«

»Willst du ihn immerzu ansehen? In seiner Nähe sein? Denkst du die ganze Zeit an ihn?«

Ich schwieg. Ja, ich wollte ihn immerzu ansehen, aber ich ertrug es kaum. Ich hörte auf zu atmen, wenn er in der Nähe war, und bekam keine Luft, wenn ich ohne ihn war. Und über ihn nachzudenken war das Schlimmste überhaupt. Aber das alles bedeutete nicht, dass ich in ihn verliebt war. Ich wollte ihn nur küssen, um ihn zu ... erforschen.

Oder?

Papa hatte sein Urteil schon gefällt. »Beruht das, ähm, auf Gegenseitigkeit? Oder bist du traurig, weil er dich nicht bemerkt? Dann ist er ein Idiot. Meine bescheidene Meinung.«

»Danke, Papa.« Hoffentlich fing er nicht an, irgendwelche albernen Liebeslieder zu singen.

»Sieht er gut aus?«

»Umwerfend.« Ich seufzte laut. »Wirklich, Papa, er sieht toll aus.«

»Natürlich. Der Bestaussehendste von allen, ist ja klar. Du hast nicht zufällig ein Foto von ihm dabei?«

»Leider nicht.« Ich hatte ihn gleich selbst mitgebracht, aber er war scheu wie ein wildes Tier.

»Und wie ist er sonst so? Spann mich nicht so auf die Folter. Erzähl ein bisschen was von ihm.«

»Er hat Humor«, sagte ich. »Und er ist klug. Und charmant. Und hilfsbereit. Und kameradschaftlich. Ritterlich, irgendwie. Klingt das sehr altmodisch, wenn ich ihn ritterlich finde?«

»Bahnt sich da tatsächlich etwas an?«, erkundigte Papa sich besorgt.

Jacques hatte eine – nein, zwei, wenn man den Milan mitzählte – seiner möglichen Gestalten für mich geopfert. Wenn man Jaroslav dazuzählte, sogar drei. Für mich? Oder nur um zu verhindern, dass die Lehrer mich näher unter die Lupe nahmen und ich ihnen am Ende verriet, dass Jacques ... ja, was? Dass er sich in einen Bären und eine Fledermaus verwandeln konnte, bevor man uns genau erklärt hatte, wie man es machte? Was war daran so schlimm?

»Das ist es eben, ich weiß es nicht. Ich bin mir nicht sicher, ob es auf Gegenseitigkeit beruht. Manchmal denke ich, ja, und es scheint so offensichtlich, und dann wieder denke ich, ich bilde mir etwas ein und von seiner Seite her ist es vielleicht bloß Freundlichkeit.«

»Die Liebe macht immer auch ein wenig Angst«, sagte mein Vater leise. »Egal, wie alt man ist.«

»Aber wie kann man sich sicher sein?«

»Sicher? Es gibt keine Sicherheit. Nur Vertrauen.«

Hatte ich auf ein Geheimrezept gehofft, wie man erkannte, ob jemand es ernst meinte? Vertrauen. Immerhin hatte ich mich gefesselt aus dem fünften Stock werfen lassen, nur weil Jacques gesagt hatte: *Ich werde da sein.* Konnte es wirklich so einfach sein? Und er schlief seelenruhig oben in meinem Zimmer, obwohl ich zum Clan seiner Feinde gehörte und möglicherweise sogar zur Königskaste der Schlangen.

Er vertraute mir sein Leben an.

»Kannst du in der Akademie anrufen?«, fragte ich. »Und sagen, dass ich erst morgen zurückkomme?«

»Natürlich.« Papa seufzte. »Du willst also nicht zu Hause bleiben, sondern herausfinden, wie es um deinen jungen Mann steht?«

»Ja«, antwortete ich. »Ich will es wissen.«

Der Abend war mild und warm, und ich saß noch lange draußen und schaukelte in der Hängematte, bis ich wegen Jacques ein schlechtes Gewissen bekam und nach oben in mein Zimmer ging.

Es war leer. Den Kuchen und die Kirschen hatte er aufgegessen und sogar mit einem nassen Waschlappen das Himbeereis aus meinem Teppich entfernt. Und dann war er durchs offene Fenster davongeflogen. Nach Prag. Ohne mich.

Jacques, was tust du nur?, dachte ich. Mein Zimmer kam mir leer vor, wenn er nicht darin schlief.

Vorhin hatte ich ihn noch weit weg gewünscht, jetzt konnte ich nicht ertragen, dass er verschwunden war. Ich ließ mich auf mein Bett fallen und starrte ins Nichts. Es war, als wäre ich nie fort gewesen, als hätte ich alles nur geträumt.

Doch woher kam dann das schwarze Haar auf dem Kissen?

* * *

Mitten in der Nacht erwachte ich vom Zuschlagen einer Autotür. In der Stille klang das Knirschen des Hausschlüssels überdeutlich. Dann hörte ich die klackenden Absätze der Schuhe meiner Mutter auf den Fliesen im Flur. Die angelehnte Zimmertür verwischte die Unterhaltung meiner Eltern zu einem undeutlichen Tuscheln. Mein Vater musste aufgeblieben sein, um auf meine Mutter zu warten und ihr zu erzählen, dass ich zu Hause war.

Schritte auf der Treppe. Bestimmt würde sie gleich bei mir reinschauen. Das machte sie immer, wenn sie spät nach Hause kam. Ich hörte meine Mutter auf dem Treppenabsatz leise lachen.

Erwartungsvoll blickte ich zu Tür, durch die ein Streifen Licht hereinfiel.

Ich blinzelte. Auf meinem kleinen Sofa, zusammengerollt wie eine Katze und beinahe unsichtbar, lag ein Mann mit dunklem Haar und in dunkler Kleidung.

Wie um alles in der Welt …?

Jacques!

Sofort war ich hellwach und sprang aus dem Bett. Ich rüttelte ihn an der Schulter. Schlaftrunken fuhr er hoch und taumelte gegen mich, ich konnte ihn gerade noch auffangen und schubste ihn auf mein Bett, wo er einfach weiterschlief. Meine Eltern waren schon an der Tür, ich hatte keine Zeit mehr, Jacques erneut zu wecken und ihm zu erklären, dass er sich sofort in eine Fledermaus verwandeln sollte. Also schlüpfte ich neben ihn, breitete die Decke über uns beide und zog sie mir bis zum Kinn. Ich konnte nur hoffen, dass meine Eltern im diffusen Licht nichts merkten.

»Pst, weck sie nicht auf«, flüsterte mein Vater.

Sie traten an mein Bett, zwei dunkle Gestalten in einer Welt der Schatten.

»Ich freu mich auf morgen«, wisperte meine Mutter.

Ich wagte nicht zu atmen, während ich ihren liebevollen Blick auf mir spürte. Hoffentlich fing Jacques nicht an zu schnarchen. Das wäre ein Schock gewesen! Bevor ich hysterisch loskicherte, wandten meine Eltern sich um und schlichen aus dem Zimmer.

Ich spürte Jacques' warmen Körper neben meinem und schlug die Decke zurück, damit er besser atmen konnte. Er murmelte etwas im Schlaf und rückte näher an mich heran.

Da ich bezweifelte, dass ich ihn wach genug bekommen würde, um ihn auf die Couch zu schicken, beschloss ich, selbst den Schlafplatz zu wechseln. Wenn ich das kleine Sofa umklappte, war es eine gute Alternative. Gleich würde ich aufstehen und mich darum kümmern. Aus dem Schrank eine zweite Decke holen. Gleich. Es war so warm, so gemütlich. Nur noch eine kleine Weile, nur noch ...

* * *

Ich erwachte mit einem wohligen Seufzen. Jemand atmete mir ins Ohr. Jemand, der sein Gesicht in meinem Nacken vergraben hatte, der mir seinen Arm besitzergreifend um die Taille geschlungen hatte.

Durchs offene Dachfenster wehte der Duft von frisch gemähtem Gras und moosbedeckten Dachpfannen, von Himmelsweite und bauschigen Schönwetterwolken. Aus dem Erdgeschoss schraubten sich weitere verlockende Nasenfreuden empor – frische Brötchen. Und Kaffee.

Dazu gesellten sich inspirierende Klänge, da mein Vater eine Arie schmetterte.

Oh nein, sie hatten mich ausschlafen lassen! Der Sonne nach zu urteilen, die durchs Fenster schien, war es bestimmt schon zehn Uhr. Papa hatte mich gestern in der Akademie entschuldigt, dennoch musste ich dringend zurück. Aber vorher musste ich noch mit meiner Mutter reden und ein paar Geheimnisse aufdecken.

Trotzdem wäre ich am liebsten liegen geblieben, an den warmen Körper neben mir geschmiegt. Es fühlte sich überraschend richtig an. So wie es sich richtig angefühlt hatte, ein Milan zu sein. Es war, als hätte ich genau das gefunden, was meinem Leben noch gefehlt hatte.

Die Stimme meines Vaters schraubte sich höher. Er legte es offenbar absichtlich darauf an, dass ich endlich erwachte.

»Jacques! Wir müssen aufstehen. Und lass das!« Ich klopfte ihm auf die Finger. »Du tust doch nur so, als ob du noch schläfst!«

»Mmmh?«

Ich befreite mich aus seiner Umarmung und schwang die Beine über die Bettkante. Es wäre besser gewesen, wenn ich sofort ins Badezimmer marschiert wäre und nicht an der Türschwelle zurückgeschaut hätte. Dann hätte ich nicht mitbekommen, wie er mir nachsah mit diesen unglaublich schwarzen Augen, die zugleich hungrig und traurig waren. Es war ein Blick wie aus einem finsteren Verlies.

Ich geriet in Versuchung, wieder unter die Decke zu kriechen und unsere platonische Freundschaft in etwas nicht ganz so Platonisches zu verwandeln. Im Verwandeln waren wir doch beide ganz gut.

Oh Gott, hatte ich das eben wirklich gedacht? Ich kannte Jacques erst seit so kurzer Zeit. Ich misstraute ihm. Gestern Nachmittag war ich noch der Meinung gewesen, dass er mir nachspionierte und eigentlich mein Feind war. Himmel, wie konnte ich bloß alles vergessen, wenn er mich so ansah? War das Liebe – wenn man sich fühlte, als wäre man eine verträumte Katze, die nichtsahnend auf einem Wäscheberg vor sich hin döste? Und die dann im Schleudergang in der Waschmaschine mitgewaschen wurde?

»Kiara?« Von unten erklang die Stimme meiner Mutter. »Guten Morgen, Schatz!«

»Guten Morgen!«, schrie ich zurück. »Komm mit runter, dann stelle ich dich ihnen vor«, sagte ich zu Jacques, aber ich wusste schon, wie seine Antwort lauten würde. Hinter der Sehnsucht in seinem Blick verbargen sich immer noch tausend Geheimnisse, die er nicht mit mir teilen wollte.

»Geh schon.« Er hätte es wirklich nicht so schroff sagen müssen, so, als wollte er mich aus dem Zimmer jagen.

20
Das Herz meiner Mutter

Meine Mutter hatte eine neue Frisur. Ihre Haare waren ein ganzes Stück kürzer, und sie hatte sich blonde und rote Strähnchen machen lassen. Es sah ein bisschen aus, als versuchte sie, meine unvergleichliche Haarfarbe nachzuahmen.

»Morgen, Schatz. Das ist ja eine Überraschung! Zu dumm, dass ich den gestrigen Tag verpasst habe.«

»Dafür hatte ich Kiara ganz für mich.« Mein Vater grinste triumphierend und summte ein Lied aus irgendeiner Oper. Zauberflöte, Tochter der Nacht? Wie passend. Es wurde Zeit, dass ich herausfand, was ich von meinen Eltern geerbt hatte.

Wie an einem Wochenende saßen wir in der Küche und genossen das Beisammensein. Anscheinend hatte mein Vater sie vorgewarnt, denn meine Mutter fragte nicht nach Prag, sondern erzählte ausgiebig von ihrer Dienstreise. Dann lotste sie mich in den Garten hinaus.

»Ich räume ab.« Papa zwinkerte mir verschwörerisch zu.

Man konnte auch zu zweit auf der Hängematte sitzen. Ich genoss den Arm meiner Mutter um meine Schultern, aber dabei ließ ich mein offenes Fenster im ersten Stock nicht aus den Augen. Ob Jacques wohl mit knurrendem Magen auf sein Frühstück wartete? Es war mir nicht gelungen, unauffällig einen Teller vollzupacken und nach oben zu bringen.

»Du hast nicht viel Zeit, nicht wahr?«, fragte meine Mutter.

»Meine Bekannte kommt mich bald abholen«, sagte ich. »Sobald sie da ist, muss ich los.«

»Schade.«

Ich lehnte den Kopf an ihre Schulter. »Ja, schade.«

»Papa hat mir gesagt, dass du dich verliebt hast. Bitte nimm es nicht zu schwer, wenn es wieder vorbei ist.«

»Es hat gerade erst angefangen!« Ich setzte mich wieder aufrecht hin. »Warum sagst du so was?«

»Du bist sechzehn. Da hält eine Beziehung nie lange.«

Ich rückte unwillkürlich von ihr ab, was etwas schwierig war auf der Hängematte, wo man unwillkürlich in der Mitte aufeinander zurutschte.

»Ich weiß nicht, ob es Liebe ist«, entgegnete ich. »Ich glaube jedoch, dass unser Schicksal irgendwie miteinander verknüpft ist.«

»Ach, Kiara. Gleich so theatralisch!«

Es gab einen Grund dafür, warum ich meine kleinen Gefühlsschwankungen sonst eher Professor Mercier anvertraut hatte als meiner eigenen Mutter. Verständnis durfte ich bei ihr nicht erwarten. Gefühle waren für sie bloß gefährliche Nebenwirkungen menschlicher Hormone. Wie hatte ich das bloß vergessen können?

»Du wirst dich noch oft verlieben, Kiara. Ich versuche doch nur, dir klarzumachen, dass du dir keine zu großen Hoffnungen machen sollst. In einer solchen Ausnahmesituation, in den Ferien, wo alle eng zusammenleben, weißt du, da passiert es ganz schnell, dass die Hormone zu brodeln anfangen.« Ich hatte ja gewusst, dass sie das sagen würde. »Am Ende der Ferien fährt jeder wieder nach Hause und es erledigt sich von alleine. Also ...«

»Du glaubst, mit sechzehn kann man noch nicht lieben?«, fragte ich. »Ist es das, was du mir sagen willst?«

Ich war so wütend, dass ich aufspringen wollte, aber sie hielt mich am Arm fest. »Kiara, jetzt beruhige dich! Es lohnt sich nicht, dass wir uns deswegen streiten.«

Ich wollte ihr sagen, dass ich mir zwar unsicher war, wie ich meine Gefühle bezeichnen sollte, aber dass ich zu ihm stehen würde, was auch geschah. Bis zu dem bitteren Ende, mit dem sie so fest rechnete. Bis zu der Katastrophe, die eintreten würde, sobald die Skorpione herausfanden, wer ich war. Doch selbst dann würde ich Jacques' Geheimnisse für mich behalten.

»Mama«, sagte ich, »warum hast du nie erzählt, dass du in deiner Jugendzeit auch in Prag warst?«

»Was?« Sie schaute mich überrascht an. »Ich war in diesem Sommer das erste Mal dort, da verwechselst du etwas. Dein Papa war dort. Ich nicht.«

»Bist du sicher? Du warst nicht zufällig in derselben Akademie wie ich jetzt? Was bist du gewesen – eine Glückliche? Oder gehörst du zum Königskreis?«

Es konnte nicht gespielt sein. Diese Verwunderung, dieses Unverständnis. Sie fühlte sich nicht ertappt, nur verwirrt. »Nennt ihr euch so? Willst du damit sagen, dass du in der Königsklasse der Geiger gelandet bist? Hast du dein Talent endlich gefunden?«

Wenn sie ein gewöhnlicher Mensch war, dann war ich nur eine Schlange, ganz ohne Skorpionerbe, und Professor Mercier musste etwas anderes gemeint haben, als er sich mit Ella gestritten hatte.

Es gab einen unfehlbaren Test, um das herauszufinden. »Kannst du mich verstehen, Mama?«, fragte ich auf Alamarisch.

Sie runzelte die Stirn. »Warum sollte ich dich denn nicht verstehen können?«

Ich begriff immer weniger. »Du verstehst mich – aber du warst nicht in Prag. Sie haben dich nie zur Akademie der schönen Künste eingeladen? Du hast nie so einen Brief bekommen wie ich?«

»Ich kann ganz gut Klavier spielen, aber dafür hat es nicht gereicht. Monsieur Mercier meinte, ich solle deswegen nicht traurig sein.« Sie biss sich auf die Lippen.

»Etienne Mercier war dein Klavierlehrer?«

Diesmal wirkte sie ertappt. »Damals war er noch kein Professor. Er hat mich ein paar Jahre lang unterrichtet.« Ein verträumter Ausdruck trat in ihr Gesicht. »Die Stunden bei ihm ... ich habe sie geliebt. Wir haben so viel geredet. Fast mehr, als wir musiziert haben. Eine Zeitlang dachte ich sogar, ich wäre in ihn verliebt.«

»Er war dein Freund?«, fragte ich entsetzt. Am Ende würde sie mir noch erzählen, dass er mein Vater war. Und nicht Adrian.

Meine Mutter schüttelte lächelnd den Kopf. »Nein, so weit ist es nie gekommen.«

»Warum hast du mir nie erzählt, dass er dich auch unterrichtet hat?«

»Weil er mich darum gebeten hat. Er wollte nicht, dass du dich irgendwie unter Druck gesetzt fühlst. Du solltest nicht glauben, du müsstest in meine Fußstapfen treten.«

Wenn Mercier sie unterrichtet hatte, musste sie die Schlange sein. Und mein Vater der Skorpion. Aber warum war er dann im Schloss gewesen und nicht im Palais? Es ergab alles keinen Sinn. Und warum hatte Mercier die junge Marlene Wieland nie in ihr Erbe eingeweiht und nach Prag geschickt?

»Habt ihr je über Verwandlungen gesprochen?«, fragte ich vorsichtig.

»Eins seiner Lieblingsthemen war, dass Talent manchmal nicht gleich erkennbar ist, sondern durch bestimmte Umstände geweckt wird.« Sie seufzte. »Dieses Gerede hat mir nicht unbedingt gutgetan. Eine Zeitlang war ich davon überzeugt, dass ich irgendeine verborgene Gabe besitze. Es war zum Greifen nahe, mir war, als würde es jeden Augenblick geschehen. Etwas, das mich von einem Moment auf den anderen verwandeln würde. Ich würde die Augen öffnen und wissen, dass ich bis dahin nur geschlafen hatte. Ich würde anfangen zu leben, wie ich noch nie gelebt hatte. Ich würde rennen, über die Steppe, mit den Zebras und den Antilopen und den Gnus, den heißen Wind im Gesicht ...« Sie schüttelte sich. »Was rede ich nur für einen Unsinn?«

Es musste die Sprache sein, die ihr all das entlockte, die magische Sprache von Wint Alamar. Die ihr Herz in Schwingungen versetzte, so wie meins. Die ein Leuchten in ihre Augen zauberte. Und eine Dunkelheit, einen Abgrund, von dem ich nichts geahnt hatte.

»Er hat mich dazu gebracht zu glauben, ich wäre etwas Besonderes. Aber das bin ich nicht. Ich bin ein ganz gewöhnlicher Mensch, so wie jeder andere. Nur ein einziges Mal in meinem Leben habe ich mich wieder so lebendig gefühlt – als ich deinen Vater traf. Da war mir wieder, als würde etwas geschehen. Ich würde etwas sein, von dem ich nicht wusste, was es sein könnte ... Meine Sprünge würden so weit sein, als könnte ich fliegen, und mit donnernden Hufen würde ich über die Steppe jagen, vor mir die wippenden Leiber der anderen ...«

Sie schüttelte sich, als versuchte sie den Traum abzustreifen, und konnte doch nicht wissen, dass ihre Seele nach Verwandlung schrie.

Die Sprache von Wint Alamar hatte sich als tückisch erwiesen. Meine Mutter war es nicht gewöhnt, auch in dieser Sprache zu lügen.

»Es hat aufgehört, auf der Party, auf der ich deinem Vater begegnete. Jeden Augenblick könnte es geschehen, dachte ich, aber dann passierte nichts. Und stattdessen bin ich mit ihm ausgegangen. Und habe darauf gewartet, dass es wieder anfängt, dass es zu mir kommt. So schnell sterben unsere Träume. Ich bin trotz Pille schwanger geworden und wir haben geheiratet. Und ich habe mich tatsächlich verwandelt – in eine Ehefrau und Mutter.«

Auf einmal schaute sie mich irritiert an, als hätte sie zwischendurch vergessen, zu wem sie da sprach. Sonst hätte sie sich garantiert nicht dazu hinreißen lassen, mir zu erzählen, dass ich völlig ungeplant in ihr Leben getreten war. Sie hatte mich gar nicht gewollt. Sie hatte bloß auf ihre eigene Verwandlung gewartet.

Das Wunder, das ihre Seele herannahen fühlte, hatte nie stattgefunden. Wie hätte sie alleine herausbekommen sollen, wer sie war und was sie konnte? Und Professor Mercier, dieser Schweinehund, hatte sie ganz bewusst im Unklaren darüber gelassen. Er hatte ihr einen ebenfalls unfähigen jungen Wandler vorgestellt, und wenig später war ich geboren worden.

Die Geschichte stank zum Himmel.

Gezüchtet, hatte Ella gesagt.

Meine Eltern waren junge Wandler gewesen, die nicht erfahren hatten, wer sie waren, und das war ganz bestimmt kein Zufall. Konnte es sein, dass Mercier, der professionelle Nachwuchs-Sucher, eine junge Skorpion-Frau gefunden hatte und irgendwie dafür gesorgt hatte, dass sie den Suchern ihres eigenen Clans entging? Wie sehnsüchtig musste er auf das Kind gewartet haben! Der einzigartige Mischling würde zwar keine großen Fähigkeiten besitzen, aber er war wichtig, denn nun hatten sie jemanden, den sie in das Palais einschleusen konnten.

Es erschien mir unverhältnismäßig, so viel Mühe für meine Geburt aufzuwenden, nur um mich für den richtigen Spion zu opfern, diesen kostbaren Nicolas, den ich auf keinen Fall gefährden durfte.

»Es war Professor Mercier, oder?«, fragte ich. »Er hat dich und Papa einander vorgestellt.«

»Natürlich, es war schließlich seine Party.« Sie schaute hinüber zur Terrasse und lächelte breit. »Wenn man vom Teufel spricht …«

Mein Vater hatte die Glastür weit geöffnet und winkte. »Wir haben Besuch!«

Neben ihm stand der Professor.

* * *

Ich versuchte, ihn mit denselben Augen zu sehen wie früher. Einen freundlichen älteren Herrn im Tweed-Anzug, der Ruhe und Weisheit ausstrahlte. Einen Musiker, vor dessen Talent man in die Knie sinken wollte. Einen Mentor und Zuhörer, der trotz des Altersunterschieds mein bester Freund war.

Es war unmöglich. Meine Knie begannen zu flattern, und am liebsten hätte ich mich in die Luft geworfen und wäre pfeilschnell davongeflogen. Aber ich wusste nicht, was Mercier vorhatte, und meine Eltern waren völlig ahnungslos. Ich konnte sie nicht im Stich lassen.

»Guten Morgen, Frau Wieland.« Zuerst begrüßte er meine Mutter, dann mich. »Hallo Kiara. Da komme ich extra hierher, um deinen Eltern zu erzählen, wie es dir in Prag geht, und du bist hier? Was für eine Überraschung.«

»Sie ist mit einer Bekannten hergekommen und fährt gleich wieder zurück«, erklärte mein Vater. »Möchten Sie eine Tasse Kaffee, Professor? Von den Brötchen sind nur Krümel übrig, aber ich kann Ihnen Kuchen anbieten. Oder vielleicht selbst gemachtes Himbeereis?«

Professor Mercier schüttelte den Kopf. »Recht herzlichen Dank, aber ein Kaffee genügt vollkommen.«

Mir war, als müsste meine Feindseligkeit meine Haut zum Glühen bringen, müsste aus allen meinen Poren strahlen wie tödliches Licht. Doch niemand bemerkte meinen inneren Aufruhr.

Während mein Vater in die Küche ging, um sich dem Kaffee zu widmen, setzte meine Mutter sich aufs Sofa und begann mit dem

Professor über das Wetter und den heißen Sommer, die Mückenplage und die Benzinpreise zu plaudern.

»Macht Kiara denn Fortschritte, was ihr Geigenspiel angeht? Haben Sie sie spielen hören?«

Professor Mercier musterte mich wie ein Wissenschaftler, der sich über sein Mikroskop beugt.

»Du hast gewaltige Fortschritte gemacht«, wandte er sich direkt an mich. »Endlich hast du erkannt, welches Potential in dir steckt. Ich hoffe nur, dass du nicht zu schnell aufgibst.«

»Und ich bin zu dem Schluss gelangt, dass es mir nicht so liegt zu *spielen*«, sagte ich. »Und ein falsches Spiel schon gar nicht. Aber sogar perfekt gespielte Musik kann falsch klingen. Haben Sie Ihre Musik nie als Tarnung empfunden, um etwas anderes zu überspielen?«

Meine Mutter runzelte die Stirn. »Wovon sprichst du da eigentlich, Kiara?«

Professor Mercier lächelte beschwichtigend. »Ich denke, ich weiß, was sie meint. Dass Musik Wahrheiten ausdrückt, besser, als man sie in Worte fassen kann – und dass wir deshalb manchmal auf die Worte verzichten.« Statt den Fehdehandschuh aufzuheben, den ich ihm hingeworfen hatte, schwafelte er über die Bedeutsamkeit der Musik und ihre Gefahren.

Solange meine Mutter dabeisaß, konnte ich ihn nicht direkt fragen, warum er hergekommen war.

Als mein Vater sich schließlich zu uns setzte und vor jeden Erwachsenen eine Kaffeetasse stellte – ich bekam ein Wasserglas –, griff der Professor in sein Jackett und holte ein kleines Fläschchen hervor, in dem eine dunkle Flüssigkeit schimmerte.

»Aromatisierter Sirup«, erklärte er. »Ein paar Tropfen davon in den Kaffee wirken Wunder. Das habe ich aus Prag mitgebracht, das ist da jetzt groß in Mode.«

»Er lügt«, sagte ich.

Meine Mutter schenkte mir einen vernichtenden Blick und wandte sich dann wieder Mercier zu, der ihr das Fläschchen unter die Nase hielt.

»Riecht gut. Vanille?«

»Nein!«, schrie ich, als er etwas in ihre Tasse träufeln wollte.

»Kiara!«, riefen meine Eltern gleichzeitig.

Mercier schüttelte sacht den Kopf. »Das sind keine Drogen und kein Gift. Du glaubst doch nicht etwa, dass ich hergekommen bin, um deine Eltern zu vergiften?«

»Doch.«

»Was ist nur in dich gefahren?«, rief mein Vater, jetzt ernsthaft verärgert.

Sie würden mir niemals glauben. Ich musste mir rasch eine andere Erklärung einfallen lassen.

»Ich hab so was in Prag getrunken. Es soll harmlos sein, aber man bekommt schlimme Bauchschmerzen davon! Das verträgt nicht jeder, es ...«

»Es ist bloß Sirup.« Mercier leckte einen Tropfen von seiner Fingerspitze ab. »Und niemand muss das hier probieren. Ich wollte doch nur ...«

Meine Mutter führte ihre Tasse zum Mund. Sie hatte sich wohl dafür entschieden, mein ungehöriges Benehmen einfach zu ignorieren. »Ich finde, es duftet sehr lecker.«

Ich wollte aufspringen und ihr die Tasse wegschlagen, aber Professor Mercier legte mir die Hand aufs Knie. »Kiara«, zischte er drohend.

Was konnte er sein, außer einer Elster? Was konnte er uns antun, wenn ich Schwierigkeiten machte? Ich war bereit, es herauszufinden. Um nichts in der Welt würde ich zulassen, dass er meinen Eltern etwas zu trinken gab, das mich an Urs' Gebräu im Schloss der Schlangen erinnerte. Ohne hysterisches Theater zu machen, nahm ich meiner Mutter die Tasse sanft und entschieden aus der Hand.

Sie war zu verblüfft, um wütend zu sein.

»Könnte ich einen Moment allein mit Ihrer Tochter reden?«, fragte der Professor. »In Prag sind einige Dinge vorgefallen, die ihr offensichtlich noch zu schaffen machen.«

»Was für Dinge?«, rief mein Vater alarmiert.

»Anscheinend nehmen ein paar der Jugendlichen Drogen«, erklärte Mercier. »Und das Mädchen sieht nun überall Gespenster.

Bitte sehen Sie ihr das nach.« Er lächelte entschuldigend. »Wir, das heißt die Lehrer in der Akademie, haben alle Schüler dazu angehalten, sich auf keinen Fall etwas ins Getränk mischen zu lassen. Es fällt den jungen Leuten manchmal schwer zu begreifen, dass es für jede Regel Ausnahmen gibt. Aber nun zum eigentlichen Grund meines Hierseins. Ich möchte gerne mit Kiara über ihr Geigenspiel reden. Wenn Sie uns kurz entschuldigen würden?«

Ich kannte ihn lange genug, um auf seinem freundlichen, gefassten Gesicht Bedauern auszumachen.

Sein Mitleid erschreckte mich am meisten.

War er etwa hier, um meine ganze Familie auszulöschen?

Er, mein gütiger Geigenlehrer, dem ich von Kevins Liebesbriefen erzählt hatte. Von Franziska, die mich zum Rauchen anstiften wollte – nach dem ersten Versuch hatte ich es entsetzt aufgegeben. Von all den kleinen und großen Dingen, die mein Leben ausmachten.

Es schnürte mir die Kehle zu.

Daher schwieg ich, als meine Eltern sich zunickten und aus dem Wohnzimmer gingen. Es war besser, wenn sie den Kampf nicht miterlebten. Wenn es denn überhaupt einen Kampf geben würde. Ich war nur eine Sechzehnjährige und beherrschte keine Kampftechniken oder Tricks, außer Weglaufen. Oder Wegfliegen. Beides konnte ich nicht tun, solange meine Eltern in Gefahr waren.

»Ach, Kiara«, sagte Mercier.

»Ich werde nicht zulassen, dass meine Mutter irgendetwas trinkt, das Sie ihr geben.«

»Und wie«, fragte er leise, »willst du das verhindern? Du kannst sie nicht rund um die Uhr bewachen. Und sicher ist dir klar, dass ich Leute zur Hand habe, die du weder kennst noch gegen die du etwas ausrichten könntest. Ich verfüge über Hundertschaften erprobter Krieger. Soll ich dieses Haus umstellen lassen? Vielleicht habe ich es bereits getan.«

Jacques war da.

Ich spürte seine Gegenwart irgendwo hinter mir. Keine Schritte im Zimmer, kein Luftzug. Aber er war hier, sein dunkler Blick richtete sich auf meinen Nacken, richtete sich auf unseren gemeinsamen Feind. Auch wenn ich gerne gewusst hätte, in welcher Gestalt er gekommen war, drehte ich mich nicht um. Der Professor brauchte nicht zu wissen, dass ich einen Verbündeten hatte.

Erleichtert wagte ich es, mich ein wenig zu entspannen. Jacques würde nicht zulassen, dass mir etwas geschah. Ich hatte ihn zwar noch nicht in Aktion erlebt, bisher hatte er jeden Kampf vermieden. Doch ich zweifelte nicht daran, dass er sich in etwas richtig Gefährliches verwandeln würde, sobald es brenzlig wurde.

»Ganz schön heftige Drohungen von einer mickrigen Elster«, sagte ich und funkelte Mercier möglichst furchtlos an.

»Ach, Kiara.« Er seufzte. »Ich hatte gehofft, wir könnten vernünftig miteinander reden. Ich glaube immer noch, dass du es verstehen wirst.«

»Was verstehen? Dass Sie meine Eltern vergiften wollen?«

Der Professor schüttelte den Kopf. »Vergiften? Ich bin hier, um deine Familie zu schützen, Mädchen. Kennen wir uns nicht lange genug?« Er schien auf ein Lächeln zu warten, das ich ihm nicht gönnte. »Wenn du Ella Kaminski und mich belauscht hast, dann solltest du mitbekommen haben, dass ich dich gegen sie verteidigt habe. Du hast ja keine Ahnung! Seit du dem Königskreis zugeordnet wurdest, ist die gesamte Clanregierung in heller Aufregung. Ich habe gekämpft wie ein Löwe, um zu verhindern, dass die Eminenzen ein vorschnelles Urteil über dich verhängen.«

»Ich bin ein Skorpion und eine Schlange. Eine Kreuzung. Ein Experiment!«

»Du bist viel mehr als das. Du bist unsere Chance auf den Sieg. Hast du eine Vorstellung davon, wie schwer es ist, jemanden in der Nähe des möglichen Skorpionkönigs zu platzieren? Sie wissen natürlich, dass wir es versuchen, und deshalb gehen sie davon aus, dass in jedem Jahrgang ein Spion ist.«

»Es ging nie darum, dass ich den Skorpionkönig finde, oder?« Und das Dumme war, dass ich genau das bereits getan hatte, viel schneller als ihr herrlicher, unfehlbarer, unsichtbarer Nicolas.

Ich würde Jacques nicht verraten, aber ich hätte auch Alec nicht verraten. Oder Hilde. Oder Nila. Vielleicht war ich nie hundertprozentig eine Schlange gewesen. Mir fiel überhaupt niemand ein, den ich Professor Mercier genannt hätte, nicht einmal diese verfluchte

Bande, die mich fast ermordet hätte. In jener Nacht wäre ich dazu bereit gewesen, solange es sich noch angefühlt hatte, als würde ich im Affekt zurückschlagen. Aber jetzt nicht mehr.

»Ich wollte dich nie in Gefahr bringen.« Seine Stimme zitterte. Fast war ich geneigt, ihm zu glauben. »Ich wollte nie, dass dir irgendetwas passiert. Aber die Skorpione sind sehr gut darin, unsere Leute zu enttarnen. Falls es für dich gefährlich geworden wäre, wollte ich dich so schnell wie möglich rausholen. Das musst du mir glauben, Kiara. Ich habe dir nicht alles gesagt, aber ich habe dich nie manipuliert oder belogen. Du bist wie eine Tochter für mich.«

Und nun war dieses Band zwischen uns unwiderruflich zerrissen.

Jacques' Blicke waren wie eine sanfte Berührung meiner Schulter.

»Ich weiß nicht, was Sie sind, Professor. Eine Eminenz, was bedeutet das? Ich nehme an, Sie gehören zu den Anführern des Clans?«

»Deines Clans, Kiara.«

»Nein«, widersprach ich. »Ich gehöre nicht zum Schlangenclan. Ich gehöre zu beiden Clans – und deshalb werden mich alle, egal wo ich hingehe, für eine Spionin und einen Feind halten. *Sie* haben dafür gesorgt, dass ich nirgends sicher bin.«

»Du bist eine Schlange, Kiara. Deshalb bin ich hier. Es wird alles wieder gut, wenn sich die erhitzten Gemüter beruhigt haben.«

»Ellas Gemüt zum Beispiel?«, fragte ich. »Damit sie keine Angst mehr wegen Nicolas hat?«

»Du weißt von Nicolas?« Er wirkte erschrocken. Doch dann erinnerte er sich wohl daran, dass Ella diesen Namen in meinem Beisein erwähnt hatte, und sein Gesicht glättete sich. »Nicolas ist unsere größte Hoffnung, unsere stärkste Waffe. Er wird den Skorpionkönig ausschalten. Er hat die Kraft dazu, das Talent, den Willen. Es hat nie zuvor jemanden wie ihn unter den Wandlern gegeben. Kannst du begreifen, wie wichtig deine Rolle in dieser Mission ist?«

»Sie haben mir nicht gesagt, dass es meine Aufgabe sein würde, einem Mörder zu helfen!«

»Es kommt dir sicher grausam vor, wenn man über Jahre die Vernichtung eines Wesens plant, das wie ein Mensch aussieht und sich für einen Menschen hält. Aber wenn dieses Ungeheuer auf die Menschen losgelassen wird, dann gnade uns Gott ... Wenn wir den Skorpionkönig rechtzeitig finden, muss niemand sterben. Man kann das Erbe eines Wandlers dämpfen, Kiara. Wenn man die Mittel dazu kennt, und wir haben sie, kann man verhindern, dass eine Gabe sich entfaltet. Wenn wir wüssten, wer es ist, dann könnten wir jetzt schon eingreifen. Leider können wir nicht blind allen, die infrage kommen, diesen Trank einflößen.«

Glaubte er wirklich, dass ich ihm das abnahm? Dass sie den zukünftigen König seiner Macht beraubten und dann in Ruhe weiterleben ließen?

»Wir Schlangen sind nicht unnötig grausam. Doch wenn jemand seine Macht bereits auslebt, hilft nur noch eins. Dann ist die Gabe der Verwandlung so sehr mit all seinen Zellen verbunden, dass man sie nur auslöschen kann, indem man den gesamten Organismus abtötet.«

In meinem Gehirn verknüpften sich gerade ein paar Fäden.

»Haben Sie das schon einmal getan – mit meiner Mutter? Haben Sie ihre Gabe gedämpft?«

Beim Reden bewegte er stets die Hände, nun hielt er verblüfft inne. »Was?«

»Sie war kurz davor, es selbst herauszufinden. Was haben Sie mit ihr gemacht?«

»Sie ist ein Skorpion«, sagte er leise. »Wenn sie zu ihrem Clan gefunden hätte, hätte sie niemals Adrian geheiratet.«

»Und das war notwendig?«, fragte ich bitter.

»Sie waren perfekt. Weil sie beide nichts können. Weil sie beide nichts wissen.«

»Wie gut, dass sie sich ineinander verliebt haben, nicht? Und dass sie so schnell ein Kind bekommen haben. Wie haben Sie das bloß angestellt? Ich meine, dabei kann man ja schlecht nachhelfen.«

»Kann man schon. Wenn man die Tabletten, die eine Frau nimmt, durch etwas anderes ersetzt.«

Mir wurde schlecht. »Sie widern mich an!«

Mercier nickte traurig. »Es ist eine große Versuchung, ins Leben anderer einzugreifen, wenn man die Macht dazu besitzt. Dass dir das missfällt, Kiara, beweist nur, wer du bist. Wir Schlangen stehen auf der Seite der Menschen. Wir Schlangen sind dein Clan. Wir sind dein Zuhause und deine Familie.«

»Wenn meine Eltern nichts wissen und nichts können, warum sind Sie dann hier, um sie zu vergiften?«

»Ach nein, Kiara. So ist es doch gar nicht.«

Ich hatte Merciers Gefühle verletzt.

»Dann sagen Sie mir, wie es ist!«

Ich wollte endlich die Wahrheit wissen – und dann würde ich das Tier auf ihn loslassen, das hinter mir lauerte. Was mich noch zurückhielt, war zum einen, dass ich noch auf ein paar handfeste Informationen hoffte, und zum anderen die Tatsache, dass Jacques vermutlich nicht zu bremsen sein würde, wenn ich ihn erst einmal bat, für mich zu kämpfen. Er hütete seine Geheimnisse so sorgsam, dass er bestimmt keinen Augenzeugen aus diesem Haus entkommen lassen würde. Und obwohl ich Professor Mercier im Moment zutiefst verabscheute, war es doch etwas ganz anderes, seinen Tod zu befehlen.

Er hob das kleine Fläschchen vom Tisch auf. »Dieser Trank hätte deine Mutter nicht getötet«, sagte er. »Wie konntest du das nur glauben? Es ist eine Art Auffrischung, wie bei einer Impfung.« Er lachte ein bisschen. »Nur um sicherzugehen, dass sie sich nicht verwandelt und über die Stränge schlägt. Wenn die Skorpione von ihr erfahren und sie zum Clan holen, würden die Schlangen dir noch viel weniger vertrauen.«

»Sie vertrauen mir doch jetzt schon nicht.«

»Das werden sie. Wenn wir alles an dir, was zu den Skorpionen gehört, ausgelöscht haben.«

»Die Hälfte meiner Gene? Wie das?«

»Dein Erbe«, sagte er. »Alles, was du von der Seite der Feinde geerbt hast. Es darf nichts übrig bleiben, verstehst du? Nur so konnte ich die anderen Eminenzen davon überzeugen, dass du am Leben bleiben darfst.«

»Ihr habt Angst vor meinem Skorpionerbe«, sagte ich leise. »Ich gehöre also zum Königskreis der Skorpione. Ich könnte die neue Skorpionkönigin sein?«

Er schüttelte den Kopf. »Glücklicherweise nicht. Wenn das der Fall wäre, dann hätte dich rein gar nichts retten können. Nicht einmal ich und der nicht unbeträchtliche Einfluss, den ich habe. Aber die Tests haben zum Glück etwas anderes ergeben. Ich war bereits vor einigen Tagen hier und habe Haarproben deiner Eltern eingesammelt – sie waren nicht zu Hause, keine Sorge –, und nun ist das Ergebnis da. Eine Überraschung, aber wenigstens eine gute. Deine Mutter ist bloß Skorpion-Fußvolk, eine Glückliche, wie man dort sagen würde. Dein Vater dagegen gehört zu den seltenen Nachfahren des Schlangenkönigs. Vor zwanzig Jahren haben wir uns auf Stammbäume verlassen, von Gentests war da noch gar nicht die Rede. Deshalb ist uns seine wahre Kastenzugehörigkeit entgangen. Als er an der Akademie war und nicht einmal Alamarisch verstand, wurde er in die Kaste der Getriebenen eingeordnet. Er hat nicht das geringste Talent gezeigt, was eigentlich typisch ist für viele junge Wandler aus der Königskaste. Aber für deine eigene Entwicklung bedeutet das gar nichts. Du könntest bemerkenswerte Fähigkeiten herausbilden, Kiara. Immerhin bist du ein Falke geworden, als man dich in Lebensgefahr gebracht hat, was beweist, dass deine Königsseite aktiv ist.«

Wie sehr er sich irrte. Aber wenn ich ihm verraten hätte, dass ich den Milan erst gefunden hatte, als ich dem echten Vogel in die Augen geschaut hatte, hätte ich ihm auch sagen müssen, wer mich aus dem Teich gezogen hatte, bevor ich ertrinken konnte.

Der Milan hatte mit meinem Königserbe rein gar nichts zu tun.

Wenn man erst mit dem Lügen angefangen hatte, ergab sich ein fatales Missverständnis nach dem anderen – aber wie hätte ich jetzt noch zurückrudern können, ohne Jacques mit ins Spiel zu bringen?

»Noch kann man über deinen Werdegang gar nichts sagen. Wir sind gerne bereit, dich als die einzige Königskandidatin dieses Sommers im Schlangenschloss aufzunehmen. Das passt einigen nicht, muss ich zugeben«, er seufzte, »denn du könntest in Gewissenskonflikte geraten, wenn deine Mutter zu den Skorpionen ginge. Deshalb, noch mal, liebe Kiara – lass bitte zu, dass ich euch diesen Trank gebe. Wenn die Schlangen sie nicht als Bedrohung erleben, dient das nur ihrer Sicherheit. Ich schätze Marlene sehr. Lass mich ihr Leben retten. Und deins.«

Ich starrte auf das Fläschchen. Eine dunkle Wolke waberte darin herum. »Wir müssen also beide trinken?«

»Ich habe veranlasst, dass man dir ein Zimmer im Schloss herrichtet. Wenn du tatsächlich unsere Königskandidatin bist, bist du viel zu kostbar, um dich in der Mitte der Skorpione der Gefahr der Entdeckung auszusetzen. Nicolas ist der Auflösung sehr nahe – wie es scheint, ist keiner der diesjährigen Kandidaten dazu in der Lage, sich zu einem König zu entwickeln. Ein verwöhnter Millionärssohn, ein Modepüppchen, ein Kleinkrimineller und ein hirnloser Sportler! Du bist ihre hoffnungsvollste Kandidatin, Kiara, und wenn du aus dem Rennen bist, schicken sie die anderen vermutlich nach Hause.«

Ich versuchte, mehrere Dinge gleichzeitig zu verarbeiten. Dass er meine Freunde beschimpfte, musste ich ihm durchgehen lassen. Ich als hoffnungsvollste Kandidatin? Und das Dritte war ...

»Ein Kleinkrimineller?«

»Der junge Franzose wird in seiner Heimat polizeilich gesucht.« Mercier wollte sich nicht vom Thema ablenken lassen. »Kiara, bitte trink das.« Er leerte die Flasche in mein Glas. Es waren nicht nur ein paar Tropfen, wie bei meiner Mutter, sondern alles. »Trink, und dann bringe ich dich heim ins Schloss.«

Die Schlieren wanderten durch das Mineralwasser und schwebten darin wie eine unheilvolle Gewitterfront. Es duftete tatsächlich nach Vanille. Und darüber hinaus nach etwas anderem, Fremden ...

Alles in mir schrak davor zurück. Das war der Schlüssel, um in die Sicherheit meines eigenen Clans zurückzukehren. Um die anderen davon zu überzeugen, dass ich wirklich zu ihnen gehörte. Das war das Gift, das den Milan in mir abtöten konnte. So wie es den Traum meiner Mutter, dieses unbekannte Tier der afrikanischen Steppe, umgebracht hatte, bevor es geboren werden konnte.

»Das Erbe der Skorpione hat sich noch nicht bei dir gezeigt«, sagte Professor Mercier leise. »Vielleicht wird es das auch nie. Deine Schlangenseite wird dir die Möglichkeit zu einigen wunderbaren Verwandlungen bieten, und du wirst nichts vermissen. Wir können nicht zulassen, dass du beides bist. Nicht bei einem Kind der Königskaste.«

»Aber wenn ich zu den Königen gehöre, die nie irgendeine Gabe entwickeln – so wie mein Vater –, werde ich gar nichts mehr haben«, flüsterte ich. »Keine einzige Verwandlung.«

»Du hast schon den Falken, und du wirst noch mehr in dir finden. Entweder hat ein König gar nichts oder er hat mehr als andere. Vier oder fünf Verwandlungen! Du kannst gut auf die einzige verzichten, die du von der anderen Seite geerbt hast.«

Wenn ich sowieso nichts aufgab, wie er glaubte, warum standen ihm die Tränen in den Augen? Er wusste, was er von mir forderte. Er wusste es ganz genau. Ein Wandler, dem eine bestimmte Gestalt angeboren war, ein Glücklicher oder ein Gebundener, musste das leben, wozu er berufen war, oder er würde niemals glücklich sein können. Mercier wusste nicht, dass ich die andere Seite meiner Seele bereits gefunden hatte.

Konnte ich den Milan aufgeben? Doch wie hätte ich mich weigern können, wenn es um die Sicherheit meiner Eltern ging?

»Wenn du das trinkst«, sagte Professor Mercier, »werde ich es vor den anderen Eminenzen bezeugen, und alles wird gut.«

»Können Sie nicht ...«

»Nein«, unterbrach er mich, bevor ich meine Frage stellen konnte. »Nein, ich werde nicht für dich lügen. Als Eminenz darf ich nicht das Wohlergehen meines Clans aufs Spiel setzen – nicht einmal für das Mädchen, das wie eine Tochter für mich ist. Wenn du dich weigerst, müsste ich von meinem Amt zurücktreten, denn ich habe versprochen, dass ich diese Angelegenheit zur allgemeinen Zufriedenheit regeln werde. Wenn ich das nicht fertigbringe, habe ich an der Spitze nichts mehr zu suchen – mit der Konsequenz, dass ich als ein einfacher Ratgeber unter vielen weder dich noch deine Familie schützen kann.«

Die Schlangen mussten es nicht einmal selbst tun, kam mir in den Sinn. Es reichte, durchsickern zu lassen, wer ich war, und die Skorpione würden es selbst erledigen.

Ich nahm das Glas und starrte in den schimmernden Teich des süßen Gifts.

Es wäre so viel leichter gewesen, wenn ich den Milan in mir nie kennengelernt hätte. Die Lust am Fliegen – niemals. Den Schrei am Himmel und den Wind unter den Flügeln und den Rausch des Sturzes ...

Meine Finger zitterten so, dass ich noch alles verschütten würde. Ich blinzelte die Tränen weg.

Und spürte etwas über meinen Rücken krabbeln. Ich stellte das Glas wieder ab, streckte die Hand aus und eine Spinne mit langen Beinen huschte über meine Finger. Reglos hielt ich still, und sie kam zutraulich in meine Handfläche gekrochen.

»Ich ... muss mal kurz ins Badezimmer«, sagte ich und schloss die Finger behutsam um die Spinne. »Geben Sie mir zwei Minuten.«

Professor Mercier nickte. »Ich kann verstehen, dass du darüber nachdenken musst. Aber es gibt keinen anderen Weg als diesen.«

Vom Flur aus hörte ich meine Eltern leise in der Küche miteinander reden. »Sie hat die Geige geliebt«, sagte meine Mutter gerade. »Ich glaube, es ist der Druck.« Anscheinend dachten sie, dass das der wahre Grund für den Besuch meines Lehrers war: dass ich mit dem Spielen aufhören wollte.

Ich wandte mich kurz um – der Professor stand im Wohnzimmer und schaute mir nach. Es blieb mir nichts anderes übrig, als tatsächlich die gegenüberliegende Tür zu öffnen, die zu unserer Gästetoilette führte. Darin war es reichlich eng, aber wenn ich in mein Zimmer gegangen wäre, hätte Mercier vielleicht Verdacht geschöpft und wäre mir gefolgt.

Ich setzte die Spinne auf den Boden und nahm auf dem Klodeckel Platz. Als Jacques vor mir erschien, war es mir völlig egal, dass er nichts anhatte. Diesmal hatte ich wirklich ganz andere Probleme.

»Was soll ich bloß tun?«

»Ein Kleinkrimineller?«, zischte er. »Wie kann er es wagen? Noch ein Grund, diesem selbstherrlichen Professor den Hals umzudrehen. Seine Eminenz, der Giftmischer!«

»Jacques, bitte! Was mache ich denn? Wenn der ganze Clan hinter mir her ist ... und hinter meinen Eltern ... wie sollen wir einem ganzen Aufgebot an Wandlern entkommen? Ich muss das trinken. Aber ich will nicht!« Mit Gewalt hinderte ich mich daran, loszuheulen. »Gibt es nicht einen Trick, dass ich so tun kann, als ob?«

»In der Tat, den gibt es.« Noch während er sprach, verwandelte er sich – in mich. »Gib mir deine Klamotten. Schnell. Du fliegst aus dem Fenster und wartest draußen auf mich.«

»Du willst das Gift trinken?« Ich starrte ihn ungläubig an.

»Es wird mir schon nicht schaden.« Das nackte junge Mädchen vor mir begann völlig ungeniert, mir beim Ausziehen zu helfen. »Hast du Mercier nicht zugehört? In der Hinsicht hat er nicht gelogen. Wenn der Körper sich erst ans Verwandeln gewöhnt hat, treibt man ihm das nicht so schnell aus.«

»Aber wie kannst du dir da sicher sein? Das ist ein unglaubliches Risiko!« Ich hielt seine Hände fest. »Jacques, nein! Es ist ein Gift gegen Skorpione. Und wenn du stirbst? Und wenn es alles vernichtet, was du bist?«

Er schaute mich einen Moment lang ernst an, mit einem Blick so dunkel wie die Schwärze des Weltraums. »Wenn das hier der Weg wäre, das zu vernichten, was ich bin ... Ich würde um das Recht kämpfen, die ganze verdammte Flasche auszutrinken. Und nun zier dich nicht so, gib mir deine Sachen. Verwandle dich, dann geht es schneller.«

Ich hätte nicht zulassen dürfen, dass er das tat, aber ich kämpfte nicht gegen ihn an. Ein Gedanke genügte, und ich wurde der Milan, gefangen in einem übergroßen Shirt. Vorsichtige Mädchenhände befreiten mich daraus. Das Gesicht kam mir groß und schön vor, umgeben von einem Schleier aus Federn. Die kleinen, schlanken Hände setzten mich auf die Fensterbank.

Ich sah zu, wie das Mädchen sich anzog und vor dem Spiegel die Haare glättete. Würde ich mich jemals an diesen Anblick gewöhnen? An den schwarzen Blick aus meinen grünbraunen Augen, meine leise Stimme aus seinem spöttisch verzogenen Mund?

Es war unverkennbar Jacques, der sich, die Hand schon an der Türklinke, noch einmal an mich wandte. »Es tut mir leid wegen deiner Mutter, sie wird das trinken müssen. Aber vielleicht finden wir irgendwann eine Möglichkeit, ihr zu helfen. Eure Sicherheit ist im Moment am wichtigsten.«

Als nervöser Vogel, der am liebsten unsichtbar geworden wäre, wartete ich draußen, verborgen in den Zweigen des Birnbaums. Wartete, bis irgendwann die Tür aufging und der Professor herauskam. Er wirkte verärgert und ganz und gar nicht so, als hätte er gerade einen Sieg der Schlangen über die Skorpione errungen. Die andere Kiara war nicht bei ihm – wie auch immer Jacques das geschafft hatte. Mercier setzte sich in seinen Wagen und fuhr ohne sie davon.

Wenig später verabschiedete sich das Mädchen mit dem gefleckten Haar an der Haustür von meinen Eltern.

»Meine Freundin wartet da hinten an der Hauptstraße, die paar Meter laufe ich hin. Wir sehen uns!«

Umarmungen, die mir gehörten. Kleine Tränen in den Augen meiner Eltern, die ebenfalls mir gehörten. Die Augen des Milans sahen alles gestochen scharf. Das Mädchen ging die Straße hinunter und winkte noch einmal. Ihr Gang war leicht und federnd. Fröhlich. So als hätte sie sich gerade dazu entschieden, das Geigenspiel doch nicht aufzugeben.

* * *

Wir flogen zusammen zurück.

Jacques flog gleichmäßig schnell, während ich mich in einem ständigen Auf und Ab befand – abwechselnd von einer solchen Trauer erfüllt, dass ich mich kaum in der Luft halten konnte, und dann wieder von einem solchen Zorn, dass er mich vorwärtstrug wie im Sturm.

21
Dunkle Tage

Das Fenster war geschlossen. Ich flatterte eine Weile davor herum und versuchte, durch die spiegelnde Scheibe zu erkennen, ob sich eine meiner Zimmergenossinnen drinnen aufhielt. Dann flog ich eine Schleife und landete auf einem der Türme.

Die einfachste Lösung wäre natürlich gewesen, in menschlicher Gestalt das Palais durch den Vordereingang zu betreten. Aber ... nackt durch ein Gebäude voller Teenager zu rennen? So verzweifelt war ich dann doch nicht, auch wenn es später Nachmittag war und ich mich nach meinem Bett sehnte. Ich war müde, durstig und innerlich aufgewühlt, und ich hatte keine Lust, so lange zu warten, bis jemand endlich das richtige Fenster öffnete.

Jacques saß bestimmt längst in seinem Zimmer. Wir hatten die Akademie nicht gleichzeitig angeflogen, um nicht zusammen gesehen zu werden. Vielleicht hatte er, als ich ihn unweit des Palais allein weiterfliegen ließ, auch gedacht, dass ich zum Schloss der Schlangen wollte. Was hatte er wohl mit Professor Mercier abgemacht? Dass ich ihm nachkommen würde oder dass ich zu dicht am Skorpionkönig dran war, um jetzt aufzugeben?

Egal, was sie verabredet hatten, es gab nur einen einzigen Ort auf dieser Welt, an dem ich sein wollte – in Jacques' Nähe.

Es half nichts, ich musste ein offenes Fenster finden. Ich ließ meinen Blick über den zweiten Turm und die Erker wandern, die ich von meinem Platz aus erkennen konnte. Zwischen zwei halbrunden Vorsprüngen wölbte sich die Mauer nach innen, und dort, direkt unter der grünen Kuppel, befand sich eine breite Fensterfront. Eine der Scheiben war kaputt. Die Öffnung war nicht groß, aber wenn ich im richtigen Moment die Flügel anlegte, könnte es klappen.

Ich zögerte nicht lange. Meine Flugkünste waren sicherlich noch ausbaufähig, aber nach den Flugmanövern mit Jacques, gegen Jacques und um Jacques herum traute ich mir dieses Kunststück durchaus zu.

Ich flog auf die geborstene Scheibe zu und schoss wie ein Pfeil durch die Lücke. Sofort breitete ich die Flügel wieder aus, schlitterte über den Fußboden, überschlug mich und saß schließlich eine Weile benommen da.

Dann schaute ich mich neugierig um. Ich befand mich in einem Raum von gewaltigen Ausmaßen. Er war völlig leer und, bis auf die Fensterseite, nahezu rund. Die hohe, gewölbte Decke war mit seltsamen Szenen bemalt. Skorpione, wohin man auch sah, monströse Skorpione im Kampf mit anderen Tieren, sogar mit Leoparden und Elefanten. In der Mitte der Kuppel, direkt über mir, umfassten die Scheren des Skorpions eine baumstammdicke Schlange, der die gespaltene Zunge aus dem Maul hing; es sah aus, als würde sie ersticken. Unangenehm berührt richtete ich den Blick lieber auf das matt schimmernde Mosaik zu meinen Füßen – ein riesiger, vielzackiger Stern, der mit seltsamen Zeichen beschrieben war. Vielleicht war der Stern ein Symbol für Wint Alamar, die Welt, aus der wir kamen? Wenn ich nur die Zeichen hätte lesen können! Vermutlich waren es uralte alamarische Buchstaben. Dies war einer der höchstgelegenen und schönsten Räume der Akademie, und ich fragte mich, warum sie ihn nicht benutzten. Die Akustik musste atemberaubend sein.

In Menschengestalt öffnete ich eine der Türen und spähte in den dahinterliegenden Gang hinaus, dann nahm ich wieder Vogelgestalt an und flatterte los. Meine Orientierung in diesem Labyrinth war nicht besser als sonst, aber schließlich fand ich eine Treppe und erreichte die unteren Stockwerke. Einige Jugendliche zeigten auf mich, als ich an ihnen vorbeiflog.

»Ein Adler! Hast du das gesehen? Ein echter Adler!«

Junge, kauf dir ein Biologiebuch, hätte ich am liebsten gerufen, passte kurz nicht auf und wäre beinahe mit den Krallen in die Turmfrisur einer aufgetakelten jungen Punkerin geraten, die mit offenem Mund im Gang stand.

Ich erschreckte zwei Mädchen, die plötzlich um eine Ecke bogen, und riss eine Topfpflanze um, als ich einer Gruppe mit Gitarren bewaffneter Jungs auswich.

Mein kleines Herz hämmerte wie verrückt, als ich endlich vor meiner Zimmertür stand – auf zwei kleinen Füßen mit gekrümmten Krallen – und mit dem Schnabel an die Tür pochte.

Hilde öffnete und entdeckte mich auf dem Fußboden. »Komm rein, Kiara«, sagte sie knapp. »Und beeil dich, sie warten auf uns.«

Sie öffnete das Badezimmer, ließ mich hinein und warf mir einen Morgenmantel hinterher. »Du kommst gerade rechtzeitig, es ist ernst.«

Ich verwandelte mich und hüllte mich in den Mantel, um in meinem Schrank nach etwas Passendem für den kühleren Abend zu suchen.

»Kein buntes Sommerkleidchen, keine Shorts. Zieh dir etwas Langes, Seriöses an.«

Mir fiel erst jetzt auf, dass sie Schwarz trug und ihre blonde Mähne zu einem Pferdeschwanz gebändigt hatte.

»Meine Güte, was ist denn los?«

»Mr. Jackson ist tot«, sagte sie. »Und sie glauben, es war einer von uns.«

* * *

Wir saßen wieder in der Bibliothek. So wie gestern. Diesmal sahen alle betreten aus, kaum jemand sagte ein Wort. Nicht einmal Björn und Dmitrij alberten herum. Raoul machte ein peinlich berührtes Gesicht und Steven saß mit gesenktem Blick da, den Arm um Nilas Schulter gelegt. Alec reichte Susan, die hemmungslos schluchzte, eine Packung Taschentücher.

Ich versuchte, angemessen ernst dreinzuschauen. Natürlich tat es mir leid, dass Mr. Jackson gestorben war, aber ich hatte ihn ja kaum gekannt, und sein Tod ging mir nicht so nah, dass ich deswegen geweint hätte. Angesichts der Trauer ringsum fühlte ich mich geradezu hartherzig. Dabei beschäftigte mich vielmehr die Frage, ob sie tatsächlich uns Schüler verdächtigten. Wen von uns?

War einer meiner Freunde ein Mörder? Das war kaum zu glauben, auch wenn sie mich völlig skrupellos aus dem Fenster geworfen hatten.

Olga und Jaroslav kamen herein, er blass und ernst, sie mit geröteten Augen.

»Wir trauern um einen besonderen Menschen«, begann Jaroslav. »Ich bin sicher, ihr habt es alle mitbekommen, dass ...«

»Warte«, unterbrach Olga ihn. Ihr Blick wanderte über die Anwesenden. »Wo ist Jacques?«

Sein Stuhl war leer.

Die Pantherfrau verzog den Mund, Hass flammte in ihren Augen auf. »Wo ist er, verdammt? Warum ist er nicht gekommen? Gott, habe ich das satt!«

»Ich habe ihn vorhin noch gesehen«, petzte Steven.

»Er soll sofort seinen Hintern herbewegen! Hol ihn!«

Steven zögerte. »Von mir lässt er sich bestimmt nichts sagen.«

»Ich gehe.« Alec erhob sich und verließ die Bibliothek.

Unsere beiden Lehrer warteten, ohne ein einziges Wort zu sagen, daher schwiegen wir ebenfalls unbehaglich. Es schien endlos zu dauern, aber schließlich kam Alec mit Jacques im Schlepptau zurück.

Olga fixierte ihn mit ihren Raubtieraugen. Der Panther schien in ihnen zu glühen, wild und bereit zuzubeißen.

»Mr. Jackson ist tot«, sagte sie. »Hast du etwas dazu zu sagen, Jacques?«

Er zuckte die Achseln. »Wie schade für ihn.«

Mit einem gellenden Wutschrei holte sie aus und schlug ihm hart ins Gesicht.

»Wie kannst du es wagen! Wie kannst du!«, kreischte sie. »Ein Mann wie er, einer der ganz großen Wandler ... Das wirst du büßen!«

Sie hob den Arm, um ihn noch einmal zu schlagen, doch da legte Alec, der abwartend neben Jacques stehen geblieben war, ihr die Hand auf die Schulter.

»Ihr habt uns zusammengerufen, um uns etwas mitzuteilen«, erinnerte er freundlich.

Olga starrte Alec einen Moment an, dann atmete sie tief durch. Jacques hatte sich unterdessen auf seinen Stuhl gesetzt. Obwohl sich ein rotes Mal auf seiner Wange abzeichnete, machte er eine völlig unbeteiligte Miene.

»Wir hätten schon längst etwas unternehmen sollen«, fauchte Olga. »Wir waren viel zu geduldig mit euch, und das ist nun das Ergebnis. Verwandlung ist kein Spiel. Den König zu suchen ist kein Spiel!« Sie nickte Jaroslav zu. »Mach du weiter, bevor ich mich völlig vergesse.«

Jaroslav war die Zeit über erstaunlich gefasst geblieben. »Wie sich mittlerweile herumgesprochen hat, haben wir Mr. Jackson heute Morgen tot in seinem Bett gefunden. Die Beerdigung ist auf Freitag angesetzt. Wandler aus aller Welt werden herkommen, um sein Andenken zu ehren. Ihr werdet die Höchsten unseres Clans kennenlernen – wenigstens diejenigen von euch, die wir für würdig befinden, daran teilzunehmen. Bis dahin haben wir hoffentlich geklärt, wer für Mr. Jacksons viel zu frühes Verscheiden verantwortlich ist.«

»Ist das denn nicht die Sache der Polizei?«, fragte Susan nervös.

Jaroslav lächelte, als hätte er es mit einem kleinen Kind zu tun. »Die Polizei? Wir sind das Volk der Wandler, wir haben unsere eigenen Methoden. Natürlich rufen wir in solchen Fällen einen Mediziner aus unseren Reihen, um den Totenschein auszustellen. Ihr habt bereits beim Test Dr. Wesleys Bekanntschaft gemacht.«

»Aber«, protestierte Hilde, »wenn jemand von uns ... wenn wirklich jemand ...«

»Hast du Angst?«, fragte Jaroslav grimmig. »Du, eine Tigerin? Oh ja, du solltest Angst haben. Denn wer immer es geschafft hat, Mr. Jackson umzubringen, ist vollkommen skrupellos. Mr. Jackson war ein alter Mann und als Diener ein Experte auf vielen Gebieten, aber nicht im Kampf. Wir haben einen unschätzbaren Verlust erlitten. Ich kann es immer noch nicht fassen ...« Er seufzte und schüttelte den Kopf. »Jacques«, sagte er unvermittelt, »wir wissen, dass du und Mr. Jackson einen heftigen Streit hattet.«

»Und?«, fragte Jacques.

»Wo bist du gewesen, während die anderen Schüler in der Bibliothek beschäftigt waren?«

»Ich war hier in der Akademie.«

»Ach, und was hast du gemacht, hier in der Akademie?«, rief Nila. »Mr. Jackson umgebracht?«

»Ich habe Klavier gespielt«, antwortete er. »Im Keller steht ein hervorragendes Instrument. Allerdings sollte es mal gestimmt werden.«

Ich konnte die Feindseligkeit spüren, das Kribbeln und Knistern in der Luft. Niemand hier mochte Jacques, und es kam ihnen gerade recht, dass sie in ihm einen Verdächtigen sehen konnten. In Nilas Augen blitzte es, als sie rief: »Mörder! Du gemeiner Mörder!«

»Ich bin auch nicht mit den anderen zusammen gewesen«, sagte ich laut und deutlich, denn ich hielt es nicht mehr aus, wie ihr Hass sich zu einem Gewitter aufbaute, das sich bald entladen würde.

»Du warst in Deutschland, bei deiner Familie«, sagte Jaroslav. »Das wissen wir, Kiara. Du brauchst dich nicht angegriffen zu fühlen, niemand beschuldigt dich.«

Warum habe ich auch ein Gesicht wie eine Elfe, dachte ich bitter. Mir traute niemand zu, dass ich dem armen alten Mr. Jackson etwas angetan haben könnte. Das machte mich nur umso wütender.

»Aber …« Ich war kurz davor, ihnen zu verraten, dass Jacques die ganze Zeit bei mir gewesen war. Ich wollte für ihn kämpfen und ihn beschützen und ihnen endlich die Wahrheit sagen, die Wahrheit über Jacques und mich. Vor der Reaktion der anderen fürchtete ich mich nicht. Trotzdem schwieg ich, denn ich spürte Jacques' warnenden Blick.

»Mr. Jackson hat damit gedroht, dich rauszuwerfen«, sagte Olga zu Jacques, ohne meinen Einwand zu beachten. »Zudem wusste er ein paar Dinge über dich. Vielleicht hast du gehofft, dass er uns noch nicht erzählt hatte, was in deinen Akten steht. Doch das hat er. Alles. Wir wissen, wer du bist, Jacques, und was du getan hast.«

Jacques hob die Brauen und ein verächtliches Lächeln huschte über sein Gesicht. »Es interessiert mich nicht, was irgendjemand über mich zu wissen glaubt. Ich habe Klavier geübt.«

Beides stimmte definitiv nicht. Ich wusste es, die anderen hingegen ahnten es nur.

Doch das genügte ihnen.

»Wir werden dich einsperren, bis die Obersten unseres Volks zur Beerdigung hier eintreffen. Sie werden entscheiden, was mit dir geschehen soll«, sagte Olga.

Jaroslav wiegte besorgt den Kopf. »Wir können ihn nicht einsperren, solange wir nicht wissen, welche Gestalt er annehmen kann.«

»Keine!«, rief sie. »Er kann gar nichts! Und er ist eifersüchtig auf alle, die sich verwandeln können. Wir können so jemanden nicht frei herumlaufen lassen. Entweder er verlässt die Akademie oder wir sperren ihn ein.«

»Ihr würdet zulassen, dass er die Akademie verlässt?«, rief Nila empört. »Ohne Strafe?«

Sie sprachen über Jacques, als wäre er nicht da. Und er hörte zu, mit diesem feinen Lächeln, das ihren Hass nur noch mehr anstachelte.

Es war seltsam, dieses Schauspiel mitzuerleben und zu wissen, dass sie ihm nichts anhaben konnten. Wenn es Olga einfallen sollte, sich als Pantherin auf ihn zu stürzen, oder wenn Hilde ihn in Tigergestalt zerfleischen wollte, würde er einfach wegfliegen oder als winzige Spinne davonhuschen. Jemanden wie Jacques einsperren? *Vergesst es.*

Ich musste ihn nicht verteidigen, das konnte er selbst, und trotzdem wünschte ich mir, ich hätte die Angriffe abwehren, die bösen Worte und Blicke der anderen von ihm fernhalten können. Sie schossen ihre Verachtung auf ihn ab wie vergiftete Pfeile. Nila und Olga waren die schlimmsten. Alec saß schweigend da und wirkte bedrückt. Die anderen Jungen nahmen sich an ihm ein Beispiel und hielten sich zurück, aber als Jaroslav abschließend sagte: »Mehr gibt es nicht zu sagen, ihr könnt jetzt gehen«, sprang Dmitrij auf und rief: »Und das war's? Ihr tut – gar nichts?«

»Erstmalig in der Geschichte werden wir den Unterricht abbrechen und die Sommerakademie schließen«, sagte Jaroslav. »Es wird kein Abschlusskonzert für alle Teilnehmer geben und keine Demonstration der Gestalten für die fähigen Wandler. Wir werden sämtliche Schüler zu ihrer eigenen Sicherheit nach Hause schicken. Die Erklärung, dass eine ansteckende Krankheit ausgebrochen ist, sollte genügen. Falls sich der Spion und Mörder unter den Mitgliedern der Glücklichen befindet oder gar unter den Begnadeten, wird er keine Gelegenheit mehr haben, uns zu schaden. Ihr hingegen, meine Lieben«, er sah Jacques an und ließ seinen Blick dann über uns Schüler wandern, »werdet hierbleiben. Wir werden den Unterricht für euch fortsetzen, denn ihr seid der Grund, warum es die Sommerakademie überhaupt gibt. Ihr seid die Essenz, unsere Ausbeute aus dieser Schatzsuche, wenn man es so nennen mag, und wir werden nicht zulassen, dass der Feind uns daran hindert zu entdecken, was in euch steckt. Deshalb geht es morgen so weiter wie in den vergangenen Tagen, mit ein paar kleinen Einschränkungen. Ihr dürft in den Garten gehen, aber ihr werdet das Gelände nicht verlassen. Wer dagegen verstößt«, er richtete den Blick auf Jacques, »dem werden wir die Elitewächter auf den Hals hetzen, die demnächst hier eintreffen. Es sind ein paar dabei, die Mr. Jackson sehr nahestanden. Und die eventuell vorschnell handeln und dann erst fragen. Also fordert sie lieber nicht heraus. Die Ersten kommen übrigens heute Abend an. Ihr alle wisst noch relativ wenig über unseren Clan, aber wenn ihr es mit gewissen Leuten zu tun bekommen habt, werdet ihr euch wünschen, es wäre so geblieben.«

»Hast du das verstanden, Jacques?«, fragte Olga mit einem zuckersüßen Lächeln. »Die Nächsten, die euch Fragen stellen, werden sich mit einer frechen Antwort nicht zufriedengeben. Und jedem, der Mr. Jacksons Andenken beleidigt, reißen sie die Kehle auf. Dann ist es zu spät, um zu beteuern, dass man es nicht böse gemeint hat. Das war deutlich, oder? Selbst für jemanden wie dich?«

Sag einfach gar nichts, flehte ich im Stillen, als Jacques den Mund öffnete. *Sei einfach ruhig und reize sie nicht noch mehr, bitte!*

Aber er war Jacques. Und das einzige Talent, das er den anderen gegenüber offenlegte, war sein unnachahmliches Gespür dafür, wie man sich Feinde machte.

»Soll ich auf der Beerdigung Klavier spielen?«

Alec und Jaroslav hielten Olga fest. Sie führten sie aus dem Raum, während sie schrie und knurrte.

Jacques schaute lächelnd zu, als wäre dies alles ein Theaterstück, das extra für ihn aufgeführt wurde. Mir warf er keinen einzigen Blick zu, als würde er mich nicht kennen. Deshalb ging ich mit den anderen hinaus und tat ebenfalls, als wäre er ein Aussätziger und nicht etwa der Junge, dessen trotziger Mund nach Kirschen geschmeckt hatte.

* * *

Durchs Fenster unseres Zimmers beobachteten wir, wie die ersten Gäste ankamen. Der Strom brach nicht ab, etwa alle fünf Minuten hielt ein Wagen am Tor und spuckte Damen und Herren in Schwarz aus.

»Mr. Jackson war etwas ganz Besonderes.« Nila wischte sich eine Träne aus den Augenwinkeln. Ich konnte nicht ganz nachvollziehen, warum sie weinte, aber anders als Jacques wollte ich mich möglichst nicht unbeliebt machen.

»Ich hätte nie gedacht, dass ihn so viele Leute kennen«, meinte ich.

Hilde kam aus dem Bad. Sie war immer noch damit beschäftigt, sich die Haare zu bürsten. »Du solltest dir etwas Schwarzes anziehen, Kiara.«

»Ich habe nichts Schwarzes mit.« Ich brauchte nicht zu befürchten, dass mir eine der beiden etwas anbot. Hilde mit ihren ein Meter achtzig, ihrer beeindruckenden Oberweite und der superschmalen Taille hatte in ihrem Kleiderschrank garantiert nichts, was mir gepasst hätte. Nilas Sachen dagegen wären mir zu kurz und zu weit gewesen. Da blieb ich doch lieber bei meiner dunkelblauen Jeans und dem rauchgrauen Top – die dunkelste Kombination, die ich zusammenstellen konnte.

»Du könntest ja nach Hause fliegen und dir was holen«, schlug Nila vor.

»Und wie soll ich etwas mitnehmen, als Vogel? Soll ich im

Schnabel einen Koffer tragen? Ich denke, Mr. Jackson würde nicht darauf bestehen, dass ich Schwarz trage.«

»Doch«, widersprach Nila. »Das würde er. Er ist ... war sehr korrekt. In allem.«

Die breitschultrigen Männer, die gerade den Fußweg zum Palais hochkamen, strahlten bis hier oben in den vierten Stock etwas Bedrohliches aus.

»Ich kann mich sowieso nur wundern, wieso man dir das durchgehen lässt«, sagte die schöne Norwegerin, die neben mir durchs Fenster spähte. »Da fliegst du einfach nach Deutschland und zurück! Uns schlagen sie schon auf den Finger, wenn wir uns für ein Stündchen in die Stadt absetzen wollen.«

»Kiara ist eben die Favoritin«, sagte Nila. »Für Mr. Jackson warst du das jedenfalls.«

»Das hat er gesagt?«, fragte ich erschrocken.

In der Bibliothek hatte Mr. Jackson nur Andeutungen über einen Jungen mit bemerkenswerten Genen gemacht, von dem er Großes erhoffte. Nicht über ein Mädchen.

»Das braucht dir nicht peinlich zu sein. Ich bin sowieso nicht im Königskreis. Und es geht nicht darum, was jemand gesagt hat. Ich fühle so etwas ...« Nila zögerte auf der Suche nach den richtigen Worten. »Ich glaube, dass ich ein Gespür für andere Wandler habe. Dass ich zum Kreis der Diener gehöre, so wie Mr. Jackson. Ich habe sehr viel von ihm gelernt. Ich musste ihm nur zusehen, ihm nur zuhören, und alles wurde ganz klar.« Sie seufzte wehmütig.

»Und was spürst du bei mir?«, fragte Hilde neugierig. »Was werde ich sein? Und Alec? Siehst du uns zusammen?«

Nila boxte sie in die Seite. »He, ich bin kein Orakel! Wenn ich in die Zukunft sehen könnte, hätte ich gewusst, dass Kiara ihre Eltern besucht, und ihr gesagt, sie soll was Schwarzes aus ihrem Kleiderschrank mitnehmen – und nicht als Vogel, sondern mit dem Zug zurückkommen. Und ich hätte Mr. Jackson warnen können ...« Sie wurde leiser, ihre Miene verdüsterte sich. »Du hast überhaupt keine Ahnung, was Diener tun.«

Hilde bemühte sich nach Kräften, die trübe Stimmung wieder

aufzuheitern. »Ich wette, Kiara war gar nicht zu Hause. Die ist nicht der Typ für Heimweh.«

»Ach, und wo war ich dann?«, fragte ich.

»Du bist natürlich mit Jacques durchgebrannt. Schau dir ihr Gesicht an!« Hilde lachte los, auch Nila wurde davon angesteckt und prustete laut.

»Stimmt, der war ja auch weg!«

»Vielleicht bin ich ja wirklich mit ihm zusammen abgehauen«, sagte ich. »Er ist ziemlich süß, falls euch das noch nicht aufgefallen ist.«

Sie lachten noch mehr.

»Du bist gut, Kiara. Ich versuche gerade, mir das vorzustellen.« Nila bemühte sich, Jacques' typischen Gesichtsausdruck nachzuahmen, und mit Grabesstimme sprach sie mich an: »He, Mädel, heute schon was vor? Wollen wir zusammen ... Klavier spielen?«

»Sehr witzig«, sagte ich.

Jacques' Geheimnisse waren bei mir gut aufgehoben. Was ihn betraf, glaubte mir sowieso keiner irgendetwas.

* * *

Der Speisesaal war leer. Die anderen Schüler waren gleich nach dem Frühstück abgereist; uns hatte man gebeten, so lange auf dem Zimmer zu bleiben, bis Ruhe eingekehrt war. Als wir endlich nach unten durften, kam mir das Palais unheimlich still und verlassen vor. Durch eine Glastür hatte ich einen Blick auf ein paar schwarz gekleidete Gestalten erhascht, ansonsten schien das Gebäude die Trauergäste aufzusaugen wie ein Schwamm.

Wir, die letzten Schüler dieses Sommers, saßen an einem Tisch im nahezu leeren Speisesaal, holten uns vom Buffet, was noch übrig war, und aßen schweigend. Jacques hatte sich erstaunlich nahe zu uns gesetzt, nur ein paar leere Stühle von uns entfernt, wo er mit langsamen Bewegungen aß und auf seinen Teller starrte, als wäre er der einzige Mensch hier im Saal oder gar auf dieser Erde. Als hätte er alle Zeit der Welt. Ich bemühte mich, ihn nicht zu beachten, so wie er mich nicht beachtete, aber es fiel mir unheimlich schwer. Alle meine Sinne waren auf ihn ausgerichtet. Er saß noch da, als wir längst fertig waren und hinausgingen.

Alec wandte sich zu ihm um. »Um elf in der Bibliothek.«

»Ich weiß.« Jacques blickte nicht einmal auf.

Alec seufzte.

Hilde hakte sich bei ihm unter. »So ein Idiot. Er wird zu spät kommen und wieder Ärger kriegen.«

»Lasst ihn doch«, meinte Nila. »Die Henkersmahlzeit muss man genießen, ist doch so.«

»Ähm«, meinte ich, »ich dachte, wir haben gleich Unterricht. Oder wird das eine Art Verhör?«

»Ich weiß nicht«, sagte Alec. »Ich weiß nur, dass ein Herr Springhorn zu uns sprechen wird.«

* * *

Der Herr mit dem schönen Namen war wie der verstorbene Mr. Jackson ein hohes Tier. Ich hätte nicht festmachen können, woran man das merkte. Er trug Schwarz, aber keinen besonders teuren Anzug. Ein grauer Bart wucherte struppig auf seinem Kinn. Ich fand, dass er sich als Hirte mit einer Schafherde gut gemacht hätte. Oder vielleicht als Politiklehrer.

Und trotzdem umgab ihn eine Aura von Macht. Olga rückte das Rednerpult umständlich zurecht, obwohl es niemanden interessierte, ob es drei Zentimeter nach rechts stand oder genau mittig vor uns. Jaroslavs Unterlippe zitterte, als er uns namentlich vorstellte. Ob Herr Springhorn mit unseren Namen und Gesichtern aus den Akten vertraut war, so wie Mr. Jackson, oder ob wir ihm tatsächlich unbekannt waren, blieb sein kleines Geheimnis. Jedenfalls musterte er uns freundlich und setzte dann den Unterricht des verblichenen Mr. Jackson fort. Genau an derselben Stelle.

»*Was macht einen König aus?* Darüber solltet ihr nachdenken. Ich hoffe, das habt ihr getan.«

Nilas Hand schoss empor. »Ich denke, es ist ... ein Gefühl. Ein Gefühl, das ich jemandem gegenüber habe oder haben könnte.

Ehrfurcht vielleicht. Die Vorstellung, dass es tatsächlich möglich ist, jemandem zu dienen und ihn als König anzuerkennen. Obwohl wir an ein demokratisches System gewöhnt sind.« Es gab kein Wort für Demokratie in der Sprache der Wandler. Sie half sich mit ihrer menschlichen Muttersprache aus, sodass es wie ein Fremdwort klang. »Aber wenn ich wüsste, jemand ist König ... jemand hat nicht nur das Blut oder die Gene des Skorpionkönigs, sondern sein Potential geerbt ... Es wäre leicht, ihm zu folgen.« Sie brach ab, plötzlich verlegen. »Ich weiß nicht, ob das deutlich war?«

»Worin besteht dieses Potential?«, fragte Herr Springhorn geduldig.

Björn meldete sich. »Wenn er der Skorpionkönig ist, müsste er sich in einen Skorpion verwandeln können.«

Unser neuer Lehrer ruckte mit den zottigen Augenbrauen. »Bedeutet das, niemand sonst kann das? Sie zum Beispiel könnten sich nicht für diese Gestalt entscheiden?«

»Wir haben den Schülern gesagt, dass sie es auf keinen Fall versuchen dürfen«, warf Olga ein. »Alle Spinnentiere sind untersagt.«

»Oh nein, es ist nicht verboten. Wir alle sind Skorpione. Man könnte annehmen, dass es für jeden von uns sehr leicht sein müsste, sich in ein Spinnentier dieser Art zu verwandeln. Doch ist es das tatsächlich? Hat irgendjemand von Ihnen die Probe aufs Exempel gemacht?«

Hilde war irritiert. »Aber ist es denn nun verboten oder nicht? Mr. Jackson hat das jedenfalls behauptet. Ich hätte keine Lust, mir eine Gestalt zu wählen und dann gesagt zu bekommen, dass ich sie niemals benutzen darf. Was hätte ich davon?«

»Keine Lust«, murmelte Herr Springhorn. »Geht es darum? Hat der Skorpionkönig sich diese Gestalt gewählt, damals vor über zweitausend Jahren, weil sie ihm besonders gefiel? Oder weil sie seine angeborene Gestalt war und er keine andere Wahl hatte?«

»Er musste etwas Gefährliches sein«, meldete Dmitrij sich zu Wort, »im Kampf gegen seinen untreuen Bruder.«

»Wie gefährlich ist ein Skorpion denn? Gefährlich genug, um einen zu allem entschlossenen Wandler aufzuhalten? Könnte es nicht andere Gestalten geben, die besser für den Kampf geeignet sind?« Er blickte in die Runde. Erwartete er tatsächlich Antworten auf seine Fragen oder wollte er uns nur zum Nachdenken bringen? Ich war mir nicht sicher.

»Es ist nicht verboten«, beantwortete er endlich Hildes Frage. »Und dennoch habt ihr nicht das Recht dazu. Keiner von euch, es sei denn, er wäre der König. Es geht nicht darum, was der Skorpion damals war und warum der König ihn wählte. Genützt hat es ihm nicht viel – sie sind beide gestorben, Skorpion und Schlange, am Gift des anderen. Ihr als Nachkommen seiner Diener, seiner Wächter, seiner Untertanen – und ja, auch als seine echten Nachkommen, Kinder des mächtigsten Wandlers aller Zeitalter, könntet natürlich jederzeit diese Gestalt wählen. Niemand wird euch dafür bestrafen.«

»Mr. Jackson hat gesagt, dass man dann ausgestoßen wird!«, rief Dmitrij.

»Ausgestoßen? Niemand wird euch verbieten, diese Gestalt auszufüllen und zu leben. Die Abscheu der anderen Clanmitglieder wird von selbst dafür sorgen, dass ihr alleine dasteht. Es ist nicht verboten – aber ist es angemessen? Ist es nicht ein bisschen so, als würde sich jemand den Namen Gottes auf die Stirn tätowieren? Ihr dürft es, bitte sehr. Aber ich an eurer Stelle würde es nicht tun. Nicht in einen Skorpion. Nicht in irgendetwas, das an ihn erinnert.« Er nickte Björn zu. »In gewisser Weise haben Sie also recht. Wer diese Verwandlung wählt, hat entweder ein krankhaftes Selbstbewusstsein und wird Hohn und Spott ernten und möglicherweise sogar aus dem Clan verbannt werden – oder er ist derjenige, der zu Recht Anspruch auf den Namen und die Gestalt erhebt. Damit ist unsere Frage immer noch nicht beantwortet. Woran würden wir es festmachen, ob er ein durchgeknallter Aufschneider oder unser wahrer König ist?«

Jacques meldete sich. Nicht nur ich hielt überrascht die Luft an.

»Er beherrscht sechs Verwandlungen«, schlug er vor.

Der Schlag saß. Das war an mich gerichtet.

Ich hatte Jacques gesagt, dass ich ihn für den Skorpionkönig hielt – weil er unter sechs Gestalten wählen konnte, abgesehen von seiner eigenen. In dieser Runde wirkte diese Annahme mehr als lächerlich.

»Sechs?« Herr Springhorn hob die Brauen. »Wie kommen Sie auf diese Zahl?«

»Eine mehr als ein Stufe-fünf-Wächter«, erklärte Jacques freundlich.

»Und Sie glauben, das reicht?«

»Reicht das denn nicht?«, fragte Jacques zurück. »Wie viele müssten es denn sein, damit es genügt? Zehn? Zwanzig? Hundert? Mir scheint, sechs ist eine gute Zahl, um sich von den anderen Kreisen abzuheben.«

Wenigstens verkniff er es sich, zu mir herüberzuschauen und mir die Zunge herauszustrecken. Ich verdrehte die Augen. Das war gemein, mehr als gemein, sich dermaßen über mich lustig zu machen. Er *war* der Skorpionkönig. Ich wusste es einfach.

Herr Springhorn seufzte.

»Nehmen Sie diesen Jungen nicht ernst«, zischte Olga. »Er versucht nur, Sie zu provozieren. Das hat er schon bei Mr. Jackson gemacht.«

»Das ist er also?«, fragte Herr Springhorn leise zurück.

Natürlich konnten wir alle dieses kleine Gespräch mitverfolgen.

Jacques zauberte ein unschuldiges Lächeln auf sein Gesicht. Seine Augen blieben hinter den langen dunklen Ponysträhnen verborgen, aber ich konnte bis zu meinem Platz die Energie seines schwarzen Blicks spüren. Natürlich provozierte er unseren neuen Lehrer, aber vor allem auch mich. Das war ich nicht gewöhnt. Merkwürdigerweise verstärkte es meinen Wunsch, ihn zu küssen. Oder ihn zu schlagen. Oder eventuell auch beides.

»Es gibt Angehörige des Königskreises, die über eine nahezu unbegrenzte Verwandlungsfähigkeit verfügen«, sagte Herr Springhorn. »Über weitaus mehr als sechs. Ein Prinz, der mir persönlich bekannt ist, vermag sich in alle erdenklichen Katzenarten zu verwandeln. Und wir hatten einmal einen jungen Wandler, der alles, was es an schwarzen Tieren gibt, perfekt zu imitieren verstand. Sechs, Monsieur Delon, sind beileibe keine ausreichende Legitimation.«

Steven hob die Hand. »Ich vermute, es hat etwas mit den Mythen und Sagen der Antike zu tun. Mit den Göttern. Mit – Mischwesen. Wir haben Bilder in den alten Büchern gefunden.«

»Mischwesen«, wiederholte Herr Springhorn. »Mensch und Tier. Tier und Mensch. In der Tat, das ist etwas, was als unmöglich gilt. Wir suchen nach dem Tier in uns, und es kommt vor, dass der Körper eines Wandlers manchmal allzu leicht in eine Tiergestalt hineinfällt. Es gibt Angehörige unseres Clans, denen es äußerst schwerfällt, die Verwandlung in Stresssituationen zu kontrollieren. Hingegen scheint eine natürliche Barriere zu bestehen, wenn es darum geht, eine fremde Menschengestalt anzunehmen. Das ist die schwerste Verwandlung von allen. Sie ist so selten, dass es weltweit kaum eine Handvoll Wandler gibt, die dazu fähig sind. Es ist nicht völlig unmöglich – nichts ist unmöglich –, aber ungeheuer gefährlich und endet daher meist katastrophal.«

»Warum?«, wollte Hilde wissen. »Worin liegt der Unterschied zu einer Verwandlung in ein Tier?«

»Stellen Sie sich eine Maus vor.« Herr Springhorn zeichnete mit dem Finger eine unsichtbare Maus in die Luft. »Sofort haben wir das Bild einer Maus vor Augen. Ein Pferd, eine Giraffe, ein Schaf …« Er wartete ab, bis das Gelächter verklang. »Doch ein Mensch. Welcher Mensch? Welche Vorstellung haben wir von ihm? Wir denken vielleicht an ein Gesicht. Was ist mit dem Rücken, mit Bauch und Beinen? Wie weit reicht unsere Vorstellungskraft? Niemandem wird auffallen, wenn die Maus nicht perfekt ist. Doch einen Menschen zu imitieren … und dann noch auseinanderzuhalten, welche Teile des Körpers dem anderen nachgebildet sind und welche immer noch zu uns gehören und der Verwandlung folgen müssen … Es ist kompliziert, und dazu kommt, dass niemandem ein fremder Mensch im Blut liegt.«

»Kann man nicht irgendein beliebiger Mensch werden?«, wollte Hilde wissen. »Sodass es nicht wichtig ist, ob man jedes Detail richtig macht?«

»Irgendein Mensch?« Herr Springhorn verzog sein wohlwollendes Hirtengesicht zu einer perfekten Anschauung von Fassungslosigkeit. »Wie kann man denn irgendein Mensch sein? Man kann nicht einmal ein Hund werden, ohne sich für eine Rasse, eine Größe, eine Fellfarbe zu entscheiden. Den Hund an und für sich gibt es nicht. Und den Menschen an und für sich noch weniger. Mäuse gleichen einander. Sogar Tiger gleichen einander. Meint man. Was sind Sie, Frau Torvic – ein sibirischer Tiger? Ein bengalischer? Ein Amurtiger? Haben Sie eine Antwort darauf?«

»Ich weiß nicht«, stammelte Hilde verwirrt.

»Vielleicht ein Tiger, den Sie auf irgendeinem Bild gesehen haben. Im Zirkus, im Zoo, in einem Safaripark? Oder auch nur im Fernsehen? Er hat Ihre Vorstellung von Tiger geprägt. Sie haben sich nicht bewusst entschieden. Sie haben einfach nur *Tiger* gedacht, nicht wahr? Aber Sie können nicht einfach nur *Mensch* denken.« Sein Lächeln kam mir ein wenig zu überlegen vor. »Und Mischwesen ... Meine Güte, Sie kommen auf Sachen. Was schlagen Sie als Nächstes vor? Den Weihnachtsmann? Den Osterhasen? Je absurder, desto königlicher? Wir sind Wandler, nicht Mitglieder in einem abgefahrenen Kuriositätenkabinett.« Er blickte in die Runde. »Noch irgendeine Idee? Was ist mit Ihnen, Fräulein Wieland?«

Ich erschrak, als er mich direkt ansprach.

»Sie haben sich doch hoffentlich Gedanken gemacht, auch wenn Sie die unterrichtsfreie Zeit für einen kleinen Ausflug genutzt haben, wie ich hörte?«

»Wenn es so weit ist, dann wird man ihn erkennen«, sagte ich. Etwas Besseres fiel mir auf die Schnelle nicht ein. »Ich habe keine Ahnung, woran. Aber ich bin mir sicher, wenn es der richtige König ist, gibt es keinen Zweifel mehr.«

Herr Springhorn seufzte. »So diplomatisch wie nichtssagend. Und doch haben Sie recht.« Er wandte sich an uns alle. »Was macht den König aus? Wir wissen es nicht. Es ist über zweitausend Jahre her, dass wir einen König hatten. Aber es gibt mehrere Diener – einschließlich meiner Wenigkeit –, die es, wie man so schön sagt, in den Knochen haben. Wir fühlen den richtigen Zeitpunkt herannahen, deutlicher als je zuvor. Der König ist unter uns. Wir werden ihn finden. Vielleicht in diesem Jahr – dann ist es einer von Ihnen. Vielleicht trifft er auch erst nächstes Jahr hier ein. Oder übernächstes. Oder erst in zehn Jahren. Was sind zehn Jahre gegen zweitausend?«

Herr Springhorns Gesicht leuchtete vor Begeisterung, während er sprach. »Sie ist da, die Macht, die unsere Antennen zum Schwingen bringt. Irgendwo hat der berühmte Schmetterling mit den Flügeln geschlagen, und wir spüren den Wirbelsturm kommen. Die Ankunft des Königs. Wir haben keine Ahnung, wie wir ihn erkennen werden. Wir verlieren uns in Spekulationen, ganz wie Sie. All unsere Erfahrung zählt nichts, unser Wissen über die lange Geschichte des Clans hat keine Bedeutung. Denn das, was zu uns kommt, hat es nie zuvor gegeben. Der neue König wird der mächtigste Wandler aller Zeiten sein.«

Es war so still, dass ich von draußen das Rauschen der Stadt hörte. Vögel zwitscherten. Eine Hummel summte am offenen Fenster vorbei. Irgendwo im Stockwerk über uns übte jemand eine Arie. Ich wunderte mich kurz darüber, denn die Schüler, die tatsächlich musiziert hatten, waren schließlich heute Morgen abgereist; dann fiel mir ein, dass die Sängerin vermutlich für die Beerdigung probte.

»Es bricht etwas an, etwas Neues«, sagte Herr Springhorn leise. »Wir fühlen es alle. Der Skorpionkönig wird zu uns kommen. Vielleicht ist er schon da. Vielleicht trägst du«, er sah niemand Bestimmtes an, sondern ließ den Blick über uns alle wandern, »eine solche Macht in dir, dass du sie instinktiv eingesperrt hast in deinem Herzen. Vielleicht hast du Angst, sie herauszulassen, Angst vor dem, was geschehen könnte, wenn du es tust. Aber glaub mir, wir fürchten uns nicht. Wir sind hier, um dir dabei zu helfen. Wir werden den Deckel öffnen und den Skorpion herauslassen, selbst wenn er uns den giftigen Stachel zeigt.«

Im Teich vor dem Fenster sprang ein Fisch in die Luft. Es platschte leise, als er zurück ins Wasser fiel.

Der Skorpionkönig musste sterben, bevor der Deckel geöffnet wurde. Das war es, was Nicolas tun sollte, tun musste.

Die Welt musste vor dieser Bedrohung geschützt werden, das sah ich ein. Und es wäre besser gewesen, mich rechtzeitig in Sicherheit zu bringen.

Schweigend und nachdenklich gingen wir in den Flur hinaus. Ein paar Schritte vor mir schlenderte Jacques, die Hände lässig in den Hosentaschen. Jacques, der mich davon hatte überzeugen wollen, dass er nicht jener erschreckend mächtige König war, Träger einer ungeheuren, tödlichen Macht.

Viel größer als der Wunsch, das Weite zu suchen, war meine Sehnsucht, die Hand auszustrecken und seine Schulter zu berühren.

* * *

»Frag doch einfach, Kiara.« Nila und Hilde schoben mich zu Olga hin. »Heute ist Mittwoch. Wenn sie uns in die Stadt gehen lassen, kannst du dir noch etwas Angemessenes für Freitag kaufen. Warum hast du eigentlich kein kleines Schwarzes mit? Wir haben doch alle damit gerechnet, dass es eine Art Abschlusskonzert gibt.«

»Ich dachte, ich spiele zu schlecht.«

»Frag!«, beharrte Nila.

»Jetzt«, sagte Hilde.

Olga sah uns entgegen. »Ah, gut, dass ihr kommt. Das Komitee hat eine Entscheidung getroffen. Die Jagd ist eröffnet.« Der Panther lächelte. Es war ihr menschliches Gesicht, aber das Raubtier war so dicht dahinter, geduckt zum Sprung, dass ich unwillkürlich einen Schritt zurücktrat.

»Die Jagd?«, fragte Nila. »Welche Jagd?«

»Auf euch natürlich.« Wieder dieses Zähnefletschen, voller Vorfreude. »Wir haben keine Zeit mehr. Übermorgen ist die Beerdigung. Der Spion ist immer noch nicht enttarnt, und von euch kommt einfach nicht genug Einsatz. Ein paar läppische Verwandlungen – das soll alles sein? Wir müssen es wissen, und zwar jetzt. Herr Springhorn und die anderen Fürsten sind übereingekommen, dass wir nachhelfen. Hunderte von Wandlern sind im Palais versammelt, darunter nicht nur unsere edelsten Damen und Herren, sondern auch Wächter der allerhöchsten Stufe, die euch mit einem Fingerschnipsen erledigen können – wenn ihr nicht endlich zeigt, was in euch steckt.«

Nilas Kinn klappte herunter. »Ich bin nur ein Schwan!«, rief sie verzweifelt. »Und was kann ein Fuchs schon ausrichten?«

»Geht«, sagte Olga. »Lauft. Fliegt. Rennt. Sagt es den anderen oder auch nicht. Wir werden heute die Spreu vom Weizen trennen.« Sie senkte die Stimme zu einem bedrohlichen Flüstern und sah mir in die Augen. »Und niemand, ich wiederhole, niemand fliegt einfach davon, ist das klar? Wir haben Vorkehrungen dagegen getroffen, dass irgendjemand das Gelände verlässt, und ich wette, dass keiner von euch herausfinden möchte, worin diese Vorkehrungen bestehen.« Damit ließ sie uns stehen.

Nila sagte es noch einmal, leise und verzweifelt: »Ein Schwan oder ein Fuchs.«

»Dann wirst du jetzt herausfinden, ob du noch mehr sein kannst«, meinte Hilde grimmig.

22
Die Prüfung

»Wir müssen uns verstecken«, sagte Nila.

»Zuallererst müssen wir den anderen Bescheid sagen«, widersprach ich.

»Aber ...«

»Kiara hat recht«, meinte Hilde. »Wir müssen sie unbedingt informieren. Jetzt sofort. Ich schlage vor, wir teilen uns auf. Nila, du suchst Susan. Kiara, wir beide informieren die Jungs, ich die im dritten Stockwerk, du die im fünften. Anschließend sollten wir uns in einem Raum treffen, in dem wir einem Angriff gut begegnen können und der uns genug Platz bietet. Wir sollten nicht den Fehler begehen, uns irgendwo zu verkriechen.«

Nila jammerte etwas Unverständliches.

»Ich kenne so einen Raum«, sagte ich. »Ganz oben, zwischen den Türmen. Mit einem sternförmigen Mosaikboden. Er hat zwar mehrere Türen, aber das eröffnet uns gleichzeitig einige Fluchtmöglichkeiten.«

»Ja, das klingt gut. Also, jeder von uns versucht so vielen wie möglich Bescheid zu sagen, und dann kommen wir im Mosaiksaal zusammen. Dort findet dann eine Lagebesprechung statt.«

Wir nickten einander zu.

Ich war schon auf dem Weg zur Tür, als Nila fragte: »Und was ist mit Jacques? Ich jedenfalls hätte kein gutes Gefühl, wenn wir jemanden, dem wir nicht trauen können, dabeihaben. Ich finde es schon recht viel verlangt, dass wir die Zeit, die wir nutzen könnten, um uns zu verstecken, dafür verwenden sollen, die anderen zusammenzutrommeln.«

Hilde zögerte. »Wahrscheinlich ist er sowieso unauffindbar.«

»Ich möchte keinen Mörder im Rücken haben«, wiederholte Nila mit Nachdruck.

»Dann sagen wir ihm eben nichts«, bestimmte Hilde. »Und jetzt los!«

Wir hatten keine Zeit, um über Jacques zu diskutieren, daher schwieg ich. Was ich tun würde, war sowieso meine eigene Entscheidung.

Wenig später überraschte ich Björn und Dmitrij in ihrem Zimmer beim Kartenspiel.

»Oh, welch schöner Besuch!« Dmitrij grinste mich an.

Den netten Versuch, mich zum Mitspielen zu überreden, musste ich leider unterbrechen. Nachdem ich ihnen erklärt hatte, was uns bevorstand, und ihnen den Weg zum Mosaiksaal beschrieben hatte, blieb ich im Flur stehen und horchte. Auf Schritte oder Stimmen oder irgendein Zeichen unserer Prüfer ...

»Komm schon!« Björn drehte sich zu mir um. »Los, Kiara, du hast selbst gesagt, es ist eilig!«

»Ich glaub, ich hab was gehört«, murmelte ich. »Geht schon vor, ich komme gleich nach.«

»Wir bleiben zusammen«, beharrte Dmitrij.

Ich folgte ihnen bis ins Treppenhaus, dann machte ich kehrt und rannte den Gang hinunter. Keinen Moment hatte ich daran gedacht, Jacques im Stich zu lassen, und wenn ich das ganze Gebäude durchkämmen musste.

Wo konnte er wohl sein? In seinem und Alecs Zimmer mit Sicherheit nicht. Bei seinem Klavier, irgendwo in den Kellergewölben? Das schon eher. Ich machte mich auf den Weg dorthin, die Ohren gespitzt, aber keine Musik, nicht einmal unhörbar leise, vibrierte in den Mauern.

Vielleicht hatte er sich in einer geheimen Kammer hinter einem Bilderrahmen versteckt? Jacques kannte alle Nischen, alle Schlupfwinkel, und er kämpfte seine eigenen Kämpfe. Es gab nur einen Grund, ihn zu uns in den Mosaiksaal zu rufen – weil ich mich in seiner Gegenwart sicher fühlte. Bei ihm würde selbst der Angriff einer Horde hochrangiger Wächter wohl nur ein müdes Lächeln hervorrufen.

Keine Musik. Ich horchte wieder ... Da waren Schritte, irgendwo im Treppenhaus unter mir. Leichtfüßig, wie mit Ledersohlen.

Ich spähte nach unten und sah eine Gestalt zwei oder drei Stockwerke unter mir, eine große Hand fasste nach dem Geländer, ich konnte einen behaarten Männerarm erkennen und fuhr zurück.

Das war definitiv nicht Jacques. Mein Herz klopfte unwillkürlich schneller, als ich in die nächstgelegene Etage flüchtete. Die Wächter waren also schon unterwegs!

Ich blickte mich mehrmals nervös um, während ich den Gang entlanglief. Der Mädchenflur – still. Keine Spur von Nila oder Susan. Alles lag da wie ausgestorben. Die anderen hatten sich wohl längst oben unter der Kuppel versammelt.

Hier im Flur war ich vor Hilde davongerannt, da hing das Gemälde, hinter das Jacques mich gezogen hatte, dort ein Fenster, von dem aus man einen grandiosen Blick auf Prag hatte ... Hatte er nicht davon gesprochen? Dass er manchmal auf dem Sims saß und auf die Stadt hinuntersah?

Doch heute waren alle Fensterplätze leer. Vielleicht war er in die Stadt gegangen?

Ich eilte weiter, als mir auf einmal bewusst wurde, dass ich etwas hörte – Musik.

Das Lied lockte, tanzte in der Luft wie Sonnenstrahlen ... die perlenden Töne einer Harfe. Lauschend schloss ich für einen Moment die Augen. Das konnte nicht weit weg sein. Gab es hier ein Musikzimmer? Wie magisch angezogen, folgte ich den Klängen. Ich hatte die Prüfung nicht vergessen, aber meine Neugier war stärker. Wer so Harfe spielen konnte, musste ein Profi sein. Ich stellte mir eine ältere Frau mit langen Haaren vor, die ihr wie bei einer Indianerin über den Rücken flossen, gekleidet in mittelalterliche Gewänder. Oder versuchten neuerdings auch die Wächter, ihre Beute auf diese Weise in die Finger zu bekommen? War dies eine Falle, speziell für mich?

Als ich die Tür gefunden hatte, hinter der die Musik hervorquoll, hob ich schon die Hand, um zu klopfen, ließ sie jedoch wieder sinken. Vielleicht – nur vielleicht – gelang es mir, einen flüchtigen Blick auf die Spielerin zu erhaschen, bevor ich mich auf den Weg nach oben zu den anderen machte. Oder trotz Olgas Warnung als Milan aus dem Fenster flog, um zu meinem eigenen Clan zu entkommen.

Vor mir lag ein Raum, in dem alle Möbel und Instrumente mit weißen Tüchern verhängt waren. Ein Raum, in dem es auch ein Klavier gab, verpackt wie in einem seltsamen Kunstwerk. Und dort an der Harfe, dem einzigen unverhüllten Gegenstand in diesem Raum, saß Jacques. Er blickte nicht auf, als ich eintrat.

»Welches Instrument kannst du eigentlich nicht spielen?«, fragte ich.

Er hob den Kopf, und der Blick aus den schwarzen Augen ließ meine Haut kribbeln. »Akkordeon kann ich nicht ausstehen«, sagte er. »Warum bist du hier, Kiara?«

»Sie wollen uns prüfen und notfalls mit Gewalt zur Verwandlung zwingen. Wir treffen uns im Mosaiksaal oben.«

»Ich dachte, ihr wolltet mich nicht dazubitten.« Er spielte weiter, als wäre das Thema damit erledigt.

»Du weißt davon?« Natürlich, wann hätte er jemals etwas nicht gewusst. »Hast du uns etwa belauscht?«

»Die Wächter machen euch nervös genug«, sagte er, ohne den Blick von den Saiten der Harfe zu wenden. Die Melodie floss vorüber wie ein Bach, der in unzähligen kleinen Strömungen und Strudeln über die Steine wirbelte. »Da muss nicht noch der Mörder des armen Mr. Jackson alle verunsichern. Ihr wart euch darüber einig, schon vergessen?«

»Ich habe Nila und Hilde nicht widersprochen, weil keine Zeit für Diskussionen war. Aber du glaubst doch nicht wirklich, dass ich dich nicht warnen wollte?«

»Sie haben durchaus recht«, meinte Jacques. »Auf mich kann man sich nicht verlassen, und ihr müsst euch auf euren eigenen Kampf konzentrieren.« So beiläufig es auch klingen mochte, dachte er, ich würde nicht merken, wie viel es ihn kostete, wieder einmal alles hinzunehmen?

»Wir hätten den Verdacht jederzeit ausräumen können! Ich kann ihnen erzählen, dass wir zusammen waren und dass du den Mord gar nicht begangen haben kannst. Bitte, Jacques, lass mich es ihnen sagen!«

Sein Gesicht kam mir blass und fremd vor, und obwohl er kaum einen Meter von mir entfernt war, schien er mir viel weiter weg. Vielleicht weiter, als er mir jemals gewesen war.

»Und wenn ich es war?«

Die Dunkelheit schien sich von seinen Augen her über ihn auszubreiten, wie ein Mantel, der sein ganzes Wesen bedeckte und keinen neugierigen Blick hindurchließ.

»Du warst es aber nicht. Du bist kein Mörder.«

»Du kennst mich nicht, Kiara. Was weißt du von dem, was ich bin und was ich getan habe?«

»Du bist bei mir gewesen!«

Er hob die Brauen. »Ach, und du würdest schwören, dass du mich keine Sekunde aus den Augen gelassen hast? Du hast also den ganzen Tag und die ganze Nacht meine Hand gehalten?«

So schroff und feindselig benahm er sich sonst nur den anderen gegenüber. Nun verstand ich gar nichts mehr.

»Wir haben in einem Bett geschlafen.«

Jacques verzog den Mund, als bereitete ihm die Erinnerung daran Schmerzen. »*Wir* haben geschlafen? Sicher kannst du nur wissen, dass du geschlafen hast. Und wenn ich rasch hergeflogen bin, Mr. Jackson umgebracht habe und dann zu dir zurückgekehrt bin?«

»Du warst da.« Als ich mitten in der Nacht aufgewacht war, hatte er auf dem Sofa gelegen. Wie schnell hätte er nach Prag fliegen können und wieder zurück? In einer solch kurzen Zeit, dass es an Hexerei grenzte? Hatte er zuvor einen Mord begangen und sich dann in meinem Bett davon ausgeruht? Er war schrecklich erschöpft gewesen in dieser Nacht. »Du warst bei mir, und das würde ich vor jedem Gericht der Welt beschwören.«

Eine Mauer zwischen uns, wie aus fließendem schwarzem Glas. War sie nicht schon immer da gewesen? Wir beide beharrten auf unseren Geheimnissen. Und doch hatte ich daran geglaubt, dass es möglich wäre, diese Mauer zu überwinden und bei ihm zu sein, auf jener anderen Seite, in Jacques' Welt.

»Nette Worte. Du hast keine Ahnung, wer ich bin.« Er richtete seine dunklen Augen auf mich wie eine Waffe. So hatte er auch Olga angesehen, als diese ihn dazu hatte zwingen wollen, um den

Platz zu laufen. Seither hatte ich mich gefragt, was sein Blick zu bedeuten hatte. Es hieß nicht: Weißt du nicht, wer ich bin? Nein, viel, viel schlimmer, viel bedrohlicher: Du weißt nichts über mich.

Ich könnte dein schlimmster Albtraum sein, schien er zu sagen. *Ein Monster oder ein Mörder. Willst du es wirklich wissen?*

»Du kannst mir keine Angst machen«, sagte ich.

»Ach nein?« Er zog die Mundwinkel hoch, die absurde Parodie eines Lächelns. »Dann würde es dir also nichts ausmachen, wenn ich ein Mörder wäre?«

Ich wusste, dass das, was ich fühlte, weitaus mehr war als ein bisschen Schwärmerei. Aber konnte ich jemanden lieben, der ein Verbrechen begangen hatte? Ein Wesen, dessen Seele so finster war wie seine Augen?

Nein, ich konnte es nicht und ich wollte es nicht. Jacques hatte mich gerettet. Er war für mich da gewesen. Er hatte mir das Gefühl gegeben, dass ich mich auf ihn verlassen konnte, mehr als auf irgendeinen anderen Menschen auf dieser Erde. So jemand war kein kaltblütiger Killer. Ich mochte ihn, weil ich sein abwehrendes Getue für Fassade hielt, weil ich nichts von dem glaubte, was man über ihn erzählte.

Du bist ein guter Mensch, wollte ich sagen, doch die Worte blieben in meiner Kehle stecken, bevor ich sie aussprechen konnte. *Falsch*, würde er sagen. *Ich bin kein Mensch.*

»Wenn ich daran glauben würde, dass du zu so etwas fähig bist«, sagte ich leise, »einen alten Mann zu ermorden? Dann würde ich sagen, geh zum Teufel, Jacques, und komm nie wieder zurück.«

Sein Blick. Dunkel, undurchschaubar, erfüllt von einer Finsternis, die ihn zu ertränken schien.

»Dann leb wohl, Kiara«, flüsterte er so leise, dass er kaum zu verstehen war.

»Hör auf!«, fuhr ich ihn an. »Du bist bei mir gewesen! Und was immer sie dir in deiner Heimat zur Last legen – wenn du dich dort so benommen hast wie hier, wundert mich gar nichts. Du verteidigst dich überhaupt nicht, wenn man dich beschuldigt. Man könnte dir sonst etwas in die Schuhe schieben, und du würdest nichts dazu sagen!«

Wie schnell konnte er fliegen? Das war die Frage.

Was war schneller als ein Milan? Ein Wanderfalke? Ein kleines Tier, das unsichtbar in einem Privatflugzeug mitflog?

»Man kann nicht für einen anderen die Hand ins Feuer legen«, sagte Jacques. »Niemand kann einen anderen jemals durch und durch kennen.«

Warum sagte er nicht einfach: *Ich bin unschuldig, Kiara, bitte glaub mir.* Ohne mir auszuweichen. Ohne mein Misstrauen und meine Zweifel zu schüren. Ach, aber er war Jacques! Und er würde sich nicht verteidigen.

Jacques lehnte den Kopf gegen die Harfe und schloss die Augen. »Lass mich jetzt allein. Ich komm schon zurecht.«

Ich konnte ihm nicht vorwerfen, dass ich mich in ihn verliebt hatte. Das war kein Verbrechen, das auf die Liste seiner Verfehlungen gehörte.

»Jacques ...«

»Geh schon.« Der Schmerz in seiner rauen Stimme war unüberhörbar. Er hatte sich in dieses Musikzimmer zurückgezogen, zu den sanften Klängen der Harfe, wie ein schwer verletztes Tier, das sich verkrochen hatte und in Ruhe sterben wollte. »Geh zu den anderen.«

»Aber ...«

»Kiara, es reicht. Was willst du eigentlich von mir?« Er schmetterte mir seinen schwarzen Blick entgegen wie einen Speer aus Eis, kalt und schneidend. Die Dunkelheit war eisig wie der Weltraum und die frostigen Nächte des Winters. Da war keine Glut, keine Wärme. Es war, als wäre er plötzlich ein anderer, ein völlig Fremder. Nicht der, der mich vielleicht liebte. Nicht der, den ich vielleicht liebte. Sondern ein fremdartiges Wesen ohne jegliche Gefühle.

Er trieb mich hinaus mit diesem Blick, der ihn zu einem Unberührbaren machte. Olga hatte Jacques nicht festhalten können, und ich konnte es genauso wenig.

Als ich die Tür hinter mir zumachte, war mir, als müsste ich ersticken. Ich ertrank in dem dunklen Teich, in den ich gestürzt war, und diesmal holte Jacques mich nicht an die Oberfläche. Schmerz schoss mir durch die Brust, ich keuchte, als würde ich tatsächlich ertrinken. Ich wollte nicht weinen. Nicht schluchzen. Nicht schreien. Mit geballten Fäusten stand ich da und rang darum, die Tränen und den Schrei hinunterzuschlucken.

Kein Mensch, das ist kein Mensch ... Oh Gott, wer ist das? Was ist er?

Ich lehnte den Hinterkopf gegen die Tür und kämpfte gegen den Schmerz.

Drinnen setzte Jacques sein Harfenspiel fort. Zögernd zunächst, als müsste die Musik erst wieder den Weg in seine Hände finden. Und es geschah. Es war, als hätte er die Pausentaste gedrückt und ließ das Lied jetzt einfach weiterlaufen. Sie hörte sich an wie eine Lüge, diese Melodie, die so sanft und zärtlich daherkam, so traurig, die perlenden Töne der Harfe, so als wäre nichts geschehen, als hätte er mich nicht aus der Sonne hinaus in die Nacht geschickt.

Das Lied stockte, brach ab. Ich hörte Schritte drinnen im Zimmer und erschrak – kam er jetzt an die Tür? Wusste er, dass ich immer noch hier war?

Nein, er hatte sich ans Klavier gesetzt. Das Lied, das jetzt erklang, war anders, stürmischer, lauter. Verzweifelter.

Du tust es schon wieder, sagte ich zu mir. *Du denkst, er hat Gefühle. Du denkst, Jacques wäre wie du, menschlich, zur Liebe fähig, und dabei ist da nur das Nichts. Du hast es gesehen, dieses Nichts, diese Eiseskälte. Er ist kein Mensch, er fühlt nichts. Alles Täuschung.*

Das Lied brach ab, kaum dass es dabei war, sich richtig zu entfalten. Stille. Ich stand immer noch da, ans harte Holz gelehnt, und atmete leise. Und weinte tränenlos. Nein, niemand würde mich um Jacques weinen sehen.

Stille. Schritte. Mir war, als hörte ich das weiße Tuch auf den Boden gleiten, wo er es liegen ließ. Welches Instrument kam jetzt? Suchte er nach dem einen Werkzeug, mit dem er sein Nichts ausdrücken konnte, das in ihm wohnte statt eines Herzens, nach der richtigen Fläche, auf der er seine Lügen ausbreiten konnte wie eine Picknickdecke auf dem Gras des Sommers?

Beim ersten Ton zuckte ich zusammen. Es klang wie ein Schuss. Dann wie das überlaute Hämmern eines Herzens. Erst da wurde mir bewusst, dass es nur ein Schlagzeug war. Ein Schlagzeug, wild und laut und wütend, zu keiner Melodie fähig, zu keinem Lied, nur zu einem ohrenbetäubenden Krach, zu einem mitreißenden, aufwühlenden Rhythmus. Kein sanftes Geplätscher mehr, sondern Zorn, heißer, brennender Zorn.

Ich lachte leise über mich selbst, während ich den Flur entlangeilte, fort von diesem Ort, der mir verflucht zu sein schien. Zorn? Jacques zornig zu nennen war dasselbe, wie einen Tornado verärgert zu nennen oder einen Waldbrand heimtückisch. Und doch hatten sie die Macht, alles zu zerstören.

Als würde man sagen, die Farbe Schwarz wäre wild und verzweifelt.

Oder die Nacht könnte lieben.

* * *

Fast zu spät erinnerte ich mich an die Wächter, die man auf uns gehetzt hatte. Erst als ich etwas in den Schatten forthuschen sah, fiel mir wieder ein, dass dies kein Spiel war. Oder wenn, dann war es ein Spiel, das tödlich enden konnte. Diesmal gab es niemanden, der mich retten würde.

Ich hielt mitten im Schritt inne, horchte ... und fuhr herum, aber da war nichts.

Unsere Verfolger waren Wandler. Wie konnte ich mir einbilden, sicher zu sein, wenn ich niemanden sah? Ich hatte keine Ahnung, welche Tiere oder Gestalten mir auf den Fersen waren. In einem plötzlichen Anfall von Panik nahm ich die Beine in die Hand und rannte den Flur hinunter, wetzte die Treppe hinauf und fiel gegen die Tür, die zum Saal führte.

Sie war zu. Wild rüttelte ich an der Klinke. »Lasst mich rein!«

»Kiara?« Alec zog mich in den Saal. »Wo warst du bloß?«

»Sie sind gleich hier«, sagte ich. »Habt ihr euch irgendwie vorbereitet?«

»Es geht hier nicht um Waffen, sondern um Verwandlung, das ...«

Alec brach ab, als ein Poltern an einer der hinteren Türen erklang. Gleich darauf zersplitterte das Holz, und ein Mann sprang durch die Lücke. Kein fürchterliches Raubtier, sondern ein zwei Meter großer Mann mit langem Haar, der aussah wie ein wilder Krieger aus einer vergangenen Epoche, nackt bis auf einen Lendenschurz. Er schwang etwas in der Hand, das ich nicht sofort erkannte. Ich hörte nur ein Fauchen in der Luft, und im nächsten Moment schrie Susan auf. Sie stürzte zu Boden und verwandelte sich in ein kleines braunes Pferd. Der Wächter zog ihr die Peitsche über den Rücken – keine gewöhnliche Peitsche, wie ich jetzt sah, sondern eine mehrschwänzige Lederpeitsche mit stacheligen Kugeln an jedem Ende. Das war eine Waffe, mit der man töten konnte. Das Pferd raste durch den Saal, als die Peitsche es wieder traf und gegen seine Beine schlug. Susan schrie – sie war das Pferd, aber in dem unmenschlichen Schrei des Tieres hörte ich ihre Stimme, schrill und verzweifelt.

Alec und Hilde verwandelten sich gleichzeitig. Als Löwe und Tiger sprangen sie Seite an Seite brüllend auf den Wächter los. Raoul wurde ein Wolf und Steven ein Stier. Gleichzeitig zerbarsten auch die anderen Türen und weitere Wächter stürmten in den Saal. Es waren auch kleinere, schlankere Gestalten dabei und ein paar Frauen, und alle hielten unterschiedliche Waffen in den Händen, die nur eins gemeinsam hatten: Sie gehörten nicht in diese Zeit.

Peitschen. Lanzen. Schwerter. Ein Wurfnetz.

Ein großer Hund rannte ihnen bellend entgegen und wurde an die Wand geschmettert, wo er winselnd liegen blieb. Ein riesiger Elch galoppierte davon und stürzte schwer, als sich die Schnüre einer Peitsche um seine Beine wickelten. Ich sah den Wolf rennen und einen Schwan über uns kreisen. Der kuppelförmige Raum, in dem jedes Geräusch laut widerhallte, erbebte unter dem Geschrei, den donnernden Hufschlägen. Blut und Schmerz und Angst, überall. Das Pferd lief mit weit aufgerissenen Augen an mir vorbei, während das Blut ihm in Strömen über die Flanke rann. Es wechselte seine Farbe, während es galoppierte – von braun zu weiß und zu schwarz, und als es sich umdrehte und sich aufbäumte, um zu kämpfen, war es eine Apfelschimmelstute mit bauschiger weißer Mähne.

Ich stand genau in der Mitte des Mosaiksaals, unter dem Bild, auf dem Schlange und Skorpion einander töteten, und konnte mich nicht rühren. Um mich her regierte das Chaos. Die rennenden

Wächter, die Schreie, die brüllenden Tiere. Eine lanzenschwingende Amazone stürzte auf mich zu, bog plötzlich ab und ging auf den Stier los. Der Elch bretterte vorbei.

Es war, als würde ich mich in einer Blase aus Stille und Sicherheit befinden. Wer auf mich zurannte, erreichte mich nicht. Pfeile schwirrten durch die Luft, ohne mich auch nur zu streifen. Vor mir lief ein fürchterliches Schauspiel ab, dem ich gezwungenermaßen zuschaute, an dem ich jedoch nicht beteiligt war.

Nach einer Ewigkeit kehrte endlich Ruhe ein. Falls es die Absicht der Wächter gewesen war, uns auseinanderzutreiben, hatten sie ihr Ziel erreicht. Hund und Wolf waren verschwunden, der Elch lag gefesselt am Boden, gerade warf eine wild aussehende Kämpferin das Fangnetz über den flatternden, zischenden Schwan. Hilde und Alec versuchten immer noch, das Pferd zu schützen, das am meisten abbekam, und die Angreifer konzentrierten ihre Bemühungen auf den Löwen.

Aus dem Abstand einer Beobachterin wurde mir klar, dass die Wächter es auf die Königskandidaten abgesehen hatten. Alles andere war nur Beiwerk, sollte bloß Unruhe stiften. Sie wollten uns vier – Alec und Steven, Susan und mich. Als kleiner Vogel würde ich nie im Leben gegen diese Peitschen ankommen, die die mitleidslosen Wächter so brutal einsetzten. Mir blieb nur die Wahl zwischen Flucht und Bleiben, und obwohl ich nichts unternehmen konnte, brachte ich es nicht fertig, die anderen im Stich zu lassen.

Wieder stürmte einer der erwachsenen Wandler auf mich zu. Ich hätte mich fürchten müssen, aber ich wusste, dass er mich nicht erreichen konnte. Als wäre eine Barriere um mich gezogen, stolperte er und krachte schwer hin, und schon war der Stier hinter ihm, und der Mann musste sich gegen Steven zur Wehr setzen. Mir war, als würde ein Schatten davonschweben, eine kaum sichtbare Wolke.

Das Pferd bäumte sich auf und wieherte schrill. Der Löwe brüllte, während der Tiger abgedrängt wurde. Dann verwandelte Hilde sich auf einmal in einen Gorilla, schwarz wie die Nacht. Der riesige Affe riss das Maul auf und zeigte blitzende Eckzähne. Gerade als er auf seinen Gegner losstürmte, wurde ich von einem anderen Kampf abgelenkt, der unmittelbar in meiner Nähe stattfand. Der Stier riss einem der Wächter die Peitsche aus der Hand.

Der Stier, mit Stevens Händen. Der Oberkörper eines Jungen war aus seinem Hals gewachsen, es war Steven, der die Peitsche packte und sie gegen ihren Besitzer wandte. Steven, der durch den Saal galoppierte und vor Wut schrie. Der die Wächter zur Seite springen ließ und ihnen nachjagte und sie zur Tür hinaus hetzte.

Schneller und stärker, als die Tiere es vermocht hatten.

Schließlich stand er zitternd vor Zorn da, scharrte mit den Hufen und blickte sich nach einem Gegner um.

Aber es gab keine Gegner mehr.

Und dann erklang ein merkwürdiges Geräusch.

Herr Springhorn, Olga und Jaroslav traten durch eine der zerstörten Türen und applaudierten. Sie schritten in den Saal und sahen über das Blut und den Schmerz hinweg, als wäre niemand verletzt worden. Sie schienen nicht einmal zu bemerken, dass Susan schluchzend auf dem Boden lag.

»Ganz hervorragend. Bravo.«

»Ihr könnt euch wieder zurückverwandeln«, meinte Olga und warf jedem von uns einen Bademantel zu.

Steven stampfte auf den Boden auf. »Das ist kein Spiel!«, schrie er.

»Nein, ist es nicht.« Jaroslav sah uns an, ohne zu lächeln. »Dass wir Wandler sind und den König suchen, ist kein Spiel. Und dass Mr. Jackson sich sicher war, ihn hier unter euch zu finden, und dass er nun tot ist, ist ebenfalls kein Spiel. Verwandelt euch zurück.«

Die letzten Tiere gehorchten. Alec und Hilde knieten nebeneinander auf dem Boden und rappelten sich auf, mit grimmigen Gesichtern nahmen sie die Bademäntel entgegen.

Herr Springhorn warf mir einen undurchdringlichen Blick zu. »Lasst euch ärztlich behandeln, falls nötig. Wir wollen mit jedem von euch sprechen. Einzeln, unten in der Bibliothek. Wartet im Speisesaal, bis man euch aufruft.«

»Na los, geht schon«, schnauzte Olga.

Nur Susan blieb liegen. Unsere Lehrerin kniete sich neben sie. »Na los, haut ab!«, rief sie uns zu.

Steven ging voraus, ich folgte ihm. Hinter uns kamen Alec und Hilde, zusammengeschweißt durch den gemeinsamen Kampf.

Draußen im Flur warteten Raoul, Dmitrij und Björn mit blutenden, verstörten Gesichtern. Nila, ebenfalls im Bademantel, weinte, zu ihren Füßen lag immer noch das Netz, in dem man sie gefangen hatte. Mit einem wilden Lachen stieß sie es beiseite und eilte an Stevens Seite. »Was ist passiert?«

Aus dem Saal erklangen aufgeregte Stimmen; Olga stritt sich mit Jaroslav. Es schien um Susan zu gehen.

»Sie haben sie halb umgebracht!«, stieß Steven hervor.

Die Wächter, die im Gang herumstanden, taten, als würden sie uns nicht bemerken. Zornig schlug Steven dem einen im Vorbeigehen gegen die Brust.

»Gut gekämpft«, sagte der Mann und schenkte ihm ein anerkennendes Grinsen.

»Und du?«, fragte Björn mich leise. »Hast du dich gar nicht verwandelt?«

Es war unschwer zu erkennen. Ich war die Einzige, die keinen Bademantel anhatte und stattdessen immer noch ihre normalen Sachen trug. Die Einzige, die völlig unverletzt war. »Offenbar nicht.«

»Haben die dich überhaupt nicht angegriffen?«, fragte er verwirrt.

Ich hatte nicht mitgekämpft, hatte mich nicht verwandelt, war weder verletzt worden noch hatte ich für jemand anders gekämpft. Seltsam am Rande fühlte ich mich, ausgestoßen aus der Gruppe.

Und ich hatte keine Erklärung dafür. Bis auf eine, die so unglaublich war, dass ich sie selbst kaum glauben konnte.

Ich hatte einen Schatten wahrgenommen, wie ein Flackern in der Luft, eine flüchtige Veränderung des Lichts. Ein Wandler konnte ein Tier sein, möglicherweise ein ganz kleines, aber etwas Unsichtbares, wie sollte das gehen? Das war keine normale Verwandlung, das war Magie. Ich hatte die Gegenwart von etwas Verwandeltem gespürt, bevor ich den Saal betreten hatte, aber die Wächter waren gewöhnliche Menschen gewesen. Jacques musste gleichzeitig mit mir in den Saal gekommen sein. Keine Sekunde hatte er mich allein gelassen.

Ich versuchte seine Gegenwart zu spüren, diese kaum wahrnehmbare Änderung der vertrauten Wirklichkeit, diesen Hauch von Dunkelheit … nichts.

Er hatte mich beschützt und war wieder verschwunden. Warum hatte er auf mich aufgepasst, nachdem er mir doch vorher zu verstehen gegeben hatte, dass ich ihm nichts bedeutete und verschwinden sollte?

Diese Frage ging mir nicht aus dem Kopf, sie beschäftigte mich weit mehr als alles andere, sodass ich zusammenzuckte, als Nila meinen Arm nahm und mich zu unserem Zimmer zog. In ihren Augen glänzte eine seltsame Traurigkeit.

»Oh Gott, Kiara. Was sind das für Leute hier? Ich hätte nie erwartet, dass sie dazu bereit wären, uns tatsächlich zu verletzen. Uns umzubringen!«

»Und ihr?«, fragte ich, vielleicht eine Spur zu giftig. »Ihr habt mich aus dem Fenster geworfen, ist noch gar nicht so lange her.«

»Wir müssen abwarten, wie es Susan geht.« Hilde hantierte im Badezimmer, hatte die Tür aber offen gelassen. »Hier hat mich dieser Morgenstern erwischt – Scheiße, tut das weh.«

»Ich hab überall blaue Flecken, ich kann mich kaum rühren«, klagte Nila.

Nur ich hatte keine Verletzung, die ich stolz hätte anführen können.

»Du hättest nicht wegfliegen dürfen«, rügte Hilde. »Ein Schwan, wie blöd ist das denn? Warum bist du kein Fuchs geworden?«

»Und was, bitte schön, hätte ich als kleiner Fuchs ausrichten sollen? Es ist nicht jeder ein Tiger oder ein Gorilla oder ein Löwe.«

»Oder ein Stier«, fügte Hilde hinzu. »Dein Steven … erstaunlich, ich muss schon sagen. Ein Minotaurus.«

»Nein«, widersprach ich, »der Minotaurus hatte einen Stierkopf und einen Menschenkörper. Bei Steven war es umgekehrt. Eher wie ein Zentaur, nur mit Stierkörper statt Pferd.«

Nila starrte mich an. »Warum hast du eigentlich nichts abbekommen?«

Ich zuckte die Achseln. »Was sollte ich werden, ein Falke? Das ist noch weniger hilfreich als ein Schwan. Ich bin einfach immer nur weggelaufen oder hab mich geduckt.« Dummerweise hatte ich das Gefühl, mich rechtfertigen zu müssen, für etwas, für das ich überhaupt nichts konnte. »Ich hatte wohl einen Schutzengel.«

* * *

Hilde strahlte über das ganze Gesicht, als sie aus der Bibliothek zurückkam.

»Sie glauben, in mir steckt noch mehr«, verkündete sie stolz. »Wer so zielsicher im Kampf nach der passenden Gestalt greift, hat eine Zukunft als Wächterin vor sich.«

»Und das heißt?«, wollte Björn wissen, dem man ebenfalls den Wächter bescheinigt hatte.

»Ich könnte als Leibwächterin arbeiten, zum Beispiel. Darauf muss sie der Gorilla gebracht haben.« Sie lachte ausgelassen und schüttelte den Kopf, sodass ihre blonde Mähne herumwirbelte. »Herr Springhorn war sich fast sicher, dass da noch mehr möglich ist. Eine Verwandlung hätte ich vielleicht noch. Tiger, Eule, Gorilla und ... ja, wer weiß? Dann wäre ich eine Stufe-vier-Wächterin! Ist das zu glauben?« Sie grinste fröhlich. »Davon gibt es weltweit vielleicht ein Dutzend! Und jetzt sollst du reingehen, Dmitrij.«

Der schlaksige junge Russe sprang auf. »Ha, da wollen wir doch mal sehen!«

Hilde konnte nicht schweigen, während wir warteten. »Als ich der Gorilla wurde – es war richtig, es hat sich einfach so passend angefühlt. Ich brauchte Hände, um besser zu kämpfen, um die Peitsche greifen zu können ...«

»Ich auch«, sagte Steven leise. Er kam mir etwas zu still, zu blass vor, während er an seiner Tasse nippte. Nila beobachtete ihn besorgt und flüsterte ihm hin und wieder etwas ins Ohr.

Niemand fragte nach Jacques. Niemand wunderte sich darüber, dass er sich vor der Prüfung gedrückt hatte. Es war, als würde er gar nicht existieren, so kunstvoll hatte er sich selbst ins Aus manövriert. Gab es ihn überhaupt, oder hatte ich ihn nur geträumt? Für nichts von dem, was wir miteinander erlebt hatten, gab es

Zeugen. Vielleicht existierte er nur in meinem Kopf. Und in meinem Herzen. Und nirgends sonst.

Als er zurückkam, war Dmitrijs Gesicht von Kummer und Enttäuschung erfüllt.

»Was bist du?« Björn sprang auf. »Was haben sie gesagt?«

»Stufe zwei, wetten?«, fragte Raoul.

»Ein Diener.« Dmitrij ließ sich auf seinen Stuhl fallen. »Überhaupt gar kein Wächter. Ein Diener!«

Nila hob den Kopf. »Das ist doch nichts Ehrenrühriges. Mit einem Butler oder so hat dieses Amt nichts zu tun. Drüben bei den Schlangen heißen sie Ratgeber und Sucher. Wir sind diejenigen, die neue Wandler aufspüren. Wir werden Lehrer und Professoren und ...« Sie brach ab, als sie merkte, dass Dmitrij ihr gar nicht zuhörte.

»Ein Diener«, murmelte er enttäuscht. Und dann hob er den Kopf und schaute mich an. »Du bist an der Reihe, Kiara.«

* * *

Sie saßen zu dritt hinter dem Schreibtisch. Olga und Jaroslav, zwischen ihnen Herr Springhorn. Vor ihnen stapelte sich ein Berg Akten.

Herr Springhorn wirbelte geschickt einen Bleistift zwischen seinen Fingern. »Sie haben sich nicht verwandelt.«

»Nein.«

»Warum nicht?« Seine grauen Augen ruhten auf mir. Freundlich, aber auch schon ein wenig ungeduldig, und da begriff ich, dass sie mich bereits abgeschrieben hatten. Sie erwarteten nichts von mir. Ich hatte mich auch unter Druck nicht in etwas Eindrucksvolleres verwandelt. Was für eine Enttäuschung. Das war das Ende meiner Favoritenrolle. Das Aus.

Es war mir gleich. In meinen Gedanken war ich immer noch dort im Saal, bei jenem merkwürdigen Schatten. Jenem Flackern, das seinen Widerhall in meinem Herzen fand. Ein brennendes, warmes, wildes Gefühl wohnte in mir, himmelhoch jauchzend und zu Tode betrübt, ein Gefühl, das Purzelbäume schlug und zart war wie Rosenblätter und wie eine Flamme, die auch im Sturm nicht ausgeht. Konnte es tatsächlich sein, dass ich in Jacques verliebt war? Der Gedanke erschreckte mich kaum noch.

»Hatten Sie keine Angst?«, fragte Jaroslav.

Angst? Am liebsten hätte ich gelacht. Nur das hatte ich empfunden: geborgen zu sein, wie im Herzen des Orkans, während der Kampf um mich tobte.

»Ich hätte Susan gerne geholfen«, sagte ich ehrlich. »Ich hätte mich diesen Wächtern entgegenwerfen wollen, so wie Alec oder Hilde – aber als was? Als Falke?«

»Die Peitsche hätte Sie in der Luft zerfetzt«, sagte Herr Springhorn ungerührt.

»Sie hätten sich in etwas anderes verwandeln müssen«, meinte Olga unzufrieden.

»Wie es aussieht, haben Sie tatsächlich nicht mehr als diesen einen Vogel in sich. Sie können jetzt gehen und Steven hereinschicken.« Herr Springhorn blätterte in den Akten.

Ich stand auf. »Wie geht es Susan?«

»Sie ist im Krankenhaus«, antwortete Jaroslav.

»Aber sie kommt doch zurück?«

»Wohl kaum«, murmelte Olga. »Gehen Sie jetzt bitte, Kiara, und sagen Sie Steven Bescheid.«

Ich ging zurück in den Speisesaal und setzte mich zu den anderen an den Tisch. »Du bist dran, Steven.«

Nila blickte ihm sehnsüchtig nach.

Die anderen bestürmten mich. »Was haben sie gesagt, Kiara?«

»Nichts«, sagte ich. »Sie haben überhaupt nichts gesagt. Ich habe die Erwartungen nicht erfüllt.« Ich goss mir eine Tasse Tee ein und kippte ihn hinunter. Nie zuvor war mir aufgefallen, wie bittersüß er schmeckte. Er hinterließ ein pelziges Gefühl auf meiner Zunge. Ich hasste es, jemanden zu enttäuschen. Ich wollte die Beste sein, sie alle in Erstaunen versetzen, meine Lehrer und meine Mitschüler beeindrucken – und war gescheitert.

Was gab es noch zu sagen? Ich gehörte zum Königskreis und brachte nur eine einzige mickrige Verwandlung zustande. Der Nächste, bitte.

Meine Freunde diskutierten über die Rangordnung ihres Könnens. Wir waren fünf Könige gewesen, drei Wächter und zwei Diener. Nun blieben nur noch acht von uns übrig. Susan war schwer verletzt, Jacques ließ sich nicht blicken. Drei Könige standen zur Auswahl – Alec, Steven und ich. Die beiden anderen hatten wenigstens erfolgreich gekämpft, ich hatte mich als Niete erwiesen. Raoul und Björn, die neugebackenen Wächter, fachsimpelten mit Hilde über ihre beruflichen Möglichkeiten. Hildes Schießkünste gaben ihr einen Vorsprung, über den die beiden sich gehörig ärgerten.

Dmitrij seufzte. Es wurmte ihn schrecklich, dass er nicht dazugehörte. »Ich habe gekämpft. Ich bin nicht davongerannt.«

»Mensch, Dmitrij, niemand macht dir Vorwürfe.«

»Ich bin nicht weggelaufen!«

»Was soll ich denn erst sagen?«, meinte ich.

»Mach dir nichts draus, Kiara«, sagte Björn freundlich. »Nicht jeder ist zum Kämpfen geboren.«

»Ich schon«, knurrte Dmitrij.

Dass Nila eine Dienerin war, hatte sie sich schon gedacht. Ihr machte es erstaunlich wenig aus, dass ihr nichts zu Susans Rettung eingefallen war. Wie sie betonte, hatten Diener wichtigere Aufgaben als Hauen und Stechen.

Steven kam zurück, immer noch etwas blass um die Nase. »Jetzt bist du dran, Alec.«

»Was haben sie gesagt?«, rief Nila.

Aber Steven schüttelte nur den Kopf. Er sah nicht viel glücklicher aus als ich.

»Ich geh jetzt rein«, sagte Alec.

Hilde war kaum dazu zu bewegen, seinen Arm loszulassen. Sie sah nicht gut aus, obwohl sie versuchte, es zu überspielen. Wir hatten sie überreden wollen, zum Arzt zu gehen, aber sie hatte sich nur ein Dutzend Pflaster auf ihre Wunden geklebt und darauf beharrt, dass sie die Ergebnisse abwarten wollte.

Es dauerte lange, bis Alec wieder zu uns stieß.

»Sie glauben, sie haben den König gefunden«, sagte er. »Aber sie wollen uns nicht sagen, wer es ist.«

23
Der König

An diesem Abend gingen wir früh schlafen. Noch immer gab es keine Nachricht von Susan. Und obwohl Nila ihr Bestes gab, um aus Jaroslav und Olga den Namen des Skorpionkönigs herauszubekommen, musste sie sich schließlich ohne Auskunft ins Zimmer verkriechen. Frustriert hockte sie auf ihrem Bett und zerknüllte ihr Kissen.

»Susan ist es ja wohl nicht. Sie ist ein Pferd und nichts weiter. Ein braunes, ein schwarzes, ein graues, ein weißes; groß und klein und gescheckt – was immer man sich wünschen kann. Zur Königin reicht das einfach nicht. Außerdem ist sie halb tot.«

»Ich wette, es ist Alec«, murmelte Hilde. »Ihr habt gesehen, wie Alec gekämpft hat.«

»Das ist kein Hinweis auf einen König«, meinte Nila abfällig. »Eher auf einen Wächter. Es ist Steven mit dem Minotaurus. Tut mir leid, Kiara«, sie warf mir einen bedauernden Blick zu, »aber ich fürchte, du bist aus dem Rennen.«

»Es könnte auch noch Jacques sein«, wandte ich ein.

»Wie, bitte schön, wollen sie in ihm den König erkannt haben, wenn er gar nicht dabei war?«

Ein Schatten, ein Flimmern der Luft. Vielleicht war ich nicht die Einzige, die es gesehen hatte. Vielleicht wussten nun auch die Lehrer um seine Fähigkeiten, die über alles hinausgingen, was ein Wandler können durfte. Hatten sie uns deshalb so wenig gesagt? Weil sie Angst bekommen hatten vor dem, was sie so unverhofft in ihrer Mitte entdeckt hatten – einen Wandler, der alles jemals Dagewesene sprengte?

»Hoffentlich erfahren wir morgen mehr.« Nila deckte sich zu. »Nacht, Mädels.«

Ohne im Geringsten müde zu sein, starrte ich in die Dunkelheit.

Natürlich würde ich nicht schlafen – nicht, bevor Jacques neben meinem Bett aufgetaucht war, um mir alles zu erklären. Warum er sich so komisch verhielt, seit wir aus Deutschland zurückgekommen waren ... und warum er mich trotzdem gerettet hatte. Er würde kommen und zwischen uns würde es wieder wie an jenem Abend sein, als wir uns die Stadt angesehen hatten und hoch zum Hradschin gewandert waren.

Aber Jacques kam nicht.

Bewirkte die Sehnsucht, die sich nicht auslöschen ließ, dass ich ihn überall sah? Seine Präsenz in jedem Lufthauch, seine dunklen Augen in jedem Schatten, seine Stimme im Raunen des Windes ... Gott, das alles machte mich wahnsinnig.

Ich schlüpfte aus dem Bett, zog mir rasch etwas über und huschte hinaus in den Gang. Es war still im nächtlichen Palais. Alle Schüler außer uns waren fort, die Gäste waren in einem anderen Flügel untergebracht. Heute Nacht lockten mich keine Klänge durch die verlassenen Flure. Ob Jacques einfach schlafen gegangen war, so wie anscheinend jeder andere außer mir?

Er wohnte im dritten Stockwerk, aber dummerweise wusste ich nicht einmal, welche Zimmernummer er und Alec hatten. Als ich die Etage erreicht hatte und durch den Gang schlich, ärgerte ich mich darüber, dass ich Jacques nie danach gefragt hatte. Aber vielleicht war das auch nicht nötig. In einem Zimmer war noch jemand wach – ein schwacher Schimmer drang unter einer der Türen durch. Einen Versuch war es wert. Vorsichtig schlich ich näher und streckte die Hand nach der Klinke aus.

Eine Hand legte sich über meinen Mund, jemand riss mich zurück. Ich wehrte mich nicht, während der Angreifer mich einige Meter weiter weg schleifte. Dort erst ließ er mich los, und ich drehte mich zu ihm um.

Allerdings war es gar nicht Jacques.

Alecs hochgewachsene, breitschultrige Gestalt war selbst in diesem schummrigen Licht unverkennbar.

»Verdammt, Kiara«, flüsterte er, »was tust du hier? Das ist meine Aufgabe.«

»Was?«, stieß ich hervor.

»Den Skorpionkönig zu töten. Was sonst?«

Alles begann sich um mich zu drehen, mir war schwindlig. Alec wollte Jacques töten. Heute Nacht.

»Du solltest zum Schloss fliegen. Misch dich nicht ein, das wird gefährlich.«

In mir begann es zu kochen, mir war, als würden winzige Tornados durch meinen Geist und meinen ganzen Körper wirbeln. Meine Haut prickelte, bis in die Fingerspitzen fühlte ich die Anspannung.

Ich war keine Kämpferin? Oh, und ob!

»Ach, meinst du?« Ich erhob die Stimme, um Jacques vorzuwarnen. Was Alec mit mir tun würde, wenn ich ihm in die Quere kam, war mir egal. Mich kümmerte nicht, dass er Alec war, der unvergleichliche Alec, der wunderbare Alec. Ich spürte nur eins: unbändigen Zorn.

»Sei still!«, zischte er und legte mir die Hand über den Mund. »Du hast ja keine Ahnung!«

Man hatte uns gehört. Jemand öffnete die Tür, und Licht strömte in den Gang.

Eine fremdartige, seltsam unförmige Figur erschien im Türrahmen, und mir wurde klar, dass ich den Falschen gewarnt hatte. Dort stand ein Mann mit dem Kopf eines Stiers. Ein Minotaurus.

Alec verwandelte sich sofort. Im Bruchteil einer Sekunde war er ein Löwe und sprang auf Steven los. Dieser wandte ihm das gehörnte Haupt zu. In seinen Augen las ich erst Erstaunen und dann Erschrecken, und schließlich, als er unter dem Sprung des Löwen zu Boden ging, Gelächter.

Ein blutiger Kratzer zog sich über Stevens Brust, aber er richtete sich auf und grinste mit seinem grotesken Stiermaul. »War's das schon? Das war alles? Komm, mein Kätzchen, komm nur.«

In seiner Tiergestalt konnte ein Wandler nur knurren, wiehern oder fauchen – doch der fürchterliche Stierkopf sprach mit Stevens Stimme.

»Glaubst du, das reicht, du miese kleine Katze? Glaubst du, damit kommst du gegen mich an?« Seine geballten Fäuste schnellten vor und trafen den Löwen, der aufjaulend davonflog.

Alec warf sich herum und griff erneut an. Und wieder schmetterte

Steven ihn mit bloßen Fäusten zur Seite. Eine unglaubliche Kraft musste in diesem schmalen Körper stecken, die Kraft eines Stiers. Die Kraft eines Königs.

Er hätte mich in der Luft zerreißen können, aber er beachtete mich glücklicherweise nicht. Ich hatte mich ans Fenster geflüchtet und beobachtete nur ein paar Meter entfernt das verrückte Schauspiel. Hass und Zorn waren geplatzt wie eine Seifenblase, aber die prickelnde Erregung wanderte immer noch wie in Fieberschüben über meinen ganzen Körper. Meine Hände zitterten und ein seltsamer Schmerz breitete sich in meinem Kopf aus.

Alec war mein Verbündeter.

Steven war der Skorpionkönig.

Und was war Jacques? Was war Jacques, wenn auf ihn weder das eine noch das andere zutraf?

Der Löwe brüllte so laut, dass die Fensterscheiben klirrten, und der Stierkopf antwortete ihm mit einem wilden Wutschrei. Scherben rieselten auf den Gang, und ich fürchtete, die Decke würde über uns einstürzen.

»Steven!«

Der Lärm hatte das ganze Palais geweckt; am Ende des Ganges waren Nila und Hilde aufgetaucht.

»Steven!«, kreischte Nila.

Der Minotaurus warf sich auf den Löwen, und während dessen Pranken ihm den Rücken aufrissen, beugte er den Stierkopf nach vorne und bohrte sein Horn in Alecs goldenes Fell.

Hilde stand mit offenem Mund da, während Nila auf uns zurannte.

»Steven! Oh Gott, Steven, pass auf!«

Mühsam stemmte sich der Löwe wieder auf die Beine und taumelte gegen die Wand. Aus seiner Wunde strömte Blut, ein ganzer Sturzbach. Viel zu viel Blut. Ein rauer, schmerzerfüllter Laut kam aus seiner Kehle.

»Was ist hier los?«, schrie Nila hysterisch.

Steven wandte ihr den fremdartigen Kopf zu, die großen Nüstern blähten sich. Eins der Hörner glänzte wie mit dunkler Kuvertüre überzogen. »Ich bin der Skorpionkönig«, sagte er. »Und das«, er stieß den Löwen mit dem Fuß an, »ist der Verräter, nach dem wir die ganze Zeit gesucht haben.« Während er Alec trat, verwandelte sich sein Fuß in einen Huf, dann verzerrte sich seine Gestalt und ein paar Sekunden später stand ein ausgewachsener Stier im Flur, die Hufe tödliche Waffen, mit denen er auf den am Boden liegenden Alec eindrosch. Wieder senkte er den Kopf mit den fürchterlichen Hörnern und rammte die tödlichen Spitzen in den Leib des Löwen.

»Gib's ihm, Steven!«, rief Nila außer sich. »Töte ihn!«

Hilde schrie auf. Sie rannte auf die beiden Kämpfenden los, verwandelte sich mitten im Lauf in einen Tiger und setzte mit ausgreifenden Sprüngen auf uns zu – und dann blieb mir beinahe das Herz stehen. Statt Alec zu helfen, schlossen sich die gewaltigen Kiefer der zweiten Raubkatze um den Hinterlauf des Löwen, der sich stöhnend herumwarf, mit seinen Krallen die Luft zerschnitt und doch dem gemeinschaftlichen Angriff von Stier und Tiger nichts entgegenzusetzen hatte. Ich hatte geglaubt, sie würde ihm zu Hilfe eilen, sich schützend vor ihm aufbauen, doch sie zögerte keinen Moment, sich gegen ihn zu wenden. Während er sich erbittert wehrte, schmolzen die rötlichen Tigerstreifen zu schwarzem Affenfell. Der Gorilla streckte die eisenharten Arme aus, um den verletzten Löwen in seinem erbarmungslosen Griff zu zerreißen.

Eiskalte Wut fraß sich durch meine Haut. Ich war nicht mehr Kiara, die ohnmächtig zusehen musste, bis ihr das Herz brach, sondern ein Wesen voller Wildheit und Kummer. Ich spürte, wie mein Zorn zu groß wurde, um ihn noch zu fühlen, und wie dieser neue, unbändige, übergroße Zorn mich ihnen entgegentrieb, während sie zu zweit Alec, den goldenen Löwen, zerfleischten.

Ich hatte keine Worte.

Meine Augen waren blind vor Tränen.

»Was ist das?«, hörte ich Nila schreien. »Oh Gott, was ist das?«

Weinend schleuderte ich den Gorilla zur Seite. Steven taumelte rückwärts von mir fort, wieder der Minotaurus mit dem Stierkopf. Schützend hielt er die Arme vors Gesicht. In diesem Moment schnellte der blutende Löwe in die Höhe, und in einer einzigen fließenden Bewegung sprang er das Stierwesen an und biss ihm die Kehle durch.

Gemeinsam gingen sie zu Boden. Noch im Fallen bohrte der Stier sein Horn in die Brust des Löwen, trieb es tief hinein ins weiche Fell. Und dann war es wieder Steven. Noch bevor sie beide auf dem Marmor aufschlugen, wurde der groteske Stiermann wieder zu dem blonden Jungen mit dem kleinen Bärtchen. Sein Hals war eine zerfetzte rote Masse. Er versuchte ein letztes Mal zu atmen, doch aus seiner Nase quoll nur roter Schaum, und dann war es vorbei.

Nila schrie so laut, dass ihr Schrei die ganze Welt verschlang, aber ich sah nur den Löwen, den herrlichen Löwen, der sich nicht unterkriegen ließ. Ich weinte, als ich mich zu Alec hinunterbeugte. Die Tränen liefen mir über die Wangen, und etwas flüsterte in meinem Haar. Ich war mir fremd. Ich wusste nicht mehr, wer ich war, ohne den Zorn.

Mein Name war fort.

Alles war verloren.

Nur der Kummer blieb.

Und irgendwo antwortete mir ein trauriges Lächeln in der Dunkelheit.

»Da!« Jemand kreischte. »Was ist sie, oh Gott, was ist sie?« Plötzlich erhellte grelles Licht den Gang. In diesem Licht sah ich Alec in seinem Blut schwimmen, in seinem und Stevens, es war nicht zu unterscheiden. Ein rotes Meer breitete sich auf den Marmorfliesen aus, glänzend und still.

»Alec«, flüsterte ich mit fremder Stimme, und dann lauter: »Alec? Kannst du mich hören?«

Ich legte ihm die Hand auf die Brust und fühlte, dass sein Herz schlug, das Herz eines Löwen. »Halte durch«, sagte ich. »Ich hole dich hier raus.«

Als ich mich erhob, sah ich im Fenster etwas gespiegelt, vage vertraut, ich war es und war es doch nicht. Es sah wie eine Statue aus, groß und grau. Sie hätte draußen in der Stadt auf einem Podest stehen müssen, um auf die Moldau hinauszublicken, wehmütig und erhaben, aber sie war hier. Ich hatte mich in eine steinerne Statue verwandelt, so wie die Medusa am Altstädter Ring, die traurige

Schlangenfrau. Sie war ich, und ich war sie. Es war, als würde ich eine Perücke tragen, die wie etwas Lebendiges um meinen Kopf wogte.

»Medusa.« Olgas Stimme erklang vom Ende des Flurs, so fassungslos wie nie zuvor. »Das kann doch nicht wahr sein! Seht ihr nicht in die Augen! Wir müssen von Weitem kämpfen. Verdammt, hat keiner eine Waffe?«

Ich konnte nur undeutlich sehen, als wäre auch die Wirklichkeit eine Spiegelung in einer Fensterscheibe, aber wenn ich mich nicht täuschte, standen weiter hinten am Treppenaufgang Olga und Jaroslav. Björn, Raoul und Dmitrij hatten sich dazugesellt, Nila war dabei, doch wo war Hilde? Während ich noch mit tränenden Augen blinzelte, kamen die Wächter dazu, die uns am Tag gejagt hatten. Es wurden immer mehr.

»Passt auf!«, schrie Olga. »Schaut ihr nicht ins Gesicht. Sie ist eine Schlange!«

Ihre Stimmen schienen von weit her zu kommen. Hier waren nur wir beide, Alec und ich.

»Sie haben Steven umgebracht!«, schluchzte Nila. »Den König!«

»Den König!«, wiederholte Hilde wütend. »Oh Gott, den König, unseren König!«

»Nein«, widersprach Jaroslav, die Stimme so kühl wie unbeteiligt. »Steven? Steven war nichts als ein Wächter dritter Stufe.« Es schien ihn nicht zu stören, dass der junge Engländer tot auf dem Boden lag und dass Alec gerade verblutete.

»Er war ein Mischwesen! Einer aus dem Königskreis!«

»Er ist mit gefälschten Papieren hergekommen«, sagte Olga. »Sein Vater hat es sich ein Vermögen kosten lassen, ihn als Königsanwärter hier einzuschmuggeln. Natürlich haben wir es irgendwann gemerkt – und erst einmal abgewartet. Er war völlig harmlos, auch wenn er noch so gehofft hat, wir würden ihn zum König krönen, bloß weil er sich in ein mythisches Mischwesen verwandeln konnte. Das reicht beileibe nicht.« Sie wies auf mich. »Selbst die da kann das, diese Schlange.«

»Gleich zwei Spione?«, sagte Jaroslav. Er klang enttäuscht. Von uns, von mir. »Nun wissen wir wenigstens Bescheid.«

»Deshalb habt ihr so getan, als hättet ihr den König gefunden?« rief Nila fassungslos. »Ihr habt Steven geopfert!«

»Wir mussten wissen, wer versuchen würde, ihn zu beseitigen«, sagte Olga. »Na und? Er hat es nicht besser verdient. Es muss Steven gewesen sein, der Mr. Jackson umgebracht hat, denn Mr. Jackson hat Stevens Betrug aufgedeckt und ein paar Andeutungen gemacht ... Zuerst dachten wir sogar, Steven sei der Spion der Schlangen. Aber nun haben wir endlich Gewissheit. Tötet sie beide.«

Olga wich zur Seite und ließ die Wächter vortreten.

Sie fürchteten sich so wenig, viel zu wenig. Die Hände über die Augen gelegt, näherten sie sich. Wie viele waren es? Die Tränen ließen mich alles nur verschwommen sehen, ich konnte meine Gegner nicht zählen. Einer der Wächter ließ einen Speer fliegen. Ich bemerkte ihn erst im letzten Augenblick, bevor er gegen meine Schulter prallte.

Außer einem leichten Schlag spürte ich nichts. Ich schaute auf meine Hände hinunter, auf meine Haut, die grau war und wie mit einer dicken Schicht Staub bedeckt. Stein. Die Schlangen wisperten in meinem Haar. Ich war es, jede einzelne dieser Schlangen. Als mir das erst einmal bewusst geworden war, konnte ich mit ihren Augen sehen. Und betrachtete furchtlos meine Gegner, die vorsichtig näher kamen, aber noch lange nicht furchtsam und vorsichtig genug.

Dann sprangen sie alle gleichzeitig auf mich los. Tiger und Panther, Wölfe, Füchse, Raben und Eulen flatterten durch die Luft.

Jemand berührte meine Schulter.

Alec, wieder ein Mann, das Gesicht grau vor Schmerz, grauer als meins.

»Flieh«, flüsterte er und konnte doch gar nicht mehr sprechen, konnte doch kaum noch atmen. Er rappelte sich auf. Er hätte tot sein müssen und stand doch neben mir.

Sein Mut rührte mein Herz, und ich weinte noch mehr.

»Ich fange gerade erst an«, sagte ich, mit dieser neuen, uralten Stimme, die wie ein Zischen war und wie das Klingen heller Glocken und wie ein Gesang. Dann warf ich mich nach vorne, dem Ansturm entgegen.

Zähne. Krallen. Schwere Leiber. Ich merkte nichts davon. Ich wischte mir die Tränen aus den Augen und spürte die Glut darin, ein wildes Brennen, das sich lange genug in mir aufgestaut hatte, viel zu lange. Ich ließ es hinaus, während ich die Feinde rechts und links gegen die Wände schleuderte. Jemand schrie. Von hinten sprang mir jemand in den Rücken.

Meine Gefühle waren zu stark für diese Gestalt. Da ließ ich mich einfach fallen und strömte in eine neue Form.

»Eine Schlange!«, schrie Olga. »Tötet sie!«

Ich glitt über den glatten kühlen Boden, zwischen den Tieren hindurch, die entsetzt zur Seite sprangen. Keiner wagte es, mich anzugreifen. Eins der Fenster stand offen, warme Nachtluft wehte mich von draußen an. Die Stadt rauschte hinter den Bäumen, ein Zug ratterte, irgendwo heulten Sirenen. Ich bäumte mich an der Wand hoch, der Freiheit entgegen, wandte mich noch einmal um ...

Und sah Hilde. Hilde als Mensch, ein langes, dunkles Jagdgewehr an der Wange. Sie zielte nicht auf mich, sondern auf Alec, der dem Angriff der anderen entgegensah, mit bloßen Händen, die blauen Augen wie Türkise funkelnd. Sein nackter Körper war rot von all dem Blut.

Ihr Finger spannte den Hahn –

Nein!, wollte ich schreien und hatte doch keine Stimme in dieser Gestalt, *nein!*

Und wusste, ich kam zu spät.

Da zuckte Hilde zusammen, sie fuhr sich mit der Hand übers Gesicht, als wäre sie gestochen worden. Der Schuss löste sich und traf mitten in die Kämpfenden.

Jemand schrie auf. War es Raoul, der zwischen die anderen fiel? Ich nahm mir nicht die Zeit nachzusehen, sondern warf mich nach vorne, Alec entgegen. Er versuchte, zu mir zu gelangen, während sich alle auf ihn stürzten. Die Schlange glitt über den Boden, aber ich wollte nicht dort unten sein, ich müsste in die Höhe, zu ihm! Instinktiv streckte ich die Hände aus, Schwingen wuchsen aus dem langen Leib, trugen mich in die Luft. Während ich flog, schlugen die Flügel gegen die Wände, zersplitterten die Scheiben, zertrümmerte Türen fielen in sich zusammen. Ich streifte Hilde, die mir am nächsten stand, hörte, wie der Arm, den sie mir abwehrend entgegenstreckte, mit einem Knacken brach. Ich sah die Wächter fliehen, Hals über Kopf rennen, und Hitze ballte sich in meinem Rachen zusammen. Ich spie ihnen alles nach, was in mir war, die wilde Glut, die in mir brannte. Dmitrij starrte mich mit offenem Mund an, erst in letzter Sekunde warf er sich auf den Boden, während die Flammen über ihn hinwegfluteten.

Ich packte Alec und flog aus dem Fenster. Unter mir zerbarst die Brüstung, und ein Schweif aus Steinen und Mörtel kam uns nach. Draußen drehte ich eine Runde über dem Palais, während die Brocken in die Tiefe fielen und das Geschrei langsam abebbte. Die grüne Kuppel glänzte unter dem Nachthimmel.

Immerhin hatte ich genug Verstand, um zu begreifen, dass ich nicht so über die Stadt fliegen konnte. So – was immer ich war.

Tiere sprachen nicht, das wusste ich, aber hatte nicht sogar Steven das hinbekommen? Es war nicht möglich, dass er, Wächter dritter Stufe, besser war als ich. Ich suchte in meinem Mund nach meiner Stimme.

»Du musst dich verwandeln, Alec«, sagte ich. »Ich werde der Milan sein, wenn ich über der Stadt fliege. Du musst ein sehr kleines Tier werden, sonst kann ich dich nicht tragen.«

Er antwortete mir nicht, aber ich spürte die Last leichter werden, fast glitt sie mir aus dem Griff, aus den Pranken oder Händen – was auch immer ich benutzte, um ihn festzuhalten –, und ich wurde der Milan, in dem ich mich sofort heimisch fühlte.

Und flog über die Lichter Prags hinweg, ein kleines, regloses Tier in den Krallen.

* * *

Ein offenes Fenster in der Schlossfassade, irgendeins. Ich setzte die Ratte auf dem Boden ab, und sofort verwandelte Alec sich. Zu mehr reichte seine Kraft nicht; zusammengekrümmt blieb er auf den polierten Holzdielen liegen. Auch ich nahm meine menschliche Gestalt an, tastete nach einem Lichtschalter und sah mich um. Eine Deckenleuchte tauchte den Raum in ein sanftes, gelbliches Licht.

Wir befanden uns in einer Bibliothek mit üppig bestückten, vom Boden bis zur Decke reichenden Regalen. Über dem Lehnstuhl vor einem Schreibtisch aus Mahagoni hing ein bestickter Morgenmantel aus Samt, den ich mir rasch überzog. Dann öffnete ich die Tür und spähte hinaus in den Flur.

»Ist da jemand?«, rief ich laut. »Wir brauchen hier Hilfe!« Der Flur lag im Dunkeln. Auf bloßen Füßen tappte ich bis zur nächsten Treppe und spähte hinunter. Irgendwo dort unten brannte Licht.

»Hilfe! Hört mich wer?«

Die Wachen taugten schon mal nichts, wenn man hier so ohne Weiteres eindringen konnte.

Ich raste die Treppe hinunter, ins nächste Geschoss, wo ich endlich durch einen Türspalt Licht sah. Dahinter hörte ich laute Stimmen. Ohne anzuklopfen riss ich die Tür auf und sah mich einer großen Runde von etwa zwanzig Leuten gegenüber, die aufgeregt debattierten. Offenbar ging es um einen Angriff auf die Skorpione.

»Aber wenn Nicolas uns braucht!«, schrie Ella gerade.

Dann sah sie an den Gesichtern der anderen, dass etwas nicht stimmte, wandte den Kopf und starrte mich an.

Professor Mercier öffnete den Mund.

Ich raffte den Morgenmantel etwas fester zusammen. »Ein gutes Stichwort. Nicolas braucht tatsächlich Hilfe«, sagte ich. »Ist einer von Ihnen zufällig Arzt?«

Drei, vier Leute sprangen auf.

»Er ist oben in der Bibliothek.«

Sie stürmten an mir vorbei. Mercier warf mir einen verwunderten Blick zu, rannte dann aber mit den anderen zur Treppe. Der dicke Teppich dämpfte ihre Schritte, trotzdem erinnerte das Fußgetrappel an eine durchgehende Büffelherde.

Urs war der Einzige, der neben mir stehen blieb, während die anderen gar nicht schnell genug zu ihrem geliebten Nicolas gelangen konnten. Der Koch musterte mich und schien zu überlegen, ob er mich ausfragen oder einfach festnehmen sollte.

Langsam schlenderten wir den anderen nach.

Ich hatte es nicht mehr eilig, schließlich hatte ich getan, was ich konnte.

»Sag mal«, begann der breitschultrige Krieger schließlich, »ist alles in Ordnung mit dir, Kiara?«

»Ich weiß nicht«, sagte ich ehrlich. »Keine Ahnung. Jedenfalls bin ich hier. Und Alec lebt. Und ihr braucht die Skorpione nicht zu überfallen.«

»Und ... der Skorpionkönig?«

Darauf antwortete ich nicht. Im Flur vor der Bibliothek drängten sich tuschelnd die Eminenzen und ihre besten Krieger. Sie machten uns sofort Platz, und niemand hinderte mich daran, die Tür zu öffnen und hineinzugehen.

Die Ärzte hatten Alec auf das Sofa gelegt und untersuchten ihn. Ich erhaschte einen Blick auf nackte, blutüberströmte Haut. Jemand brachte eine schwarze Tasche. Ella und Mercier standen in angemessener Entfernung vor der Bücherwand und schwiegen. Die alte Frau rang die Hände, der Professor begnügte sich damit, ein düsteres Gesicht zu machen. Ich stellte mich neben sie und las die Titel auf den Buchrücken, ohne überhaupt die Buchstaben wahrzunehmen. Alles war besser, als zuzusehen, wie die Schlangenärzte um Alecs Leben kämpften.

»Ich verlange eine Erklärung«, zischte Ella. »Ich will wissen, wie es dazu kommen konnte. Ich will ...«

»Halt einfach den Mund«, befahl Mercier. Seine Stimme klang unendlich schwer und müde.

Einer der Männer, die sich um den Schwerverletzten kümmerten, stand auf und wandte sich uns zu. »Nicolas wird überleben. Er ist ... er kann ... es ist erstaunlich.«

Vom Sofa her stöhnte Alec schwach.

»Nicolas!« Ella eilte an seine Seite. Sie schluchzte auf. »Wie geht es dir?«

Alec streckte die Hand aus und wies in meine Richtung. »Ich habe euch eine Schlangenkönigin mitgebracht«, flüsterte er.

Die Ärzte baten uns hinaus.

In diesem Moment wurde mir bewusst, auf welches Buch ich die ganze Zeit gestarrt hatte.

Kafka. *Die Verwandlung.*

Ich zog es heraus und nahm es mit auf den Flur, wo die Schlangenobersten immer noch tuschelten und raunten.

»Kiara«, sagte Mercier eindringlich, »was ist passiert?«

Ich setzte mich auf eine Fensterbank und blätterte durch die Seiten. Kafka, zum Glück nicht auf Tschechisch, auch nicht auf Alamarisch, sondern im Original. Bis wohin hatte Jacques mir vorgelesen? Ich musste wissen, wie die Geschichte endete.

»Kiara!« Mercier ließ nicht locker. »Ignorier mich jetzt nicht! Was hat Nicolas damit gemeint, dass er uns eine Königin mitgebracht hat? Was ist mit dem Skorpionkönig, hat der ihn so verletzt? Hat Nicolas ihn getötet? Wer ist es denn nun?«

Was ist mit dem Skorpionkönig? Das war die entscheidende Frage, die wichtigste von allen.

Das Ende der Geschichte von Gregor Samsa: Vater, Mutter und Schwester verlassen die Wohnung und fahren davon. Warum? Wo ist Gregor? Ich überflog die Zeilen, blätterte rückwärts auf der Suche nach der Antwort.

Gregor ist tot. Sie sind so erleichtert, die ganze Familie, so froh. Der ungeheure Käfer hat sich aus dem Leben gestohlen. Er hat aufgegeben. Nicht gekämpft, keine Pläne entwickelt, um mit den anderen zu kommunizieren. Die Musik hat ihm noch einmal, wie das letzte Aufbäumen eines Sterbenden, Kraft verliehen. Und dann ist es vorbei.

Da endlich und fast zu spät begriff ich. Ich verstand, wie es enden sollte.

»Nein«, flüsterte ich. »Nein.« Und dann sagte ich es so laut, dass es die murmelnden Schlangenwandler aufstörte. »Nein!«

»Ist der König tot?«, fragte Mercier drängend.

»Nein«, antwortete ich, »noch nicht.«

Dann öffnete ich das Fenster weit, löste den Gürtel des Morgenmantels und verwandelte mich in den Milan.

Ich breitete die Schwingen aus und ließ mich in den Wind fallen.

24
Deine wahre Gestalt

Ich flog, so schnell ich konnte. Wälder und Hügel zerschmolzen zu einem Meer von Dunkelheit unterschiedlicher Schattierungen. Vor mir erhellte die große Stadt den Horizont. Prag.

Ein guter Ort, um zu sterben.

Hatte Jacques es mir nicht gesagt, gleich zu Beginn unserer Freundschaft? Natürlich hatte ich es nicht ernst genommen, hatte ihn nicht ernst genommen. Ahnungslos, wie ich war, hatte ich nicht daran geglaubt, dass er nach Prag gekommen war, um hier den Tod zu finden.

Es erklärte so vieles. Sein düsteres, verächtliches Lächeln. Seine Traurigkeit. Den Abgrund, den ich in seinen Augen gesehen hatte, die Nacht, die Dunkelheit – warum hatte ich es nicht erkannt?

Ich musste schneller fliegen. Die müden Flügel des Milans waren zu schwach für die Eile, die mich vorantrieb. Ich wurde größer, kräftiger, pfeilschnell, ohne zu wissen, was ich war, wie ich aussah, ohne dass es mich interessiert hätte. Ich durchschnitt die Nacht, durchzuckte sie wie ein Blitz. Prag breitete sich vor mir aus, ein glühender Schimmer.

Unter mir wanden sich die beleuchteten Straßen, Lichtreklame zerschnitt die Dunkelheit. Ich verwandelte mich in den Milan zurück, bevor jemand mich sehen konnte, bevor ich aus dem Mund irgendeines Nachtschwärmers schreien hörte, was für ein Monster ich war.

Das Palais wirkte düster; hier war die Nacht noch heil. Die Fenster teilweise dunkel – schliefen sie? Nein, oben im dritten Stock, wo wir gekämpft hatten, hinter der zerstörten Fensterfront, brannte Licht. Gestalten bewegten sich dort wie schwarze Scherenschnitte. Ich hörte jemanden weinen, endlos weinen.

Das Rauschen der Stadt ebbte ab. Irgendwo ratterte ein Zug. Aber noch kroch nicht einmal ein Anflug der Dämmerung über den Horizont. Die Dunkelheit war weder vollkommen noch still, und doch empfing mich eine unnatürliche Ruhe.

Eine bange Ahnung überkam mich. War ich zu spät? Hatten sie ihn umgebracht – den widerspenstigen Jungen, der seine Kräfte niemals offenbarte, nicht einmal, wenn man ihn dazu zwingen wollte? Hatten sie sich dem einzigen Kandidaten zugewandt, der noch übrig war, dem Einzigen, auf den Mr. Jacksons Vorhersage zutreffen konnte? Hatten sie bereits versucht, ihn der Prüfung zu unterziehen, in der wir anderen versagt hatten?

Ich betete, dass er noch immer irgendwo auf die Wächter wartete. Nicht in seinem Zimmer, das hätte nicht zu ihm gepasst. Aber vielleicht saß er wieder bei seinen Instrumenten und spielte Klavier oder Harfe, vielleicht hatte er das Cello ausgepackt und spielte sein eigenes Totenlied darauf, tief und schwer.

Ich flog um die Vorderseite herum, schraubte mich an einem der Türme hoch und glitt durch das beschädigte Fenster unter der grünen Kuppel in den Mosaiksaal.

Es war noch finsterer als draußen. Erst als meine Augen sich umgewöhnt hatten, erkannte ich eine reglose Gestalt mitten im Saal.

»Kiara?«, flüsterte Jacques.

Ich verwandelte mich und trat auf ihn zu.

»Du bist zurückgekommen?«

Die Fliesen waren kalt und glatt unter meinen bloßen Fußsohlen. Ich näherte mich dem schimmernden hellen Fleck in der Mitte des Sternenmusters. Also war ich nicht zu spät gekommen. Er lebte.

»Alec ist in Sicherheit?«, fragte Jacques.

»Ja, er lebt.« Ich war überrascht, dass meine Stimme noch funktionierte.

»Das freut mich für dich.« Durch das fahle Licht hindurch sah er mich an. Seine Augen waren wie dunkle Kohlen in dem bleichen Gesicht. »So kommst du zu mir wie ein Engel«, flüsterte er. »Wie der Engel mit dem Flammenschwert. Habe ich es nicht schon am ersten Tag geahnt? Ich wusste, du würdest es sein, Kiara.«

Ich streckte die Hand aus und berührte sein Gesicht. Seine Wange war nass, aber seine Stimme verriet nichts davon, dass er geweint hatte.

»Haben die Schlangen dich hergeschickt, um es zu Ende zu bringen?«, fragte er. »Was erwartest du jetzt – einen Kampf? Ich werde nicht gegen dich kämpfen, Kiara. Ich werde mich nicht wehren.«

Es tat so weh, dass er sterben wollte! Der Schmerz darüber, dass er sich für den Tod entschieden hatte, löschte meine Erleichterung darüber aus, dass ich ihn lebend gefunden hatte. Mich packte die Angst, dass ich zu schwach war, um ihn aufzuhalten. Dass ich ihm nie so viel bedeutet hatte, wie er mir. Krampfhaft suchte ich nach Worten, um die Frage zu stellen, von der alles abhing, aber ich konnte die richtigen Worte nicht finden.

»Du hast dich verwandelt«, sagte er leise. »Du hast es endlich gefunden. Manche finden ihr Potential, wenn ihr Leben bedroht ist, andere, wenn diejenigen in Gefahr sind, die sie lieben. Du hast es gefunden, Kiara, als Alec angegriffen wurde. Ich bin so stolz auf dich.«

»Nein«, widersprach ich. »Ich habe es ein paar Momente früher gefunden. Ein paar entscheidende Augenblicke davor. Ich habe gefühlt, wie die Blockaden von mir abgefallen sind und dass ich alles sein kann, was ich will. Ich wusste endlich, dass ich kämpfen kann.«

»Als ich hierherkam, war mir klar, dass dieser Sommer eine Sackgasse für mich ist«, sagte Jacques, ohne mich zu fragen, was in jenem Moment vor Stevens Zimmer geschehen war. »Es gab nur zwei Möglichkeiten, wie diese Geschichte enden könnte. Entweder würde ich König werden. Oder ich würde sterben. Ich hatte mich schon entschieden, bevor ich herkam. Endgültig entschieden.«

»Jacques!«

Er ließ sich nicht unterbrechen. »Ich wollte nie ihr König sein. Ein Ungeheuer, das über eine Meute von Ungeheuern herrscht. Ich habe diese Leute kennengelernt und ich verabscheue sie. Ihre engstirnigen Regeln, ihre Kleinlichkeit, ihre Überheblichkeit, ihre Grausamkeit … Das schlimmste Scheusal von allen zu werden –

das war nie eine Versuchung für mich. Ich bin der Skorpionkönig, Kiara, aber ich will es nicht sein. Wenn man aufwacht und feststellt, dass man sich in etwas Schreckliches verwandelt hat – dann ist es besser, zu sterben und es zu beenden. Töte mich. Wenn du es tust, werde ich mich nicht wehren, Kiara. Tu deine Pflicht. Beende es, bevor es beginnt.«

»Dann beende ich es«, sagte ich leise. Die Liebe zu ihm brannte in mir, unauslöschlich, eine Glut, die aufflammte, sooft ich auch versucht hatte, sie auszutreten. Diese Glut war es, die in mir gebrannt hatte. Dieses Feuer war es, das mich hatte kämpfen lassen. »Aber zuerst sag mir, warum du Alec gerettet hast.«

Er hob den Kopf. »Ich war gar nicht da.«

»Und ob du da warst! Du hast Alec gerettet. Nicht ich. Du warst es. Du hast Hilde im entscheidenden Moment abgelenkt.« Ich zögerte. Um diese Frage zu stellen, war ich hier. »Warum, Jacques? Warum hast du Alecs Leben gerettet? Ich weiß, dass du ihn nicht ausstehen kannst. Sag mir, warum.«

»Wie kannst du das wissen?«, fragte er leise.

»Ich kann spüren, wenn du im Raum bist. Dachtest du etwa, du könntest mir heimlich helfen, ohne dass ich es merke? Dachtest du, du könntest mich in dem Glauben lassen, dass ich dir nichts bedeute?«

Er lachte leise. »Du bist eine Königin, durch und durch. Wir wissen immer, wenn ein anderer Wandler in der Nähe ist.«

»Sag mir, warum du Alec gerettet hast.«

»Erinnerst du dich nicht? Ich habe dir versprochen, dass du ihn bekommst, wenn du ihn haben willst. Und ich halte meine Versprechen.«

Das stimmte. *Vertrau mir, ich werde da sein ...*

»Warum sollte ich dich unglücklich zurücklassen? Ich dachte, wenn ich gehe ... dass wenigstens du glücklich bist. Er ist alles, was du brauchst. Er ist der Richtige für dich.«

»Du hast das getan, weil du mich liebst?«, wollte ich wissen. »Für mich? Ist es so?«

Jacques antwortete nicht. Er wandte sich ab und starrte in die Dunkelheit. Über uns kämpften die gemalten Skorpione ihren jahrtausendealten Kampf gegen ihre Feinde, aber Jacques verweigerte sich wieder einmal und gab mir keine Antwort.

Aber das Glück! Das Glück, das in mir aufstieg wie eine Fontäne ... Als wäre der nachtschwarze Teich, in den meine Seele sich verwandelt hatte, wieder zu einem Springbrunnen geworden, lebendig und sprudelnd, bereit zum Tanz unter der Sonne.

»Deine Liebe ist ... unglaublich«, flüsterte ich. »Das wolltest du für mich tun? Mir Alec geben, weil du mich liebst?« Er hatte den Mann, den er am allerwenigsten leiden konnte, gerettet. Er hatte mir diese eine Sekunde geschenkt, einen Herzschlag lang, diese alle entscheidende Sekunde. »Du liebst mich.« Ich kostete das Glück dieses Satzes aus.

»Das weißt du doch«, sagte er mürrisch.

»Aber warum ... Jacques, was war los, als wir aus Heidelberg zurückgekommen sind? Du warst so anders, so abweisend und kalt.«

»Mein Entschluss war ins Wanken geraten«, sagte er leise. »Ich habe daran gezweifelt, ob ich sterben muss, denn plötzlich schien mir dieses Leben überaus lebenswert. Aber dann, als ich erfuhr, dass du Alec liebst, als ich es aus deinem eigenen Mund hörte ... da war es schwerer als erwartet, wieder zu der Geisteshaltung zurückzukehren, mit der ich hergekommen war. In den Tod einzuwilligen und die Hoffnung zu begraben ... Niemals hätte ich gedacht, es könnte so schwer sein. Ich wollte fliehen, um dich nicht mehr wiedersehen zu müssen, aber nicht einmal dazu war ich in der Lage. Ich musste doch auf dich aufpassen. Und ich musste dafür sorgen, dass du bekommst, was du willst. Dann wird es leichter sein, dachte ich, und ich hatte recht. Ich kann jetzt gehen, Kiara, ohne Bedauern. Ohne allzu großes Bedauern.«

Ich wusste gar nicht, was ich zuerst fragen sollte. »Du hast gehört, dass ich gesagt habe, dass ich Alec liebe? Wie das?« Das hatte ich garantiert nicht gesagt!

»Ich habe mich in Alec getäuscht, Kiara, das tut mir leid. Anfangs hielt ich ihn für einen arroganten Aufschneider, aber er ist das Beste, was du haben kannst. Er ist tatsächlich all das, was du gesagt hast: charmant und klug, hilfsbereit und kameradschaftlich. Ritterlich.

Er hat ein großes Herz und er sieht blendend aus. Wer würde ihn nicht lieben?«

Die Beschreibung klang vertraut. Es klang sogar wie etwas, das ich gesagt haben könnte. Jetzt wusste ich es wieder.

»Du hast gelauscht, als ich mit meinem Vater geredet habe? Du warst dabei und hast alles gehört? Oh Jacques, das hättest du nicht tun sollen!«

»Das dachte ich zuerst auch ... Aber es war gut so. Es ist immer besser, die Wahrheit zu kennen, als mit einer Hoffnung zu leben, die sich nie erfüllt.«

»Jacques!«, rief ich aus. »Du hast das ganz falsch verstanden, ich habe doch ...«

»Als ich herkam«, sagte er, er sprach in den Raum hinein, als wäre ich nicht da, »hierher nach Prag, wusste ich, was mir bevorstand. Was geschehen muss, wenn man etwas ist, das es nicht geben dürfte ... Ich war zu feige, um es selbst zu tun, zu schwach, aber die Skorpione würden keine Skrupel haben, wenn ich sie lange genug reizte, da war ich mir sicher. Nun, ich kam also her, ohne Hoffnung, nur mit meinem Tod vor Augen. Und dann sah ich gleich am ersten Tag das Mädchen mit der sonderbaren Haarfarbe, dieses unglaublich schöne Mädchen. Man sieht einmal hin, ein zweites Mal ... und beim dritten Mal weiß man schon: Die oder keine. Nicht, dass mir nicht schon früher das eine oder andere Mädchen gefallen hätte, aber dieses ... Nun, ich habe selten Glück bei den Mädchen, in die ich mich verliebe. Und ich war mir ziemlich sicher, dass sie mich nicht einmal bemerken würde. Egal, was ich tat, wie ich mich bemühte, es war hoffnungslos. Sie würde an mir vorbeischauen, ohne mich wahrzunehmen. Und so war es. Das war nicht schlimm, nur ein Grund mehr, zu gehen und diese Welt so zu verlassen, wie ich sie vorgefunden hatte. Die Welt, die den aufgeblasenen Herzensbrechern gehört, den forschen Typen, die alles im Sturm erobern. Na schön, dachte ich, haben wir hier wieder so ein Exemplar von gut aussehendem Sportler, dem die Herzen zufliegen. Ich habe Alec gehasst, bevor ich ihn kannte. Bevor ich wusste, dass ich mir mit ihm ein Zimmer teilen musste. Bevor ich merkte, dass er anders ist als erwartet. Dass er ehrlich versuchte, sich mit mir anzufreunden, dass er von sich erzählen konnte, ohne anzugeben, dass er mit mir nicht nur das Zimmer teilen wollte, sondern auch seine Musik und seine Interessen und seine Freunde. Die Mädchen himmeln ihn natürlich alle an, aber er spricht nie abfällig von ihnen. Er zieht nie über irgendjemanden her. Er ist so freundlich zu diesen Jungs, die ihn bewundern, und niemals herablassend. Er ist echt. Dieser Charme ist nicht gespielt. Und deshalb konnte ich ihn noch viel weniger leiden als vorher.« Jacques seufzte und schüttelte den Kopf. »Ich habe gesehen, wie das Mädchen mit dem rötlichen Haar ihn angeschaut hat. Wie sie ihn heimlich beobachtet hat. Ich habe gesehen, wie ihre Wangen sich färbten, wenn er in ihre Nähe kam. Und ich dachte: Sie sind die Schönsten von allen, und sie werden sich finden, früher oder später. Diese zwei. Wie füreinander geschaffen.« Er lachte leise. »Und dann geschah das Wunder. Ein Schrei, und Überraschung – plötzlich hielt ich sie in den Armen. Ich hielt sie fest, an meine Brust gedrückt, und sie hatte sehr wenig an ...« Er lachte ungläubig. »Welche Streiche spielt uns das Schicksal? Wenn es einen Gott gibt, würde er so etwas tun? Das, was wir am meisten begehren, in unsere Arme legen, einfach so – und uns dann dazu zwingen, es wieder loszulassen? Sie war wie ein Geschenk, das direkt vom Himmel gefallen war, aber das ich nicht öffnen durfte. Sie war nicht mein Mädchen, denn sie liebte Alec.«

»Aber ...«

Er hörte mich gar nicht. »Ich wusste nie, ob es Dankbarkeit war oder einfach Freundlichkeit. Dass sie mit mir redete. Wie unter Freunden, so normal. Dass es ihr völlig egal zu sein schien, wie wenig die anderen mich mochten. Plötzlich schien eine Verbindung da zu sein, ein Weg, so etwas wie – ja, als wäre es möglich, dasselbe noch einmal zu erleben. Dieses Mädchen im Arm zu halten und diesmal nicht loszulassen. Sie war so unglaublich hübsch, und ich dachte, wenn ich schon sterbe, dann nehme ich wenigstens einen Kuss mit ins Grab, einen einzigen. Vielleicht stirbt es sich leichter, wenn man einmal geküsst worden ist, und wenn sie mir eine runterhaut, was kümmert es mich? Ich werde sowieso sterben. Wie mutig man werden kann im Angesicht des Todes. Sie einfach zu küssen, es einfach zu tun!«

»Aber ich habe dir keine runtergehauen«, sagte ich.

»Nein, hast du nicht. Warum nicht? Ich habe mich gefragt, warum. Vielleicht hat es ihr gar nicht so viel ausgemacht. Vielleicht könnte ich sie sogar noch einmal küssen ... Oder vielleicht konnte sie sich einfach nicht gut wehren. Vielleicht war sie empört und zeigte es bloß nicht. Sie sah nicht aus wie jemand, der sich besonders gut wehren kann. Ich wusste es nicht, ich wusste gar nichts mehr. Nur, dass ich gar nicht mehr sterben wollte. Ich wollte noch mehr davon, immer noch mehr ... War ich ihr lästig? Sie unterhielt sich mit mir. Sie verbrachte Zeit mit mir. Sie lachte über meine Witze und nicht über mich. Sie war so ungezwungen in meiner Gegenwart. Und ich konnte es auch sein. Ich dachte: Hey, sie liebt Alec und wir beide wissen das, also können wir einfach eine schöne Zeit haben und ich nehme so viel Glück mit, wie ich nur kann. So viel, dass es reicht, um einen Tod aufzuwiegen, so viel, dass es leicht wird zu gehen. Denn in ihrer Gegenwart ist mir, als würde ich schweben. Aber es wurde nicht einfacher, und ich wollte überhaupt nicht mehr sterben. Und ich dachte sogar: Vielleicht ist da mehr, auch von ihrer Seite. Vielleicht bin ich ein kleines bisschen mehr für sie als nur ein Kumpel, mit dem man sich die Stadt ansehen kann. Aus irgendeinem Grund – weil ich sie gerettet hatte, vielleicht? – empfindet sie etwas für mich. Dumm, ich weiß. Sie hatte sich angewöhnt, meine Hand zu nehmen, wenn wir unterwegs waren, und ich dachte: Warum tut sie das?«

»War es nicht schön?«, fragte ich erschrocken. »War es das nicht für dich?«

»Ihre Hand«, murmelte er. »Ihre Nähe. Sie schien darauf zu bestehen, mich anzufassen. Warum wollte sie unbedingt mit dem Feuer spielen? Wie merkwürdig. Ich dachte: Ist da mehr? Sollte da tatsächlich mehr sein? Aber wenn ich versuchte, sie noch einmal zu küssen, war da eine Grenze, eine unüberwindbare Mauer. Ich musste nur ihr Haar berühren, und sie erschrak. Erstarrte und wartete darauf, dass ich mich wieder zurückzog. Und ich merkte, wie erleichtert sie war, wenn wir weitergingen, als Freunde, Hand in Hand.«

»Was redest du da eigentlich?« Langsam wurde ich sauer. »Ich bin nicht erstarrt, wenn du meine Haare berührt hast.«

»Oh doch«, sagte er. »Hast du es nicht gemerkt? Und dort oben am Laurenziberg, bevor es geregnet hat, da wollte ich dich küssen und du hast aufgeschrien, als du gesehen hast, was ich vorhatte.«

Das also hatte ihm an jenem Abend die Laune verdorben. Oh Gott, wie hatte er meine Reaktion so missverstehen können? Ich wäre gestorben für einen Kuss, und er hatte gedacht, dass ich mich fürchtete?

»Eine unsichtbare Grenze«, sagte Jacques. »Ich war bereit, das zu akzeptieren, wenn du mich nur in deiner Nähe geduldet hast. Ich wünschte mir so schrecklich ... mehr. Aber wie hätte ich ein Recht darauf gehabt, dir näherzukommen, wenn du es nicht wolltest? Das Terrain war fest abgesteckt. Dein Herz für Alec. Und Freundschaft für mich. Selbst das war mehr, als ich mir jemals hätte träumen lassen. Aber dann ... Ich hatte mich selbst belogen. Ich hatte gedacht, ich wäre damit zufrieden, ich könnte es aushalten, doch dann, bei deinen Eltern, nach diesem Flug, wir beide als Milane ... Kennst du dieses Gefühl, wenn das Glück so groß ist, dass man glaubt, dies wäre die Ewigkeit? Wenn man in die Sonne fliegen möchte und bereit ist, sich die Federn verbrennen zu lassen, denn man würde den Schmerz nicht spüren, ganz gleich, was geschieht? Das Licht ist golden und warm und über den Feldern liegt ein Duft von Sommer und Süße ... und es endet nie, nie ...«

»Ja«, flüsterte ich.

»In diesem Moment gehörten wir zusammen. Es war vollkommen. Wir beide. Und ich dachte, du fühlst es auch. Ich dachte, nichts könnte uns jemals trennen und wir würden bis ans Ende unseres Lebens miteinander fliegen, ohne je landen zu müssen. Ich dachte wirklich, ich müsste nicht sterben. Ich würde leben und es wäre nicht wichtig, was ich bin ... Einfach nur leben, zusammen, im Licht über den goldenen Feldern, über den grünen Hügeln. Aber dann ... ich hätte nicht lauschen sollen. Als du zu deinem Vater sagtest, du wärest verliebt, in einen Jungen auf der Akademie ... da dachte ich tatsächlich, einen kurzen Augenblick lang, ich wäre es. Du könntest mich meinen. Meine Hoffnung war so groß, dass mir die Brust schmerzte vor Erwartung, du könntest meinen Namen nennen. Aber es war Alec. Natürlich war es Alec. Wie hatte ich jemals etwas anderes annehmen können? Die Aufmerksamkeit, die du mir geschenkt hattest, war mir zu Kopf gestiegen, und ich hatte begonnen, mich wie jemand zu fühlen, der nicht nur liebt, sondern wiedergeliebt wird. Ich hatte das Lächeln auf deinem Gesicht mit der ganzen Kraft meines Herzens auf mich beziehen wollen. Aber da war keine Liebe. Da war nichts für mich. Nur«, seine Stimme brach, »nur Freundschaft.«

»Jacques«, sagte ich, »Jacques, du Idiot, du ...«

Er war noch nicht fertig. »Ich bin gegangen, empört und verletzt, obwohl ich es doch hätte wissen müssen. Doch schon auf dem Rückweg fiel mir ein, dass ich nicht fort konnte. Dass du in Gefahr warst und vielleicht meine Hilfe brauchen könntest. Und so war es dann ja auch. Es hatte sich ja eigentlich nichts geändert, oder? Nur, dass ich endlich mit Sicherheit wusste, wie du zu mir stehst. Und dass ich niemals mehr hatte sterben wollen als jetzt.« Er schüttelte den Kopf und lachte wieder, und nie hatte sein Lachen bitterer geklungen.

»Das Mädchen mit dem Falkenhaar hätte es nicht verstanden, wenn ich einfach verschwunden wäre. Für sie war ich einfach ein Freund. Also blieb ich. Blieb und träumte von meinem Tod. Sie durfte es nicht wissen, durfte es nicht einmal ahnen. Auch wenn sie mir mit ihrem Lächeln das Messer noch tiefer ins Herz trieb – ich war mir sicher, dass sie versuchen würde, mich aufzuhalten, wenn sie es gewusst hätte. Weil sie in mir einen Freund sah. Weil sie nicht wusste, wie unerträglich es ist, so zu leben. Sonst hätte sie nie so gefühllos sein können. Niemals, wenn sie geahnt hätte, was ich empfand. Sie und ich unter einem Dach. Eine Nacht lang. Es fühlte sich so gut an, bei ihr zu sein, in ihrem Haus, ihrem eigenen Zimmer. Mir war, als wäre ich endlich angekommen, in dem Zuhause, das ich nie gehabt hatte. Sicher, geborgen, ein Haus, in dem alle einander liebten. Vielleicht schlief ich deswegen so fest, obwohl ich es gar nicht wollte. Und träumte von ihr, von einer Welt, in der es keinen Alec gab und in der es ihr möglich war, mich zu lieben. So warm ihr Körper an meiner Seite, so unwiderstehlich. So grausam.«

»Was? Ich …«

»Gegen Morgen wurden mir zwei Dinge gleichzeitig bewusst. Zum einen, dass es tatsächlich ihre Haare waren, die mich an der Nase kitzelten. Sie dufteten blumig, genau wie ihre Haut, ihr Nacken an meinen Lippen. Ihr Leib an mich geschmiegt, weich und warm im Schlaf. Was tut sie denn jetzt?, dachte ich. Was macht sie denn nur? Was? Kannst du mir sagen, Kiara, was das sollte? Glaubst du, ich bin schwul? Glaubst du, du kannst dich zu mir ins Bett legen und erwarten, dass ich mich beherrsche?« Er atmete tief durch. »Zwei Dinge«, sagte er, »sind mir klar geworden. Zum einen, dass ich dich mehr wollte, als ich jemals irgendetwas gewollt habe. Und zum anderen, dass du mir so sehr vertraust, wie man keinem Menschen vertrauen sollte. Bedingungslos. Oder nein, viel schlimmer. Dachtest du, ich bin ein geschlechtsloses Wesen, dem es nicht das Geringste ausmacht, wenn sich ein halbnacktes Mädchen ankuschelt? Zu Alec, dachte ich, wärst du bestimmt nicht unter die Bettdecke gekrochen – es sei denn, du wolltest etwas Bestimmtes von ihm. Dass ich auch ein Mann bin, ist dir nicht in den Sinn gekommen, wie? Und dass ich, verdammt noch mal, mit dem Mädchen schlafen möchte, das mit nackten Beinen in meinem Bett liegt? Kannst du wirklich so naiv sein, Kiara? Macht es dir Spaß, grausam zu sein? Hast du nie auch nur ein einziges Mal daran gedacht, was ich fühle?«

Er schwieg, endlich. Und ich schwieg auch. Überwältigt von dem, was er mir enthüllt hatte.

Er liebte mich. Er wollte mich. Wir hatten dasselbe gefühlt, die ganze Zeit.

Nicht er war dumm gewesen. Ich war es. Denn ich hatte es ihm nie gesagt. Ich hatte geglaubt, dass er es fühlen musste. Dass er es wissen musste. Dass er, wenn ich seine Hand nahm, mein ganzes Herz zu sich herüberfließen fühlte. Ich hatte mir gewünscht, dass er mich küsste und umarmte, aber ich hatte ihn immer nur gefragt, ob er es wollte. Natürlich wollte er! Ich hatte nie geäußert, was *ich* wollte. Er hatte angenommen, es wäre Alec, denn ich hatte ihm nie gesagt, wen ich liebte. Jacques hatte recht – ich war es nicht gewöhnt, mich zu wehren. Und ich war es nicht gewöhnt, mir zu nehmen, was ich haben wollte.

»Du willst also sterben? Na schön. Zieh dein Hemd aus«, befahl ich.

Jacques knöpfte sein weißes Hemd auf und streifte es ab. Als ich meine Hände auf seine Schultern legte, spürte ich sein Zittern. Er musste unglaublich stark sein, um in einer solchen Situation all seine Instinkte zu unterdrücken und sich nicht zu verwandeln. Aber das wusste ich ja bereits. Jacques war unglaublich stark. Sie hatten alle keine Ahnung, wie stark wirklich. Es gab auf dieser ganzen großen Welt keinen Wandler wie ihn.

Ich rückte etwas näher heran. Berührte seine Brust, unter der das Herz schlug, ein wilder Trommelwirbel. Er keuchte leise.

»Ich habe keine Angst«, sagte er. »Ich habe mich so entschieden. Es war die richtige Wahl. Und auch du hast dich richtig entschieden, Schlangenkönigin. Nutze deine Macht weise.«

»Ich habe mir nicht ausgesucht, Königin zu sein.« Ich ließ meine Fingerspitzen über seine Haut wandern. »Im Gegenteil, ich bin entsetzt über das, was ich bin … ein Ungeheuer. Du weißt, was ich meine, du weißt es, Jacques, nur du. Macht? Das bedeutet mir gar nichts. Es sei denn, es gibt mir die Macht, den Menschen zu retten, den ich liebe.«

Er hielt ganz still unter meinen Händen. »Ja, du hast Alec retten können«, sagte er. »Ich wünsche dir viel Glück mit ihm.«

Er legte den Kopf zurück und schloss die Augen. Ich küsste ihn auf die glatte Haut seiner Brust, seiner Schultern, seines Bauchs; wieder bebte er. Falls er erwartete, dass ich mich jetzt in eine Schlange verwandelte und ihn biss, musste ich ihn enttäuschen. Meine Lippen strichen über seine Haut.

»Mach schnell«, flüsterte er. »Und fass mich nicht an, das ertrage ich nicht.«

»Das geht leider nicht«, sagte ich. »Ich muss dich anfassen.«

Er stöhnte leise, als meine Hände über seinen Körper strichen. »Hast du mir nicht zugehört? Du sollst das nicht. Du kannst nicht Alec lieben und meine Hand nehmen. Du kannst nicht Alec lieben und mit mir unter einer Decke liegen.«

»Das ist wahr«, stimmte ich zu, »das geht nicht.«

Ich grub meine Finger in sein Haar, zog ihn näher zu mir heran und küsste ihn.

Seine Lippen waren weich und schmeckten nach Tränen. Er gab ein ersticktes Geräusch von sich und versuchte mich wegzustoßen, wobei ihm allerdings auffiel, dass ich überhaupt nichts anhatte. Jacques zuckte zurück, zappelte und knallte rücklings auf die Fliesen. Da ich ihn nicht losgelassen hatte, fiel ich über ihn.

»Du hast versprochen, du würdest dich nicht wehren.«

»Da dachte ich auch noch, du wolltest mich umbringen!«

»Das wäre dir also lieber, als wenn ich dich küsse? Ich weiß ja, dass du seltsam bist, aber so seltsam ist doch wirklich niemand.«

Ich spürte, wie er seine Arme zögernd um meinen Rücken schlang.

»Du kannst mich nicht lieben«, flüsterte er. »Ich bin der Skorpionkönig.«

»Du bist Jacques. Alles andere ist mir egal.«

»Aber du liebst Alec.«

»Ich bin schon vor Wochen aus seinem Fanclub ausgetreten. Als ich meinem Vater erzählt habe, dass ich verliebt bin, habe ich von dir gesprochen.«

»Ha!« Er versuchte zu lachen. »Du hast gesagt, er sieht überwältigend gut aus. Du hast gesagt …«

»Da ist dieser attraktive Junge an der Akademie, habe ich gesagt. Charmant und humorvoll und ritterlich. Wann will es endlich in deinen Schädel, dass du alles andere als ein Ladenhüter bist, Jacques?«

»Aber … du hast dich verwandelt, als sein Leben bedroht war. Einen stärkeren Beweis gibt es nicht.«

»Ja«, sagte ich, »denn ich habe in dem Moment die Fesseln gesprengt, als Alec sagte, er wolle den Skorpionkönig töten. Da war ich bereit zu kämpfen, Jacques – für dich.«

Ich küsste ihn wieder. Zunächst ganz sanft, schließlich wollte ich ihn nicht überfordern. Doch das Gefühl war so intensiv, dass mir schwindelte. Es durchfuhr mich von Kopf bis Fuß und setzte meinen ganzen Körper in Brand. Jacques stöhnte leise, dann schien er einen Entschluss zu fassen. Vielleicht merkte er auch endlich, dass er gar keine Wahl hatte. Er presste mich an sich und küsste mich, mit einer Leidenschaft, die seinen eigenen Hunger verriet.

Doch plötzlich hielt er inne.

»Sie kommen«, flüsterte er dicht an meinem Ohr. »Sie sind schon auf dem Gang.«

Ich seufzte und setzte mich auf. »Und sie werden sich nicht damit abspeisen lassen, wenn du ihnen eine einzige harmlose Verwandlung zeigst. Sie wissen, dass mehr in dir steckt. Man muss dir nur einmal in die Augen schauen, um das zu merken, Jacques.«

»Du musst gehen«, drängte er. »Schnell.«

»Und? Wirst du endlich sein, was du bist?«

»Nein«, sagte er leise. »Ich habe mich entschieden, sagte ich das nicht?«

Ich konnte es nicht fassen. »Du willst immer noch sterben?«

Jacques strich mir eine Haarsträhne aus dem Gesicht und legte einen Finger an meine Lippen. »Sch, still. Geh, meine Liebe. Das hier ist mein Schicksal.«

Nein, dachte ich. *Nein, Jacques, oh nein, nicht mit mir. Du bist mein Schicksal. Ich bin dein Schicksal.*

»Lass mich raten. Die Wächter stürmen in den Saal, du tust gar nichts und lässt dich abschlachten. Hast du dir das in etwa so vorgestellt?«

»Es wäre mir lieber gewesen, wenn du es getan hättest«, sagte er. »In deinen Armen zu sterben, das wäre himmlisch gewesen ... Aber nun werde ich mit der Erinnerung daran sterben, dass ich dir etwas bedeute. Wenn ich an diesen Kuss denke, werde ich mit einem Lächeln auf den Lippen gehen.«

»Du gehst nirgendwo hin. Du glaubst doch wohl nicht, dass ich verschwinde und dich hier deinem angeblichen Schicksal überlasse? Du vergisst, mit wem du sprichst. Ich bin die Schlangenkönigin. Ich habe dir schon vorhin gesagt, wenn ich die Macht habe, meine Liebe zu retten, dann nutze ich sie. Wenn du nicht für dich kämpfen willst, Jacques, dann werde ich das tun.«

»Du willst für mich kämpfen?« Er starrte mich an. Wir hörten beide, wie die Wächter rasselnd vor den vier Türen Stellung bezogen. Da keine davon heil war, konnten sie durch die Risse und

Lücken ins Innere des Saals spähen, doch die Dunkelheit schützte uns – noch. »Das erlaube ich nicht.«

»Ach, du willst mir etwas verbieten? Mit welchem Recht?«

Jacques hatte keine Wahl. Er würde nie und nimmer zulassen, dass ich an seiner Stelle gegen ein Dutzend der besten Skorpionwächter antrat.

»Du wirst leben«, sagte ich. »Ich habe dich gefunden und ich behalte dich. Du hast mir versprochen, dass ich bekomme, was ich will. Nun weißt du es. Ich will dich. Du wirst dich nicht feige aus dem Staub machen. Du bleibst gefälligst hier.«

»Du hast keine Ahnung«, flüsterte er, »was der Skorpionkönig ist und was er sein kann und wozu er fähig ist. Er ist ein Albtraum.«

»Er?«, fragte ich. »Nicht er. Du. Und glaub mir, ich habe mehr als nur eine Ahnung davon, wer du bist.«

»Und du willst trotzdem, dass ich lebe?«

Fäuste hämmerten gegen die Türen. »Wir wissen, dass du da bist, Jacques. Mach dich bereit!«

»Du bist mein höchstes Glück«, sagte ich zu ihm, und dann stand ich auf und atmete tief durch. »Sollen sie kommen. Und erleben, was eine Schlangenkönigin ist und wozu sie fähig ist.«

»Na gut«, sagte Jacques. »Du hast gewonnen.«

Ich drehte mich zu ihm um und küsste ihn noch ein letztes Mal. Unsere Lippen berührten sich, aber in diesem einen Moment spürte ich, dass er nicht mehr verzweifelt war. Da war eine Stärke in ihm, die nicht zu dem todessehnsüchtigen, verstörten Jungen passte, den ich hier vorgefunden hatte. Ich konnte die Macht hinter seinen schwarzen Augen spüren, eine Macht wie ein Sturm, der kurz vor dem Ausbruch stand. Wie ein Mahlstrom aus Nacht kreiste sie in ihm, ein Strudel, ein schwarzes Loch, fähig, alles und jeden hineinzuziehen. Ich fühlte die Gefahr, die von ihm ausging, und meine Nackenhaare sträubten sich, denn hier war die Macht, die ganze Welt zu vernichten und mit in den Strudel zu reißen, bis wir alle in einem gewaltigen Fluss trieben, dessen Strömung uns mitriss, bis wir den Wasserfall hinunter und in seine Arme stürzten ...

Aber er war Jacques, mein Jacques, und ich fürchtete mich nicht.

»Zeig's ihnen«, flüsterte ich. »Und ich freu mich besonders auf Olgas Gesicht.«

Ich verwandelte mich, während sich unsere Lippen noch berührten, sodass ihn kurz der Flügelschlag eines Nachtfalters streifte.

An der Decke, unsichtbar und doch ganz nah dran am Geschehen, beobachtete ich, wie die Wandler in den Saal drängten und sich suchend umblickten.

Jemand schaltete die Reihe der Kronleuchter ein, die den Raum in gleißende Helligkeit tauchten. Licht fiel auf ein Häufchen Kleider in der Mitte des Sternenmusters.

»Wo ist er hin?«, rief Hilde. »Ist er aus dem Fenster gesprungen?«

Den gebrochenen Arm in einer Schlinge, stand die nordische Schönheit neben Olga. Björn und Dmitrij kamen durch eine andere Tür und die erwachsenen Wächter waren auf der anderen Seite des Saals aufgetaucht. Die Peitschen mit den Morgensternen an den Enden fauchten durch die Luft.

»Jacques, du Feigling!«, brüllte Olga. »Zeig dich!«

Klein und schwarz hob der Skorpion sich von Jacques' hellem Hemd ab. Dann huschte er mit den ruckartigen Bewegungen einer Spinne über die Fliesen.

»Ein Skorpion!«, rief einer der Wächter empört. »Dort, in der Mitte!«

»Dazu hat er nicht das Recht!«, gellte Olga. »Jacques Delon, du mieser kleiner Angeber ...«

Augenblicklich begann der Skorpion zu wachsen. Zuerst hielt ich es für eine optische Täuschung, doch dann gab es keinen Zweifel. Er wuchs tatsächlich – schon war er so groß wie ein Hund, gleich darauf wie ein Kalb. Mit aufgerissenen Mündern sahen die Wächter zu, wie er sich ausdehnte, bis er größer war als ein Elefant – ein riesiges, schwarzes, glänzendes Monster. In meinem ganzen Leben hatte ich noch nie so etwas Fürchterliches gesehen. Die gewaltigen Scheren hätten jeden Menschen in zwei Hälften schneiden können. Der Giftstachel, der hoch über ihm hing, streifte einen Kronleuchter und brachte ihn zum Klirren. Glassplitter rieselten auf den nachtschwarzen Panzer. Es war ein Anblick, den ich in meinem ganzen Leben nie vergessen würde. Nur ein Wahnsinniger wäre auf die

Idee gekommen, dieses Wesen anzugreifen. Dunkelheit schien von ihm auszustrahlen und in Sturzbächen über den Boden zu fließen, um wie eine Flut gegen ihre Waden zu spülen. Es war nichts Sichtbares, nur ein Gefühl von der Macht, die den Skorpion umgab, und doch wankten die Wächter wie unter einem heftigen Wind, der ihnen entgegenschlug, und wichen zurück.

»Oh Gott«, flüsterte Hilde entsetzt. Ihre Stimme hallte in dem plötzlich stillen Saal. Fast hätte ich Mitleid mit ihr haben können, mit ihnen allen.

Olga starrte das Ungeheuer an, sie war bleich wie die Wand. Einen Moment lang schien ihre Gestalt zu flackern, als wäre sie dabei, sich in den Panther hineinzuretten und zu fliehen, aber sie fing sich wieder. Sie verwandelte sich nicht und sie floh auch nicht. Stattdessen ergab sie sich – sie ging auf die Knie und senkte den Kopf. Sie hatte es als Erste begriffen.

Die anderen taten es ihr nach, sodass sie schließlich alle vor dem Riesenskorpion knieten.

»Mein König«, wisperte Olga. Tränen liefen über ihre Wangen.

Ich hatte genug gesehen. Der Nachtfalter löste sich von der Wand und flatterte unbemerkt zum Fenster. Draußen breitete ich meine Vogelschwingen aus und ließ mich vom Wind über die Stadt tragen.

25
Wer ich bin und wer ich sein soll

Zum Schlossgarten gehörten ein Wald und ein See, in dem man schwimmen konnte, Sportplätze und Blumenbeete, Kräutergärten und Obstbaumwiesen. Zentral vor den großzügig angelegten Terrassen lag eine quadratische Rasenfläche, groß genug für ein Fußballspiel, eingefasst von einem Labyrinth aus sauber geschnittenen immergrünen Hecken, dessen Gänge zu Springbrunnen, kleinen Teichen, Figuren oder Sonnenuhren führten. Hinter jeder Biegung wartete eine Überraschung.

»Du musst dir wirklich nicht alles auf einmal ansehen«, meinte Professor Mercier. Dabei war er es, der mich zu diesem Spaziergang nach draußen gebeten hatte. »Du solltest dich ausruhen, Kiara, wirklich. Nach alldem, was du durchgemacht hast! Dort hinten unter der großen Kastanie befindet sich eine Sitzecke, sehr hübsch, mit geflochtenen Gartenstühlen und Sitzkissen und einem Becken mit Kois.« Die Hände hinter dem Rücken verschränkt, stapfte er neben mir her.

»Ihr wolltet mich bloß aus dem Schloss haben, oder?«

Er seufzte. »Na gut. Darüber wollte ich sowieso mit dir sprechen. Wir hatten ja schon früher ein Zimmer für dich bereitgestellt, aber Ella besteht darauf, dass du angemessen wohnst. Das heißt, dass du eine ganze Zimmerflucht bekommst, nur für dich. Sie ist dabei, das neue königliche Appartement einzurichten, und lässt die wertvollsten Möbelstücke aus dem ganzen Schloss dort hinbringen. So, jetzt weißt du es.«

Das klang für mich, als müsste Ella etwas wiedergutmachen. Vermutlich hatte sie Angst vor mir, obwohl das bei einer Frau wie ihr nur schwer vorstellbar war. Sie hatte das Monster, in das ich mich verwandelt hatte, nicht einmal gesehen. Ich hatte niemandem auch nur eine einzige Verwandlung vorgeführt. Dafür, dass der

Clan nur Alecs Bericht über die Ereignisse im Palais der Skorpione hatte, waren sie fast zu schnell bereit, mich anzuerkennen.

»Wir müssen es deinen Eltern sagen«, murmelte Mercier. »Aber ich will nicht, dass sie nach Prag kommen. Du weißt selbst, wie es ist ... Nein, das wäre ganz und gar verkehrt. Deine Mutter ... Kiara, sie kann nicht herkommen.«

»Warum sollte denn meine Mutter herkommen?«, fragte ich. »Es geht mir doch gut.« Da erst begriff ich. Ich wäre längst darauf gekommen, wenn ich in Gedanken nicht ganz woanders gewesen wäre. »Ich soll hier richtig wohnen? Für immer?«

»Du bist unsere Königin, Kiara«, sagte der Professor sanft. »Natürlich musst du nach der Krönung hierbleiben, im Schloss der Schlangen. In deinem Schloss.«

»Das geht auf keinen Fall!«

»So ist es nun mal.« Er sprach zu mir wie zu einem trotzigen Kind. »Du gehörst jetzt hierher.«

»Das würden meine Eltern niemals erlauben.«

Mercier zögerte. »Wir könnten sie glauben machen, du wärst auf einem besonderen Internat für begabte Musiker. Leider dürften sie dich nie besuchen, deine Mutter ist immerhin ein Skorpion.«

»Sie würden mich niemals wegschicken!«

»Dann werden wir ihnen mitteilen, dass du tot bist. Nein, Kiara, hör mir erst zu. Wir würden ihnen einen leeren Sarg schicken und ihnen erzählen, dass du einen Unfall hattest. Auch wenn es schwer ist, Kiara, auch wenn du glaubst, du kannst ihnen das nicht antun ... Versuch einmal, wie eine Königin zu denken. Wie eine echte Königin. Du wirst die Verantwortung für den ganzen Clan tragen! Deshalb musst du sofort erwachsen werden. Da kannst du keine Eltern gebrauchen, die dich ständig anrufen, um dich zu fragen, ob du eine gute Note in Mathe geschrieben hast oder ob du genug Geige übst. Du wirst dich voll auf deine Aufgabe konzentrieren müssen. Sobald wir dir die Krone aufgesetzt haben, ist deine Kindheit vorbei.«

Jetzt wäre mir ein geflochtener Gartenstuhl mit Polster durchaus lieb gewesen. Aber im Umkreis erblickte ich nichts, worauf man niedersinken und eine Ohnmacht vortäuschen konnte. Nur eine kleine Reiterstatue auf einem Sockel ragte aus dem Buchsbaum. Ein Schütze, der seinen Pfeil auf irgendein Ziel in der Hecke richtete.

Ein Pfeil – in wessen Herz? Und ich sollte ihn abschießen? Ich sollte das wenige Glück, das meinen Eltern geblieben war, zerstören? Sie glauben lassen, dass ihr einziges Kind gestorben war? Ich dachte an Papa, der in der Küche Arien schmetterte. An meine Mutter, die in der Hängematte davon träumte, eine Antilope zu sein, von einem Wunder, das nie eingetreten war …

In der Nähe von Prag zu wohnen, hatte natürlich durchaus seine verlockenden Seiten. Ich könnte in Jacques' Nähe bleiben. Konnte ich da nicht in Kauf nehmen, inmitten von Leuten zu leben, die ich nicht kannte und denen ich nichts bedeutete? Lisa war nett, und ich mochte auch Urs und seine Kochkünste, aber keinem von ihnen würde ich mein Leben anvertrauen. Keiner von ihnen war für mich … Familie.

Nein, Jacques würde es verstehen. Er wusste, was ein richtiges Zuhause wert war.

»Nein, Professor. Das werde ich nicht tun.«

»Kiara, es ist mir sehr ernst damit.«

Ich blickte ihm ins Gesicht. Meinem Geigenlehrer. Meinem Schöpfer. Meinem Gott. Dachte er, er wäre all das? Er war mein Mentor gewesen und mein bester Freund, aber er hatte mein Vertrauen verspielt.

Dieses wunderschöne Mädchen, hatte Jacques gesagt, *sie sieht aus, als könnte sie sich nicht wehren.* Er hatte ja so recht. Ich wollte es immer allen recht machen. Ich hatte mich nicht gegen die Dinge gesträubt, die mir gegen den Strich gingen – bis zum Umfallen Geige zu üben, nach Prag zu fahren, als Spionin eingesetzt zu werden. Selbst Kleinigkeiten, wie zu joggen, obwohl ich keine Lust gehabt hatte, hatte ich geschluckt.

Von nun an würde ich sein wie Jacques.

Ich hatte gelernt, den Kopf zu heben und Ansprüche anzumelden. Ich hatte, wenn es auch lange gedauert hatte, gelernt, mich zu verwandeln.

»Nein«, wiederholte ich.

»Kiara, du verstehst nicht …«

»Oh doch«, unterbrach ich ihn. »Ich verstehe sehr gut. Sie wollen, dass ich hier wohne und die Königin des Clans bin und die Regierungsgeschäfte tätige. Bestimmt werden Sie mir zeigen, wie das geht, Sie und Ella. Ich soll so tun, als hätte ich nie eine Familie gehabt, und so tun, als wäre ich kein Mensch, sondern eine ... eine Statue, die brav auf ihrem Platz bleibt. Nein, Professor. Ich bin sechzehn Jahre alt und ich gehe nach Hause und werde bei meinen Eltern leben und zur Schule gehen und Mathe üben und Geige spielen, so viel ich will, und mich mit meiner Freundin treffen. Ich brauche kein Schloss und kein Heckenlabyrinth und kein Zimmer mit den wertvollsten Möbeln aus mehreren Jahrhunderten.«

»Kiara«, sagte er leise, »das geht nicht. Wenn du erst gekrönt bist ...«

»Dann lasse ich mich nicht krönen.«

Er wurde ärgerlich. »Du musst!«

»Bisher ist der Clan ganz gut ohne Königin ausgekommen.«

»Bisher hatten die Skorpione auch keinen König!«, rief er aufgebracht. »Wenn es uns bloß gelungen wäre, ihn zu töten! Nein, ich mache dir keinen Vorwurf. Niemand hat von dir verlangt, ihn anzugreifen. Ich bin froh, dass du es nicht getan hast. Solange wir nicht wissen, wie stark er ist und was er alles vermag, müssen wir äußerst vorsichtig sein. Wir können dich nicht einfach gehen lassen, Kiara. Die Skorpione würden sofort über uns herfallen, nun, da sie sich mit einem König an der Spitze brüsten können. Du willst zu Hause wohnen, als wäre nichts geschehen? Das ist naiv, Kind. Sie würden dir ihre Wächter auf den Hals hetzen und dich umbringen und deine Eltern womöglich gleich mit. Du wirst nirgendwo in Sicherheit sein, meine Liebe, und das weißt du auch. Die Skorpione kennen dich, sie haben gesehen, was du bist, und es gibt keinen Weg zurück. Du hast nur inmitten unserer besten Krieger eine Chance. Und unser Clan hat nur mit dir eine Chance, gegen die Skorpione zu bestehen. Mein Gott, verstehst du das nicht? Sie haben ihn und wir haben dich, und dieses Gleichgewicht ist das Einzige, was den sofortigen Ausbruch eines Krieges verhindert.« Nachdenklich schüttelte er den Kopf. »Es ist, als würde das Schicksal immer dafür sorgen, dass dieses Gleichgewicht besteht. Zwei Könige, wie die ersten Brüder, wie zwei Seiten einer Medaille ... Wir hätten es kommen sehen müssen, nehme ich an. Dass es auch für uns einen König gibt, wenn sie ihren finden. Ich gebe zu, damit habe ich nicht gerechnet. Und noch viel weniger damit, dass du es bist.«

»Das glaube ich Ihnen sogar. Denn dann hätten Sie mit Sicherheit dafür gesorgt, dass mein Vater eine andere Frau heiratet und keinen Skorpion.«

»Nicht!«, zischte er. »Um Gottes willen, sprich nicht davon. Davon muss der Clan beileibe nichts wissen. Sie sollen zu dir aufschauen und dich uneingeschränkt lieben können. Sie sollen auf deine Weisheit und deine Loyalität vertrauen. Wenn wir dich krönen, werden sie ...«

»Nein«, fiel ich ihm ins Wort.

»Gott, Kiara!«, rief er. »Hör endlich auf, dich wie eine störrische Sechzehnjährige zu benehmen!«

»Das ist es«, sagte ich. »Genau das ist Ihr Problem, Professor.«

»Mein Problem?«, wiederholte er fassungslos.

»Ganz recht. Ihr Problem. Wie Sie selbst zugeben, halten Sie mich für eine störrische Sechzehnjährige.«

So war es auch Jacques ergangen, wenn er sich den Ansprüchen unserer Lehrer verweigert hatte. Sie hatten ihn für einen nervenden Teenager gehalten. Im Mosaiksaal hatte ich die Angst in Olgas Augen gesehen, als sie erkannt hatte, dass sie den mächtigen König der Wandler wie ein unmündiges Kind behandelt hatte. Dass sie den Herrn der Wandler höchstpersönlich dazu hatte zwingen wollen, Sport zu treiben, Hausaufgaben zu machen und sich den Regeln des Schulalltags zu unterwerfen.

Anders als Ella hatte Mercier keine Angst vor mir. Er kannte mich einfach zu lange und sah immer noch das Kind in mir.

»Ja, Ihr Problem. Sie reden davon, ich sei die Königin, aber Sie glauben überhaupt nicht daran.« Ich sah ihm fest in die Augen. »Was hat Alec erzählt? Hat er gesagt, in was ich mich verwandelt habe?«

»In eine Schlange«, antwortete Mercier vorsichtig. »In eine riesige Schlange.«

»Hat er erzählt, dass ich ihn mitten aus einem Kampf herausgeholt habe, gegen ein Dutzend Skorpionwächter der höchsten Stufen? Hat er erzählt, dass er verloren gewesen wäre, wenn ich nicht gekommen wäre? Hat er Ihnen erzählt, dass ich stärker bin als er, dass ich stärker war als sie alle?« Von Jacques' Rolle in diesem Kampf brauchte er nichts zu wissen.

»Ja«, antwortete Mercier. »Das hat er.«

»Warum denken Sie dann, ich wäre zu Hause bei meinen Eltern in Gefahr? Sie glauben nicht wirklich, dass ich gefährlich bin oder dass ich Macht habe. Sie gehen davon aus, dass ich selbstverständlich gegen den Skorpionkönig verloren hätte. Ich habe nicht aus Angst darauf verzichtet, ihn anzugreifen, lassen Sie sich das gesagt sein. Er mag mächtig sein, aber das bin ich auch. Ich wollte nicht gegen ihn kämpfen, weil er ein Mitschüler ist, der im Unterricht neben mir gesessen hat. Wenn die Skorpione kämen, um mir etwas anzutun – dann, glauben Sie mir, dann würde ich kämpfen. Oder wenn jemand vorhätte, meinen Eltern zu schaden, sie zu verletzen, sie zu belügen und ihnen das Herz zu brechen. Wir sind die Guten, oder nicht? Das haben Sie jedenfalls behauptet. Ich werde nicht zulassen, dass meinen Eltern irgendetwas geschieht. Ich werde nach Hause gehen.«

»Aber der Clan ...«

»Ob ich hier bin oder in Deutschland, ist für die Skorpione völlig unerheblich. Ich kann in sehr kurzer Zeit hier sein und mitkämpfen, wenn ein Angriff erfolgen sollte. Und warum sollte das geschehen? Es gibt hier nichts zu holen für die Feinde, wenn ich nicht da bin. Das Gleichgewicht ist gewahrt, ganz egal, wo ich lebe.«

Seine Stirn hatte sich in Falten gelegt. »Aber wenn der Skorpionkönig in Prag wohnt ...«

»Ich gehe nach Hause«, sagte ich entschieden. »Hören Sie auf damit, mir Vorschriften zu machen. Ich bin nicht Ihre kleine Schülerin *und* Ihre Königin. Ich kann nur eins von beidem sein.«

Er zögerte, verwirrt und überrascht. Es war mir doch tatsächlich gelungen, Professor Mercier zu überrumpeln.

»Meine Königin«, sagte er und senkte den Kopf. »Bitte, lass dich krönen, Kiara. Tu das für den Clan. Tu es für das Gleichgewicht.«

»Jacques wird also gekrönt?« Es gelang mir, seinen Namen völlig gleichgültig auszusprechen. »Wann?«

»Schon übermorgen«, sagte er. »Wegen der Beerdigung sind alle Fürsten der Skorpione in Prag. Deshalb sollten wir so bald wie möglich nachziehen. Wenn du hierbleiben würdest, hätte ich den Oktober vorgeschlagen, um ein unvergleichliches Fest vorzubereiten. Wir würden dir einen herrlichen Tag widmen. Wir könnten ein Kleid für dich nähen lassen, aus Seide, mit Gold und Diamanten besetzt. Madame Leroc, die beste Schneiderin von Frankreich, gehört zu unserem Clan, musst du wissen. Willst du wirklich auf all das verzichten? Denn wenn du tatsächlich nach Hause fährst, sollte die Krönung sofort stattfinden und müsste zwangsläufig etwas schlichter ausfallen.«

Es tat mir ehrlich gesagt schon ein bisschen leid um die perfekte Feier, aber mit Kleidern und Glitter würde er mich nicht kriegen.

»Machen wir es jetzt, noch vor Ende der Sommerferien.«

»Dann haben wir ein Problem«, meinte Mercier missmutig. »Ella wird mir den Kopf abreißen. Sie braucht Tage, um ein Appartement herzurichten, was glaubst du, wie lange wird sie brauchen, um das Krönungsfest vorzubereiten?«

»Einladungen sind heutzutage schnell verschickt«, sagte ich. »In ein, zwei Tagen kann man von jedem Ort der Welt hier sein. Essen lässt sich bei einem Partyservice bestellen. Ich könnte die Servietten falten.«

Der Professor schüttelte den Kopf. »Kiara, eine Krönung ist ein bisschen mehr als das.«

»Wir brauchen keine vergoldeten Platzkärtchen. Wenn die Skorpione flexibel sind, sind wir das auch. Es ist schlecht für das Gleichgewicht, wenn wir zu lange warten, das haben Sie selbst gesagt. Vor Ende der Ferien oder gar nicht. Und danach fahre ich nach Hause und lebe ganz normal mein Leben weiter. Wenn es irgendetwas zu entscheiden gibt, wendet ihr euch einfach an mich. Ich bin sicher, in den meisten Angelegenheiten kommt ihr gut ohne mich aus. Ihr macht einfach so weiter wie bisher. Und die Schulferien verbringe ich hier im Schloss.«

Er zögerte, unschlüssig, wie er mit dieser neuen Kiara umgehen sollte. »Sobald du achtzehn bist, kommst du für immer.«

»Wenn ich mit der Schule fertig bin.«

»Du bist sechzehn, du musst nicht unbedingt mehr zur Schule.«

»Ich mache Abitur.« Ungerührt erwiderte ich seinen Blick. »Und ich bleibe an meiner Schule, so lange es eben dauert. Danach komme ich zum Studieren nach Prag. Das werden meine Eltern verstehen und in Ordnung finden.«

»Wir stellen dir einen Leibwächter an die Seite.«

»Wie bitte? Nein danke, ich verzichte.«

Er seufzte. »Darüber reden wir noch, Fräulein Wieland.«

Ich hatte das Gefühl, soeben erfolgreich meine erste Verhandlung abgeschlossen zu haben. Eine äußerst wichtige Verhandlung um mein Leben. Nicht schlecht für den Anfang.

»Kiara«, sagte der Professor, »langsam empfinde ich es als unangemessen, dass ich dich, meine Königin, einfach mit Vornamen anspreche und duze. Entweder fange ich an, dich zu siezen und mich vor dir zu verneigen, oder wir bleiben Freunde und du duzt mich auch. Freunde?«

»Freunde.« Ich nickte und ergriff die Hand, die er mir entgegenstreckte. Doch nie wieder würde ich den Fehler machen, ihm blindlings zu vertrauen.

»Etienne«, stellte er sich ernst und feierlich vor.

Ich musste lachen. »Ich weiß, Professor – äh, Etienne.«

* * *

Alec schlief in der Sonne. Er hatte sich auf einer Gartenliege in einer ruhigen Ecke des Labyrinths ausgestreckt und die Arme hinter dem Kopf verschränkt. Seine Füße hingen über den Rand der Liege, für die er zu groß war.

Ich war so überrascht, dass ich wie angewurzelt stehen blieb. Er war halb tot gewesen! Im Schloss gab es eine Krankenstation – wenn schon nicht in ein Krankenhaus, gehörte er wenigstens dorthin und nicht in den Garten!

»Kiara.« Alec öffnete die Augen und lächelte mich an.

»Alec! Ich dachte ... Darfst du überhaupt schon aufstehen?«

Seine Arme wiesen keine Schrammen auf. Ich blinzelte ungläubig. Wenigstens um die Brust hätte er einen Verband tragen müssen, dort, wo das Horn des Stiers ihn durchbohrt hatte, und an zahlreichen anderen Stellen auch. Die Tigerbisse! Die schrecklichen Kratzer! Durch sein dünnes Shirt zeichneten sich jedoch nur seine Muskeln ab, keine Pflaster und Verbände.

Alecs Augen, blau wie der Himmel, musterten mich unter den langen Wimpern hindurch. Verträumt, nachdenklich und auch ein kleines bisschen belustigt.

»Ich habe mich noch gar nicht bei dir bedankt«, sagte er. »Also: danke.«

»Gern geschehen.« Ich kniete mich neben der Liege hin und berührte seine Schulter – makellose, glatte Haut, warm von der Sonne. »War das alles vorgetäuscht?«, fragte ich entgeistert. »Die Wunden, das Blut?«

»Keineswegs«, sagte er. »Der Schmerz und der Blutverlust haben mich für eine Weile außer Gefecht gesetzt, aber sobald ich meine Kräfte einigermaßen beisammen hatte, konnte ich diese schöne Gestalt wiederherstellen.«

Ich zog meine Hand wieder zurück, doch er ergriff sie, bevor ich aufspringen konnte. »Kiara, das ist nichts, wovor du erschrecken müsstest. Wir sind Wandler.«

»Das hier – dein Körper – ist eine Verwandlung?«, keuchte ich. »Du bist nicht echt?«

Sein wunderbares Lächeln war dasselbe wie immer, aber mir war, als blickte ich auf eine Maske.

»Natürlich ist es echt. So wie der Löwe, der ich sein kann. So wie die Katze, die ich werden kann. Und die Ratte, die du in deinen Krallen getragen hast. Jede unserer Gestalten ist echt.«

»Sich in einen Menschen zu verwandeln ist die schwerste Verwandlung, die es überhaupt gibt! Sie haben uns gesagt, es ist so gut wie unmöglich!«

Er lächelte zufrieden.

»Was bist du? Ein Prinz mit ein paar Verwandlungen – und eine davon ist Alec? Eine davon ist ... das hier?«

»Ich bin überhaupt nicht in der Königskaste«, entgegnete er. »Ich bin ein Krieger. Dieser Körper hat die Gene eines Skorpionprinzen – der echte Alec war allerdings völlig unfähig und konnte nicht einmal unsere Sprache verstehen. Aber er hatte eine Einladung nach Prag erhalten. Nur so konnte ich die Tests im Palais überstehen, verstehst du? Ich musste ein Skorpion sein, durch und durch.«

»Was ist mit dem echten Alec passiert?«, fragte ich bang.

Ein Schatten fiel über sein Gesicht. Und da wollte ich die Antwort gar nicht hören.

Ich hatte geahnt, dass mit diesem Geschöpf etwas nicht stimmte, hatte es vom ersten Augenblick an gewusst, als ich ihn getroffen hatte. Als er mir die Tasche getragen hatte, da hatte ich noch gedacht: So jemanden kann es nicht geben, da muss ein Haken sein. Dieses blendende Aussehen ... und dann auch noch so nett und liebenswürdig. Irgendetwas muss faul sein.

Nun, ich hatte es endlich herausgefunden. Und wünschte mir, ich hätte es nicht gewusst.

»Wer bist du?«, fragte ich.

»Alec«, antwortete er. »Ich bin jetzt Alec.« Und dann setzte er sich auf, so groß und attraktiv und blond wie immer, mit diesem typischen Lächeln, das auf seinem Gesicht wohnte, strahlend und warm, und fügte hinzu: »Und für dich werde ich nie etwas anderes sein.« Er sah mich etwas zu lange an. »Ich musste dich ignorieren, Kiara. Du glaubst nicht, wie schwer mir das gefallen ist. Ich stand im Mittelpunkt der Aufmerksamkeit und wollte ihr Augenmerk nicht auf dich lenken. Wir hatten beide unsere Aufgabe zu erfüllen. Verzeihst du mir?«

So wie er mich anschaute mit seinen unwiderstehlichen blauen Augen, war es unmöglich, ihm nicht zu verzeihen. Aber so leicht kam er mir nicht davon.

»Du hast gesagt, ich könnte bloß ein Häschen sein.« Es ärgerte mich noch immer.

»Tja«, er lachte kopfschüttelnd, »in Anbetracht dessen, was danach passiert ist, ist das mehr als peinlich. Sorry. Tut mir echt leid. Aber ich musste Hilde irgendwie besänftigen, bevor sie dir die Augen auskratzt oder auf dich schießt, denn dann hätte ich eingreifen müssen und der schöne Plan wäre im Eimer gewesen.« Er streckte mir die Hand entgegen. »Freunde?«

Ich nickte. »Freunde.«

»Das ist gut«, meinte er zufrieden. »Das wird meine Arbeit als Leibwächter sehr erleichtern.«

Ich setzte mich in den Gartenstuhl ihm gegenüber und zog die Füße hoch. »Du sollst mein Leibwächter sein? Das ist nicht dein Ernst, oder?«

Er grinste. »Nachdem du mich gerettet hast und nicht umgekehrt, klingt das ganz schön unverschämt, ich weiß.«

Der Zeitpunkt war gekommen, um die Frage zu stellen, die mir schon die ganze Zeit auf der Zunge lag. »Was bin ich gewesen, Alec? Wie habe ich ausgesehen?« War ich eine Schlange? Ein Drache? Der Milan zu sein war etwas Wunderbares für mich, etwas Einzigartiges. Dafür würde ich mich nie schämen. Aber das hier … Es war, als wäre ich aufgewacht und hätte mich in der Gestalt eines Ungeheuers wiedergefunden. So wie Jacques. Ganz genau wie Jacques.

»Du warst Medusa mit dem Schlangenhaupt. Eine versteinerte Figur.«

»Ja, aber danach?«

»Eine Schlange«, sagte er langsam. »Riesig, geflügelt … blau und golden. Du hast ausgesehen wie die kleinen Drachen an der Rathausuhr am Altstädter Ring.«

»Diese hässlichen Biester?«, fragte ich schockiert.

»Dein Gesicht war um einiges schöner«, versicherte er. »Ein wundervoller Anblick, prächtig und erschreckend. Ein Lindwurm mit goldenen Flügeln, unbesiegbar und fantastisch.«

Er klang froh und stolz, aber meine Laune sank rapide. »Ich bin ein *Wurm*?«

»Du bist die Königin. Du bist die mächtigste Wandlerin in unseren Reihen. Aber den Großteil unserer Zeit werden wir Menschen sein, Kiara. Und glaub mir, da ist es nicht verkehrt, wenn du einen starken Mann zur Seite hast. Wir sind nicht unverletzlich, auch du nicht. Eine einzige Kugel, die dich trifft, während du deine menschliche Gestalt hast, würde schon ausreichen, dich umzubringen.« Er seufzte leise. »Ich will dir keine Angst machen, aber du brauchst einen erfahrenen Krieger, der auf dich aufpasst, daran führt kein Weg vorbei.«

»Werde ich eigentlich auch mal gefragt, was ich davon halte?«

Alec als mein Leibwächter! Wie um alles in der Welt sollte ich das Jacques erklären? Er würde die Wände hochgehen.

»Natürlich kannst du dir jemand anders aussuchen«, sagte Alec. »Wir haben bei den Schlangen viele unvergleichliche Krieger. Aber das würde ich dir nicht raten.«

»Warum nicht?«

Er lächelte. »Ich bin der Beste.«

Wie kann, wollte ich einwenden, *ein einundzwanzigjähriger Sportstudent der beste Leibwächter des Clans der Schlangen sein?* Aber dann fiel es mir wieder ein. Ich wusste nicht einmal, wie alt er wirklich war. Er war Nicolas. Um den hier alle so besorgt gewesen waren, den sie hätschelten wie ihren ganz besonderen Star. Dieser Nicolas musste ein Wandler mit unglaublichen Fähigkeiten sein, wenn er so perfekt in die Rolle des attraktiven Studenten schlüpfen konnte. Und wenn er sogar die tödlichen Wunden, die dieser Gestalt zugefügt worden waren, verschwinden lassen konnte. Mercier und Ella hatten ihm zugetraut, den Skorpionkönig zu vernichten – nun, damit hatte er sich übernommen, wie ich wusste. Aber ich glaubte ihm, dass er das Beste war, was unser Clan aufzubieten hatte.

»Ich werde mich bemühen, dir nicht auf die Nerven zu gehen«, verkündete er, als wäre es bereits entschieden. Vermutlich war es das auch.

Lohnte es sich, darum zu kämpfen, dass mir jemand anders zugeteilt wurde? Jemand, der hässlich genug war, um Jacques nicht zu irritieren? Mir grauste bei dem Gedanken, dass sich irgendein Fremder ständig in meiner Nähe herumtreiben würde. Dann schon lieber Alec.

Er legte eine Hand auf meinen Arm und nickte mir zu. »Ich werde dafür sorgen, dass du so leben kannst, wie du willst. Versprochen, Kiara. Du hast mein Leben gerettet, ich rette dir deins.«

»Und wenn es um Mädchenkram geht? Kommst du dann auch mit?«

»Mädchenkram?«, fragte er verwundert.

Ich hielt seinem Blick stand. Wenn er mehrere Personen gleichzeitig sein konnte, dann konnte ich es auch. Die eine war Kiara, bald die Königin der Schlangen. Die andere war ein Mädchen, das sich gern mit Mädchenkram beschäftigte. Die Dritte verfolgte ihre eigenen Pläne. Die Dritte war geheim. So geheim, dass nur ein einziger Mensch auf dieser Welt von ihr wusste.

»Ich möchte in die Stadt«, sagte ich und setzte mein unschuldiges Mädchengesicht auf. Das einer Sechzehnjährigen mit den Hobbys und Interessen einer Sechzehnjährigen. »Und shoppen. Dazu bin ich den Sommer über kein einziges Mal gekommen. Wenn du mein Leibwächter bist, heißt das, du bist die ganze Zeit dabei und trägst meine Tasche?«

»Klar.«

»Bekomme ich eine Kreditkarte oder so etwas, weil ich doch die Königin bin?«

Er grinste verschwörerisch. »Ich werde nachsehen, was sich machen lässt.«

Es tat mir beinahe leid, dass ich ihn belügen musste. Vielleicht würde Alec mir sogar helfen. Vielleicht würde er mein Freund sein, auch wenn ich ihm verriet, was ich wirklich vorhatte, mich dabei unterstützen und mich Mercier gegenüber decken. Doch ich konnte es nicht riskieren, ihn einzuweihen. Ich mochte Alec wirklich sehr und hätte ihm gerne alles anvertraut – er wirkte wie einer, mit dem man Pferde stehlen konnte. Aber was war mit Nicolas? Über ihn wusste ich überhaupt nichts. Nicolas war, wie ich vermutete, ein ausgebildeter Kämpfer, ein Krieger allerhöchsten Ranges. Fünf, mindestens. Bestimmt gab es eine Stufe extra, wenn jemand sich in einen Menschen verwandeln konnte.

Nicolas war Ellas Geschöpf.

»Hast du ein Auto?«, fragte ich. »Fährst du mich hin?«

»Jetzt gleich?«

»Ja natürlich, jetzt gleich. Oder müssen wir um Erlaubnis fragen? Muss man sich hier irgendwo abmelden oder so?«

»Du kannst machen, was du willst, liebe Kiara – solange ich dabei bin.«

26
Die Krönung

Alec drehte nicht nur die Klimaanlage auf, sondern auch das Radio. Er fuhr schnell und wirkte überaus gut gelaunt.

»Ich hätte Lisa mitnehmen sollen, damit sie mich berät«, schrie ich.

»Das kann ich doch machen!«, versicherte er. »Ich weiß, was gut aussieht.«

Daran zweifelte ich nicht. Eher daran, ob es mir tatsächlich gelingen würde, ihn an der Nase herumzuführen. Er hielt sich für so schlau – nun, wir würden sehen.

Alec parkte den Wagen am Bordstein. »Glück gehabt. Unser kleiner Ausflug fängt jedenfalls gut an. Wohin willst du zuerst?«

»So macht man das nicht«, sagte ich. »Ich habe keine Liste von Geschäften, die wir abarbeiten müssen. Man geht einfach los und guckt hier und da und geht irgendwo rein und schaut sich um und dann in den nächsten Laden. Und nach zwei Stunden geht man zurück in den ersten Laden und kauft das, was man als Allererstes anprobiert hat.«

Seine Begeisterung sank rapide, aber er machte immer noch gute Miene zum bösen Spiel. Ein wirklich tapferer Krieger.

»Das klingt nicht, als würden es besonders viele Taschen werden, die ich tragen muss.«

»Oh doch«, widersprach ich. »Wart's nur ab.«

Ich machte es ihm nicht leicht. Exklusive Geschäfte, die üblichen Markenläden, nichts war vor mir sicher. In einer Boutique fand ich ein bodenlanges schwarzes Abendkleid, das ich sofort zum Anprobieren mit in die Kabine nahm. Natürlich passte es mir nicht. Es war für eine viel größere Frau gemacht, die nicht nur gertenschlank war, sondern Beine bis zum Hals hatte. Der Ausschnitt war gewagt und wäre mir sonst peinlich gewesen, aber da es nicht mein eigener Körper sein würde, den ich dort drin versteckte, war es mir egal. Ich betrachtete mich im Spiegel der Umkleidekabine, während ich meine Gestalt so veränderte, dass ich perfekt in das Kleid hineinpasste. Sich in einen anderen Menschen zu verwandeln war erschreckend leicht, obwohl ich es nie zuvor versucht hatte. Ich war einfach davon ausgegangen, dass ich es konnte, denn Jacques konnte es ja auch. Zum Einkaufen war es eine geniale Methode – man suchte sich ein schönes Kleid aus und formte seinen Körper dementsprechend um.

Die Frau, die mir nun aus dem Spiegel entgegenblickte, hatte nichts mit der echten Kiara zu tun. Sie war sehr groß und schlank und hatte kurze schwarze Haare. Ihr Gesicht erinnerte an das einer Schauspielerin, deren Namen ich vergessen hatte. Sie war mindestens Mitte zwanzig, wenn nicht schon dreißig. Erst wollte ich ihre Augen schwarz werden lassen, passend zum Haar und zum Kleid, aber es verstörte mich, im Spiegel in diese schwarzen Augen zu sehen, die mir, je länger ich sie anstarrte, umso fremder wurden. Es hätten Jacques' Augen sein können, tief und brennend, Augen wie Schächte ...

Ich entschied mich lieber für Grün, ein strahlendes intensives Grün.

So würde sie aussehen, diese Fremde, schön und unnahbar, und niemand würde es wagen, sie in ein Gespräch zu verwickeln.

Ich verwandelte mich zurück, zog noch ein anderes Teil an, das der echten Kiara passte – eine schlicht und edel aussehende Jacke –, und öffnete den Vorhang, um mich Alec zu zeigen. »Wie ist das?«

Er nickte, seine Augen leuchteten. »Ja, nimm das, auf jeden Fall.«

»Es ist egal, wie teuer es ist?«

»Tob dich ruhig aus.«

Ich ließ ihn beides bezahlen, das schwarze Kleid und die Jacke, aber diese Tüte trug ich selbst.

Das Schicksal meinte es gut mit mir – ich fand auch die passenden Schuhe. Es würde schwierig werden, damit auf dem Kopfsteinpflaster zu laufen und dann auch noch den Hügel hoch. Ich würde mir ein Taxi nehmen müssen. Also brauchte ich ein Portemonnaie und dafür noch eine passende Handtasche.

Ich sah auf die Uhr; viel Zeit hatte ich nicht mehr.

Vor einer überdachten Einkaufspassage hielt ich an. »Wie viele Läden sind da wohl drin?«

Alec stöhnte. »Mehr als genug, vermute ich.«

»Du kannst ja dort drüben warten«, bot ich großzügig an und zeigte auf ein Café auf der anderen Straßenseite.

»Ich werde es schon überleben«, knurrte Alec. »Und morgen könnten wir ja was unternehmen, wozu ich Lust habe.«

»Was denn zum Beispiel?«

»Mit einem Cabrio übers Land fahren. So was in der Art.«

»Klingt gut«, sagte ich. »Aber heute kaufe ich ein. Ich tauche ein in die Tiefen der Umkleidekabinen und kehre mit Beute heim.«

»Ja«, meinte Alec ergeben.

Er durfte nicht mitbekommen, in welchem Geschäft ich verschwand. Das war schwierig, wenn er mir so dicht an den Fersen klebte.

»Allerdings könnte ich zwischendurch ein Eis vertragen.«

»Zu Befehl, Majestät.« Alec stellte sich brav bei einem Eisstand in die Schlange. Ich wartete, bis er an der Reihe war und dem Verkäufer gerade unsere Wünsche nannte, dann eilte ich los. Er sah mir verdutzt hinterher; ich winkte, damit er nicht glaubte, etwas sei nicht in Ordnung. Und nun schnell ins Gedränge, wo er mich nicht sofort finden würde. Sollte er ruhig suchen und verzweifeln.

Ich schlüpfte in einen Laden, fand eine freie Kabine, zog den Vorhang zu und verwandelte mich in die große Frau, der das schwarze Kleid so gut passte. Als ich fertig umgezogen wieder herauskam, traf ich auf Alec, der unruhig den Blick durch das Geschäft wandern ließ. Er erkannte mich nicht, als ich an ihm vorbeiging, sondern hielt weiter Ausschau nach seinem Schützling. Das Kleid erkannte er ebenfalls nicht, denn er hatte nur einen schwarzen Haufen auf dem Tresen gesehen.

Trotz meines schlechten Gewissens überließ ich ihn seinem Schicksal. Die nächsten Stunden würden für Alec kein Zuckerschlecken werden, aber da musste er durch. Sollte er sich am besten gleich daran gewöhnen, dass ich nicht so pflegeleicht war, wie er glaubte.

Die schöne erwachsene Frau verließ die Fußgängerzone und nahm sich ein Taxi, das sie vom Wenzelsplatz fortbrachte. Als Ziel gab ich die Botschaft neben der Akademie an. Doch sobald der Fahrer mich herausgelassen hatte und um die Ecke gebogen war, wandte ich mich dem Palais der Skorpione zu.

Das Tor war abgeschlossen, aber ein Wächter stand davor, der fragend den Blick hob.

»Ich bin ein wenig spät, nicht wahr?«, fragte ich auf Alamarisch, damit er gleich wusste, woran er war.

»Die Gäste sind noch beim Empfang.« Er musterte die dunkelhaarige Schönheit, die nicht einmal rot wurde. »Haben Sie eine Einladung?«

»Keine spezielle«, sagte ich und lächelte ihn an. »Ist das ein Problem?«

»Nein«, sagte der Wächter. »Der König legt ausdrücklich Wert darauf, dass jedes Mitglied des Clans dabei sein kann.« In seiner Stimme lag ein wenig Verwunderung, ein leichtes Zittern, als er das Wort »König« aussprach. Die Skorpione hatten sich anscheinend noch nicht daran gewöhnt, dass sie einen Monarchen hatten. Und dass der neue Herrscher Wert darauf legte, gewöhnliche Wandler ins Palais zu lassen, in dem heute die Fürsten und hochrangigen Wächter und Diener kaum genug Platz fanden.

Der Türsteher ließ mich hinein, und ich schenkte ihm ein, wie ich hoffte, betörendes Lächeln. Mich wunderte nur, dass er nicht überprüfte, zu welchem Clan ich gehörte. Den Skorpionen musste doch klar sein, dass die Schlangen möglicherweise Agenten vorbeischickten.

Doch schon im Foyer, wo zahlreiche elegant gekleidete Damen und Herren an ihren Champagnergläsern nippten, wurde mir klar, dass tatsächlich niemand ohne Prüfung hereingelassen wurde. Denn das Glas, das mir sogleich angeboten wurde, enthielt eine Flüssigkeit, die ganz und gar nicht wie Sekt aussah. Dunkle Schlieren einer merkwürdigen Substanz waberten darin herum und erinnerten mich sofort an das Schlangengift, das Urs mir bei meinem ersten Besuch im Schloss verabreicht hatte. Der Kellner blieb abwartend neben mir stehen. Ich hätte mein letztes Taschengeld darauf verwettet, dass er ein Wächter war.

»Besten Dank.« Ich nippte an dem Trank. Und hätte das Glas am liebsten sofort keuchend zu Boden fallen lassen. Gift! Das reinste Gift, ich spürte es, sobald es meine Zunge berührte, dort wie Feuer brannte und ein taubes Gefühl sich in meinem Mund ausbreitete.

Ein Gift, das jede Schlange töten würde. Und, wie mir gleichzeitig klar wurde, auch jeden gewöhnlichen Menschen. Gerade jetzt war ich ein Mensch, das wurde mir schlagartig bewusst. In dieser Gestalt, als die schöne Unbekannte, war ich keine Wandlerin, sondern hatte meine Zellen in die Zellen eines Menschen verwandelt, der an diesem Gift sterben würde.

Starr vor Schreck stand ich im Raum, alles drehte sich um mich. Ich musste mich dazu zwingen, zu lächeln, einen Schluck nach dem anderen zu trinken und mich wie ein neugieriger Gast, der zum ersten Mal die Eingangshalle des Palais betreten hatte, umzusehen. Ich kannte diesen Geschmack. In abgeschwächter Form hatte sich dieses Gift bei jeder Mahlzeit in unserem Tee befunden, und ich hatte es heruntergeschluckt, ohne zu ahnen, dass es mich, wenn meine Mutter mir nicht die Gene eines Skorpions vererbt hätte, getötet hätte.

Die Lähmung fror mein Lächeln ein, wanderte meine Kehle hinunter, streckte sich wie mit glühenden Fingern in meiner Blutbahn aus.

Konzentrier dich, befahl ich mir. *Du hast einen Fehler gemacht, aber du bist die Königin. Du kannst alles. Was würde Jacques tun?* Er hatte ebenfalls Gift getrunken, ohne Schaden zu nehmen. Ich wollte nicht schwächer sein als er, ich durfte nicht zusammensinken und hier auf dem Teppich sterben!

Meine Zunge gehorchte mir bereits nicht mehr. Nach Jacques rufen konnte ich nicht. Aber ich konnte die innere Struktur dieses Körpers verändern, ohne dass die äußere Hülle sich änderte. Ich konnte den Magen der Frau in Kiaras Magen zurückverwandeln und die Blutgefäße und das Herz und alles andere auch, und während ich es noch dachte, tat ich es. Sofort änderte sich der Geschmack auf meiner Zunge, es brannte nicht mehr, sondern prickelte nur noch leicht. Das vertraute Aroma des Tees war nun süßlich und scharf zugleich.

Diese Schweinehunde. So hatten sie also zu verhindern gewusst, dass sich eine Schlange hier einnistete!

Ich stellte das Glas zurück aufs Tablett, und der Kellner nickte mir zu, als ich mich unter die Leute mischte.

War das etwa Björn im Smoking, der zwischen den Stehtischen umherhuschte? Ja, und da standen Hilde und Nila, geschminkt und in teuren Cocktailkleidern. Beim Friseur gewesen waren sie auch. Alle unterhielten sich mit gedämpfter Stimme. Die Bedeutsamkeit des Anlasses schien die ganze Versammlung mit Ehrfurcht zu erfüllen.

Möglichst unauffällig pirschte ich mich an meine ehemaligen Zimmergenossinnen heran, um mit anzuhören, was sie redeten.

»Ich denke immer noch, es wäre das Beste gewesen, sofort abzureisen«, sagte Nila gerade.

»Nicht einmal Olga ist geflohen, und sie hätte ja noch am meisten Grund dazu.« Hilde wirkte fahrig und nervös. Sie trug einen Arm in der Schlinge, das Glas in ihrer linken Hand enthielt echten Champagner, der Farbe nach zu urteilen, und ich meinte zu riechen, dass sie schon einiges davon getrunken hatte.

»Und du nicht?«, fragte Nila. »Ich werde nie vergessen, wie du Jacques durch den Speisesaal verfolgt hast.«

Ich musste ein Schmunzeln unterdrücken; auch ich erinnerte mich lebhaft an diese Szene.

»Er hätte mich schon damals töten können«, entgegnete Hilde. »Warum sollte er es also jetzt auf einmal tun?«

»Ach, ich weiß auch nicht.« Nila seufzte. Glücklich sah sie nicht aus. »Es ist nur ... Jetzt, wo Steven nicht mehr da ist ... Ich möchte nach Hause.«

»Wir werden erst nach Hause gehen, wenn der König uns erlaubt abzureisen«, sagte Hilde.

Ich sah auf die Uhr. Die Zeit lief mir davon. Wenn die Zeremonie nicht bald stattfand, würde ich gehen müssen und alles verpassen. Meine Uhr – Kiaras Uhr mit dem Lederarmband! Dieses Detail hatte ich völlig vergessen. Hastig nahm ich sie ab und verstaute sie in dem glitzernden Täschchen, das ich im Schuhgeschäft erstanden hatte.

Eine Glocke ertönte, leise und schwingend, als wäre sie aus Silber, und ließ auch das letzte Gemurmel verstummen.

Zwei Wandler öffneten die großen Türen.

Ich folgte den anderen die Treppe hinauf. Offenbar sollte die Krönung oben im Mosaiksaal stattfinden. Das fand ich angemessen, nach all dem, was in diesem Raum geschehen war. Ob Jacques wohl an jenen letzten innigen Moment dachte, bevor wir uns getrennt hatten? Ich, um zu meinem Clan zurückzukehren, und er, um der König der Skorpione zu werden?

Diesmal war der Saal nicht leer. Die Stuhlreihen boten allen Anwesenden Platz. Sie waren kreisförmig angeordnet, um die Mitte herum, wo ein rundes Podest aufgebaut war. Ein schwarzes Tuch verdeckte ein unförmiges Möbelstück – ob das der Thron war? Die Gänge zwischen den Stuhlreihen führten zu den vier neuen Türen des Saals, an denen sich Wächter postierten.

Ich saß ziemlich weit hinten, aber das störte mich nicht. Nur dass ich so aufgeregt war, das hätte ich nicht erwartet. Am liebsten hätte ich mit den Füßen gescharrt, und meine Hände wollten sich immer wieder zu meinem Haar verirren, um an den Strähnen herumzuzupfen. Ich krallte die Finger um meine Handtasche und atmete tief durch.

Es war wie bei einer Hochzeit. Musik erklang, dann ging ein Raunen durch die Reihen. Weil alle aufstanden, konnte ich Jacques nicht sofort sehen. Immerhin war ich in dieser Gestalt groß genug, um über die Köpfe der meisten Gäste hinwegsehen zu können, und schließlich erhaschte ich einen Blick auf ihn. Ausnahmsweise trug er nicht seine übliche Kleidung, aber er hatte sich auch nicht in einen Smoking stecken lassen. Zum ersten Mal, seit ich ihn kannte, war er gekleidet wie ein ganz normaler Teenager, in Jeans und einem weiten T-Shirt, auf dem groß »I love Prague« stand. Die Haare hingen ihm nicht wie sonst ins Gesicht, sondern waren mit Gel hochgezupft.

Er sah überhaupt nicht aus wie ein König. Ich fand ihn so süß, dass ich am liebsten mit beiden Armen gewunken hätte. Dass ich rufen wollte: Hey, hier bin ich!

Aber natürlich verharrte ich in Ehrfurcht, wie die anderen Gäste, obwohl ich mir ein Lächeln nicht verkneifen konnte. Selbst jetzt musste er die gesamte Führerschaft des Clans ärgern, indem er sich anzog, als würde er anschließend nach draußen zum Fußballspielen gehen.

Ich liebte ihn so sehr, dass ich kaum atmen konnte, und jeder bedauernde Gedanke an Alec, der die Einkaufspassage nach mir durchkämmte, war wie weggeblasen.

Die Fürsten, die feierlich hinter ihm schritten, allen voran Herr Springhorn, waren in schwarze Anzüge oder Kleider gehüllt. Darüber trugen sie mittelalterlich aussehende Umhänge, die ihnen ein besonders würdevolles Aussehen verliehen. Mit ernsten Gesichtern begleiteten sie den Jungen zu dem Podest und stellten sich vor die Stühle der freigehaltenen ersten Reihen. Jacques verschwand aus meinem Blickfeld, offenbar hatte er sich hingesetzt. Das Zeichen für die Gäste, ebenfalls Platz zu nehmen.

Nur Herr Springhorn blieb stehen. Er baute sich vor der Versammlung auf und setzte zu einer Rede an.

»Verehrte Gäste, der Clan der Skorpione ...«

»Ich denke, diesen Teil können wir auslassen«, sagte Jacques unvermittelt.

Während die Fürsten vor Entsetzen nach Luft schnappten, stand er auf und zog das schwarze Tuch von dem Gegenstand auf dem Podest. Es war, wie sich herausstellte, ein Stuhl. Ein erstaunlich schlichter Stuhl, dessen Rückenlehne aus einem schwarzen Skorpion bestand, geschnitzt aus hartem, dunklem Holz. Außerdem kam ein schwarzes Klavier zum Vorschein.

Jacques rückte den Stuhl näher ans Klavier heran, setzte sich, deutete eine Verbeugung in Richtung Zuschauer an und begann einfach draufloszuspielen. Es war dieselbe Melodie, die mich schon einmal zu ihm gelockt hatte. Damals war ich ins Nichts gestürzt und in seinen Armen gelandet. Jahre her schien mir das.

Die Anwesenden hörten notgedrungen zu, verwirrt und doch außerstande, irgendetwas zu unternehmen. Vermutlich fragten sich alle, was sie sich da eingehandelt hatten – einen König, der sich nicht fügte, nicht in ihre sorgsam ausgeklügelten Zeremonien, nicht in ihre Tradition und Würde. Ich musste an die High Society vor der Philharmonie denken und was sie dazu sagen würde, wenn ein Junge in Jeans und T-Shirt hereinplatzen und einfach so den Platz des Dirigenten übernehmen würde.

Es kochte in ihnen.

Aber niemand legte Jacques die Hand auf die Schulter und bat ihn aufzuhören. Sie wünschten sich, jemand würde es tun, das konnte ich förmlich spüren, aber niemand traute sich. Und die Musik war so schön. Nicht festlich, nicht feierlich, nichts Pompöses, was zu einer Krönung passte. Traurig war es, melancholisch. Wie Nebelschwaden zog Wehmut durch den Saal, und ich dachte an Gregor, der in seinem Bett erwacht war und sich über seine vielen zappelnden Beinchen wunderte.

Plötzlich traf mich Jacques' Blick. Ich hatte mich die ganze Zeit über gefragt, ob er mich erkennen würde, so wie ich ihn immer und überall erkannte und seine Gegenwart spürte. Nun hatte ich die Antwort. Über die Reihen der Geladenen hinweg traf mich die Wucht seiner schwarzen Augen, die er allen an diesem besonderen Tag so unverhüllt präsentierte, und auf seinem Gesicht erschien ein kleines Lächeln.

Jacques schlug den Klavierdeckel zu, so laut, dass alle zusammenzuckten, und sprang auf. »Nun haben mich alle gesehen, nicht wahr?« Er rückte den schwarzen Stuhl in seine alte Position. »Ihr könnt jetzt die Krone bringen, bevor die Gäste verhungern.«

Wieder dieses kleine Lächeln in meine Richtung. Seine aufgekratzte Stimmung übertrug sich auf die Gäste, die zu tuscheln begannen, aber ein kaum sichtbares Winken seiner Hand genügte, um alle zum Schweigen zu bringen.

Die ehrwürdigen Fürsten in ihren Roben standen auf und traten vor das Podest.

Von irgendwoher ertönte erneut die silberne Glocke. Wir erhoben uns und warteten auf den Höhepunkt dieses Tages, den Höhepunkt in der mehrere tausend Jahre alten Geschichte des Clans. Meines

Clans. Ich hatte ihr Gift getrunken, und hier war ich, eine von ihnen, um die Krönung meines Königs mitzuerleben.

Björn und Dmitrij traten ein, zwischen sich ein großes Samtkissen, auf dem etwas Goldenes glitzerte. Ich wunderte mich über gar nichts mehr. Dass Jacques die Anordnung getroffen hatte, diese beiden sollten die Krone hereintragen, stand garantiert nicht im Protokoll. War das seine Art, ihnen seine Freundschaft anzubieten, oder empfanden sie es als Demütigung, ihm dienen zu müssen? Man sah ihnen nicht an, ob sie sich über diese Ehre freuten.

Die beiden Jungen blickten nicht nach links oder rechts, sondern starr geradeaus auf ihren ehemaligen Mitschüler, der ab heute ihr König sein würde. Er war es schon jetzt, auch ohne wertvollen Kopfschmuck. Kein Ritual, keine Zeremonie konnte ihm mehr Macht verleihen, als er bereits besaß. Die Skorpione gehorchten Jacques ausnahmslos, und niemand wagte gegen irgendetwas, was er tat, aufzumucken. Ich fragte mich, wie ihm das gelang. Genügte es, dass sich die Gerüchte über seine Fähigkeiten herumgesprochen hatten? War das eine ausreichende Erklärung für die Furcht in den Gesichtern, für die demütige Bereitschaft der arroganten, machtgewohnten Fürsten, sich zu ducken?

Vielleicht war es die finstere Macht in seinen schwarzen Augen, mit denen er ihnen wohldosiert einen Teil seiner Stärke offenbarte. Ich spürte das Beben, das durch die Menge der Gäste ging, als er seinen weltraumkalten Blick über sie wandern ließ.

Schwarz. Nachtschwarz. Und dahinter eine Macht wie von einem anderen Stern, eine Macht, die es auf dieser Welt nicht geben durfte, die direkt aus einem anderen Reich stammte, dem Land, in dem die Albträume Gestalt annahmen … direkt aus Wint Alamar. Als wäre sein Blick das Tor, das sich dorthin öffnete und von Fremdheit erzählte, von einer Nacht, gegen die alle irdischen Nächte nichts waren als kleine Schachteln, die das Licht aussperrten.

Björn und Dmitrij stiegen auf das Podest, wo Jacques aufrecht saß und seinen dunklen Blick gnädig von all den erschrockenen Leuten abzog und auf mich richtete.

Ich nickte ihm zu, während die Glut mein Herz in Brand setzte.

Er lächelte mich an, als seine Freunde – die niemals seine Freunde gewesen waren, wie er sehr wohl wusste – den edelsteinbesetzten Reif vom Kissen hoben.

»Moment.«

Vor mir seufzten ein paar Leute heimlich, und neben mir brummte ein glatzköpfiger Herr im Anzug fast unhörbar: »Was ist denn jetzt schon wieder?«

»Ich werde heute gekrönt, wie es aussieht.« Jacques wirkte richtig gut gelaunt, die Melancholie war von ihm abgefallen. »Vom Clan der Skorpione, als König der Skorpione. Ich möchte, dass mein Volk mich krönt, nicht die Fürsten. Eben ist mir eingefallen, dass auch ihr zwei nicht zum Fußvolk gehört, wie die Schlangen sagen würden. Ihr seid immerhin ein Wächter und ein Diener. Wie die meisten hier, nehme ich an. Doch mit Sicherheit gibt es unter den Anwesenden ein paar Wandler von weniger hoher Abstammung – ein paar Glückliche? Ich liebe die Leute aus dem breiten Kreis.«

»Das kann er nicht machen«, flüsterte der alte Mann neben mir empört.

»Oh doch«, gab ich zurück, »er kann, wie man sieht.«

»Jemand aus dem Volk soll mir die Krone aufsetzen«, bestimmte Jacques. »Falls es hier Gäste gibt aus dem Volk? Ich hatte ausdrücklich darum gebeten, ein paar normale Leute einzuladen. Wenn diejenigen jetzt bitte die Hand heben könnten?«

Vereinzelt streckten sich ein paar Hände zaghaft in die Luft. Ich dachte nicht sofort daran, mich ebenfalls zu melden, doch dann wurde mir bewusst, was er mir anbot. Ein Kribbeln lief mir über den Nacken, und auch ich hob die Hand.

»Bitte«, sagte Jacques, »die hübsche junge Dame dort hinten – wenn Sie bitte nach vorne kommen würden, hierher aufs Podest?«

Meine Knie wackelten, auf einmal konnte ich kaum gehen in den hochhackigen Schuhen. Mir war mehr als bewusst, dass alle mich anstarrten, ich stolperte und knickte um.

»Warum hilft denn keiner der Dame?«, fragte Jacques. »Alles muss man selber machen.« Er sprang vom Podest, war mit wenigen

Schritten bei mir und bot mir den Arm, wobei er überaus zufrieden grinste. »Es ist mir eine Ehre.«

Dann half er mir hinauf, hüpfte leichtfüßig hinterher und setzte sich wieder auf den Stuhl, während die Fürsten mit erstarrten Gesichtern zusahen.

Jacques' Lächeln verschwand. Er wirkte beinahe fremd – da war keine Traurigkeit, keine selbstmörderische Resignation, auch nicht mehr das heimliche Vergnügen daran, dass er die Würdenträger vor den Kopf stieß. Der feierliche Ernst in seinem Gesicht verriet mir, dass er durchaus wusste, was dieser Akt bedeutete. Er war im Begriff, der König der Skorpione zu werden, der König seines Clans, der Hälfte des Volks der Wandler.

Er nickte Dmitrij und Björn zu, die mir das Kissen unter die Nase hielten.

Ich nahm den goldenen Reif herunter. Er war wunderschön gearbeitet. Ein Relief aus zierlichen Ornamenten und kleinen Skorpionen aus Onyx lief daran entlang. Meine Hände zitterten nicht, als ich ihm die Krone auf sein schwarzes Haar setzte.

Dann stand Jacques auf, als gekrönter König, und die Anwesenden fielen auf die Knie, bis nur noch er und ich standen, und dann kniete auch ich mich hin, denn auch ich war ein Skorpion, und diesen Teil meines Wesens würde ich nie verleugnen. Nie, solange ich lebte.

Jacques' Stimme erklang über allen, laut und selbstbewusst.

»Ich werde über euch wachen
als der wachsamste der Wächter,
ich werde euch dienen
als der unterste der Diener,
ich werde euer Glück behüten
als der geringste unter den Glücklichen.
Das schwöre ich.«

Und die Menge tat ihren Schwur, eine Antwort aus einigen hundert Mündern.

»Wir werden über dir wachen.
Wir werden dir dienen.
Wir werden dein Glück behüten.
Wir werden dir gehorchen und dir folgen,
wohin der Weg auch führt,
von hier bis hinter die vergessenen
Tore von Wint Alamar.«

Ich sprach mit, leise, mit gesenktem Kopf, und sah ihn nicht an, meinen König, und fühlte mich dabei merkwürdig fremd und klein.

* * *

Jacques hielt die feierliche Stimmung nicht lange aus. Fast sofort machte er sich daran, sie wieder zu zerstören. »Ist das Essen schon fertig?«, rief er aus.

Ich würde diesen Anblick nie vergessen. Wie er dort stand, mit blitzenden Augen und geröteten Wangen, den goldenen Reif im Haar, und über uns die Kuppel mit den uralten Gemälden, der Kampf von Skorpionen und Schlangen. Jacques – eifrig, wild, hektisch, wie er die Huldigungen der Fürsten entgegennahm, die einzeln vor das Podest traten, den Kopf senkten und schaudernd zurückwichen, wenn er so tat, als wollte er ihnen die Hand geben. Er machte sich einen Spaß daraus, ihnen die Hand entgegenzustrecken und diese, gerade wenn die Männer und Frauen sich mit blassen Gesichtern und zusammengebissenen Zähnen dazu überwanden, ihre eigenen Finger zu strecken und ihm zu nähern, gnädig wieder zurückzuziehen.

Die Würdenträger mochten ihn nicht anfassen, das war offensichtlich. Ich beobachtete diese Szene mehrfach und wunderte mich, dass sich die Leute davor fürchteten, Jacques zu berühren. Alle Gäste hielten einen Abstand von mindestens einem Meter zu ihm ein, und jeder, der sich ihm vorstellte, brachte dies mit Anzeichen äußerster Nervosität hinter sich. Die vornehmen Damen knabberten an ihren gefärbten Lippen, bis ihre Zähne rot waren. Sogar Herr Springhorn, der sich immer in der Nähe des Podests aufhielt, als wartete er auf einen Notfall, litt an einem zuckenden Augenlid.

Jacques begrüßte etwa die Hälfte der Würdenträger, bevor er die Geduld verlor und sich zu mir umwandte. »Habe ich Ihnen etwa den Auftrag erteilt, mich anzustarren, Mademoiselle?«, fragte er liebenswürdig. »Aber vielleicht warten Sie ja auch darauf, dass ich Sie zum Buffet entführe?«

»Ich kann leider nicht bleiben«, sagte ich bedauernd. »Man wartet auf mich.«

Jacques verzog das Gesicht. »Wenigstens ganz kurz. Wie könnte ich auf Ihre Gegenwart verzichten?«

»Na gut«, sagte ich, dann fiel mir ein, dass man uns hörte, und fügte hinzu: »Ihr Wunsch ist mir Befehl, Majestät.«

Jacques lachte heiter, aufgedreht, und gleich darauf schon wieder traurig. Die Melancholie fiel über ihn, als hätte er sich eine der dunklen Roben übergezogen. »Dann kommen Sie«, sagte er und bot mir den Arm. »Nutzen wir die Zeit.«

Wenn ich nachher an diese merkwürdige Feier zurückdachte, war das vielleicht das Merkwürdigste. Wie ich an seinem Arm die Treppe zum prächtig geschmückten Speisesaal hinunterstieg. Größer zu sein als Jacques und ein wenig wackelig in den ungewohnten Schuhen, und wie ich in den Gesichtern der Leute Befremden und Bedauern erkannte – nicht etwa Neid, weil der König sich mit dieser Unbekannten beschäftigte, sondern Mitleid, weil diese hübsche Frau sich niemals gegen das fürchterliche Ungeheuer würde wehren können. Für Leute, die sogar vor seiner Hand zurückschreckten, musste es das Entsetzlichste überhaupt sein. Sie glaubten, dass dieser blasse, unberechenbare Junge sich einfach ein Opfer herausgegriffen hatte, eine Frau, die schön genug war, sein Interesse zu wecken, um mit ihr anzustellen, was auch immer er wollte.

»Sie trauen dir alle möglichen scheußlichen Verbrechen zu«, sagte ich leise. »Hast du irgendetwas angestellt, während ich nicht da war?«

»Nein, gar nicht«, meinte er und lachte traurig, und da war es, als wäre überhaupt keine Zeit vergangen. Sogar als König würde er immer der andere sein, der Fremde, der Junge außerhalb der Gemeinschaft.

»Ich habe ganz viele Fragen. Ist Raoul tot? Hat Hilde ihn erschossen?«

»Sie hat ihn getroffen, aber nur ins Bein. Alec lag auf dem Boden, sie hat niedrig gezielt.«

Ich nickte erleichtert. Über diese Frage hatte ich mir schon die ganze Zeit Gedanken gemacht.

»Und wie geht es Susan?«

»Schlecht. Sie ist nicht hier, wie du siehst.« Jacques warf mir einen Seitenblick zu. »Wenn ich gewusst hätte, dass du so ein Kleid anziehst, hätte ich doch den Frack genommen, den sie mir angeboten haben.«

»Ich dachte, es ist angemessen«, meinte ich verlegen. »Woran hast du mich erkannt?«

»Deine Augen«, sagte er leise. »Sie sind wie Licht, das durch grünes Wasser fällt, bis auf den Meeresboden. Glitzernd. Wellen. Eine Flut und ein Flimmern, das Muster und Kreise an Wände und Decken malt und die Aufmerksamkeit auf sich zieht.«

»Ach ja?« Ich verzog das Gesicht. »Übertreibst du da nicht ein wenig?«

Aber in seinem Blick war die Nacht. War die Dunkelheit, endlos, wie ein Schacht durch die Welt, wie ein Brunnen, auf dessen Grund etwas wohnte, was nie zuvor jemand gesehen hatte. Vielleicht war ja tatsächlich auch in meinem Blick etwas, von dem ich nichts wusste und das niemand erkennen konnte. Niemand, außer ihm.

»Wie hast du die Eingangskontrolle überwunden?«, fragte er.

Ich erzählte es ihm, und er nickte anerkennend.

»Du lernst schnell. Ich bin gespannt, was du noch alles in dir entdeckst.«

»Wie lange hat es denn gedauert, bis du herausgefunden hast, was du kannst?«, fragte ich.

»Vier Jahre«, sagte er. »Und ich bin noch lange nicht am Ende angelangt. Hier sind wir, was möchtest du trinken?«

Mein Mund war trocken. Ich nahm ein Glas entgegen, von dem ich hoffte, dass es Wasser enthielt.

»Sie glauben bestimmt, du füllst mich ab und nimmst mich dann mit auf dein Zimmer«, sagte ich.

Er grinste verwegen. »Wie gerne ich das tun würde. Musst du wirklich weg?«

»Alec dreht bestimmt gerade durch.«

Jacques runzelte die Stirn. »Alec. Ach.«

»Er ist mein Leibwächter.« Besser, er erfuhr es gleich. »Ich kann nichts dafür. Mercier hat sich das ausgedacht.«

»Das glaube ich weniger«, meinte er trocken. »Alec hat seine Chance genutzt, dieser Schweinehund ... Er wird nicht vor dem Palais stehen und verlangen, dass ich dich freilasse?«

»Ich hab ihn abgehängt, aber ich muss jetzt wirklich los. Deine Gäste werden denken, dass ich dir einen Korb gegeben habe, und sich wundern, dass du das zulässt. Schadet das nicht deiner Autorität?«

Jacques stellte sich auf die Zehenspitzen – in dieser Gestalt war ich einen halben Kopf größer als er – und gab mir einen Kuss auf die Wange.

»Du darfst jetzt rot werden.«

»Dieser Körper wird nicht rot. Sorry.«

Da küsste er mich noch einmal, diesmal auf den Mund. Seine Hände gruben sich in mein Haar, während seine Zunge sich einen Weg zwischen meinen Zähnen hindurchbahnte. Überrascht gab ich ein ersticktes Ächzen von mir, und als Jacques mich losließ, stieg mir nun doch die Hitze ins Gesicht.

»Nun bin ich der junge böse König, der wie wild mit fremden Frauen flirtet.« Er hob den Blick und winkte eine junge Kellnerin heran, die erbleichend nähertrat. »Rufen Sie der Dame ein Taxi!«

»Natürlich, sofort«, hauchte sie erschrocken.

»Bis demnächst, meine Schöne«, sagte der Skorpionkönig zu mir, laut genug für einige der Umstehenden.

Ja, ich wurde rot. Eindeutig Kiara-rot.

* * *

Alec lebte noch, wenn er auch ziemlich mitgenommen aussah. Er rannte nicht mehr durch die Passage, sondern hatte sich in das

Café gesetzt, das ich ihm vorgeschlagen hatte, eine Tasse Kaffee vor sich. Als er mich kommen sah, schüttelte er tadelnd den Kopf, sagte jedoch kein Wort.

»Ich hab noch ein paar Kleider gefunden«, meinte ich. »Mir fehlte die Kreditkarte, ich hab die Sachen zurücklegen lassen. Hat der Kaffee geschmeckt?«

Alec schwieg beleidigt.

»Und morgen«, sagte ich munter, »morgen fahren wir mit dem Cabrio durch die Gegend, ja?«

27
Königlich

»Du bist … wunderschön.« Mein Leibwächter, der sich längst wieder beruhigt hatte, riss die Augen auf, als ich aus dem Ankleidezimmer rauschte.

Madame Leroc und ihre Schar von Helferinnen hatten stundenlang an mir herumgezupft. Das Kleid hätte jedes Mädchen in eine Prinzessin verwandelt. Es war so schwer, als bestünde es aus reinem Gold. Bodenlang, mit glitzernden Fäden durchwirkt und mit zahllosen Perlen bestickt, musste es ein Vermögen gekostet haben. Zusammen mit dem Collier aus echten Diamanten auf der Haut fühlte ich mich wie ein Weihnachtsbaum. Wenigstens die Schultern ließ das Kleid frei, dafür fand ich den Ausschnitt etwas gewagt, aber alle versicherten mir, dass es perfekt sei.

Madame Leroc hatte einen Friseur aus Paris mitgebracht, der mir die Haare färben wollte, aber was das anging, blieb ich hart.

»Nein, die Haare bleiben so!«

Der Friseur stöhnte theatralisch, musste sich jedoch damit abfinden, dass er nur die Spitzen nachschneiden durfte. Erst wollte er mich mit einer Hochsteckfrisur beglücken, doch nach einigem Hin und Her entschied er sich dafür, meine Haare einfach locker auf die Schultern fallen zu lassen, so wie ich sie immer trug. Die Stylistinnen verpassten mir lange Diamantohrringe, und irgendwann kurz vor Beginn der Feier wurde ein Visagist auf mich losgelassen, der mich schminkte und in eine Frau verwandelte, die mindestens zehn Jahre älter war. Als sie endlich mit mir fertig waren, stand ich vor dem Spiegel und fand, dass ich eigentlich nicht wie eine zukünftige Königin aussah. Eher wie eine Braut.

»Kiara«, murmelte Etienne Mercier. »Meine Güte! Fast hätte ich dich nicht wiedererkannt. Wie fühlst du dich?«

»Als müsste ich heiraten«, sagte ich und beobachtete, wie die schöne, fremde Frau im Spiegel die Lippen bewegte.

Der Professor lachte nervös. »Dafür siehst du nicht glücklich genug aus, mein Kind. Wo drückt der Schuh? Du wirst etwas erleben, wovon viele ihr ganzes Leben lang träumen. Dein persönliches Märchen. Wir werden dich krönen und ein neues Zeitalter der Wandler einläuten. Mach nicht so ein Gesicht, als würde man dich zu deiner Hinrichtung führen.«

»Als wenn ich je davon geträumt hätte, gekrönt zu werden! Sie wissen genau, dass ich so etwas niemals wollte. Du weißt es genau«, verbesserte ich mich.

»Manchmal werden wir nicht gefragt, was wir wollen.« Etienne nickte meinem Spiegelbild aufmunternd zu. »Komm, die Gäste sind da. Du wirst deine Sache gut machen. Und denk an das Kleid, wenn du dich verwandelst.«

Das war noch so eine Sache. Ich hatte mich immer noch nicht entschieden, in welcher Gestalt ich mich nachher dem Clan zeigen wollte. Sie hatten so lange auf mich eingeredet – Mercier und Ella und ein paar Leute, die ich gar nicht kannte –, bis ich schließlich völlig verwirrt war. Ich sollte ihnen eine Zirkusnummer liefern, um sie zu beeindrucken und meinen Machtanspruch zu untermauern. Am liebsten hätte ich mich wie Jacques benommen und einfach mein eigenes Ding durchgezogen, aber letztendlich war ich immer noch ich, die Leider-kein-Wunderkind-Kiara, die niemanden enttäuschen wollte und die Erwartungen am liebsten noch übertroffen hätte. Ganz aus meiner Haut konnte ich dann doch nicht.

»Komm, Kiara«, sagte Etienne. »Es ist jetzt so weit.«

Alec öffnete die Tür, die aus meinem Appartement herausführte. Bewundernd starrte er mich an, und als ich an ihm vorbeiging, flüsterte er aufmunternd: »Sei einfach du selbst.«

»Ich versuch's«, flüsterte ich zurück.

Inständig hoffte ich, dass Jacques da sein würde. Dass ich seine Gegenwart spürte, wenn ich jetzt da rausging, in den riesigen Saal, in dem einige tausend Wandler versammelt waren.

Professor Mercier führte mich, ich legte die Hand auf seinen Arm. Wieder kam ich mir vor wie eine Braut. Und die vielen Leute, der Clan, waren mein Bräutigam. Ihnen würde ich heute Dinge versprechen, von denen ich nicht wusste, ob ich sie jemals würde einhalten können. So viele Augen, die auf mich starrten. Ein Raunen ging durch die Menge, als der Professor mich zur Bühne führte, die am hinteren Ende des Saals aufgebaut war. Zu dem breiten schlichten Thron, der dort stand, einem altmodischen Stuhl aus Holz, mit einem Polster aus dunkelrotem Samt. Es gab keine Verzierungen, keinen Schmuck daran, nur die Gravur einer Schlange in der hohen Lehne.

Wie wir vorher besprochen hatten, blieb ich stehen und wandte mich der Versammlung zu. Ich war froh darüber, dass ich keine Rede halten musste, denn meine Knie zitterten und mein Mund war so trocken, dass ich kein einziges Wort herausgebracht hätte. Tausende von Augen beobachteten mich. In den ersten Reihen saßen die wichtigsten Leute des Clans, Männer und Frauen, die aus der ganzen Welt eingeflogen worden waren. Immer noch konnte ich nicht fassen, dass dies alles meinetwegen geschah. Natürlich ging es nicht um die Person, die ich war. Die Schlangen wollten ihre Schlangenkönigin sehen – wenn es jemand anders gewesen wäre, hätte es niemanden gestört. Keiner war hier, der einfach nur Kiara Wielands großen Tag erleben wollte. Meine Eltern fehlten. Meine Oma aus Rumänien, die Nachbarn, meine Mitschüler und Freunde. Franziska hätte mich jetzt sehen sollen. Ich stellte mir vor, wie sie aufgeregt Fotos machen würde, um sie nachher überall zu posten. Sie würde mich um mein Kleid beneiden und an meiner Frisur herummäkeln, und wir würden tagelang von nichts anderem reden.

Ich fühlte mich so allein wie nie zuvor in meinem Leben.

Jacques war nicht da. Gespannt hatte ich in die Menge geblickt, gehofft, ihn in irgendeinem dieser vielen Gesichter zu erkennen. Seinen dunklen Blick auf mir zu spüren, sein Lächeln. Was nützte es mir, so schön zu sein wie nie zuvor in meinem Leben, herausgeputzt wie eine Prinzessin, wenn Jacques mich nicht sehen konnte? Dieser Tag bedeutete mir nichts, wenn er ihn nicht mit mir teilte. Ich war so enttäuscht, so bitter enttäuscht, dass ich Mühe hatte, mich auf die Zeremonie zu konzentrieren.

Du musst da durch, sagte ich mir, während die Rede, die einer der Würdenträger hielt, an mir vorbeirauschte. *Halt einfach still und lächle. Niemanden interessiert, wie du dich fühlst. Du bist die Puppe, an die sie das Schild »Königin« heften, und damit sind alle zufrieden. Lächle einfach, und niemand wird erfahren, wie sehr du weinen willst. Dass du dich am liebsten in einen Milan verwandeln und wegfliegen möchtest.*

Weil ich nicht zuhörte, merkte ich nicht sofort, dass die ehrwürdige Eminenz ihre Rede unterbrach und verstummte. Ein paar Leute drehten die Köpfe zum Ausgang.

Ein Mann in dunklem Anzug hatte die große Eingangstür geöffnet und hastete durch den Mittelgang nach vorne.

Urs, der vorne in der ersten Reihe saß, schnellte hoch. »Mike? Was ist passiert?«

»Bringt die Königin in Sicherheit!« Mike gehörte zu unseren Sicherheitsleuten. »Die Skorpione stehen vor dem Tor!«

»Ein Angriff?« Wie eine Welle sprangen die Wandler in den Sitzreihen auf. »Sie kommen? Wie viele? Sind wir umstellt?«

Mike schüttelte den Kopf, immer noch atemlos. »Nur ein paar Jugendliche«, sagte er, »in Begleitung zweier riesiger Kerle. Und ein Junge mit schwarzen Haaren.«

»Das ist Jacques!«, rief Alec.

»Der Junge«, fuhr Mike fort, der offenbar weder das Aussehen noch den Namen des Skorpionkönigs kannte, »hat gebeten, an der heutigen Zeremonie teilnehmen zu dürfen.«

»Bringt die Königin weg!« Ich sah, wie in Urs' Gesicht Furcht und Angriffslust miteinander rangen. »Wir setzen die Feierlichkeiten fort, wenn dieses Problem erledigt ist. Alle Krieger zu mir!«

Sie sprangen auf. Alec packte mich am Arm, um mich von der Bühne zu ziehen. Bis jetzt hatte ich alles mitgemacht, was sie mit mir anstellten, oder jedenfalls fast alles. Doch sobald es um Jacques ging, war ich bereit, zu kämpfen. Um das, was *ich* wollte.

»Nein!«

Meine Stimme klang mir selbst fremd in den Ohren. Eine Stimme, die zu der schönen, erwachsenen Frau passte, die sie aus mir gemacht hatten, zu dieser Dame in dem goldenen Kleid. Klar und selbstbewusst.

»Jeder bleibt auf seinem Platz. Wir bringen die Zeremonie wie geplant zu Ende. Bitte stellt Stühle für unsere neuen Gäste hier vorne vor der Bühne auf.«

Ich hatte die Aufmerksamkeit des ganzen Saals, ohne darum betteln zu müssen. Auf einmal war ich die Königin. Aber das war es ja, was sie sich gewünscht hatten. Sollten sie ihre Königin haben.

»Mike«, wandte ich mich an den Wächter, »Sie führen die Ankömmlinge bitte herein. Wir warten so lange.«

Mike eilte davon.

»Kiara, das ist Jacques!« Alec klang zugleich ungläubig und verzweifelt.

»Ich weiß.«

»Hältst du das wirklich für klug, Kiara?«, fragte der Professor leise, aber er wagte nicht, vor allen anderen meine Autorität infrage zu stellen. »Wenn wir den Kampf hier austragen, wird das ein unvorstellbares Blutbad geben.«

»Das ist kein Angriff. Sie kommen als Gäste, und wir werden sie empfangen, wie es sich gehört.«

Etienne wusste, wenn er mir jetzt vor allen widersprach, konnte er die ganze Krönung gleich absagen.

»Gib den Befehl, sie draußen aufzuhalten«, raunte er mir ins Ohr. »Bitte, Kiara, bevor es zu spät ist!«

»Und wer, bitte schön, soll ihn aufhalten? Wir sprechen hier vom Skorpionkönig persönlich. Wenn wir ihm keinen Grund geben, aggressiv zu sein, wird er sich anständig verhalten, dafür garantiere ich. Ich kenne diesen Jungen. Verdirb mir jetzt nicht meine Krönung, Etienne. Wir regeln das auf meine Weise.«

Ich kam mir wie eine Bauchrednerin vor, während ich mit Mercier flüsterte und dabei reglos und erwartungsvoll dastand, den Blick auf die große Tür gerichtet.

Die Wächter öffneten mit grimmigen Mienen, als könnten sie sich an den ungeladenen Gästen mit irgendeiner tödlichen Krankheit anstecken.

Jacques ging vor den anderen Skorpionen, mit einer Selbstverständlichkeit, die ihm eine Aura von Autorität verlieh. Er hatte es nicht nötig, sich in irgendeiner Weise zu verkleiden. Lässig, in seinem gewohnten Aufzug mit hellem Hemd und dunkler Stoffhose, schritt er durch den Mittelgang. Hinter ihm marschierten zwei bärengroße, gorillaartige Kreaturen, auf deren Stirnen mit Druckbuchstaben »Wächter, fünfte Stufe« eingraviert schien. Aus funkelnden Augen musterten sie die Krönungsgäste, als erwarteten sie, dass sich ein Dutzend Attentäter darunter versteckte und gleich mit Handgranaten werfen würde. Diese Kerle mussten sich nicht erst verwandeln, um den halben Saal in Schutt und Asche zu legen. Und hinter den Leibwächtern kamen meine Mitschüler vom innersten Kreis: Hilde, den Arm immer noch in der Schlinge, Björn und Dmitrij – und sogar Susan, blass, mit langsamen, unsicheren Schritten. Susan! Ich war so froh, sie zu sehen. Sogar Raoul, mit Krücken, hatte es sich nicht nehmen lassen, dabei zu sein. Nur Nila fehlte.

Ich fühlte Alecs Anspannung. Sein Griff um meinen Arm wurde fester, und wenn er mich nicht bald losließ, würde ich blaue Flecken davontragen. Doch ich konnte mich ihm jetzt nicht zuwenden. Ich brachte es einfach nicht fertig, den Blick von den Skorpionen zu lösen, die auf den eilig herbeigeschafften Stühlen in einer neuen ersten Reihe Platz nahmen. Die Leibwächter des Königs stellten sich vor der Bühne auf, was wiederum Urs völlig aus der Fassung brachte. Doch bevor er protestieren konnte, bedeutete Jacques seinen Wächtern mit einem Kopfnicken, sich hinzusetzen. Er hatte seine Leute vollständig im Griff. Sie mussten mehr Angst vor ihm, als um ihn haben.

Unsere Blicke trafen sich. Jacques lächelte kaum merklich, aber ich las in seinen Augen, wie sehr ihm gefiel, was er sah. Und wie sehr es ihn amüsierte, hier zu sein.

»Ähm«, sagte der Redner, völlig aus der Fassung gebracht. Ich spürte die Unruhe im Saal, den Wunsch der Leute in den vorderen Reihen, zurückzuweichen. Dagegen versuchten die weniger wichtigen Gäste auf den hinteren Plätzen einen Blick auf den Skorpionkönig zu erhaschen, nachdem ihre Sitznachbarn ihnen zugetuschelt hatten, wer der blasse Junge mit den schwarzen Haaren war. Das alles kümmerte mich nicht. Jacques war da! Die vielen anstrengenden Stunden mit der Anprobe, dem jammernden Friseur und der kritischen Visagistin hatten sich gelohnt.

Die nächste Rede fiel wesentlich kürzer aus als geplant. Das mochte daran liegen, dass die verlorene Zeit eingespart werden sollte, aber wahrscheinlicher war noch, dass die Sprecherin, eine vornehm aussehende Frau mittleren Alters, aus dem Konzept geraten war und schnell fertig werden wollte. Als sie vom Rednerpult abtrat, hörte ich nur, wie sie flüsterte: »Ich ertrage es nicht, wenn er mich so anstarrt mit seinen schwarzen Augen!«

Der nächste Redner hatte die Aufgabe, auf die Visionen für die Zukunft einzugehen, was den hoffentlich erfolgreichen Kampf gegen die Skorpione einschloss, doch sobald er die ersten Sätze hervorgehaspelt hatte, blieb er stecken. »Dass wir gegen den Skorpionkönig …«, begann er, erschauerte sichtlich und war nicht mehr dazu zu bewegen, uns mitzuteilen, was gegen den Skorpionkönig unternommen werden sollte. Er gab auf, und dann erklang auch schon Musik, die sämtliche Gemüter nur noch mehr aufwühlte.

Alle atmeten auf, als wir endlich zum wichtigsten Punkt kamen: der Krönung. Deutlich konnte ich spüren, wie sich die Stimmung veränderte. Endlich war es so weit. Wenn der Skorpionkönig und seine kleine Delegation gekommen waren, um diese Feier aufzumischen, dann war nun der richtige Zeitpunkt – bevor der Schlangenclan nachzog und seine eigene Königin krönte.

Professor Mercier trat nach vorne. »Als derjenige Sucher, der dich gefunden hat, Kiara Wieland, ist es meine Aufgabe, dir den Schwur abzunehmen, der dich zur Königin des Clans der Schlangen macht und dir die Verantwortung auferlegt für unser Volk, für die Söhne und Töchter der Wandler, für die Heimatlosen aus Wint Alamar, die in dir ihre Hoffnung erblicken.«

Mein Herz begann heftig zu schlagen. Das alles bedeutete diesen Menschen – nein, diesen Wandlern – so viel. Viel mehr als mir. Fast hatte ich ein schlechtes Gewissen, dass sie ausgerechnet mich vorgesetzt bekommen hatten, ein Mädchen, das lieber zur Schule gehen wollte, als Königin zu sein, eine Sechzehnjährige, die sich nach ihren Eltern sehnte und außerdem über die Gefühle aller ihrer zukünftigen Untertanen hinwegging, um ihre Freunde dabeizuhaben. Mein Blick streifte Hilde, Susan, Raoul, Björn und Dmitrij. Wir hatten bis aufs Blut gegeneinander gekämpft, wir waren Todfeinde, und doch freute ich mich unaussprechlich, diese fünf an Jacques' Seite zu sehen. Er hätte mir kein schöneres Geschenk machen können, als sie mitzubringen. Dafür nahm ich sogar in Kauf, dass ich den Schlangen das größte und schönste Fest seit zweitausend Jahren verdarb. Falls irgendjemand auch nur eine falsche Bewegung machte, würde sich die brodelnde Atmosphäre in einem Gewitter entladen und es würde zur größten Katastrophe in der Geschichte der Wandler kommen.

Nein, ich war es gewiss nicht wert, die Königin der Schlangen zu sein. Ich mit meinem Skorpionblut, mit meinen Skorpionfreunden.

Doch als ich meinen Schwur ablegte, als ich die Worte aussprach, die ich auswendig gelernt hatte, fühlte ich die Gefühle der Unwürdigkeit, der Schuld, des Unbehagens von mir abfallen. Zurück blieb etwas, womit ich nie im Leben gerechnet hätte: Liebe.

»Ich werde für euch kämpfen
als der entschlossenste der Krieger,
ich werde nach euch suchen
als der fürsorglichste der Sucher,
ich werde euch beistehen in Gerechtigkeit
als der geringste unter den Gebundenen.
Das schwöre ich.«

Es war derselbe Eid, den Jacques geleistet hatte, in der Terminologie der Schlangen. Als ich ihn gelernt hatte, waren es nur Worte gewesen, schlichte Silben, Laute, die man mit Kehle, Lippen, Zähnen und Zunge hervorbrachte. Doch jetzt waren sie auf einmal viel mehr.

Konnte man tatsächlich eine echte Königin werden, wenn man zur Königin gemacht wurde? Das fragte ich mich, während ich die Worte in ihrer ganzen Bedeutung fühlte. Bis in mein Herz. Bis in meine Seele hinein. Bis in meine Knochen und Muskeln und Nerven … bis in den letzten Winkel meiner Gestalt und vielleicht sogar aller meiner Gestalten. Ich kniete mich hin, um die Krone zu empfangen. Ella als die ranghöchste Eminenz setzte sie mir aufs Haar. Und in diesem Moment fühlte ich sogar ihren hageren, zitternden Händen gegenüber keinen Widerwillen, sondern fast so etwas wie Mitleid. Eine Zärtlichkeit, die man einem Kind gegenüber empfinden kann, aber nicht einer hässlichen, eigensinnigen und feindseligen Greisin gegenüber. Auch für sie würde ich kämpfen. Sie suchen, wenn sie verloren ging, und ihr beistehen in Gerechtigkeit. So wie ich es für jeden anderen aus dem Clan tun würde.

Aus meinem Clan.

Professor Mercier gab mir die Hand und half mir hoch. Mehrere tausend Füße trampelten, Hände klatschten, und Tausende von Stimmen riefen und jubelten durcheinander. Und dann, ohne dass irgendjemand ein Zeichen gegeben hätte, wurden sie plötzlich alle still, senkten die Köpfe und knieten zwischen den Stuhlreihen nieder.

Mir kamen die Tränen, als mein Volk – mein Volk! – den Treueid leistete.

»Wir werden für dich kämpfen.
Wir werden dich suchen.
Wir werden dir beistehen in Gerechtigkeit.
Wir werden dir gehorchen und dir folgen,
wohin der Weg auch führt,
von hier bis hinter die vergessenen
Tore von Wint Alamar.«

Nur die Skorpione sprachen nicht mit. Die Skorpione knieten nicht nieder. Mit unbeweglichen Gesichtern saßen sie da, als seien sie Zeuge von etwas, das eigentlich zu privat und intim war für fremde Ohren und fremde Augen, eine Hochzeit im kleinen Kreis, bei der die Schaulustigen nichts zu suchen hatten.

Ich setzte mich auf den Thron.

Die Musiker geigten so überirdisch schön, dass einem die Seele zerspringen wollte wie ein Glas aus Kristall. Und damit war es auch schon zu Ende.

Professor Mercier umarmte mich vorsichtig, um mein Kleid nicht zu beschädigen, und wischte sich eine Träne aus den Augenwinkeln. Ella sagte aus irgendeiner Ecke heraus: »Nun ja, Kiara, Majestät sollte ich wohl sagen, ich hoffe, Sie werden mir nichts nachtragen …«

Ich hörte ihr nicht zu, denn gerade stiegen die Skorpione über den seitlichen Treppenaufgang auf die Bühne.

Alec stellte sich so dicht hinter mich, dass ich mich gegen ihn hätte lehnen können; obwohl er mich nicht berührte, war kaum ein Millimeter zwischen uns. Die Eminenzen, die mir gerade gratulieren wollten, wichen zurück und ließen eine Lücke für die Schlangenkrieger, die zu meinem Schutz herbeieilten.

»Lasst sie durch!«, rief ich. »Und ich will allein mit ihnen reden.«

Wie durch ein Wunder verschwanden alle Schlangen, Würdenträger wie Krieger, aus meiner Nähe, bis auf Alec, der seinen Dienst als meine persönliche Leibwache zu ernst nahm, um sich verscheuchen zu lassen. Ich würde mich noch daran gewöhnen müssen, dass man mir so prompt gehorchte.

Jacques ließ den anderen den Vortritt. Zuerst kam Hilde auf mich zu und streckte mir die gesunde Hand entgegen.

»Ach, Kiara, das war … grandios«, seufzte sie. Sie hauchte mir Küsschen auf beide Wangen und ihr süßliches Parfüm nebelte mich ein. Es war so vertraut, als würden wir immer noch in einem Zimmer wohnen und uns das Bad teilen. Mit einem leichten Stirnrunzeln schaute sie über meine Schulter zu Alec.

»Schade«, murmelte sie. »Es fing doch eigentlich ganz gut an mit uns beiden.« Als wäre es eine andere Hilde gewesen, die vor nicht einmal drei Wochen erbittert versucht hatte, ihn zu töten.

»Ja«, bestätigte Alec leise, »schade.«

Auch Susan umarmte mich. »Du bist so hübsch, Kiara. Alles Gute.«

Björn und Dmitrij traten gemeinsam vor.

»Nettes Kleid.« Björn grinste.

Dmitrij, der genau wusste, wie haarscharf er mir entkommen war, grinste noch etwas breiter. »Bis zum nächsten Duell. Diesmal überrumpelst du mich nicht.«

Sie schüttelten mir die Hand und verzogen sich.

Raoul hinkte auf seinen Krücken heran. »Sauber gekämpft«, meinte er. »Ich hoffe, man sieht sich.«

An Alecs veränderter Körperspannung merkte ich, dass jetzt Jacques an der Reihe war. Er ließ seine Gorillas am Rand der Bühne stehen und machte ein paar Schritte auf mich zu. Sofort ging eine Bewegung durch die Anwesenden, ein Atemholen. Jeder hier, vom erprobten Krieger des dritten bis fünften Ranges bis zum einfachen Wandler aus dem Fußvolk, war auf dem Sprung, war bereit zum Angriff.

Jacques hob den Kopf und sprach nicht zu mir, sondern zu Alec. »Einen kurzen Moment mit der Königin«, sagte er. »Bitte.«

Alec rührte sich nicht von der Stelle. Ich spürte seinen Atem auf meinem Haar.

»Ich denke nicht daran«, stieß er hervor, und ich konnte mir vorstellen, wie seine Augen blitzten, wie sein Gesicht vor Entschlossenheit glühte.

»Lass uns allein, Alec.« Ich musste die Aufforderung zweimal wiederholen, bis er sich zähneknirschend ein paar Meter entfernte.

Aber er ließ uns nicht aus den Augen. So wie sämtliche anwesende Wandler, die sich nicht einmal mehr den Anschein gaben, als würden sie sich locker miteinander unterhalten und nichts von dem mitbekommen, was auf der Bühne geschah. Wir standen hier wie auf dem Präsentierteller. Ich konnte nur hoffen, dass mein Gesicht nichts verriet.

Jacques trat so dicht vor mich hin, dass viele nach Luft schnappten. »Mal etwas anderes als kurze Baumwollnachthemden.« Er grinste.

»Genau auf dieses Kompliment habe ich gewartet«, gab ich zurück.

»Auf der ganzen Welt«, sagte er leise, »gibt es nichts Schöneres als dich.«

Und da wusste ich, warum er gekommen war. Nicht nur, um mir eine Freude zu machen. Nicht nur, um bei mir zu sein an diesem wichtigen Tag und meine Freunde mitzubringen, um dafür zu sorgen, dass ich all dies nicht allein durchstehen musste. Er war hier, um sich zu verabschieden.

Ich sagte nichts. Ich war zu sehr damit beschäftigt, mein unverbindliches Lächeln unter Kontrolle zu halten. Meinen Körper, der zu zittern begann.

Es konnte nicht zu Ende sein. Nicht jetzt. Niemals. Es konnte und durfte nicht sein, dass Jacques die Wahrheit aussprach, die wir beide kannten.

»Es darf nicht sein, Kiara«, flüsterte er. »Ich habe dein Gesicht gesehen, vorhin beim Schwur. Du hast es gefühlt, nicht wahr? Du bist jetzt ihre Königin. Du kannst deinen Clan nicht betrügen. Du kannst nicht mit der Lüge leben. Du bist jetzt für sie verantwortlich, und du wirst deine Aufgabe erfüllen, so gut du nur kannst. So wie ich es für meinen Clan tun werde. Wir haben uns für diesen Weg entschieden. Vielleicht war es die falsche Entscheidung – aber wir haben sie getroffen.«

»Was willst du mir damit sagen?«, fragte ich, obwohl ich es doch schon wusste. »Dass wir Feinde sind? Dass wir uns niemals wiedersehen werden? Dass du das nächste Mal, wenn wir uns treffen, versuchen wirst, mich umzubringen?«

Er nickte, aber seine Augen sagten etwas anderes. Seine Augen, so finster wie die Nacht, so tief wie Brunnenschächte. So endlos leer wie die Schwärze des Alls. So wie damals, als er geglaubt hatte, verloren zu sein.

»Gib mir deine Hand«, sagte ich.

»Nein«, widersprach er, »ich glaube, es ist besser ... Es tut unnötig weh.«

»Gib mir deine Hand.« Oh, ich war eine Königin. Ich bestand darauf, meinen Willen zu bekommen. »Gib mir die Hand, als wolltest du mir gratulieren. Sie schauen alle her. Wenn ich anfange herumzuschreien, werden sich meine Krieger auf dich stürzen, um mich zu retten. Also, verdammt noch mal, tu es endlich.«

Da reichte Jacques mir die Hand. Und ich zog ihn daran aus seinem Sumpf. Schon wieder. Sobald unsere Handflächen einander berührten, traf es mich wie ein elektrischer Schlag. Und ihn auch. Er zuckte zurück, es schien, als wollte er den Mund öffnen und schreien, denn es gab kein Zurück. Nur mit allergrößter Mühe gelang es ihm, die Fassung zu bewahren. Er war es gewöhnt, mit einer Maske herumzulaufen, das kam ihm zur Hilfe. Aber es fehlte nicht viel, und er hätte alles um uns herum vergessen und mich geküsst. Seine Lippen bebten, seine Augen füllten sich mit Verlangen. Eine Hitzewelle durchströmte mich von Kopf bis Fuß. Sahen sie es nicht, diese Blinden im Saal? Wie wir einander anstarrten, kurz davor, uns gegenseitig zu verschlingen?

»Traust du dir zu, unbemerkt ins Schloss zu kommen?«, fragte ich.

»Heute Nacht?«

»Ich lasse das Fenster auf.«

»Ja«, flüsterte er.

Unsere Handflächen lagen immer noch aneinander. Es kam mir fast unmöglich vor, meine Hand wieder wegzuziehen und die Verbindung zu ihm abreißen zu lassen. Es schmerzte, als würde er einen Teil von mir mitnehmen.

»Soll ich euch noch zum Essen einladen?«, fragte ich. »Bestimmt brennen einige Schlangen darauf, euch etwas zum Trinken anzubieten.«

Dieses Lächeln, das mein Herz schmelzen ließ.

»Nein, danke. Ich fürchte, das kann ich deinem Clan nicht antun. Die Stimmung ist ein wenig eisig, und ich fürchte, das liegt an mir.«

»Warum bin ich eigentlich die Einzige, die dich nett findet?«

»Du hast eben einen merkwürdigen Geschmack.« Sein Lächeln verblasste. »Selbst wenn es eine Falle wäre ... selbst wenn ich es ganz genau wüsste ... Ich werde kommen.«

Als er sich umwandte und ging, schlossen die Gorillas sofort auf und meine Freunde reihten sich hinter ihnen ein. Eine Welle der Erleichterung ging durch den Saal, als die Wachleute die große Tür hinter den Feinden abriegelten.

Professor Mercier trat neben mich und wischte sich den Schweiß von der Stirn. »Du darfst einem Skorpion niemals die Hand geben, Kiara. Und Küsschen auf die Wange ... Ich dachte, mein Herz bleibt stehen! Wenn sie dich vergiften wollten, wäre es ihnen unschwer gelungen. Du hast ja keine Ahnung von ihren Methoden!«

»Ich traue diesem Kerl nicht«, sagte Alec düster. »Und du hoffentlich auch nicht. Was hattet ihr nur so lange zu bereden?«

Bevor ich antworten konnte, kam auch Ella dazu und machte ihrer Entrüstung Luft. »Was für ein unangenehmer junger Mann! Und dieses höhnische Grinsen! Sie sollten sich die Hände waschen, an jedem dieser Skorpione klebt Gift. In Ihrer Position sollten Sie sich von solchem Abschaum nicht anfassen lassen.« Dann fügte sie etwas versöhnlicher hinzu: »Ihre erste Bewährungsprobe, Kiara. Und ganz hervorragend gemeistert. Wir alle haben heute dabei zugesehen, wie Sie dem Feind die Stirn geboten haben, ohne Furcht zu zeigen.«

»Was hat Jacques gesagt?«, fragte Alec noch einmal.

»Nichts von Bedeutung«, sagte ich leichthin.

Ich wünschte, ich hätte ihn nicht belügen müssen.

* * *

Es gab im Schloss keinen Saal, der groß genug war, um mit so vielen Leuten gemeinsam zu essen. Deshalb hatte das Krönungskomitee die Tische auf dem Rasen aufstellen lassen. Das Wetter spielte glücklicherweise mit. Die Sonne schien freundlich in den Schlossgarten, und aus der Menge der Festgesellschaft kamen entzückte Ausrufe über die Tischdekoration, die Blumenrabatten und das Labyrinth.

»Nach dieser Aufregung sind alle besonders hungrig«, meinte Lisa. Sie hatte eine ganze Weile in meiner Nähe herumgestanden und Anzeichen hochgradiger Verlegenheit gezeigt, bis ich sie zu mir gerufen hatte. »Wenn Eure Majestät dort an jener Tafel Platz zu nehmen geruhen?«

»Kiara«, sagte ich.

»Was? Ich meine, wie bitte?«

»Kiara. Das mit der Majestät lassen wir für die Leute, die mich nicht kennen, ja? Und Sie brauchen wirklich nicht so geschwollen zu reden, das macht mir irgendwie Angst.«

Diese kleine Rede machte Lisa glücklich. »Aber ...«, begann sie trotzdem, als könnte es einfach nicht sein, dass sie mich mit dem Vornamen anredete. »Aber dann sag du auch Du zu mir.«

»Gerne.« Ich fand, meine Regentschaft hatte schon mal ganz gut begonnen. Ich brauchte hier unbedingt eine Freundin, oder ich würde Hilde anrufen müssen.

Leider war Lisa im Moment viel zu aufgeregt, um mir als Freundin zu dienen. Sie hatte einen Kellner erspäht, der einen Servierwagen vor sich herschob, und stürzte auf ihn zu, um alles zu regeln, was ihrer Meinung nach für das perfekte Krönungsfest zu regeln war.

Blieb nur noch Alec, der treu an meiner Seite ausharrte.

»Nila ist nicht gekommen«, sagte ich zu ihm. »Meinst du, sie ist immer noch sauer auf uns? Wegen Steven?«

»Ich habe nicht erwartet, dass irgendeiner von denen kommen würde«, meinte er. »Und Hilde bildet sich etwas ein, was sie und mich angeht. Es ist mir wichtig, dass du das weißt.«

Ich machte einen Schritt von der Terrasse auf den Rasen und sank mit meinen hochhackigen Schuhen prompt ein. Alec griff schnell nach meinem Ellbogen. »Du solltest dich umziehen. Niemand erwartet von dir, dass du dieses Kleid den ganzen Abend trägst.«

»Das ist gut«, seufzte ich. »So langsam fühle ich mich darin, als wäre ich in Frischhaltefolie eingewickelt. Aber sie wollen doch jetzt essen. Da stehen schon eine ganze Menge Leute herum und warten.«

»Ohne dich fängt sowieso keiner an.«

»Okay, überredet. Dann schau ich mal, wie ich diesen Pomp loswerde.«

Die Wandler, denen wir entgegenkamen, wichen zur Seite, und zu allem Überfluss knicksten sie vor mir oder verbeugten sich. Selbst die Fürsten neigten die Köpfe.

»Oh Mann, ist das peinlich«, flüsterte ich.

»Genieß es.« Alec amüsierte sich ungeniert über meine Verlegenheit. »Und immer schön lächeln.«

Er half mir die Treppe hoch; in den Schuhen und dem bauschigen Kleid eine gefährliche Angelegenheit. Irgendwie schafften wir es, mein Appartement zu erreichen, ohne dass ich mir den Knöchel verstauchte.

»Soll ich Madame Leroc suchen, damit sie dir hilft? Der Verschluss sieht kompliziert aus.«

»Ich komme schon klar.«

Alec zögerte.

»Du kannst mich nicht überallhin verfolgen«, sagte ich mit Nachdruck. »Und ich werde dich auch nicht bitten, mir den Reißverschluss aufzumachen. Am besten gehst du einfach nach draußen zu den anderen.«

Natürlich schüttelte er den Kopf. »Was bringt dich auf die Idee, ich würde dich allein lassen?«

Wenigstens konnte ich ihn dazu überreden, im Flur zu warten. Ich brauchte niemanden, der mir aus dem Kleid half. Sobald ich allein war, verwandelte ich mich in den schlanken Milan. Die Krone, an die ich gar nicht mehr gedacht hatte, rollte über das Parkett, und nachdem ich mich durch ganze Wogen von goldenem Stoff gekämpft hatte, war ich frei. Ich verwandelte mich in einen Menschen zurück und öffnete das Fenster. Draußen auf dem Rasen wimmelte es von bunten Gestalten. Die weite Fläche war grün-weiß gestreift, so dicht standen die Tische mit den weißen Damastdecken. Lisa hatte wohl die Anweisung gegeben, dass alle sich hinzusetzen hätten, denn nach und nach schien Ordnung einzukehren.

»Kiara?«, fragte Alec hinter der Tür.

»Denkst du, ich bin tot, wenn du mich zwei Minuten nicht siehst?«, gab ich zurück.

Ich setzte mich als Milan auf die Fensterbank; es wäre peinlich gewesen, das als unbekleidetes menschliches Wesen zu tun, und ebenso wenig hatte ich vor, den Rahmen zu beschädigen oder gar die Wand.

Dann stürzte ich mich hinunter, breitete weit die Flügel aus, und bevor jemand den kleinen Vogel bemerken konnte, verwandelte ich mich erneut und wurde die blaugoldene Schlange. Von Flügeln getragen, die sirrend durch die Luft peitschten, segelte ich über die Köpfe hinweg.

Mit offenen Mündern starrten die Wandler zu mir empor. Eine hohe Frauenstimme kreischte: »Oh mein Gott, oh mein Gott!«

Um ein Haar hätte ich mit meinem Bauch die silbernen Leuchter gestreift, die Lisa überall verteilt hatte, ich stieß vielleicht sogar den einen oder anderen um, dann zog ich mich hoch – erstaunlich wendig für ein so großes Tier, wie ich fand. Überrascht bemerkte ich die Gewitterwolken, die sich über dem Schlossgarten ballten. Es sah aus, als hinge eine dicke Steppdecke über dem Schloss. Eine kühle Brise vertrieb die Sommerhitze. Dann fielen schon die ersten Regentropfen und trommelten ein wildes Stakkato auf die Teller und Kristallgläser.

Ich stieß einen beeindruckenden Schrei aus und raste senkrecht nach oben auf die Wolken zu. Wind empfing mich mit Macht. Ich blickte auf die Gäste hinunter, die mit offenen Mündern jede meiner Bewegungen verfolgten, flog eine elegante Acht und schraubte mich dabei immer höher. Über mir begann es bedrohlich zu grollen, als würde ein zweites Ungeheuer mir seine Herausforderung entgegenschmettern. Ich legte die Flügel an und gab mich in den Sturzflug. Als Schlange hatte ich das noch nie getan, aber der Milan in mir kannte den Rausch der Geschwindigkeit, wusste, wie man reagieren musste, wenn die Erde einem so atemberaubend schnell entgegenstürzte. Flügel ausbreiten, sich hochschwingen, während die Menschen unter mir kreischend versuchten, aus dem Bereich des vermeintlichen Aufpralls zu entkommen. Der größte Teil der Wandler sah einfach nur staunend zu, ohne sich zu rühren.

Ich flog noch einen Kreis über dem Park und kehrte ins Schloss zurück.

So. Ende der Vorstellung.

* * *

Mein Fest fiel nicht ins Wasser. Die düsteren Wolken zogen weiter, als hätte meine Drohgebärde sie verscheucht. Nachdem ein paar dicke Tropfen gefallen waren, beruhigte sich das Wetter wieder, und da Lisa als Befehlshaberin der Köche und Kellner nicht sofort den Befehl erteilte, die Servierwagen nach drinnen zu bringen, blieben alle Gäste an den Tischen sitzen. Als ich in den Garten zurückkehrte, in einem langen, aber wesentlich bequemeren Kleid, ohne Krone und mit meinen abgenutzten Tretern, die glücklicherweise unter dem langen Kleid nicht sichtbar waren, konnte das Essen beginnen. Alle starrten mich an, während ich durch die Reihen zu meinem Platz ging. Alec, ganz der perfekte Gentleman, schob mir den Stuhl zurück. Lisa eilte herbei, um mich zu fragen, ob ich einen Stoffpavillon über meinem Tisch wünschte, der den nächsten Schauer abhalten könnte, und wurde glühend rot, als ich sie bat, sich zu mir zu setzen.

»Der Platz gehört Ihrer Eminenz Ella Kaminski«, flüsterte sie.

»Ella ist gerade eben bei deiner Schlangendemonstration rücklings über den Stuhl gestürzt und hat sich das Handgelenk gebrochen«, sagte Alec.

Woher er das wusste, obwohl er doch im Flur gewartet und mich direkt danach hierherbegleitet hatte, blieb sein Geheimnis.

»Na siehst du«, sagte ich zu Lisa. »Du nimmst niemandem den Platz weg, also entspann dich und iss etwas. Garantiert hast du noch keine Minute Pause gemacht.«

Lisa wurde noch röter und warf Alec einen hilfesuchenden Blick zu.

»Sie ist die Königin«, meinte er trocken.

»Das ist es ja gerade«, jammerte Lisa, aber sie wagte nicht, meinem direkten Befehl zu widersprechen, und setzte sich auf die Stuhlkante. Es freute mich, dass jemand noch nervöser war als ich.

Eigentlich hätte ich überhaupt keinen Appetit haben dürfen bei einem Fest wie diesem. Meine Kehle hätte trocken sein müssen, meine Hände schweißnass – wenn ich noch die Kiara gewesen wäre, die ich kannte. Aber erstaunlicherweise machte es mir überhaupt nichts aus, mir den Bauch vollzuschlagen. Ich kam sogar damit zurecht, dass so viele Leute darum baten, sich mir vorstellen zu dürfen, und meisterte souverän die Kunst, zu nicken und zu lächeln und nichts zu sagen.

Später wurden die Tische weggeräumt, und die Bühne neben dem Eingang zum Labyrinth erwachte zum Leben. Nebel stieg aus irgendwelchen Düsen auf, und ich meinte, ein Schlagzeug zu erkennen.

»Wer tritt denn auf?«, fragte ich Alec.

Er lächelte geheimnisvoll. »Deine Lieblingsband natürlich.«

»Meine Lieblingsband?«

Der Nebel verflüchtigte sich, und ich sah die Musiker vor mir, deren Gesichter ich von den Postern in meinem Zimmer kannte: Zac, Tom, Phil und Chris. Chris, der talentierte, unglaublich gut aussehende Rebell mit der Geige in der Hand.

»*Serpent War*?«, quietschte ich. »Woher habt ihr das gewusst? Habt ihr Spione auf mich angesetzt?«

Alec machte ein sehr vergnügtes Gesicht. »Tja, ich habe viele Talente.«

»Du hast sie eingeladen?«

»Schau auf die Bühne, sonst verpasst du noch etwas.«

Zac, der Leadsänger, ein blonder Traum von Mann, sprach ins Mikrofon. »Wir haben schon unzählige Konzerte gegeben, doch noch niemals eins wie dieses. Dieser Tag ist etwas ganz Besonderes für uns. Heute spielen wir nicht für ein beliebiges Publikum. Heute spielen wir nur für eine Person. Für unsere Königin. Für die wunderbare, unvergleichliche Kiara, Königin der Schlangen. Majestät, wir fühlen uns geehrt, hier zu sein.«

Ich konnte es nicht fassen – meine Idole knieten vor mir nieder! Nur um gleich darauf aufzuspringen und mit ihrer energiegeladenen Show zu beginnen.

»Sie sind Wandler?«, fragte ich fassungslos. »*Serpent War* sind *Wandler*? Sie sind Schlangen und gehören zu *meinem* Clan?«

Alec lächelte zufrieden. »Überraschung!«

»Die ist dir gelungen.«

»Möchtest du tanzen?«

Sogar eine Tanzfläche hatten die unermüdlichen Helfer im Garten aufgebaut.

»Ich kann nicht tanzen. Ich würde mich übel blamieren.«

»Wie schade. Die Gäste können ohne dich leider nicht anfangen.«

»Dann muss ich wohl. Au weia. Wenn alle zugucken ...«

»Glaub mir, niemand wird es wagen, über dich zu lachen. Du könntest ihnen den Kopf abreißen.«

»Ach ja. Könnte ich wohl.«

Alec führte mich auf die Bühne, doch statt die Arme um mich zu legen, wollte er sich gleich wieder an den Rand zurückziehen.

»Hallo?«, fragte ich. »Wo willst du hin?«

»Dort kommt Mercier, du wirst mit ihm tanzen. Ich bin nur dein Leibwächter, Kiara. Aber keine Sorge, ich bleibe in der Nähe.«

Wie bitte? Ich sollte mit Professor Mercier tanzen – zu der Musik von *Serpent War*? Das konnte ja wohl nicht sein Ernst sein!

Empört streckte ich die Hand nach ihm aus, aber jemand anders schob sich dazwischen.

»Darf ich bitten, Eure Majestät?«

Ein junger Mann fasste mich mit frecher Selbstverständlichkeit an die Schulter. Er hatte ein unauffälliges Gesicht und war mir völlig fremd. Nur die Dunkelheit, die hinter den sanften grauen Augen wohnte, die kannte ich gut. Diesen Blick, intensiv und finster wie ein heranziehendes Gewitter.

»Sehr gerne«, sagte ich und legte meine Hand in seine, ohne Mercier zu beachten, der empört danebenstand.

* * *

Es war immer nur ein Tanz. Dann verschwand Jacques, um wenig später als jemand anders wiederzukommen. Zwischendurch tanzte ich mit dem Professor, der jedoch mit den schnelleren Nummern nicht zurechtkam und widerstandslos aufgab, als ich in der Menge der jugendlichen *Serpent-War*-Fans untertauchte. Sehnsüchtig wartete ich auf den nächsten jungen Wandler, der sich vor mir verbeugte und lächelnd um den nächsten Tanz bat. Jacques war für mich nicht nur an seinem Blick zu erkennen, sondern auch an der Dreistigkeit, mit der er sich in meine Nähe vordrängelte. Mehr als einmal wollte Alec einschreiten, doch ich hinderte ihn daran, die jungen Wandler fortzuscheuchen, die auf einen Tanz mit der Königin hofften. Scheinbar wahllos pickte ich mir einen Mann nach dem anderen heraus, dem ich diese Ehre zuteilwerden ließ.

Es war immer Jacques.

»Ich wusste gar nicht, dass du so gut tanzen kannst.« Was konnte er denn noch alles? Es war regelrecht beängstigend.

»Ich hab mal einen Kurs belegt«, erklärte Jacques, »um ein Mädchen zu beeindrucken, das fantastisch tanzen konnte.«

»In einem einzigen Kurs hast du so tanzen gelernt?«

»Es ist durchaus hilfreich, wenn man dabei den Körper eines Profitänzers zur Verfügung hat.« Er grinste. »Dann geht es fast von alleine.«

Darauf wäre ich nie gekommen. »Das ist gemogelt.«

»Es funktioniert aber.«

»Sie war also beeindruckt?«

»Ich hab mich nie getraut, sie zu fragen.« Selbst hinter der Maske des intellektuellen Asiaten, mit dem ich gerade tanzte, kam Jacques mir unglaublich jung vor. »Irgendwann hab ich mich vor lauter Verzweiflung in einen Welpen verwandelt, damit sie mich streichelt.«

»Wenn das nicht äußerst raffiniert ist!«

»Sie hat mich mit nach Hause genommen, aber ihr Bruder und sein Freund wollten mich im Fluss ertränken. Die Idee war doch nicht so gut, wie ich dachte.«

Wie viele Geschichten hätte er mir erzählen können, er, ein Wandler wie kein anderer?

Ich dachte, wir könnten endlos so weitertanzen, doch schließlich spürte ich meine Füße und meine trockene Kehle. Jacques war gerade wieder verschwunden, also ging ich mit Alec im Schlepptau zur Theke. Höflich blieb er ein Stück von mir entfernt stehen.

Das blondgelockte Mädchen neben mir griff ebenfalls nach einem Glas. Ein Mädchen mit einem Blick, der mich wie ein schwarzes Loch im Universum verschlingen wollte.

Ich verschluckte mich, als sie das Glas an die Lippen hob.

»Da ist Schlangengift drin«, sagte ich leise.

»Ich weiß«, sagte die hübsche Fremde. Sie lachte laut und betrunken.

»Bist du sicher, dass dir das nicht schadet?«

Das blonde Mädchen lachte wieder und bedachte mich mit einem koketten Augenaufschlag, bevor sie das grüngelbe Getränk hinunterkippte. »Ich sterbe bereits tausend Tode«, sagte sie. »Lass uns endlich gehen.«

»Ich kann nicht, es ist noch zu früh. Alec hat gesagt, ich soll mich zusammenreißen. Wenn ich gehe, hören die anderen sofort auf zu feiern.«

Sie musterte mich und verzog die Lippen. »Alec geht mir auf die Nerven. Musstest du ihn unbedingt retten?«

»Ja«, sagte ich. »Das musste ich. Das mussten wir beide.«

Der Professor trat neben mich. Die hübsche Blonde warf ihm einen lasziven Blick zu und verschwand in der Menge.

»Gut, Kiara«, meinte Mercier. »Eine Königin zum Anfassen, das lieben die Leute. Oh nein, was ist das?«

Der Wind frischte auf. Eine kühle Bö strich über den Festplatz und wehte einen der beleuchteten Pavillons um. Der Sturm kam so rasch auf, dass keine Zeit blieb, irgendetwas zu retten. Die Musik brach abrupt ab, als das Dach der Bühne fortgeweht wurde. Wie aus Kübeln begann es plötzlich zu schütten. Dann gingen auf einen Schlag alle Lichter aus.

Das Fest war vorbei. Kreischend hasteten die festlich gekleideten Gäste zurück ins Schloss. Während eines Blitzstrahls, der den Garten hell ausleuchtete, sah ich Alec im Gedränge. Verzweifelt versuchte er, zu mir zu gelangen, es waren jedoch zu viele Leute zwischen uns. Es regnete so stark, dass die Wandler gar nicht wahrnahmen, wen sie da anrempelten. Bis auf die Haut durchnässt sah ich auch nicht mehr nach einer Königin aus – abgesehen davon, dass man nur in den kurzen Momenten, in denen es blitzte, überhaupt etwas erkennen konnte. Gelassen ließ ich mich im Strom der Flüchtlinge mittreiben. Auch im Schloss war es stockdunkel, anscheinend war auf dem ganzen Gelände der Strom ausgefallen. Aber während die Gäste, die vor Kurzem erst im Schloss eingetroffen waren, orientierungslos nach den Türen suchten und lauthals durcheinanderriefen, kannte ich mich mittlerweile gut genug aus, um die Treppe zu finden, die nach oben in mein königliches Gemach führte. Ich raffte das Kleid, das wie eine zweite Haut an meinen Beinen klebte, und tastete mich die Stufen hinauf. Erstes Stockwerk, zweites, drittes. Dann den Flur entlang. Blitze, die durch die hohen Fenster zuckten, erhellten den Weg. Da war schon meine Tür. Ich schlüpfte ins Zimmer und warf sie hinter mir zu.

Mit einem Gefühl brennender Vorfreude eilte ich ans Fenster und öffnete beide Fensterflügel weit. Sofort blies mich der Sturm fast um. Er fegte durchs Zimmer, irgendetwas fiel polternd zu Boden. Kalter Regen peitschte mir ins Gesicht. Unbeirrt hielt ich die Griffe fest, bis etwas Kleines angeflogen kam und unsanft gegen mich prallte. Eine pitschnasse Fledermaus.

Ich fiel rücklings auf den Teppich, als sie sich in der nächsten Sekunde in einen Mann verwandelte. Er landete praktischerweise über mir.

»Ach Gott, Jacques«, sagte ich. »Du hast eine Ader fürs Dramatische.«

Seine Lippen waren kühl und schmeckten nach Regen. Als meine Hände sein Haar berührten, knisterte es. Funken sprühten durch die Dunkelheit, doch seine Haut war kalt und nass, als wäre er wie wir alle durch den Platzregen gerannt.

»Du bist das Gewitter gewesen«, flüsterte ich dicht an seinem Ohr, als er meinen Mund für einen Moment freigab, um Luft zu holen. »Und die dunkle Wolke. Und der Sturm.«

»Du übertreibst, Kiara.« Er lachte leise.

»Nein, Jacques.« Ich richtete mich auf. »Lüg mich nicht mehr an. Sag mir die Wahrheit. Sag mir, wer du bist.«

Da hörte er auf zu lachen. »Ich bin der Sturm.« Seine Lippen streiften meine Stirn. »Das Gewitter. Die Wolken. Ich bin der Frühling und der Schnee. Ich bin der Wind, der dir durchs Haar fährt. Ich bin der Sand unter deinen Füßen und die Welle, die dich überrollt. Ich kann alles sein, Kiara. Alles, was ich will.« Sein Lächeln schimmerte durch die Dunkelheit. »Ich finde nirgendwo eine Grenze. Keine Einschränkungen, keine Hindernisse. Es ist alles leicht. So unendlich leicht ... was auch immer ich sein will.«

Er erbebte unter meinen Händen, während er sprach.

»Doch was ich wirklich sein will, kann ich nicht sein, wenn du es mir nicht gibst«, sagte er. »Ich möchte nur derjenige sein, den du liebst.«

Ich hielt ihn so fest ich konnte, bis er aufhörte zu zittern. Ich berührte seine Haut, seine Haare, sein Gesicht. Ich küsste ihn auf die kalten Lippen. Ich hielt die Dunkelheit aus, die ein Teil von ihm war, und seine Angst davor, die größer war als meine. Aus diesem

Abgrund konnte etwas heraufkriechen, das kein Mensch war, aber ich fürchtete mich nicht. Von allen Wandlern aus Wint Alamar, die in dieser Welt verlorengegangen waren, war er am meisten verloren, er, der sich für ein Monster hielt. Vielleicht waren wir beide Ungeheuer – aber wir konnten beide Menschen sein.

Ich hielt ihn fest, ich presste ihn an mich, ich küsste ihn, bis meine Gedanken davonwehten und nichts sonst mehr wichtig war. Wir beide, hier. Was gab es Menschlicheres als das?

»Dir ist kalt«, flüsterte er.

»Komm ins Bett.« Ich schälte mich aus dem nassen Stoff, der mir an der Haut klebte. Die Hände, die mir über den Rücken strichen und ein bisschen nachhalfen, waren wie Adlerflügel, sanft und stark zugleich.

»Als du selbst«, fügte ich hinzu. »Einfach nur als du selbst.«

Jemand hämmerte so laut gegen die Tür, dass ich zusammenzuckte.

»Kiara?«, rief Alec, Panik in der Stimme. »Bist du da drinnen? Bist du da?«

»Alles in Ordnung«, rief ich zurück. »Ich bin hier.«

»Der sitzt jetzt die ganze Nacht vor der Tür, wetten?«, wisperte Jacques in mein Ohr.

»Alec lässt sich nicht wegschicken«, flüsterte ich zurück. Vielleicht war dieser Augenblick zu ernst, um zu kichern, aber ich tat es. »Und er hat Ohren wie ein Luchs.«

Wir krochen unter die Bettdecke. Die Matratze knarrte nicht einmal. Es war eine wahrhaft königliche Matratze von allerbester Qualität. Mein Clan hatte wirklich für alles gesorgt.

Dafür, dass auch der Rest der Nacht wahrhaft königlich wurde, sorgten wir selbst.

Anhang

Kasten, Kreise, Ränge der Clans

Die Außenkaste/Der Außenkreis

Schlangen: Äußere Kaste – *Die Getriebenen*

Skorpione: Äußerer Kreis – *Die Begnadeten*

Sie verstehen kein Alamarisch, können sich nicht verwandeln und erfahren nie, wer sie sind. Sind ihr Leben lang auf der Suche, Außenseiter. Werden oft Künstler und Wissenschaftler.

Die Innere Kaste/Der Innere Kreis

Schlangen: Volkskaste – *Die Gebundenen*

Skorpione: Breiter innerer Kreis – *Die Glücklichen*

Sie verstehen Alamarisch und haben genau eine Verwandlung, die in ihnen angelegt ist.

Die Innersten Kasten/Innersten Kreise

Schlangen: *Krieger*

Skorpione: *Wächter*

Sie können sich ihre Verwandlung nach praktischen Gesichtspunkten aussuchen; bei den Skorpionen gibt es die *Stufen* eins bis drei, sehr selten höher, die Stufe entscheidet über die Stellung im Clan. Bei den Schlangen wird von *Rängen* gesprochen.

Schlangen: *Ratgeber/Eminenzen*

Skorpione: *Diener/Fürsten*

Sie können sich ihre Verwandlung ebenfalls aussuchen; Stufen bzw. Ränge eins bis drei, mehr ist nicht möglich. Karrieremöglichkeit im Clan: Regierungsgeschäfte und Verwaltung, die hochrangigsten Ratgeber sind bei den Schlangen die *Eminenzen,* bei den Skorpionen die *Fürsten.* Hier entscheidet das taktische und politische Geschick, nicht die Zahl der Verwandlungen.

Schlangen: *Königskaste*

Skorpione: *Königskreis*

Die Prinzen oder *Könige* sind hochbegabt, verfügen oft über verwandte Verwandlungen (z. B. nur Vögel, nur schwarze Tiere) oder sie sind völlig unfähig, werden daher manchmal als Getriebene bzw. Begnadete eingeordnet. Von Regierungsaufgaben werden sie ferngehalten.

Schlangen: *Der Schlangenkönig*

Skorpione: *Der Skorpionkönig*

Der König steht an der Spitze seines Clans. Er ist der mächtigste aller Wandler.

Nina Hirschlehner

The Last Desire

Verlassen

Ein verhängnisvolles Experiment reißt Cat unsanft aus ihrem gewohnten Leben. Plötzlich findet sie sich gemeinsam mit ihrem besten Freund Andy auf einem Vampirinternat wieder. Dort lernt sie schnell, wie gefährlich es sein kann, stärker zu sein als andere, und hält ihre neu erlangte Gabe deshalb geheim. Mo, ein grausamer Vampir, will ihre Kräfte unter allen Umständen an sich reißen. Wird Andy sie beschützen können?

ISBN: 978-3-96173-002-5 (Taschenbuch)
ISBN: 978-3-946172-14-7 (E-Book)

Nelly Mason

Mondlicht im Schatten

Zeitalter der Urwesen

Als die Fotografin Irene Stevens einen Angriff schrecklicher Kreaturen beobachtet und ihre Schwester auch noch von diesen Wesen entführt wird, verändert sich ihr Leben schlagartig. Bevor sie Hilfe holen kann, zwingt der mysteriöse Conrad Lorenz sie, ihn zu begleiten. Auf der Suche nach ihrer Schwester gerät Irene selbst ins Visier der dunklen Mächte und erkennt, dass der Schlüssel zur Rettung ihrer Schwester in den düsteren Geheimnissen ihres verlorenen Gedächtnisses liegt. Plötzlich ist Conrad die einzige Hilfe, auf die sie sich verlassen kann.

Ein packender Strudel aus Geheimnissen, Leidenschaft und Rache beginnt.

ISBN: 978-3-96173-033-9 (Taschenbuch)
ISBN: 978-3-946172-26-0 (E-Book)